JN063030

目取真 俊

めどるま・しゅん

ヤンバルの深き森と海より

《増補新版》

影書房

ヤンバルの深き森と海より《増補新版》

目次

２００６年

２００７年

２００８年

2009年

2010年

2011年

2012年

2013年

2014年

2015年

2016年

2017年

2018年

2019年

●増補 インタビュー／対談

ヤンバルの深き森と海より《増補新版》

目取真 俊

・本書は、著者が２００６年から２０１９年５月までに各媒体に発表してきた時評・論考を発表順にまとめた『ヤンバルの深き森と海より』初版本（２０２０年刊）に、新たにインタビューと対談を加えた増補新版です。

・初出媒体は各タイトルの次行に記しました。なお当該部分の《》括弧は各媒体の特集名やシリーズタイトル名を、〈〉括弧は連載タイトル名または各媒体の固定枠のタイトル名を示します。

・本書のカバー・表紙・本扉・中扉・本文中に掲載した写真は、すべて著者の撮影・提供によるものです。

・本文中の肩書、年齢等は、すべて執筆当時のものです。

2006年

沖縄戦の末期、多くの人々が死に、逃げ回った摩文仁の海岸（2012.6.23）

沖縄戦の記憶

◉『文學界』(文藝春秋)
2006年5月号

昨年の秋、伯母(父の姉)から沖縄戦のときのことを聞く機会があった。私が生まれ育った沖縄島北部の今帰仁(なきじん)村での話である。

1944年(昭和19年)、村に日本軍が入ってきた。太平洋の島々で日本軍は敗北を重ね、米軍の沖縄上陸の気配が高まっていた。それに備えるため沖縄各地に日本軍の配備が進められ、地域の住民は飛行場建設や陣地構築にかり出されていく。当時17歳だった伯母は、友軍(日本軍)が使っていた小学校で炊事の仕事に動員された。

日本軍の配備とともに村には「慰安所」が設けられた。伯母の家族、つまり私の祖父母や父らが住んでいた家と道をはさんだ斜め向かいに宮城医院という病院があった。医師は軍医として動員され、他の家族は九州に疎開していたので、その病院の建物が「慰安所」として利用されたという。

そこで日本兵の相手をさせられたのは、村の旅館で働いていた沖縄の女性たちだった。その頃の沖縄では、貧しい家の子どもが売られるのは珍しいことではなかった。男の子にとって、「糸満売りされる」(糸満の漁師に売られる)という言葉が一番の脅し文句だったという話は、私が子どもの頃(1960年代)でもまだ耳にできたほどだ。女性は辻などの遊郭に売られた人も多い。村の旅館で働いていた女性たちも、そうやって島の中南部から幼い頃に売られてきた女性が多かったという。

年が明けて1945年(昭和20年)の4月1日に米軍は沖縄島に上陸を開始する。3月下旬からは日本軍を叩くために空襲や艦砲射撃が連日行われ、祖父母の家も空襲で焼けてしまう。米軍の攻撃に追われて、伯母は家族と一緒に今帰仁の山野を逃げ回る。沖縄島北部は、圧倒的な火力の差によって、4月の中旬には米軍に制圧された。壕に隠れているところを米軍に見つかり、捕まった伯母や祖父母らは、収容所に入れられるまでの間、親戚の家で寝泊まりしていた。その隣の家に旅館の女性たちがいたという。「慰安婦」として日本兵の相手をさせられていた女性たちは、今度はその家で米兵の相手をさせられていた。村の女性が米兵に強姦されることを恐れた村の顔役たちの一部が、今度は米軍用の「慰安所」を設けていたのだ。

伯母が住んでいた家には、その「慰安所」の食料が置かれていた。女性たちが交代でそれを取りに来るとき、伯母は顔見知りの女性と短い会話を交わすことがあったという。毎日十数人も体の大きな米兵の相手をさせられて「つらい」と話していたという。

戦争中、村に日本軍の「慰安所」があり、そこの女性たちは日本軍が敗走して山中に逃げ込んだあと、今度は米兵の相手をさせられた。この話を私は祖父や父から聞いていて、その記憶をもとに「群蝶の木」という小説を書いた。今回、伯母から話を聞き、新たにいくつかの事実を知った。伯母や私の祖父母は、偶然にも日本軍相手と米軍相手の2カ所の「慰安所」の近くで生活していた。そのためにこういうことがあったのを知っていたのだろう。

「慰安所」については、当事者が自ら語ることが少なく、近くに住んでいなければ村の人でも知らない人が多い。ヤマトゥの人たちの中には、「慰安所」といえば中国や朝鮮半島、南洋諸島でのことであり、沖縄にもあったという事実さえ知らない人が多いのではないか。

伯母からはまた、次のような話も聞いた。伯母が住んでいた親戚の家の押入にひとりの男が隠れていた。同じ村の男で日本軍にスパイと疑われ、見つかると殺されるので祖父がかくまっていたという。

米軍の制圧後、山中で遊撃戦を行うと称して日本軍は、昼間は山中に隠れ、夜になって米軍がいなくなると集落に降りてきた。昼間米軍と接触した住民を日本軍に知らせる協力者が、住民の中に組織されていた。そこから得た情報をもとに日本軍が住民にスパイの嫌疑をかけ、虐殺する事件が沖縄各地で起こっている。それが日本軍に対する恐怖と反発を生み出した。米軍よりも敗残兵となった日本軍の方が怖かったという話は、私も祖父母から何度も聞かされた。

親戚の家に隠れていた男は、幸いに日本軍に見つかることなくすんだ。その男が、押入の中で思い出したこととして伯母に話したのは、中国大陸での自らの体験だった。

男は日本軍の一兵卒として中国大陸で戦っていた。ある日、女と子どもばかり20人ほどが潜んでいる壕を発見したという。焚きつけにするためだろう、村の家には収穫後の大豆の茎や葉を乾燥させたのがあった。日本兵たちはそれを壕の入り口に積み上げると火を放ち、中にいた女や子どもたちを燻り殺したという。

押入の中に隠れているとき、壕の中で恐怖にすくんでいたであろう女や子どもたちのことを男は思い出した。同じように日本軍に命を狙われ隠れる身となって、男は自分がやった行為の意味を、殺される側の立場から理解したらしい。あの時はひどいことをした、と伯母に話していたという。

昨年は「戦後60年」ということで、沖縄の新聞やテレビでは、連日戦争体験者の証言を伝えたり、沖縄戦を検証する特集やシリーズを組んでいた。それらを読んだり見たりして沖縄戦について考える一方で、語られることもなければ記録されることもなく、体験者の死とともに消えていった膨大な戦争の記憶があることを思わずにおられなかった。

すでに亡い祖父母や親戚など身近にいた人たちから、沖縄戦の体験や彼らが生きてきた歴史をきちんと聴いておかなかったことへの後悔が私の胸にはある。せめて自分の村のお年寄りからだけでも沖縄戦について聴き取りをしたいと思うのだが、目の前の課題に追われて実行しないままの現状に情けない思いも抱いている。

この数年、沖縄戦に対する歴史修正主義の動きが強まっている。特に日本軍の「名誉回復」と称して、日本軍による住民虐殺や「集団自決」の命令・強制を隠蔽しようという動きが目立つ。ひめゆり学徒隊や鉄血勤皇隊の学生たちの死を、殉国美談に仕立て上げる作為もくり返されている。私の父も鉄血勤皇隊として14歳で戦場に動員され、銃を手に米軍と戦っているが、自ら語ってくれたその体験は、およそ殉国美談とはかけ離れたものだ。

そういう歴史修正主義の横行を批判するためにも、沖縄戦について知り、体験者の話を聞かなければと思う。伯母の話を見ても、まだ明らかにされていない沖縄戦の実相がある。沖縄の「慰安所」には朝鮮半島から連れてこられた女性たちも数多くいた。その人たちのことも含めて、実態調査がもっとなされなければならない。沖縄人の被害の問題だけでなく、加害の問題についても、もっと掘り下げる必要がある。

沖縄戦について調べ、考えることは、私にとってたんに過去を振り返るということではない。現在、世界的規模で進められている米軍「再編」によって、全国の米軍基地や自衛隊基地が、対中国や対テロ戦争を目的として再編・強化されつつある。そのなかで日米両政府は沖縄に対して、あたかも基地の「負担軽減」を図るかのようなポーズを取りながら、実際には「抑止力維持」の名の下に米軍の基地機能を効率化し、さらに「南西方面重視」を打ち出した自衛隊の強化も進めようとしている。

沖縄は61年前もいまも一貫して日本の「捨て石」なのだ。その「捨て石」の位置から脱するためにも、沖縄戦をいまの問題として考え続けねばならない。日米安保体制の必要をいいながら、圧倒的多数の日本人はその負担を自ら担うことはしないし、いざ有事＝戦争となれば、米軍も自衛隊も守るのは領土であり、沖縄県民は「本土防衛」のために切り捨てられるだろう。米軍と自衛隊が自分たちを守ってくれるという幻想は、しょせん「本土」に住む日本人向けのものでしかない。

「癒しの島」の軍事強化

●『熊本日日新聞』2006年10月18日〈論壇〉

9月30日、那覇軍港に米陸軍パトリオット・ミサイル（PAC3）の装備品を積んだ米軍車両が上陸した。米軍は連日夜間、国道58号線を通って嘉手納基地に装備品を運んでいるが、迷彩色を施された大型トレーラーが列をなして進んでいく様子は、沿道で見守る県民に「戦争前夜」を感じさせた。

〈嘉手納町水釜では午前2時前、観光客の男性が国道に座り、真向かいのゲートから嘉手納基地に入っていく車両を見つめた。「一般の道路をこんなに大きな軍用車両が通るのは異様。自分の地元では考えられない」と、驚きの表情を浮かべた〉（『沖縄タイムス』10月2日付朝刊）

それに先立つ9月25日には、普天間基地の「移設」問題で揺れている海兵隊基地キャンプ・シュワブのゲート前で、平和運動に取り組んでいる市民団体のメンバーが逮捕されるという出来事があった。

9月14、15の両日、那覇防衛施設局と名護市教育委員会は、キャンプ・シュワブ内で埋蔵文化財の調査を行おうとした。V字型滑走路をもつ新基地を建設するためには、現在ある兵舎を別の場所に移す必要がある。その予定地に遺跡があり、建設前の調査の一環として現況確認を行おうとした。

それに対し、基地建設を前提とした埋蔵文化財調査には反対だとする市民団体が、基地のゲート前で抗議行動を行ってきた。そして、辺野古の反対運動が始まって以来初めての逮捕者が出た。取り調べを受けたT氏は3日後には釈放されたが、反対運動つぶしを狙った不当弾圧だとして、留置された名護警察署前には連日50～60人の支援者が集まった。

そうやって米軍基地をめぐる動きがあわただしく

なるなかで、10月4日の『琉球新報』に〈宮古島に陸自新基地／09年度に200人配備〉という記事が掲載された。沖縄に駐屯する陸上自衛隊第1混成団の旅団化の一環として、宮古島に新たに陸自部隊を配備して基地を建設し、将来的には600人規模まで増強する見通し、という内容である。

　地元宮古島市の伊志嶺亮市長は、自衛隊の強化に反対の姿勢を示しているが、宮古島では他に下地島空港の軍事化の問題もある。中国と対抗する島嶼防衛の拠点として宮古島は位置付けられており、同時に八重山や与那国島でも自衛隊の活動が活発化している。

　これが「癒しの島」と呼ばれる沖縄の現実である。在日米軍再編で「沖縄の負担軽減」が進む、としきりに言われてきたし、いまも言われている。だが、実際に進行しているのは、米軍や自衛隊の強化であり、新たな基地の建設による「負担増大」なのである。

　9月末からキャンプ・シュワブのゲート前で行われている抗議行動に私も何度か参加しているが、プラカードを持って立っていると、射撃訓練に向かう兵隊を乗せたトラックがゲートから出てきて、目の前を通っていく。砂漠用の迷彩色が施されたヘルメットや防弾チョッキ、戦闘服で身を固め、ライフル銃を手にした若い兵士たちが荷台に乗って出ていく様子は、イラクの戦闘を映したテレビの映像そのままである。

　それを見ていると、沖縄の米軍基地が日米安保条約の「極東条項」を逸脱し、中東の戦場までつながっていることを実感する。米軍だけではない。在日米軍再編によって自衛隊もまた、中東から東アジアにいたる「不安定の弧」で、米軍とともに軍事行動を行えるように強化が進んでいる。

　小泉政権から安倍政権に変わり、在日米軍再編の実現に向けて、沖縄への圧力はさらに増していくだろう。しかし、日本全体の安全のために、沖縄の犠牲はやむを得ない、と言ってすまされるのか。沖縄にいると軍隊のまき散らすきな臭いにおいが鼻をつく。米軍を支え、ともに戦争をできる国へと変わっていく日本を、アジアや中東諸国の人々が「美しい国」と見てくれるだろうか。

過去の反省ない教基法「改正」

◉『熊本日日新聞』2006年11月12日〈論壇〉

〈鉄血勤皇隊　県が軍と覚え書き〉〈16歳以下を動員〉〈超法規　名簿提出し連携〉という見出しの並ぶ記事（共同通信配信）が、『琉球新報』10月29日付朝刊の1面トップに掲載されている。

沖縄戦では当時中学校や師範学校に通っていた生徒たちも戦場にかり出された。学徒動員された男子生徒は「鉄血勤皇隊」と呼ばれ、通信や情報伝達の業務だけでなく戦闘にも加わり、動員された千数百人のうち半数以上が戦死したとされている。

その動員にあたって、沖縄県と沖縄守備軍（第32軍）との間で交わされた合意文書の英訳を、林博史関東学院大学教授が米国国立公文書館で発見した、というのが記事の内容である。林教授が発見した文書によれば、県と各学校と軍は「緊密な協力下で軍事訓練を施し、非常事態となれば直接軍組織に編入し戦闘に参加させる」こととし、14―17歳の学徒に対し召集に備えた書類を作成するよう命令。「島田叡知事（当時）が学校を通じて集めた学徒の名簿を軍に提出し、それを基に動員する手順を明記」したという。

当時の防衛召集は17歳以上が対象だった。本来なら16歳以下の生徒は親元に帰し、避難させるべきだった。しかし、13、14歳の少年から70歳前後の老人まで、体が満足に動く男の多くが鉄血勤皇隊や護郷隊、防衛隊として日本軍と行動をともにさせられた。特に15年戦争下の軍国主義教育をたたき込まれた10代の少年・少女たちは、天皇陛下のために命を捧げる決意で、戦場に出ていった。それを軍だけでなく行政や学校も積極的に進めたことを今回の資料は裏付けている。

私がこの問題に強く関心を持つのは、私の父も県立三中の鉄血勤皇隊の一員として戦っているからだ。

1930年（昭和5年）9月生まれの父は、沖縄戦当時14歳である。小柄でいまの小学校4年生くらいの体格しかなく、三八式歩兵銃が重くて木や土手に持たせかけて撃ったと話していた。アジア・太平洋戦争に参加し、実際に戦場で銃を取った兵隊として、父たちは最年少のグループだったのではないか。

上原さんという沖縄出身の兵隊が目の前で撃ち殺されたり、敗残兵となって山の中で一緒に行動していた日本兵たちにスパイと疑われ、殺されそうになったことなどを父から何度か聞かされた。父がいたのは沖縄島北部の山間部だったが、激戦地となった中南部にいたら、はたして生き延びることができたか。県立二中では動員された生徒144人のうち127人（88・2％）、県立工業高校では94人のうち85人（90・4％）が戦死している（『沖縄大百科事典』沖縄タイムス社より）。

いま国会では教育基本法をめぐって審議が進められている。近日中にも政府案による「改正」が行われる可能性が高い。一方で、国民保護法に基づいて有事＝戦争に対応する地域計画作りが、各自治体で進められている。そういうときに沖縄戦において戦場に動員された生徒たちの実態がどれだけ意識され、検討されているだろうか。

沖縄戦に限らない。学業を半ばで断念し、学徒動員は全国各地で行われた。アジア・太平洋の各地で命を落とした肉親のことを、いまも深い痛みを持って思い出す人が全国各地にいるだろう。そういう歴史がいまどれだけ考えられ、痛みが共有されているか。

歴史を振り返れば、国民を戦争に駆り立てるために学校や地域の行政が果たした役割の大きさは明らかだ。国家総動員態勢のもと、軍の命令を受けて生徒や住民を戦争（有事）に駆りたてたのは、学校の教師や役場の職員などの公務員、地域のリーダーだった。その反省から戦後の教育や行政は始まったはずだ。その歴史を忘れるとき、同じことがくり返される。その愚を犯してはならない。いま進められている教育基本法「改正」や地域での有事＝戦争計画作りに強く反対したい。

基地問題と知事選

◉『熊本日日新聞』2006年12月10日〈論壇〉

11月19日に行われた沖縄県知事選挙は、自民党と公明党の推す仲井真弘多氏が、野党の糸数慶子氏を破り当選した。今月10日から沖縄では、新しく仲井真県政がスタートする。

前々回の大田昌秀氏と稲嶺恵一氏の選挙以来、普天間基地の「移設」問題が焦点となったこともあり、沖縄県知事選挙は全国的な注目を浴びてきた。そして、保守系の知事が当選するたびに、沖縄県民は基地問題よりも経済問題を優先して新知事を選んだ、という解説がマスコミではなされる。

一見もっともらしいこの手の解説は、しかし、よく考えればおかしなものだ。そもそも、米軍基地受け入れか経済振興か、という二者択一の選択肢が設定される知事選挙が、全国でどれだけあるだろうか。米軍基地のない大多数の県においては、最初からそのような設定すらあり得ない。米軍基地の所在する都道府県においても、沖縄以外で知事選挙の焦点になることがあり得るだろうか。

そのような選択肢が設定されること自体が、沖縄の置かれている状況の異常さを表している。全国の米軍専用施設の75％が沖縄に集中していると言われるが、その大半は沖縄島にあり、島全体の面積の20％近くを占める。市街地の真ん中にある普天間基地だけでなく、その他の基地も住宅地と隣接し、新しく基地を造れる場所などないのだ。

それを無理して造ろうとするから、当然反対運動が起こる。その反対運動を抑え込むために補助金や振興策がばらまかれる。しかし、もともと無理な建設計画であるが故に、反対運動は収まらず基地の「移設」は進まない。県知事選挙のたびにくり返される「基地受け入れ」か「経済振興」かという堂々巡りは、「移設」先を沖縄県内に限定する日本政府の意思によって引き起こされているのだ。

今回当選した仲井真氏にしても、普天間基地の県内「移設」容認の姿勢は示したが、日本政府と米政府との間で合意されたV字型滑走路案は「受け入れられない」と主張している。政府の進めるV字型滑走路案を容認すれば、とても選挙には勝てない、という政治判断がそこにはあっただろう。

実際、投票日前に琉球新報と沖縄テレビ放送が行った世論調査では、仲井真氏の支持者においても、「V字案の無条件受け入れ」容認は6・6％、「修正後のV字案受け入れ」容認も9・9％にすぎない。注目すべきは仲井真氏支持者の中にも、普天間基地の「即時無条件返還」を望む人が13・3％、「県外・国外移設」を望む人が19・3％もいることだ。野党の糸数氏支持者では、「即時無条件返還」と「県外・国外移設」の合計が82・2％、「V字案の無条件受け入れ」は1・3％にすぎない（『琉球新報』11月14日付朝刊）。

この調査の数字を見て、また糸数氏が31万票近く取ったことを考えれば、仲井真氏が当選したからといって、沖縄県民が普天間基地の県内「移設」を受け入れたと、単純にとらえられないことが分かるだろう。ましてや、政府のV字型滑走路案には、保守の仲井真氏でさえ「受け入れられない」と言わざるを得ないほど、強い反対の声があるのである。

戦後60年余りも米軍基地を押し付けられてきた沖縄では、経済問題と基地問題が複雑に絡み合っている。失業率も全国平均の2倍近い数字が恒常化し、基地を受け入れさせるための振興策や補助金への依存が進むことで、基地問題に対する県民の意識が選挙に直接反映しにくい構造が作られている。

知事選挙の結果から、沖縄県民は米軍基地を受け入れた、だから他府県の人はこれ以上考える必要はない、とはならない。基地問題に関して知事選挙と県民意思の間に生じているねじれは、日米安保の軍事的負担を沖縄に押し込めようという日本政府の意思から生じているのであり、それを支えているのは他府県に住む大多数の日本人の意思なのである。

2007年

国立療養所沖縄愛楽園の水タンクに残る米軍の攻撃による弾痕（2011.5.22）

防衛省昇格　心すべきは……

◉『熊本日日新聞』2007年1月14日〈論壇〉

9日に防衛省がスタートした。あわせて自衛隊の海外派兵が本来任務となり、日本の安全保障政策の一大転換がなされた。これを単なる時代の流れですませたくない。「専守防衛」をうたい、自国を守るためにあるから自衛隊であり軍隊ではない。それまで言ってきたことを忘れたかのように海外派兵を本来任務としていく。自衛隊のあり方を根本から変える転換が、十分な議論の積み重ねもなく、なし崩しに行われたのは危険なことだ。

教育基本法「改正」をめぐりタウンミーティングのやらせ問題やいじめ問題が議論される一方で、自衛隊法「改正」はメディアの報道も少なく、市民の関心も低いまま成立していったのが実態ではないか。それによって、これからどのような問題が生じるかも検討不十分なまま現実が進行している。

例えば、自衛隊の活動範囲が拡大することに対し、シビリアンコントロール（文民統制）がより重要になった、という指摘がなされている。しかし、イラクのサマーワへの自衛隊派兵では、日本のメディアは独自取材を行えない状態になっていた。自衛隊の広報部から提供される映像がテレビから流されるだけで、最初から政府や防衛庁（当時）によって制限された情報をもとに報道を行っていたのだ。そのようにして自衛隊の海外での活動の実態が、正確に把握できない状態は今後も予想される。その時いったいどうやって文民統制していくというのだろうか。

こういうふうに書けば、自衛隊は旧日本軍とは違うし、時代も違うのだから勝手に暴走することはあり得ない、という反論が来ることだろう。私もそこまで問題を単純化しようとは思わない。ただ、私たちは心しておくべきだろう。軍隊はもともと最低限の情報しか公開しないし、常にメディアを自己の統制下に置こうとする。それに対してメディアと市民が緊張感を持ち、絶えずその活動を監視・検証する姿勢がなければ、その活動を統制することはおろか、実態把握さえままならないことを。私が危惧するのは、いまその監視・検証する姿勢と力が弱くなっていることだ。

自衛隊がサマーワから戻ってきたあと、戦場に自衛隊を派兵したことに対して、メディアや私たち市民はどれだけ検証し、議論しただろうか。アメリカが先制攻撃の口実とした大量破壊兵器は発見されず、内戦状態と呼ばれるほどにイラクの状況は混迷を深めている。アメリカが仕掛けた戦争の正当性はとっくに破綻しており、そのアメリカの尻馬に乗って自衛隊をサマーワに派兵した小泉前首相の判断自体が、本来なら厳しく検証されなければならないはずだ。それさえもなしえないメディアや市民の現状を見るとき、これから先に不安を覚えずにおられないのだ。

10日付の『琉球新報』朝刊に、沖縄島北部にあるキャンプ・ハンセン基地内で、米海兵隊がイラクから持ち帰った簡易手製爆弾（ＩＥＤ）を使って、米軍と陸上自衛隊第1混成団が訓練を行ったことが報じられている。イラク戦争における米兵の死者の4割以上がＩＥＤによるものと言う。〈第1混成団広報室によると、海兵隊の不発弾処理（ＥＯＤ）部隊員がイラクから持ち帰った実物のＩＥＤについて基礎知識や種類、威力などを自衛隊員に説明した。訓練場レンジ16内では海兵隊員がＩＥＤが仕掛けられている状況を再現し、捜索方法も実演した。陸自の処理隊員も実際に隠されたＩＥＤの発見訓練も行った〉（『琉球新報』前掲）

米軍再編によって自衛隊と米軍の一体化が進んでいる。一体化と言うより実際には属軍化と言った方が正確だろう。自衛隊がいま海外派兵を本来任務とするのも、米軍の要請に応えるものではないのか。これから先、自衛隊はサマーワでの活動以上のものを米国から求められるだろう。沖縄の米軍基地で行われている自衛隊の訓練が、いつか海外の戦地で任務とされないか。そのことを懸念する。

イラク戦　私たちも当事者

◉『熊本日日新聞』2007年2月11日〈論壇〉

2月に入り宜野湾市の普天間基地は、ヘリコプターが不在の状態になっている。「1月中旬にヘリ中隊1個（CH46Eヘリ12機）がイラクに派遣された後、残ったヘリ部隊を含む第31海兵遠征部隊（31MEU）が沖縄近海での訓練に出動しているため」（『琉球新報』2月7日付朝刊）だという。このことは次のふたつのことを私たちに教えている。

ひとつは在沖米軍の活動範囲とその性格、およびイラク戦争と私たちの関わりである。日米安保条約に基づき在日・在沖米軍は、日本の防衛と極東の安全のために駐留していると言われる。しかし、普天間基地のヘリ中隊がイラクに派兵されていることからも明らかなように、それは極東という枠を超えて、中東をはじめとしたアジア・西太平洋全域で活動を展開しているのだ。

普天間基地のヘリ部隊のイラク派兵は、今回が初めてではない。２００４年の8月、普天間基地に隣接する沖縄国際大学にCH53D型ヘリが墜落した。その直後から同型機を含むヘリ部隊がイラクに派兵されている。また、同年2月以降、名護市辺野古にあるキャンプ・シュワブ基地からも海兵隊部隊がイラクに派兵されていた。すでに90年代から嘉手納基地のF15部隊がイラクへの空爆に参加しており、在沖米軍は朝鮮戦争、ベトナム戦争の頃から一貫して、他国への侵略戦争をその主要な役割としてきたのである。

現在、米国のイラク占領は破綻し、イラクは内戦状態にあると言われている。そういう状況下で、ブッシュ大統領はイラクへの米軍増派を打ち出している。普天間基地のヘリ部隊がイラクに派兵されているのもその一環だ。このようなブッシュ大統領の戦争拡大政策に反対して、米国では1月27日に数万人規模の集会がワシントンで開かれた。だが、このような米国やイラクの状況を日本人の多くは他人事のように眺めていないか。

ブッシュ大統領の要求に応えてサマーワに陸上自衛隊を派兵したことや、現在も航空自衛隊がイラクで輸送活動を行っていること。加えて沖縄から米軍がイラクに派兵されていることなどを見れば、イラクで続いている戦争に私たちも当事者として関わっていることは明らかだ。米国のイラク侵略戦争開始を前に日本国内でも反戦デモが盛んに行われたが、米国内で「イラク戦争反対・米軍即時撤退」の声が高まっているいま、それに呼応する運動を日本・沖縄でも作り出したい。

ふたつ目には、普天間基地の存在理由が薄くなっていることを米軍自体が示していることである。北朝鮮問題や中国の軍事拡大など東アジアの不安定要因を米国は指摘するが、普天間基地がそれに対応する前方展開基地であるなら、ヘリが1機もいなくなるという空白状態をどうして生じさせているのか。

在日米軍再編によって在沖海兵隊は、司令部機能を中心に8000人がグアムに移転するとされている。中国の中距離ミサイルの射程外に出ることや、輸送能力の向上によって部隊の移動が迅速になったこと、太平洋地域におけるグアムの拠点化など、移転の理由はいくつか言われている。在沖海兵隊に関しては、有事=戦争のときにのみ沖縄に部隊を置き、ふだんは国外に置いておくという「有事駐留論」を唱える軍事専門家もいる。

実際、もっと大規模に在沖海兵隊の国外移転が可能なのに、それを阻んでいるのは、日本本土の「安全」のために沖縄に米軍を留めておきたいという日本政府の意思と、基地が生み出す利権に群がる者たちの思惑、そして米軍への「思いやり予算」ではないのか。私にはそう思えてならない。

航空写真で見れば、キャンプ・シュワブがある辺野古崎は、白い砂浜と美しい海が残り、リゾート地としても格好の場所だ。そこを破壊して、V字型滑走路をもつ巨大基地を造ろうという愚かさ。辺野古に「代替施設」を造らなくても、普天間基地の返還は可能なのだ。

内側の「病」(上)——遠のく自立、深部で退廃

◉『沖縄タイムス』
2007年2月20日
《復帰35年/揺れた島 揺れる島》

過日、ある女性からこういう話を聞いた。30代半ばのその女性は、離婚して子どもをふたり育てていて、同時に病気がちの親の面倒も見ていた。しかし、失業してしまい、心身の疲れが重なったこともあって鬱病になってしまった。それでも生活のため無理をして夜、スナックで働きはじめたが、鬱がひどくなったときは休まなくてはならず、生活は逼迫(ひっぱく)している。

それで生活保護を受けようとしたのだが、役所の職員は、車を持っていることや携帯電話を持っていること、パソコンを持っていてインターネットをやっていることをあげつらい、何度足を運んでも受け付けてもらえない。車がないと求職活動ができないし生活もできない。中学生や高校生も携帯電話を持っているのに大人が持つことは贅沢なのか。パソコンは以前の職場でやっていて、これからの仕事に生かしたい。インターネットもこれからの仕事に役立つと思ってやっている。そう説明しても役所の職員は納得せず、行き詰まったその女性は絶望感から自傷行為にもおよんでいた。

この女性の例はいまの沖縄で特殊だろうか。そうではあるまい。まわりを見回せば、同じような状況に置かれている人は少なくない。出生率が全国一で離婚率も全国上位にある沖縄で、離婚したあと子どもを引き取って育てている女性は多い。だが、養育費を払っている男性がどれだけいるか。家族や親戚でそういう女性を助けていられる間は、まだどうにかなるかもしれない。しかし、まわりが支えたくても支えきれない状況になったとき、あるいは怪我や病気をしたとき、生活は破綻する。行政の弱者切り捨てが進めば、そういう人たちはどこに助けを求めればいいのか。

そうやって苦しみ、助けを求める人を食い物にする者たちもいる。須田慎一郎『下流喰い』（ちくま新書）という本があるが、そこには「下流」に落ち込んだ人たちを喰い物にするサラ金や闇金、風俗業者や暴力団の実態が描かれている。それは新宿歌舞伎町といった特殊な場所の話ではない。全国どこの都市や村でも事情は同じで、「癒しの島」と言われるこの沖縄でもそうだ。ヤマトゥの観光客が「癒やし」を求めに来るこの島で、癒やされることもなく、声を立てることもできずに暮らしている人たちがいる。

〈2005年度国勢調査の確定値によると、県内の完全失業率は11・9％で戦後最悪になった〉（『琉球新報』2月2日付朝刊）という報道は衝撃的だった。〈年齢別では、15－19歳の失業率が33・2％と最も高く、20－24歳21・7％、25－29歳14・3％と続く。若い世代の高失業率が改めて浮き彫りになった〉（同）。

昨年の12月に退任する際、稲嶺恵一前知事は、自分に対する県民の支持が最後まで高かったことを自画自賛していた。だが、その時にこの失業率が出ていたらどうだったか。同じように自画自賛できたか。

稲嶺前知事にとって「中央との太いパイプ」を強調した経済振興は、一番の売り物だったはずだ。1998年の県知事選挙で稲嶺氏は、「県政不況」をキャンペーンして当時の大田昌秀知事を破り当選した。その看板が「経済の稲嶺」だった。しかし、その8年間は戦後最悪の失業率を残して終わったのだ。

一方で基地問題はどうだったか。稲嶺前知事は沖縄歴代の知事として初めて米軍の新基地建設を受け入れ、県内「移設」を進めようとした。しかし、その追求は破産し、「15年の使用期限」や「軍民共用」という選挙公約も、最後は日本政府に切り捨てられてしまった。稲嶺前知事やそのブレーンの高良倉吉琉大教授らは「基地問題の解決」を口にしていたが、結局、何の成果も示せなかった。

この8年余、稲嶺県政を支え、普天間基地をはじめとした米軍基地の県内「移設」＝たらい回しを進めるために、沖縄への「格段の配慮」が日本政府から打ち出された。九州・沖縄サミットの開催や2000円札の図柄への守礼門の採用、島田懇談会事業＊や北部振興策ｅｔｃ。それらは沖縄の「自立」を目指すものとして宣伝された。

だが、それらはタテマエ通りに沖縄の「自立」を促すものとなったか。むしろより中央政府への依存を深め、沖縄の従属化を進めただけではないのか。依存と従属化は政治・経済面だけでなく、沖縄県民の精神にもおよび、県民の悪弊として批判されてきた事大主義は、さらに高じているのではないか。

いや、もっと怖いのは、基地カードを使って政府から金と振興策を引き出すという手法が、この10年近く当たり前のようにくり返されることにより、沖縄社会は深い所で退廃していながら、私たちはそのことに気づいてさえいないのではないかということだ。表面的には繁栄しているように見えても、内側では病が進行しているのではないか。

＊1996年橋下龍太郎政権時に設けられた官房長官の私的諮問機関で、島田晴雄慶応大教授が座長。米軍基地を抱える沖縄の25市町村で、地元要望に基づく振興事業を進めるよう提言した。

内側の「病」（下）——政府依存思考から脱却を

◉『沖縄タイムス』
2007年2月21日
《復帰35年／揺れた島　揺れる島》

今年に入って島袋吉和名護市長は、昨年4月に額賀福志郎防衛庁長官（当時）と「合意」した辺野古沿岸案に対し、修正案を出した。名護市議会もそれを後押しする意見書を決議した。V字形滑走路を持つ巨大基地を沖合に移動し、さらに辺野古側の浅瀬に寄せることによって、騒音対策になるという。

だが、いまになって騒音対策を言うのもおかしな話だ。昨年の「合意」のあと、V字形滑走路にしたので住宅地域は飛ばないから騒音や安全の問題はない、と言ってきたのは島袋市長自身ではなかったか。それを忘れたふりして修正案を出すとき、その本音は地元建設業者の工事の取り分を多くしようというものであることが透けて見える。

島袋市長が出した修正案は、政府と「合意」した沿岸案を、２００５年に沖縄県防衛協会北部支部が出した浅瀬案に近づけようとするものだ。この浅瀬案は、同支部の支部長を務めていた仲泊弘次氏（東開発会長）を中心に作成されたことが、２００５年９月28日付朝日新聞に載っている。また雑誌『ザ・ハードコア ナックルズ』（ミリオン出版）２００６年２月号では李策氏が、「沖縄・普天間基地を巡るドロドロ劇／基地利権の背後に見える裏事情」というリポートを書き、国場組や米国の建設・エンジニアリング会社ベクテルの関与もあったのではないかと分析している。

日本政府も名護市の本音はお見通しだ。島袋市長が修正案を出し、議会がそれを後押ししたことに、沖縄の連中が金欲しさにまたごねてやがる、と苦虫をかみつぶしたことだろう。それもあってか意趣返しのように政府は、名護市との「合意」はなくなったので出来高払いによる再編交付金はゼロだ、というしっぺ返しを食らわせてきた。

それに対して島袋市長は反発しているが、政府と名護市の対立に沖縄県内では政府の高圧的姿勢を批判する声が多いかもしれない。だが、全国的にはどうか。名護市に同情する声が集まるだろうか。むしろ逆だろう。基地カードを使って補助金や振興策を引き出すという手法に、ああまたかと思い、嫌悪の目を向ける人の方が多いのではないか。

稲嶺前県政の8年の間に、日本の国内政治は大きく転換した。小泉政権が進めた新自由主義的「構造改革」によって「格差」拡大が進行し、財政破綻の危機にさらされている地方自治体も多い。田中派から経世会にいたる自民党の政治手法、つまり地方への予算配分重視、公共工事による雇用創出、福祉社会づくりなどのケインズ主義的な政治・経済手法からの転換が、小泉政権下で進められた。それによって危機にあえぐ全国の地方自治体の目には、沖縄が「恵まれた場所」に映っている。

高率補助や振興策が手厚くあり、空港や港はもとより、離島の農道までアスファルト舗装されるほど社会資本の整備は進んでいる。かつて島ちゃびと言われた宮古・八重山の離島地域にも多くの観光客が訪れ、移住者が増えすぎて問題になるほどだ。沖縄にも過疎問題があるといっても、屋根の雪下ろしでお年寄りが苦労している豪雪地帯の過疎地域に比べれば、ずっとましではないか。何よりもスポーツや芸能で活躍する若者が輩出し、県全体に活気があるのが羨ましい。

そういう声が聞こえてくる。それに対しては、沖縄への賛美や羨望が語られる一方で基地問題が回避されること、「癒やし」ブームの政治性、米軍基地の県内「移設」を強行しようとする日本政府の姿勢など、反論し批判することはいくつもあるだろう。ただ、沖縄の外に向かっての批判と同時に、沖縄の内にある問題をえぐり出し、批判、克服していかなければ問題は何も変わらない。

沖縄の米軍基地と自衛隊基地は、日米両政府から一方的に押し付けられてきただけではない。沖縄の内部にそれを積極的に受容し、それがもたらす利権化していく。

に群がる者たちが常にいた。そして、稲嶺県政から仲井真県政に移行したこの8年余の間に、基地利権に群がることを恥ずかしいとも思わなくなり、既得権益でさえあるかのように主張する声が、沖縄内部にはびこっている。島袋市長が出している修正案など、その最たるものだ。一見政府と対立しているかのように見えてもその実態は、辺野古への新基地建設を前提にして、利権の分捕り合いをしているものでしかない。

本来ならその問題を批判すべきマスコミまでもが、いまは亡き（無き）「沖縄族」の大物議員を賛美し、ノスタルジーに浸っているのだから世話はない。思えば「日本復帰」した1972年は、田中角栄が首相となった年でもある。田中派から経世会にいたる自民党政府のもとで、「復帰」後の沖縄振興開発は進められた。だが、「復帰」から35年がたったいま、もう時代状況は大きく変わっている。基地が生み出す利権や政府への依存を当たり前と見なす思考から脱却しなければ、沖縄は軽蔑され、病は内側から悪

地を這う声とナショナリズム

◉『すばる』（集英社）2007年2月号

過日、那覇市の桜坂劇場で『蟻(あり)の兵隊』（池谷薫監督）という映画を見た。「日本軍山西省残留問題」に取り組む奥村和一氏が、中国を旅しながら自らの体験した戦争の意味を問うていくドキュメンタリー作品である。

戦争中、奥村氏は中国山西省に送られ、そこで初年兵教育を受ける。その仕上げとして、「肝試し」と称する「刺突訓練」をやらされたときのことを、奥村氏はこう語っている。

〈銃剣で、後ろ手にしばられ立たされている中国人を突き刺すのです。日隠しもされていない彼らは、目を開いてこちらをにらみつけているので、こわくてこわくてたまらない。しかし、「かかれっ」と上官の声がかかるのです。私は目が開けられず、目をつむったまま、当てずっぽうに刺すものだから、どこを刺しているのかわかりません。そばで見ている古年兵にどやされ、「突け、抜け」「突け、抜け」と掛け声をかけられる。どのくらい、蜂の巣のように刺したかわかりません。しまいに、心臓にスパッと入った。そうしたら「よーし」と言われて、「合格」になったのです。こうして、私は「人間を一個の物体として処理する」殺人者に仕立て上げられたのでした〉（奥村和一・酒井誠『私は「蟻の兵隊」だった――中国に残された日本兵』岩波ジュニア新書より）

このような体験を経て、奥村氏は山西省で八路軍と戦闘を重ねるが、やがて日本は敗戦を迎える。しかし、奥村氏は日本に帰ることができなかった。当時、山西省に駐留していた北支那派遣軍第1軍の上層部の命令により、天皇制護持と祖国復興、日本軍再起のために中国に日本軍部隊の一部が温存される。その一員として奥村氏は現地に残留することになる。

以後、山西省の軍閥である閻錫山が率いる国民党軍とともに、奥村氏の属する日本軍部隊は４年にわたって八路軍（のち人民解放軍）と戦闘を行う。そして１９４９年４月24日、日本軍部隊は戦闘に敗れて投降し、負傷した奥村氏は捕虜となった。それからさらに５年の抑留生活を終えて奥村氏が日本に帰還したのは、敗戦から９年も経った１９５４年９月のことであった。

映画は、自分が山西省に残ったのが軍の命令であったことを証明するために、資料を探して中国を旅する奥村氏の姿を追っていく。日本政府は軍の命令があったことを認めず、現地除隊となったあと奥村氏が自らの判断で残ったとして片付けている。奥村氏をはじめとする残留日本兵のグループは、軍の命令を認めるよう国会に請願や陳情をくり返すがはねつけられてきた。それで自分たちの主張を証し立てるために「軍人恩給請求棄却処分」の取り消しを求める裁判を起こす。そのための資料を探し歩く一方で奥村氏は、かつて刺突訓練を行った場所を訪ねたり、元人民解放軍の兵士や日本軍にレイプされた女性と会って話を重ねる。

詳しくはぜひ映画を見てほしいのだが、資料や証言をいくら並べても命令があったことを認めようとしない日本政府に憤りつつも、新たな資料探しをあきらめず、自らの加害責任を問い続ける奥村氏の姿を見ていて、同じように軍の命令が問題となっている渡嘉敷島や座間味島の「集団自決」のことが頭をよぎった。

敗戦から４年が経っても、日本軍の部隊が命令に基づき組織的に中国で戦闘を行っていた。そのこと自体が驚きである。他の部隊の兵士や上官たちが引き揚げていくなかで、命令に従って山西省に残り、多くの仲間の犠牲を目にしながら生き残った元日本兵たちに、勝手に残ったかのように言う国とは何だろうか。

また、部下には残って戦うよう命令しておきながら、自らはさっさと引き揚げていった軍の上層部。その命令系統のはるか先には天皇の存在がある。命令があったことを認めてしまえば、兵士をそのように扱った皇軍＝天皇の軍隊とは何であったかが改めて問われる。それ故に、この問題は歴史の闇に葬ってしまおうというのであろうか。

この10年ほど、旧日本軍＝皇軍の犯罪的行為や否定的事実を明らかにすることに、「自虐史観」とレッテルを貼って排除する動きが強まった。朝鮮人の強制連行や「従軍慰安婦」に関する記述が教科書から消え、いま沖縄戦における「集団自決」や日本軍による住民虐殺、壕追い出し、食料強奪などの記述も消えていっている。

一昨年の6月に東京都内で行われた自由主義史観研究会の集会で、代表の藤岡信勝氏（拓殖大学教授）は次のような発言をしている。「現実の教科書、歴史書には、（沖縄戦の）集団自決軍命説が平然と書かれている」「この集会を起点にすべての教科書、出版物、子ども向け漫画をしらみつぶしに調査し、一つ一つ出版社に要求し、あらゆる手段で嘘をなくす」（『沖縄タイムス』2005年6月14日付朝刊）。

教科書会社をはじめとした出版社に圧力をかけることを公言しているのだが、このような流れのなかで岩波書店や大江健三郎氏への訴訟が起こったことに注意する必要がある。裁判に訴えるという手段はそれだけで、教科書会社には十分な威嚇効果があるだろう。教科書検定で問題にされる以前に、訴えられることを恐れて「自主規制」する教科書会社が出るのは目に見えている。

軍命の問題を隊長が直接命令したか否かに矮小化し、軍命説を最初に出した『鉄の暴風』の出版元である沖縄タイムス社ではなく、岩波書店や大江氏を名誉毀損で訴えるというやり方も手が込んでいる。著名な大江氏を訴えることで話題作りになると考えてもいるのだろうが、問題の本質は沖縄戦の歴史認識に関わることであり、沖縄人にとってこの裁判を他人事のように見過ごすことはできない。

それにしても、軍の命令がなかったことにすれば日本軍の「名誉」が回復できると考える者たちは、軍人でもない住民が集団で命を絶ったことをどう考えるのだろうか。日本軍は何の関与もせず、住民が自発的に「自決」し、肉親同士で勝手に殺し合ったと言いたいのであろうか。

　実際にそう主張する者もいる。だが、そのような主張の裏には、住民に対して米軍への恐怖を植え付け、捕虜にならずに「自決」することを指導・命令し、「集団自決」という事態を引き起こしておきながら、自分たちは「自決」もせずに米軍に投降して捕虜となり、生き延びた日本軍兵士たちの後ろめたさや、それを正当化しようという欲望があるのではないか。

　部下の兵士たちを山西省に残留させて自分たちは祖国に引き揚げていった日本軍の上層部。住民を「集団自決」に導いておきながら自分たちは米軍の捕虜となって生き延びた渡嘉敷島や座間味島の日本軍兵士たち。「残留」も「集団自決」も軍の命令ではなく、部下や住民が勝手にやったことだ、としてしまえば、軍の組織的責任も隊長や上層部の責任もなかったことにできる。そして国や天皇の責任も問われずにすますことができるだろう。だが、それで軍や自らの「名誉」が回復されたと考えるのなら、それこそ無恥の上に退廃を重ねるだけではないか。

　中国山西省と沖縄の慶良間諸島で起きた出来事。遠く離れた場所でありながらそこには、「無責任の体系」を貫こうとする日本の軍隊と国家の欲望という共通項があるのではないか。その欲望は過去の「歴史認識」の問題だけでなく、米軍再編に連動した自衛隊の再編や教育基本法と憲法の改悪など、現在の政治状況とも関わってくるだろう。島嶼（とうしょ）防衛や南西領土の防衛強化が言われて沖縄の自衛隊強化が進み、辺野古沿岸への新基地建設が進められようとしている現状を見ながら、そのことを強く感じている。

　沖縄戦の問題であれ基地問題であれ、沖縄人が余りにもおとなしすぎてなめられている面もあるのだろう。とこう書きながらヤマトゥ対ウチナーという対立構造に単純化することの問題を考えるのだが、その一方で、この10年間で自分の中の反ヤマトゥ感情が高まったことを自覚せずにおられない。それはたんに私個人の問題ではないだろうと思う。

1879年に沖縄の日本への併合（琉球処分）が完成してから2006年で127年が経った。それから米軍の支配下にあった戦後の27年を引けば、ちょうど100年だ。そして2009年には薩摩の琉球侵略から400年の節目を迎える。沖縄戦や米軍基地の問題をその時々の政治課題としてだけでなく、そのような沖縄の近世・近代の歴史の流れからとらえ返す必要を感じている。

日本に併合されて実質100年の時間が経っても、私は日本人だ、と言いきることに耐え難い思いがする沖縄人は、私ひとりではあるまい。「集団自決」をめぐる裁判に関連して、あたかも援護金ほしさで住民が軍命説をでっち上げたかのような文章や、辺野古沿岸への新基地建設をめぐる政府高官の高圧的な言動を見ていると、反ヤマトゥの怒りと嫌悪が自分の中に溜まっていく。それを排外的なナショナリズムにしてはいけないと思うが、理性で割り切ってすませられるほど簡単なものではない。このような沖縄ナショナリズムや、軍隊は住民を守らない、という沖縄戦の教訓を強調されることが、自由主義史観グループや日本政府には、うとましくてならないのだろう。だが、それを潰そうという動きは、逆に火をつけるだけだ。

台湾や朝鮮半島など敗戦によって失ってしまった植民地の中で、唯一取り戻した沖縄。ネコが捕まえたネズミを弄ぶように、日本政府にとって沖縄は愛しくてたまらないようだ。それが嚙みつかずにおとなしくしている限りにおいて。だが、弄ばれているうちにネズミは逃げる気力もなくし、やがて弱って死んでいく。そうならないためには押さえ付ける足を嚙むしかない。そういう当たり前のことを実行しなければならない。

ヤマトゥへの警戒心

◉『熊本日日新聞』
2007年3月11日
〈論壇〉

テレビのニュースで各地の桜の開花予報をやっている。それを見ながら、沖縄とヤマトゥとの距離を思うと同時に、子どもの頃のことを思い出す。

私が物心ついた頃、沖縄では「祖国復帰」運動が取り組まれていた。沖縄が日本になる、という話を聞いて幼稚園や小学校低学年の頃の私たちは、日本になったら沖縄にも雪が降るんだろうか、とか、桜は4月に咲くようになるんだろうか、とか話していた。

あの頃、沖縄の子どもたちにとって日本＝ヤマトゥとは、テレビの中の世界でしかなかった。いまのように観光客が年間何百万人も訪れるわけでもなく、私が生まれ育った沖縄島北部・ヤンバルの村では、日本人＝ヤマトゥンチューを目にすることも滅多になかった。

そういうなかで、大人たちが口にするヤマトゥンチューへの評価は厳しいものだった。口がうまくてずるがしこく、ウチナンチューをすぐにだますから信用するな。そういう評価にさらに沖縄戦のときの日本軍の話が重なった。

夜になって米軍がいなくなると山から村に下りてきて食料を強奪し、住民を虐殺した日本軍の敗残兵への恐怖と怒り。加えて、ヤマトゥに働きに行って差別された話も聞かされる。そうやって作られていったヤマトゥンチューへの否定的イメージは、いまでも私に影響をおよぼしている。

もちろん、そういう一面的なイメージにのみとらわれているのではない。大学に入って全国各地から来た学生と交流し、仕事や日々の生活でヤマトゥンチューとの付き合いもある。ヤマトゥンチューだからこうだと決めつけるのは偏見であり、それにとらわれると沖縄が受けた差別への恨みから逆差別を生み出しかねない。判断すべきはあくまで個人としての人柄である。その程度の良識は持っているつもりだが、それでもヤマトゥンチューと接するときに、ウチナンチュー相手には生じない警戒心が自分の中に生まれる。

人間の意識や感性は歴史的かつ重層的なものだ。その警戒心はたんに私個人の傾向といって片付けられるものではないと思う。それは沖縄の島々に生きてきた人々が過酷な歴史を生き抜くなかで必要なものとして身につけたものではないか、と思うのだ。

沖縄が日本に「復帰」してから今年で35年になる。沖縄の若い世代にはもう、そういう警戒心はないかもしれない。しかし、私は自分の中に反射的に生じるその警戒心を保持したいと思っている。それが排外的な沖縄ナショナリズムにならないように注意はしたいが、年間500万人以上の観光客が訪れ、かつ沖縄への移住者が激増し、沖縄の文化や芸能、自然が賛美されている時代だからこそ、警戒心を高める必要があると思っている。

これから東アジアは大きな変動の時期を迎える。政治、経済、軍事、文化などあらゆる領域で中国の影響力が拡大し、日本の影響力は相対的に落ちていくだろう。それに焦って日本国内では排外的ナショナリズムがこれまで以上に高まるかもしれない。また、それに対抗する韓国や中国のナショナリズムが、東アジアの政治状況を不安定にすることもあるかもしれない。

それでも、20年、30年という視野で見れば、朝鮮半島の分断が克服され、台湾と中国の関係改善が進んでいくのではないか。そういう変動のなかで、東アジア共同体を形成しようという追求も行われるだろう。これからの歴史の局面で、沖縄はどのような選択を行い、その結果としてどう変わっていくのか。それが私の最大の関心だ。

沖縄が日本の一部であることを自明のこととして考えているヤマトゥンチューと私の間には大きな断絶がある。沖縄の桜とヤマトゥの桜が、咲く時期も色も散り方も違うように、日本の歴史と沖縄の歴史は違う。日本＝ヤマトゥへの警戒と緊張。それは沖縄が東アジアで自立していくためにも必要なものだ。

「復帰」35年目の現実
——無視される「構造的矛盾」

◉『琉球新報』
2007年6月2日
〈風流無談〉

高校時代、学校の図書館にあった吉原公一郎編『沖縄　本土復帰の幻想』（三一書房）という本を借りて読んだ。1972年の施政権返還から6年が経ったばかりで、おそらく、その刺激的な題名に興味を持ったのだろう。高校生にどれだけの理解ができたかと思うが、「本土復帰」についてこういう考えもあったのか、と新鮮な驚きを覚えた記憶がある。

そのあと大学時代に一部読み返したことはあったが、今年の5・15を前に20数年ぶりに再読した。読み終えて、三一書房でも他の出版社でもいいから復刊してくれないかな、と思った。現在でも読まれるに値する議論や文章がこの本には詰まっている。

その中に、1968年8月11日に早稲田大学沖縄学生会が主催したティーチ・インで、新崎盛暉氏が発表した報告が載っている。その一節を引用したい。

〈平和憲法の成立ということを考えてみると、私は憲法を成立せしめたその基礎には、沖縄の分離がその前提として存在したと思うのです。つまり日本を占領した米軍は、沖縄を完全かつ単独に、全面的に支配し、基地化することを前提にして、初めて、たとえば部分的に民主主義だとか、平和主義とか、人権擁護という理念を盛り込んだ政治体制…中略…を、日本本土に認めることが可能であったという具合に考えるのです。そこには憲法の成立当時からいわば構造的な矛盾というものが存在したのだと私は思います〉

近年、政治学者の古関彰一氏やダグラス・ラミス氏らによって、憲法9条の成立の背景に沖縄の米軍基地建設や（象徴）天皇制の維持があったことが論じられている。『うらそえ文芸』12号（2007年5

月発行）の「特集・憲法九条論」でも、複数の論者がこの問題に触れている。

新崎氏の文章を読むと、憲法成立と沖縄をめぐる「構造的矛盾」が、沖縄の地ではすでに60年代から議論されていたことが分かる。しかし、それから40年が経った今日においても、その「構造的矛盾」が「本土」の人々に広く認識されるにはいたっていない。

「日本復帰」から35年を迎えようとする5月15日の前日に国民投票法案が成立したのは、憲法をめぐる「本土」と沖縄の関係を象徴するかのようだ。法案を論じた国会議員のどれだけが、自分たちが論じている憲法と沖縄の「構造的矛盾」を考えただろうか。

国会議員だけではない。改憲、護憲、論憲、創憲など、憲法を論じる諸々の立場の人がいて、特に憲法9条をめぐって議論をたたかわせている。その中で、9条と沖縄の米軍基地、それを法的に支えている日米安保条約の関係を論じる人は、どれだけいるだろうか。

改憲派は言うにおよばず、全国各地で次々にできている9条連などの護憲派団体においても、憲法と沖縄の「構造的矛盾」はほとんど無視されている。米軍基地や日米安保の問題を問わない護憲運動とは、基地の負担は沖縄に背負わせたまま、日本「本土」だけは平和であればいい、という虫のいいあり方を、これからも続けたいというものではないのか。

沖縄ではいま、南西領土・島嶼（とうしょ）防衛を打ち出した自衛隊の強化が急速に進んでいる。米軍と自衛隊が一体化して軍事活動を行う拠点としての沖縄。これが「日本復帰」35年目の現実である。仮に憲法9条が「改正」されれば、そのとばっちりを一番食うのが沖縄であるのも間違いない。沖縄に住む私たちにとって、憲法と沖縄の「構造的矛盾」をどれだけ「本土」に突き付けられるかが、いま改めて重要になっている。

紙幅は少ないがもうひとつ触れたい。県立博物館・美術館の初代館長に前副知事の牧野浩隆氏が内定したという報道がなされている。牧野氏は大分大学経済学部出身で、琉球銀行を経て、稲嶺県政下で副知事を務めた。経済や行政に関しては豊富な知識や経験を有しているかもしれないが、美術や歴史、考古学、博物館や美術館の運営に関しては、どれだけの専門知識と経験があるのか。経営能力を評価する声も一部にあるようだが、稲嶺県政の8年間で県の財政状況はよくなったのか。牧野氏が社長を務めた県物産公社の経営では、むしろマイナスの結果をもたらしたのではなかったか。

　これまで県立博物館・美術館に関しては、県内の美術関係者から、博物館と美術館の館長が兼任されることや指定管理者制度の導入など、管理・運営のあり方に関して質問や問題提起がなされてきた。それに対する県の対応は不十分なまま、開館に向けての準備が進められてきたように思う。

　県関連団体の長には、しばしば副知事や教育長などの県幹部が退任後すぐに就任する。今回の人事も「天下り先」がひとつ増えたと考えられているようなら、大きな問題だろう。県立博物館・美術館の運営が経営効率優先で進められていけば、観光施設のひとつにはなり得ても、新しい芸術家や研究者を生み出す創造的な場所になり得るか疑問である。

久間防衛相辞任
――戦争犠牲者めぐり二極化

◉『琉球新報』2007年7月7日〈風流無談〉

初代の防衛大臣に就任以来、放言をくり返してきた久間章生（きゅうまふみお）氏が、ついに辞任した。長崎への原爆投下は「しょうがない」という発言内容のデタラメさを考えれば、辞任は当然のことだろう。それにしても、「美しい国」づくりを掲げる安倍内閣の下に集まった政治家たちのひどさは目に余る。

去る4月17日、伊藤一長（いっちょう）前長崎市長が、選挙運動中に暴力団員に射殺されるという事件が起こった。それからまだ2カ月余りしか経っていない。本来なら8月9日をひかえ、例年以上に原爆の犠牲者や後遺症に苦しんでいる被爆者を思いやり、非暴力と平和を訴えるのが政治家の務めだろう。それと相反する発言をやってのける久間氏の感覚は何なのか。自らの発言が引き起こす影響を予想できない政治判断能力とあわせて、どこか狂っているとしか思えない。

問題はその狂いが、久間氏個人の資質として片付けられないことにある。小泉内閣から安倍内閣へと続くこの数年間で、戦争の犠牲者に対する内閣の対応はふたつに分かれている。久間氏の発言の源には、そのような対応の二極化の問題があるように思う。

ひとつは靖国神社に祭られている人々、つまり天皇のために命を捧げたとされる皇軍兵士への手厚い哀悼である。中国や韓国からどれだけ批判を浴びても、小泉前首相は靖国神社参拝をくり返した。

安倍首相にしても、首相就任以来現在まで参拝はしていないが、靖国神社に対する姿勢は小泉氏と変わりないし、むしろより肯定的と言っていい。

その一方で、戦争で犠牲になった民衆への対応はどうか。原爆投下は「しょうがない」と言ってのける久間氏の感覚は、被爆した民衆の犠牲に対する冷酷さの表れであり、それは日本軍によって引き起こされた民衆の犠牲を否定しようとする安倍内閣の冷酷さと通じるものがある。

「従軍慰安婦」と呼ばれる戦時性奴隷や強制連行された朝鮮人・中国人への対応。あるいは、沖縄戦の「集団自決」の軍関与を否定する動き。そこに示されているのは、日本軍の蛮行がもたらした民衆の犠牲を否定することで「軍の名誉回復」を図ろうという意思である。それは靖国神社に祭られている皇軍兵士を賛美するのと対極にあると同時に表裏一体のものだ。

広島・長崎への原子爆弾投下にしても、大量無差別殺戮を狙った米軍の民衆への蛮行であり、戦争犯罪以外の何ものでもない。日本の降伏を早めるために核兵器の威力を見せつける必要があったのなら、日本近海の無人島に投下して、人命の被害を少なくすることも可能だったはずだ。日本軍であれ、米軍であれ、民衆に多大な犠牲を強いた蛮行にはきちんと批判すべきだろう。

しかし、いまの安倍内閣では、それと逆の動きばかりなのだ。それは過去の戦争に関してだけではない。現在進められている新たな有事＝戦争の準備に関しても同様である。

久間氏には、もうひとつ見逃せない発言がある。6月24日に宮古島市を訪れた久間氏は、市内で記者会見し、〈下地島空港の自衛隊利用について「下地島はいい場所だ」と地理的な利用価値を指摘、地元の同意が得られるなら使用したいとの意向をにじませた〉（『琉球新報』6月25日付朝刊）という。

6月24日といえば、与那国島の祖納港に米軍の掃海艦2隻が寄港し、岸壁では抗議行動が取り組まれて、大きな問題となった日だ。表向きは参議院選挙の応援となっているが、久間氏が同じ日に宮古島を訪れた理由はそれだけだろうか。私には、久間氏の行動と発言が、対中国を想定した島嶼（とうしょ）防衛のために、宮古島・石垣島・与那国島を自衛隊と米軍の一体化した拠点として利用しようという意思を積極的に示したものに見える。

すでに宮古島では、東シナ海の軍事的な電子情報を収集・分析するための地上電波施設の設置が進められ、2009年度をめどに約200人規模の自衛隊部隊を配備する計画も打ち出されている。下地島空港の軍事利用の圧力も、さらに強まっていくはずだ。

今後、過疎や財政危機にあえぐ離島の自治体の弱みにつけ込み、日本政府は振興策と引き替えに自衛隊配備や米軍の民間施設利用を迫ってくるだろう。

だが、基地と振興策をからませる政府の手法は、沖縄県民から自立能力を奪う麻薬そのものだ。それに依存した結果、東シナ海周辺で日・米と中国の軍事強化が対抗的にエスカレートしていけばどうなるか。ニューヨークで起こった9・11事件のあと、沖縄観光が受けた打撃を忘れてはいけない。たとえ小さな軍事衝突であっても、そのとばっちりをもろに受けるのは沖縄県民なのだ。

日・米の軍事拠点ではなく、中国をはじめとした東アジア諸国との文化や経済交流の拠点として、政治的・軍事的緊張を和らげる役割を積極的に果たす。それこそが私たちが沖縄戦から学んだ教訓を生かす道である。

〝琉球の自治〟とは何か

◉『環』30号（藤原書店）2007年7月

ヤマトゥンチューA氏は最近沖縄に越してきた。定年より2年早く会社を辞め、退職金で海辺に夫婦ふたりで暮らすには十分な家を建てた。物価は東京に比べればずっと安いし、貯金とふたりの年金で生活は成り立つはずだった。土地は仕事で知り合った地元の人に探してもらったのだが、海岸線の森を切り開いた場所できれいな海が目の前に見え、格安の値段だった。

生活は快適だった。昼は家の前の海で泳いだり釣りをした。また近くに土地を買って小さな畑を作り、野菜作りにも励んだ。夜は読書とブログにいそしんだ。先に移住した人とインターネットで知り合い、地元の人は意外と住んでる場所のよさや歴史を知らない、外から来た人の方がよさが分かる、と教えられたので、自分のブログで集落の情報を発信しようと思った。自然の美しさだけでなく、住民の生活や祭りなどの行事をデジカメで撮り、感想を添えて毎日発信した。

実際、ヤマトゥンチューA氏の目に、こんなにきれいな海や砂浜、森があるのに、地元の人たちは関心が薄いように思えた。平気でゴミを捨てたり、それほど必要があると思えない農道や護岸を造って、せっかくの自然を破壊している。ヤマトゥンチューA氏はしだいに黙っていられなくなった。区長に話をしても埒（らち）があかなかったので、役場に抗議に行った。そして集落の現状をブログで伝え、自然を守ろうと訴えた。

他にもやることは沢山あった。畑の野焼きをしている農民に、ダイオキシンが発生する危険があるから即座にやめるよう注意したり、村の祭りの役職には地元の人しかなれないことに抗議したり、小学校の校内放送の音がうるさく、学校がマナー違反を犯しては子どもたちの教育によくないと電話をかけたり、深夜まで砂浜で遊んでいる高校生たちに早く帰るよう促したり、地元の人たちの意識の遅れにため息をつきながらも、集落の生活環境をよくするために頑張った。時々は米軍基地の建設に反対している市民団体の座り込み行動にも参加した。

読書とインターネットで沖縄の歴史と現実を知るにつれ、ヤマトゥンチューA氏の憤りは大きくなる一方だった。このまま基地と公共工事に依存していては、この島の自然は破壊され尽くし、人々の生活もダメになってしまう。地域の政治も経済もいつまでも自立できず、人々の心からますます自立心は失われてしまう。

このままではいけない、とヤマトゥンチューA氏は思い、地域の自立のために頑張ろう、と集落の人たちに訴えた。ヤマトゥンチューが何を言うか。どこからかそういう声が聞こえたので、ヤマトゥンチューA氏は悲しかった。何かあるとすぐにヤマトゥ対沖縄という二項対立の図式を作るのはおかしいし、そもそもヤマトゥや沖縄ということの自明性を疑う必要がある……と何かの本だったか雑誌だったか新聞だったかで読んだ知識を使って訴えたが、集落の人たちは理解しているのか、いないのか分からない表情だったので、疲れてしまった。

しかし、それでめげるようなヤマトゥンチューA氏ではなかった。むしろこの村で自分の果たす役割は大きいと再認識した。そしてこの村をもっとよくしていくには、自然が好きで自治意識の高い人が増えることが大切だと思い、移住者がもっと増えるようにとブログの充実に励んだ。

小さな村だから、移住者が増えれば自分たちがリーダーになってこの村をもっとよくしていけるだろう。そんなことのために移住したんじゃねーよ、と地元と距離を置く移住者もたくさんいるが、自分のような前向きな移住者が増えれば、地元の人も理解してくれるはずだ。そして、あちこちの村や島々を結んでネットワークを作り、基地と公共工事・開発に依存しているウチナンチューの意識を啓蒙して、本来の琉球の自治のあり方に戻してやろう。ヤマトゥンチューA氏の夢は大きかった。

いまこそヤマトゥと琉球の連帯が必要なときだ……、そうひとりごちてパソコンの画面を閉じると、缶ビールを手に庭に出た。潮騒の音と木麻黄（もくまおう）の葉を揺らす風が心地よく、空には手にした缶と同じオリオンの星が光っている。ああ、ほんとに良い所に移住してきたな……、とヤマトゥンチューA氏は思った。

目の前の海と砂浜が、かつて埋め立て計画があったのを住民が猛反対して守ってきたものであり、自分の住んでいる場所が、村の聖地であるウタキの森の一部を切り崩した場所であることをヤマトゥンチューA氏は知らなかった。

琉球の自治を目指す彼のたたかいは、まだまだ続く。

「集団自決」（強制集団死）訴訟

――貫かれる危険な狙い

◉『琉球新報』2007年8月4日〈風流無談〉

現在、大阪地方裁判所で、渡嘉敷島・座間味島で起こった「集団自決」について、日本軍の隊長による命令があったとする本の記述をめぐり裁判が行われている。

渡嘉敷島の隊長だった赤松嘉次氏の弟・秀一氏と座間味島の隊長だった梅澤裕氏が、『沖縄ノート』の著者である大江健三郎氏と発行元の岩波書店を訴えている裁判である。その第10回口頭弁論がさる7月27日に行われ、私も大阪地裁に傍聴に行った。

当日は69枚の傍聴券を求めて220名ほどの人がつめかけた。2005年の8月5日に赤松・梅澤両氏が提訴してから2年、いよいよ証人尋問が始まるということで、原告・被告それぞれの支援者はもとより、メディアの注目も高まっている。

ところで、この裁判が行われるにいたった経緯はどのようなものだったのか。それを見ていくと、現在沖縄県内で大きな問題となっている教科書検定と裁判との関係が浮き彫りになってくる。

雑誌『正論』の2006年9月号に、弁護士の徳永信一氏が書いた「沖縄集団自決冤罪(えんざい)訴訟が光を当てた日本人の真実」という文章が載っている。徳永氏は今回の裁判で、原告の赤松・梅澤両氏の代理人として中心となっている弁護士である。同氏はその文章の一節で次のように書いている。

〈この裁判の提訴の陰にはシベリア抑留体験を持つ元陸軍大佐の山本明氏の尽力があったことを記しておきたい。山本氏は、旧軍関係者の協力をとりつけるべく全国を奔走し、至る所で《隊長命令説》を刷り込まれた人々の無知と無関心の壁に突き当たった。ようやく接触を果たした梅澤氏も、当初、裁判には消極的だった。汚名を晴らしたいという切実な思いを持ちながらも、再び無益な争いの渦中に巻き込まれることをおそれた梅澤氏は、山本氏に「無念ですが、裁判はせず、このまま死んでいくことに決めました」と告げたのだった〉

（前掲『正論』137頁）

その後、山本氏の仲介で弁護士の松本藤一氏が、赤松嘉次元隊長の弟の秀一氏に接触する。松本弁護士は『沖縄ノート』が現在も販売されていることを告げ、〈軍命令による集団自決〉が掲載された教科書の資料を渡して、裁判に訴えることを促す。教科書の資料を目にした秀一氏は、松本弁護士の説得に応じて原告となることを引き受けるのである。

〈秀一氏の決意は、山本氏によって梅澤氏に知らされた。梅澤氏は「そしたら私もやらんといかんな」と呟いた。やがて梅澤氏の提訴の意向が松本弁護士に伝えられ、松本弁護士とともに靖国応援団を組織して闘ってきた稲田朋美弁護士、大村昌史弁護士、そしてわたしを中心に弁護団が結成され、裁判の準備がはじまった。提訴の約1年前のことだった〉（同）

このような動きが2004年に進められていた。原告側の弁護士が自ら記しているように、もともと赤松・梅澤両氏は裁判に関心があったわけでもなければ、積極的であったわけでもない。ふたりにはたらきかけて裁判を起こさせたのは、旧軍関係者と靖国応援団を自称する弁護士たちだったのである。そこには当初から、「集団自決」への軍の命令を記した教科書の記述をめぐる問題があった。

明くる2005年に藤岡信勝氏を代表とする自由主義史観研究会は、戦後60年の活動テーマとして「沖縄集団自決」を打ち出し、同年5月に渡嘉敷島と座間味島で現地調査を行う。そして6月4日に東京で開いた集会で、藤岡代表は次のようにぶち上げる。

〈この集会を起点にすべての教科書、出版物、子ども向けの漫画をしらみつぶしに調査し、一つ一つ出版社に要求し、あらゆる手段で嘘をなくす〉（『沖縄タイムス』２００５年6月14日付朝刊）

その2カ月後の8月5日に梅澤氏と赤松氏は大阪地裁に大江氏と岩波書店を訴える。その裁判を支援し、傍聴への動員をかけたのは自由主義史観研究会や新しい歴史教科書をつくる会などのメンバーであった。７月27日の裁判には、藤岡代表も傍聴に訪れていた。

今年の3月30日、文部科学省は来年度から使用される高校の歴史教科書で、「集団自決」の軍関与を否定する意見書をつけ、それによって教科書の記述が書き換えられた。赤松・梅澤両氏による提訴も否定の理由のひとつとしてあげられている。裁判の結審を待たずに教科書の書き換えがなされたことに、赤松・梅澤両氏や原告弁護団、自由主義史観研究会などの支援者は喜びの声をあげた。

こういう一連の流れを見るとき、今回の教科書検定に向けて、２００４年頃から民間の右派団体や靖国応援団を自称する弁護士グループなどが周到に準備を進めていたこと、政府・文部科学省の中にもそれに呼応する動きがあったこと、大江氏や岩波書店が訴えられている裁判と教科書検定とのつながりなどが明らかになってくる。そこに貫かれている危険な狙いに、私たちは目を凝らす必要がある。

教科書検定問題——日本軍強制の明記を

◉『琉球新報』
2007年9月1日
〈風流無談〉

8月25日付『琉球新報』朝刊に気になる記事が載っていた。県選出・出身の自民党国会議員でつくる「五ノ日の会」と面会した伊吹文明文部科学大臣が、教科書検定問題について、〈「日本軍による『関与』という表現ならいい」などと述べた上で、次回の教科書検定における修正意見の見直しについて柔軟な態度を示した〉というものである。

同日付『沖縄タイムス』では、〈伊吹文科相は県議会が全会一致した「検定結果の撤回を求める意見書」の表記が「軍命」ではなく「軍の関与」となっていることに「知恵を出した表現だ。来年の教科書を書くならば、そういう形で書かせたほうがいいのではないか」と語ったという〉と記されている。

これらの記事を一見すると、これまでの県民の運動や世論に踏まえ、9月29日の県民大会の状況を見ながら、政府・文部科学省・与党内で妥協点や落とし所を探ろうという動きが始まっているように見える。だが、これで問題が解決の方向に一歩進んだと考えるなら誤りだろうし、むしろこういう時こそ注意が必要である。

今回の教科書検定で最も重要な点は、「集団自決」について日本軍の強制があったという記述が削除されたことにある。改めて確認しておくと、検定意見がつけられたことによって次のように書き換えがなされた。

山川出版『日本史A』

【申請図書の記述】

〈島の南部では両軍の死闘に巻き込まれて住民多数が死んだが、日本軍によって壕を追い出され、あるいは集団自決に追い込まれた住民もあった。〉

【検定で決定した記述】

〈島の南部では両軍の死闘に巻き込まれて住民多数が死んだが、その中には日本軍に壕から追い出されたり、自決した住民もいた。〉

三省堂『日本史A』

【申請図書の記述】

〈日本軍に「集団自決」を強いられたり、戦闘の邪魔になるとか、スパイ容疑をかけられて殺害された人も多く、沖縄戦は悲惨を極めた。〉

【検定で決定した記述】

〈追いつめられて「集団自決」した人や、戦闘の邪魔になるとかスパイ容疑を理由に殺害された人も多く、沖縄戦は悲惨を極めた。〉

紙幅の都合上、2社の教科書だけをあげるが、検定意見の結果「集団自決」が日本軍によって「追い込まれた」「強いられた」ものであるという記述が削除され、あたかも住民が自発的に「自決」していったかのように書き換えがなされている。

ここにおいて問題は、たんに日本軍の「関与」があったか否かではなく、どのような「関与」があったのかという中味なのであり、日本軍による強制があったという記述を明記させることが、最重要の課題なのである。

もし伊吹文科相が言うように「軍の関与」があったというだけの曖昧な表現で決着がつけられるなら、それは容易に中味がすり替えられるだろう。日本軍が住民に手榴弾を渡したのは事実であり、その点では「軍の関与」があった。しかし、その手榴弾を使って命を絶ったのは住民の自発的な行為であり、軍の強制によるものではなかった、というように。

9月29日の県民大会は5万人規模が予定され、全県民的な取り組みとして準備が進められている。その意義の大きさを認めるのにやぶさかではないが、同時に私は一抹の懸念も覚えている。幅広く人を集めるということで、集会の目的や決議文の内容が最大公約数的な形で曖昧になりはしないかと。

そこで思い出すのは1995年の10・21県民大会

である。日本政府を揺り動かすほどの集会として実現されながら、そのあとに起こったのは米軍基地の県内たらい回しという事態であり、それによって問題の解決は進まず、県民はいまも苦しみ続けている。

私たちは同じ過ちをくり返してはならない。教科書検定意見の撤回と「集団自決」に日本軍の強制があったという記述の完全復活・明記を、けっしてゆずることのできない一線として確認し、曖昧な形での妥協をしないことが極めて重要である。

この問題が起こってから、県内紙には数多くの戦争体験者の証言が掲載されてきた。それらを読みながら、もし日本軍が住民に手榴弾を渡して自ら命を絶つように命令・指示していなければ、どれだけ多くの県民が死ななくてすんだか、と考えずにいられない。

「生きて虜囚（りょしゅう）の辱（はずかし）めを受けず」という戦陣訓は、軍人の行動規範を示したものだ。軍人でもない非戦闘員の住民に対しても「捕虜」（戦争難民）となることを許さず、手榴弾を配った日本軍の行為は、死の

強制でなくして何だというのか。

9・29県民大会——くり返されない仕組みを

◉『琉球新報』2007年10月6日〈風流無談〉

大学を卒業して間もない頃だから、もう20年以上前になる。今帰仁（なきじん）村の運天港で半年間荷揚げ作業のアルバイトをやった。貨物船の船倉に降りて肥料や飼料などを板木に積んだり、トラックに乗せるために岸壁で積み換え作業をするのだが、炎天下の作業はなかなかのきつさだった。ふだん一緒に作業しているのは6名で、それで生活をしている人もいれば、漁の合間に作業に加わるウミンチュもいた。20代は私ひとり。あとは40代から70代の人たちだった。

作業の合間や終わってからの酒の場で、年輩の人たちの話を聴くのが楽しみだった。小禄（おろく）で米軍の捕虜になりハワイの収容所に入れられたAさん。関東軍にいて中国大陸でソ連軍の捕虜となりシベリアに抑留されたUさん。沖縄の苗字に難癖をつけて殴る古年兵に怒りを漏らしていたMさん。戦争体験ではないが、米軍の現金輸送車を襲撃してピストルで撃ち合いをやったと話していたSさん。

かくじ（顎）ぬ運動さーやー、といって廃鶏を買ってきて焼き鳥にし、船着き場のコンクリートに座って固い鶏肉を食べ、泡盛を飲みながら話していた人たちの姿が目に浮かぶ。そうやって聴いた沖縄戦の話は、いまもはっきりと記憶に残っている。そしてふだん意識はしていなくても、私が物事を考えるときに何らかの影響を与えているだろう。

9月29日の県民大会には、宮古・八重山を含めて11万6000人の人が集まった。自らの意思で足を運んだ一人ひとりが、沖縄戦についてそれぞれの思いを抱き参加したことだろう。62年たっても、沖縄戦の体験が沖縄人にとってこれだけの強い影響力を持ち続けているのか、と会場の隅で思った。

同時に、人で埋め尽くされた会場を眺めながら、12年前の県民大会のことがしきりに思い浮かんだ。

1995年の10月21日、同じ宜野湾海浜公園に8万5000人が集まった。あの時は3名の米兵による暴力が糾弾され、米軍基地の「整理縮小」が掲げられた。12年の時をへだてて行われたふたつの大きな集会が、米軍基地と沖縄戦を焦点にしていること。その意味を考えさせられる。

戦後62年にもなるのに基地問題に振り回され、沖縄戦の記憶がくり返し呼び起こされる状況から抜け出せない沖縄。そういう状況を生み出している沖縄と日本（本土）との関係こそが問い返されなければならない。

今回の大会で11万6000人と前回以上の人数が集まったことを評価する声が多い。しかし、見方を変えればそれは、この12年の間に沖縄の状況がそれだけ悪くなり、日本政府の高圧的な姿勢が強まっていることの表れではないのか。

米軍再編論議のなかで沖縄の「負担軽減」が言われながら、実際には基地の機能強化が進んでいるとしか思えない。米軍だけではない。自衛隊の強化も進んでいる。沖縄が米軍だけでなく自衛隊の拠点にもなろうとしているからこそ、日本軍への否定感を作り出す「集団自決」の軍による強制という史実を消そうという動きも生まれている。

小泉内閣から安倍内閣へといたる過程で、日本政府の沖縄に対する姿勢は、辺野古や高江への基地建設強行に見られるような政治・軍事面だけでなく、沖縄戦の記憶や歴史認識といった領域にまで踏み込むほど無神経かつ居丈高になっていたのだ。

その安倍内閣は張り子のタカとしか言いようのない惨めな姿をさらして自己崩壊した。福田内閣に代わったことによって事態が好転するという見方もあるが、問題は政府に対する沖縄側の交渉力だ。

これまで沖縄は重要な局面で政府との交渉力の弱さをさらしてきた。大衆的な運動が盛り上がっても、その後の事務的な交渉になると詰めの甘さを露呈してしまい、いつの間にか政府側に主導権を奪われ、うっちゃりを喰らわされてしまう。12年前もそうだった。10・21県民大会のあと、普天間基地の

「県内移設」という安易な選択をしたが故にいまどうなっているか。問題は何一つ解決していないばかりか、名護市民をはじめ多くの人が、いまだに基地問題で苦しみを強いられている。

私たちは同じ過ちをくり返してはならない。今回の教科書検定問題でも、安易な妥協を行えば、いずれほとぼりがおさまった頃に、また同じ問題が起こるだろう。これから沖縄の代表たちの交渉力が問われるし、代表を後押しする県民の持続的な運動が必要となる。

県民大会後の対応の早さを見れば、政府は事前に沖縄の動向について情報収集し、対応を詰めていたのが分かる。すでにいくつかの選択肢が用意されていて、県民の反応を見ながら落としどころを探っているのだろう。

検定意見の撤回と記述の復活という大会決議を貫くと同時に、検定に関する情報公開や沖縄戦研究者の参加、沖縄条項の確立など、同じことがくり返されない仕組みを作ることが大切である。

事実ねじ曲げる小林氏
――「軍命」否定に家族愛利用

◉『琉球新報』
2007年11月3日
〈風流無談〉

漫画家の小林よしのり氏が雑誌『SAPIO』（小学館発行）11月14日号の「ゴーマニズム宣言」で「集団自決の真相を教えよう」という漫画を書いている。現在の沖縄を「全体主義の島」呼ばわりし、9・29県民大会の意義を否定するのに必死になっている。事実をねじ曲げる手法と内容のひどさには呆れるが、小林氏がどういう人物かを知る上では格好の素材かもしれない。

小林氏は「集団自決」は「軍命」ではなく、〈家族への愛情が強すぎるから、いっそみんなで死にたいと願ってしまった〉が故に起こったのだと主張し、次のように書く。

〈そもそも「軍命」があったからこそ親が子を殺したとか、家族が殺し合ったなどという話は、死者に対する冒涜（ぼうとく）である。そんな「軍命」は非道だと思うなら、親は子を抱いて逃げればいいではないか！　自ら子どもを殺すよりは、「軍命」に背いて軍に殺される方がましではないか！〉

〈明日にも敵が上陸するという状況下では、島の住民に集団ヒステリーを起こさせるに十分な緊張が漲（みなぎ）っていた。しかも本土よりも沖縄の方が、村の共同体の紐帯（ちゅうたい）ははるかに強い。そのように強い共同体の中には「同調圧力」が極限まで高まる。だれかが「全員ここで自決すべきだ！」と叫べば、反対しにくい空気が生まれる。躊躇（ちゅうちょ）する住民がいれば、煽動するものは「これは軍命令だ！」と嘘をついてでも後押しする〉〈ひょっとして沖縄出身の兵隊が「敵に惨殺されるよりは、いっそこれで」と、手榴弾を渡したかもしれない。だがこれは、あくまで「善意から出た関与」である〉

小林氏の主張は、「集団自決」は沖縄の住民が「家族への愛情」から自発的に行ったものであり、仮に手榴弾を渡すという軍の「関与」があったとしても、「沖縄出身の兵隊」や「防衛隊員」の「善意から出た関与」で、沖縄出身以外の兵隊は「関与」していないというものだ。そして、「軍命令」は共同体（村）中の煽動者が住民を「集団自決」に追い込むためについた「嘘」なのだという。

「集団自決」（強制集団死）によって肉親を喪った人たちは、戦後62年の間どのような思いで生きてきたか。その苦しみは第三者には理解不可能かもしれない。だが、それでも理解しようという努力はし続けなければならない。「集団自決」の問題について考えるとき、それはけっして忘れてならない基本的なことではないか。その姿勢があれば、〈そんな「軍命」は非道だと思うなら、親は子を抱いて逃げればいいではないか！〉という言葉は出てこないだろう。

米軍に残酷なかたちで殺されるよりは自分の手で殺した方がいい。そう思った親がいたとしても、問題はどうしてそのような心理状態に追いつめられていったかである。戦時下の沖縄住民は日本軍の全面的な統制下で暮らし、行動していた。そういう軍と住民の関係を切り離した上で、あたかも「軍命」に逆らって逃げようと思えば逃げられたかのような書きぶりで、小林氏は問題はすべて住民の側にあったかのように描き出す。

そもそも「集団自決」の原因を「軍命」か「家族への愛情」かと二者択一の問題として設定すること自体がおかしい。慶良間諸島や伊江島、読谷村など「集団自決」で多くの犠牲者が出た地域は、日本軍の特攻基地や飛行場などの重要施設があり、住民がその建設に動員され、日本軍と住民の密接な関係が築かれていた所だ。日本軍のいなかった島では「集団自決」が起こっていないことを見ても、「家族への愛情」だけでそれが起こりえないのは明らかだ。小林氏はそういう事実には触れずに、「軍命」否定のために「家族への愛情」を利用しているのである。それこそ「死者への冒涜」であり、生き残った人たちをさらに精神的に追いつめるものではないのか。

小林氏は、日本軍が住民に米軍への恐怖心を吹き込んだことや、「戦陣訓」の影響があったことを曖昧にした上で、あろうことか住民の中に煽動者がいて「これは軍命令だ！」と嘘をつき「集団自決」に追い込んだと主張する。これほどひどい暴論はない。いったいどこの事例にそういう事実があるというのか。小林氏は具体的に示すべきだ。

「沖縄出身の兵隊」が住民に手榴弾を配ったと強調するのも、沖縄人同士が勝手に殺しあった、と印象づけるための恣意的な描き方である。手榴弾などの武器は軍の組織的管理下にあり、軍の方針や隊長の命令に背いて兵隊が勝手に持ち出し、住民に渡して「自決」を促せるものではない。そのことを押し隠し、「沖縄出身の兵隊」や「防衛隊員」に責任をなすりつけるのは卑劣としか言いようがない。

他にも問題は多々あるが紙幅が尽きた。それにしても、久しぶりに沖縄について小林氏が書くくらい9・29県民大会は衝撃的だったのだろう。

小林氏とは逆に、大会に励まされた人が全国に多数いることを押さえたい。

伝えられる言葉

●『すばる』(集英社)2007年12月号

来年から使用される高校の歴史教科書で、沖縄戦における「集団自決」で軍の強制があったという記述が、教科書検定により削除されたことが3月末に明らかになった。それから半年、9月29日に沖縄県宜野湾市の海浜公園で開かれた「教科書検定意見の撤回」を求める県民大会は、主催者発表で11万人が集まり、沖縄では1972年の日本復帰後、最大規模の集会となった。

当日、私は地元テレビ局が現場から中継している番組に出ていて、会場の一角に設けられた特設スタジオから大会の様子を見ていた。会場の広場を参加者が埋め尽くし、周囲の道路や木陰にも人が溢れている様子は圧巻だった。大会が始まってからも会場に向かう人の流れは絶えず、道路が渋滞し途中まできて参加できなかった人も多かったという。そういう人たちも含めれば11万人以上いた、と主催者がいうのは大袈裟ではない。

大会のあと政府が教科書記述見直しの動きを始めたことにあわてふためき、大会の意義をおとしめるために、参加者の数はもっと少なかったと宣伝しているメディアや団体もある。そういう人たちには、沖縄県民にとって沖縄戦がいまでもどれだけ重い意味を持っているか、その歴史と記憶を継承しようという人が、若い世代を含めてどれだけ多くいるかが見えていないのだろう(あるいは見たくないのだろう)。都合で会場には行けなくても、テレビやラジオで大会の様子を注目していた県民は、参加者の何倍もいたのだ。

住民を巻き込んだ地上戦として行われた沖縄戦では、当時の県民の4分の1が亡くなったと言われる。そこには米軍による無差別攻撃による死だけでなく、友軍と呼んで頼りにしていた日本軍による住民虐殺や壕追い出し、「集団自決」の強制による死も含まれている。食料強奪や暴行、マラリア猖獗（しょうけつ）地への強制移住など、日本軍が沖縄の住民に対して行った蛮行は、例外的事例とは言えないほど数多く発生している。それらの事実はこれまでいかにして伝えられてきたか。

沖縄では県や市町村が出している証言集や資料集をはじめ、民間団体や個人による証言集、写真集、研究書、小説、漫画など沖縄戦に関して膨大な量の出版物が刊行されている。それ以外にも新聞やテレビの報道、1フィート運動などの映画、県平和祈念資料館、ひめゆり平和祈念資料館、対馬丸記念館、佐喜眞美術館などの施設、洞窟（ガマ）などの戦争遺跡を利用した平和学習、6月23日の沖縄戦慰霊の日を中心とした学校や地域での取り組みなど、沖縄戦について学ぶ場や機会が数多くある。

そして何よりも、肉親をはじめとする体験者の語りを通して、沖縄戦の実相が伝えられてきた。長年にわたるそういう積み重ねが9月29日の県民大会に結びついているのであり、一朝一夕に11万余の人が集まったのではない。体験者から直接話を聞ける時間が残り少なくなっているなかで、沖縄戦の証言・記憶に耳を傾けたいという思いに駆られて、県民大会の場に足を運んだ人も多かっただろう。

それをよく表していたのが、沖縄戦を体験したお年寄りから若者、学生、子どもたちまで、幅広い世代が県民大会に参加していたことだった。会場では高校の放送部や写真部の生徒が、マイクやカメラを手に取材している姿もあちらこちらで見られた。大会が終わり、ほとんどの参加者が帰ったあとも、公園のベンチに座ってお年寄りの話を聞き、ビデオカメラを回していた高校生たちの姿を思い出す。

だが、そうやって伝えられる言葉にはどれだけの精神的苦痛が伴っていることか。大会では渡嘉敷島の「集団自決」の生存者も登壇し、日本軍によって手榴弾が渡されなければ「集団自決」は起こらなかった、という発言がなされた。今回の教科書検定問題が起こり、これまで口をつぐんできた「集団自決」の生存者も自らの体験を語りはじめている。それらの言葉に真摯に耳を傾けなければと思う。

小林よしのり氏の反論に答える

――軍命令・強制、曖昧に／住民に責任転嫁する手法

◉『琉球新報』
2007年12月24日
〈風流無談〉

12月18日付の本紙文化欄に、私が書いた「風流無談」に対する小林よしのり氏の反論が載っている。相も変わらず沖縄戦における「集団自決」について、家族への愛や県民の主体性か、それとも日本軍の命令かと二者択一的に問題設定している。

〈わしには当時の沖縄県民がそこまで主体性を喪失していたとはどうしても思えない。沖縄県民の家族への愛情は健全であった〉

小林氏はこう書いているが、平時であれ戦時であれ、あるいは「集団自決」が起こったその瞬間であれ、県民に家族への愛情があるのは当たり前のことだ。

「集団自決」における沖縄県民の「主体性」に関しても、小林氏がいまさら言うまでもなく、沖縄では1960年代から問題にされ、論じられてきている。行政の幹部や教育、メディアの関係者らが戦時体制下でどのように軍に協力し、民衆を戦争に動員していったか。その実態と主体的責任を問う議論は行われてきているし、現在も引き続き重要な問題であることに変わりはない。

私が批判しているのは、家族への愛情や沖縄県民の主体性を強調することで、「集団自決」における日本軍の命令・強制という決定的要因を曖昧にし、その事実を否定していく小林氏の手法のまやかしである。

沖縄には数多くの離島がある。その中で大規模な「集団自決」が起こったのは慶良間諸島と伊江島である。そこには水上特攻艇基地と飛行場が建設され、住民もその建設工事に動員されていた。日本兵が民家に寝泊まりするなど、住民と軍との関わりも深く、

住民は日本兵から中国で行った捕虜への虐待行為をじかに聞かされている。

とりわけ慶良間諸島は、特攻基地という機密性の強い基地が置かれたため、日本軍による住民の統制・監視も徹底していた。慶良間諸島では、米軍に収容された住民がスパイ容疑で日本軍に虐殺される事件も相次いで起こっている。それは住民がいかに日本軍に統制・監視されていたかを端的に示している。

当時の沖縄にあった「同調圧力」とは、このような軍の統制・監視によって作られたものであり、共同体一般のそれとして論じられるべきものではない。また、「集団自決」が家族への愛情を主要因として起こるものでないことは、日本軍のいなかった島では起こっていないことからも明らかである。

何よりも「捕虜にならずに自決せよ」と日本軍から住民に手榴弾などの武器が渡されたことが、「集団自決」の決定的要因となっていることは、住民の証言や沖縄戦研究によってすでに明らかにされていることだ。

小林氏はこのような事実や沖縄戦研究を無視して、「通州事件」の報道を強調することでマスコミに責任転嫁し、サイパンや樺太の「集団自決」にまで問題を一般化している。小林氏は〈全体主義の島「沖縄」〉と銘打った雑誌『わしズム』の座談会で、渡嘉敷島の赤松隊を海軍の回天の部隊と勘違いしているが、その程度の基礎知識もなく沖縄戦について自分の思い込みを羅列するより、沖縄戦研究者の著作をちゃんと読んだらどうか。

小林氏は当時の第32軍が「住民統制に特別手間をかけられる状態ではなかった」とも書いているが、軍が住民を「統制」しないで戦争ができると思っているのか。戦時体制は行政・議会・労働・報道・教育・民間などのあらゆる組織を軍の統制下に置くことで成り立つのであり、当時の沖縄も例外ではない。第32軍が1年前に配備されたと強調し、住民への軍の影響力を小さく見せたいのだろうが、急速に臨戦態勢に入っていく沖縄の状況を事実に即して見るべきだろう。

慶良間諸島における「集団自決」も日本軍の統制下で起こったことだ。渡嘉敷島においては兵器軍曹によって事前に住民に手榴弾が配られ、さらに防衛隊によって「集団自決」当日も手榴弾が配られている。防衛隊は軍の指揮下で行動しているのであり、手榴弾も軍の厳重な管理下にある。赤松隊長の命令や許可なくして住民に配られることはあり得ない。座間味島においても島の最高指揮官は梅澤氏であり、梅澤氏の許可なくして住民に手榴弾がわたることはないというのは、大阪地裁で行われている裁判で、梅澤氏自身が証言している。

小林氏は座間味島の役場職員が「集団自決」を引き起こしたかのように書いている。しかし、その職員に事前に「軍の命令」が下っていたという新たな証言が出ている。私は大阪地裁で梅澤氏の証言を傍聴したが、宮城晴美著『母が遺したもの』と梅澤証言の重要な違いもある。梅澤氏が実際に「自決するな」と言ったのなら、それに逆らって役場職員が「玉砕命令が下った」と住民を集めることはあり得ない、と私は考えている。

私はこの問題は想像より事実の積み重ねが重要だと考えるし、日本軍の命令・強制を否定するために「家族愛」を利用し、住民に責任転嫁するのは卑劣な手法としか思えない。

2008年

北部訓練場で訓練する米兵。県道のすぐそばで小銃を手にした訓練が行われている（2013.7.22）

新春カメ・ルー時事漫談
——気張らんねーならんどー

◉『琉球新報』2008年1月5日〈風流無談〉

ルー：はいさい、いちゃりばブラザー、皆さん明けましてニューイヤー、今年もよろしくございます、ルー大城です。

カメ：あきさみよーなー、くぬ男（いきが）や、正月（そーがち）なーから異風な物言（むぬい）いして。

ルー：そういうあなたは、フー・アー・ユー？

カメ：私はヤンバルから来ました仲村渠カメです。だー、久しぶりに那覇に来たら、人がわさないして疲れたさ。ここで少しゆくろうね。あんたも座って、うり、黒砂糖喰（くるざーたーけ）ーば。

ルー：サンキューやいびん、おばーさん。正月ですからね、ミーも朝から波上宮に行きましたけどメニーピーポーで、人数を数えるのが好きな「新しい歴史教科書をつくる野鳥の会」の皆さんにカウントしてほしいくらいでした。

カメ：おばーはヤンバルだからピーもポーもパーもするけどね。そんな数をかぞえてる暇があったら、クロツラヘラサギのくちばしのテグスをどうにかしなさい。

ルー：おばーさん、ベリーわじわじーしてますね、血圧がアップしたら体に悪いですよ。

カメ：去年（くじゅ）からずっとわじわじーし通しさ。「集団自決」に軍の命令がなかったとか、強制がなかったとか、やな文部科学省ぬ者（むん）ぬちゃーや「慶良間や見ーてぃん、間違（まちげー）いや見ーらん」、くったーやウチナンチューうしぇーてぃるうぃしが。

ルー：ミーもベリーそう思います。ミーのおじーが言ってました。親（うや）ぬゆしぐとぅや肝（ちむ）にすみり。国ぬゆくしぐとぅやすぐにやみり。

カメ：いったーおじーや、ゆー分かとーさ。うり、黒砂糖喰ーば。

ルー：にふぇーでーびる、おばーさん。でも、こうやって新都心のサンエーの前でムシロを敷いて、ブラック・シュガーを食べながらサンピン・ティーを飲むのもいいもんですね。少し風がコールドですけど。

カメ：ところで兄さん、そこにあるのはアメリカ軍の基地ね？

ルー：どれですか？　あ、ノーノーノー、あれはミュージーアム、沖縄県が誇る博物館・美術館ですよ。

カメ：とーとーとー、あれが噂の博物館・美術館ね。我(わ)んねーまた、アメリカ軍の要塞かと思ったさ。

ルー：有事の時は自衛隊が使うという噂もありますけど、いまは港川人が使ってます。おばーさんはまだ入ってないんですか？

カメ：はー、ヤンバルからは遠くてね。高速道路使っても時間はかかるし、お金もかかるしね、なかなか見に来られんさ。私の孫もよく怒ってるさ。県立図書館から、公文書館から、平和祈念資料館から、国立劇場沖縄から、文化施設はみんな那覇・南部にばかり造ってってね。

ルー：その気持ち、ミーも分かりますけど、でも、人口が多い方にどうしてもやっぱり……。

カメ：やっぱり何(ぬ)ーやが？

ルー：いえいえ、そんないきなり風呂敷からヌンチャクを出されても、おばーさん。

カメ：我んがわじーしや、良(いー)い物(むん)や那覇・南部に造(ちく)てぃ、アメリカーぬ基地とぅか悪(やな)い物(むん)やヤンバルかい造いんでぃ言うとぅ、合点ぬならんばーよ。とー、ヤンバルに新しい基地ぬ出来(でぃき)れーから，アメリカーや、しー欲(ぶ)さ勝手(かってぃ)、やがてぃや自衛隊ぬん使(ちか)いんてー。

ルー：はあ、そうですか。でも振興策のマネーもあるでしょう。

カメ：北部振興策がぬーやんくーやんと言っても、儲かるのは一部の業者だけさ。あの守屋なんとかいう破れ饅頭みたいな顔の兄さんが、みんな暴露(ばっか)したらいいと思うさ。K組とか、Y土建とか、H開発とか。おばーは週刊誌を読んで、ちゃんと勉強してるからよ。沖縄の新聞ももっと頑張って書いて欲しいね。

ルー：K・Y・Hですか、沖縄の空気が読めない人たちですね。

カメ：読めないのか、読めるのか分からんけどね、空気は吸うものであって、読むものではないさ。うり、黒砂糖喰ーば。

ルー：おばーさん、ベリー・デリシャスですけど、そろそろメタボリックが……。

カメ：ワタボリックが何したって？　うり、なーひん喰(か)めー。

ルー：喰めー喰めーアタック、ベリー嬉しいですけど……、はいはい分かりました。くゎっちーしますから、ヌンチャクとサイはしまってくださいね。

カメ：おばーはね、教科書検定意見を撤回させて、ヤンバルに基地を造ろうというのを止めさせるためにね、長生きしないといかんと思ってるさ。いったー若い者(むん)がだらしないから、おばーはこんな歳になっても頑張ってるんだよ。

ルー：はー、すみませんです。

カメ：どんなにのろく見えてもね、最後はカメが勝つんだよ。ウチナンチューはもっと、気張(ちば)らんねーならんどー。

「関与」という表現の危険性
——事実をひっくり返す詐術

◉『琉球新報』
2008年2月2日
〈風流無談〉

社会派推理小説の草分けだった松本清張に「霧の中の教科書」と題した評論がある。『婦人公論』1962年6月号に発表されたもので、46年も前の文章だが、教科書検定制度の問題を鋭くえぐり出し、その指摘はいまでも読むに値する。文部省（当時）の調査官について、松本清張は次のように書いている。

〈さて、問題になるのはこの文部省調査官である。これは非常勤の調査員と違って歴とした文部省役人であり…中略…この人たちの持っている主観というものがとかく検定に影響されがちだと噂されて、今注目の焦点となっているところである。／つまり、文部省役人の調査官の主観に教科書の書き方が影響されるとなれば、検定はすでに検閲化されたと云われても仕方のないところである〉

〈社会科日本歴史に限って考えてみると、この調査官の前歴にはかなり疑惑を持たれても仕方がないような人たちがいるのも問題点だ。たとえば、戦前の「皇国史観」でも有名な学者のお弟子さんが調査官になっていたり、或いは神宮皇学館とか、善隣協会、蒙古文化研究所、東亜研究所といったところに勤めていた経歴の調査官もいる。これらの組織はすべて戦前に華やかな皇国史観を唱えて活動していた〉

〈すでに学習指導要領の基準によって教科書が書かれている以上、それは実質的な統制だ。また調査官の主観が微妙に教科書制作に影響するとすれば、さらにその統一は強化され、内容面においては実質的に国定と同一であるとも云ってよい〉

（『松本清張社会評論集』講談社文庫、47～50頁より）

昨年来問題になっている「集団自決」（強制集団死）の教科書記述でも、文部科学省の調査官の主導で日本軍による「強制」を示す記述が削除された。教科書会社からの訂正申請においても、「軍命」「強制」を示す記述が調査官によって書き直しさせられ、「関与」という曖昧な記述となっている。その調査官の中には、「新しい歴史教科書をつくる会」と関わりのある人物がいることも指摘されている。松本清張が46年前に指摘した問題は、いまもくり返されているだけでなく、日本社会の右傾化とともにさらに悪化していると言わざるを得ない。

ところで、教科書会社が出した訂正申請を文部科学省が昨年末に認めたことで、9・29県民大会実行委員会の役割は終わったとし、自民党が解散を主張している。県民の中にも、日本軍の「関与」が認められたからいいのではないか、という意見があるかもしれない。しかし、「関与」という曖昧な記述で幕引きをし、沖縄県民がその記述にお墨付きを与えた形になることが、どういう危険性を持つかを考える必要がある。

すでに「集団自決」の軍命令や強制を否定する人たちの中から、「善意の関与」を主張する者が出ている。日本軍が住民に手榴弾を渡したのは、米軍の攻撃に追いつめられた住民が自ら死を選ぼうとしているのを助け、なるべく楽に死ねるようにという日本軍の「善意」による「関与」だったというのだ。

似たような主張に「慈悲の行為」というのもある。大阪地方裁判所で行われている大江・岩波沖縄戦裁判で、原告側の代理人が「日本軍が住民に手榴弾を渡したのは、慈悲による行為だとは考えられないか」と大江健三郎氏に尋問した。大江氏は即座に「考えられない」と答えたが、傍聴していた私はそこに「善意の関与」という表現と共通の意図を感じた。

日本軍の管理下にあった手榴弾が住民に渡されているという事実は、軍の命令や強制を否定する人たちもさすがに認めざるを得ない。しかし、彼らはそこでひとつの詐術をほどこす。非戦闘員の住民に手榴弾を渡すということ自体が、「自決」せよと死を強制するものであると考えるのが普通だと思うが、「善意の関与」「慈悲の行為」ということによって、その意味を１８０度ひっくり返し、あたかも死を望んだ沖縄県民に日本軍は手助けをしただけであるかのように描き出そうとするのである。

「関与」という曖昧な表現が持つ危険性がそこにある。だからこそ、教科書に日本軍の「強制」を示す記述を明記させることが重要なのである。安易な妥協が今後にもたらす影響の大きさ、重さを考える必要がある。

沖縄の自民党が、選挙に有利か不利かという理由で9・29県民大会の実行委員会を解散しようというのなら情けない話だ。藤岡信勝氏をはじめ軍命令・強制を否定する人たちは、県民大会の参加者は１万３０００人だの2万人だのという県民を侮辱したデマをまき散らしながら、精力的に運動を行っている。そのことに怒りはないのだろうか。

沖縄戦の史実を全国に伝えようと思うなら、沖縄から執拗に声をあげ続けるしかない。沖縄県民が妥協したり沈黙すれば、遠からず「追い込まれた」という記述も消えるだろう。

教科書検定問題を読み解く
――大江・岩波裁判から見えてくるもの

●『部落解放』(解放出版社)
2008年2月号

2007年9月29日に宜野湾市の海浜公園で開催された沖縄県民大会から2カ月あまりが過ぎた。沖縄戦における「集団自決」(強制集団死)で日本軍による強制があったと書いた教科書の記述が、文部科学省の検定意見により削除された。それがマスコミ報道で明らかになったのが3月30日。それから半年の間に「検定意見の撤回」と「記述の復活」を求める声は、沖縄県内で日に日に勢いを増して広がっていった。そして、宮古・八重山を合わせて11万6000人(主催者発表)という人が結集し、1972年の「日本復帰」以来最大規模と言われる大会となった。

「静かな怒り」とも評された大会の様子に、政府・文部科学省もさすがに対応せざるを得なくなり、教科書会社に記述の訂正申請を行わせることで、事態の沈静化を図ろうとしてきた。この文章を書いている11月末現在、6社の教科書会社が「集団自決」に日本軍の強制があったことを明記した内容で訂正申請を行い、審議会で検討されている。本誌が出る頃には結果が出ているだろうが、私には楽観的な予想はない。

検定意見は撤回されず、審議会委員の構成も変わらないままで、はたして記述が「復活」されるのか。仮に「復活」したとしても、検定意見が生き続けている限り、沖縄の運動が沈静化したのを見計らって、同じことがくり返されるだろう。沖縄県民の多くがそのような懸念を抱いている。県民大会の決議である「検定意見の撤回」をどう実現していくかが、大きな課題としてある。

だが、県民大会から2カ月以上がたち、大会実行委員会は継続しているものの、取り組みは不活発になっているのが実情だ。仲井真県知事や与党系の国会議員らを中心に政府との幕引きの交渉が行われる一方で、10月半ばに実行委員会代表による東京行動が行われて以降、めぼしい行動は行われていない。多くの県民が結集することによって政府を揺り動かしながら、基地問題解決の成果は生み出し得ていない12年前の県民大会の二の舞になりはしないか。そういう不安が頭をもたげる。無論そうさせてはならず、現在の状況を克服するためにも、今回の教科書検定問題をその背後の動きまで掘り下げて考える必要がある。

今回の教科書検定問題はなぜ起こったのか。その背景を考えるとき見落とせないのが、現在、大阪地方裁判所で行われている大江・岩波沖縄戦裁判である。

2005年8月5日に梅澤裕氏（座間味島元守備隊長）と赤松秀一氏（渡嘉敷島元守備隊長・赤松嘉次氏の弟）の2名が、大阪地裁に大江健三郎氏と岩波書店を訴えた。両氏は大江氏の著作である『沖縄ノート』に、沖縄戦当時慶良間諸島で起こった「集団自決」で渡嘉敷島と座間味島の守備隊長であった赤松嘉次氏（故人）と梅澤氏が「自決」命令を出したかのように記述されているとし、赤松氏の遺族としての「敬愛追慕の念」が侵され、梅澤氏の名誉が毀損されたと主張している。

これに対して大江氏と岩波書店は、『沖縄ノート』には梅澤、赤松両氏の実名は出しておらず、名誉毀損にあたる表現もないとして、2年余にわたり係争中である。

2007年11月9日には梅澤、赤松、大江の3氏による本人尋問が行われ、マスコミでも大きく報道された。同年12月21日に結審し、2008年3月には判決が出る予定である。ここで裁判の内容について立ち入って書くことはできないが、この裁判が起こった経過を見ると、教科書検定とのつながりが明らかとなる。

雑誌『正論』2006年9月号に、原告側弁護団の中心である徳永信一弁護士が書いた「沖縄集団自決冤罪訴訟が光を当てた日本人の真実」という文章が載っている。それによれば当初梅澤氏は裁判に乗り気でなかった。元軍人の山本明氏の説得に対して梅澤氏は、「無念ですが、裁判はせず、このまま死んでいくことに決めました」と答えて、いったんは裁判を起こすことを断っている。

その後、山本氏の仲介を受けて弁護士の松本藤一氏が赤松秀一氏に接触し、裁判を起こすように説得する。

〈松本藤一弁護士から『沖縄ノート』が今も変わらずに販売されていることを聞かされた秀一氏は信じられないという顔をした。《軍命令による集団自決》が掲載された教科書の資料を渡されると、持つ手が震え、絶句した。しばらくの沈黙の後、こう言った。「こんなことがまかりとおっているとは知りませんでした。不正を糺すのに裁判が必要なのでしたら、私が原告を引き受けます」〉

〈秀一氏の決意は、山本氏によって梅澤氏に知らされた。梅澤氏は「そしたら私もやらんといかんな」と呟いた。やがて梅澤氏の提訴の意向が松本弁護士に伝えられ、松本弁護士とともに靖国応援団を組織して闘ってきた稲田朋美弁護士、大村昌史弁護士、そしてわたしを中心に弁護団が結成され、裁判の準備がはじまった。提訴の約一年前のことだった〉（『正論』２００６年９月号）

原告側弁護士が自ら記しているように、赤松氏にしても『沖縄ノート』が初版から30年以上版を重ねていることを知らなかった。赤松氏や梅澤氏を説得して裁判を起こさせたのは、「靖国応援団」を自称する弁護士グループと元軍人の山本明氏であり、しかも当初から《軍命令による集団自決》を記した教科書の記述を削除させることが、裁判の目的のひとつに位置付けられていたのである。

今回の教科書検定の結果が報道された3月30日は、大江・岩波沖縄戦裁判の第8回口頭弁論が行われた日でもあった。文部科学省が結果を公表したのは同日夕方であったが、その前の公判中に原告側が、検定内容を事前に明らかにするというルール違反を犯した。さらに公判後の記者会見で原告側は、「教科書の記述削除は目標の一つだった」と喜びの声をあげている。赤松秀一氏は「原告として立ったのは、教科書に（自決命令の）記述があったから。削除され、これほどうれしいことはない」（以上、『沖縄タイムス』07年3月31日付）と話し、裁判の狙いが教科書の記述にあったことを明らかにしている。

また、11月9日に行われた本人尋問では、次のようなことがあった。

被告代理人の近藤弁護士が「『沖縄ノート』を読んだのはいつか」と問うたのに対し、梅澤氏は「去年読んだ」と答えた。当日、傍聴席にいてその言葉を聴いた私は、一瞬耳を疑った。2年前の8月に提訴を行った段階で、梅澤氏は『沖縄ノート』を読んでいなかったのだ。読んでもいない本に対し、自分の名誉が毀損されたとどうして思えたのか。

赤松氏も近藤弁護士の「山本明氏が裁判を勧めたのか」という問いに「そういうことになりますね」と答えている。端なくも両氏の本人尋問は、この裁判が原告代理人の「靖国応援団」弁護士グループや山本氏らの働きかけで行われたものであることを裏付ける形となった。

ここで大江・岩波沖縄戦裁判と今回の教科書検定にいたる動きを、在日米軍再編と沖縄の自衛隊強化との関係で見てみたい。裁判と教科書検定がともに「集団自決」における日本軍の命令・強制を否定しようとしているのは、沖縄戦の教訓として言われる「軍隊は住民を守らない」という認識と関わりがあり、それは沖縄において現在、自衛隊が急速に強化され、軍隊としての本性を露わにしつつあることと切り離せないからである。

①04年1月　陸上自衛隊が戦地イラクに派兵される。

②同年1月　天皇夫妻が国立劇場沖縄のこけら落

としのために来沖。初めて宮古島、石垣島を訪問する。

③同年夏　「靖国応援団」を自称する弁護士グループと山本明氏が、梅澤氏と赤松氏に裁判を起こすよう説得活動を行う。

④同年8月　宜野湾市の沖縄国際大学に普天間基地の大型ヘリコプターが墜落、炎上。

⑤同年8月　小林よしのり「ゴーマニズム宣言SPECIAL沖縄論」の連載が雑誌『SAPIO』で始まる。

⑥同年12月　05年度以降の「新防衛計画大綱」と「次期中期防衛力整備計画」が打ち出される。

⑦05年1月　防衛庁（当時）が南西諸島有事に対する対処方針をまとめていたことが明らかになる。

⑧同年春　自由主義史観研究会が「戦後六〇年沖縄プロジェクト」として「集団自決」の軍命否定の取り組みを本格的に開始。

⑨同年3月　小泉首相が訪米。米軍再編後の沖縄の抑止力維持のために自衛隊を強化することを表明する。

⑩同年5月　藤岡信勝氏ほか自由主義史観研究会のグループが、渡嘉敷島と座間味島で2泊3日の調査を行う。

⑪同年6月　自由主義史観研究会が東京で集会。藤岡信勝代表が「この集会を起点にすべての教科書、出版物、子ども向け漫画をしらみつぶしに調査し、一つ一つ出版社に要求し、あらゆる手段で嘘をなくす」と発言（『沖縄タイムス』05年6月14日付朝刊）。

⑫同年8月　梅澤氏と赤松氏が大阪地裁に大江健三郎氏と岩波書店を提訴。

⑬同年8月　宜野湾市で「小林よしのり沖縄講演会」が開かれる。

⑭同年10月　「在日米軍再編中間報告」が出される。

⑮06年5月　曾野綾子『ある神話の背景』が『沖縄戦・渡嘉敷島「集団自決」の真実』と題名を

変えて復刊。
⑯同年9月　安倍内閣成立。
⑰同年10月　教科書検定作業が進められる。
⑱同年12月　教育基本法が改悪される。
⑲07年3月　教科書検定の結果が報道される。「集団自決」における軍の強制を書いた記述が削除されたことが明らかになる。

こういう経過を見ると、③の靖国応援団と山本氏による説得活動と裁判への動きを支える形で、自由主義史観研究会が⑧⑩⑪の動きを進めていたことが分かる。特に注目すべきは⑪の集会における藤岡氏の発言である。そこでは「集団自決」の軍命否定の手段として、教科書と裁判が結び付けられている。その2カ月後に⑫の提訴となるのである。裁判が始まってからも、自由主義史観研究会は原告支援団体の中心となって活動してきた。代表の藤岡氏は現在「沖縄の県民大会の参加者は2万人」というデマをまき散らしながら、裁判と教科書検定問題の両方で精力的に活動している。

また、小林よしのり氏は直接裁判には関わってないが、同じ頃から沖縄に積極的に関わりを持ち、「集団自決」の問題にとどまらない沖縄の近現代史の「歴史修正」の動きを始めている。なぜこの時期に靖国応援団や自由主義史観研究会、小林よしのり氏などの右派グループが沖縄に注目し、「集団自決」の軍による強制をはじめとした沖縄〈戦〉の「歴史修正」の動きを活発化させたのか。

ここで押さえておく必要があるのが、⑥の04年12月に打ち出された「新防衛計画大綱」と「次期中期防衛力整備計画」である。05年度以降の防衛計画を示した「新大綱」では、初めて「中国警戒論」が明記され、自衛隊の海外活動が安全保障政策の柱に位置付けられた。加えて「テロ」や大量破壊兵器など「新たな脅威」への対応やミサイル防衛が示され、「日米関係の一層の緊密化」が謳われた。

この「新大綱」は、翌年の⑭「在日米軍再編中間報告」と連動し、自衛隊が米軍と一体化して「対テロ戦争」や対中国を想定した軍事活動を担う役割を果たしていくことを示した。

また「新大綱」では「中国・台湾間の紛争などを視野に入れた南西諸島の防衛力強化の一環」として、「那覇の陸上自衛隊（陸自）第1混成団の旅団への格上げが明記された」（『琉球新報』04年12月10日付夕刊）。以後今日まで、沖縄では自衛隊の強化が急速に進んでいる。航空自衛隊那覇基地のＦ４ファントム戦闘機のＦ15イーグル戦闘機への更新、宮古島への陸上自衛隊の配備、米海兵隊のキャンプ・ハンセン演習場を使った陸自の射撃訓練などの計画が次々と打ち出され、現実化しつつある。宮古の下地島空港に自衛隊を誘致する動きも陰に陽に行われている。

90年代初頭にソ連邦が崩壊し、「北の脅威」が消えた。それ以降、防衛庁（当時）・自衛隊は組織と予算を維持するために北朝鮮の脅威を煽ってきた。さらに今日では政治・経済・軍事と多方面で台頭する中国が「脅威」の対象として宣伝されている。それに伴い自衛隊の配備も北方重視から西方重視へと変わり、中国軍の侵攻を想定した「島嶼（とうしょ）防衛」が強調されるようになっている。

そのように対中国を想定した自衛隊強化が進められるなかで、東シナ海をはさんで中国と対面する位置にある琉球列島の軍事的価値が増している。沖縄島から宮古諸島・八重山諸島・与那国島にいたる琉球列島の要所に陸・海・空の自衛隊の拠点を作っていくことが、現在具体的に進められている。そこにおいて障害となるのが、日本軍による「集団自決」の強制や住民虐殺、壕追い出し、食料強奪、暴行などによって生み出された軍隊（自衛隊）への否定感であり、不信感なのである。

沖縄では沖縄戦の教訓として「軍隊は住民を守らない」ということが当たり前のように言われる。それは軍隊がしょせんは国家の暴力装置でしかないことを端的に言い当てている。そのような認識が地域社会に広くあれば、住民を軍（自衛隊）に積極的に協力させ、国家の戦争政策を支えさせることは難しい。対中国との関係で自衛隊の強化を沖縄で進める上で、沖縄県民の意識を作り変えていくことが日本政府や民間の右派グループにとって火急の課題として浮上してきたのが、「新防衛計画大綱」の策定作業が進んでいた04年だったのだろう。

同時に日本全体の動きを視野に入れるなら、有事（戦争）法の成立や教育基本法の改悪、憲法9条改悪に向けての動きなども背景としてあったことはいうまでもない。

このような構造の中で今回の教科書検定問題をとらえ返すとき、たんに記述の回復がなされればいいというわけではないことは明らかだろう。検定の撤回を実現することは元より、大江・岩波沖縄戦裁判に勝つことも重要となる。さらに、改悪された教育基本法の下での愛国心教育や憲法改悪に向けての策動を許さず、在日米軍再編とそれに連動した自衛隊強化にも反対するものへと運動の質を高めていくことがいま問われている。

基地集中　際立つ異常さ

◉『沖縄タイムス』2008年2月29日
《広がる怒り／米兵暴行事件》

今回の事件〔08年2月10日に起きた在沖米海兵隊員による女子中学生拉致暴行事件〕を初めて知ったのは、11日の午後1時のテレビニュースだった。その後、県内外のマスコミの報道を追いながら思い出したことがある。

1995年9月4日に3人の米海兵隊員によって性暴力事件が引き起こされ、同年の10月21日には宜野湾市の海浜公園で大規模な県民大会が開かれた。

それからしばらくして、勤めていた高校で女生徒のひとりがこういう話を聞かせてくれた。

中部のある高校で女生徒が米兵にレイプされた。彼女はその後妊娠しているのが分かり、自ら学校をやめて中絶した。だからレイプされた事実を学校側は知らないし、マスコミが取り上げることもなかった。先生たちは今回の事件で騒いでいるけど、こういうことがあったのは知らないでしょう、とその生徒は話していた。

教師や親が知らないだけで、あるいはマスコミで報じられないだけで、米軍がらみの性暴力事件がどれくらい起こっているか。性犯罪事件で表に出るのは氷山の一角と言うが、まさにその通りなのだろう。

こう書くと、性犯罪は米兵だけがおかしているのではないから、米兵の事件だけを大きく取り上げるのはおかしいという人が出てくる。だが、米兵による犯罪は全国どこの地域でも等しく起こっているのではない。そのことを無視してそう言うのは、沖縄が置かれている状況の異常さから目をそらすものだ。

戦後60年以上にわたって米軍基地と隣り合った生活をしていると、そこに基地があることも、街の中を米兵が歩いていることも、当たり前の風景になってしまう。それどころか、アメリカ風の街の雰囲気を売り物にし、観光客向けに演出するようにもなる。

そして、今回のような事件が起こると、被害者のことを気遣う言葉が並べられる一方で、街のイメージが損なわれる、という言葉も付け加えられる。そうやって、当たり前の風景に見える日常が、実は異常なものであるということが隠されていく。

私が生まれ育った今帰仁（なきじん）村は、米軍基地も自衛隊基地もない村だ。高校を卒業して大学進学のため那覇市に出て、途中で大学が移転したので宜野湾市に2年住んだ。仕事の関係で名護市の辺野古や沖縄市の中央に住んでいたこともある。そういう米軍基地に隣接した地域に住んでいて、基地のない今帰仁との比較で、同じ沖縄でも基地の存在によって人々の生活や意識がこうも違ってくるのかとしばしば感じた。

基地に隣接する地域の悪口を言いたいのではない。今帰仁がそうであるように、米軍の起こす犯罪や事故、演習による被害に脅かされることのない生活が、本来なら沖縄のどこの地域にもあって当たり前なのだ。だが、沖縄ではそれがなされないままだ。その異常さは際だっている。

第2次大戦が終わってから63年、外国の軍隊がこれだけの規模と機能を持って駐留を続けている地域が、沖縄以外に世界のどこにあるか。

その異常さはまた、日米安保条約の負担が沖縄に集中的に押し付けられ、日本「本土」の平和と安全のために沖縄が「捨て石」にされ続けている異常さと表裏一体のものだ。米軍専用施設の75%が沖縄におかれている異常さが、今回の事件を引き起こしている。

にもかかわらず、事件後に日本政府がやろうとしていることは、この異常さを解決するのではなく、むしろ固定化しようとするものだ。地位協定の見直しは端からする気がなく、米軍の教育や夜間外出禁止など、これまで何度もくり返されてきた「再発防止」策を並べている。それで事件が防止できるなら、そもそも今回の事件は起こっていない。

「防犯カメラ」の設置云々（うんぬん）にいたっては、事件を口実に新しい公共工事（利権）を作り出し、県民まで監視しようというふざけたものだ。

結局、日本政府がやろうとしていることは、戦後63年にもわたって沖縄に米軍基地を集中させている異常さには手をつけず、辺野古や高江の基地建設に影響が出ないように「素早い初期対応」を行い、小手先でごまかそうというものでしかない。米兵の基地外居住の問題は実態把握程度ですませ、米軍駐留を支えている「思いやり予算」の問題にも手をつけないですませようとしている。

それに対する仲井真弘多県知事の対応も、教科書検定問題のときと同じように、政府と一緒に早期の「幕引き」を図ろうとしているように見える。普天間基地の県内「移設」とグアムへの海兵隊の移動は切り離すべきだと言ったところで、辺野古や高江への基地建設を進める立場に変わりはない。それは米軍の犯罪と事故、演習の被害を北部でさらに拡大するものだ。

問題なのは、米軍や日本政府だけではない。95年の事件から13年近く、島田懇談会事業や北部振興策など米軍基地がらみの利権に群がってきた者たちのあり方も問われている。

「疑惑」――曖昧なままでは許されず

◉『琉球新報』2008年4月5日〈風流無談〉

昨年の6月から月1回、第1土曜日に「風流無談」というこの連載をやらせてもらっているのだが、先月は不掲載となった。何人かの読者から、どうして載らなかったのか、という質問があったので、理由を今年から始めた「海鳴りの島から」というブログに書いた。関心のある方はご一読願えればと思う。

3月17・18日、名護市の3月定例議会を傍聴した。ふたりの議員が名護市の談合問題を追及するというので注目した。

昨年から今年にかけて、『週刊朝日』や『週刊金曜日』『文藝春秋』などの週刊誌・月刊誌で、名護市発注の事業や北部振興策関連事業の「談合疑惑」と米軍基地に関連した「沖縄利権」の問題が、くり返し取り上げられている。中には現職の市長や副市長、元市長、国会議員、「北部のドン」と言われる開発会社の会長などの実名を挙げて、「基地利権にむらがる沖縄マフィア」という連載を行っている雑誌もある。

名前を挙げられて疑惑を指摘されている人たちの中には、名桜大学の理事を務めている人が何人もいる。教育関係者が疑惑の対象として挙げられるのは、それだけで大きな問題だと思うが、これはたんに一個人や一大学の問題ではすまない。名護市が「談合」や「基地利権」の巣窟のように報じられ、市の印象が全国的に悪化することで、とばっちりを受けるのは全市民である。また、実際に「官製談合」が行われているなら、それが事件となることにより市が受ける打撃も、そのまま市民に跳ね返ってくる。

3月17日の一般質問で屋部幹男議員は、週刊誌や月刊誌に掲載された記事を示しながら、これらが事実に反することを書いているなら、市長や副市長は出版社を名誉毀損で訴えるべきではないかと追及した。それに対して島袋吉和市長は、談合の事実はないとし、関与するつもりもないとかわした。それ以上議論は進展しないで終わったのだが、そのような曖昧な形でやり過ごしてすまされるのだろうか。

現在も続いている『週刊金曜日』の連載では、守屋武昌事務次官の更迭に島袋市長もかかわっていたことや、末松副市長とかかわりの深い設計会社に高額事業の受注が目立つ、などということが書かれている。それに対して抗議も何もしないということは、実際に疚しいことがあるか、あるいは下手に動くとまずいことがあるからではないか、と疑いが深まってもしようがないであろう。市民を代表する公的立場にある者は、市民に対して疑惑を積極的に晴らす義務があるはずだ。傍聴していて、島袋市長にも末松副市長にも、そのような姿勢がまったく感じられなかった。

翌18日には、大城敬人議員が名護市発注の工事をめぐる「談合疑惑」について、独自に調査した資料を使って質問した。特に、非公表となっている最低制限価格と同額で落札している事業（1000万円以上）が、平成18年度だけで5件もあり、極めて近い額で落札している事業も多いと指摘し追及しているのに注目した。

大城議員の資料によると、例えば許田護岸整備工事（その1）では、入札予定価格が69、523、809円で最低制限価格は55、904、761円に設定されていた。それに対して落札額は55、904、761円と、ピタリ一致しているのである。

名護市では、最低制限価格を入札予定価格の何%に設定するかは事業規模に応じて市長や副市長などが決定し、入札日まで封印して管理するという。つまり決定者以外は最低制限価格がいくらか分からないようになっている。にもかかわらず、落札額が同額の事業が5件もあるのはどういうことなのか。

島袋市長や末松副市長は、そういうこともあり得る、と答えるだけであったが、そう何度も1円単位まで当たるものなのか。ちなみに長崎県対馬市では、2005年の9月に実施された市発注の公共工事の一般競争入札で、市が設定した最低制限価格と同額での落札が21件のうち3件あったことから、市議会に調査特別委員会（百条委員会）が設置され、結果として助役を含む市の幹部が相次いで逮捕されるという事態になった。そこでも当初、市の助役は「コンピューターソフトを使えばピタリはあり得る」と議会で答弁していたのである。

名護市議会は与党多数であり、百条委員会までは行かないと島袋市長らは高をくっているのかもしれない。あるいは週刊誌や月刊誌がいくら書いても、地元のマスコミが大きく扱わない限りは読者も限られ、市民の関心も低いとあなどっているのかもしれない。だが、みずから身の潔白を証明しない限り、疑惑は市民の間に着実に広まっていくだろう。

これらの問題は辺野古への新基地建設や米軍再編と関わっていて、名護市だけの問題ではない。「疑惑」が曖昧なまま片付けられてはならない。

大江・岩波裁判を傍聴して
——いまも生きる皇軍の論理

◉『琉球新報』2008年4月15日（共同通信配）

大阪地方裁判所で争われていた大江・岩波沖縄戦裁判は、被告の大江健三郎氏と岩波書店が勝訴した。昨年から今年にかけて、同裁判を5回傍聴したのだが、原告の梅澤裕氏（座間味島元戦隊長）や被告の大江健三郎氏が法廷に立った11月9日の本人尋問を頂点として、法廷内外で激しい議論のやりとりがあった。

その中で特に強く印象に残った場面がある。7月27日の証人尋問で法廷に立ったC元少尉の証言である。

沖縄出身のC元少尉は、渡嘉敷島の戦隊長であった赤松嘉次氏（故人）の副官を務めていた。法廷では原告側証人として赤松隊長の「集団自決」（強制集団死）への命令を否定したのだが、高齢のためもあってか、記憶は曖昧なところが目立った。原告・被告双方の弁護士とのやりとりでは、証言が混乱するところもあり、見ていて少し気の毒な気もした。ただ、反対尋問の途中で印象が一変する瞬間があった。

渡嘉敷島では「集団自決」だけでなく、赤松隊によって十数名の住民が虐殺される事件も起こっている。本人の証言によるとC元少尉も赤松隊長の口頭による命令を受け、住民を自らの手で殺害している。

伊江島の女性が首を切られ埋められていたが、（傷が浅かったのか）生き返って逃げようとした。それで自分がピストルで射殺した、という。

悪びれる様子もなく、自らが行った「処刑」について淡々と語るC元少尉の後ろ姿を見ていて、しだいに肌寒くなった。もし遺族がこの場にいたら、どのような思いで聴くだろうか、と考えた。

加えて、60年以上の時がたっても、この人の中では戦時中の皇軍の論理がいまも生き続けているのだな、という思いがよぎった。

現在では、虐殺された住民にかけられたスパイの疑いが、濡れ衣であったことは明らかである。住民虐殺は渡嘉敷島だけでなく座間味島でも起こっており、沖縄各地で発生している。だが、元少尉や赤松・梅澤両元隊長をはじめ、住民虐殺を沖縄県民に謝罪した日本兵が、戦後どれだけいただろうか。

「集団自決」の問題が取り沙汰されてその陰に隠れているが、住民虐殺の問題とふたつは切り離して考えることはできない。天皇のために命を捧げ、けっして敵の捕虜にはなるな。米軍に投降した者はスパイとみなす。ふたつの事件を引き起こしたのは同じ論理であり、それを体現し、実行する主体として皇軍は島にあった（隊長たちは「自決」することなく捕虜となり、生き延びたのだが）。

この裁判では、大江氏の『沖縄ノート』の中にある「罪の巨塊」という言葉が焦点のひとつとなった。また裁判をめぐって、「巨塊」を「巨魁」と誤読したのではという問題も議論となっている。

ただ、『沖縄ノート』の記述の問題とは別に、島で起こった「集団自決」と住民虐殺に対して、最高指揮官だった隊長たちは、自らに罪も責任もなかったとどうして言えるのか、という思いを私はずっと抱いている。

「軍隊は住民を守らない」。沖縄ではこの言葉が、沖縄戦の教訓としてくり返し言われる。米軍の攻撃にさらされただけでなく、皇軍兵士にも殺され、死に追いやられた多くの住民がいた。膨大な沖縄戦の証言が、そのことを明らかにしている。沖縄戦において本来問われるべきは、住民に対する皇軍の罪と責任なのだ。

しかし、その追及は不十分なままであり、皇軍の論理はいまも生き続けている。それを再び大きく蘇らせようという意思を持つ者たちによって、大江・岩波沖縄戦裁判は起こされた。傍聴を続けてきて、そう実感している。

疎外される北部
――差別の歴史は克服されたか

◉『琉球新報』2008年5月3日〈風流無談〉

名護シアターが閉館し北部から映画館がなくなってから、スクリーンで映画を見る機会がめっきり減ってしまった。いい映画があって見たいと思っても、そのためだけにヤンバルから北谷（ちゃたん）町美浜や那覇まで行くのは、なかなか大変だ。那覇までの往復に高速道路を使えば、その料金だけで映画代を上回ってしまう。時間的にも半日は費やすし、帰りは疲れて映画の余韻も薄らいでしまう。映画だけではない。演劇や音楽会、美術展、講演会、シンポジウムなど見たい、聴きたいと思う企画は多いのだが、あきらめることの方が多い。

何か調べたいと思っても事情は同じだ。例えば沖縄戦について調べようと思っても、県立図書館や公文書館、平和記念資料館は、那覇以南にしかない。県立美術館・博物館、国立劇場沖縄など主要な公共文化施設は那覇市とその周辺に集中していて、ヤンバルの住民が利用する機会は少ない。離島に住んでいる人たちからすれば、沖縄島内にいるだけヤンバルの人はまだましだと言うことになるかもしれない。だが、公共文化施設のこの偏在ぶりは、人口比率からすれば仕方がない、ということで片付けられていいのだろうか。

人、金、物、情報その他、首都圏への一極集中がよく問題になるが、沖縄でも事情は同じなのだ。県内紙の文化面に原稿を書く人は、大半が中・南部に住んでいるから、そういう不満を感じることもないのだろう。施設の運営や企画内容が問題になることはあっても、那覇とその周辺への公共文化施設の一極集中が問題になることはない。逆にこういうことを書くと、不満があるなら那覇に住めばいいじゃない、とでも言われそうだ。

一方で、人の嫌がるものは、人口の少ない地域へと押し付けられる。その最たるものが軍事基地で、名護市辺野古や東村高江への米軍基地建設が進められている。在日米軍再編計画では、嘉手納より南の基地を「返還」して、北部に集約するという案が出されている。普天間基地の辺野古への「移設」がその柱となっているが、それが実現すればどうなるか。

返還された土地の再開発によって新たな商業地や住宅地ができ、公共施設も造られるだろう。人や物、金、情報の新たな流れがそこに生まれる。普天間基地や牧港兵站（へいたん）基地の「返還」により、那覇への一極集中から他地域への分散化が促されるという見方もあるかもしれない。だが、それは嘉手納以南の話であって、北部は疎外されるだけでなく、中南部の発展のための犠牲にさらされる。

基地がもたらす雇用や収益に頼るよりも、そこを再開発した方が雇用も収益も増えるという成功事例を、北谷町美浜や那覇市の新都心が示している。先行する再開発地との競争や既存の商業地の衰退、基地就業者の再雇用などの問題があるにしろ、基地がもたらす事件や事故を含めて検討すれば、撤去＝再開発した方が地域社会にとってプラスになるという認識は着実に広がっているだろう。基地がなかなか動かない現実はあるが、宜野湾市や浦添市も再開発の計画を進めている。

だが、そのために北部地域への基地集中化を許していいのか。基地建設で土建業者などの一部が潤うことはあっても、それは一時的なものだ。基地の集中化により北部地域が発展することはあり得ない。それどころか、中南部で再開発される商業地に北部からの人口流出が進んでいくだろう。いまでさえ地域から子どもの声が消え、小・中学校の統廃合が進んでいる現実が北部にはある。その上さらに若い世代の流出が進んでいけばどうなるか。

ヤンバルの豊かな自然の中で暮らす元気なおばー、おじーというイメージがマスコミによってばらまかれているが、高齢化する地域の中で日々の生活に困り、将来に不安を感じているお年寄りも多いはずだ。医療・福祉面において弱者切り捨てが進む政治状況のなかで、基地の集中化まで進めば、ヤンバルの住民は安心して暮らすどころではなくなる。

基地建設によって海は埋め立てられ、大量の海砂採取で砂浜も消失する。森は破壊され、貴重な動植物も絶滅に追いやられていく。ヤンバルの一番良いところが失われ、最悪の基地が造られるのだ。そこでは米軍との一体化を進める自衛隊の訓練も行われるだろう。それによって生ずる問題は、航空機による爆音被害だけではない。横須賀での米海軍兵によるタクシー運転手刺殺事件とそっくりの事件が、鹿児島県で自衛隊員によって引き起こされた。基地の集中化は必然的にそのような事件や演習事故の多発化を生み出す。

人口の少ない地域に基地を持っていくのは合理的判断だ。そう主張する人は県内にもいる。仲井真県政も北部地域への基地集中化を進めているが、北部の住民は心しなければならない。ことは政策レベルの問題だけではない。かつて北部の住民をヤンバラーと呼んで蔑み差別した歴史は、沖縄の中で克服されたのだろうか。疑問を抱かずにおられない。

加害と被害——問い、問われる二重性

●『琉球新報』2008年7月5日〈風流無談〉

　10年ほど前に父から、南京陥落を祝う提灯行列に参加した話を聞いたことがある。小学校の1年生で祖父に手を引かれて参加したそうだが、途中で祖父とはぐれて迷子になってしまい、そのために余計にその日のことが記憶に残っていると話していた。ヤンバルの今帰仁でも行われたくらいだから、当時は沖縄の各地域で提灯行列が行われ、南京陥落を祝う行事がくりひろげられたのだろう。

　南京に日本軍が攻め入ったのは1937年の12月である。その際に日本軍によって一般住民に対する虐殺や暴行、強姦、略奪が行われたことは周知の事実だ。当時の沖縄県民や日本国民のほとんどは、その事実を知らされてなかったとはいえ、帝国日本の侵略戦争を沖縄県民も熱狂して支持したという史実を見すえる必要がある。

　1931年9月の柳条湖事件など、関東軍は謀略を駆使して「満州事変」を起こし、翌年、日本は満州国を建国した。さらに「上海事変」「日華事変」と日本は中国への侵略を拡大し、ついには太平洋戦争に突入していった。鶴見俊輔氏のいう「十五年戦争」に、沖縄人もまた兵士として参加し、銃後では領土の拡大と戦勝報道に快哉を叫んでいた。

　小学生の頃、父は部屋に地図を貼って、拡大する日本の領土にピンを押していた、とも話していた。同じことを沖縄や日本の各地で子どもたちは行っていただろう。数年後に自分たちが戦火に追われることも考えずに。このような15年にわたる日本の侵略戦争の帰結として沖縄戦はあった。

　あるいは、沖縄の近代史をより広く視野に置くなら、明治の「琉球処分」＝日本国への併合により、琉球の島々に住んでいた人々は、「日本人」として新時代を生きることになる。同化に伴う言語、習俗の否定などの暴力や差別の問題はここでは触れないが、押さえておきたいのは、「日本人」になることが、台湾をはじめとしたアジア各地への侵略と植民地支配の担い手になることでもあったということだ。そのような沖縄の近代史の帰結としても沖縄戦はあった。

沖縄戦はけっして「ある日、海の向こうから戦がやってきた」のではない。そこに至る歴史を見れば、アジア各地の人々に対する沖縄人の加害責任の問題が問われる。

沖縄戦について考えるとき、日本軍による住民虐殺や「集団自決」の軍による命令・強制、米軍の住民への無差別的な攻撃など、沖縄人の戦争被害の実態を押さえることは、言うまでもなく大切なことである。しかし、同時に、沖縄戦はなぜ起こったのか、沖縄人はどのように「十五年戦争」に関わったのか、沖縄人の加害責任はどのようなものか、という問いと検証を忘れてはならない。

最近は沖縄人の加害を強調することで、沖縄戦の住民被害を相対化し、ひいては日本軍による沖縄住民への加害行為を曖昧にしようという動きも見られる。そのような政治的策動は論外だが、沖縄人の加害責任を私たちが自ら検証することは、沖縄戦をより広い視野からとらえ返す上で不可欠のことだろう。

「集団自決」の軍命令・強制をめぐる教科書検定問題を考える際にも、それは重要である。自由主義史観研究会や新しい歴史教科書をつくる会などの歴史修正主義グループは、南京大虐殺・「従軍慰安婦」・「集団自決」の軍命令・強制を、日本軍の名誉を汚す3点セットとして、教科書から記述削除を進める運動を行ってきた。

そこには中国や韓国、朝鮮、台湾などアジア諸国と沖縄の戦争体験が、日本軍の残虐な犯罪行為を浮き彫りにするものとして、ともに右派グループの攻撃対象になるという共通性がある。

だが一方で、南京大虐殺や「従軍慰安婦」問題では、沖縄人も加害者であった。日本と他のアジア諸国との狭間に置かれた沖縄の加害と被害の二重性は、沖縄人がより広くアジアの人々と連帯し、右派グループの歴史歪曲の動きに抗する運動を作ろうとするとき、自らに問い、また他から問われなければならない問題としてである。

さらに、沖縄の加害と被害の二重性の問題は、過去の歴史認識だけでなく、現在の基地問題にもつながっている。大江・岩波沖縄戦裁判や教科書検定問題の背景には、流動する東アジアの状況、とくに政治・経済・軍事などあらゆる面で台頭する中国の問題がある。

米軍再編と連動して進められている沖縄の自衛隊強化は、島嶼（とうしょ）防衛やミサイル・ディフェンス体制構築に見られるように、対中国を想定したものだ。日・米が中国と軍事的に対抗する前面に、いま沖縄は立たされている。

沖縄における米軍・自衛隊の強化と沖縄戦をめぐる歴史認識の問題は、表裏一体の関係にある。だからこそ、二度と戦争の加害者にも被害者にもならないために、沖縄戦の史実を継承することと、戦争を行う基地に反対することを一体のものとして取り組みたい。

3月25日の出来事
——記憶の曖昧さ浮き彫り

●『琉球新報』2008年8月2日〈風流無談〉

大江・岩波沖縄戦裁判の中で論点となっていることのひとつに、1945年3月25日の夜に座間味島で起こった出来事がある。玉砕するので弾薬を下さい、と訪ねてきた村の幹部ら5人に、梅澤隊長がどのような返答をしたのか、ということである。

宮城晴美著『母が遺したもの』（高文研）には、梅澤隊長は〈今晩は一応お帰りください〉と申し出を断ったという宮城初枝氏の証言が載っている。また、1980年12月に初枝氏と梅澤氏が再会した際、この夜のことを話し出したのは初枝氏であり、その時点で梅澤氏はこの出来事を〈忘れていたよう〉であったと記されている。

これに対して梅澤氏は、自らの返答を裁判でこう主張している。

〈決して自決するでない。軍は陸戦の止むなきに至った。我々は持久戦により持ちこたえる。村民も壕を掘り食糧を運んであるではないか。壕や勝手知った山林で生き延びて下さい。共に頑張りましょう〉（梅澤裕「意見陳述書」より）

単に「自決」を止めただけでなく、村の幹部たちに生き延びるよう指示した、という内容で、初枝氏の証言よりもかなり詳しい。さらに25日の夜の出来事は、けっして忘れていたのではなく、むしろ梅澤氏の方から初枝氏に話し始めた、と主張している。

この件に関連して、藤岡信勝氏が雑誌『正論』08年4月号に〈集団自決「解散命令」の深層〉と題した評論を発表している。梅澤氏の主張を裏づける新たな証人が現れた、ということで論を展開しているのだが、25日の夜に梅澤氏から2メートルぐらいしか離れていないところでその発言を聞いた、という新証人のことを、当の梅澤氏はその場にいた〈記憶がない〉と述べている（前掲『正論』231頁）。
さらに梅澤氏と面会して話を聞いた藤岡氏は次のように記している。

〈私は質問の角度を変えて、こう尋ねた。「本部壕に来た村の代表として梅澤さんが名前を挙げている5人のうち、顔を思い出せる人を言ってみて下さい」。すると、助役・盛秀、校長・宮城、それと初枝の3名をあげた。…中略…収入役と恵達の名前を梅澤はあげていながら、その顔を全く覚えていなかった〉

〈梅澤が村の幹部5人の名前を手記に記載しているのは、その場での記憶ではなく、後から得た知識に基づいている可能性があると私は思った〉
（同229〜230頁）

ここで出てくる〈手記〉とは、梅澤氏が『沖縄県資料編集所紀要』に寄せたもので、裁判の陳述書や証言と同じ内容のものである。藤岡氏は校長の名を宮城と記しているが、正確には玉城盛助氏である。つまり、25日の夜に訪ねてきた5人のうち、梅澤氏が顔と名前を一致して覚えていたのはふたりにすぎない。

裁判の陳述書や証言に接すると、あたかも梅澤氏は最初から5人の名前を知っていたかのようだが、そうではなかったのである。藤岡氏でさえ〈その場での記憶ではなく、後から得た知識に基づいている可能性があると私は思った〉と書いている。では誰から〈得た知識〉なのか。宮城初枝氏以外にはあり得ない。そうであるなら、25日の夜の出来事も、初枝氏の方から話を切り出したと考えるのが自然だろう。

梅澤氏が初枝氏から打ち明けられる以前から25日夜のことを記憶していたなら、1960年代、70年代という早い時期に、そのことを新聞や雑誌で明らかにして、自己正当化の論を展開していたはずだ。実際には初枝氏から話を聞かされて初めて25日夜のことを思い出し、その後も初枝氏から話を聞いて記憶を補い、やがて自らに都合のいい内容へと作りかえていったのではないか。

　もし梅澤氏の主張通りなら、村の助役・兵事主任・防衛隊長を兼任していた宮里盛秀氏は、島の最高指揮官である梅澤隊長の命令に背いてまで、自らの家族を含めた村民を「玉砕」に導いたことになる。だが、そういうことがあり得るのか。梅澤氏が実際に〈決して自決するでない〉〈壕や勝手知った山林で生き延びて下さい〉と言ったのなら、防衛隊長でもあった盛秀氏は、梅澤隊長の命令に従って村民と共に山林に避難していたのではないか。

　藤岡氏の評論では、３月25日の夜に梅澤氏を訪ねたのは５人ではなく、野村村長も含めた６人だったという新証言が紹介されている。梅澤氏はこの間、自分を訪ねてきたのは５人だったと主張してきたのだが、藤岡氏が持ち出した新証言が正しいのなら、梅澤氏の記憶の曖昧さはより浮き彫りになる。

　もし、実際には６人だったことを梅澤氏が記憶していたなら、梅澤氏は法廷に偽りの陳述書を提出し、偽りの証言を行ったことになる。いずれにしろ、藤岡氏によって持ち出された新証人・新証言は、梅澤氏の記憶と証言の曖昧さを浮き彫りにし、それが信用できないものであることをより明らかにしている。

梅澤氏の発言

――大きな矛盾はらむ主張

◉『琉球新報』
２００８年９月６日
〈風流無談〉

雑誌『ＷｉＬＬ』緊急増刊〈沖縄戦「集団自決」特集号に、ジャーナリストの鴨野守氏が取材・構成した梅澤裕元座間味島戦隊長のインタビューが載っている。その中で梅澤氏は、沖縄戦当時、座間味村の助役・兵事主任・防衛隊長だった宮里盛秀氏について以下のように語っている。

〈彼は、鹿児島で除隊した退役軍人です。非常に優秀な兵隊だったと思う。私はその男が非常に好きだった。私が村の人達と大事なことを話す時、いつも彼が窓口でした〉

〈那覇の近くに漁師の村があり、そこから一番優秀な男たちを選んで、王様が慶良間諸島に住まわせたらしい。魚を取りながら、同時に中国との接触、連絡係になってくれということで。

だから選ばれた人たちなんです。その慶良間のリーダーをしていたのが座間味のリーダーです。その流れが宮里盛秀助役の家系です。あれは立派で軍人の塊みたいな男でした〉

宮里盛秀氏について梅澤氏がここまで語ったのは珍しいが、それにはわけがある。前回の本欄でも触れたが、１９４５年3月25日の夜に、玉砕するので弾薬をください、と訪ねてきた盛秀氏ら村の幹部に対し梅澤氏は、死ぬでない、山中の壕で生き延びよ、弾薬はやれない、と追い返したと証言している。

これについては、「今晩は一応お帰りください」と梅澤氏は言った、という宮城初枝氏の証言との食い違いがこれまで問題になってきた。実際に梅澤氏が、死ぬでない、生き延びよ、と言ったのなら、どうして盛秀氏は家族や村民を巻き添えにして「玉砕」＝全滅を行ったのか。その疑問を解消するために梅澤氏は、盛秀氏が〈非常に優秀な兵隊だった〉〈立派で軍人の塊みたいな男でした〉と賛辞を送っているのである。

つまり、梅澤氏が止めたにもかかわらず、あえて「玉砕」を行うほど盛秀氏は軍人精神に満ちあふれる人物であった、と描き出そうとしているのである。そのために梅澤氏は次のようにまで言う。

〈村の人たちは、私の説得も聞かずに自決していったけれど、それは当時の価値観からしても、立派な決断だったと思います〉

だが、このような梅澤氏の主張は、大きな矛盾をはらんでいる。盛秀氏が〈退役軍人〉であり、〈非常に優秀な兵隊〉〈軍人の塊みたいな男〉であったなら、島の最高指揮官である梅澤隊長の命令に反する行動をとることは、逆に考えられないのだ。

かつて帝国陸・海軍に入隊した男子は、以下のことを初年兵教育でたたき込まれた。

軍人勅諭

〈一、軍人は礼儀を正しくすべし……下級のものは上官の命を承ること実は直に朕が命を承る義なりと心得よ〉

陸軍刑法「第四章　抗命ノ罪」

〈第五十七条　上官ノ命令ニ反抗シ又ハ之ニ服従セサル者ハ左ノ区別ニ従テ処断ス
一　敵前ナルトキハ死刑又ハ無期若ハ十年以上ノ禁錮ニ処ス
二　軍中又ハ戒厳地境ナルトキハ一年以上七年以下ノ禁錮ニ処ス
三　其ノ他ノ場合ナルトキハ二年以下ノ禁錮ニ処ス〉

上官の命令は朕＝天皇の命令であり絶対服従である。敵前において上官の命令に背くものは死刑に処す。これは戦争当時、兵役経験者は言うまでもなく、住民、学生でも多くが知っていたことだ。

盛秀氏は防衛隊長でもあり、梅澤隊長の指揮下で行動していた。梅澤氏の発言は単なる説得ではなく、盛秀氏にとっては命令の意味を持つ。軍隊経験があり、梅澤氏からその能力を認められていた盛秀氏が、どうして「抗命の罪」を犯してまで、家族と村民を巻き添えにし「玉砕」＝全滅の選択をしなければならないのか。梅澤氏のインタビュー発言は、そのような疑問を抱かせずにおかない。

むしろ盛秀氏の行動から明らかになるのは、米軍上陸の際には軍と共に住民も「玉砕」するよう事前に命じられていて、それを忠実に実行したということではないのか。沖縄島との交通や通信はとっくに米軍の管理下におかれ、3月23日以降、座間味島は米軍の空襲や艦砲射撃が始まり戦闘状態に入る。そういう状況下で盛秀氏に命令を下せるのは、梅澤隊長以外にいただろうか。

「玉砕」とは本来、軍人・軍属の全滅を指す言葉である。宮里盛秀氏をはじめ命を絶った座間味村の幹部たちは、島の日本軍も米軍に切り込み攻撃を敢行し、「玉砕」すると信じて疑わなかったはずだ。まさか梅澤隊長が生き残るとは、夢にも思わなかったであろう。

その梅澤隊長が60年以上も経ってから裁判を起こし、住民の「集団自決」に自分は関係ない、責任はないと主張している。その一方で、〈当時の価値観からしても、立派な決断だったと思います〉と言う。それでは梅澤氏は、米軍の捕虜となり生き延びた自らをどう評価するのだろうか。

宮平証言の宣伝――「藤岡意見書」の問題

◉『琉球新報』2008年10月4日〈風流無談〉

9月9日に大阪高等裁判所で行われた大江・岩波沖縄戦裁判の控訴審を傍聴してきた。すでに報道されている通り同日で結審したのだが、控訴人（梅澤・赤松）と被控訴人（大江・岩波）双方の弁護士による意見陳述で、私が特に関心を抱いたのは、新証言として控訴人側から出された宮平秀幸氏の証言についてだった。

この欄でも何度か触れたが、宮平証言は控訴審で最も注目されたものだった。1945年3月25日の夜に梅澤裕隊長の伝令としてすぐそばにいて、座間味村の幹部に梅澤隊長が「自決するな」というのを聞いた。そこには野村村長も来ていた。そのあとに野村村長が忠魂碑前で村民を解散させるのを目にした、と宮平氏は証言している。今年に入って藤岡信勝氏や鴨野守氏らがこの宮平証言を鳴り物入りで宣伝してきた。

しかし、宮平証言については、それが話題になって以降、梅澤元隊長や宮城初枝氏の証言との食い違い、宮平氏の母・貞子氏の手記との食い違い、宮平氏が過去に雑誌やビデオで行ってきた証言との食い違いなどが次々と明らかになった。

当の梅澤元隊長が宮平氏がそばにいたことを「記憶がない」とし、母・貞子氏の手記では宮平氏は家族と一緒に行動していて忠魂碑前には行っていない。野村村長が来ていたという証言も梅澤元隊長や初枝氏の証言と食い違い、野村村長が忠魂碑前で村人を解散させたというのも、『座間味村史　下巻』や『沖縄県史　第10巻』に収められた座間味島住民の証言には出てこず、他に目撃した証言者もなかった。

宮平氏の証言は、これまで公にされてきた座間味島住民の証言や梅澤元隊長の証言と食い違いが多い特異なものであり、裁判ではその信用性が問われている。このような食い違いについて、藤岡信勝氏は裁判所に「意見書」（1）（2）を提出し、宮平証言の補強を試みている。その「意見書」（2）において藤岡氏は、宮平証言と座間味島住民の証言の食い違いが生じている理由として、以下のように主張している。

野村村長のことは座間味村の幹部から住民に箝口令がしかれていた。『座間味村史　下巻』の証言も村幹部の指示で手が加えられ、野村村長についての証言は載せられなかった。宮平氏にも村幹部から圧力が加えられ、そのために長い間、真実を証言することができなかった。藤岡氏はこのように主張し、その具体例として「意見書」（2）に次のように記している。

〈……1991年6月23日夕刻、大阪の読売テレビの取材陣が秀幸の家にやってきて、集団自決に関わる忠魂碑前の出来事についての証言を求めました。……その中で秀幸はうっかり、しゃべってはいけないことをテレビカメラに向かって話してしまいました。それは、忠魂碑前で村長が解散命令を出したという事実です。……この取材後、何日か経ってから、秀幸は田中登村長に激しく叱責されました。「あんなことをしゃべっちゃいかん」と言うわけです〉

このことについて法廷では、大江・岩波側の秋山幹男弁護士から次の事実が明らかにされた。宮平秀幸氏を〈激しく叱責〉したとされる田中登氏は、1990年12月11日に死去していたのである。すでに半年も前に亡くなっていた田中氏が、宮平氏を〈激しく叱責〉できるはずがない。

宮平氏が証言したという読売テレビの番組についても、藤岡氏は自分で確認したというが、村長の解散命令に関する部分は映ってないという。それについて藤岡氏は〈村当局がカットすることを求めたためかもしれず〉と書いている。宮平氏が実際にしゃべったかどうかも怪しいのだが、強引に村幹部の圧力があったかのように描き出そうとしているのだ。

控訴人側の出した「宮平証言」「藤岡意見書」のいい加減さを目にすると、思わず失笑してしまうかもしれない。しかし、笑ってすまされないのは、座間味村の元幹部たちがすでに亡くなっていて反論できないのをいいことに、村民に箝口令をしいた、圧力を加えたと誹謗中傷していることである。たとえ事実誤認によるものであれ、故・田中氏が宮平氏に圧力をかけたかのように虚偽の主張をすることは、故人の名誉を傷つけるものだ。藤岡氏こそ、故・田中氏の遺族の敬愛追慕の情を侵害しているのではないか。

昨年9月29日に開かれた「教科書検定意見撤回を求める県民大会」から1年が経った。この間、大会参加者は2万人だった、というデマキャンペーンを中心になって行ってきたのが、新しい歴史教科書をつくる会の会長である藤岡氏だった。控訴審では宮平証言の宣伝や意見書の提出など藤岡氏の動きが目立った。それは教科書の記述書き換えを狙ってこの裁判を起こし、政治的に利用してきた者たちの姿が露わになったということでもある。

独立や、すーしがましんでぃ 思いしが
——アジア情勢にちゃーし対応すーがんでぃる問題やんばーてー

◉『うるまネシア』第9号
2008年10月

M 去年、大江・岩波沖縄戦裁判傍聴すんでぃいち大阪地方裁判所んかい行じゃーぬばーぬ話やしがよー。裁判所ぬ裏門ぬ前ーうとーてぃ、右翼ぬマイク持っちあびとーるばーてー。

S 何ーんでぃあびとーたが?

M 沖縄ぬ「9・29県民大会」ぬバックにや支那ぬ居ん。沖縄ぬ中んかい中国共産党ぬ工作員ぬ居てぃ、くったーが沖縄県民しかち、県民大会しみとーぬむんるやる、んでぃあびーとーたん。

S てーげー頭んかい電波ぬ飛でぃちょーさや。

M なまや頭んかい光通信ぬ通とーがすら分からんや。インターネットぬ妄想空間とぅ現実がつながとーるふーじーやさ。沖縄ぬ門中や中国ぬ工作機関とぅ関係有んでぃ考えーとーぬ狂り者ぬちゃーぬん居いとぅや。

S 沖縄ぬ学者にん似ちょーるーぬ居んよ。くぬめー小林よしのり達ーが座談会そーる『誇りある沖縄へ』んでぃゆぬ本読だーしが、「沖縄独立論」ぬん議論しちょーたん。くぬ中うとーてぃ沖縄大学ぬ宮城能彦んでぃゆ学者ぬ言ちょーるくとぅ読みねー、沖縄独立＝中国への帰属んでぃゆぬ認識やんばーてー。琉球処分から日清戦争ぬ時分ぬ図式、なまぬ世ーにあてぃはみてぃ、ヤマトゥに帰属すーみー、中国に帰属すーみーんでぃ、二者択一ぬ図式うとーてぃ議論すんでぃゆぬくとぅ自体が馬鹿らしいんでぃ、我んねー思たしが。

M くぬ本や我んにん読だーしがてー、小林よしのりや、ちゃー二者択一ぬ図式作いんばーやさ。反米か親米か、軍命令か家族愛か、日本への帰属か中国への帰属か。分かいやっせーぬ図式作てぃ問題を単純化すーしや、漫画家ぬ読者獲得ぬ手法やんばーてー。類は友を呼ぶ、んでぃ言うとぅや、くぬ宮城

んでぃゆぬ教授ん、ゆぬレベルやんばーやさ。

S　我んねー前ーから思とーしがよ。大江・岩波沖縄戦裁判とぅ「集団自決」ぬ軍命令・強制をめぐる教科書検定ぬ隠れたテーマや中国問題やんばーやさ。くぬ裁判仕掛きてーぬ靖国応援団、自由主義史観研究会んでぃゆぬ右翼グループとぅか、小林よしのりぬ言動見りばや、中国に対する恐怖心ぬあんばーてー。中国に敵愾心（てきがいしん）丸出じゃししち、強ばー風なーそーるばーやしが、心ぬ底にあいしゃ恐怖心やんばーよ。

M　政治・経済・文化・スポーツ、あらゆる面うとーてぃ日本や中国に逆転さってぃ、東アジアうとーてぃぬ影響力ん下がてぃ、中国中心に東アジアぬまとぅまてぃ行ちゅん。くぬ流りや止まらんがはじやくとぅや。

S　丸川哲史や『日中一〇〇年史　二つの近代を問い直す』（光文社新書）うとーてぃ、かんし書ちょーんばーて。

〈日本は二一世紀を通じて、東アジアの中で本格的に小国化していく運命を、いわば積極的に生きるしかなく、もう一方の中国は、反対に否応なく大国化することを運命づけられている、ということです。（もちろん、中国はもともと大国であったわけですが）。後に、その大国たる潜在力がどのように中国人自身によって自覚されることになるのか――日本はこの方途について最大限の注目を払う必要があります〉（235頁）

くぬとらえ方や我んにん納得ないんばーやさ。なまから先、中国、インドが発展しち超大国になてぃ、右肩下がりぬ日本ぬ影響力や低下しち行ちゅん。かんねーぬアジア全体ぬ流動化ぬ中うとーてぃ、ウチナーやちゃーすがんでぃゆぬくとぅが問題やんばーよ。

M　沖縄独立んでぃちゃっさあびてぃんや、くぬ東アジアぬ流動化に対応しーゆーさんねー、飲み込まってぃ浮かびんならんがはじやくとぅや。

S 右翼ぬ恐怖心ぬ話しちゃーしがや、くったーやかんねーぬ動きに敏感に反応しちゅんばーやさ。反応ぬ仕方が問題ややしがや。ヤマトゥ、アメリカ、中国んでぃゆぬ大国ぬ狭間うとーてぃ、バランス取てぃ生ち延びてぃいかんねーならんでぃゆしや、沖縄ぬ歴史的宿命やんばーてー。20世紀ぬ後半に日本やアメリカんかいたっくわーてぃ経済発展しちゃんばーやしが、中国や当時や政治的混乱ぬ続ちょーたんばーやさ。やしが、21世紀になてぃ状況が変わとんばーてー。日本ぬ小国化とぅ中国ぬ超大国化んでぃゆぬ大きな流れがある中うとーてぃ、ウチナーやちゃーすが、んでぃゆぬ視点持ちぶさんや。まーにたっくゎいが、んでぃゆぬ問題やあらん。ウチナーがまーにん従属さんぐとぅ、自立しち生っちいくぬたみなかい考えーらんねーならん。なまから先ぬ沖縄や、外交能力やもちろん、政治・経済・文化全般にわたてぃ、どぅーくるさーに考えーてぃ、交渉しちいくぬ能力ぬ必要やんばーてー。

M 自立・独立ぬ話しーねー、すぐ軍隊ぬ話出じゃすぬ人ぬ居いしがや、小国ぬ生きる方法とぅ大国ぬ生きる方法んでぃゆしや違いんばーやさ。小国が大国に対抗しち軍隊強化さーりしーねー、財政破綻起くち崩壊すーしや自明やんばーてー。ぐなさてぃん攻みらん国ないぬたみにや、くまーや攻みらんしがまし、んでぃ大国に思わすぬ価値を作い出さんねーならんばーやさ。

S てぃーちぬ国家立ち上ぎーみ、んでぃゆぬ議論に限定さんてぃんしむんでぃ思いしがや。ただ、東アジア共同体ぬ構築やEUぬぐとぅやいかん、かんねーぬ意見やうほーさんや。日本うとーてぃん道州制ぬ議論ぬあんばーやしが、簡単なくとーあらん。地方分権どころか逆に中央集権が強化さってぃ行ちゅぬ可能性ぬんまぎさんばーてー。東アジアぬ流動化の対応やてぃんや、中国脅威論煽てぃ排外ナショナリズムぬ噴ち出じゃーに、日本ぬアジアうとーてぃ孤立すーぬ可能性ぬんまぎさんばーやさ。

M くぬばーなかい、対中国ぬ軍事的最前線にウチナーや置かりんばーよ。なまやてぃん、米軍再編と同時に自衛隊ぬん再編・強化さってぃ、特に宮古ぬ自衛隊強化が進どーんばーやしが、くりやてぃん対中国想定そーるむんるやくとぅや。

S　ウチナンチューかい日本人ぬ自覚持たち、南西領土防衛のたみなかい自衛隊と協力しみてぃ中国に対抗しみゆん。くりが日本政府・防衛省、右翼臣下ぬ考えーやんばーやしが、くったーやなまやてぃん、ウチナーや日本防衛ぬ「捨て石」ぐらいにしか考えーてぃやうらんよ。大江・岩波沖縄戦裁判が仕掛きらっとーぬ背景にん、対中国ぬ最前線に置かっとーぬウチナーぬ状況ぬあんばーやしが、くんねーぬくとぅ考えーりば、なまぬぐとぅしちヤマトゥに従属しち、依存深みてぃ行ちゅしが、本当にウチナーぬ将来ぬたみないがやーんでぃゆぬくとぅやさ。

M　依存さーんでぃ思てぃんならんばーよ、なまからや。国家財政ぬ危機なてぃ、小国化しち行ちしんでー地方交付金とぅかぬ財政補助んひなてぃ行ちゅんばーやくとぅ。政府たるがきとーてぃや自治体ぬん財政破綻すんばーるやくとぅ。国内ぬ状況ぬん東アジアぬ状況ぬん、なままでぃとぅや変わたんでぃゆぬ認識持たんねー。ウチナンチューや、くぬ変化にちゃぬふーじーしち対応しち行ちゅが、んでぃゆぬ問題やんばーてー。

S　でーじな卑俗な物言いようないしがや、政治んでぃゆしや、大衆ぬ幸せなたーがや、んでぃゆしが判断基準ぬ第一やんばーやさ。沖縄独立んでぃゆしん、くぬたみぬ手段るやる、目的やあらんばーてー。我んねーかんし考えーとーしがよ。なままでぃぬウチナーとぅヤマトゥとぅぬ歴史、なまから先ぬウチナー、ヤマトゥ、東アジアぬ状況考えーたぬ時に、ウチナーや独立すーしがましんでぃ思いんばーてー。でーじな困難とぅ混乱やあんでぃ思いしが、くぬ方がウチナンチューや色んな意味じ幸せになんでぃ思いしが。我んが願望あらんぐとぅ認識とぅしちや。

M　くぬたみなかいん、目ーぐるぐるーしち、アジアぬ状況見らんねーならんさーやー。

S　どぅーぬ力さーに生っちいちゅぬ強さ持たんねーや。

謝花昇没後100年
——理論追求し政治を実践

◉『琉球新報』2008年11月1日〈風流無談〉

子どもの頃、隣部落にアメリカおじーと呼ばれている人がいた。その屋敷には大きな池があり、食用ガエルのオタマジャクシや鯉がいるというので、上級生や同級生らと一緒に忍び込んだりした。アメリカーという言葉から連想したのだろう。見つかると鉄砲で撃たれる、と子どもらの間では噂されたりして、それが一段とスリルを生んだ。ヤナワラバーたちが勝手に入り込み、屋敷の人はさぞ迷惑だったろう。ただ、子どもたちの想像力を刺激し、冒険に誘うものがそこにはあった。

あの人はアメリカに移民に行き、成功して帰ってきた偉い人だそうだ。それくらいの知識は小学生でも持っていた。しかし、アメリカおじーと呼ばれていた人が、名を平良新助といい、若き日に謝花昇と共に活動し、沖縄における民権運動の魁（さきがけ）であったことや、民謡「ひやみかち節」の作詞者でもあったことを知ったのは、ずっと後のことだった。

〈平良新助は明治の中期中学半ばにして自由民権の実践運動に飛び込んだ先駆者のひとりである。彼は民権運動の同志のうちの最年少者であったが、頗る（すこぶる）悲憤慷慨家で同志の中でも特異の存在である。謝花、当山にしたがって奈良原知事の悪政と斗い、参政権獲得運動に各方面を馳駆（ちく）した。のちに当山久三と共に海外移民の重要性を説き、単身ハワイに渡り、当山の移民運動を実質的に推し辛苦によく堪えてハワイ移民の基礎を築いた。……此の民権運動の斗志として、また海外移民の先駆者としての平良の名は謝花、当山と共に沖縄県民の永く忘れ得ぬところである〉

大里康永は『平良新助伝』で平良の人となりをそ

う紹介している。1953年に帰郷した平良は今帰仁（なきじん）村字越地に家を建て、晩年をそこで過ごしている。亡くなったのは1970年というから私が小学校4年生の頃だ。その最晩年の日々をヤナワラバーたちが屋敷に入り込んで乱していたわけで、遅まきながら迷惑をかけたことをお詫びするしかない。

さる10月29日は、若き日の平良新助に多大な影響を与えた謝花昇の命日であった。1908（明治41）年のこの日、謝花は精神の病や慢性胃腸カタルの悪化によって43年の生涯を閉じている。今年は没後100年にあたるので、県内紙の文化・学芸欄で特集なり評論の連載が企画されるのではないかと思っていたのだが、期待はずれに終わった。かつてあれだけ論じられ、芝居や小説にも取り上げられた謝花が、いまこのように忘れられているのは何故なのだろうか。

成熟した高度資本主義のもとでは反権力の抵抗モデルとしての謝花の使命は終わった。団塊世代の吉本隆明エピゴーネンならそう言って訳知り顔で片づけそうだ。しかし、80年代バブルの臭いがする知のお遊びから離れ、改めて謝花の書いた文章を読み、その実践活動を見直してみれば、いまも古びることのない同時代性を持って謝花の姿が立ち現れてくる。

沖縄の社会状況にしても、謝花が生きた時代と現象的には大きく変わっているようでも、本質においてはどうか。ダム建設や林道工事、米軍基地建設で荒れ果てるヤンバルの森林。本土資本・海外資本の進出が進む一方で、高失業率と貧困問題を抱えた経済。巨大な米軍基地に占拠されているだけでなく、民間地域に米軍関係のセスナ機が墜落しても県警のまともな捜査さえできない主権喪失の政治。これらにサトウキビをはじめとした農業の問題を加えれば、沖縄が抱えている問題の本質は変わらず、むしろより悪化した現実として露呈しているのではないか。

「義人」「悲劇の英雄」としての謝花像が偶像化されたものであり、杣山（そまやま）開墾への取り組みや民権運動の質に問題点が指摘されるにしても、自らが生きている時代、地域の問題に全精力をもって取り組み、理論追求と政治実践を同時になし得た謝花のような人物は、そういるものではない。

〈県政批判と簡単に言うものの、現在の感覚でとらえては大変な誤りである。それは官威や公権力の重圧がモロに襲いかかる明治中期を時代背景にした、よほどの覚悟を要する抵抗行為であり、決して第三者的な批評ではなく、当事者間の倒すか倒されるかの政治闘争である〉

伊佐眞一氏は『謝花昇集』（みすず書房）でそう記している。奈良原知事や沖縄の旧支配層、時の『琉球新報』などの激しい攻撃にさらされ、謝花は倒された。謝花らの活動拠点であった沖縄倶楽部は瓦解し、若き平良新助は東京の外国語学校に進む。１９０１年、謝花は神戸駅にて発狂、故郷の東風平（こちんだ）で不遇のまま生を閉じたのは、よく知られていること……とは必ずしも言えない。

時代が2回りも3回りもし、謝花昇について知らない若者も多い。１００年の時を経た今日において、同時代人としての謝花の姿を示し、若い世代に伝えていく。それも県内紙の、とりわけ文化・学芸欄の役割ではなかろうか。

「自決」問題・藤岡氏反論をただす
――本部壕の歩哨の有無は

◉『琉球新報』2008年11月4日〈論壇〉

10月21日付論壇に、私の書いた「風流無談」に対する藤岡信勝氏の反論が載っている。その中で藤岡氏は次のように書いている。

〈目取真氏が引用している読売テレビの取材日は6月23日ではなく4月18日である。放送後叱責した村長名は、田中登ではなく宮里松太郎だった。この2点は私の勘違いによるもので裁判所には訂正文を提出したが、宮平証言の本筋には関係ない〉

以上の通り、藤岡氏は裁判所に提出した「意見書」でミスを犯したことを認めたのだが、自分が迷惑をかけた田中登元村長の遺族や座間味村の関係者に対して、一言の謝罪もないのはどういうことか。

藤岡氏は「意見書」（2）で、田中元村長や座間味村の幹部が宮平秀幸氏に圧力をかけ、村民に箝口令を敷いたかのように書いていた。その「意見書」（2）は裁判所に提出されただけでなく、原告側の「沖縄戦集団自決冤罪訴訟を支援する会」のブログで9月10日以降公表されてきた（10月21日現在も訂正なし）。名指しで虚偽を書かれた田中元村長の名誉はどうなるのか、「私の勘違い」で片づけてすまされるのか。

藤岡氏は自分のミスを「宮平証言の本筋に関係ない」としているが、それは自己保身によるごまかしである。宮平氏の証言は、母・貞子氏の手記との食い違いはもとより、宮平氏が過去に言った証言とも食い違い、さらに宮平初枝氏の証言、梅澤裕氏の証言とも食い違っている。何よりも、村幹部との面会の場に宮平氏がいたことを当の梅澤氏が「記憶にない」としているのだ。

　藤岡氏はそのことにつじつまを合わせるため、秀幸氏は本部壕の入り口にかけられていた毛布の陰で、梅澤隊長と座間味村幹部らの対話をこっそり聞いていたので、梅澤氏は秀幸氏に気づかなかったのだとしている。

　藤岡氏に聞きたいのだが、本部壕の入り口やその周辺には、歩哨（番兵・衛兵）がひとりも配置されていなかったのか。梅澤隊長のいる本部壕がそんな無警戒な状態だったのか。

　3月25日夜は、米軍上陸直前の緊張した時である。座間味村は特攻隊の秘密基地がおかれ、厳しい防諜体制が敷かれていたはずだ。にもかかわらず、警戒にあたるひとりの歩哨もなく、宮平氏は本部壕の対話を盗み聞きできたというのか。本部壕入り口付近の歩哨の有無について、藤岡氏にぜひお答え願いたい。

大江・岩波裁判控訴審判決

――控訴人側の主張、完全に破綻

◉『琉球新報』2008年12月6日〈風流無談〉

10月21日付本紙朝刊の論壇に藤岡信勝氏が投稿し、前々回の「風流無談」（10月4日付朝刊掲載）に反論していた。それに対する私の反論が11月4日付朝刊の論壇に載った。その中で私は、梅澤隊長がいた本部壕入り口やその周辺に、歩哨（番兵・衛兵）が配置されていなかったのかどうかを藤岡氏に問うた。それに対する藤岡氏の回答・反論はいまに至るまでなされていない。おそらく藤岡氏はこの問題について考えたことがなくて、答えきれないのだろう。

すでに明らかなように、10月31日に下された大江・岩波沖縄戦裁判の控訴審判決において、宮平秀幸氏の新証言や、藤岡氏の「意見書」は厳しい判断を下された。

〈秀幸新証言は、それまで自らが述べてきたことと明らかに矛盾し、不自然な変遷があり、内容的にも多くの証拠と齟齬している〉〈秀幸新証言は明らかに虚言であると断じざるを得ず、上記関連証拠を含め到底採用できない〉

小田耕治裁判長は以上のように〈秀幸新証言〉を〈虚言〉と断じ、さらに「藤岡意見書」についても〈一方に偏するもので採用できない〉としたのである。これは妥当な判決である。控訴審では論じられなかったが、歩哨の問題ひとつを考えてみても、〈秀幸新証言〉はそもそもあり得ないことを言っているのだ。

秀幸氏は、本部壕入り口にかかった毛布の陰に隠れ、梅澤隊長が座間味村の幹部と話すのを30分にわたって聞いた、と証言していた。しかし、そんなことができるはずがない。

沖縄戦において、第32軍は厳しい防諜体制を敷いていた。とりわけ慶良間諸島は海上特攻隊の秘密基地が置かれたので、住民は島外に出ることを禁じられ、座間味島では身分証明の布切れを持たされるなど、より厳しい防諜体制が敷かれていた。しかも、3月25日の夜は米軍上陸を間近にし、本部壕はその対応に追われ、緊張した状況にあった。

それなのに本部壕入り口や周辺に警戒にあたる兵がひとりも配置されず、秀幸氏が30分も話を盗み聞きできたというのなら、梅澤隊長は戦闘や防諜のイロハもわきまえない阿呆であったと言っているに等しい。だが、実際はそうではなかった。座間味村の幹部らと本部壕に行き、梅澤隊長と面会した宮城初枝氏は、手記に以下のように記している。

〈艦砲射撃の中をくぐってやがて隊長の居られる本部の壕へたどり着きました。入口には衛兵が立って居り、私たちの気配を察したのか、いきなり「誰だ」と叫びました。／「はい、役場の者たちです。部隊長に用事があって参りました」と誰かが答えると、兵は「しばらくお待ち下さい」と言って壕の中へ消えて行きました。／それからまもなくして、隊長が出て来られたのです〉（宮城晴美『母が遺したもの』新・旧版38〜39頁）

秀幸氏の新証言と初枝氏の手記を比べてみれば、どれが戦場の事実を語っているかは一目瞭然であろう。本部壕の入り口で衛兵が立哨にあたっていて、近づいたとき誰何されたという初枝氏の手記は、ごく自然に納得できる。衛兵の目の前で盗み聞きした、と秀幸氏や藤岡氏は言いはるつもりだろうか。

この問題について、控訴審判決はさらに注目すべき判断を下している。本部壕を訪れた座間味村幹部らに「自決するでない」と言った、という梅澤氏の主張に対し、判決は〈控訴人梅澤の供述等は、初枝の記憶を越える部分については、到底信用し難い〉とする。そして、〈控訴人梅澤が本部壕でのことを憶えていなかったとすれば、それはなぜか〉ということを分析した上で、こう記すのである。

〈控訴人梅澤の語る本部壕での出来事は、一見極めて詳細でかつ具体的ではあるが、初枝から聞いた話や初枝から提供されたノート等によって35年後から喚起されたものであり、記憶の合理化や補足、潜在意識による改変その他の証言心理学上よく知られた記憶の変容と創造の過程を免れ得ないものであり、その後さらにくり返し想起されることにより確信度だけが増したものとみるしかない〉

つまり、梅津氏が「戦闘記録」や「陳述書」などで述べてきた「自決するでない」と言ったという〈記憶〉は、戦後35年も経ってから初枝氏の証言やノートに接して〈喚起され〉、自分に都合のいいように〈合理化や補足〉〈潜在意識による改変〉がなされて〈創造〉されたものであり、梅澤氏本人がそう信じ込んでいるだけだというのだ。判決文では慎重な言い回しだが、これは本部壕の件についての梅澤氏の証言は、偽りの〈記憶〉に基づく虚構であると言っているに等しい。

元より、梅澤氏の証言が虚構であるなら、秀幸氏の新証言が〈虚言〉でしかないのは当然であろう。藤岡氏の「意見書」も含めて、「集団自決」（強制集団死）の原因と責任を、座間味村の幹部らにおっかぶせようとした控訴人側の主張は、完全に破綻したのである。

横たわる溝

●『潮』（潮出版社）2008年12月号

日本と沖縄の間に横たわる溝の深さ。以前から感じていることではあるが、昨年から今年にかけてこの思いが一段と増している。

とりわけそれを強く感じたのが、昨年の9月29日に開かれた「教科書検定意見の撤回を求める県民大会」の場だった。宜野湾海浜公園の会場を埋め尽くし、外にも溢れている参加者を眺めながら、62年前に起こった戦争の認識をめぐってこれだけの人が集まり、文部科学省の検定意見に真正面から異を唱えて県民大会を開く地域は沖縄以外にはないだろう、という思いが込み上げた。

そのあと、この集会に誹謗・中傷を行う勢力があった。主催者の言う11万人という参加者は嘘で実際は2万人であるとか、沖縄は左翼の島で同調圧力が強いから……云々。大会で発言した実行委員会代表の仲里県議会議長（当時）や仲井真県知事、翁長那覇市長は自民党や公明党が支持する政治家なのだが、そういう人たちも左翼の同調圧力に屈したというのだろうか。あるいは、県内の全市町村議会で「検定意見撤回」の決議が上がったのも左翼の影響だというのだろうか。

沖縄県民の多くは身内に沖縄戦の犠牲者がいる。亡くなった子どもや親、兄弟などを悼む肉親の悲しみや苦しみを間近に見、折に触れ語られる戦争の記憶を聞いて育った人も多い。それに加え、戦後何十年にもわたって集められてきた沖縄戦体験の記録は膨大な量となり、地域の図書館や書店には体験記や記録集が並んでいて、いまも日々増え続けている。

沖縄戦の体験を共有し、後世に伝えていく。長年にわたるそういう努力があったからこそ、「集団自決」の軍命令・強制という史実を消させてはならない、という思いが広く県民に共有されたのだ。保守・革新という政治的立場を超えて「超党派」で取り組まれ、誰もが参加する集会というのは、沖縄でもそう簡単に成り立つことではない。そういうことがヤマトゥ（本土）の人々にはどれだけ見えているだろうか。

県民大会のあと、文部科学省が教科書会社の訂正申請をある程度認めたこともあって、この問題には決着がついたと受けとめている人が多いかもしれない。しかし、沖縄ではまだ県民大会実行委員会は存続していて、「検定意見の撤回・強制記述の復活」という大会決議の実現をめざす運動が続けられている。

文部科学省は大会決議受け入れを拒否しているが、沖縄戦の認識について生じているこの対立は、これまで「従軍慰安婦」問題や南京虐殺をめぐって日本と中国、韓国などとの間で生じた対立と共通する構図がある。肉親の体験を否定されて我慢する人はいない。そこに生じる怒りや不信感は長く尾を引く。

いま、日本が国連の常任理事国入りを目指し、拉致問題で協力を呼びかけても、アジアでどれだけの国が支持してくれるか。歴史認識をめぐって沖縄とさえ対立する日本に、アジアにおける孤立化が克服できるのだろうか。

2009 年

中国黒竜江省チチハルで沖縄の人々による開拓団跡地を訪ね焼香した。満州開拓団や南洋群島への移民として多くの沖縄人が海外で戦死している（2009.9.9）

知事訪米——自立のシナリオ描く時

●『琉球新報』2009年1月10日〈風流無談〉

仲井真知事が訪米中である。ブッシュ政権が幕を閉じる直前の訪米にどれだけの意味があるのか、疑問を抱かずにいられない。オバマ新政権に影響を与え得る人物と接触を図ろうにも、それを実現する人脈や手段を知事は持っているのか。オバマ新政権の対日政策スタッフが確定するのは春頃ということであり、なおかつ、当面は深刻な経済危機や中東情勢などへの対応に追われて、沖縄の基地問題に積極的に取り組む余裕はあるまい。

まさに最悪のタイミングで訪米しているとしか思えない。税金を使って下手なパフォーマンスをやるのもいい加減にしてほしいが、そもそも、仲井真知事は就任から2年余、基地問題に対してどれだけ熱意を持って取り組んできただろうか。

昨年12月、知事は県出身労働者の雇用継続を求めて愛知県の企業を訪問した。さらに年末には、サルモネラ菌に感染した豚肉が県の検査を通過した問題を謝罪して那覇市内のスーパーを訪れている。経済分野では現場に足を運んで行動力を示すのに、どうして金武(きん)町伊芸区の流弾事故では現場を訪ね、不安に怯える住民と対話をしなかったのか。

発見された金属の鑑定結果は出ていなくても、現場に行って演習の危険性や被害状況を自分の目で確かめ、住民の命・生活の安全を優先して演習の即時中止を求めることはできたはずだ。しかし、知事の姿勢は消極的であり、それを見透かして米軍は平然と演習を続けた。住民の命や生活が脅かされる状況はいまも続いている。

また、昨年の3月23日に北谷(ちゃたん)町で「米兵によるあらゆる事件・事故に抗議する県民大会」が開かれたが、仲井真知事は参加しなかった。米軍関連の事故や事件が起こるたびに、通り一遍のコメントを出すだけで、仲井真知事には県民の先頭に立って抗議しようという姿勢が見られない。

選挙公約である普天間基地の3年以内の閉鎖もどうなっているのか。宜野湾市上空では相変わらず米軍ヘリが飛び回っているが、それに対し何の対処をしているのか。嘉手納基地でも住民の抗議を無視して米軍機の未明離陸が強行され、日常的な爆音被害は改善のきざしがない。ホワイトビーチへの原潜寄港も増加し、キャンプ・ハンセンでは自衛隊の訓練も始まっている。米軍基地の「整理縮小」どころか、沖縄の基地は日米両軍が一体化して強化が進んでいるのが実態だ。

このような沖縄基地の強化とそれに伴う県民の負担増大に対して、仲井真知事はこの2年余、まったくの無為無策だったのではないか。米軍による事件・事故、住民の命さえ危険にさらす演習に対し、地元沖縄で住民の先頭に立って抗議もしない仲井真知事が、アメリカに行ったところで何ができるか。

県民の間からも今回の知事訪米に期待する声はまったくと言っていいほど聞かれない。そもそも、県民世論は「米軍基地の県内移設反対」が多数なのであり、そういう県民の声を代表しない知事が期待されないのも当然だろう。仲井真知事が県民代表として行動するというのなら、グリーンディール政策を打ち出しているオバマ新大統領に対して、環境保護を訴えて辺野古への新基地建設を断念するよう訴えるべきだろう。

しかし、実際には建設位置を沖合に移動して埋め立て面積を拡大し、より環境破壊を進めようとしているのだから呆れる。オバマ新大統領のグリーンディール政策は、新たなビジネスモデルとしてアメリカ企業への投資を促す狙いもあるのだろうが、環境保全や自然回復のための公共投資への転換は、日本・沖縄でもとっくに問われてきたはずだ。

辺野古への新基地建設による埋め立ては大量の海砂を使用し、その採取によって県内の砂浜が消失しかねないという指摘が専門家からなされている。観光客年間1000万人を言いながら、沖縄観光の目玉である海や砂浜を破壊しようとしているのだから、仲井真知事の政策は支離滅裂の極みだろう。そこにあるのは埋め立てや海砂採取にからむ県内企業の利権であり、辺野古の新基地建設が利権の温床となっていることは、いまやあまねく知れわたっている。仲井真知事も辺野古利権をめぐる三文芝居の役者のひとりなわけだが、その演じる筋書きは沖縄の自立ではなく自滅のシナリオでしかない。

この2年余の仲井真知事の政策のもうひとつの特徴は、県立病院の独立法人化や宮古・八重山支庁の廃止問題など、行財政改革を理由とした沖縄島北部・ヤンバルや宮古・八重山など離島地域の切り捨てである。今月25日に行われる宮古島市長選挙の結果によっては、宮古への陸上自衛隊配備と連動して、下地島空港の軍事利用の動きも急浮上してくるだろう。ヤンバルや宮古・八重山に米軍・自衛隊の負担をできるだけ集中させ、那覇を中心に嘉手納より南が栄えればいい。仲井真知事の政策を見るとそう言いたいようだ。

上意下達の縦の構造
——〈玉砕方針〉の強制力

◉『琉球新報』
2009年2月7日
〈風流無談〉

前々回の本欄で、大江・岩波沖縄戦裁判の控訴審判決において、梅澤・赤松氏側が出した宮平秀幸証言が〈虚言〉と断じられたこと。さらに、座間味村幹部に「死ぬでない」と言ったという梅澤裕元隊長の供述が、自分に都合よく〈変容と創造〉がなされた記憶による虚構と判断されたこと、などを書いた。

それでは控訴審判決では、座間味島における「集団自決」（強制集団死）についてどのような判断が下されているのだろうか。判決文には次のように記されている。

〈控訴人梅澤は、本部壕で「自決するでない。」などとは命じておらず、かねてからの軍との協議に従って防衛隊長兼兵事主任の助役ら村の幹部が揃って軍に協力するために自決すると申し出て爆薬等の提供を要請したのに対し、要請には応じなかったものの、玉砕方針自体を否定することもなく、ただ、「今晩は一応お帰り下さい。お帰り下さい」として帰しただけであったと認めるほかはない〉（216頁）

〈村の幹部らが、揃って軍に協力するために自決を申し出たのに対し、部隊長から、決して自決するではないなどとそれまでの玉砕方針と正反対の指示がなされたのであれば、その命令に反して、そのまま集団自決が実行されたというのは不自然であり…中略…部隊長に帰されて、村の幹部らが従来の方針に従い日本軍の意を体して信念に従って集団自決を決行したものと考える方がはるかに自然である〉（216～217頁。傍線は筆者による）

判決文によれば、3月25日の夜に座間味村の幹部らがとった一連の行動、つまり梅澤隊長訪問から

「集団自決」にいたる行動は、〈かねてからの軍との協議に従って〉行われたものであり、〈軍に協力するため〉〈それまでの玉砕方針〉に従い、〈日本軍の意を体して〉行われたものだというのである。

慶良間諸島に配置されていた梅澤隊や赤松隊の任務は、沖縄島西海岸に上陸しようと結集する米軍の艦船に対し、マルレと呼ばれた小型モーターボートに爆雷を積み、体当たり攻撃を行うことだった。もし作戦が成功すれば、米軍は第2波、第3波の攻撃を防ぐためにマルレの出撃基地をつきとめ、破壊しようとするだろう。梅澤・赤松隊の出撃後、米軍が慶良間諸島を攻撃するのは必至だった。

その時、島の住民はどうするか。海に囲まれて逃げる場所は限られ、捕虜になることが許されないとなれば、選択肢はひとつしかない。島に残った他の日本軍部隊や防衛隊、朝鮮人軍夫らと一緒に住民も戦い、全滅＝玉砕することだ。軍官民共生共死という当時の状況を考えれば、米軍上陸の際は梅澤・赤松隊のあとを追って住民も玉砕すべし、そう方針が立てられるのは自然なことであったろう。

実際には、日本軍の予想に反して、米軍は沖縄島上陸前に慶良間諸島を攻撃し、梅澤・赤松隊は大きな打撃を受けて出撃の機会を逸した。その後、梅澤・赤松隊は陸上での戦闘に移行する。ここで重要なのは、従来の作戦計画が崩れたあと、梅澤隊長や赤松隊長が〈玉砕方針〉からの転換を村の幹部たちに示さなかったことだ。

慶良間諸島において「集団自決」が起こった大きな要因がここにある。座間味島においては、村の幹部たちはそのために〈かねてからの軍との協議に従って〉行動し、〈それまでの玉砕方針〉を実行してしまったのである。

米軍上陸の際には、日本軍の足手まといにならず、かつ米軍に凌辱されないために、男たちはまず女性や子ども、老人の命を絶ち、そのあとに自らの命を絶つこと。日本軍と村の幹部らの間でそのような協議が事前になされ、〈玉砕方針〉が確立されていたからこそ、助役をはじめとした村の幹部たちは、梅澤隊長に弾薬をもらいに行ったのだ。それに対して梅澤隊長がとった態度は、判決文が示す通りである。

〈軍からの命令で、敵が上陸してきたら玉砕するよう言われている。間違いなく上陸になる。国の命令だから、潔く一緒に自決しましょう〉

米軍上陸の直前に、助役の宮里盛秀氏がそう話していたことを、傍で聞いていた妹の宮平春子氏が証言している（『沖縄タイムス』07年7月6日付）。今回の裁判の過程で明らかになったこの証言は、あらかじめ玉砕方針が確立されていて、助役の宮里氏がそれを軍の命令として実行していったことを裏づける。

そこに示されるのは、大本営→第32軍→梅澤・赤松隊→村の幹部・防衛隊→一般住民という上位下達の縦の構造によって〈玉砕方針〉が実行されていったということだ。

縦の構造に組み込まれた村の幹部たちや一般住民にとって、〈玉砕方針〉は行動を規制する強制力を持ち、逆らうことのできない軍の命令としてあった。裁判を通して、「死ぬでない」と言ったという梅澤氏の嘘が明白となり、座間味村幹部らの行動の理由が明らかにされたのは、大きな意義をもつ。

辺野古環境アセス
――台風時の調査欠落

●『琉球新報』2009年3月7日〈風流無談〉

2月17日、クリントン米国務長官と中曽根外務大臣との間で、在沖海兵隊のグアム移転に関する協定が署名された。仲井真知事の訪米から1カ月後に、日米両政府が示した回答がこれである。結局のところ知事の訪米は、日米両政府を刺激して、より強硬姿勢に転じさせたということなのだろうか。知事訪米について改めてその意味が問われるべきだろう。

当の仲井真知事は協定に対し、歓迎の意を示した。辺野古新基地の建設位置をめぐり、表向きは政府と対立しているように見えても、建設推進で知事と政府は同じ立場だ。問題の本質は米軍基地の「県内移設」を容認するか否かであり、知事と政府の対立を針小棒大にとらえ、「県内移設」を推進している知事の問題を曖昧にしてはならない。

辺野古新基地建設に向けた日本政府の強硬姿勢は、環境アセスメント調査を早期に打ち切ろうとしていることにも現れている。春夏秋冬を通して調査したことをもって、あたかも十分な調査をしたかのように沖縄防衛局は装おうとしている。しかし、それはまったくの欺瞞である。

環境アセスメントに向けて沖縄防衛局が出した「方法書」に対し、仲井真知事の名で出された「意見書」では、多くの問題点が指摘された。その中では、単年度の調査では不十分であり、時間をかけて慎重な調査を行うようにという専門家の意見が、いくつもの項目で述べられている。

例えばジュゴンについて見ると、2007年12月21日付「普天間飛行場代替施設建設事業に係る環境影響評価方法書に対する知事意見について」では、こう記されている。

〈沖縄島周辺海域に生息するジュゴンについて

は、これまで科学的調査などがほとんど行われておらず、その生活史、分析、個体数などに関する知見が非常に乏しい現状であることから、これらに関する知見を事業者として可能な限り把握するため、生活史等に関する調査を複数年実施すること〉（17頁）

現在の政府案であれ、仲井真知事のいう沖合移動案であれ、辺野古崎周辺海域を埋め立て、大規模な自然破壊を行うことにかわりはない。ジュゴンやサンゴ、海草類をはじめとした生物に与える影響はもとより、潮流の変化による海岸の浸食、土砂の堆積、水質汚濁、波しぶきによる塩害など、住民生活に影響を与える問題は、騒音のほかにも多数ある。

2月27日、名護市で活動している市民団体ティダの会と新基地建設問題を考える辺野古有志の会が、沖縄防衛局に環境アセスメントに関する申し入れを行った。その中で議論となったのは、台風時における調査が行われていないということである。

沖縄防衛局は、２００８年3月に出した「普天間飛行場代替施設建設事業に係る環境影響評価方法書に対する追加・修正資料（修正版）」で、〈水域の状況（流域及び河川流量等の状況）〉について、以下のように現地調査を行うとしている。

〈（b）降雨時：2月～11月までの期間において、台風時を含めて3回〉（１３６頁）

また、地形・地震についても以下のように現地調査を行うとしている。

〈（a）砂浜の分布と形状：汀線測量は、台風期を含め季節ごとに計5回とします。……（d）陸域からの供給土砂量……海蝕崖は、台風などによる変化がとらえられるような時期を考慮して2回実施します……〉（１３９頁）

しかし、昨年は沖縄島には台風が来ていない。したがって、沖縄防衛局が調査を行うとした水域の状況、汀線測量、海蝕崖の変化に関して、台風時の調査は行われていないのである。申し入れに対応した沖縄防衛局の職員も、このことは認めている。

それに対し辺野古有志の会からは、次のような不安の声が上がった。辺野古の下の方の集落は低地にあるため、これまで台風時に水害が発生している。新基地建設に伴って集落内を流れる川の河口部も埋め立てられるが、台風時にはこれまで以上の水害が発生するのではないか。そういう調査はきちんとなされているのか。それに対して、沖縄防衛局の職員は、何も答えることができなかった。

沖縄における自然災害の代表的なものが台風だ。辺野古の住民が自分たちの生活体験から、台風時の調査の未実施に不安を抱くのは当然だろう。沖縄防衛局にしても、台風時の調査を必要と認めたから「方法書」の追加・修正資料に引用部を記したはずである。にもかかわらず、台風時の調査を行わずに環境アセスメント調査を打ち切るなら、それは欠陥調査を強引に押し通そうということだ。

環境アセスメントの今後の日程について、沖縄防衛局の職員は、県と調整中とくり返した。仲井真知事はみずから出した「意見書」に基づき、複数年調査の実施を主張すべきであり、沖縄防衛局の調査打ち切りを許してはならない。

ゴーマニストに告ぐ
——まやかしだらけの右翼扇動家

●『部落解放』（解放出版社）
2009年4月号
〈水平線〉

小林よしのりの卑劣さとまやかしの最たるものは、社会の中で差別や迫害を受けている少数派に、あたかも自分は味方であり良き理解者であるかのような顔をして近づき、自らの多数派としての価値観を丸出しにした漫画を描くこと。そして、その内容が当事者の少数派から批判されると、途端に逆ギレして攻撃を加えるところにある。

被差別部落、薬害エイズ、台湾、チベット、沖縄、アイヌと、小林は少数派の問題をとっかえひっかえ漫画にしては、対立を引き起こすというパターンをくり返してきた。恥を知る能力と反省する能力の欠如が、「ゴーマニスト」としての小林の強みなのだろう。しかし、どんなに猫なで声で少数派に近づいても、右翼扇動家としての本性と多数派としての傲り、にわか勉強したにすぎない知識の浅はかさはすぐに露呈する。

2004年8月から雑誌『SAPIO』で『新ゴーマニズム宣言SPECIAL 沖縄論』（以下『沖縄論』）を連載した小林は、翌年、「カメジローの戦い」という盗作作品を付け加えて1冊にまとめ、8月には宜野湾市で講演会を行った。1000人以上の参加者が集まった、と小林や地元の実行委員会メンバーらは、その頃得意の絶頂にあった。

しかし、沖縄では同時期、小林の本性を明らかにし、『沖縄論』を批判する言論活動や、講演会にゲストとして参加しようとしていた糸数慶子参議院議員への説得活動などが行われていた。結果として、糸数議員はゲスト参加を見送った。講演会に1000人以上が集まったといっても、その中には小林に批判的視点を持つ人も多かった。

沖縄への浸透を図ろうとした小林にとって、全国の他の地域とは違う沖縄からの反発の強さ、批判の激しさは予想以上だったはずだ。しだいに小林は苛立ちと焦りを露わにし、沖縄に「全体主義の島」というレッテルを貼り付け、沖縄のマスコミや知識人を口汚く罵り始める。しかし、そうやって感情的なデマ宣伝をやればやるほど、沖縄への理解者を装った小林の化けの皮が剝(は)がれ、右翼扇動家としての本性が露わになっていった。

そういう小林の苛立ちや焦り、本性がよく分かる本が、昨年6月に出た『誇りある沖縄へ』（小学館）である。沖縄では数少ない小林の協力者である宮城能彦（沖縄大学教授）、高里洋介（那覇市職員）、匿名の卑怯者Aと砥板芳行（八重山青年会議所前理事長）、小林の5人による座談会をまとめたものだ。企画・編集は小林自身が行っている。近年出版された沖縄関係の本で、これほど低水準かつ下劣な本も珍しい。

当人たちは、沖縄のタブーを破り、マスコミや平和運動をやっつけ、歴史や社会問題への蘊蓄(うんちく)を披露しているつもりかもしれない。しかし、座談会形式で言いたい放題言ってるだけに、参加者たちの知識の乏しさや論理展開のいい加減さ、思想性、人間性の貧しさが余計に露わになっている。

一例を挙げる。同書では、昨年2月に沖縄島中部で起こった米兵による女子中学生への暴行事件と、それに抗議して3月に開かれた県民大会について1章が設けられている。小林らがそこでやっているのは、加害者の米兵や米軍を擁護し、被害者の「落ち度」をあげつらって執拗に叩くことだ。

この事件は、『週刊新潮』が被害者のプライバシーを侵害する記事を書き、それに精神的に追いつめられた被害者が、告訴を取り下げるという展開となった。犯人は日本の司法ではなく米軍の軍法会議で裁かれ、懲役4年の実刑判決を受けた。さらに服役後の不名誉除隊も決まった。そういう事件に対し、小林は次のように発言している。

〈わしは基本的に世間から「反米派」と呼ばれる立場の人間だけど、今回の米軍の対応を見ていたら、ちょっと同情するぐらいの気持ちになるわけよ。レイプはなかったという前提で言うけど、「それでも許さん」と言う側のほうに、むしろ不愉快な印象を受ける〉（157頁）

「反米派」が聞いて呆れる。日米安保体制を肯定し、米軍が沖縄・日本を守ってくれると信じている小林が、〈世間から「反米派」と呼ばれる〉のなら、それこそお笑いぐさだ。被害者の訴えを否定し、加害者の主張を丸呑みして〈レイプはなかった〉と強調する小林に、被害者やその家族は反論ができない。プライバシー侵害を恐れて被害者が沈黙するしかないのを承知の上で、小林らは「落ち度論」を展開し、ただでさえ弱い立場にある被害者を追いつめているのだ。

小林が見せる、少数派の立場に立っているかのようなポーズも、「反米」ポーズも、まやかしにすぎない。小林が実際にやっているのは、反戦・反基地運動をたたかっている沖縄人を中傷して足を引っぱり、米軍を援助することなのだ。

「カメジローの戦い」の盗作問題についても、逃げずにきちんと答えてほしいものだ。

有事＝戦争体制づくり
――実態と懸け離れた報道

◉『琉球新報』
2009年4月4日
〈風流無談〉

　朝鮮の人工衛星打ち上げをめぐるテレビや新聞の報道を見ていると、今日４月４日にはあたかも朝鮮のミサイルが日本を狙って飛んでくるかのような雰囲気だ。日本政府・防衛省は、これ見よがしにＰＡＣ３を長距離移動して秋田県、岩手県に配備し、イージス艦「こんごう」「ちょうかい」を出動させている。海賊対策を口実とした自衛艦のソマリア派遣の報道と合わせて、テレビも新聞も「戦時色」が増している。

　迎撃体制を取っている自衛隊のＰＡＣ３部隊の映像をくり返しテレビで見て、いまにも戦争が始まりそうだ、と不安に駆られている人もいるだろう。浜田防衛大臣は自衛隊に初の破壊措置命令を出し、政府や一部の地方自治体は住民に警戒を呼びかけて、有事＝戦争体制構築の格好の機会にしている。

　国内問題から目をそらさせるために外に敵を作って排外的ナショナリズムを煽る、というのは権力者がとる常套手段である。本来なら年度末・年度初めのこの時期、派遣・正規雇用労働者の首切り＝失業者の増大など労働・経済問題が、大きな問題として取り上げられるべきはずだ。しかし、年末・年始の年越し派遣村の報道とは比較にならないほどの小さな扱いしかされていない。雇用状況はさらに悪化しているにもかかわらずである。

　テレビや新聞の報道にだけ接していては、朝鮮の人工衛星打ち上げの持つ意味や問題点について認識を誤りかねない。そう考えてインターネットで色々な情報や意見を読んでいる。そこには怪しい情報や敵愾心(てきがいしん)を煽る過激な意見も多い。しかし、軍事の専門家が軍事技術の視点から分析したり、市民の質問に応答する形で基礎的なレベルから解説しているホームページ、ブログもある。

それらに学びつついまのテレビ・新聞の報道を検証してみると、いかに実態から懸け離れた報道がなされているかが分かる。マスメディアはかつて国民を戦争に駆り立てた自らの報道の歴史を省みるべきだ。いたずらに不安や危機感、敵対感情を煽る報道が、市民の冷静な判断を狂わせ、軍の暴走を後押ししてしまう結果となったのだ。政府・防衛省から与えられた情報・見解を垂れ流すだけなら、大本営発表の時代とどれだけの差があるだろうか。

このように書けばすぐに、朝鮮を擁護するのか、という反論が来るだろう。だが、朝鮮に対して過激で攻撃的な発言をすれば受ける、という風潮は終わりにすべきだ。少し冷静に考えれば、実態以上に朝鮮の脅威を大きく描き出すことの方が、「ミサイルの恐怖」を外交手段のひとつとして使おうとする者を利することになるのは明白だろう。

他にも書きたいことがあるので話を変える。去る3月28日は大江・岩波沖縄戦裁判の1審判決から1年だった。同裁判は現在最高裁で争われているが、最近、秦郁彦編『沖縄戦「集団自決」の謎と真実』（PHP）という本が出た。

同書には2審の高裁判決で「虚言」と断じられた宮平秀幸氏の陳述書が、藤岡信勝氏の解説付きで載っている。編者の秦氏は戦史の研究者である。当然のことながら宮平氏の陳述書を検証した上で載せたのであろう。そこで秦氏にぜひ問うてみたい。藤岡氏に以前質問して、いまだに回答がない問題である。

宮平氏は本部壕の入口に掛けられた毛布の陰に隠れ、梅澤隊長と座間味村幹部の会話を盗み聞きしたという。しかし、米軍上陸が目前に迫っているのに、本部壕入口に警戒にあたる兵が配置されていないということがあり得るのか。本部壕入口の衛兵の有無について、秦氏にも見解をうかがいたい。

宮平証言が出てきたこともあり、この1年ほど、座間味島の梅澤元隊長の件が焦点となった。その陰に隠れた感があるが、1年前の1審判決文では、渡嘉敷島の赤松元隊長の命令について、次のように書かれている。

〈赤松大尉率いる第三戦隊の渡嘉敷島の住民らに対する加害行為を考えると赤松大尉が上陸した米軍に渡嘉敷島の住民が捕虜となり、日本軍の情報が漏洩することをおそれて自決命令を発したことがあり得ることは、容易に理解できる〉（２０７頁）

〈……米軍が上陸した後、手榴弾を持った防衛隊員が西山陣地北方の盆地へ集合している住民のもとへ赴いた行動を赤松大尉が容認したとすれば、赤松大尉が自決命令を発したことが一因ではないかと考えざるを得ない〉（同）

その上で深見裁判長は、〈渡嘉敷島における集団自決に赤松大尉が関与したことは、十分に推認できるというべきである〉（２０８頁）とした。２審判決でも1審の見解は基本的に踏襲され、大江・岩波側の勝訴につながった。

沖縄戦から64年になる。大江・岩波沖縄戦裁判が投げかけているものを改めて考えつつ、いま、目の前で進んでいる有事＝戦争体制づくりに反対したい。

天皇コラージュ作品排除
――危険な「事なかれ主義」

◉『琉球新報』2009年5月2日〈風流無談〉

2度目の連載となる「風流無談」の第1回（07年6月2日付。本書41～43頁）に、憲法9条と沖縄の構造的矛盾、そして沖縄県立博物館・美術館の館長に就任した牧野浩隆氏の問題について書いた。最終回を迎えるにあたり、改めて同じ主題を扱うことにする。

現在、県立博物館・美術館で開催されている「アトミックサンシャインの中へ in沖縄――日本国平和憲法第九条下における戦後美術」展で、昭和天皇の写真をコラージュした大浦信行氏の作品が排除された問題が報道された。憲法9条と戦後美術を扱う企画で、憲法の禁じる検閲や表現の自由の侵害が行われ、しかも圧力をかけたのが牧野館長だというのだから、とんでもない弾圧事件である。沖縄県立博物館・美術館は、国内はもとより世界に恥をさらしたと言っていい。

牧野館長や金武正八郎県教育長らは「教育的配慮」を口にしているが、そういうことは作品の展示方法を工夫したり、保護者に事前の説明を行ったりすれば、いくらでも対処できることだ。実際、東京では問題なく展示されているのに、どうして沖縄ではできないのか。作品に対する評価は見た人がそれぞれ下すものであり、問題があるなら見た上で議論すればいい。昭和天皇の写真が使われていることをもって、県民から作品を見る機会すら奪い取るのは、それこそ牧野館長の政治的偏見であり、芸術作品についての無知・無理解を示している。

今回の大浦氏の作品排除の報道に接して、10年前に起こった沖縄平和祈念資料館の展示内容改竄事件を思い出した人も多いだろう。日本軍による住民虐殺や壕追い出しなどを示す展示が、就任間もない稲嶺恵一知事らによって、監修委員や専門委員を無視して変えられようとした。その時の県3役のひとりが、副知事の牧野氏であった。沖縄における「歴史修正主義」の動きは、県民の猛反発によって食い止められたが、牧野氏は何の反省もしなかったようだ。

本連載の第1回でも触れたことだが、牧野氏は大分大学経済学部を卒業し、琉球銀行の幹部から副知事になった。稲嶺県政では主に経済分野を担っていたはずだ。経済の専門家ではあっても、美術や歴史学には門外漢である。そういう牧野氏がどうして県立博物館・美術館の館長になっているのか。

『琉球新報』電子版2007年5月17日付に次のような記事がある。

〈県の出資する主要な第3セクターの役員人事で県は16日までに、沖縄都市モノレール社長に前副知事の牧野浩隆氏(66)、那覇空港ビルディング(NABCO)社長に前副知事の嘉数昇明氏(65)を起用する人事案を固めた。いずれも任期満了に伴うもの。既に両氏に打診しており、それぞれ6月の株主総会と取締役会を経て正式決定する〉

ところが、その8日後の『琉球新報』電子版5月25日付の記事では、以下のように報じられている。

〈県は24日までに、今秋開館する県立博物館・美術館の初代館長に前副知事の牧野浩隆氏(66)を起用する方針を固めた。館長は非常勤で、11月1日付で任命される。牧野氏は受諾の方向〉

驚くことに、沖縄都市モノレール社長に決まりかけていた牧野氏が、わずか8日後に、県立博物館・美術館の非常勤館長を〈受諾の方向〉へと変わっているのである。まさにどんでん返しとしか言いようのない人事の変更であり、県幹部の天下り先をめぐって激しい駆け引きがあったことがうかがえる。

それはまた、県立博物館・美術館の館長が、慎重な人選を重ねて決まったのではなく、県幹部の天下りポストのひとつくらいにしか位置づけられないまま、職業上の専門性も無視して、急遽決まったことを示している。

芸術作品や作家の創造行為、表現の自由を守るために体を張ってでも政治的圧力に抗すべき館長が、沖縄では逆に政治的圧力をかけて排除している。こういう呆れた現実が生まれる背景には、芸術を論じる以前の問題として、県の天下り人事の問題があるのだ。

牧野館長や金武教育長はまた、芸術作品に「公正・中立」を求めているが、まったく馬鹿げた発言である。「公正・中立」とはその時代、社会の多数派の価値観に沿っているから、一見そう見えるにすぎない。現在は名作と言われる作品も、発表当時は社会の秩序を乱すものとして排斥された事例はいくらでもある。新しい表現を追求すれば、多数派の価値観から逸脱するのは当たり前であり、「公正・中立」を理由に特定の作品を排除するのは、役人の事なかれ主義でしかない。

昭和天皇が死去して20年が経ち、すでに歴史上の人物になろうとしているのにタブー扱いするのは、過剰反応を通り越して危険ですらある。今回の事件は県立博物館・美術館のあり方が根本から問われる大きな問題であり、曖昧なまま終わらせてはならない。

サトウキビ畑から

◉『あけぼの』2009年7月号

いまから10年ほど前、沖縄県内の農林高校に勤めていた頃の話である。職員室で茶飲み話をしていて、農業部の若い教師が、いまこういう授業をしているんですけど……、と語り出した。

その教師は、サトウキビの葉の面積を生徒に計算させ、次にその1枚の葉が、光合成でどれだけの二酸化炭素を吸収するかを計算させていた。そして、1本のサトウキビが吸収する二酸化炭素の量を計算させ、さらにある単位面積のサトウキビ畑が、収穫までにどれだけの二酸化炭素を吸収するかを計算させようとしていた。

若い教師によれば、サトウキビは糖分を作るために大量の二酸化炭素を吸収するのだという。サトウキビ栽培の直接の目的は砂糖の生産だが、それに加えて、二酸化炭素の削減＝温暖化対策にも有効な作物であることを強調し、サトウキビ農業の維持・発展につなげられないか、と彼は考えていた。

しかし、うまくいかないんですよね。みんな計算が苦手なものだから……。若い教師はそうこぼしていた。農業高校に来る生徒は、小学校や中学校で授業に遅れ、数学の苦手な生徒が多い。そういう生徒たちに、細長いサトウキビの葉の面積を計算させようと四苦八苦している彼の話を聞きながら、その熱意と発想に関心させられた。

当時から沖縄のサトウキビ生産は年々減少し、農家の高齢化も進んでいた。国際競争力の低さから自由化の波にも脅かされていて、その状況はいまも続いている。最近はサトウキビのバイオ燃料への利用も行われているが、沖縄の耕作面積では採算が取れそうにない。そういう八方ふさがりの状況で、苦闘していた若い教師の姿が思い出される。

地球温暖化対策として二酸化炭素の排出削減や新

しいエネルギーの開発が盛んに言われている。そういうなかで、環境問題やエネルギー問題と農業の関わりが、もっと注目されていい。日本の農業を発展させていくことは、食料自給率の向上や安全な農産物の供給と同時に、環境保護やエネルギー対策にもつながっているのである。

言うまでもなく、日本の農業が置かれている状況は厳しい。消費者が単に安さを追い求めるだけなら、中国など安い外国産の農産物に太刀打ちできず、経営を維持できなくなる農家が増大する。農業を守ろうと思うのなら、私たちの食生活のあり方も反省を問われる。

同時に、農業に若い世代が就業し、生活していける環境を作り出さなければならない。土地改良など農地整備が行われたにもかかわらず、生産者の高齢化と就業者不足によって放置されている農地がある。農業で生活が成り立つための予算措置も必要となる。

米軍再編でグアムや辺野古に新しい軍事基地を造るため、数千億円の予算が費やされる。戦争こそ最大の環境破壊であり、米軍の新基地建設のために使うお金があるなら、農業の振興と環境保護のために使うべきなのだ。

問われる政治家の責任
――発言力の低下進む

◉『沖縄タイムス』2009年8月13日
《〝8・13〟から5年／沖国大ヘリ墜落事故》

8月は6日のヒロシマ、9日のナガサキと原爆忌を迎え、さらに15日の敗戦の日と64年前の戦争を思い起こす月だ。沖縄ではそれに加えて、13日の沖縄国際大学への米軍ヘリ墜落事故を思い起こす月となっている。

沖縄では……、と書きながらわだかまりがある。沖国大への米軍ヘリ墜落事故から5年がたとうとしているが、この事故はその発生当初から沖縄と日本（ヤマトゥ）との間で事故の受けとめに大きな差があった。その差はこの5年間で克服されるどころか、さらに拡大しているのが実情であろう。

振り返れば、1996年12月のSACO最終報告からすでに12年余がたっている。5年から7年以内の返還で合意されたにもかかわらず、普天間基地は依然として住宅密集地の真ん中にあり、「世界一危険な基地」の危険性除去はまったく進んでいない。県知事選挙で「3年以内の閉鎖」を唱えた仲井真知事の公約も、空文句に終わろうとしている。

普天間基地の返還は、なぜ進まなかったのか。

その最大の理由は、この12年余りの間、日本政府や沖縄県知事、名護市長らが「県内移設」に固執したことにある。

海上基地建設に反対の意思を示した「名護市民投票」の結果を尊重し、「県内移設」反対が一貫して7割以上ある県民世論をまとめて、他の選択肢を追求していたらどうだったか。現状よりはずっと良い結果がもたらされていただろう。

その意味で、「名護市民投票」の結果を踏みにじった、当時の比嘉鉄也名護市長の責任は極めて重い。さらに比嘉市長の後を引き継いだ故岸本建男前市長、V字型滑走路案を受け入れた島袋吉和市長をはじめ、「苦渋の選択」と言いながら「県内移設」

を進めた稲嶺恵一前知事や、仲井真弘多知事の責任が問われなければならない。「ベストではなくベターな選択を」と言いながら、ベターな状態にさえなっていないではないか。

沖縄の米軍基地の現状を見るなら、県民の「負担軽減」どころか、強化拡大が進んでいるのが明白だろう。8月5日付の県内紙は、2470億円もの「思いやり予算」を使い、基地内住宅の建て替え工事がなされると報じている。在沖海兵隊のグアム移転どころか、沖縄基地の恒久化が進んでいるようだ。このような日米両政府のやりたい放題を許しているのは、仲井真知事をはじめ沖縄の政治家たちの発言力が低下しているからだ。

これまで日本政府と稲嶺前知事や仲井真知事は、基地問題を経済問題にすり替えることに腐心してきた。1995年9月の海兵隊員による暴行事件を契機に、沖縄県民の反基地運動が日米安保体制を揺るがすまでに盛り上がった。それを沈静化させるために日本政府がとった手法が、島田懇談会事業や北部振興策などの金のバラまきだった。

そして、沖縄の中からそれに呼応していったのが、「経済の稲嶺」を売り物に当選した稲嶺前知事である。故岸本名護市長をはじめ、基地所在地の自治体首長らもそれに追随していった。結果として、財政面で基地への依存度が深まり、反対運動も抑え込まれていった。

いまや名護市では教育や医療まで「米軍再編交付金」に依存するようになっている。これでは政府に物が言えるわけがない。そうやって自らの発言力を低下させ、基地依存を深める愚を沖縄の政治家たちは犯してきたのだ。

女子ゴルフをはじめスポーツや芸能、芸術分野などで沖縄の若い世代が活躍している。自分の努力と実力だけで勝負する自立した若者が出ている一方で、中央政府に依存し、基地がもたらす「既得権益」にしがみついて、いまだに自立を拒んでいるのが、沖縄の多くの政治家であり、経済人ではないのか。

普天間基地の危険性の放置をはじめ、沖縄基地の強化拡大が進められているのは、日米両政府の問題だけでない。「県内移設」という最悪の選択をし続けている沖縄の政治家たちの問題・責任が問われなければならない。

平和なき島で続く5・15平和行進

◉『社会評論』(小川町企画) 2009年夏号

5月15日から17日にかけて沖縄島・宮古島・石垣島で5・15平和行進が行われた。沖縄島東コースの初日は、新基地建設が問題になっている辺野古の浜から出発した。晴天に恵まれて海と空の青、ヤンバルの森の緑を眺めながら歩き出したのだが、途中、久志の集落を抜けたところで山肌が黒く焼けこげ、赤土がむき出しになった久志岳の姿が見えた。

今年の沖縄は少雨傾向が続いている。空気が乾燥しているところに米軍の実弾射撃演習が行われるものだから、キャンプ・シュワブやキャンプ・ハンセンでは山火事が連続して起こっている。久志岳も米軍の射撃訓練の着弾地になっていて、実弾で破壊された山肌は赤土がむき出しになり、その周りを山火事の跡が黒く囲むように広がっている。

地元の住民にとっては、生まれてからずっと眺めてきた山である。それが射撃演習によって破壊され、姿形を変えていくことに胸を痛めている人は多い。それだけではない。着弾音や米軍ヘリの爆音に早朝から夜間まで住民は苦しめられているのだ。

辺野古にティダの会という小さな団体があり、新基地建設に反対する運動を行っている。その会の話し合いや取り組みに参加するため、週に何度か辺野古に行っているが、時々夜の9時を過ぎても射撃演習の音が聞こえてくる。

夜の静けさを破って響く射撃音、着弾音は不気味であり、不快感、不安感をかき立てる。近くには国立高等専門学校があり、寮も隣接している。ヤマトゥから来た学生はその音に驚くという。沖縄県内の学生でも、射撃演習の音を初めて聞く人は多いはずだ。それが学習環境を破壊するのは言うまでもないが、住宅地域に隣接した場所で実弾射撃演習を行うこと自体が異常なのだ。沖縄ではそれが64年間まかり通っている。

V字型滑走路、港湾施設、ヘリパッド、装弾場などを併せ持つ辺野古新基地が建設されようとしているのは、こういう場所なのである。辺野古・豊原・久志の3つの集落を久辺3区というが、その北・西・南側は辺野古弾薬庫やキャンプ・シュワブ、キャンプ・ハンセンなどの基地が占拠している。この上東側の海に新基地が建設されたら、東西南北、陸も海も空も米軍基地にかこまれてしまう。

多くの人が指摘するように、米軍再編によって沖縄島北部は軍事要塞と化そうとしている。自然環境は元より、地域の生活環境もさらに破壊される。新基地建設により辺野古には多くの米軍関係者が移り住む。現在、そのための兵舎建設が行われているが、住民を上回る数の軍人・軍属が基地で働き、演習を行い、生活を営む。これだけ米軍関係者が集中する地域は、「基地の島」と言われる沖縄でもかつてなかったのではないか。

60年代、70年代のコザや金武の街でさえ、人口からいえば沖縄の住民が上回っていたはずだ。しかし、辺野古に新基地ができて、北部に米軍基地が集中された後の久辺3区はどうなるか。他の集落とかなりの距離がある久辺3区は、まさに基地の中の集落として特殊な生活環境を強いられるだろう。それはかつてのコザや金武の街以上に、米軍(兵)が幅を利かせる地域になるということだ。そうやって米兵が大幅に増えて基地の周りに歓楽街ができれば、米兵による事件も多発する。それはこの64年の沖縄の歴史が証明している。

先だってあるブログを見ていたら、沖縄フリークのナイチャー・ライターが、基地撤去は理想論だ、とうそぶいてた。お気楽なものだ。私が初めて5・15県民大会に参加したのは大学に入った1979年だから、もう30年前のことだ。理想論で行動を持続できるほど、沖縄の現実は甘くない。

この30年間でも、米兵による殺人、レイプなどの凶悪事件や米軍演習による被害で、沖縄の住民がどれだけ苦しんできたことか。1度しかない人生の少なからぬ時間を費やして、反戦・反基地の運動をやってきた沖縄人はみな、理想論ではなく目の前の現実を黙認することができなくて、止むに止まれぬ思いで行動してきたのだ。沖縄フリークのナイチャー・ライターにはそういうことは分かるまい。

沖縄のお年寄りやおじさん、おばさんたちは、ナイチャー・ライターが面白可笑しく描くだけの人生を生きてきたのではない。子や孫のために基地は造らせない、と言いながら行動し続ける辺野古のお年寄りたちの姿を目にすると、辺野古新基地建設を何としても阻止し、5・15平和行進をやらなくてもいい沖縄にしたいと心から思う。

2010年

「最低でも県外」という公約を投げ捨てようとする鳩山首相に対し、県庁前で抗議の声を上げる辺野古の住民（2010.5.4）

名護市長選の結果を受けて

――傲慢な政府の沖縄政策

●『沖縄タイムス』2010年2月9日〈文化〉

1月24日の名護市長選挙は、投票終了直後に稲嶺進氏当確の報が流れた。夜の9時頃、辺野古にある稲嶺氏の久辺3区合同事務所を訪ねた。そこには涙を流し、抱き合って喜ぶ支持者の姿があった。

この13年余、浜での座り込みや集会への参加、市や県、沖縄防衛局への申し入れなど、新基地建設反対の取り組みを地道に続けてきた人たちがいた。70代、80代のお年寄りを先頭に、そのような粘り強い住民の運動があったからこそ、今回の選挙結果もあった。喜びにあふれる事務所の様子を見ながら、長く続いた運動の苦労を思った。

１９９７年12月に行われた名護市民投票の結果を、当時の比嘉鉄也市長は踏みにじった。それ以来続いてきたねじれが、今回の市長選挙で解消された。昨年8月の衆議院選挙、そして今回の名護市長選挙と辺野古新基地建設反対の県民意思が続けて示されている。

このことを日米両政府は謙虚に受け止め辺野古現行計画断念を表明すべきだ。民意を踏みにじって現行計画を強行しても、大規模な反対運動が起こって混乱を深めるだけである。13年かけてもなぜ普天間基地の「移設」が進まなかったか。そのことを日米両政府は真剣に考えなければならない。

在日米軍専用施設の75％が沖縄に集中し、沖縄島の2割近くを米軍基地が占拠している。この現実を無視して、「県内移設」ありきで進めてきたことが最大の誤りだったのだ。日米安保体制の軍事的負担を沖縄に集中させている差別政策を改めようとはせず、日本政府は振興策というアメをばらまくことで沖縄への基地固定化を図ってきた。

沖縄の中からもそれに呼応して、稲嶺恵一前知事や仲井真弘多知事、故岸本建男前市長や島袋吉和市長、そして経済界が先頭になって振興策と引き換えに基地受け入れを進めてきた。基地と経済をリンクさせ、基地も産業のひとつとうそぶく声さえあった。そうやって数多くの施設が建設されたが、名護市の失業率や経済状態はむしろ悪化している。

為又（びいまた）など国道58号線沿いに商業施設やアパートが立ち並んで開発が進む一方で、名護十字路周辺は目に見えて寂れている。空き店舗が増え、老朽化した建物が壊されて更地になり、虫食い状態になっている。島田懇談会事業や北部振興策で600億円の金が注ぎ込まれたと言われるが、「振興策はいつ始まるのか」という皮肉混じりの冗談さえ聞こえる。

最初は海上ヘリポート案だった辺野古への「移設」計画が、V字型滑走路と港湾施設を持つ巨大基地へと変貌した背景には、数千億円という新基地建設にからむ利権が指摘されている。しょせんは大手ゼネコンとそれと結びついた一部の企業や政治家が利権を吸い上げるものとして辺野古の計画はあったのだ。市民の生活を豊かにすることなどあり得なかった。

今回の名護市長選挙の結果が示しているのは、基地と振興策をリンクさせ、アメとムチを使い分けて沖縄に米軍基地を押し付けてきた自公政権の手法が最終的に破綻したということであり、沖縄ではもうこの手法が通用しないということだ。名護の失敗をくり返そうという自治体が県内にあるわけがない。

しかし、市長選挙で名護市民の意思が示されても、普天間基地「移設」問題が今後どうなっていくかは予断を許さない。選挙の結果に対し〈斟酌する必要はない〉〈地元合意は必要ない〉という平野官房長官の発言が問題になっているが、政府の沖縄に対する傲慢かつ強硬な姿勢はほかにもある。

沖縄防衛局は辺野古現行計画に沿って環境アセスメント評価書の年度内提出をいったんは方針化した。また東村高江のヘリパッド建設をめぐり、住民ふたりの通行妨害禁止を求める訴訟を那覇地裁に起こし、工事を再開しようとしている。読谷村（よみたん）のひき逃げ死亡事件に関しても、政府は積極的に動こうとせず、地位協定の問題に触れようともしない。

これら一連の対応を見ると、自公政権から民主党中心の連立政権に代わっても、基地問題に関して日本政府の沖縄に対する対応はどれだけ変わったのかと言わざるを得ない。鳩山首相は例によって思わせぶりな発言をくり返しているが、沖縄防衛局を通して見える政府の対応は傲慢かつ強硬であり、冷淡である。

沖縄側が辺野古新基地建設や「県内移設」反対、普天間基地の固定化を許さないという強い姿勢を示し続けない限り、本土のどこも受け入れないから沖縄へ、と差別政策がくり返されかねない。こういうときに沖縄選出の国会議員が嘉手納基地統合案を主張するのは愚の骨頂であり、仲井真知事は「県内移設」容認の姿勢を転換すべきだ。

沖縄がこれ以上日米安保体制維持の犠牲になる必要はない。「戦後」65年たっても米軍が植民地同様に沖縄を占拠していること自体が異常であり、基地返還は当然のことだ。

沖縄民衆の声にヤマトゥはどう応えるのか

◉『部落解放』（解放出版社）2010年2月号〈水平線〉

この文章を書いている2009年12月15日現在、米海兵隊普天間基地の「移設」をめぐる問題は、「移設」先の決定を先送りするという政府方針が出され、辺野古以外の場所を模索するという鳩山首相の意向が示されている。この文章が載った『部落解放』誌が読者に届く頃には、どのような動きになっているかわからない。ただ、沖縄にとって息をつけない状況が続いているのは間違いないだろう。

09年8月30日の衆議院選挙で自公政権が倒れ、民主党を中心とする連立政権が誕生した。沖縄では普天間基地の「県外・国外移設」が実現するものと期待が高まったが、それはすぐに裏切られた。

北沢防衛相は就任直後から「県外移設」は厳しいと口にし、辺野古沿岸部への新基地建設という現行計画を進めようとした。一方で、岡田外相は「嘉手納統合」を持ち出して検証作業を始めた。鳩山首相の発言も二転三転し、選挙前に「最低でも県外」と言ってきた公約をなし崩しにしようとする首相や閣僚たちに対し、沖縄では失望と怒りの声が高まった。

しかし、北沢防衛相や岡田外相はそれを無視して、「移設」先の年内決着を図る動きを活発化させた。民主党は「県外・国外移設」を言ってきたが、それは選挙用の建て前であり、党中央の本音は「日米合意」に基づく現行計画か米国が容認する範囲での「微修正」を落とし所と考えているのではないか。そういう疑問と不信はかねてからあった。その本音がいよいよ現実になろうとしている、という危機感が沖縄では強まった。

そういう状況のなか、社民党沖縄県連が間近に迫った党首選挙に照屋寛徳議員の擁立を打ち出す。それに反応した福島瑞穂党首が、現行計画なら連立政権離脱を示唆する表明を行ったことで、岡田外相らの年内決着を図る動きが鈍った。その後、冒頭に述べた「移設」先の決定を先送りするという政府方針が示されるのだが、それに対し大手メディアは、鳩山政権が「日米合意」よりも社民党・国民新党との連立維持を優先させたと報じた。

確かにそういう側面は事実としてある。だが、大手メディアが無視する先送りの最大の理由は、沖縄における辺野古新基地建設反対、普天間基地「県内移設」反対の声の高まりである。福島党首の連立離脱を示唆する表明にしても、鳩山首相の辺野古以外を模索するという発言にしても、沖縄県民の意思を無視してことは進められないという認識により生み出されたものだ。

私は、衆議院選挙のマニフェストに普天間基地の「県外・国外移設」を入れることを回避した時点で、民主党中央は内々では「日米合意」通りに進めるしかない、と考えていたのではないかと見ている。それは鳩山政権発足後の北沢防衛相や岡田外相の言動からしても明らかだろう。現行計画推進か「嘉手納統合」かという違いはあっても、ふたりが共通して打ち出していたのは「県外・国外移設」は選択肢としてあり得ない、ということだった。

しかし、それに対する沖縄からの反発は、民主党中央にとって予想をはるかに上回るものだったはずだ。民主党県連など政権与党は言うにおよばず、自民党県連や沖縄の経済界までもが、「県外移設」を口にし始めたのだ。「県内移設」推進では県民から見放され、選挙をたたかえないという声が、自民党県連内から出てきて、沖合への「修正」を主張してきた仲井真知事が孤立する事態さえ生み出された。

このような沖縄の状況を無視して、現行計画か「微修正」で年内決着を強行すれば、沖縄県民の怒りと不満が噴出し、「友愛」を掲げる政権にとって致命的結果をもたらす。大手メディアが日米同盟が危機に瀕すると煽り立てても、辺野古新基地建設を強行して反対運動に火がつき、大きな混乱が生じれば元も子もない。鳩山首相はそう判断せざるを得なくなったのだ。

これまで辺野古・名護をはじめ沖縄各地で13年余にわたり反対運動が続けられてきた。それによって県民の7割近くが辺野古新基地建設、普天間基地の「県内移設」に反対という世論が生み出された。こういう反対運動や世論がなければどうなっていたか。鳩山首相は辺野古現行計画か「微修正」でとっくに決着していただろう。それを許さなかったのは、まさに沖縄の民衆の力である。

だが、問題はこれからだ。米国政府や自民党、公明党、大手メディアによる「日米合意」を守れ、という恫喝や批判、世論誘導が一層強まる。普天間基地固定化の脅しもある。沖縄に生きる者は自らの命と生活を守るためにたたかうしかない。ヤマトゥに生きるあなたたちはどうするのか。米軍の侵略戦争のための基地を造らせず、普天間基地の閉鎖、返還を求める運動を全国から起こしたい。

沖縄から見た密約

——核再持ち込みと土地の原状回復費

◉『東京新聞』(夕刊)2010年3月29日

日米間の密約に関する外務省の調査結果と有識者委員会の検証報告書が出た。沖縄に関わる2件、「沖縄への核再持ち込み」と「土地の原状回復費肩代わり」について感想を述べたい。

沖縄の施政権返還後の核兵器の再持ち込みについて、有識者委員会は密約とは言えないという見解を示している。しかし、佐藤栄作首相とニクソン大統領が署名した「合意議事録」が持つ意味はそんなに軽いものなのか。

後継内閣への引き継ぎや共同声明との関係だけでなく、当時の政治情勢や外務省の交渉と別ルートで密使を使ってなされた問題なども含めて考えれば、見方によっては密約の度合いはより深いとさえ言えるのではないか。

1968年11月19日、嘉手納基地内において米戦略爆撃機B52が離陸に失敗し、爆発炎上する事故が起こった。B52がもう少し先で墜落していたら、知花弾薬庫(当時)の核兵器貯蔵施設に激突し、沖縄島は消えていたかもしれない。そのような恐怖が沖縄を覆い、B52撤去闘争が全島に広がった。

当時の沖縄住民にとって核兵器の恐怖は生々しいものとしてあり、「核抜き」という言葉もそれだけ重みを持っていた。日米の首脳が「核再持ち込み」を約束していたことが当時明らかになっていたら、沖縄では大規模な抗議行動が起こっていただろう。

佐藤元首相がそこまでしなければ、沖縄の施政権返還は実現できなかった、という論もあるかもしれない。しかし、目を向けるべきは、密約によって「核抜き・本土並み」という言葉が沖縄住民を欺くものとなり、「日本復帰」の内実も沖縄住民が望んだものとはかけ離れたものとなったことだ。

「本土並み」が実際には、在沖米軍基地の日米安保条約の枠内での使用という意味でしかなかったとしても、将来的に大規模な基地返還がなされるかもしれない、という期待を沖縄住民に抱かせる側面もあったはずだ。

しかし、それは幻想であり、欺瞞でしかなかった。今年の5月15日で沖縄の施政権返還から38年になるが、米軍基地が集中している沖縄の現実は変わっていない。その現実を作り出す大きな要因となっているのが「思いやり予算」である。

「思いやり予算」によって海外にありながら在沖・在日米軍基地は低コストですみ、施設の充実や生活環境の快適さが米軍にとっては既得権益となり、沖縄基地の固定化につながっている。

元毎日新聞記者の西山太吉氏や琉球大学の我部政明教授が指摘しているように、この「思いやり予算」の源流が、土地の原状回復費400万ドルの密約を含む、施政権返還時の財政・経済面での日米間の取り決めである。

そういう意味で、沖縄にとって今回明らかにされた密約問題は、過去の歴史問題として片づけることはできない。米軍基地の沖縄への集中化、固定化を生み出し続ける構造が、施政権返還時の密約から今日まで継続しており、まさに現在的問題である。

折しも、普天間基地の「移設」先を決める作業が鳩山政権において進められている。メディアの報道を見ると、沖縄県内での「移設」＝たらい回しが再び行われる気配だ。「日米同盟の重要性」を言いながら、それに伴う基地負担は沖縄に押し付けておけばいい、という差別政策が、政権交代が行われてもくり返されようとしている。

沖縄県議会では普天間基地の「県内移設」に反対し、「国外・県外移設」を求める決議が全会一致で上がっている。政府が「県内移設」方針を明確にすれば、沖縄では大規模な反対運動が起こるのは必至である。その時、沖縄県民を懐柔し、欺くために、日米政府間で密約を交わすようなことがあってはならない。鳩山首相は自らの公約を守るべきだ。

また、政府は引き続き、地位協定をめぐる密約にもメスを入れ、情報公開すべきだ。

安保体制に組み込まれた沖縄差別

――普天間基地移設問題の本質を衝く

◉『部落解放』（解放出版社）2010年7月号

1972年の5月15日、沖縄の施政権が日本に返還された。その日、那覇市民会館で沖縄復帰記念式典が開かれているとき、近くの与儀公園では土砂降りの雨の中、「核抜き・本土並み」という建前とは裏腹に、巨大な米軍基地は撤去されず、新たに自衛隊が移駐してくる「日本復帰」の内実を糾弾する県民大会が開かれていた。水溜まりのできたグラウンドを踏みしめ、デモを行うヘルメット姿の学生や労働者の映像、写真からは、沸々とたぎる怒りとやり場のない苛立ちが伝わってくる。

それから38年が経った今年の5月15日、宜野湾市海浜公園の野外ステージで開かれた「5・15平和とくらしを守る県民大会」も激しい雨に見舞われた。沖縄島を3コースに分かれて前日から歩き続けた行進団をはじめ、大会には3800人（主催者発表）が集まった。ステージに上がった沖縄の発言者からは、38年前も今日のような雨だった、という発言がくり返された。そして、38年経っても変わらない沖縄の基地の現状に対する怒りと、沖縄への差別という言葉が発せられた。

翌16日、焦点となっている普天間基地の包囲行動が行われた。集まった1万7000人（主催者発表）が普天間基地を「人間の輪」で取り囲んだ。梅雨の沖縄は連日大雨洪水警報が出ていた。そういう厳しい条件の中、子どもからお年寄りまで歩道に並んで手をつなぎ、普天間基地の即時閉鎖、返還を訴えた。

平和行進、県民大会、普天間基地包囲行動と、雨の中を3日間続いた取り組みに私も参加したのだが、いまこの文章を記しながら、どれだけ同じことをくり返さなければならないのか、という思いが湧いてくる。

私が初めて5・15県民大会に参加したのは、大学に入学した1979年である。もう31年前のことだ。以来これまで、沖縄を離れていたり、何かの事情がない限りは、5・15県民大会に参加してきた。平和行進もこの15年は毎年参加している。参加しながら、これが最後の県民大会、平和行進になるように、という思いを抱く。その一方で、来年もまたやらざるを得ないのだろう、という思いがよぎる。

沖縄の軍事基地が全面的に撤去され、返還される日はいつ来るのか。38年前の5・15以来、そのような思いを抱いて県民大会や平和行進に参加してきた人たちも年々老いていく。私が20代の頃、反戦・反基地運動のリーダーとして集会で発言していた人たちも、最近は姿を見かけることが少なくなった。それだけ長い時が経っているのだ。

沖縄戦とそれに続く占領。その過程で米軍基地が建設されて65年。国土面積の0・6%と言われる沖縄に、74%の米軍専用施設が集中している。それは県土全体の10・2%、沖縄島の18・4%を占める。風景の記憶が3、4歳頃から始まるとして、米軍基地のない沖縄島の風景を知る最後のウチナンチュー世代が70代になろうとしている。

かつて家族と過ごし、友人と遊び、畑を耕した集落が、収容所から出てくると金網に囲まれて米軍に占拠されていた。あるいは、銃剣とブルドーザーによって住民を叩き出し、米軍は土地を強制接収していった。以来、いつか返還されることを待ち続け、ついに自らの土地を踏むことなく世を去ったウチナンチューが、この島にどれだけいることか。

第2次世界大戦が終わってから65年も経つのに、他国の軍隊が沖縄ほどの規模と機能で集中している地域が、世界のどこにあるだろうか。日本の平和と安全のためには日米安保体制が必要だ、と自民党（後に自公）政権は主張し、日本国民の多くもそれを支持してきた。しかし、それに伴う米軍基地の負担を自ら担おうとはせず、大半を沖縄に押し付けてきた。

そういう理不尽な状況に、昨年8月の衆議院選挙による政権交替は、風穴をあけたかに見えた。選挙戦のさなかに民主党の鳩山代表は、普天間基地を「国外、最低でも県外」に移すと主張した。そのことも影響して、県内の4選挙区では普天間基地の辺野古「移設」に反対を訴えた議員が当選し、1970年の国政参加以来初めて、沖縄選出の自民党国会議員が衆議院から姿を消した。

それは沖縄県民にとっても衝撃的な結果だった。これで辺野古への「移設」＝新基地建設が止まる。普天間基地の撤去、もしくは「国外、県外」移設への展望が開ける。そう期待を抱いた沖縄県民は多かった。

だが、その期待が裏切られるのに長くはかからなかった。鳩山内閣の閣僚から次々と出されたのは、嘉手納基地統合案やキャンプ・シュワブ陸上案、勝連沖埋め立て案など、過去に議論されて実現困難と捨てられてきた「県内移設」案ばかりであった。

県外の「移設」候補地として具体的に名前が挙がった徳之島は、かつて沖縄とともに米軍占領下に切り捨てられた島であり、琉球王国との歴史的つながりがある島である。日本本土＝ヤマトゥではなく奄美・沖縄の範囲内で「移設」＝たらい回ししようという差別構造が浮き彫りになるなかで、島民の猛反対と米軍の運用上の問題を理由に、徳之島案はヘリコプター部隊ではなく一部訓練の移転へと変わっていった。

結局、8カ月以上かけて鳩山政権がたどり着いた結論は、自公政権で進められていた名護市辺野古キャンプ・シュワブ沿岸部という現行計画への回帰だった。5月23日に来沖した鳩山首相は、沖縄県庁で仲井真知事と会談し、〈普天間の代替地はやはり県内、より具体的には辺野古の付近にお願いせざるを得ないとの結論に至った〉と述べ、自らの選挙公約を投げ捨て、沖縄での「移設」＝たらい回しを行うことを明らかにした。

5月28日に発表された日米安全保障協議委員会の共同宣言では、辺野古への「移設」が明記された。さらに、あろうことか米軍と自衛隊の共同使用の意図が示された。その方が県民の反発をやわらげられる、と考えているようだが、沖縄の歴史や県民感情への無知、無思慮には呆れ果てる。

日本軍による住民虐殺や壕追い出し、食料強奪などの体験から、ウチナンチューの中にはいまでも自衛隊への反発やこだわりが残っている。また、米軍であれ、自衛隊であれ、軍隊は住民を守らない。基地がある所こそ戦争に巻き込まれ、住民が犠牲になる。そのような沖縄戦の教訓は広く共有されている。自衛隊と共同使用にしたから沖縄県民の反発がやわらぐことなどあり得ない。そもそも、米軍だけでなく自衛隊も基地を使用すれば、その分演習量が増え、「負担軽減」に逆行することは誰にでもわかる。

にもかかわらず、鳩山政権が自衛隊の共用を持ち出すのは、在日米軍再編の目的のひとつである米軍と自衛隊の一体化を進めること、米軍専用施設の74%が集中という数字を共同使用によって減らすこと（数字のまやかし）、将来、米海兵隊が沖縄から撤退することがあれば、キャンプ・シュワブ基地をそのまま自衛隊基地にして継続使用することを狙ったものだ。

自公政権でさえ自衛隊との共同使用を表だって出さなかった。自公政権が進めてきた現行計画への回帰にとどまらず、鳩山政権はこれまで以上の最悪の案を強行しようとしている。

4月25日に読谷（よみたん）村で開催された県民大会では、普天間基地の早期閉鎖や返還、県内移設反対、国外・県外移設要求が掲げられ、9万人（主催者発表）が集った。自民党、公明党を含めて県議会の各政党が超党派で取り組み、県内全市町村の首長（2名代理）が参加した。ぎりぎりまで逡巡していた仲井真知事も、県民運動の盛り上がりを目にして参加に踏み切った。子どもの手を引いた家族連れや、中学生、高校生、お年寄りなど幅広い世代の県民が集まり、普天間基地の「県内移設」＝たらい回しを許さない、という民意を示した。

4・25県民大会の後も沖縄県民の行動は続いた。5月4日には鳩山首相来沖に抗議する行動が、首相が訪れた沖縄県庁や普天間第二小学校、キャンプ・

シュワブ、名護市民会館など各所で行われた。最初に触れたように14日から16日にかけては、平和行進、5・15県民大会、普天間基地包囲行動が雨の中を連続して取り組まれた。鳩山首相が再び来沖した23日にも、知事と会談した沖縄県庁、北部市町村長と会談した名護市ブセナリゾート前で抗議行動が取り組まれた。日米間で合意がなされた28日も、県庁前と名護市役所の2カ所で、「辺野古合意」を認めない県民・市民集会が開催された。

このような沖縄の状況をヤマトゥに住む人たちはどう考えるのだろうか。今年は日米安保条約改定50年の節目の年だが、日本では70年安保闘争を最後に、日米安保条約が本格的な争点にならなくなった。その最大の要因は、日米安保体制下で生じる米軍基地の負担を沖縄に集中させることで、圧倒的多数の日本人（ヤマトゥンチュー）は基地がもたらす事件や事故、爆音などの被害を免れ、基地問題を考えなくてすむ環境が作り出されていることにある。

岩国や厚木など米軍の爆音被害にさらされている地域は、沖縄と共通の苦悩を味わっているだろう。しかし、全国各地を旅してみれば、沖縄との違いに愕然とするばかりだ。いま沖縄では、基地を沖縄に押し付けているヤマトゥの差別に対する怒りが、かつてないほど高まっている。

全国の0・6％の面積しかない沖縄で普天間基地の「移設」場所を探し、残りの99・4％のヤマトゥには「移設」する場所がない、と鳩山政権の閣僚が平然と言う。あるいは、稲嶺名護市長が断固反対の意思を表明しているのに、鳩山首相は「辺野古への移設」を日米合意した。その一方で、〈県外移設〉が不可能な理由は、本土には受け入れる自治体がないから、で片付けられる。同じように「移設」を拒否しても、沖縄の首長の意思は簡単に踏みにじられ、本土＝ヤマトゥの首長の意思は尊重される。これほどあからさまな差別があるだろうか。

こう書けば、いや、これは差別ではない。沖縄の地理的位置の重要性が米軍駐留の理由なのだ、と地政学を持ち出して反論する者が出てくる。しかし、たとえば朝鮮半島の有事に対応するというのであれば、どうして九州北部に在沖海兵隊を移駐しないのか。在沖海兵隊のヘリ部隊や陸上部隊を輸送する強襲揚陸艦は、長崎県の佐世保基地を母港としている。海兵隊は陸海空の一体となった運用が必要というなら、朝鮮半島に近い九州北部に強襲揚陸艦、ヘリ部隊、陸上部隊をまとめて配備した方が、軍事的合理性があるだろう。

しかし、自公政権であれ民主党を中心とした政権であれ、そのような提案をすることはないし、議論さえしない。そのような主張は本土の自治体の反対があり実現不可能という答えがすぐに出される。しかし、沖縄ではどれだけ反対の声を上げても無視されるのだ。そして、沖縄への基地集中は地政学的な宿命であるかのような嘘がばらまかれる。

しかし、そのような嘘はもう沖縄では通用しない。鳩山首相が持ち出した抑止力論や、ヤマトゥのメディアがよく持ち出す基地に依存する沖縄の経済などという嘘も、沖縄ではとっくに論破されている。沖縄の言葉で嘘のことをユクシというが、海兵隊の抑止はユクシ（嘘）というジョークが流行っているくらいだ。在沖海兵隊の部隊構成や役割、演習状況などの検証を通して、抑止力論が沖縄への基地固定化のために持ち出されるものでしかないことが明らかにされている。

基地に依存する沖縄経済という嘘も、たとえば１９７２年の「日本復帰」時点では県民総生産に占める基地関連収入は15・５％だったのが、２００７年では５・７％にすぎないことひとつを見ても明らかだ。加えて、米軍基地が返還されて再開発が行われた成功例を、沖縄県民は北谷町美浜・ハンビー地区や那覇市の新都心地区などで目にしている。雇用や税収、経済波及効果など、いずれも基地を返還して民間利用した方が数十倍の利益をもたらすことが、事実として証明されている。

問題はそのような実態が、ヤマトゥの大手メディアによってちゃんと報道されず、時には意図的に歪曲されて、あたかも米軍基地がなければ沖縄はやっていけず、それどころか基地のおかげで振興策などの利益を得ているかのように描き出されることだ。米軍基地がそれほど利益を生み出すなら、財政危機にあえぐ地方自治体は全国に数多くあるのだから、全国で誘致合戦でもやりそうなものだ。

　大手メディアによって作り出される「基地に依存する沖縄」というイメージは、沖縄に基地を押し付けているというヤマトゥンチューの後ろめたさや疚(やま)しさを払拭(ふっしょく)し、ヤマトゥの沖縄に対する差別を正当化する。そして、地政学や抑止力論とあわせて、沖縄に米軍基地が集中しているのはしかたがないという意識を作り出し、思考停止させる。そうやって政府が普天間基地の「県内移設」を強行する後押しがなされている。

　だが、沖縄県内での「移設」しか選択肢がないかのような報道は、まったくのまやかしである。普天間基地がある宜野湾市の伊波市長は、米国、米軍の資料を市で独自に収集、翻訳、分析して、在沖海兵隊のグアム移転計画には司令部だけでなく、普天間基地のヘリ部隊も含まれていることを明らかにしている。

　つまり、鳩山政権はもともと必要もない新たな基地を、「移設」を名目に沖縄県内に造ろうとしているのである。辺野古のキャンプ・シュワブ沿岸部を埋め立てる現行計画は、自公政権下で埋め立て利権の問題が指摘されてきた。鳩山政権がそれに回帰することは、数千億円の血税を投じて豊かな自然を破壊し、米軍と自衛隊、ゼネコンを喜ばせ、殺人と破壊の訓練場、出撃拠点を造るということでしかない。

　老朽化した現在の普天間基地を撤去、返還させるのも大変なのに、最新鋭の基地が造られたらどうなるかは目に見えている。最近、お年寄りたちから「子や孫たちに基地の苦しみを残したくない」という言葉をよく聞く。65年間、基地のない沖縄を目にできなかった沖縄のお年寄りたちの思いを踏みにじらせはしない。辺野古への「移設」＝新基地建設は、けっして許さない。

たたかいの落差について

◉『社会評論』（小川町企画）2010年夏号

鳩山首相が退陣した後にテレビや新聞を見ていると、数少ない功績のひとつとして、普天間基地問題を全国的な話題にしたことを挙げている声があった。皮肉混じりに挙げられた面もあるだろうが、沖縄でその声を聞くとき（読むとき）感じるのは、むしろ普天間基地問題がそれまでいかに全国的な話題にならなかったかということだ。

橋本龍太郎首相とモンデール米駐日大使の会談によって、「県内移設」を条件に普天間基地の全面返還が発表されたのは１９９６年4月12日のことである。それからもう14年がすぎた。この間、沖縄では普天間基地問題が最大の政治的争点だった。いや、政治的争点にとどまらず、日本政府の「アメとムチ政策」により振興策と絡められることで経済的争点ともなり、「癒しの島」の強調など文化の政治性も問題となった。

20世紀末から21世紀へ持ち越された普天間基地問題は、政治・経済・文化など沖縄県民の生活全般にのしかかる問題としてあり続け、「県内移設」＝辺野古新基地建設を阻止するために、膨大な時間とエネルギーが費やされた。米軍基地がなければ、本来は生産的な仕事に向けられたはずの県民の時間とエネルギーが、沖縄では敗戦後65年間、基地問題のために費やされてきた。それが沖縄にもたらしたマイナスの影響は計り知れない。

沖縄に米軍基地を集中させることにより、三沢や厚木、横須賀、岩国など一部の地域を除いて、ヤマトゥに住む市民の大多数は、日米安保条約が米軍基地の負担を伴うものであることを意識しないで生活してきた。今年は日米安保条約改定50年の節目の年だが、70年安保闘争を最後に日米安保の問題が大きな政治的争点とならなくなって久しい。反安保闘争の衰退とここまでの無関心化は、沖縄への米軍基地集中によって可能となったのだ。

50年代から60年代にかけて、ヤマトゥで米軍基地反対運動が高揚し、演習や基地機能維持が難しくなると、日米両政府は日本国憲法の制約がなく、米軍支配下で自由に使用できる沖縄へ米軍基地を移した。キャンプ・シュワブやキャンプ・ハンセンなど沖縄の海兵隊基地は、そうやってヤマトゥから50年代に移ってきた基地だ。以来、住宅地に隣接した沖縄の演習場で、実弾射撃やヘリ、水陸両用車を使った訓練が行われている。

沖縄でも基地反対運動は激しくたたかわれてきた。住宅地に流弾が飛んできて怪我人さえ出る状況に、沖縄の住民は何度も体を張って演習阻止や抗議行動をくり返してきた。しかし、沖縄から訴える基地撤去の声は無視され、ヤマトゥから沖縄に基地が移ることはあっても、沖縄からヤマトゥに基地が移ることはなかった。せいぜいが、砲撃演習や戦闘機の訓練の一部が移ったくらいで、それも沖縄の負担軽減は口実にすぎず、日米共同演習を全国に拡大するのが目的だった。

「沖縄にいらない基地は本土にもいらない」あるいは「本土の沖縄化反対」ということをヤマトゥの平和運動家が口にする。そういう言葉を見聞きすると、不快感が込み上げてならない。かつて「本土にいらない基地」を沖縄に押し付けた歴史を知っているのか。「沖縄にいらない基地が本土」に移設されようとしたことが現実にあったか。沖縄で行われている演習の一部が移ったくらいで、何が「本土の沖縄化」か。沖縄には米軍専用施設の74%が集中しているが、比率が逆転して「本土」が74%になる可能性があるとでも言うのか。

鳩山政権で「県外移設」が模索されたといっても、政府から具体的に地名が挙げられたのは徳之島であり、「本土」ではなかった。琉球王国とつながりのある徳之島が、訓練の一部移転先として「日米共同声明」に記されたことは、「本土」＝ヤマトゥと奄美・沖縄の間にいまでも境界線が引かれていて、根深い差別があることを浮き彫りにした。

そのことをヤマトゥの市民の大多数は自覚もしなければ、考えることもしないだろう。沖縄のたたかいを支援しに来たというヤマトゥの平和運動家にも、そういう差別への鈍感さを感じることがある。地域の中で地道に取り組まれている運動には目を向けず、「本土」ではなかなか体験できない「体を張ったたたかい」を好み、選挙や大規模な集会、直接的な阻止行動など高揚感を味わえる場に参加したがる。そういう支援者が目に付く。

鳩山前首相が辺野古「移設」を主張した頃からインターネット上では、早く辺野古に行きたい、と実力阻止闘争が起こるのを待ち望むかのような発言もある。どうしてそんなに辺野古でたたかいたいのか。自分の生活圏は安全に保った上で、たたかう場所として沖縄・辺野古を位置づけるのはやめてもらいたい。名護市民も沖縄県民もたたかいなど望んでいない。辺野古をたたかいの場にしないためにこそ最大の努力が払われるべきだ。

高江ヘリパッド建設を阻止するために、N１地区に資材を運ぶトラックの前に座り込む市民（2011.2.28）

2011 年

高江の森に咲くカシノキラン。自らは傷つきながらも子どもたちを抱いて守っているように見えた（2013.7.1

沖縄と中国　重い歴史

——対立から友好の年に

◉『琉球新報』2011年1月6日〈新春エッセー〉

　2008年の夏に所用で北海道の釧路市を訪ねる機会があった。街を歩いていて中国からの観光客が目についた。釧路湿原を走っているトロッコ列車に乗ると、中国語を学んでいる地元の大学生がボランティアで通訳をやっていて、中国からの観光客誘致に市として努力している様子がうかがえた。

　中国映画のロケ地に北海道が選ばれ、それが観光にも好影響を与えているようだ。ひるがえって沖縄はどうか。沖縄における中国からの観光客誘致はまだこれからだろう。13億以上の人口を持つ巨大な国が、経済発展とともに海外への観光客を増加させている。北海道から沖縄まで、中国人観光客誘致で日本国内の競争も激化していくはずだ。

　はたしていまの沖縄が、中国から観光客を呼び寄せるほど魅力的な地域になり得ているかどうか。沖縄の米軍基地を目にしたとき、どのような印象を持つか。そういう懸念はあるが、観光客や留学生をはじめとして中国と沖縄、日本の間で人と人の交流が盛んになっていくのは望ましいことだ。

　昨年は尖閣諸島周辺で中国漁船衝突事件があり、領土問題をめぐって日中間の緊張が高まった。それ以前からインターネット上では、中国に対し感情をむき出しにして罵倒を連ねるブログが目立つ。中には、中国が沖縄を占領するだの、日本に来る中国人の留学生や労働者は中国共産党の工作員だ、などと妄想じみたことを書き、排外的ナショナリズムを煽っているものもある。

　かつて米国人や英国人を「鬼畜」呼ばわりし、相手への理解を閉ざして内に引きこもった時代があった。その時代はまた、中国人や朝鮮人への差別感情をむき出しにした時代でもあった。そうやって夜郎自大に陥った揚げ句、日本人は国際感覚や外交能力を失い、戦争という自滅への道を突っ走った。

インターネット上での中国への罵倒を見ていると、その時代のことを思い出す。一見、中国を小馬鹿にし、居丈高に叩いているようだが、その裏には台頭する大国への怯えが見える。差別感情とない交ぜになった怯えが敵愾心を煽り立て、相手の言動に過剰反応してしまう。それが世論となって適切な交渉が行えなくなり、中国との関係を悪化させていくとしたら、これ以上愚かなことはない。

中国が海軍力や空軍力を強化し、東アジアでの軍事的影響力を拡大しようとしていることには強く反対する。それと同時に、在沖米軍の再編強化や、南西重視、島嶼防衛を打ち出して沖縄の自衛隊を倍増しようという動きにも反対である。米軍と自衛隊の最前線の盾として琉球列島が位置づけられ、中国と軍事的にせめぎ合う場となれば、その先には沖縄の衰退と破滅しか見えないからだ。

米国で9・11事件が発生してから10年になる。事件後、沖縄の観光業は大打撃を受けた。中国と日米間の軍事的緊張が高まり、沖縄周辺で武力衝突が起これば、その時に沖縄が受ける打撃は、9・11事件の比ではないはずだ。沖縄が「軍事基地の島」から脱していくことは理想論ではなく、21世紀に発展していくための現実的な条件作りである。

そのためにも、東シナ海を軍事的対立と緊張の海にしてはいけない。沖縄は中国や台湾、韓国、ベトナムなど東アジア諸国と政治、経済、芸能、文化など多様な交流を作り出すことで相互理解を深め、そのことによって自らを守ることに力を尽くした。

大国の武の論理に飲み込まれるとき、沖縄はいいように利用され、犠牲を強いられる。先島への自衛隊配備にしても、そこに見られるのは日本＝ヤマトゥを守るために沖縄を利用する現代版「捨て石」の論理である。軍隊が守るのは領土ではあっても住民ではない。沖縄戦の教訓を思い出したい。

中国との関わりにおいて、沖縄はヤマトゥとは異なる歴史を持つ。それを生かして友好を広げる年になってほしい。

アメで歪んだ認識
——即座の抗議、大きな意義

●『沖縄タイムス』2011年3月18日
《差別の構図／「メア発言」を穿つ》

ケビン・メア米国務省日本部長の暴言が県内メディアで報道されてから、1週間も経たないでメア氏の「更迭」が発表された。米政府の対応は迅速であったが、メア氏はもともと6月には交代予定で、それを前倒ししただけという見方もある。メア氏が今後どのようなポストに就くかを見なければ、米政府の措置が「更迭」と呼べるものかどうかという判断はできない。

それでも、米政府をしてこのような対応をとらざるを得ない状況を作り出したことの意義は大きい。人種差別や植民地的な支配意識、占領意識をむき出しにしたメア氏の暴言に対し、沖縄県民が怒りをあらわにして抗議し、県議会や市町村議会で決議をあげるなどの行動を即座に起こしたこと。それによってはじめて日米両政府も、問題を長引かせれば沖縄の反基地運動が抜き差しならないものになりかねない、という危機感を持ったのである。自らに向けられた侮蔑に対して、はっきりと怒りを示し、それを許さないこと。沈黙し、屈従しないこと。不当な差別、支配には徹底して抗し、たたかうこと。それがいかに大切であるかを、今回のメア氏の「差別発言問題」は教えている。

そのことを確認すると同時に、メア氏の講義に疑問を抱き、記憶を突き合わせて記録を公表したアメリカン大学の学生たちの行為を高く評価したい。自らの目で沖縄の現実を確かめ、メア氏の講義を検証した若者たちの真摯な問題提起がなければ、メア氏の暴言が表沙汰になることもなかった。

沖縄の人々は「ゆすりの名人」だの「怠惰でゴーヤーを栽培できない」などという低劣な暴言の数々は、自らが進めてきた普天間基地の「県内移設」が行き詰まっていることに、メア氏がいかに苛立っていたかを示している。沖縄人に対する認識が、元防衛事務次官の守屋武昌氏と似通っていることも指摘されているが、普天間基地の「県内移設」を進めてきた日米の事務方のトップが、沖縄人に対してこのような認識を持ち、それを公言してはばからないのはなぜか。

メア氏にしても守屋氏にしても、普天間基地の「県内移設」を自明の前提とし、日米両政府が交わした「合意」を沖縄人は受け入れるのが当然という考えだ。エンターテインメントの世界で描かれてきた一類型のように、沖縄人が能天気なお人よしで、従順な人たちばかりであれば、彼らも満足な結果を得て沖縄人を褒めそやしたかもしれない。

しかし、現実はそうはいかない。沖縄島はすでに約19％の面積を米軍基地が占拠している。そういう状況で「移設」先をどこに決めようと、住民の激しい反対運動が起こるのは分かりきったことだ。だからこそ日本政府は、島田懇談会事業や北部振興策というアメをばらまき、住民の懐柔を図ってきた。

沖縄にはたしかに、その懐柔策にのってアメをしゃぶった人たちもいた。自公政権下で、基地問題と経済問題をリンクさせ、稲嶺恵一前知事や仲井真弘多知事、名護市の故岸本建男元市長や島袋吉和前市長らは、政府とともに「県内移設」を進めてきた。このような自公政権下における保守系知事・市長らの対応が、守屋氏やメア氏らの歪んだ沖縄人認識を生む一因となったことは否めない。

しかし、それはあくまで守屋氏やメア氏の政治的思惑も加味された歪んだ認識でしかない。沖縄に関する特別行動委員会（ＳＡＣＯ）の最終報告から14年余が経っても普天間基地の「県内移設」が実現しなかったのは、浜での座り込みや海上での抗議行動、集会、申し入れ、裁判など、反対運動を粘り強く続けてきた多くの人たちがいたからだ。そして、圧倒的多数の県民がそれを支持し、「県内移設」反対の世論を持続させてきたからだ。

メア氏や守屋氏は、そのことを意図的に無視し、一部の保守系政治家の対応を沖縄人全体のものであるかのようにすり替えて、歪んだ沖縄人認識を流布している。彼らがそのようなごまかしを行うのは、沖縄の民衆が主体的に作り出してきた運動こそが、彼らが最も恐れるものだからだ。

目先の利得に惑わされることなく、名利も求めずに抵抗を続ける民衆ほど、権力者にとって厄介なものはない。それ故にそのような民衆の運動は、権力側の人たちに無視されたり、貶められたりするが、それは民衆の力が彼らを追いつめている証でもある。

紙幅が限られているので、最後にひとつ提案したい。11日に発生した東日本大震災は、被災の実態が明らかになるにつれ、日本が敗戦後最大と言っていい難局に直面していることを示している。いまこの時に菅政権は、辺野古新基地建設や高江へリパッド建設を中止し、米軍への思いやり予算も廃止するか大幅に削減して、その予算を被災者の救援や被災地復興のために使うべきだ。もはや米政府の「ゆすり」に応じている時ではない。

非現実的な基地「移設」安波区案の狙いは

◉『思想運動』(小川町企画)2011年6月15日

3月10日に沖縄県国頭(くにがみ)村の安波(あは)区で区民総会が開かれ、地域振興を条件に普天間基地の「移設」受け入れを容認し、国と交渉することが決まった。人口170人ほどの小さな集落の決定が、翌11日にはテレビの全国ニュースでも報じられた。沖縄に米軍基地を押し付けておきたいヤマトゥの政治家や官僚、大手メディアはほくそ笑んでいるだろう。

沖縄では仲井真知事や自民党・公明党も普天間基地の「県外・国外移設」を主張している。沖縄全体がひとつにまとまっているかのように見える状況に風穴を開け、沖縄にも基地受け入れの声はあるじゃないか、やっぱり沖縄県民は基地と引き替えに振興策(金)がほしいんだな、そういう認識をヤマトゥの人々に作り出すために、安波区の決定は格好の材料となった。

実際には安波区案は実現性に乏しい。受け入れ条件として出されている高速道路(沖縄自動車道)の安波区までの延長はまず無理だ。東北地方太平洋沖地震・津波による被災や福島第1原子力発電所の事故によって莫大な財政負担が生じているなか、人口の少ない国頭村まで延長する予算が確保できるとは考えられない。国頭村長も「移設」に反対している。

米政府や米軍も反対するだろう。辺野古への「移設」計画ではV字型の2本の滑走路に加えて港湾施設も確保できる利点がある。単なる訓練場ではなく兵舎も構えて生活するとなれば、若い海兵隊員がストレスを発散する歓楽街が近くにあるか否かも米軍は考慮する。日本政府も冷淡な反応だ。

なぜ今回の安波区の動きが出てきたのか。過疎化に悩む安波区の住民に非現実的な振興策を吹き込み、区の有力者を抱き込んで誘致決議を行わせたのは、国民新党幹事長の下地幹郎衆院議員である。下地議員はすでに米政府関係者に安波区案を提示・説明している。下地議員はこれまで、嘉手納基地統合案やキャンプ・シュワブ陸上案を主張してきた。今回新たに安波区案も打ち出したわけだが、沖縄選出の国会議員である下地氏が、その実現の困難さを分析できないとは私には思えない。むしろすべて承知の上で、安波区民の窮状につけ込んで受け入れ決議をあげさせ、沖縄は「県外」でひとつにまとまっているわけではなく「県内」受け入れの声もある、という印象を全国に広めようと謀ったのだろう。

下地議員の狙いは何か。沖縄のゼネコンのひとつに大米建設がある。下地議員のファミリー企業である。辺野古周辺の埋め立てを伴う現行計画は、すでに別のゼネコンに利権を押さえられているため、自らのファミリー企業を中心に新たな「移設」利権を作り出そうとしているのではないか。宮古の下地島空港も下地議員の視野にあるだろう。

沖縄県内の強い反発も意に介さず、精力的に動き回る下地議員を見ながら思い出すのは、２００６年に行われた名護市長選挙である。３候補が立候補した選挙に保守系からふたりの候補者が立ち、社民党・共産党・社大党などの革新政党や一部の市民団体は、保守系の分裂に乗っかって、名護市民投票当時の市議会議長だった我喜屋宗広氏を推薦した。

下地議員も我喜屋氏を推薦し、名護市内を精力的に動き回って選挙運動を展開していた。そして、選挙運動の最中に自らが主宰する政治団体「そうぞう」を立ち上げ、名護市内のホテルで結成総会を開いた。我喜屋氏は落選したが、下地氏はそのあと県知事選挙に向けて動き、革新側候補者に決まりかけていた山内徳信氏（現社民党参院議員）を強引に引きずり降ろした。

いまでこそ下地議員を批判する者は多い。しかし、かれを国会議員に当選させ、ここまで増長させたのは誰なのか。「保守・革新の枠組みを超えて」と下地議員に同調し、熱烈に支持したり、一緒に行動していた政治家、市民運動家、女性写真家も、いまは無関係のような顔をしている。世渡りのうまい人たちだ。

高江の森にて

◉『三田文學』2011年夏季号

沖縄島北部に東村がある。パイナップルの生産地で村面積の多くはイタジイを中心とした森林が占めている。ヤンバルクイナやノグチゲラ、リュウキュウヤマガメなど国の天然記念物が生息し〝東洋のガラパゴス〟とも称される貴重な森である。

その森はまた米軍の北部訓練場でもあり、米海兵隊の兵士たちがジャングル戦の訓練を行っている。森のあちこちにはヘリコプターの離着陸帯（ヘリパッド）があるのだが、北部訓練場の一部返還が示されたことに伴い東村高江区に新たなヘリパッドが建設されることになった。そのひとつは集落に隣接し、住民はヘリの騒音にさらされることになる。戦闘訓練は安全性を最優先しては成りたたない。低空飛行や急旋回、ホバリングなど敵の攻撃を想定して激しい訓練が行われ、その分騒音も激しくなり、墜落事故の危険性も高くなる。

それに対し住民が反対運動をおこすのは当然のことだ。沖縄の反戦・反基地運動はイデオロギーよりも生活を脅かされることへの抵抗から始まる。日米安保条約は在沖米軍として目の前に具体的な形としてあり、それは有刺鉄線の張られた金網の向こうに住民の土地を奪って居座り、爆音や射撃訓練などの演習による事故、そして、兵士の犯す犯罪で住民を脅かしている。

高江区の住民も自らの生活を守るためにヘリパッド建設反対の運動に立ち上がっている。在沖海兵隊のヘリ部隊は最新鋭のＭＶ22オスプレイに機種を変更する予定となっているが、同機は開発段階で墜落事故を何度も起こし、「未亡人製造機」とさえ呼ばれている。名護市辺野古崎への「移設」が進まないなか日米両政府は普天間基地への配備を発表しているが、高江のヘリパッドが建設されてしまえば、普天間から高江へオスプレイが飛びまわることになる。
今年に入ってヘリパッド建設工事が本格化し、２月に沖縄防衛局は職員と建設作業員を連日60名以上、多い時は１００名程も動員して工事を強行してきた。それに対し、住民と支援者は24時間の監視体制をとり、抗議行動に取り組んだのだが、いかんせん人数が足りない。

高江までは同じ北部の名護市からでも片道１時間かかる。那覇からなら高速道路を使っても片道２時間である。カーブや坂が続く山道を往復するのでガソリン代もかなりの額になる。支援するにも条件は大変厳しいので、日によっては20～30名ほどで３、４倍の防衛局員、作業員を相手にしなければならない。しかも相手はすべて男性で10代後半から40代だが、住民・支援者の側は半分は女性であり、定年退職して時間のとれる60・70代の人も少なくない。体力面でも大きな差がある。

そういう条件下で抗議行動が取り組まれたのだが、私も２月は土・日をのぞいて連日高江に通った。建設現場に入ろうとする作業員への説得や建設資材を搬入しようとするのを阻止するために現場入口の道路上や森の中で激しい攻防がくりひろげられた。これはけっして大げさな表現ではない。集会を開きシュプレヒコールをして引き上げるという形だけのものではなく、〝本気〟で工事を止める行動が行われたのである。

ダンプカーやトラックを含め十数台をつらねてやってくる車の前に立ちはだかり、警察が介入してきてもぎりぎりまで車列を現場に近付けさせない。ダンプカーで砂利を運んで一気におろせないように入口付近に車を並べ、相手が仕方なく土のうで砂利を運び始めると、道路沿いに農業用ネットを張りめぐらして搬入できないようにする。ネットやバリケードが突破されると、森の中でもしつように説得・抗議行動をくりひろげる。

工事がなかなか進まないので、沖縄防衛局は途中から工事を早朝に開始するようになった。早朝なら支援者も集まりにくいのを計算してのことだ。それに対応するために私も朝の4時半に起き、5時には家を出て6時には高江に着くようにした。7時過ぎに沖縄防衛局と作業員がやってくると、午後5時に引き上げるまで阻止行動が続く。

土のう運びをやっている作業員の多くは10代後半から20代前半の若者たちである。体を張って彼らの相手をできる人は限られているので3、4倍の人数を相手に動き回ることになる。2月も後半になると膝に疲れがたまり、しゃがむのも痛みをこらえてやっと、という状態になった。30代の頃はヒンズースクワットを1000回やっても大丈夫だったのだが、さすがに50歳になるときつい。1カ月で体重が4キロ落ちた。

3〜6月の野鳥の営巣期間が終わり、7月になると工事が再開される。夏はさらに厳しいたたかいになりそうだが、沖縄ではこういう状況が66年続いている。そのために費やされる時間と労力を創造的な仕事に向けることができていたら……。そう考えると、沖縄の基地被害の根深さが分かる。

彼に与えられた任務
——高江・先島の基地強化

●『琉球新報』2011年12月13日
《沖縄防衛局長「暴言」の本質》

・普天間基地「移設」にむけた環境影響評価書の提出時期について、レイプを比喩に使う。
・1995年の少女暴行事件について、兵士に買春をすすめた米軍司令官の発言を肯定する。
・薩摩の琉球侵略について、沖縄の非武装・平和指向を否定する。
・審議官級の話として、来年夏までに「移設」できなければ、普天間基地は固定化すると脅す。

更迭された田中聡前沖縄防衛局長の一連の暴言に共通しているのは、沖縄に対する暴力的な支配を正当化する論理であり、感性である。酒の席で口にされた本音に示される論理・感性は、たんに一官僚の個性によるものではなく、日本政府の沖縄に対する基本姿勢から生み出されたものだ。それは、沖縄が言うことを聞かなければ、最後は力尽くで屈服させ、強権的に支配する、というものである。

ここでいう力とは、警察や自衛隊を使った直接的な暴力だけを指すのではない。時にそれは、立法・行政・司法を通した権力の行使であったり、振興策や金であったり、メディアや文化を利用した力であったりする。沖縄がどれほど訴えても無視し、無力感に陥らせるというのも、そのような力の行使のひとつである。

田中前局長の暴言には、そのような力を行使する側に立つ者として、沖縄を見下し、意のままにしようという傲慢さが、むき出しになっている。まさに醜さの極みだ。

11月29日付『毎日新聞』電子版によれば、田中前局長は防衛省の官僚として同期の出世頭であり、8月に沖縄防衛局長に抜擢したのは、北沢俊美前防衛大臣だったという。

田中前局長は1996年7月から約2年間、那覇防衛施設局（当時）の施設企画課長として沖縄に赴任している。2年の間には、名護市で海上へリポート受け入れをめぐって市民投票が行われている。当時、那覇防衛施設局は職員をくり出して、受け入れ賛成の集票活動を行っていた。市民投票への露骨な介入に批判が起こったが、30代半ばの田中課長も精力的に活動したことだろう。

そういう経験を持ち、沖縄や名護のことを熟知している田中前局長に与えられた任務は、環境影響評価書を沖縄県に提出し、埋め立て許可を申請することで、停滞する普天間基地「移設」の現状を打開し、着工にむけて駒を進めることだった。県民の圧倒的多数が反対するなか、高いハードルを越える切り札として、沖縄に送り込まれたわけだ。

沖縄がどれだけ反対しようと、あくまで「日米合意」を推し進める。そういう国家意思を体現する人物だからこそ、傲慢な暴言を吐いたのだろう。県民の怒りは当然のことだが、ここで私たちが見落としてならないのは、田中前局長に与えられた任務が、辺野古新基地建設や高江へリパッド建設を強行するだけでなく、先島地域への自衛隊配備もそのひとつであることだ。

いま、沖縄で進められているのは、北は高江（北部訓練場）から南は与那国島まで、琉球列島全体を中国に対抗する軍事的盾にするための基地強化である。政府が口にする沖縄の「負担軽減」や基地の「整理縮小」は、まやかしにすぎない。返還予定の米軍基地は条件付きで、老朽化した施設が最新鋭の機能を持つものへと造りかえられる。

さらに、尖閣諸島問題を利用して排外的ナショナリズムを煽り、与那国島を皮切りに先島地域への自衛隊の配備・強化が進められようとしている。米軍と自衛隊が一体化し、役割を分担しながら、琉球列島を中国に対峙する前線基地として利用する。それが政府・防衛省のやろうとしていることであり、八重山地区の教科書採択問題もその動きのなかで起こっている。

そのことを見るなら、田中前局長の暴言に露呈している政府の構造的沖縄差別への批判だけでなく、中国に対抗するものとして強化されている日米軍事同盟のあり方と、その法的根拠である日米安保条約への批判が、もっと必要である。

80年代までの冷戦期と違い、米国、日本、中国の間では経済的な相互依存が進んでいる。一方で、海洋権益や資源の確保、領土・領海をめぐる対立など政治的緊張をはらみかねない問題もある。米国、日本、中国が東アジアにおける覇権主義的な軍事強化を進め、東シナ海が争いの海と化してしまえば、沖縄は対立と争いの矢面に立たされる。

沖縄にとっては、米国、日本、中国いずれの軍事強化にも反対し、東シナ海を融和の海にしていくことが、21世紀を生きていく上で極めて重要である。そのためにも、田中前局長の暴言への抗議にとどまらず、彼が沖縄でやろうとしていたことに反対していく必要がある。「本土」防衛の手段として沖縄を利用する。それを拒否すれば暴力的に支配する。そのような国家意思は、断固拒否すべきだ。

オスプレイの配備強行に反対し、普天間基地
野嵩ゲートを封鎖する沖縄県民（2012.9.30）

2012年

渡嘉敷島慰霊祭の前に、「集団自決跡地」で手を合わせる遺族（2012.3.28）

オスプレイ配備とは何か
——危険認識故の隠蔽

◉『琉球新報』2012年6月15日〈文化〉

6月4日に野田改造内閣が発足した。直後に、MV22オスプレイの沖縄配備をめぐって、政府の沖縄に対する無神経かつ高圧的な姿勢を示す報道が続いた。就任したばかりの森本敏防衛相が、モロッコで起きたオスプレイの事故原因が明らかにならなくても、予定通り沖縄に配備される可能性を述べたという報道。そして、23日の慰霊の日に来沖する野田佳彦首相が、同じ日に仲井真弘多知事にオスプレイ配備への理解を求める方向で調整に入った、という報道である。

沖縄側の反発を察してかその後、藤村修官房長官は、慰霊の日に知事に要請するという報道は事実無根としている。さらに日米両政府は、いったん岩国基地にオスプレイを搬入し、試験飛行したあと沖縄に配備する考えを示している。

火消しに懸命になっているのだろうが、圧倒的多数が反対している県民世論を無視して、オスプレイを沖縄に配備する方針は変わっていない。仮に岩国市で試験飛行をしたところで、それは「安全性」をよそおうアリバイ作りにすぎない。

オスプレイの沖縄配備をめぐる経緯は、日本政府がいかに県民をあざむき愚弄してきたかを示す歴史である。森本防衛相の著書『普天間の謎』によると、オスプレイの開発が始まったのが1982年。テスト中に4回の事故を起こして死傷者が続出し、当初から機体の構造的欠陥が指摘されてきた。オスプレイの沖縄配備は、92年6月に米国海軍省が作成した「普天間飛行場マスタープラン」に、すでに記載されていたことが明らかになっている。いまから20年も前のことだ。

96年12月の日米特別行動委員会（SACO）最終報告の草案でも、オスプレイの沖縄配備は明示されていた。しかし、当時の防衛庁運用課長だった高見沢将林氏は、沖縄からの問い合わせに明言しない旨の答弁を日米間で調整し、オスプレイ配備の隠蔽をはかった。

県内のメディアはこれまで、くり返しオスプレイの沖縄配備計画を報じてきた。辺野古や高江で基地建設に反対している住民や市民団体も、情報公開を求め続けた。しかし、日本政府・防衛省・沖縄防衛局は事実を隠し、シラを切り通した。行政として果たすべき説明責任をいっさい放棄したのである。

沖縄防衛局がオスプレイの普天間基地配備を県や宜野湾市、名護市など関係自治体に正式に伝達したのは、昨年6月のことである。そのために辺野古「移設」にむけた環境アセスメントでも、オスプレイは調査対象とならなかった。

なぜ日本政府・防衛省・沖縄防衛局は、そこまで徹底してオスプレイの沖縄配備を隠してきたのか。オスプレイの危険性や騒音被害をよく知っていたからだ。事実を明らかにすれば、沖縄で大きな反対運動が起こることが予想できたからだ。そこには沖縄県民に嘘をついて、問題を先送りする姑息な計算があるだけで、県民の声に耳をかたむけ、ともに考えるという誠実さは、かけらもなかった。

アメリカの要請に従ってオスプレイを配備する。沖縄県民がどれだけ反対しようと関係ない。日本政府がこの20年間つらぬいてきたのは、沖縄県民を人とも思わぬ傲慢な姿勢である。オスプレイはまさに、日本政府の「沖縄差別」を象徴する軍用機である。

野田政権はいま、消費税率の引き上げ、大飯原発の再稼働、オスプレイ配備へと、ブレーキのない車のように突っ走っている。通りいっぺんの集会や抗議行動では、この動きを止めることはできない。実際にオスプレイ配備を阻止するためには何が必要か。私たちは真剣に考え、議論し、行動する必要がある。大惨事が起こってから、あの時もっと反対しておけばよかったと、後悔しても遅い。

削除と隠蔽
――第32軍司令部壕説明板問題について

◉『けーし風』75号
2012年6月

今回の問題の背景や意味するもの、第32軍司令部壕と「慰安婦」「住民虐殺」の関連について以下に考えてみたい。

2011年8月18日に沖縄県は「第32軍壕説明板設置検討委員会設置要綱」を決定し、9月26日に以下の5名に委員就任を依頼した。

・赤嶺雅氏（沖縄県立芸術大学准教授）
・新城俊昭氏（沖縄大学客員教授）
・池田榮史氏（琉球大学教授）
・長堂嘉一郎氏（県教育庁文化財課課長）
・村上有慶氏（沖縄職業能力開発大学校教員）

5人の中から池田氏が委員長となり、10月25日に第1回、11月22日に第2回の検討委員会が開かれた。12月15日に池田委員長から沖縄県環境生活部の下地寛部長あてに、検討委員全員で決定した説明板の最終文案が提出される。内容は以下の通り。傍線は筆者による。

第32軍の創設と司令部壕の構築

2012年2月24日付の『沖縄タイムス』・『琉球新報』朝刊に、首里城の地下にある第32軍司令部壕の説明板文案から、「慰安婦」「住民虐殺」の記述が削除された、という記事が1面トップで掲載された。県当局による沖縄戦の歴史歪曲・改ざんに、「またか」という怒りと抗議の声が広まった。

1999年に稲嶺恵一知事による新平和祈念資料館の展示内容改ざん事件が発生した。その時は沖縄戦体験者をはじめとした県民の反発の大きさを前に、稲嶺県当局は姿勢を改め一定の訂正をほどこした。しかし今回、仲井真当局は検討委員の話し合い要求や各種団体の抗議を無視して、改ざんされた内容のまま3月23日に説明板の設置を強行した。

1944（昭和19）年3月、南西諸島の防衛を目的に、第32軍が創設されました。同年12月、司令部壕の構築がはじめられ、沖縄師範学校など多くの学徒や地域住民が動員されました。1945（昭和20）年3月、空襲が激しくなると、第32軍司令部は地下壕へ移動し、米軍との決戦に備えました。

壕内は五つの坑道で結ばれていましたが、現在、坑道口は塞がれ、中に入ることはできません。

第32軍司令部壕内のようす

司令部壕内には、牛島満軍司令官、長勇参謀長をはじめ総勢1000人余の将兵や県出身の軍属・学徒・女性軍属・慰安婦などが雑居していました。戦闘指揮に必要な施設・設備が完備され、通路の両側には兵隊の二、三段ベッドが並べられました。壕生活は立ち込める熱気と、湿気や異様な臭いとの闘いでもありました。

司令部壕周辺では、日本軍に「スパイ視」された沖縄住民の虐殺などもおこりました。

第32軍司令部の南部撤退

1945年5月22日、日本軍司令部は、沖縄島南部の摩文仁への撤退を決定しました。本土決戦を遅らせるための、沖縄を「捨て石」にした持久作戦をとるためでした。5月27日夜、本格的な撤退が始まり、司令部壕の主要部分と抗口は破壊されました。司令部の撤退によって、軍民混在とした逃避行のなかで、多くの将兵と住民が命を落とすことになってしまいました。5月31日、首里は米軍に占領されました。沖縄戦によって、琉球王国の歴史を物語る貴重な文化遺産が失われました。

検討委員会から提出された右の文案は、2012年1月4日に県環境生活部から県教育委員会に出された「現状変更申請」の段階までは、変更されていなかったことが、県の文書で確認されている。

しかし、1月20日に県環境生活部が起案した文書「第32軍司令部壕の説明板の設置について」では、傍線で示した部分が削除され、これが最終決定の説明文とされた。

2月16日になって県環境生活部男女共同参画課の担当者から池田委員長に、「慰安婦」「住民虐殺」などの文言削除が電話で知らされた。決定事項を伝える一方的な通告であった。他の委員には連絡する予定はない、と言われた池田委員長は、自ら他の委員に連絡し、17日から22日にかけて検討委員と説明板担当者との間でやりとりがあった。

だが、すでに県は2月1日に株式会社アートリンクと説明板設置の業務委託契約を結んでいた。下地環境生活部長をはじめとした県の姿勢は、検討委員に対する誠意もなければ、自らが設置した委員会の意義をも否定するようなでたらめなものであった。

2月23日に検討委員4名は「第32軍司令部壕説明板に関する委員会最終案記述削除撤回を要求する意見書」を下地部長に提出した。だが、下地部長は委員との面談および削除撤回の申し入れを拒否した。

翌24日に県内2紙の報道があり、問題が公になった。仲井真知事は前日、記者の取材に「知らない」と答えていた。しかし、24日の議会答弁では、1月20日頃に説明を受けており、記述削除を了承したことを認めた。下地部長も、知事の承諾を受けて自分が決定した、元に戻す考えはない、と述べ、削除が仲井真知事の承諾のもと、県担当部の独断で行われたことが明らかとなった*1。

検討委員が作成した文案が変更されるのは2012年の1月5日以後である。そこにいたる過程では、記述削除の圧力を県にかけた右翼グループの動きがあった。

第2回の検討委員会が開かれた翌日の11月23日に県内2紙は、第32軍司令部壕に説明板が設置されることを報じた。記事では〈壕内に女性軍属・慰安婦が雑居していたことや、壕周辺で日本軍にスパイ視された住民が殺害されたこと〉(『琉球新報』)など説明板の文案も紹介されている。

その5日後の11月28日にチャンネル桜が、説明板の「慰安婦」「住民虐殺」の記述に焦点をあてた番組を放映する。番組では、第32軍の牛島満司令官と最後まで行動を共にしたという元従軍看護婦・伊波苗子氏の証言をビデオ映像で流し、伊波氏が、「慰安婦」はいなかった、住民虐殺はなかった、と証言していることをもって、説明板の文案は不当に日本軍をおとしめていると批判した。

番組のなかでは、伊波氏の証言をビデオ撮影しチャンネル桜に提供したのが、沖縄在住の元自衛官で県隊友会の副会長も務めた奥茂治氏であったことが明らかにされている＊2。奥氏は自らのフェイスブックに次のように記している。

〈この説明版(ママ)の記述は絶対に許せない、絶対に阻止すべきです。司令部豪(ママ)の説明版(ママ)であり沖縄戦の説明版でもない。これ以上日本陸軍を貶める事はいまの若者達に誤ったメッセージを送る事になる〉（２０１１年11月29日付）

〈沖縄戦32軍司令部壕説明看板の記述から壕内に慰安婦が雑居していた、また日本軍によりスパイ視された付近住民の虐殺が行われた。を削除するように求めて意見書を11月25日に沖縄県に提出した、昨日はもし設置した場合は器物損壊する旨を伝えて県会議員の先生方に協力を要請してきました〉（２０１１年12月10日付）

奥氏は新聞報道の２日後の11月25日に、「慰安婦」「住民虐殺」の記述削除を求める意見書を県に提出しており、チャンネル桜の番組ではその意見書も紹介された。さらに、県の担当課に抗議のメール、ファックスを送るように呼びかけがなされ、担当課の住所やメールアドレス、ファックス番号が示された。

県の担当課には翌29日に番組の呼びかけに応えたと見られるメールや電話が29件あり、以後12月22日までに抗議や意見が82件あったという。県の下地部長はこれらの抗議も削除の理由のひとつとしている＊3。

また、下地部長は２月25日の県議会での答弁で、県内外から抗議が寄せられたことを挙げ、「文言をそのまま載せれば、説明板はこうした人々にすぐに壊されてしまうのではないか」と述べて、不測の事態を警戒した末の措置だと説明している＊4。

奥氏がフェイスブックに書いている〈昨日はもし設置した場合は器物損壊する旨を伝えて県会議員の先生方に協力を要請してきました〉という、暴力的な破壊をちらつかせた脅しが、県の担当者に心理的圧力となったことが見て取れる。

ただ、抗議のメールや電話があった後も、1月4日までは文案の変更はなかったことや、下地部長の検討委員会、各種団体に対する言動からして、単純に右翼グループの脅しに屈したと見ることはできない。むしろ、右翼グループの抗議を利用し、県当局は積極的に削除を行ったのではないかと思える。

そこには沖縄の自衛隊強化を進めようとする国に迎合し、かつ首里城公園を観光地として最大限に活用するという方針に基づいて、首里城の地下にある第32軍司令部壕の存在をできるだけ押し隠そうという仲井真県当局の姿勢が透けて見えるのである。

沖縄では現在、自衛隊の強化がかつてない規模で進められている。2010年12月に閣議決定された防衛計画大綱と中期防衛力整備計画では、機動性、即応性を重視した動的防衛力の構築が打ち出され、軍事強化を進める中国に対抗する「南西諸島」の防衛力強化が強調されている。とりわけ、防衛の空白地域を埋めるとして、先島地域への自衛隊配備計画が進められている。

与那国島には陸上自衛隊沿岸監視隊の配備が計画され、島が賛成・反対で2分される状況となっている。すでに用地取得に向けて2012年度予算に10億円が計上されている。政府・防衛省は、石垣島もしくは宮古島への陸自戦闘部隊配備も計画しており、民間の空港、港湾施設の米軍・自衛隊による利用も活発化している。いずれ下地島空港の軍事利用の動きも表面化してきそうだ。

先島地域だけではない。航空自衛隊那覇基地の飛行隊を1個から2個に増強し、第5高射群（那覇）にPAC3を配備する計画もある。陸自は「南西諸島」で最大2000人増員されるとされ、海自はイージス艦の機能強化や潜水艦の増強が進められる。政府がいう米軍基地の「整理・縮小」が進まない一方で、自衛隊の強化が進められ、沖縄住民の基地負担は拡大されようとしている。

４月３日から18日にかけて政府・防衛省は、朝鮮の人工衛星打ち上げを利用してミサイル飛来の脅威を煽り、沖縄島、宮古島、石垣島にＰＡＣ３を配備した。打ち上げたロケットの破片を「迎撃」するという万に一つもあり得ない茶番を演じた政府・防衛省の意図が、自衛隊配備への地ならしにあったことは言うまでもない。

このような動きはいまに始まったことではない。前回の防衛計画大綱が出された２００５年の段階で、すでに島嶼（とうしょ）防衛や西方重視が言われていた。在日・在沖米軍の再編（変革）とは、米軍と自衛隊が一体化し、役割を分担することで、台頭する中国に軍事的に対抗することも意味していた。普天間基地の辺野古「移設」を基地の「整理・縮小」として欺瞞的に進める一方で、政府・防衛省は沖縄の自衛隊強化も進めてきた。

それを側面から支援するものとして、右翼勢力の画策がくり返されてきた。大江・岩波沖縄戦裁判や八重山地区の中学校社会科教科書採択問題、そして第32軍司令部壕の説明板問題は、沖縄における自衛隊強化を支援する右翼勢力の連続した動きである。その狙いは沖縄戦における日本軍の蛮行、住民虐殺や強制集団死、「慰安婦」制度などを隠蔽し、沖縄人の中にある日本軍への否定的認識を消し去ることにある。「軍隊は住民を守らない」という沖縄戦の教訓は、彼らにとって自衛隊強化の障害なのである*5。

仲井真県当局は、このような政府・防衛省・右翼勢力の動きに同調している。仲井真知事は普天間基地の「県外移設」を主張し、環境アセスメントに関しても厳しい内容の「意見書」を出してはいる。しかし、辺野古は不可能、難しい、時間がかかる、とは言っても、県内移設反対とは明言しない。

２０１０年11月に行われた県知事選挙で、「県外移設」に転換しなければ勝ち目はない、と翁長雄志那覇市長や自民党県連から突き上げられ、仲井真知事は進言を受け入れて選挙に勝利した。しかし、選挙戦術として普天間基地問題への対応は変わっても、仲井真知事の基地・軍隊に対する考え方は変わっていない。それは高江へリパッド建設やPAC3配備を容認する姿勢を見れば明らかだ。

文化行政においても仲井真知事は、県立博物館・美術館の館長に元公明党国会議員の白保台一氏を起用する政治的人事を行い批判を浴びた。また、2011年度から文化観光スポーツ部を設置し、その部長に詩人・脚本家・演出家の平田大一氏を抜擢している。

目につくのは観光客誘致の手段として沖縄の歴史や文化、スポーツを位置付け、エンターテインメント性を重視している点だ。5月15日に行われた「復帰40年記念式典」で来沖した野田佳彦首相は、国営首里城公園を2018年度をめどに沖縄県に移管する考えを示した。政府の意向は事前に県に伝えられていたはずであり、第32軍司令部壕説明板問題の背景には、この動きも大きな要素としてあったと考えられる。

世界遺産の首里城を沖縄観光の中心地として売り出し、琉球王朝の栄華を演出して、祭り、エイサー、空手、ミュージカル、映画、テレビドラマなど、エンターテインメントの空間として首里城を活用する。その一方で、地下にある第32軍司令部壕という沖縄戦の歴史はないがしろにされている。そのような県当局の姿勢は、地盤沈下や落盤の危険性を理由に、司令部壕を埋めようとする考えにも現れている*6。

本来なら、第32軍司令部壕については説明板を設置して終わりではなく、ちゃんとした施設を造って写真や文書、映像などで沖縄戦の全体像や首里城との関わりを詳しく学べるようにすべきなのだ。しかし、仲井真県当局がやっていることは逆である。

華やかな歴史のかげで、築城に狩り出され搾取に苦しんだ民衆の歴史や、沖縄戦を含む近現代史の中の首里城など、歴史を重層的にとらえ、学ぶ場として首里城公園を生かしていくことが大切である。

説明板問題やPAC3配備問題で揺れていた3月から4月にかけて、首里高校の校舎建築現場では、発見された大量の不発弾の撤去作業が行われていた。

司令部壕のあった首里城周辺が激戦地であったことを、地下の声はいまも伝えているのである。

説明板の文案から「住民虐殺」に関する記述を削除したことについて下地部長は、「あったという証言も、ないという証言もある。両方から証言があり不確かだ」*7と述べている。誰かが「ない」と証言すればなかったことになるのなら、歴史上の事実を抹殺することは簡単である。重要なのは証言や資料を検証し、事実を究明することにある。

首里城周辺の住民虐殺については、元師範学校生3人の目撃証言がある。以下の資料で確認することができる。

①渡久山朝章著『南の巌の果まで――沖縄学徒兵の記』（1978年、文教図書）
②1992年6月23日付『琉球新報』掲載「首里城地下の沖縄戦　32軍司令部壕　第7回」の川崎正剛氏の証言
③山内昌健「狂女の首」／沖縄師範学校龍潭同窓会編『傷魂を刻む――わが戦争体験記』（1986年、龍潭同窓会）所収

3氏の証言は細かなところで異同はあるが、基本的な部分は一致している。日時は沖縄戦開始後の4月末か5月初めの夜。場所は首里城南側、金城町にあった司令部壕第5・6坑道口近くの師範学校実習田。殺害されたのは頭を丸刈りにされた若い女性。殺害方法は壕内の女性数名に銃剣で突かせたあと、日本兵が斬首。

一番近くで目撃していたと思われる山内氏によれば、実習田の土畝にあった電柱に後ろ手に縛り付けられた女性は「ヘイタイサン、ワッサイビン、ワッサイビン」*8と口にしていた。軍刀を手にした曹長は数名の女性たちに、お前たちの仇だ、スパイだ、国賊なんだ、などと言い、銃剣を手渡した。最初は尻込みしていた女性たちは、曹長が縛られた女性を刺してみせると、狂ったように次々と刺していった。

そして、最後に曹長が軍刀で女性の首を切り落としたという。

3氏の目撃証言には、裏付けとなる複数の証言がある。

④1992年6月24日付『琉球新報』掲載の山城次郎氏の証言
⑤濱川昌也著『第三十二軍司令部秘話　私の沖縄戦記』（1990年、那覇出版社）
⑥八原博通著『沖縄決戦――高級参謀の手記』（1972年、読売新聞社／2015年、中公文庫）

④の山城氏は当時第6坑道近くの墓に家族と避難しており、虐殺そのものは見ていないが、翌日に埋められた場所を掘り返しに行ったら、殺された血で真っ赤に染まり、恐くて掘り返せなかったという。②の川崎氏は殺された女性の名を上原トミと聞いているが、山城氏は上原キクと記憶している。

⑤の濱川氏の著書は、同じ上原という苗字の女性の処刑について記している。濱川氏は第32軍の衛兵司令として、首里の司令部壕の最初から摩文仁の司令部壕の最後まで任務につき、摩文仁への撤退時には牛島司令官の護衛に当たっていた。

〈なお、ついでにスパイ容疑者として、軍司令部内で処刑された人についてもふれておきたい。／その一人に、球部隊所属の兵隊が古波蔵付近で捕らえたという一人の女を軍司令部に連行して来た。陣地近くを徘徊していたとのことである。名前は上原某と名乗っていたようで、年のころは十八、九歳の娘であった。眼はトロンとしてウツロな眼をしており、明らかに狂女であった〉（102頁）

濱川氏はほかに与那原から連行されてきたAさんについても記している。軍司令部が坂下にあった頃、副官部に勤めていた人物で顔見知りだったが、連行されてきたときには精神に異常をきたしていたという。

〈ああ！　いかんせん、彼は正気に戻らずそのままスパイとされた。／スパイ容疑者のほとんどは、戦争恐怖症からきた精神異常者であり、なかには、尋問された場合、オドオドしてまともな返事ができないばかりにスパイにされた。／首里記念運動場の地下には、数人の人々がスパイとして処刑され埋葬されたようだ〉（１０３頁）

⑥第32軍の高級参謀だった八原氏の『沖縄決戦』にも次の記述がある。

〈戦闘開始後間もないある日、司令部勤務のある女の子が、私の許に駆けて来て報告した。「今女スパイが捕えられ、皆に殺されています。首里郊外で懐中電灯を持って、敵に合い図していたからだそうです。軍の命令（？）で司令部将兵から女に至るまで、竹槍で一突きずつ突いています。敵愾心（てきがいしん）を旺盛にするためだそうです。高級参謀殿はどうなさいますか？」私は、「うん」と言ったきりで、相手にしなかった。いやな感じがしたからである〉（中公文庫版、２１０頁）

銃剣と竹槍の違いはあるが、「女スパイ」としての殺害方法などを見ると、上原という女性の処刑の可能性もある。

以上見たように、第32軍司令部壕周辺で、スパイの容疑をかけられた住民の虐殺があったことは疑いようがない。特に上原という女性の虐殺については、直接目撃した師範学校生３人の証言に加えて、民間人、軍人という異なった立場からの裏付け証言もある。「住民虐殺」はなかったという人は、これらの証言を否定する根拠を示し、なかったことを証明しなければならない。たんに自分が見なかった、聞かなかった、知らなかったから「住民虐殺」はなかった、という屁理屈が通るのなら、歴史研究など成り立つまい。

検討委員会が作成した〈司令部壕周辺では、日本軍に「スパイ視」された沖縄住民の虐殺も起こりました〉という記述は、事実に踏まえて復活されるべきである。

1992年9月の「第五回全国女性史研究交流のつどい」に向けて作成された「沖縄県の慰安所マップ」によれば、121カ所の「慰安所」の所在が確認され、その後さらに10カ所が追加されて131カ所が明らかになっているという*9。

沖縄島各地域や宮古・八重山その他の離島まで、日本軍のいた場所には「慰安所」が設けられ、朝鮮人、台湾人、日本人、沖縄人の女性たちが「慰安婦」として配置された。

沖縄人で「慰安婦」となったのは、那覇の辻町や地方のサカナヤと呼ばれた料亭の女性たちであった。沖縄戦当時、那覇警察署に勤めていた山川泰邦氏は、沖縄に来た日本軍の各部隊は、〈競うて慰安所を設置、一ヶ所十五人、一個連隊で二ヶ所を設置、全駐屯部隊で五百人の慰安婦を辻遊郭から狩り出した〉と記している*10。

辻の女性たちは、唯々諾々と日本軍に従ったのではなかった。山川氏は続けて記す。

〈芸妓、酌婦の廃業願いが警察署に殺到した。／やがて那覇署は断固たる決意で適宜に処理した。／やがて駐屯軍から圧力がきた。「病気、結婚その他やむを得ない理由のほか廃業まかりならぬ」と、厳しい通達を受けた。／この横車に対し、遊女たちは廃業に必要な診断書や結婚承諾書の入手に奔走した。／しかし結婚承諾書の通り結婚した遊女はほんのわずかで、多くはなれ合い結婚で急場をしのいだ〉

辻の女性たちがこのような抵抗をしたのは、「慰安所」では毎日、不特定多数の兵士を何十人も相手にさせられるという苦しみが伝わっていたからだった。辻では客を選び、限られた男性の酒や話の相手となり、芸事で楽しませて泊まらせるのが常だった。年を経るとともにひとりの男性のチミジュリ（専属）となり、抱親（アンマー）となって若いジュリを育てる。それが辻の伝統でありジュリの誇りであった。そういう辻の女性たちにとって「慰安所」のあり様は耐えがたいものだった。

しかし、借金や抱親との義理、家族のもとに戻れないなどの理由により、「慰安所」へ行かざるを得ないジュリたちもいた。そこでは不特定多数の兵士を相手にするジュリがいる一方で、ひとりの将校の専属となるジュリもいた。沖縄女性史研究会が1978年に出した『沖縄女性史研究第2号　沖縄戦を生き抜いて』に、「慰安婦」を体験した辻の女性の手記が載っている。

1944年10月10日の空襲で辻町は灰じんに帰し、女性は家族を失った。その後のことである。

〈十一月に南風原（はえばる）の津嘉山に村屋を使ってクラブができていたので、そこに行くことにしました。クラブというのは、慰安所のことです。南風原には二中隊二班、四、五十人の兵隊がいました。クラブには辻町のあちこちから集まった尾類（ジュリ）が、十人いました。クラブにはアンマーがいて、一回十円が相場でしたが、その半分はアンマーのものでした。私ともうひとりはムチチリー（専属）で、兵隊皆の相手はしませんでした〉（9頁）

辻の女性たちが「慰安婦」となったとき、不特定多数の兵士を相手にする場合と、ひとりの将校の専属となる場合のふたつの形があったことを押さえておく必要がある。

第32軍司令部壕には、辻の若藤楼の女性たちと九州からやってきた偕行社の女性たちがいたことが、上原栄子『辻の華——戦後編（上）』（1989年、時事通信社）や八原博通『沖縄決戦』、大迫亘『薩摩のボッケモン』（1974年、現代ブック社）などの著作に記され、『第三十二軍司令部　日々命令綴』（防衛研究所所蔵の戦時資料）の5月10日の記述でも確認できる。

司令部壕では戦闘開始からしばらくは、長勇参謀長を中心に次のようなこともあった。

〈軍司令官閣下の個室に比べ、隣の参謀長の部屋では終日、賑わいを見せていた。ウイスキー瓶を片時も手放さない参謀長を取り巻いて、いろんな人々の出入りが激しく、時には女を入れてみるに耐えない痴態を繰り広げることもあった〉（濱川『私の沖縄戦記』89頁）

〈皆がこの壕に入った初めの頃は、敵機の空襲も昼間だけだったので、初ちゃんたちは、将校たちのお酌に、「ルーズベルトのベルトが切れて、チャーチル、チルチル首が散る……」などと、敵国米英の御大将の名前を小謡に組み入れて酒の肴（さかな）に歌い続けていたというのです。／しかし戦いが激しくなるにつれて、姐（おんな）たちの嬌声や、淫（みだ）らに浮いた様子は厳しく禁じられました〉（上原『辻の華　戦後編（上）』71頁）

また、第32軍の航空参謀であった神直道氏は、琉球新報の取材に答えて、首里の司令部壕内に「慰安所」はなかったとしつつも、こう述べている。

〈辻遊郭の女性は二、三十人くらいいて、飯炊き要員として駆りだされた。遊郭の女性だというので兵隊の中にそのような行為に及ぶ者があり、壕内の風紀が乱れそうになったから壕内から出てもらった〉*11

首里の司令部壕内にいた女性たちは、5月10日に全員壕を出て南部に向かう。その後、6月に入って30名ほどの女性たちが再び摩文仁の司令部壕で合流する。その中には辻の若藤楼の女性たちもいた。高級参謀の八原氏は『沖縄決戦』でこう記している。

〈副官部には、彼女らのほか、数名の女性が働いていた。辻町の妓女もいる。私は、はは—んと思ったが、今さら何をか言わんやである。最期に直面した人々の心理は、私にも解せぬわけではない〉（中公文庫版、386頁）

八原氏が目にした〈辻町の妓女〉のなかで、〈初子は坂口副官の愛人であり、菊子*12は高級副官の愛人だった〉と大迫亘『薩摩のボッケモン』は記している*13。ふたりは自決した坂口次級副官と葛野高級副官に連れ添うように自ら死を選んでいる。たんに酒食の相手をし、歌舞音曲で楽しませるだけの関係なら、自ら死ぬことはなかっただろう。

大迫氏は〈愛人〉と表現しているが、平時における辻のジュリと客の関係ではない。死を選んだ女性の思いは一途でも、戦時下、日本軍が辻の女性たちを「慰安婦」に動員したもとで成り立った、日本軍将校と専属の「慰安婦」という特殊な関係であったことを見逃してはならない。

第32軍司令部壕に関しては、「朝鮮ピー」と呼ばれていた女性も壕内にいたという証言が、大田昌秀元知事をはじめ複数ある。朝鮮人の女性たちがどのような形で司令部壕にいたのか、今後の検証が必要である。ただ、そのような目撃証言をないがしろにはできないはずだ。「慰安婦」という記述を削除するということは、彼女たちが壕内にいたことを隠蔽するだけでなく、彼女たちの存在そのものを消し去ることである。そのことの意味の重さを仲井真県当局は考えるべきである。

註

*1 経過をまとめるにあたっては、『琉球新報』、『沖縄タイムス』などの報道と新聞紙上や集会で発表された検討委員の経過説明、沖縄平和ネットワーク作成の『第32軍司令部壕説明板問題 いまこそ「異議あり！」の声を届けよう』などを参考にした。なお、紙幅の都合で翻訳文の問題については本稿では触れられなかった。

*2 奥氏が理事長を務める南西諸島安全保障研究所は、2005年に下地島空港への自衛隊誘致問題が起きたときに、そのきっかけを作った団体である。

*3 『琉球新報』2012年2月25日付。

*4 『沖縄タイムス』2012年2月25日付。

＊5　拙論「ある教科書検定の背景——沖縄における自衛隊強化と戦争の記憶」／岩波書店編『記録　沖縄「集団自決」裁判』（岩波書店）所収を参照してほしい。

＊6　『沖縄タイムス』２０１２年3月13日付に〈32軍壕埋める可能性／県が示唆　新年度に調査〉という見出しで以下の記事が載った。

〈「従軍慰安婦」「住民虐殺」の文言が説明板から削除された第32軍司令壕について、県は12日、２０１２年度に強度などを調査した上で、埋めることもあり得るとの考えを示した。／下地寛環境生活部長が「年３００万円かけて維持、管理しているが、陥落事故も起きており、このままではいけない。工学的に調査し、埋めることも含めて最終判断する」と述べた。県議会予算委員会で、前田政明氏（共産）への答弁。／下地部長は「沖縄戦の指揮を執った第32軍の司令部があったという重要な価値がある」と認めつつ、安全性には懸念を示した……以下略〉。

＊7　『琉球新報』２０１２年2月24日付。

＊8　直訳すれば「兵隊さん、（私が）悪いです、悪いです」だが、謝罪と助命を乞う意が込められている。

＊9　嘉数かつ子「「沖縄県の慰安所マップ」を作成して」／日韓共同「日本軍慰安所」宮古島調査団著／洪玧伸編『戦場の宮古島と「慰安所」』（なんよう文庫）所収を参照。

＊10　山川泰邦「慰安隊員の動員」１９８７年5月30日付『沖縄タイムス』。

＊11　『琉球新報』１９９２年7月22日付。

＊12　上原『辻の華——戦後編（上）』では富子となっている。

＊13　大迫『薩摩のボッケモン』１４８頁。著者の破天荒な人生が記され、虚実の見極めが問われる本だと思うが、著者が長勇参謀長の特務員だったことは『第三十二軍司令部　日々命令綴』で確認できる。

「復帰」40年の現在（いま）

◉『図書新聞』2012年6月30日

沖縄の施政権返還40年ということで、5・15を前後して沖縄、ヤマトゥのメディアがいろいろな企画をやっていた。中には沖縄通を気取ったヤマトゥ文化人が偉そうにウチナンチューに説教を垂れているのもあって（花村萬月とかいう真栄原新町やコザ吉原での買春体験を自慢たらしく書いて無頼派を気取っている男など）ほとほとうんざりさせられた。この手のヤマトゥンチューに愛想よくふるまう者もウチナンチューはいまだにお人好しが多いらしく、いるようだ。いい加減「いちゃりばちょーでー」は歌の中だけにした方がいい。

２０１０年5月28日、普天間基地の「移設」先を「キャンプ・シュワブ辺野古崎地区及びこれに隣接する水域」と明記した日米共同宣言が発表された。２００９年9月に誕生した民主党連立政権が掲げていた「県外移設」は完全に投げ棄てられた。その日の夕方、名護市役所の中庭では雨のなか抗議集会が開かれ、挨拶に立った名護市の稲嶺進市長は、「今日、私たちは屈辱の日を迎えた」と発言した。

かつて沖縄では、サンフランシスコ講和条約が結ばれ、沖縄が日本から切り離された4月28日を「屈辱の日」と呼んでいた。新たに発せられた「屈辱の日」という言葉には、58年前のような「祖国・日本」への思いもなければ、同化を志向するナショナリズムもなかった。むしろ、集会場にみなぎっていたのは、沖縄への米軍基地集中を継続する意思を示した日本政府と、それを容認する日本人多数派への怒りだった。

普天間基地の「移設」先を「国外、少なくとも県外」としていた鳩山首相の変節の過程で、沖縄では基地問題に関して「差別」という言葉が広がっていった。沖縄以外の自治体が反対と言えば受け入れるが、沖縄がどれだけ反対を主張しても無視される。日本政府の二重基準をくり返し見せつけられて、それまで「県内移設」やむなし、としていた保守層にも、沖縄差別への怒りが広がっていった。

そしていま、普天間基地の「県内移設」を拒否する声は、革新・中道・保守・無党派と幅広く広がっている。政権与党の民主党も野党の自民党・公明党も、沖縄と中央の組織間にはねじれが生じているが、それを解消するめどすら立たない。

一方で、日本人の大多数は相も変わらず米軍基地問題に無関心だ。日米安保条約に基づく米軍基地の負担は、本来日本人全体の問題のはずだが、佐世保や岩国、横須賀、厚木、三沢など基地所在地以外では、他人事としか受け止められていない。

3・11の地震、津波、原発事故以降、福島と沖縄の共通性がよく語られる。福島第1原子力発電所の事故は、放射能の被害が首都圏にもおよぶために自らの問題として考える契機がある。しかし、沖縄の基地問題は、仮にMV22オスプレイが墜落して大惨事が発生しても、首都圏をはじめ日本人の大多数は「沖縄問題」と片付けて終わりだろう。

我が身に直接被害がおよばなくても、米軍基地問題を日本全体の問題として考えようとする日本人はごくわずかだ。40年以上前、「沖縄を返せ」という歌がうたわれたが、大多数の日本人にとって沖縄の「日本復帰」は、明治の「琉球処分」で併合したが1945年の敗戦で切り離された領土を取り返した、という以上ではなかった。

左も右も「民族の怒り」というナショナリズムに酔いしれ、米軍政下の苛酷な状況から脱するために、沖縄人も祖国日本への「復帰」に過大な期待を抱いた。1960年生まれの私は小学校の頃、教師に言われるがまま「復帰行進」に日の丸の小旗を振った世代である。

しかし、「核も基地もない平和な沖縄」というスローガンは、沖縄人にとっては切実な要求でも、大多数の日本人にはどうでもいいことだった。日米安保体制に伴う基地負担は、続けて沖縄が担うもの。

自明のことのようにそう片付けられた。

現在、民主党本部だけでなく野党の自民党・公明党の本部も、普天間基地の辺野古「移設」を推進する立場だ。社民党、共産党はまったくの少数勢力であり、沖縄選出の国会議員がどれだけ「県外移設」を主張しても、国会では無力である。民主党政権が継続しようと変わろうと、米国への隷従から脱却し、普天間基地問題に大きな転換を作り出す政府が生まれる可能性は見出せない。

おそらく、「復帰」後の40年、いや「戦後」の67年を通しても、沖縄と日本との溝はいまが一番深く広いのかもしれない。それは今後さらに拡大していくはずだ。どれだけの日本人が、そのことを真剣に考えているか。

日本の国会や政府をあてにしてもしょうがない。米軍基地を撤去しようと思うなら、沖縄人みずからが基地機能をマヒさせるほどの運動を起こすしかない。

沖縄と朝鮮かの地で感じた五重の脅威

──被害者にも、加害者にもなってはならない

◉『イオ』（朝鮮新報社）2012年8月号

2000年5月に朝鮮民主主義人民共和国（以下朝鮮）に行く機会があった。沖縄平和友好訪問団という100人ほどのツアーで、板門店やチュチェ思想塔、歴史博物館、朝鮮革命博物館、学校施設、病院、妙香山などを見学した。夜は「琉朝友好交流の夕べ」や沖縄側の答礼晩餐会が催され、ホテルで朝鮮の皆さんと酒を飲みながら交流する機会もあった。

その時強く感じたことのひとつが、朝鮮から見た沖縄の米軍基地の脅威だった。軍事境界線のすぐ向こうには韓国軍と在韓米軍があり、海を隔てて自衛隊と在日米軍がある。さらにその向こうには在沖米軍があり、五重の脅威に朝鮮はさらされている。そのために朝鮮が常に軍事的緊張を強いられ、臨戦態勢をとらざるを得ないことを、4泊5日の短い旅ではあったが、かの地に身を置くことで実感した。

その後、2002年9月に小泉純一郎首相が訪朝したのをきっかけに、「拉致問題」が大きく取り上げられ「反北朝鮮」キャンペーンがくり広げられた。以来、日本政府やマスコミによって過大に演出された「北朝鮮の脅威」が、日本人に冷静な判断を失わせ、「拉致問題」をかえって解決不可能にしている。それればかりか、自衛隊強化を進める口実として利用され、対立が深められてきた。沖縄では3月下旬から4月中旬にかけて、朝鮮の人工衛星打ち上げを利用し、沖縄島、宮古島、石垣島にＰＡＣ３が配備された。

そうやって日本のマスコミが煽る「北朝鮮の脅威」に接するとき、思い出すのが12年前に朝鮮に行って感じた五重の脅威だ。日本人が感じている脅威など、朝鮮の人たちが感じている脅威に比べれば、たかが知れている。自分たちが与えている脅威には

無自覚なまま「北朝鮮の脅威」をあげつらうのは、アジアの他者の眼差しで自らを省みる姿勢が日本人に欠けているからだ。それは今後の日本のアジア外交にとって大きなマイナスとなる。

沖縄で生まれ育ち、生活している私にとって、米軍と自衛隊の基地問題は、学生時代から重要な問題であり続けている。初めて反戦・反基地集会に参加したのは、大学に入って２週間ほど経った１９７９年４月28日だった。沖縄にとって４月28日は、１９５２年のその日にサンフランシスコ平和条約が発効し、日本から切り離された日で「屈辱の日」と言われてきた。

沖縄で反戦運動をやっている学生たちは、４・28を反戦・反安保デーとして位置付け、集会やデモを行っていた。そういうことを詳しくは知らないまま、大学の先輩に誘われて集会とデモに参加したのだが、機動隊の弾圧＝暴力を体験して、戦争に反対することでどうしてこういう目に遭わなければならないのか、とつくづく考えさせられた。

以来、数えきれないほどの反戦・反基地集会やデモ、抗議行動に参加してきたが、行動の源にあるのは、米軍や自衛隊の演習、事件、事故によって沖縄人が被害者になってはならないということ、そして、加害者にもなってはいけないということだ。沖縄に米軍基地があることで沖縄人も米軍の侵略戦争に否応なく関わっており、沖縄人も間接的であれ加害者の側にいる。そのことを黙って認めることはできない。

朝鮮戦争やベトナム戦争、アフガニスタンやイラクでの戦争に、沖縄の基地は重要な役割を果たしてきた。ときには出撃拠点となり、沖縄から出撃した部隊が最前線で殺戮を行ってきた。ベトナム戦争のときには、黒い殺し屋と呼ばれたＢ52が嘉手納基地から発進し、ベトナムに爆弾をまき散らした。兵站（へいたん）基地としての役割も大きく、さらに兵士を殺人機械に鍛え上げる訓練の場でもあり、沖縄の基地は米軍の侵略戦争を支える拠点としてあり続けている。

沖縄ではいま、ＭＶ22オスプレイの普天間基地配備が大きな問題となっている。開発段階から実戦配備された現在まで墜落事故が多発し、死傷者が続出していることから、「世界一危険な軍用機」と言われる普天間基地に「世界一危険な基地」を配備するのか、と沖縄では猛反発が起こっている。市街地にオスプレイが墜落し、大惨事が起こることを恐れるのは、沖縄人として当然である。

同時に、沖縄人は自らが被害者になることだけでなく、加害者になるという視点からもオスプレイ配備に反対する必要がある。現行のCH46中型輸送ヘリに比べ、後継機となるオスプレイは速度、航続距離、輸送量が格段に向上している。それは朝鮮やイラク、アフガニスタン、東アジアの反米勢力を攻撃する米軍の戦闘能力が向上することを意味する。

自らの加害性を否定するためにも、沖縄人は侵略戦争をくり返してきた在沖米軍の強化を許してはならない。沖縄の地でオスプレイ配備に反対し、これ以上の基地強化を許さないことで、東アジアの各地で米軍の横暴に抗してたたかっている人たちと連帯したい。

尖閣諸島問題とオスプレイ

◉『世界へ未来へ　9条連ニュース』
2012年9月20日
〈「基地の島」沖縄から〉

竹島（独島）や尖閣（釣魚）諸島をめぐって日韓、日中間で対立が激化している。日本・韓国・中国いずれの国であれ、権力者が自らの政権を維持、強化するために領土問題を利用して排外的ナショナリズムを煽るのは、歴史上いくどもくり返されてきたことだ。国家とは何か、という根本的な問いを忘れて、自国の領土を守れ、という掛け声に踊らされることほど愚かしいことはない。

マルクス主義の衰退とともに、国家や民族、宗教を超えた労働者・農民階級の国際的連帯という言葉を耳にすることも少なくなった。しかし、本来なら国境を越えて連帯すべき民衆が、分断と対立を自ら担ってしまってはならない。それこそ「領土問題」を意図的に作り出している政治屋、官僚、軍部、軍事産業の意図に乗せられて、自滅の道を歩んでしまうことになる。

２０１２年は沖縄の施政権返還40年であると同時に、日中国交正常化40年でもある。１９７２年９月に中国を訪問した田中角栄首相、大平正芳外相と周恩来首相、姫鵬飛外交部長との交渉により、９月29日に日中共同声明が調印された。本来なら今年は日中国交正常化40周年の祝賀行事が大々的に取り組まれてもおかしくなかった。

しかし、いま日中間に祝賀ムードはまったくと言っていいほどない。尖閣諸島問題が悪化することにより、日中の友好交流事業の中止が相次いでいる。加えて、普天間基地へのＭＶ22オスプレイ配備や与那国島への自衛隊の配備など、中国の軍事的脅威に対抗する日米の軍事強化が露骨に進められていて、その最前線に沖縄が置かれている。

この現状を見るとき、改めて思い出されるのが、

4月16日に米国ワシントンのヘリテージ財団で石原慎太郎東京都知事が打ち出した、尖閣諸島の東京都による購入である。日頃から中国を侮蔑的に「シナ」と呼んではばからない差別意識丸出しのタカ派知事によって、尖閣諸島をめぐる「領土問題」に火がつけられた。

そのあと、野田佳彦首相が尖閣諸島の国有化を打ち出したことで中国をさらに刺激した。日本が棚上げから現状変更に乗り出せば、中国側が対抗手段を取ってくるのは分かりきったことだ。香港の活動家が魚釣島に上陸したかと思えば、今度は日本の地方議会議員や右翼グループが上陸する。丹羽中国大使の車から日の丸が強奪され、東京都が海上から調査活動を行うなど、尖閣諸島をめぐって日中それぞれが、火に油を注ぐ行為をくり返している。

石原知事やおそらくその背後にいるであろう米国の軍産複合体は、してやったり、とほくそ笑んでいるはずだ。MV22オスプレイの配備に対して沖縄では全県的な反対運動が起こっているが、それを踏みにじって配備を強行する口実として、尖閣諸島の緊張が大いに利用されている。おそらく彼らは自衛隊へのオスプレイ売り込みも視野に入れているだろう。

尖閣諸島の領有権問題に米国は中立的立場を取っており、仮に日中間で軍事的衝突が起こっても、自衛隊に協力して米軍が即座に参戦するとは限らない。日米安保条約には自動参戦条項はない。参戦するか否かは米国議会が決めることだ。

経済的相互依存が進み、核保有国でもある米国と中国が、尖閣諸島をめぐって軍事的衝突まで突き進むとは考えにくい。米国議会の議員たちも、日本と中国を秤にかけて判断する。米軍は介入せず静観する可能性が大きい。オスプレイが沖縄に配備されたから、尖閣諸島の防衛が強化されると考えるのは、米軍に対する甘い幻想にすぎない。

その甘い幻想に乗っかって勇ましい言葉をはき散らす者たちがいる。竹島や北方4島には近づきもしないくせに、尖閣諸島にくり出した山谷えり子ら国会議員、地方議会議員、田母神俊雄やチャンネル桜などの右翼グループは、沖縄戦のさなかに米軍機の攻撃を受けて遭難した八重山住民の慰霊祭を政治的に利用し、意図的に日中間の対立を煽っている。それは戦争の犠牲者を悼み、争いを回避しようとする尖閣諸島遭難者遺族の願いを踏みにじる行為だった。

彼ら右翼グループやオスプレイ配備だけでなく、先島地域への自衛隊配備の口実としても利用されている。3月から4月にかけて朝鮮の人工衛星打ち上げを利用して、政府・防衛省は沖縄島、宮古島、石垣島にPAC3を配備した。それに続けて尖閣諸島をめぐる緊張を作り出すことで、先島地域住民の不安を煽り、自衛隊配備に向けた地ならしを進めている。

かつて琉球国の時代に、明国、清国の船に乗り込んで冊封使を琉球へと導く海の案内人となったのは琉球人だった。琉球人にとって尖閣諸島は、明・清国と琉球をつなぐ海の道標であり、かすがいであった。その島々を争いの島にしてはならない。

普天間基地は撤去できる

◉『世界へ未来へ　９条連ニュース』
２０１２年10月20日
〈「基地の島」沖縄から〉

10月１日に６機、２日に３機のＭＶ22オスプレイが普天間基地に飛来した。配備日程が遅れていたことからして、機体の状態が順調であったなら、米海兵隊は２日間で全12機のオスプレイを岩国基地から移動させたかったはずだ。それができなかっただけでなく、10月２日のＮＨＫニュースによれば、岩国基地に残った３機のうち２機は、部品をアメリカから取り寄せねばならず、すぐには飛び立てない状態だという。

初っ端から４分の１の機体に異常をきたしていること自体が、オスプレイが欠陥機であることを証明している。

オスプレイ配備を目前にして、沖縄では連日激しい反対運動が取り組まれた。

沖縄戦を体験した年金世代の人たちのなかには、自分たちは逮捕されても失職の不安はない。子や孫たちの世代に負の遺産である米軍基地やオスプレイを残したくない。そう言って体をはった行動に打って出た人たちもいた。

普天間基地内には宿舎が少なく、外から通勤している米兵が多い。そのため、飛行場の管制業務や機体整備はもとより、電気、通信、上下水道、事務作業など、日々の業務に携わる人や必要な物資がゲート前で阻止されれば、普天間基地は実質的に閉鎖状態に陥る。

それを狙って、９月27日、ＭＶ22オスプレイが翌日にも沖縄に強行配備されるという緊迫した状況のもと（実際は台風で延期）、普天間基地のメインゲートである大山ゲートでは、午前６時過ぎから配備反対を訴える市民の抗議行動が行われた。中心となったのは60代や70代の、長年にわたって反戦・反基地運動や環境保護運動、労働組合運動などを担ってきた人たちである。

午前6時頃、大山ゲートの前で座り込みを行ったが、それは機動隊員によって10分ほどで強制排除された。そのあと、国道58号線から基地のゲートにつながる100メートルほどの道路に数人が車でくり出し、米軍車両の前をのろのろ運転したり、停車して道路をふさいだりして、米兵を基地に入れない取り組みがなされた。

沖縄県警の制服警官や私服刑事が注意や警告を行い、数人で止まっている車を囲み、これ以上やると逮捕するぞ、と恫喝する。それに対しぎりぎりまで粘り、運転を再開したあとも道路の端でUターンして同じ行為をくり返す。そうやって大渋滞を作り出した。

さらに、別の人たちは横断歩道をゆっくりと歩き、米軍車両の前で立ち止まって、Osprey No!の紙を掲げた。歩道を歩きながら隙を見て車道に飛び出し、米軍車両の前に立ちはだかって、マリーンズ・ゴー・ホームと叫ぶ人もいた。

制服警官が走ってきてぴったりと付いて監視するが、別の場所で他の人が同じ行為をし、警官がそこへ走るとまた米兵車を止める。そのような取り組みが2時間余にわたって行われた。

大山ゲートや野嵩ゲート前で行われた座り込みにも、60代、70代の皆さんが積極的に参加していた。何度も機動隊にごぼう抜きにされながらも、29日の夜から30日の夜まで、普天間基地の3つの主なゲート（第1＝大山、第2＝佐真下、第3＝野嵩）を市民が完全に封鎖するという、沖縄の戦後史においても画期的な出来事が実現された。

各ゲートの前に市民が車を並べ、その間や周辺を囲んで座り込み、普天間基地への人と物の出入りを阻止した。土曜、日曜とはいえ米軍基地がこのような状態に置かれたのは、沖縄だけでなく日本全体を見ても、これまでにあっただろうか。ゲート前に解放区を現出させた力の一翼を、60代、70代の皆さんが担っていた。

最終的には30日の昼から夜にかけて、大山ゲート、野嵩ゲートと続けて機動隊に強制排除されてしまったが、その際、機動隊はまさに国家の暴力装置そのものの姿を見せ、負傷者が続出した。

一見、オスプレイが配備されたことで、反対運動は敗北したかのように見えるかもしれない。しかし、連日の取り組みに参加していた反戦地主の照屋秀伝氏は、こう語っていた。「これまでの反戦運動は米軍に対する受け身の運動だったが、今回は自分たちが攻める運動だった。だから敗北感はまったくない」

同感である。普天間基地の3つのゲートを封鎖した時点で、米軍も日本政府も追いつめられていた。月曜日になっても同じ状態が続いていたら、オスプレイの配備はできず、日米安保体制に風穴があいていた。それだけに日本政府は沖縄県警に圧力をかけ、座り込む市民への激しい弾圧となった。

しかし、強制排除されたとはいえ、市民は普天間基地のもろさを知った。ゲートの前に座り込むという非暴力の運動が、大きな効果を持っていた。普天間基地は撤去できる。連日の行動に参加した私の実感である。

基地機能マヒしかない

――犠牲封じ込める深い断絶

◉『琉球新報』2012年10月26日
《蹂躙される島／基地と暴力　届かない声》

米海軍兵2名による性暴力事件が起こった。報道を見ると米兵らは、数時間後にグアムに移動できることを計算し、うまく逃げおおせる、という確信のもとに犯行におよんだとしか思えない。米兵に話しかけられても拒否し、立ち去った女性の後を追い、ふたりがかりで襲って首を絞めるという手口をふくめ、悪質極まりない犯行である。

米兵による性暴力事件が起こると、一部の不良米兵によるものだとか、沖縄県民も同じような事件を起こしている、などと主張し、事件の本質を曖昧にしようとする人たちが出てくる。インターネットが普及してからは、意図的にそのような論調を広げようとする「ネット右翼」が現れている。

しかし、米兵による犯罪は、一般市民が犯すそれとは質が異なっている。彼らは日米安保条約に基づいて沖縄に駐留し、地位協定によって特権が与えられ、私たちの税金でまかなわれた「思いやり予算」によって恵まれた環境で暮らしている。彼らは自由な旅行者として沖縄にいるのではなく、日米両政府によって与えられた政治的・軍事的な役割に基づいて沖縄にいるのだ。

そういう米兵が犯す犯罪は、当然のことながら米兵個人の問題ではすまない。日米両政府の政治的責任が重く問われる。在日米軍専用基地の74％を沖縄に集中させている日米両政府の政治的・軍事的方針が沖縄で米軍犯罪を多発させているのである。

1995年の9月4日に3名の米兵による性暴力事件が発生し、同年10月21日には宜野湾市海浜公園に8万人余が集まる県民総決起大会が開かれた。県民の怒りが日米安保体制を揺るがす事態となり、あわてふためいた日米両政府は、普天間基地の返還を打ち出すことで事態の収束をはかった。

以後、今日まで沖縄の「負担軽減」が言われ続けたが、沖縄の基地負担は減るどころか、垂直離着陸輸送機MV22オスプレイの配備強行が示すように、むしろ増加している。なぜ沖縄の「負担軽減」が進まなかったのか。日米両政府が普天間基地の「移設」先を県内に限定し、危険と負担のたらい回しを沖縄に強いたからだ。

そこにあるのは、基地によってもたらされる犠牲を、あくまで沖縄の中に封じ込めておきたいという日本政府とそれを支える大多数の日本人の意思である。日米安保条約に基づいて米軍に守ってほしいが基地の負担と犠牲はいやだ。だから沖縄に押し付けておけ。根底にあるのはそのような手前勝手な意思であり、沖縄の地理的優位性だの抑止力論などは後付けの理屈にすぎない。

それ故、沖縄県民がどれだけ基地の「県外移設」を主張しても無視される。米軍による事件・事故が起こると「沖縄問題」として限定し、自分たちにも責任が問われる「日本問題」としては考えようとしない。いまの沖縄とヤマトゥの間にあるのは、「ねじれ」「温度差」という生やさしいものではなく、埋め難いほどに深い断絶である。

日本の政治状況を見れば、野田政権が継続しようと衆議院選挙が行われて別の政権が誕生しようと、沖縄に日米安保体制の負担と犠牲を強要することを、日本政府は変えようとしないだろう。中国の脅威に対抗することを理由に、むしろ自衛隊ともども基地負担を増大させていくのは目に見えている。

もはや沖縄に生きる私たちは、日本政府や国会をあてにはできない。自らの行動で軍事基地を撤去させ、自分や家族、親戚、友人、知人を米軍による事件や事故から守るしかない。基地の主要なゲートを非暴力の座り込みで封鎖し、基地機能をマヒさせて米軍が音を上げる状況を作り出す。そこまでやらなければ、米軍による犠牲に終止符は打てない。

第2次大戦から67年が経っても外国の軍隊がこれだけ集中し、事件、事故がくり返されている地域が世界のどこにあるか。沖縄人はこの異常さに慣らされてはいけない。被害者が2次被害にさらされることを防ぎ、加害者が正当な裁きを受けるようにすると同時に、沖縄が置かれている軍事植民地という差別構造をくつがえすために行動することが、私たちに問われている。

高江のオスプレイパッド建設を許してはならない

◉『世界へ未来へ　9条連ニュース』
2012年11月20日
〈「基地の島」沖縄から〉

10月に入ってから土・日をのぞいてほぼ連日、東村高江区に通っている。集落を囲む形で建設されようとしているヘリパッド（オスプレイパッド）の工事を止めさせるためで、いまは午前3時半に起き、5時前には高江に着くようにしている。それから建設作業員が引き上げる午後5時前まで、監視・阻止・抗議行動が続く。小説を書くどころか本もろくに読めない厳しい状況だが、早朝から行動できる人は限られているので、率先してやるしかない。

沖縄もこの季節になると夜は肌寒い。高江の森には空を埋め尽くすように星が輝き見事なものだ。明け方にはヤンバルクイナが鳴き交わす声やノグチゲラのドラミングの音が聞こえてくる。温かい缶コーヒーを飲みながら沖縄防衛局や建設作業員が乗った車を監視しているのだが、車両番号がチェックされていることを知っている彼らは、「わ」ナンバーのレンタカーを使ったり、ダミー車を使って陽動したり、あらゆる手を使ってこちらを出しぬこうとする。

北部訓練場は広大な面積があり、森にかけ込んで建設現場に向かわれると、止めるのは至難の技である。早朝からの取り組みもむなしく、建設現場から重機の動く音がするのを、悔しい思いをしながら聞かなければならないのがほとんどだ。

かといってやられっ放しというわけではない。防衛局員や作業員の動きをつかんで追跡し、車を停車させて彼らの動きを止めたり、時には森の周辺や中で作業員をつかまえることもある。

現在、オスプレイパッドの建設工事にあたっているのは、沖縄出身で郵政大臣の下地幹郎衆院議員（国民新党）の兄が社長、父が会長を務める大米建設である。現場代理人の上地という人物が作業班長をしているが、俺はお前らと違って非暴力じゃないからな、とうそぶき、私に向かって何度も、お前いつか殺してやるからな、と脅しをかけている。これが、大米建設の正社員の実態である。

現場代理人がこのような言動をとるのは、工事が彼らの思い通りに進んでいないことへの苛立ちもある。10月1日にMV22オスプレイが普天間基地に配備されてからすでに1カ月余が経ち、北部訓練場でも飛行・離着陸訓練が頻繁に行われている。しかし、高江区に建設予定のオスプレイパッドはまだひとつも完成していない。現在N4区地区で進められている工事も、ふたつのうちひとつは整地作業が進められている段階であり、もうひとつは手つかずの状態である。

5年におよぶ住民・支援者の阻止行動によって、このような結果がもたらされている。

大米建設に受注業者が変わった背景には、この現状を打破するために政府・防衛省が、下地幹郎議員の沖縄における政治力を頼みにしている面もあるのだろう。自民党が政権を失い、沖縄選出の民主党国会議員ふたりが離党したいま、沖縄では下地議員が唯一の政権与党の国会議員であり、しかも大臣にまで登りつめた。

普天間基地問題で沖縄の運動を内側から揺さぶって分裂を図り、高江でもファミリー企業が工事を強行する。沖縄の基地利権を牛耳ろうとする下地議員の動きも含めて、高江におけるオスプレイパッド建設を許してはならない。

そのためにも、ぜひ全国から高江に支援の手を差しのべてほしい。高江には支援者のための宿泊施設もあるので、可能な方は泊り込んで早朝からの行動に参加してほしい。沖縄における反基地運動の現場を知ることで、得るものは多いはずだ。

11月2日未明に、酒に酔った米兵が民間のアパートに侵入し、男子中学生を殴り付ける事件が発生した。10月16日に米海軍兵2名によるレイプ事件が発生し、全米兵への午後11時以降の外出禁止が行われているなかで、それを破った上での犯行である。米軍や日米両政府がいう事件の「再発防止」「綱紀粛清」がいかに空虚であることか。

実際、基地のゲート前で抗議行動をしながら米兵の反応を見ると、大半の米兵は反省などしていないし、沖縄人・アジア人を見下しているとしか思えない。殺りくと破壊を目的とする軍隊という組織で人権尊重を教育しても虚しい限りだ。そもそも基地外で暮らしている米兵には夜間の外出禁止は関係ない。沖縄から米軍を叩き出さない限り、事件はくり返される。

それにしても、沖縄に住む者は高江・辺野古・普天間など各地で行われている抗議行動に加え、次々と発生する米軍犯罪への抗議も行わなければならない。体がいくつあっても足りず、膨大な時間を費やさなければならない。基地がなければ生産的な活動にあてられた時間が、徒らに費やされていくこと、それもまた大きな基地被害である。

小説を書くどころか本さえろくに読めない日々が、この先、どれだけ続くか分からない。この怒りをどこへ持っていこうか。

ヤマトゥ防衛の〝捨て石〟として沖縄を利用させてはならない

●『世界へ未来へ　9条連ニュース』
2012年12月20日
〈「基地の島」沖縄から〉

11月16、17日に天皇来沖に反対する集会とデモ行進が行われたので参加した。

今回の来沖は日本「復帰」40年を記念して沖縄で開催された「全国豊かな海づくり大会」に参加するためで、8年ぶりのこととなる。16日には那覇市の国際通りで、17日には大会会場近くの糸満市西崎でデモ行進し、150人ほどが〝天皇来沖反対!〟の声をあげた。

私服刑事だけでも50人ほどがまわりを囲み、その半数以上は帽子、サングラス、マスクで顔を隠すという異様な風態だった。警備・公安担当の刑事たちで、尾行やスパイ活動のために顔を知られたくないのだろう。治安弾圧体制を強化しながらの天皇来沖は毎度のことだが、集会や表現の自由を脅かす警察権力の過剰警備を許してはならない。

この反対行動を沖縄のマスコミは全くといっていいほど報じなかった。『沖縄タイムス』が17日の集会とデモ行進を短い記事にしただけだった。反対側を記事にすれば、賛成側も同様に扱わなければならない、という考えがマスコミにはあったのかもしれない。いや、それは甘い考えで、天皇(制)に対して批判する動きは記事にしない、という方針を立てるほど、沖縄のマスコミも変質をきたしているのかもしれない。実際、沖縄のマスコミ各社も参与という形で「海づくり大会」の協力体制に組み込まれていたのである。基地問題の報道に関しては高い評価を得ていても、天皇報道に関しては、沖縄のマスコミもヤマトゥの大手マスコミと大差はなくなっている。

しかし、天皇夫妻の動向を細かく報じる一方で、それに反対、抗議する行動や意見を黙殺するのは、沖縄人が天皇来沖を無批判に受け入れているかのような印象を作り出すだけではない。権力の監視という報道機関としての役割を怠るものである。近代以降の沖縄と天皇（制）の関わり、とりわけ昭和天皇の戦争責任や沖縄戦への関与、天皇メッセージの問題はいまも重要な意味を持っている。尖閣諸島の国有化を契機に中国との関係が悪化しているなか、習近平体制が確立された直後の天皇来沖は、政治的意味を帯びざるを得ない。

前回、２００４年1月の天皇来沖は、国立劇場沖縄のこけら落しを口実としたものだった。時あたかも自衛隊のイラク派兵をめぐってテロへの警戒が言われていた時機であり、警備上の問題があったにもかかわらず、天皇夫妻は宮古・八重山まで足を伸ばした。そこが天皇制の下にある日本＝ヤマトゥの領土であることを誇示するかのような先島への天皇来訪は、中国に対抗する自衛隊の強化と右翼勢力の動きを導く形となった。

２００４年12月に出された防衛計画大綱では、北方重視から西方（南西）重視への転換や島嶼（とうしょ）防衛の強化が打ち出された。抬頭する中国に軍事的に対抗する意図が明確となり、特に先島地域への自衛隊配備が強調された。

このような沖縄の自衛隊強化を進める上で障害となっているのが、日本軍による住民虐殺や「集団自決」の軍命・強制などの沖縄戦の記憶であり、それを消し去ろうとする右翼勢力の動きが活発化した。

小林よしのりの『新ゴーマニズム宣言SPECIAL沖縄論』の連載、発刊や沖縄講演会、大江・岩波沖縄戦裁判など沖縄戦の歴史認識を「修正」しようという動きが起こり、それは教科書検定問題へと発展していく。その目的が沖縄戦によってもたらされた日本軍への否定的なイメージを払拭し、「軍隊は住民を守らない」という沖縄人の認識を「修正」することを通して、国防の担い手に作り変えることにあったのは言うまでもない。

その動きは現在も続いている。石垣市でタカ派の中山義隆市長が誕生したのを機に教科書採択をめぐる混乱が起こった。社会科の公民分野で石垣市と与那国町は育鵬社の教科書を強引に採択した。尖閣諸島や台湾に近い「国境の島」として、石垣市や与那国町の動きは政府・防衛省をよろこばせている。与那国島への陸上自衛隊沿岸監視隊の配備や石垣島への実戦部隊の配備を進める上で、地元の受け入れ態勢づくりが進められている。

この原稿を書いている段階では衆議院選挙真っ盛りである。新政権がどうなるかは分からないが、憲法改悪、集団的自衛権の行使など自衛隊の国軍化、米軍と一体となって海外で戦う自衛隊への変質が加速していくのは間違いないだろう。

沖縄の基地問題には米軍だけでなく自衛隊も含まれている。それが一段と厳しい状況になっていくのは目に見えている。年が明ければ辺野古の新基地建設問題は、政府の沖縄県への埋め立て申請という重要な段階を迎える。基地の「負担軽減」どころか、「復帰」＝再併合40年を節目に、沖縄は中国に対抗する日・米の軍事拠点として強化が図られている。

今回の天皇来沖は、その節目を象徴するものとして位置づけられている。これ以上、日本＝ヤマトゥ防衛の〝捨て石〟として、沖縄を利用させてはならない。

東村高江区の北部訓練場でＭＶ 22 オスプレイからロープで降下する海兵隊員（2013.3.28）

2013 年

ヤンバルの森に棲む国の天然記念物・リュウキュウヤマガメ。米軍基地建設による森の破壊が生息地を奪っている（2013.4.3）

護憲運動は反安保の声を大きく

●『世界へ未来へ　9条連ニュース』
2013年1月20日
〈「基地の島」沖縄から〉

2013年が明けた。このところ新年を迎えても、「おめでとう」とは口にしがたい年が続いている。沖縄からすれば、基地問題を考えると年々、おめでたいどころか憂鬱さが増すばかりだ。

昨年12月26日に安倍晋三内閣が発足した。その5日前に安倍氏は、山口県庁で記者の質問に答え、普天間基地の名護市辺野古「移設」に向けて「地元の理解を得るために努力したい」との考えを示している。

その8日前の12月18日、沖縄防衛局は補正した環境影響評価（アセスメント）の評価書を沖縄県に提出していた。そのやり方たるや、提出5分前に電話で県に連絡し、職員約20人で抜き打ち的に運び込むという異常さだった。1年前の年末・年始は、評価書の提出をめぐって県庁内で座り込みの阻止行動が行われた。それを回避するため県民を欺き、出し抜くという、いかにも沖縄防衛局らしい卑劣なやり方である。

怒りを抑えられないのは、提出が衆議院選挙の2日後であり、それが野田佳彦政権の沖縄に対する最後の仕事であると同時に、安倍新政権への置きみやげとなったことだ。これは民主党が野党になっても、辺野古「移設」に関しては安倍政権に全面協力する、という意思表示以外の何ものでもない。

自民党・公明党に加えて、民主党、日本維新の会、みんなの党など与野党の区別なく、沖縄の「負担軽減」という建前の裏で、普天間基地の辺野古「移設」を強行し、日米安保体制下の米軍基地負担を沖縄に強要し続けるという姿勢で一致している。彼らが口にする沖縄県民の「理解を得る」とは、県民の意思を踏みにじる、という意味でしかない。

鳩山由紀夫元首相が辞任したあとの民主党政権下

でも、国会議員の圧倒的多数は日米「合意」＝辺野古「移設」推進であった。先の選挙で状況はさらに悪化した。反対の立場をとる共産党、社民党は極小政党でしかなく、沖縄選出の議員を含めても、もはや国会で影響力を与えるのは困難なあり様だ。

加えて、尖閣諸島をめぐる「領土問題」が、中国と軍事的に対抗するためには辺野古「移設」を進めるべきだ、という世論作りに最大限に利用されている。ＮＨＫをはじめとしたマスコミは、「沖縄県の尖閣諸島」と尖閣諸島の上に枕詞のように沖縄県を付ける。尖閣の危機と沖縄を結び付けて強調することで、沖縄の基地強化はやむを得ない、という刷り込みを行っている。

そうやって米軍基地に加え、自衛隊基地の強化も進められている。与那国島への沿岸監視隊配備を皮切りに、陸上自衛隊の実戦部隊を石垣島や宮古島に配備し、領空・領海防衛のために航空自衛隊、海上自衛隊の強化も進められていく。石原慎太郎氏が火点け役をはたした尖閣諸島国有化は、中国に対抗して在沖米軍・自衛隊を強化していくことを目的のひとつにして仕組まれたことは明らかだろう。

インターネット上では、中国に対する排外的ナショナリズムをむき出しにして、自衛隊や米軍を強化しろ、という勇ましい言葉が溢れている。しかし、その中のどれだけの人が、自ら基地負担を担おうとしているか。自分は痛くも痒くもない場所にいて、好き勝手に書き込みをやっているだけだ。

尖閣諸島があり、中国に近いんだから、沖縄に基地が集中しているのは当然だ、強化するのも当たり前でしょ。そういう軽いノリと無思考状態で、沖縄の歴史も知らなければ、基地あるが故の事件・事故に苦しんでいることへの想像力もなく、安倍政権を支持して辺野古「移設」を尻押しする。そういう日本人にとって沖縄は、いいように利用する「領土」でしかあるまい。

基地強化に反対する沖縄県民に対し、「反日分子」「中国の工作員」と書き殴るネット右翼もいる。振興策＝金ほしさに基地に反対しているのだと主張する輩は、ネット上だけでなく政治家・官僚・マスコミにさえ少なからず存在する。沖縄の反戦・反基地運動を押し潰すために、これらの勢力が今年は嵩に懸かって攻め立ててくるはずだ。

沖縄県民の中にある、軍隊は住民を守らない、という認識を消し去るため、沖縄戦の歴史認識を変質させ、教科書記述を改悪する策動も強化されるのは間違いない。

正月三が日が終われば、高江ではオスプレイパッド建設工事が再開される。すでにひとつ目の工事は、砂利の搬入と敷き均しが7〜8割ほど進んでいるという。その完成を許さないために、連日高江に通って監視・阻止行動に参加し、同時に辺野古や普天間、那覇などに行って集会やデモ、抗議行動に参加する。そういう日々が今年も続く。

反安保なき護憲運動は、このような沖縄の状況を見て見ぬふりをするものだ。対米隷従の安倍政権だからこそ、憲法改悪阻止と同時に、日米安保体制反対の声を大きく上げなければならない。

高江のオスプレイパッド建設反対に連帯行動を！

◉『世界へ未来へ　9条連ニュース』
2013年2月20日
〈「基地の島」沖縄から〉

1月27日から28日にかけて、県内41全市町村長と議長（代理含む）が参加し、普天間基地へのMV22オスプレイの配備撤回と県内移設断念を政府に求める東京行動が行われた。

27日に日比谷野外音楽堂で開かれた集会には、主催者発表で4000人が参加し、翌28日には安倍晋三首相に「建白書」が手渡されている。「建白書」という時代がかった表現が用いられているのは、沖縄人の強い意志と切迫した思いを示すためだ。

いまの時代、これだけの行動を起こせる地域は沖縄以外にないはずだ。いや、政治党派の違いを超えて全市町村長と議長が東京にくり出し、政府に乗り込んで首相に「建白書」を渡すということが、日本の歴史でどれだけあっただろうか。

施政権返還から40年が経っても沖縄への基地負担集中は変わらないばかりか、オスプレイを強行配備してはばからない日本政府への怒りと不信は、沖縄内部に鬱積している。今回の東京行動はその表出のひとつである。

しかし、日本人の大多数は、沖縄人のこのような行動について理解する努力はおろか、関心すら持っていないだろう。政府が29日に2013年度の内閣府沖縄振興予算を3001億円と打ち出し、満額回答したことをもって、あたかも予算（金）を引き出すための行動であるかのようにとらえる者もいる。言うまでもなく政府もそのようにとらえさせることを狙っているのであり、ネット右翼をはじめとして意図的に、沖縄の基地反対は予算を取るため、というデマをたれ流している。

基地があるから沖縄は予算面で優遇されている。そう言う人たちはそれなら、自分たちも予算面で優遇されるために、基地の県外移設を求める沖縄の要望に応えて、地元に基地を受け入れればよさそうなものだ。だが、そのような声は聞こえない。米軍基地があるが故の事件や事故、爆音被害などアメと引き替えのムチの痛さ、苦しさは容易に予想がつくし、そもそも基地がなくても飛行場や道路は造られる。

沖縄だけが、地域振興が基地受け入れの見返りであるかのように言われる。それ自体が沖縄を他府県と差別するものだ。結局のところ、沖縄に基地負担を強いていることへの後ろめたさを払拭し、むしろ自分たちが沖縄に恩恵をほどこしていると思いたいが故に、基地反対は予算（振興策）獲得のため、という詭弁を弄し、それを信じたいのだろう。

そういう欺瞞を日本人はいつまで重ねるつもりだろうか。尖閣諸島をめぐる「領土問題」は、ますます日本人の思考停止を促し、米軍ばかりか沖縄の自衛隊の強化まで推し進めることが当然であるかのような論調が支配的になっている。

年間550万人もの観光客が訪れ、「沖縄大好き」を口にする日本人が増えても、沖縄から発せられた「建白書」に関心を示す者は少数であるなら、日本人と沖縄人の意識の断絶は埋めようがない。

意識の断絶は沖縄の内部にもある。今回の「建白書」では高江のヘリパッド（オスプレイパッド）建設問題は意図的に回避されている。保守系の首長、議長の中には、高江のヘリパッド建設を容認する人たちがいる。オスプレイ配備に反対するのに、オスプレイが使う訓練場の建設を容認するというのは矛盾している。訓練場＝着陸帯がなければオスプレイは訓練ができない。新たなヘリパッド＝着陸帯建設を容認し、オスプレイが訓練しやすい環境を作りながら配備撤回もないものだ。

そういう批判を封じ込めるために「オール沖縄」を強調し、高江の問題は「小異」として片付けられようとしている。それを許さないために、東京での集会やデモで高江のことを訴えている人たちがいたのだが、沖縄内部を含めて広がりはまだまだだ。昨年来、連日高江のオスプレイパッド建設反対の行動に参加しているのだが、もっと人が多ければ工事を止められるのに……、と悔しい思いをする日が続いている。

今年に入り、作業員たちは北部訓練場の中に宿泊し、工事現場に通うようになっている。作業員たちが現場に向かうために入っていた森の道をひとつひとつ探し出し、監視体制を取ることで、そこまで追いつめていったのだ。工事ができない日が何日も出て、作業員たちはとうとう基地内の、おそらく現場事務所に泊まり込んでいる。

それはいったん基地内に入られてしまうと、数日間は工事を阻止できないということでもある。24時間態勢で要所を押さえることができれば、オスプレイパッド建設工事は止められる。しかし、高江の地理的条件もあって、早朝から夜まで監視・阻止体制を取るのは極めて困難だ。

そういうなか、疲れた体にムチ打って夜が明けないうちから日が暮れるまで行動している人たちがいる。ぜひ高江に駆け付けて、取り組みに参加してほしい。

高江のオスプレイパッド建設現地から

●『世界へ未来へ　9条連ニュース』2013年3月20日
〈「基地の島」沖縄から〉

ヤンバルの森は2月の中旬から新緑が芽吹きだし、3月に入るとイタジイの黄緑の葉や花が波打つように山をおおい陽に輝く。国の特別天然記念物であるノグチゲラをはじめ鳥類は繁殖期に入るので、機械の騒音が障害になるとして、高江のヘリパッド（オスプレイパッド）建設工事は6月末まで止まる。

例年なら、監視・阻止行動にも区切りをつけて、ひと息つくところだ。今年も2月末で、工事を請け負っている大米建設は、基本的に工事を終えている。ただ、例年と違うのは、N4地区でひとつ目のヘリパッドが完成してしまったことである。

2月下旬になって、N4のゲート付近から、工事現場で作業員が撒水をしている様子が見られるようになった。建設されるヘリパッドは、直径45メートルの接地帯に砂利を敷き詰めたあと芝を植え付け、それを囲む15メートル幅の無障害物帯にはチガヤを植え付ける。撒水作業は、すでに芝などの播種（はしゅ）を終えたことを意味している。残念ながら建設を阻止することはできなかった。

ただ、今回の工事では、N4地区にふたつのヘリパッドを建設することになっていた。ふたつ目のヘリパッドに関しては、まったく手がつけられていない。ひとつ目にしても、暴風ネットの除去など作業は2月最終日まで行われており、ぎりぎりでやっと仕上げた形だ。連日、夜明け前から取り組まれた監視・阻止行動の成果である。

作業員が工事現場に向かう森の道をひとつひとつ見つけ出し、その前に監視員を立てたり、ネットを張って入られないようにする。入られたときには先回りして待ちかまえ、逃げられても後を追う。その結果、森の中で捕まり、迷ったこともあって、作業員たちはN4ゲートやメインゲート周辺の森から入ることができなくなった。ついには、車で1時間近く離れた山の頂上付近の道を使うようになった。

そこを確定するのに時間がかかり、かなり作業を進められてしまったが、昨年末に山中で作業員の姿を発見してからは、山の登り口で監視し、進入を防いだ。今年に入り、工事ができない日が続いた作業員たちは、とうとう北部訓練場内に泊まり込むようになった。

民間人が勝手に基地内に宿泊できるはずはない。当然、沖縄防衛局が米軍に手を回し、作業員に指示を出している。基地に通じる山道にしても、作業員たちが自力で探し出したのではなく、沖縄防衛局が管理上把握していた道を教えたのだろう。

高江の住民や県内外から集まった参加者による監視・阻止行動は、作業員が森から入れない状況を作り出した。基地内に泊まられてからは、刑事特別法と金網に隔てられて、工事を阻止できなかったとはいえ、連日の取り組みがあったからこそ、この程度で工事は止まったのである。その意義を確認したい。

ヘリパッドのひとつ目ができたとはいえ、それでめげたりあきらめたりすることはできない。すでにヘリパッドを使用不能に持ち込む取り組みが進められている。その大きな鍵となるのが土砂崩れ問題である。今年1月にヘリパッド工事現場で土砂崩れが発生した。無障害物帯というヘリパッド本体の法面（のり）が、接地帯のぎりぎりまで崩れ落ちたという。

沖縄防衛局は、崩落の原因を年末年始の雨とし、工事は関係ないとしている。しかし、建設されたヘリパッドは南・西・北の三方を谷に囲まれており、接地帯を囲む斜面の樹木を大量に伐採したことが、土砂崩落の一番の原因なのは明白である。

今回の工事でも、接地帯に砂利を敷き詰める前に表土を掘削しており、赤土流出防止のために沈砂池が設けられた。上澄みの水を南側斜面に放出したことは沖縄防衛局も認めている。直接降り注いだ雨に加え、放出した水も表土の摩擦力を低下させ、土砂崩落の原因となっている。工事と関係ないというのは、住民を欺く嘘である。

土砂崩れ問題に加えて、奄美・琉球諸島を世界自然遺産に登録する動きや、米国の国防予算の大幅削減もある。それらを有効に使い、建設されたヘリパッドを使用不能に追い込むだけでなく、北部訓練場の全面返還を実現するための県民運動にまで広げていきたい。

そもそも、ノグチゲラの繁殖期にオスプレイが森で訓練する現状を許して、ヤンバルの森を世界自然遺産にするのは困難だ。北部訓練場を全面返還させて国立公園にし、世界自然遺産に登録させる。その上で基地に依存しない、自然と調和した地城づくりを進め、雇用を生み出す。そこまでの展望を持ちたい。

そのためにも、北部訓練場は使いにくい、思うように訓練ができない、という認識を米軍に持たせるような取り組みが必要である。これは他の米軍基地に対しても言えることだ。基地機能が麻痺する状況が続けば、米軍は出て行かざるを得なくなるのだ。

ヤンバルの自然を破壊する米軍基地

◉『世界へ未来へ　9条連ニュース』
2013年4月20日
〈「基地の島」沖縄から〉

3月28日に米海兵隊は、東村高江にある北部訓練場メインゲート西北の森で、MV22オスプレイの離着陸やホバリング、旋回飛行をくり返し、垂らしたロープを伝って兵士をひとりずつ森に降下させる訓練を行った。700〜800メートルほど離れた県道脇からその様子を眺めたのだが、エンジン音やローターの回転音が轟き、下に吹きつけられる熱風で森の木々が大きく揺れていた（訓練の様子を「やんばるの希少生物を脅かすオスプレイの訓練」と題してユーチューブに投稿したので参考にしてほしい）。

一帯の森は、国の特別天然記念物であるノグチゲラをはじめ、ヤンバルクイナやケナガネズミ、リュウキュウヤマガメなど琉球列島固有の希少生物の生息地である。春に入り鳥類は繁殖期に入っている。N4のヘリパッド工事現場では、重機の音がノグチゲラの繁殖活動に悪影響を与えるとして、3月から6月の間は工事が中断されている。その一方で、米軍は重機以上の爆音を轟かせて、オスプレイの訓練を行っているのである。

ヘリパッド建設工事を阻止するためにメインゲート周辺で監視行動を行っている際、ノグチゲラのドラミングの音をよく耳にした。木の幹に止まって採餌している様子も何度か目にした。ノグチゲラは世界でもヤンバルの森にしかいない1属1種の貴重な鳥であり、高江はその重要な生息地となっている。オスプレイは住民の生活を脅かしているだけでなく、ノグチゲラの生息も脅かしているのだ。

日本政府は1月31日に「奄美・琉球」の世界自然遺産登録に向けて、国連文化教育科学機関（ユネスコ）の暫定リストに追加することを発表した。2015年にユネスコに推薦、翌16年に世界自然遺産登録をめざすという。沖縄では評価、歓迎する声が上がったが、北部訓練場の存在が登録の障害となることを指摘する声も出た。世界自然遺産になるためには厳格な環境保全が必要だ。しかし、米軍基地は治外法権であり、ノグチゲラの繁殖期にさえオスプレイが爆音を轟かせ、米兵が奇声を発して森の中を走り回っている状態である。

これに対し沖縄県が強く抗議している様子は見えない。それどころか、仲井真弘多知事は高江のヘリパッド建設に賛成している。北部訓練場の北半分を返還するためには、米軍の要求通りに新たに6基のヘリパッドが建設されるのはやむを得ない、という立場だ。そこには生活を脅かされる高江区住民への配慮はない。ヘリパッド増設により米軍演習が激化することからも目をそむけ、オスプレイ配備に反対していることとの矛盾をごまかし続けている。

そもそも、米軍がいう北部訓練場の北半分の返還とは、南半分に訓練施設を集約し、効率的かつ半永久的に使い続けるということでしかない。実際、メインゲートの前に立って監視活動を行っていると、ヘリパッド建設以外にも工事車両が頻繁に出入りし、老朽化した施設の更新を行っている。新たに施設が建設されれば、それは基地の固定化につながるのである。

北部訓練場だけではない。名護市辺野古のキャンプ・シュワブも普天間基地の「移設」を口実に陸上部の施設建設が進められている。4月2日付『琉球新報』によれば、陸上部ではすでに5施設4件、契約金にして71億円余の工事が行われたという。県道129号線から金網越しに見える範囲でも、シュワブ内の様子は数年前と一変している。海の埋め立て工事に先行して、新基地建設は着々と進められている。

3月22日に防衛省は、辺野古新基地建設に向けた埋め立て申請書を沖縄県に提出した。当日の午後、提出先の名護土木事務所に行って待ち構えていたのだが、沖縄防衛局は本来2階の事務所に提出すべきところを市民やマスコミの目を欺き、3階の事務所に書類が入った段ボール箱を置いて、1～2分で立ち去った。

いつもながらの姑息なやり口だが、もっと阻止行動に参加する人がいれば、駐車場や玄関などに人を配置して早めに動きをつかみ、提出を止めることもできたのに……、と残念でならなかった。反基地運動の手法は色々とあっていい。ただ、高江であれ辺野古であれ、工事を止めるための直接行動に参加する人が少なければ、政府・防衛省に足元を見られて工事を強行される。

3~6月のノグチゲラの営巣期間は、68年前に沖縄戦が激しく戦われた時期でもある。沖縄戦を振り返る日々のなかで、4・28や5・15の取り組みも進められる。沖縄戦で「捨て石」とされ、4・28で切り捨てられ、5・15以降は米軍に加えて自衛隊の配備も進められた。68年経っても戦争と基地の脅威にさらされ続ける沖縄。求められているのは、この現実を変えるための行動である。

沖縄の「戦後史」と沖縄の主権回復

◉『世界へ未来へ　9条連ニュース』
2013年5月20日
〈「基地の島」沖縄から〉

4・28と聞いて思い出すことがある。1960年生まれの私が小学校2年か3年の時だから、60年代末のことだ。当時、沖縄はまだ米国の施政権下にあり、日本復帰運動が盛んに取り組まれていた。

サンフランシスコ講和条約が発効した4月28日は、沖縄が祖国・日本から切り離された日として「屈辱の日」と呼ばれていた。4・28に向けて那覇を出発した復帰行進団は、沖縄島をくまなく歩いて最北端の辺戸岬に着くと篝火をたき、日本最南端の与論島で同じようにたかれる火を見つめながら集会を開いた。また、沖縄・与論の双方から船を出し、北緯27度線をはさんで交流する海上集会も開かれた。

その頃、私は今帰仁（なきじん）小学校に通っていた。新学期が始まって間もなく、担任の教師が次のように言った。

明日は復帰行進団が村を通るので、日の丸の旗を作って迎えましょう。

家に帰った私は、習字紙に空き缶を置いて縁を鉛筆でなぞり、食紅を小皿に溶かして丸く塗ると、割り箸に付けて日の丸の小旗を作った。

翌日、家の近くの政府道に出て、手作りの小旗を振って復帰行進団を迎えた。北部製糖工場の前の道路を横断幕を掲げて歩いてくる行進団の様子がいまも目に浮かぶ。村を東西に貫くその道は通学路であり、演習場に向かう米軍の戦車が列をなして通るのを見た道でもあった。

それから20年近くたった1987年10月に沖縄で海邦国体が開かれた。国体に向け沖縄の教育現場では、卒業式・入学式での日の丸掲揚、君が代斉唱が強制的に進められ、大混乱が生じた。国体開催中も、日の丸・君が代の強制に対する抗議行動が全県的に行われ、ソフトボール会場では日の丸が引き下ろされて焼き捨てられた。

20年の間に沖縄における日の丸・君が代への認識は大きく変わっていた。復帰運動の内実を問い返す声が沖縄で出はじめていた。1960年代の半ば頃から、日本に留学して新しい思想的潮流に触れたり、学生自治会や労働組合、民主団体などの日本／沖縄間の交流が進むにつれ、日の丸・君が代を批判的にとらえ返す声が強まっていった。

新川明、川満信一、岡本恵徳らジャーナリスト、大学教員による「反復帰論」の展開もあった。しかし、復帰運動全体への広がりは不十分だった。1972年5月15日に沖縄の施政権が返還された。私は小学校の6年生になっていたが、その年の運動会でも日の丸の小旗を手にして全校生徒でマスゲームを行っていた。日本の侵略戦争で日の丸・君が代が果たした役割が、沖縄で広く認識されるには長い時間が必要だった。

それを単純に沖縄の人々の意識の遅れととらえるのは間違いである。米軍統治下の沖縄では、日の丸掲揚と君が代斉唱が禁じられていた。政治的な意味を持たない限りにおいて私的な日の丸掲揚が認められたのは、1952年4月28日のサンフランシスコ講和条約発効後であり、祝祭日に公共施設で掲揚が認められたのは、1961年になってからだった。

そのような状況下で、日の丸・君が代は米軍の圧政に対する抵抗のシンボルとしてとらえられた側面もあった。復帰運動の中心となった沖縄教職員会は、日の丸の購入と掲揚を組織の運動として進めていた。小学生時代の私の体験も、そのような沖縄教職員会の取り組みの下で起こったことだ。

日の丸・君が代が抵抗のシンボルから侵略のシンボルへと変わっていく過程にも、ヤマトゥとは異なる沖縄の「戦後史」があった。そのことを踏まえつつ復帰運動の中で過剰なまでに表出されたナショナリズムの問題を考え、克服していくことは、沖縄にとっていまに続く課題である。

「日本復帰」から41年を迎える今年、安倍晋三首相は4月28日に政府主催の「主権回復・国際社会復帰を記念する式典」を開催した。それに対し沖縄では1万人規模の抗議集会が開かれた。式典開催が明らかになってから沖縄では、4・28を「屈辱の日」とする声がしきりに発せられた。

「屈辱」の中味は人によって違ったはずだ。サンフランシスコ講和条約からすでに61年が経ち、復帰運動を担った人たちも60代以上となっている。日本「本土」から切り離されたことだけでなく、米軍施政権下の沖縄とそれ以後の沖縄の歴史、そして現在の沖縄の状況を総体的にとらえ返し、「屈辱」の意味を考えることが広く行われている。

安倍首相のいう「主権回復」とは、国民主権を否定して国家による主権の回復=民衆支配の強化を進めることだ。沖縄への支配・統合圧力もさらに強まる。それをはね返し、沖縄にとっての主権を回復する力を作り出さねばならない。

沖縄県民を冒涜する橋下徹大阪市長

●『世界へ未来へ　9条連ニュース』
2013年6月20日
〈「基地の島」沖縄から〉

小学生の頃、母親がタクシー会社で事務の仕事をしていた。1960年代から70年代始めの頃のことだ。沖縄島北部の小さな村のことで、タクシー利用者は限られている。母によれば、運転手たちは客をもとめてキャンプ・シュワブやキャンプ・ハンセン周辺の飲み屋街に車を出し、米兵を乗せることが多かった。そのなかで米兵に襲われ、殺された運転手もいたという。

米兵が起こす事件・事故に巻き込まれるのは、得てして米兵と接触する機会が多い職種の人たちだ。沖縄においてタクシー運転手は、そのような仕事のひとつである。運転手たちも警戒はしている。しかし、用心して乗せても、ナイフを突き付けられて金を奪われるだけでなく、刺されて怪我をしたり、命を失う運転手たちもいた。だからといって米兵を乗せなければ、水揚げが落ちて生活が成り立たない。そういうジレンマはいまも続いている。

同じように米兵と接触が多い仕事が、米兵相手の飲み屋で働く女性たちだ。中には酒を出すだけでなく、米兵に体を売って生きていかなければならなかった女性たちもいた。米軍がベトナムで侵略戦争を戦っていた時代、死への恐怖から酒や麻薬に溺れ、すさんだ米兵たちの暴力に彼女たちはさらされた。そして、多くの犠牲者が生み出された。

5月1日に橋下徹大阪市長は、普天間基地の司令官と面会し、海兵隊の猛者（兵士）たちの性的エネルギーをコントロールするために、風俗業を活用することを求めたという。5月13日のぶら下がり取材で、橋下市長は自らそのことを得々と語った。その後、「慰安婦必要」発言とともに「風俗業活用」発言は、国内外から大きな批判にさらされた。

ここでは「風俗業活用」発言にしぼって論じたい

が、橋下市長が普天間基地司令官に同発言を行ったその日は、大阪維新の会と政党そうぞう（下地幹郎代表）が、〈那覇市内で米軍普天間飛行場の名護市辺野古移設推進を明記した政策協定を締結した〉（『琉球新報』5月2日付）日であった。

　橋下市長をはじめとする日本維新の会在阪幹部は、4月30日に〈ヘリコプターで普天間飛行場や嘉手納基地などを視察。1日は米軍キャンプ・シュワブや普天間飛行場、普天間第二小などを視察〉（『琉球新報』5月1日付）した上で政党そうぞうと政策協定を結び、7月の参議院沖縄選挙区で合同の候補者を擁立することを打ち出した。

　そのような流れのなかで、橋下市長の「風俗業活用」発言がなされたことを押さえておく必要がある。つまり橋下市長の「風俗業活用」発言は、普天間基地の辺野古「移設」＝沖縄県内でのたらい回しを進め、沖縄県民に今後も基地との共存を強制するために、米軍犯罪を減らして反発を抑えないといけない、という思惑から発したものなのだ。

　そのために〈海兵隊の猛者〉たちの性的エネルギーの吐け口として〈合法的〉な風俗業を活用すべき、という発想が出された。その浅はかさは言うまでもなく、醜悪なのは、すべては日本維新の会が沖縄で勢力を拡大する、という政治的打算に貫かれていることだ。橋下市長にとって風俗業で働く女性たちは、自らの政治的打算を実現するための手段＝道具でしかない。

　そして、そのような手段＝道具として利用されるのは沖縄の女性たちだ。橋下市長は普天間基地の司令官に「風俗業の活用」を求めているのだから、その対象となるのは普天間基地周辺で働く女性たちである。また、「辺野古移設推進」を打ち出していることからすれば、辺野古のキャンプ・シュワブ周辺に「移設」に向けて新たに風俗店を乱立させろ、と言っているに等しい。

　橋下市長のぶら下がり取材の映像をユーチューブで見ていると、建前やきれい事を否定し、本音を語る政治家として自分を打ち出したい、という欲望がぷんぷんしている。一方で、その本音がどれだけ沖縄県民を愚弄し、反発を生み出すかは自覚しきれていない。〈海兵隊の猛者〉たちの性的エネルギーのはけ口にされる女性たちが、どれだけ彼らの暴力にさらされるかについても、一片の想像力すら働いていない。

本欄でも触れてきたように、東村高江のN４地区に完成したとされるヘリパッド（オスプレイパッド）を建設したのは、政党そうぞうの下地代表の兄が社長を務める大米建設である。高江のヘリパッド建設や普天間基地の辺野古「移設」を進める一方で、沖縄の「基地負担の軽減」を平然と口にできる下地代表と橋下市長が並んだ姿を見ていると、類は友を呼ぶという言葉がよくあてはまる。

しかし、大阪維新の会と政党そうぞうの野合が沖縄で実を結ぶことはないだろう。米軍と米国民に対しては「風俗活用発言」で謝辞を述べても、沖縄県民には謝罪しない。橋下市長のその姿勢に沖縄県民の怒りは収まらないままだ。

「玉砕の島」に建つ沖縄の塔

◉『文學界』(文藝春秋)2013年6月号

2010年9月28日から10月3日にかけてベラウ(パラオ)共和国を訪ねた。かつてパラオ諸島で生活したり、同諸島で戦死した沖縄人の遺族を中心とする慰霊墓参団の一員として、コロール島、ペリリュー島、アンガウル島を回り、各島で行われた慰霊祭に参加した。私自身は関係者ではないが、県内紙に掲載された参加呼びかけの記事を目にして申し込みをし、同行させてもらった。

海外の慰霊墓参団に参加するのは、パラオ諸島で3回目だった。その前にはサイパン島・テニアン島と中国黒竜江省の慰霊墓参団に参加した。戦前、戦後と沖縄は多くの出稼ぎ労働者、海外移民を送り出している。関東、関西の紡績工場やハワイ、北米、中南米に仕事を求めて海を渡るのは、私の祖父母の世代には当たり前のことだった。

戦争中には満洲開拓移民も組織され、私が生まれ育った今帰仁(なきじん)村も開拓団を送り出している。黒竜江省に慰霊墓参した際には、今帰仁開拓団の跡地も訪ねた。

第1次大戦後、ミクロネシアの島々が日本の委任統治領となり、1921年に南洋興発がサイパン島に発足する。翌22年にはサイパン—沖縄間に直行船が就航し、パラオ諸島のコロール島に南洋庁が設置された。

貧困と人口過剰に苦しんできた沖縄は、1899年に當山久三の斡旋でハワイ移民が行われて以来、海外移民を進めてきた。そういう移民への取り組みとサトウキビ栽培の経験、熱帯性気候への適応性などから、南洋開発を推進する国策のもと、沖縄では「南洋ブーム」が起こった。1940年の時点で、南洋群島の在留邦人8万3000人余の約7割、5万6000人が沖縄からの移民だったという(『沖縄大百科事典』沖縄タイムス社参照)。

そうやって南洋群島に大量の移民を送り出したことが、太平洋戦争で大きな犠牲を生み出すこととなった。「玉砕の島」と言われるサイパン島やテニアン島、ペリリュー島、アンガウル島で多くの沖縄人が死んでいった。サイパン島やテニアン島では、住民も戦火に巻き込まれ、米軍の攻撃に追いつめられて断崖絶壁から身を投げたり、家族、親族が集まって手榴弾やダイナマイトを爆発させる集団自殺が起こった。

本来、非戦闘員である住民は、戦時下において保護されるべきものだ。しかし、当時の沖縄人、日本人は捕虜になることへの恐怖と拒否感、天皇のために死ぬことを美徳とする意識を徹底して刷り込まれていた。1944年のサイパン島、テニアン島での戦いにおいては、日本軍とともに住民も玉砕＝全滅死を強いられ、犠牲が拡大した。同じことが翌年の3月以降、沖縄戦でもくり返される。

パラオ諸島への旅の間、ホテルで同室だったIさんは、東京都内のデパートで定年まで働き、沖縄に引き上げてきたという物静かな男性だった。父親はアンガウル島で戦死したとのことで、コロール島で行われた慰霊祭では遺族を代表して弔辞を述べ、アンガウル島、ペリリュー島の慰霊祭では、サンシンを手に琉球古典音楽を合唱していた。

父が戦死した島を訪ねるのは初めてとのことだった。ペリリュー島までは波が穏やかだが、アンガウル島は外洋にあるので周辺は波が荒い。行けるかどうかは天候しだい、と事前に説明されていた。幸い、訪ねた日は天気がよく、無事に島に渡ることができた。それでも小型ボートが大きく上下し波をかぶるので、ビニールシートの陰にかくれて飛沫をよけねばならなかった。

アンガウル島は南北4キロ、東西約3キロの隆起珊瑚礁の島でリン鉱石の鉱山があった。そこで働いたりカツオ漁をしていた沖縄の男たちは、現地召集を受けて軍人・軍属となり、1944年9月17日から10月19日まで戦われた戦闘に参加した。日本軍将兵1200名余のうち生き残ったのは、わずか50数名であったという。

生存者のひとりである船坂弘氏の著書『滅尽争のなかの戦士たち』（講談社文庫）の巻末に、アンガウル島日本軍部隊の名簿が載っている。それを見ると仲田、上地、比嘉、津覇、諸喜田など沖縄の苗字が並んでいる。その大半は2等兵である。最下級の軍人・軍属として彼らは、圧倒的な戦力を持つ米軍の猛攻にさらされ、水の乏しい島で渇きと飢えに苦しみながら死んでいった。

パラオ諸島の引き揚げ者で作られた沖縄パラオ会は、会員の高齢化で2007年の慰霊祭を最後に解散している。その後、地元の要望でアンガウル島の慰霊碑を移築する必要が生じ、島の東部に慰霊公園が造られて沖縄の塔もそこに移された。2010年の墓参団は、寄付を募って移築した沖縄の塔の現状を見届けるのが目的だった。

海岸の近くに移された沖縄の塔は、質素なものだった。77名の沖縄人が祭られている塔に、水や泡盛、沖縄の菓子が捧げられ、参加者が焼香したあと琉球古典音楽が合唱された。打ち寄せる波の音とモクマオウの葉を揺らす風の音が歌声と重なり合う。歌い終わったあとIさんは、塔の近くで小石を拾っていた。

3月下旬から6月にかけて、沖縄では各地で沖縄戦の慰霊祭が催される。沖縄戦関連の本や資料を読みながら、同時にサイパン、テニアン、ペリリュー、アンガウルという「玉砕の島」に沖縄の塔があることの意味を考えている。

踏みにじられる〝平和〟

――再び惨禍に巻き込まれる前に

◉『あけぼの』2013年8月号

1965年3月12日、琉球政府立法院に「立法案第九号　住民の祝祭日に関する立法の一部を改正する立法案」が発議された。発議者は、のちに那覇市長となる平良良松（たいらりょうしょう）議員以下11名である。その内容は次のようなものであった。

〈琉球政府立法院は、ここに次のとおり定める。

住民の祝祭日に関する立法の一部を改正する立法

住民の祝祭日に関する立法（一九六一年立法第八十五号）の一部を次のように改正する。

第二条中

「こどもの日　　五月五日

こどもの人格を重んじ、こどもの幸福をはかる。」

のまえに、

「憲法記念日　　五月三日

日本国憲法の施行を記念し、沖縄への適用を期する。」を加える。

付則

この立法は公布の日から施行する。〉

同案は4月9日に立法院で可決・制定され、その年の5月3日から沖縄でも憲法記念日が公布・施行された。1947年5月3日に日本国憲法が施行され、ヤマトゥでは翌48年に国民の祝日となっていた。それから17年も遅れて、やっと沖縄でも憲法記念日が制定されたのである。

しかし、祝日とはなっても、「沖縄への適用を期する」と記さなければならなかった。米軍政下に置かれたままの沖縄では、住民の基本的人権が踏みにじられる状況がさらに続いた。米兵が起こす事件や事故の被害を受けても、住民は正当な補償や裁判を受けられず、泣き寝入りを強いられることが多かった。犯罪を犯した米兵が基地内に逃げ込み、そのまま本国に戻ることとさえあった。

それ故に、沖縄では国民主権や基本的人権、平和主義をうたった日本国憲法に強い憧れが生まれ、米軍支配を脱して平和憲法のもとで暮らすことを願い、「祖国復帰運動」が盛り上がった。1972年5月15日、沖縄の施政権が返還され、憲法が適用されるようになった。沖縄では憲法は「与えられたもの」でもなければ「押し付けられたもの」でもない。アメリカの圧政とたたかって自ら勝ち取ったものであった。

沖縄では那覇市、読谷(よみたん)村、南風原(はえばる)町、西原町、石垣市、宮古島市など各地に「九条の碑」が建てられている。それは、やっと手にした憲法、とりわけ9条を大切に守りたいという思いの現れであろう。一方でそれはまた、米軍と自衛隊の基地が集中する沖縄の現実を見すえ、いっさいの軍事基地を徹去させて、9条を本来の姿で実現したいという思いの現れでもあるだろう。

けれども、沖縄県民のそういう思いは踏みにじられるばかりだ。昨年の「5・15平和とくらしを守る県民大会」で、発言に立った普天間爆音訴訟団の島田善治団長は「沖縄は憲法番外地か」と怒りの言葉を発した。「日本復帰」から41年が経っても、米軍基地の沖縄集中という現実は変わらないばかりか、昨年10月1日にはMV22オスプレイの普天間基地配備が強行された。

その前には沖縄の全市町村議会がオスプレイ配備反対の決議をあげていた。それを無視しての強行だった。今年1月には全市町村長、議会議長(代理含む)が参加して東京行動が行われ、安倍晋三首相にオスプレイの配備中止や、普天間基地の閉鎖・撤去、県内移設断念を求める「建白書」が提出された。しかし、それも完全に無視されて、来る7月にはオスプレイの第2陣12機が追加配備されようとしている。

自民党や公明党の県組織が社民党・共産党と一緒になり、基地問題で政府に対して反対する。あるいは、県内の全市町村長・議会議長が参加して首都で集会やデモを行い、首相に「建白書」を突き付ける。

このようなことが戦後の日本の政治でほかにあっただろうか。ひとつの県がここまでまとまって訴えていることが無視されるとしたら、沖縄は憲法や民主主義が適用されない地域であることを、政府が宣言したに等しい。

日本は帰るべき祖国ではなかった……。かつて「復帰運動」に取り組んだ60代、70代の人たちの口からそういう声が漏れる。憲法が改悪されれば、その思いは一段と強まるだろう。日本人が日本国憲法を改悪するなら、沖縄人は琉球国憲法を作り、独立したほうがいい。そういう思いを抱く人たちもいる。

ただ、その実現は容易なことではない。そういう思いが形をなす以前に、沖縄は新たな戦争・紛争の危険に巻き込まれかねない。9条改悪がなされれば、最も強くその影響を受けるのが沖縄である。自衛隊が米軍との一体化を進め、アジアにおいて対中国の軍事活動を行うとき、沖縄は最前線の拠点となる。

すでに80年代から、米軍とともに戦う自衛隊への準備は進められてきた。日本軍による住民虐殺や食料強奪、壕追い出し、「集団自決」の強制などの歴史はいまも沖縄では語られ続けている。だが、自衛隊の宣撫(せんぶ)工作も41年のあいだ積み重ねられてきた。自衛隊に対する否定感や拒否感はかつてに比べれば薄らいでいる。

それを踏まえて、日本政府・防衛省はこれから、沖縄県民に「南の防人(さきもり)」としての意識を植え付け、日米両軍を支える民間協力体制を作り出そうとするだろう。そのためにいま「尖閣諸島の危機」という「領土問題」が意図的に煽られ、政治的に利用されている。

憲法改悪を許してはならないが、それはたんに現行の条文を守るということではない。実態を伴わない条文は虚しいものであり、このままでは沖縄は再び惨禍に巻き込まれる。それを何としても防がねばならない。

「オール沖縄」の強調の裏で進んでいること

◉『社会評論』(小川町企画)2013年秋号

1月27日から28日にかけて、「オスプレイ配備に反対する県民大会」実行委員会代表と、沖縄の41全市町村長、議会議長(代理含む)が参加して、東京行動が行われた。日比谷公園野外音楽堂での集会や銀座パレード、安倍晋三首相への建白書手交など、「オール沖縄」で取り組まれたかつてない行動として、高く評価する声が多い。

しかし、東村の高江区で進められているヘリパッド(着陸帯)の建設に反対する行動に連日参加しているひとりとして、今回の東京行動にはどこか白けた思いがするのを払拭できなかった。その大きな理由は、高江のヘリパッド建設問題が、意図的に回避されていたことにある(集会やパレードでの参加者による訴えはあったが)。

MV22オスプレイの沖縄配備に反対するというなら、そのオスプレイが訓練に使う着陸帯の建設にも、当然反対すべきだ。また、普天間基地の県内移設に反対するなら、同じく北部訓練場内のヘリパッド移設にも反対すべきだ。

ところが、高江区がある東村の伊集盛久村長をはじめ、保守系首長・議長の中には、ヘリパッド建設を容認している者たちがいる。その矛盾を押し隠すため、高江のヘリパッド=オスプレイパッド建設に反対することは「小異」として切り捨てられ、「オール沖縄」が強調された。

他にも、沖縄における自衛隊強化や日米安保条約の問題など、「オール沖縄」が隠蔽装置の機能を果たしている重要な問題がある。保守・革新という対立を超えて、「オール沖縄」でオスプレイや普天間基地の県内移設に反対している、といえば聞こえはいい。

だが、石原慎太郎前東京都知事によって尖閣諸島をめぐる「領土問題」が演出され、それを利用して、米軍と自衛隊が一体となった対中国の軍事強化が沖縄で進められていること。日米安保条約の問題を抜きに沖縄の基地問題の解決などあり得ないことを考えれば、「オール沖縄」の強調が、沖縄の反戦・反基地運動の変質を促しかねない危険性を認識する必要がある。

東京行動をはじめとしたこの間のオスプレイ配備反対行動で、那覇市の翁長雄志市長の言動が目立っている。基地問題に関しては保守も革新もない。党派を超えて「沖縄差別」に反対する。そういう姿勢に幅広い支持が集まっているが、翁長市長の立場はあくまで日米安保条約を肯定した上で、沖縄の基地の加重負担を軽減するというものだ。

高江のヘリパッド建設や先島への自衛隊配備、日米安保条約などをめぐって、翁長市長と議論をすれば、革新政党、支持層との違いは自ずから明らかとなるはずだ。しかし、「オール沖縄」を乱すものと解されているのか、そのような追及は見られない。

その結果生じるのは、日米安保条約を不問に付して暗黙の前提とし、基地問題を沖縄の加重負担の「整理縮小」に切り縮めたり、着々と進められる自衛隊の強化への反対運動はなおざりにされていく傾向である。そして、普天間や辺野古が取り上げられる一方で、高江は無視される。

「オール沖縄」「保革を超えて」という美辞麗句の裏で、反基地運動の主導権を自公の保守勢力に握られてしまえば、運動の変質は必至である。そこにおいては、普天間基地の主要ゲートを民衆の直接行動で封鎖するような取り組みは、過激すぎて大衆がついていけない、運動の和を乱す、と封じ込めが強化されるだろう。

日米両政府、米軍からすれば、沖縄の民衆が基地機能を麻痺させるような直接行動に決起することこそ最も恐れているはずだ。それを抑え込んで、政治家を通した政府への要請行動という枠に県民運動をはめ込み、なおかつその主導権を保守勢力に握らせれば、沖縄基地の機能麻痺という最悪の事態は回避できる。

さらに、「オール沖縄」という流れを利用して、沖縄の政界再編を促し、共産党を排除した上で社民党、沖縄社大党を保守・中道の側に引き寄せることができれば、沖縄の反基地運動を内側から骨抜き化することができる。

さる2月10日に行われた浦添市長選挙で、沖縄の自民党、公明党、社民党、沖縄社大党がはじめて本格的な保革相乗りを行い、新人の西原廣美氏を推薦した。結果は「野合」という批判を受けて保革双方の基礎票をまとめきれず落選に終わった。しかし、沖縄におけるこの動きは要注意である。

来年11月の県知事選挙で保守陣営は翁長氏が最有力候補である。勝ち目がないとみた社民党・沖縄社大党が翁長氏支持に回り、革新共闘が消滅する。そのシナリオを描いて蠢く者たちに目を凝らしたい。

容認は基地集中を肯定
——知事は埋め立て拒否を

◉『沖縄タイムス』2013年12月12日
《大義なき県内移設／普天間問題の本質》

ふたつの大きな出来事が、沖縄にとって今後何十年にもおよぶ深刻な状況を作り出そうとしている。特定秘密保護法案の強行採決による成立と、県関係の自民党国会議員、並びに自民党県連の公約破り＝普天間基地「県内移設」容認である。

それらは政党政治に対する深い不信感、虚無感を作り出すことで議会制民主主義を崩壊させるだけではない。沖縄にとっては「基地負担の軽減」どころか、沖縄を中国に対抗する米軍と自衛隊の軍事拠点として、さらに重い基地負担の犠牲に縛り付けることになる。

このふたつの出来事が同時に進行しているのは、それが共通の根っこを持っているからだ。米国に隷従し、その望み通りに在日・在沖米軍を強化すること。さらに自衛隊を米軍と一体化して戦える軍隊に作りかえていくこと。そのような狙いのもとに安倍晋三政権は、特定秘密保護法を成立させたことに加えて、自民党県連に続き仲井真弘多知事への圧力を強めている。

仲井真知事が普天間基地の「県内移設」＝辺野古「移設」容認へと転換すれば、名護市長選挙がどのような結果になろうと日本政府はそれを無視し、埋め立て着工へと突き進んでいくだろう。さらに、尖閣諸島の危機を煽りながら先島地域の各島に自衛隊配備を進め、下地島空港の軍事化や民間の空港、港湾の米軍・自衛隊による使用の活発化、臨戦態勢作りを進めていくはずだ。

それに反対する市民運動家や政党、民主団体などを弾圧し、さらに基地問題について政府の意に沿わない報道をする沖縄のマスメディアをたたくために、特定秘密保護法は大きな威力を発揮するだろう。軍事基地に取り囲まれて生活している沖縄県民は、同法の影響を真っ先に受ける。沖縄県民の目と耳をふさぎ、声を奪っていくことで、平時と戦時における基地の安定使用が図られる。

自民党県連はいま、この時、選挙公約を破棄して普天間基地の「県内移設」＝辺野古「移設」に転換したことの重大さを、徹底して自覚し、考えるべきだ。日本という国がどのような方向に進みつつあり、沖縄がその中でどのように扱われようとしているか。その結果、10年後、20年後の沖縄に何がもたらされるか。沖縄の若い世代にこれから何が待ち受けているか、真剣に考えるべきだ。

普天間基地の危険性を除去すると言いながら、その危険性を辺野古に押し付けるのは、少数者に犠牲を強要するという点で、日本政府のやり口とまったく同じだ。政府の沖縄差別を批判しておきながら、ヤンバル差別を公然と行うなら恥ずかしい限りだ。

この数年、沖縄への過剰な基地集中とヤマトゥの市民の無関心に対し、沖縄から差別という言葉がしきりに発せられた。自民党県連や県関係国会議員の辺野古「移設」容認は、沖縄県民がその差別を受け入れたものとして受け取られかねない。

その後に続くのは、沖縄県民はやっぱり基地が必要なんでしょう、基地がないと生活できないんでしょう、だから反対して一括交付金の満額回答や那覇空港の滑走路増設を引き出したんでしょう、という侮蔑的な認識の広がりだ。

自民党中央の圧力に屈して「苦渋の選択」をした、という言い訳など通用しない。米軍基地を沖縄に押し付けておきたい大多数のヤマトゥの市民にとって、自民党県連の転換はご都合主義的に解釈され、沖縄差別を正当化するものとして利用される。もし仲井真知事が辺野古「移設」容認に踏み切れば、そのような沖縄への侮蔑的認識と差別の正当化は決定的なものとなる。

沖縄県内で行われている細かい議論や内部事情に関心を持ち、メディアやインターネットで情報を集めている人はごく少数だ。仲井真知事が「容認」を打ち出し、埋め立てを認めたと報道された時点で大多数のヤマトゥの市民には、沖縄はいろいろあったが基地と共存する道を選んだ、と都合よく解釈される。そして、過剰に基地を押し付けている、という負い目は払拭される。

それだけではない。差別どころか経済的恩恵を施している、と沖縄への基地集中は肯定的に評価されるだろう。そうなれば、県内で米軍による事件・事故がどれだけ発生しようと、それを承知の上で「県内移設」を容認したんでしょう、と切り捨てられて終わりだ。普天間基地の固定化どころか、米軍基地問題は「沖縄問題」として固定化され、全国的な議論や関心は基地所在自治体をのぞいて、雲散霧消してしまう。

辺野古「移設」が強行されれば、反対する住民と県警、警備員、建設業者との間で流血の事態が起こりかねない。日本政府の官僚、沖縄防衛局員らはそれを高見から見物しているだろう。仲井真知事は県民のこれ以上の犠牲を拒否し、政府の埋め立て申請を承認してはならない。

大浦湾の辺野古崎近くで海底ボーリング調査に抗議するカヌーチーム（2014.8.29）

2014 年

キャンプ・シュワブのゲート前での座り込みを妨害するため、沖縄防衛局が設置した鋼鉄の山形鉄板。市民を危険にさらす「殺人鉄板」と呼ばれた（2014.7.28）

名護市長選に勝利して思うこと

――この選挙から何を学ぶか

◉『思想運動』（小川町企画）
2014年2月1日

1月19日に行われた沖縄県名護市長選挙は、辺野古新基地建設阻止を掲げた現職の稲嶺進氏が、建設推進を掲げた末松文信氏を破り再選を果たした。4155票差は前回の1588票の2・6倍であり、稲嶺氏の大差での勝利となった。辺野古の海にも陸にも新たな基地は造らせない。初当選以来その公約を守り通してきた稲嶺氏を再度市長に押し上げることで名護市民は、末松氏はもとより辺野古埋め立てで結託する日本政府と仲井真弘多知事にも、はっきりと拒否の意思を示したのである。

基地問題が大きな注目点となった選挙だったが、稲嶺氏はこの4年間で名護市の財政の健全化を進めてきた。新基地建設受け入れとリンクした再編交付金を打ち切られても、市政を滞らせることなく、市の一般会計予算や建設事業費、基金積立額を前市政よりも増やしている。そのような実務面での実績があってはじめて、金（振興策）で票を買おうとする日本政府の圧力をはねのけられた。

稲嶺氏は市長になってからも毎朝、地域の子どもたちの通学時に横断歩道に立ち、交通安全指導をやっている。選挙になれば「子育て支援」を公約にする政治家は多いが、たんに予算配分を論じるだけでなく、地域で教育活動を普段着でやっている姿を市民は見てきた。真面目な人柄への市民の信頼は一朝一夕でできたものではなく、それだけ根強い支持を生み出していた。

名護市長選挙では毎回、全国から多くの人が応援にやってくる。選挙期間中は、政党、市民団体関係者、市民活動家で名護はあふれかえる。名護市で暮らしている者のひとりとして、新基地建設に反対するためやってきた人たちに対しては感謝しなければならないのだろうが、本稿ではあえて苦言を呈しておきたい。名護市長選挙を共にたたかって勝利の美酒を味わうのはいい。しかし、問題はその後だ。

いまのヤマトゥに名護市のように社民党・共産党が共闘して首長選挙に勝利する自治体がどれだけあるだろうか。かつての革新自治体はどこに消えたのか。消えた原因はなんなのか。自分が生まれ育った自治体、住んでいる自治体は保守王国で、住民は基地問題に関心がない。そういう現状があるなら、それを変えるために名護市の選挙から何を学ぶのか。稲嶺氏の当選を喜ぶと同時に、そのことを真剣に考えなければならないはずだ。

その際、沖縄は軍事基地が身近にあるから住民の意識が違う。そういう安易な発想はやめてほしい。私が生まれ育った今帰仁（なきじん）村は、米軍基地も自衛隊基地もない農村だが、１９６８年以来革新系の首長が続いている。一方で嘉手納町のように町面積の83％を米軍基地に占拠されていながら、保守系の首長が続いている自治体もある。

名護市にしても、かつての革新共闘では市長選をたたかえず、保革相乗りで稲嶺氏を当選させている状況だ。辺野古の海にも陸にも新しい基地は造らせない、という一致点で結集するために、既存のキャンプ・シュワブや日米安保条約、自衛隊の問題は棚上げにしている問題もある。

その共闘のあり方は11月の県知事選挙にも影響していく。自民党の内部対立や公明党の動向、革新共闘解体と共産党排除を進め、県知事選挙を保・保対決に持ち込もうとする動きなどによく目を凝らしておきたい。

ヤンバルの森に人殺しの訓練施設はいらない！

◉『けーし風』82号
2014年4月

2013年7月1日、東村高江区にある米軍北部訓練場N4地区において、ふたつ目のヘリパッド（オスプレイパッド）建設が開始された。この原稿を書いている3月初旬現在、工事はまだ続けられている。高江現地で粘り強く取り組まれてきたヘリパッド建設反対の運動によって、沖縄防衛局と請負業者の丸政工務店は、期限内にヘリパッドを完成することができず、工事期間を1カ月延長した。

これまで沖縄防衛局は自主的に行った環境アセスメントに基づき、3月から6月の期間はノグチゲラなど貴重な鳥類の繁殖に害をおよぼすとして工事を行ってこなかった。しかし、2007年に工事が開始されてから今回初めて、3月以降も工事を強行している。何が何でもN4地区においてふたつ目のヘリパッドを完成させ、昨年完成したヘリパッドと併せて早急に米軍に提供し、実績を作りたいという意図が見える。それを許さないために高江では、3月以降も限られた人数で24時間態勢の監視・抗議行動が続けられている。

建設中のヘリパッドは、ヘリやオスプレイが着陸する直径45メートルの接地帯とその周りを囲む幅15メートルの無障害物帯からなっている。接地帯には厚さ50センチに砂利が敷き固められ、その上に芝生が植えられる。無障害物帯にはチガヤや芝生が植えられるが、N4の2基のヘリパッドはその一部が崖となっていて、ひとつ目のヘリパッドの工事中には土砂崩れが発生している。

今回の工事を請け負った丸政工務店は、N4のふたつ目のヘリパッドだけでなく、N1ヘリパッドの建設用道路も請け負っていたという。ビルや橋などの工事に比べればヘリパッドは単純な構造であり、

8カ月の工事期間の半分でN4のヘリパッドを完成させ、残りはN1の道路建設を進める予定だったのであろう。

だが、土・日・祝日・正月・台風時も休むことなく続けられた高江現地での行動によって、沖縄防衛局や請負業者の思い通りにはならなかった。監視活動によって作業員たちが乗った車を見つけ出し、北部訓練場のメインゲートや県道70号線沿いの森、国頭村の山中などからヘリパッド建設現場に入ろうとするのを何度も食い止めてきた。

作業員たちは午前2時や3時にやってくることもあり、それに対処するため9月頃からは24時間態勢の監視行動をとることとなった。県内外からやってくる人たちも加わり、交替で寝泊まりするのだが、長期にわたるとどうしても特定の人たちに負担が集中する。

北部訓練場のメインゲートが開門する午前6時から閉門する午後9時まで監視・抗議行動を続け、その後車中泊して翌朝はまた6時から行動を続ける。それを何日も続けた人たちもいた。高江の共同売店は冬は夜の7時に閉店する。豆腐チャンプルーや野菜そばなど野菜類がとれる食事は午後4時頃までなので、朝・夕食は食パン、おにぎり、カップ麺ですませるのが当たり前となり、食生活が偏らざるを得なかった。

そこまでやる必要はない、という声もあったが、誰も好きこのんでやっているのではない。時間帯、場所に隙ができれば、そこを突かれて工事は進められる。ヘリパッド建設反対、と口で言うのは簡単だが、実際に工事を止めようと思えば、相手の行動に合わせて無理をせざるを得ない。実際、そこまでやったから作業員たちは北部訓練場内に長期間宿泊して工事現場に向かうこととなり、N4ヘリパッドを期限内に完成できなかったのだ。そのためN1の道路建設は手をつけられないままとなった。

高江には時たまメディアや写真家、ドキュメンタリー作家などがやってくる。そういう人たちは得てして絵になる場面を撮りたがるものだ。そのため沖縄防衛局や作業員、ガードマン、米兵たちと住民、行動参加者が対峙している場面が伝えられがちだ。しかし、実際の現場では何も起こらない状況が淡々と続くことが多い。

本当はそういう状況で長時間の行動を続けることこそがきついのであり、一瞬の気の弛みでそれまでの監視活動がふいになることを、くり返し参加した人たちは知っている。炎天下や雨のメインゲート前で10数時間立って監視を続けることがどれだけきついかということも。

それにしても、今回のＮ４－２ヘリパッドの建設過程で、県内の大学教員をはじめとした「識者」の人たちは、見事なまでに高江の反対行動の現場に来なかった。それで何を語り得るのだろうか。

〈追記〉

３月11日に県内メディアが、高江のＮ４－２ヘリパッド建設現場で県赤土等流出防止条例に反する工事が行われ、県が沖縄防衛局を厳重注意したことが報じられた。条例違反の事実が明らかとなったのは、粘り強く監視・抗議活動にあたった人たちの努力によるものである。

沖縄・辺野古で続く陸と海でのたたかい

◉『思想運動』(小川町企画)2014年8月1・15日

この原稿を書いているのは7月末で、沖縄では連日、辺野古崎周辺の海やキャンプ・シュワブのゲート前で、新基地建設に反対する行動が激しく取り組まれている。私もゲート前の監視・抗議行動に参加しているのだが、炎天下の行動はかなりきついものだ。参加者には70代、80代の方もいるので、熱中症対策には全体で気を使っている。

連日の取り組みは大きな成果を上げている。日本政府は7月中に米軍への提供水域の境界を示すブイを設置し、埋め立てに向けたボーリング調査を開始する方針だった。しかし、ゲート前での監視・抗議行動によって昼間に資材を搬入することができず、深夜や未明に搬入せざるを得なかった。

高江では夜間、北部訓練場のゲート前に車を止めて、24時間の監視体制を取ることができた。しかし、辺野古ではそれは無理だ。人が少なくなる深夜や未明の搬入は予想できたことだが、その時間帯に人を集めて阻止体制を作るのは容易なことではない。

結果として資材が搬入されたのは悔しい限りだ。それでも、連日の行動によって作業に遅れが生じた。そのためにブイの設置前に台風がやってきて、ボーリング調査の開始は8月以降にずれ込むことになった。当たり前のことだが、人事を尽くさずして気象条件を味方にすることはできない。

11月の県知事選挙の前に、埋め立て工事に向けたボーリング調査をどんどん進めて、あきらめムードをつくりだそうとした日本政府の目論見を、沖縄県民は海と陸で初っ端で叩いたのである。政府・防衛省・自民党の幹部らは、歯ぎしりをして苛立っているはずだ。それだけに今後、反対運動への弾圧が強化されてくるだろう。

今回、10年前の海上阻止行動の時と大きな違いを見せているのが、海上保安庁の対応である。

〈今回の作業では、2004年のボーリング調査の際は海上警備に「中立」の立場を取っていた海上保安庁が、全国から巡視船を派遣したり現場海域に投入するゴムボートなどを大幅に増やしたりするなど警備体制を格段に強化している。市民の海上抗議活動を積極的に排除する構えを示し、移設作業を強行する防衛省を後押ししている〉(『琉球新報』7月30日付)

言うまでもなくこれは、安倍政権による海上保安庁への強い指示によるものだ。設置されるブイを超えて提供水域内に入る者は、刑事特別法に基づき逮捕する。政府・防衛省はそのような脅しを県民にくり返している。

この動きは陸でも同じだ。ゲート前で行動している人たちに沖縄県警は、道路交通法違反や威力業務妨害、公務執行妨害などを強調して威嚇している。高江のヘリパッド建設に反対する住民を国が道路交通法違反で訴えたスラップ訴訟を、政府・防衛省は辺野古でも狙っている。それを許してはならない。

辺野古の本格的なたたかいは始まったばかりだが、これから長期戦になるのは必至だ。監視・抗議行動参加者の体力や運動を支える財政面など、大きな負担が生じる。それを支えるためには、全国的な運動の広がりが不可欠である。

とりわけ、現場では何よりも多くの人を必要としている。7月28日にはこれまでで最高の150人余がゲート前に集まった。そのときには、沖縄県警・機動隊も数カ所で同時に行われた行動に部隊の分散を強いられ、対応に追われる状況が生み出された。

海でも陸でも、現場に人が集まり、力を合わせて弾圧をはねのけることで、逮捕者を出さずに新基地建設を阻止することができる。それは米軍とともに戦争をする国づくりを進める安倍政権に、強烈な打撃を与えるたたかいでもある。

ぜひ全国各地から、辺野古と高江の反戦・反基地の取り組みに参加してほしい。

沖縄の同胞意識解体
――北部の過疎化が加速

《民意と強権のはざまで／辺野古・掘削開始》

◉『琉球新報』2014年9月8日

辺野古海域で新基地建設のために海底ボーリング調査が進められている。それに対し連日、陸ではキャンプ・シュワブのゲート前で抗議行動が取り組まれ、海ではカヌーや小型船による海上行動が取り組まれている。7月以降それらの行動に参加し、現在はカヌーを漕いで海に出ることが多い。カヌーに乗るのは今回が初めてだが、辺野古の浜を出て平島に寄り、大浦湾に設置されたスパッド台船のそばまで漕ぎながら、つくづく感じるのは、この海と海岸線を埋め立てることの愚かさである。

私は1960年に今帰仁(なきじん)村で生まれた。日本復帰は小学6年生の時で、以後、北部の海岸線が埋め立てや護岸工事によって変貌していくのを見てきた。小学生の頃、従兄弟が名護市東江に住んでいたので、遊びに行った時には砂浜に降りてキャッチボールや釣りをした。一緒に浜でピットゥ(イルカ)狩りを見たこともある。その砂浜も埋め立てられ、いまは国道58号線の下だ。

「観光立県」を打ち出し、「青い海」を最大の魅力としてPRしながら、この42年間の沖縄のあり方は、この島の貴重な宝をあまりにも安易に破壊し、コンクリートで固めて、自らの価値を否定する愚行をくり返してきたのではなかったか。

そのことをとっくの昔に反省し、残された海岸線の保存に努力しなければいけないのに、仲井真弘多知事は沖縄島に残された貴重な宝の海を破壊しようとしている。前回の選挙で普天間基地の「県外移設」を公約として掲げながら、有権者を裏切って公約を投げ捨てたばかりか、いまでは「早く(辺野古を)埋め立てて世界一危険といわれている普天間飛行場を移すことだ」(26日付本紙)とさえ口にしている。

まるで名護市民はどうなってもいいと言わんばかりだ。市街地から人口の少ない地域に移せば危険性が減る。日本政府・防衛省が言ってきたことを仲井真知事はそっくりまねている。結局、それが仲井真知事の本音だったのだろう。だが、危険を押し付けられる側はどうなるか。

ヤンバルで生まれ育ち、名護市で生活している者からすれば、そこには少数者に負担と犠牲を押し付けて問題が解決したかのように装う、政府の「沖縄差別」の構造をまねた「ヤンバル差別」を感じずにいられない。沖縄を南北に分断し、基地問題を北部の過疎地域に集中させることで、基地への反発を減少させようという政府の操り人形として、仲井真知事は3選をめざしているようだ。

仮に普天間基地の辺野古「移設」＝県内たらい回しが実現すればどうなるか。キャンプ・ハンセン、キャンプ・シュワブ、北部訓練場、伊江島補助飛行場など北部地域と伊江島に海兵隊の訓練が集中し、基地被害も北部・伊江島に集中する。一方で、嘉手納より南は米軍基地の返還によって再開発が進み、新たな市街地が形成されるだろう。

いまでさえ沖縄の南北格差は深刻だ。政治・経済はもとより、県立図書館や県立公文書館、国立劇場おきなわ、県立博物館・美術館などの文化施設も那覇を中心とした南部に集中し、北部に住む者はそれらを利用する機会が滅多にない。いま以上に格差が拡大し、基地被害も集中すれば、北部から中南部への人口流出＝過疎化が加速するのは目に見えている。

北部・ヤンバルの住民は、辺野古新基地建設が自分たちの地域にどのような影響をもたらすか、その深刻さを考えなければならない。米軍基地が目の前にないヤマトゥの人たちは、沖縄県民がどれだけ訴えても米軍基地問題に関心を示さない。沖縄県民は少数者の悲哀を舐めさせられ続けている。それと同じ構造を、日本政府・防衛省は、沖縄内部で作り出そうとしているのだ。

人口が密集している中南部から米軍基地を減らし、北部に集中させれば、基地被害が減った中南部の人たちはやがて基地問題に関心を持たなくなり、人口の少ない北部・ヤンバルの人たちの声は届かなくなる。沖縄を南北に分断し、沖縄人としての同胞意識を解体して、基地問題をさらに見えなくする。それが日本政府の狙いであり、その実現に手を貸しているのが仲井真知事だ。

中国に対抗する日米両軍の要塞として沖縄が利用されれば、いつか軍事紛争に巻き込まれかねない。仮に尖閣諸島で軍事衝突が起これば、観光産業が受ける打撃は9・11同時多発攻撃の際とは比較にならない。辺野古新基地建設を許してしまえば、沖縄の日本への隷属状態は深まり、その将来は危ういものになっていく。

安倍政権の危険性は、米国政府でさえ注意しているほどだ。沖縄県民、とりわけヤンバルの皆さんに、ぜひ辺野古の抗議行動の現場に来てほしい。沖縄の現状を変え、将来を創るのは、県民ひとりひとりの行動である。

基地こそが経済の阻害要因

◉『琉球新報』
2014年11月18日
《県知事選　特別寄稿》

16日に行われた沖縄県知事選挙は、辺野古新基地建設反対を公約に掲げた新人の翁長雄志氏が当選した。投票終了の午後8時直後には当確が報じられ、3選をめざした仲井真弘多氏に約10万票の大差をつける圧勝だった。

普天間飛行場の辺野古「移設」（実質的な新基地建設）の賛否が最大の焦点となった今選挙で、沖縄県民ははっきりと反対の意思を示した。日本が民主主義を標榜する国なら、政府はこの民意を尊重すべきであり、新基地建設を即座に中止し、計画を断念しなければならない。

今回の選挙では、社民、共産、沖縄社大の革新3党が独自候補の擁立を見送り、保守の翁長氏を支援した。日米安保、自衛隊などの認識では異同があっても、名護市辺野古や東村高江に新しい基地は造らせない、オスプレイ配備を撤回させる、という点で一致し、「オール沖縄」の体制がつくり出された。

有権者の多数もそれを支持した。これまでくり返し県民大会を開き、名護市長選挙をはじめとした各種選挙で反対の意思を示しても、日本政府はそれを踏みにじってきた。

とりわけ安倍晋三政権は、県選出の自民党国会議員に圧力を加えて県外移設の公約を転換させ、昨年末には仲井真知事に辺野古埋め立てを承認させた。当時の石破茂自民党幹事長が、沖縄の国会議員を横に座らせて「さらし者」にしている写真は、新たな「琉球処分」として県民の怒りをかき立てた。

そして、今年8月から辺野古の海で海底ボーリング調査を強行した安倍政権と、それに追随する仲井真県政への県民の怒りと反発は、翁長氏の圧勝を生んだ。

キャンプ・シュワブのゲート前で抗議する住民に

は機動隊を使い、海上でカヌーや船に乗って抗議する住民には海上保安庁を使って暴力的弾圧を加える。住民に負傷者を出してまでボーリング調査を強行する。そこには安倍政権の沖縄に対する暴力性、強権性、差別性が露出している。

それに対して、県民が保革の対立を越えてひとつにまとまり、抵抗する必要がある、という認識が広がっていった。かつて辺野古新基地建設を容認していた保守政治家や経済界の中からも、辺野古の海、大浦湾やヘリパッド建設が進められているヤンバル・高江の森を守ろう、という声が上がるようになった。

そのような動きの背景には、沖縄経済が基地依存から脱却し、観光関連産業を中心とした構造に変わっていることも、大きな要因としてある。

2000年代に入って、北谷（ちゃたん）町美浜や那覇市の新都心など、米軍基地返還後の再開発の成功事例が目に見えるようになった。基地返還により雇用、税収、資産価値などが大幅に向上し、基地はもはや沖縄経済の阻害要因である、という主張が説得力を持つようになっている。

また、2001年9月11日に米国で起きた同時多発攻撃は、沖縄の観光業に大きな打撃を与え、米軍基地の存在が沖縄観光の障害となっていることを示した。観光は平和産業であり、軍事的緊張があるなかでは成り立たない、ということが言われるようになった。

沖縄に残された貴重なヤンバルの森と海を破壊して軍事基地を造るよりも、自然を残して観光に生かしたほうが沖縄の発展につながる、と主張する経済人も増えた。

ヤマトゥ（本土）ではいまでも、沖縄経済が基地に依存しているかのような認識の人が多い。だが、それは沖縄の変化に目を向けず、基地を沖縄に押し付けている負い目から逃れようとするものだ。

今回の選挙結果を受けても、日本政府・安倍政権は「安全保障は国の専権事項」とうそぶいて、辺野古新基地建設と高江ヘリパッド建設を進めようとしている。

しかし、選挙で示された民意を踏みにじって工事を強行すれば、県民の怒りと抵抗はさらに強まる。沖縄に犠牲を強いて成り立ってきた日米安保体制は根底から揺らいでいく。政府はもとより日本人全体が、選挙結果を誠実に受け止めるべきだ。

冬の大浦湾で抗議するカヌーメンバー。強制排除しようとする海上保安官に必死で抗う（2015.1.20）

2015 年

大浦湾で行われた海底ボーリング調査に泳いで抗議している
カヌーメンバーと拘束しようとする海上保安官（2015.6.5）

辺野古の反基地の闘いと選挙の結果をめぐって

◉『思想運動』(小川町企画)2015年1月1・15日

昨年、名護市民は5度も選挙を行った。1月の名護市長選挙に始まり9月の名護市議会議員選挙、11月の沖縄県知事選挙と県議会議員補欠選挙、そして12月に行われた衆議院議員選挙である。こういうことは滅多にないだろう。私も初めての体験だったが、そのすべてで辺野古新基地建設に反対する候補者が当選、もしくは多数を占めた。名護市長選挙では、再選を果たした稲嶺進氏が対立候補の末松文信氏に4000票を超える大差をつけ、県知事選挙では「オール沖縄」を打ち出した翁長雄志氏が現職の仲井真弘多氏に10万票近い差をつけて圧勝した。

その勢いは12月14日に行われた衆議院選挙まで持続し、4つの選挙区では「オール沖縄」の候補者が全員当選し、自民党議員は全員落選した。全国的には自民党が大勝したために比例で復活当選したが、「県外移設」という公約を破棄したことへの県民の怒りは、1年経っても収まっていなかった。

日本が民主主義国家なら、これだけくり返し示された沖縄の民意を尊重して、政府は辺野古新基地建設を断念しなければならない。しかし、安倍政権がそういう意思を示すことはないし、ヤマトゥでそれを咎める声が大きく上がることもない。テレビで衆議院選挙の開票速報を見ていると、沖縄とヤマトゥの状況の差は、同じ選挙をやっているのか、と思うほどだ。共産党や社民党が選挙区で当選できたのは沖縄だけ。安倍政権への批判の受け皿となって共産党が倍増したといっても、社民党と生活の党をあわせて25議席。衆議院295議席に占める割合は8・5%にすぎない。だからこそ安倍首相は沖縄に高圧的な姿勢を見せる。

最近は名護や沖縄の選挙を支援するといって住民票を移すヤマトゥンチューもいるようだが、違和感を覚えずにいられない。自分たちの地域は勝つと決まっているから票を分けようというのならまだしも、ヤマトゥはどこも惨憺たる状況ではないか。ヤマトゥの選挙区ではどうせ死に票になるから沖縄で生かした方がいい、という発想かもしれないが、それは厳しい状況からの逃げではないのか。

かつて名護市は海上基地建設をめぐる市民投票のあと、新基地建設を容認する市長が岸本建男氏、島袋吉和氏と続いて厳しい時代があった。岸本市長へのリコール運動を作ろうとしたがうまくいかず、市長候補を公募しようという市民の運動も輪が広がらなかった。市長選挙に保守系の議員を担ぎ出したが候補者の一本化ができず敗退したこともある。そういう苦闘が10年以上も続いた。しかし、その間も辺野古の現場や市議会、地域、それぞれの生活の場で新基地建設を許さない取り組みが、時には厳しく、時には地を這うように続けられた。その積み重ねの上に稲嶺進市長が2010年に誕生した。

2000年に宮古から名護に転勤してきたが、この14年の状況を見ていてよくここまで来たものだと思う。厳しい状況を名護市民は粘り強く作りかえていったのだ。

衆議院選挙の前、全国各地から発信されているブログやツイッターなどを見ていて、「オール沖縄」に学べ、という言葉を散見した。しかし、反戦・反基地運動の地道な積み重ねを抜きに、統一候補を立てるための政党、団体間の調整技術を学んでも仕方あるまい。

選挙で5連勝したといっても、県知事選挙に革新共闘で候補者を擁立できなかったことが示すのは、沖縄もまた全国を覆う保守化、右傾化の波に呑み込まれつつあるということだ。「オール沖縄」で辺野古が全面化する一方で、安保や自衛隊、日の丸・君が代の問題などが棚上げにされてはならない。

沖縄県知事選雑感

◉『越境広場』0号
2015年3月

2014年11月16日に行われた沖縄県知事選挙は新人の翁長雄志氏が、現職で3選を目ざした仲井真弘多氏に約10万票の差をつけて圧勝した。

さらに12月14日に行われた衆議院選挙でも、米軍のオスプレイ配備撤回と普天間飛行場の県内移設断念を求める「建白書勢力」が4選挙区すべてで勝利した。全国的に自民党・公明党の政権与党が議席の3分の2以上を制し大勝するなかで、社民党、共産党、生活の党、無所属の候補が自民党候補を破って選挙区で勝利するのは異例であり、比例復活によって県内の立候補者9名全員が当選したという珍事を含め、沖縄選挙区の特異性が際立った。

「建白書勢力」が県政、国政の大きなふたつの選挙で圧勝したことにより、辺野古新基地建設反対、高江へリパッド建設反対という沖縄の民意は明確に示された。しかし、安倍晋三政権はそれを無視して、年明けの1月5日には辺野古の海、大浦湾の埋め立てに向けた海底ボーリング調査を再開することを打ち出している。同時に高江のN1地区のヘリパッド建設工事にも着手しようとしている。

この文章が活字になる頃には、2014年の夏と同様に新基地建設に反対する市民がカヌーや船に乗って海にくり出し、それを海上保安庁が暴力的に弾圧するという事態が現出しているだろう。私もカヌーチームの一員としてその渦中にいるはずだ。選挙で新基地反対の候補が当選しても、安倍政権は辺野古でも高江でも工事を強行する。それはあらかじめ分かっていたことだ。いまの日本の政治状況を見れば、選挙に幻想を抱きようもない。

だからといって選挙を無視することはできない。名護市民は2014年に先のふたつの選挙以外に、名護市長選挙、名護市議会議員選挙、県議会議員補欠選挙も行った。1年にこれだけの選挙を体験することは滅多にないことだ。私も初めてだった。投票に行くだけでなく、市長選挙や県知事選挙、衆議院選挙では、名護市内に設けられた勝手連の事務所に出向き、ビラ配りやポスター貼り、市内街宣などの活動も行った。

勝っても政府は結果を無視して民意を踏みにじる。しかし、負ければ結果を評価し、名護市民、沖縄県民は新基地建設を受け入れた、と大々的に宣伝する。そういう対応が予測できるなかで、たとえ限界や問題があっても負けられない選挙として、勝手連の取り組みに参加した。結果として名護市では5つの選挙すべてで、新基地建設反対を訴える候補者が当選し、名護市議会でも多数を制した。

それ自体は喜ぶべきことだが、辺野古新基地建設に関していえば、日本政府が選挙結果を無視して、工事強行に踏み切っているのはすでに書いた通りだ。名護市民はどれだけ政府のご都合主義にまみれた踏み絵を踏まされないといけないのか。そういう思いが湧いてくる。

選挙に勝つたびに名護市民や沖縄県民の「良識」が評価される。しかし、それを踏みにじる日本政府・安倍政権を糾弾する声がヤマトゥ（日本）で大きく上がることはない。米軍基地は必要だが自分たちの所にあると困るので沖縄に押し付けておきたい、というヤマトゥンチュー（日本人）の多数意思が、安倍政権の沖縄に対する強権的な姿勢を支えている。

そういう日本政府やヤマトゥンチューには見切りをつけて、沖縄は独立すべきだという声もある。普天間基地やキャンプ・シュワブのゲート前で体を張ってたたかっている人たちがそう口にするのなら共感もするが、評論家然として机上の議論を弄ぶ者たちのそれは現実逃避でしかない。辺野古や高江で起こっている問題すらウチナンチュー（沖縄人）が自己決定できずして、独立など夢物語にすぎない。

この数年、高江や辺野古で多くの時間を過ごした。2014年は3月まで高江のメインゲートを中心に

24時間の監視・抗議行動を取り組み、7月からは辺野古のキャンプ・シュワブ・ゲート前の行動に参加し、8月半ばからはカヌーに乗って海上での抗議行動に参加している。2015年は1月早々から辺野古でも高江でも、これまで以上の激しいたたかいが行われるだろう。

沖縄で反基地の市民運動に取り組んでいる人たちの中には、ヤマトゥンチューがいるから辺野古や高江の現場には行かない、という者もいるらしい。目の前で進められている工事を止めるには、ゲート前で資材の搬入を阻止しなければならない。そのためにはひとりでも多くの参加者がほしい。これが現場の切実な思いだ。メディアやインターネット、あるいは街頭に立っていくら訴えようと、現場に多くの人が集まって実力で止めなければ埒があかない現実がある。

ヤンバル（沖縄本島北部）の森が破壊され、辺野古の海が埋め立てられようとしているいま、そのことに心から痛みを覚えるならウチナンチューとして居ても立ってもいられないはずだ。本気で沖縄を大切に思うならヤマトゥンチューを押し退けてでも自分が前面に立ち、工事を阻止しようとするだろう。私自身かなり強い反ヤマトゥ感情を持っているが、そういう感情にこだわって辺野古や高江に行かない、という選択肢は取り得ない。沖縄戦の体験者が体を張ってゲート前に立っているのに、それを見捨てて何が反ヤマトゥか。

いまや事態は切迫している。2015年にキャンプ・シュワブのゲート前や高江のヘリパッド建設現場にどれだけのウチナンチューが来て、体を張って工事を阻止するか。あるいは海上で埋め立て工事を実際に阻止できるか。沖縄の将来はこれで決まる。国会や国連が具体的に何かをしてくれるわけではない。目の前で強行される工事をウチナンチュー自身が実力で阻止できるか否かが問われている。

翁長知事が埋め立て承認の検証チームを立ち上げようが、米国に直接訴えに行こうが、日本政府はそれにかまいはしない。沖縄防衛局は1日も早く辺野古の海、大浦湾に土砂を投げ込み、生態系を破壊しようと懸命だ。取り返しのつかない所まで破壊してしまえば、ウチナンチューがどれだけ騒いでも後の祭り。仮に翁長知事が埋め立て承認の取り消しや撤回を行っても、裁判に持ち込んでその間に工事を進めればいい。最高裁の判決が出る頃には工事は半分以上進んでいるだろう。それが安倍政権や沖縄防衛局の考えであり、そこには沖縄への差別どころか悪意さえ渦巻いている。

だからこそ現場でのたたかいが重要なのだ。県知事選挙ですら政府が無視してすまされる政治状況下で、辺野古や高江の新基地建設を止めようと思えば、ゲート前で実力阻止するしかない。普天間基地の返還にしてもそうだ。ウチナンチューが1000人単位でゲート前に座り込み、1週間以上基地機能を麻痺させるほどの行動に至らなければ、米国政府は本気で沖縄に対処しようとはしないだろう。米軍にとって最も重要な嘉手納基地まで使えなくなる怖れが現実のものとならない限り、ウチナンチューの訴えなど鼻であしらわれる。

米軍が沖縄に居座り続けるのは、ウチナンチューがあまりにもおとなしく、米兵が殺人やレイプ事件を起こしても、暴動や暴力的抵抗は起きず、自由勝手に軍事演習を行えるからだ。夜遅くまで飲み歩いても襲われることはなく、遊び相手の女性を捜すことができ、沖縄の海や森でリゾートを楽しむこともできる。ヘリパッド建設に反対するため高江に通っていた頃、国頭(くにがみ)村のタナガーグムイ（普久川にある滝つぼ）に行ったことがあるが、家族や友人連れでできた米兵たちで賑わっていた。これが沖縄の現実だ。

北部訓練場のメインゲート前で演習にやってくる米兵たちに抗議すると、若い海兵隊員たちがバスの中からあからさまに小馬鹿にし、嘲笑って過ぎ去る。沖縄で識者と呼ばれる者たちでそういう体験をした人がどれだけいるだろうか。そういう米兵を見ていると怒りを通り越して憎しみが沸々と湧いてくる。こういう連中が沖縄で好き勝手に演習をし、世界各地で殺戮と破壊をくり返している。それを許している自分も情けない限りだ。

昨年の沖縄県知事選挙は3人の立候補者すべてが保守系だった。社民党・共産党・沖縄社会大衆党の革新3党は、独自の候補者を擁立することができなかった。１９６８年の主席公選から72年の日本復帰を経た県知事選挙の歴史で、それは初めてのことであった。

辺野古新基地建設やオスプレイ配備に反対することを一致点に、革新3党は自民党県連の幹事長を務めたこともある翁長雄志氏を支持した。「オール沖縄」や「保守・革新の枠を超えて」「イデオロギーよりもアイデンティティー」という耳に聞こえのいい言葉が飛び交い、結果も圧勝したことによって、革新共闘がもはや成立し得ない沖縄の政治状況の保守化という問題が、当の革新3党やその支持者において曖昧にされているように思えてならない。

こう書けば、もはや保守対革新という構図で選挙や運動を考える時代ではない、古い思考方法から脱すべきだ、という批判が返ってきそうだ。はたしてそうだろうか。そうやって状況の変化にうまく身をまかせていく姿勢は、問題から目をそらして勝ち馬に乗ろうとする虫のいい精神に由来しているのではないか。政党、労組などの組織が嫌いだから革新の衰退などどうでもいい、と言う人もいるだろう。しかし、問題は革新政党、労組の問題にとどまらないはずだ。

辺野古新基地問題やオスプレイ配備撤回など限られた課題で一致し、自民党の一部から共産党まで幅広く選挙共闘を組むためには、意見が違う課題を棚上げしておかなければならない。それによって日米安保条約や自衛隊、天皇制、日の丸・君が代などの重要な課題が後景化していく。

今回の県知事選挙では、辺野古新基地問題が大きな争点となるなかで、与那国島への自衛隊沿岸監視部隊の配備をはじめ、石垣島や宮古島への陸上自衛隊の配備計画など、日本政府・防衛省が島嶼（とうしょ）防衛の強化を打ち出し、沖縄における自衛隊強化を進めていることについては、選挙のなかでほとんど議論がなされなかった。

沖縄における自衛隊の強化は辺野古新基地建設問題とも深く関わっている。中国に軍事的に対抗するために米軍と自衛隊の一体化が進められ、沖縄がその拠点として基地強化が進められている。キャンプ・シュワブやキャンプ・ハンセンなどの海兵隊基地では、米軍と自衛隊の共同訓練が頻繁に行われている。

辺野古の海を埋め立てて新基地ができれば、自衛隊もそこを使用するのは間違いない。佐賀空港に配備が計画されている自衛隊のオスプレイが飛来するだけでなく、海上自衛隊の艦船の寄港も予想される。

辺野古新基地建設や高江のヘリパッド建設は、対中国の軍事拠点づくりとして、沖縄における自衛隊強化と表裏一体のものだ。沖縄に新しい基地を造らせないというなら、米軍だけでなく自衛隊についてもそれを貫く必要がある。しかし、保革の共闘が強調されるなかでは、そのような議論の深まりはなかった。

安保や天皇制、日の丸・君が代に関してもそれは言える。見解の違う部分にまで踏み込めば不和や対立が生じ、政府や自民党県連はそこを突いて共闘を崩そうとする。それを警戒してこれらの課題は触れない方がいい、という政治判断が強まっていく。

しかし、翁長知事が誕生した以降も県政与党という立場に縛られて革新3党がそういう政治判断を優先させるなら、沖縄の基地問題は本質的な追及はなされないまま、自衛隊の強化が着々と進められていくだろう。普天間基地問題にしても日米安保条約の問題にまで踏み込まなければ、県外か県内かという移設先をめぐる問題に終始してしまう。今年は沖縄戦から70年を迎えるが、昭和天皇の戦争責任の問題を不問に付すことはできない。

県知事選挙が終わったあと、名護の勝手連事務所に寄って祝勝会に参加したが、勝利の美酒に酔う気持ちにはなれなかった。少し冷静になれば、沖縄もまた日本全体の保守化の波に呑み込まれ、右傾化の道を深めつつある。安倍が首相を務める極右政権に立ち向かうためには、かつて対立していた者とも手を組んで幅広く共闘していかなければならない。その上で問うべき問題を棚上げにせずに追及、主張し、たたかいの現場で汗を流さなければならない。2015年はこれまで以上に厳しい年となる。沖縄戦から70年経とうとするいま、新しい基地を造らせることだけは許したくない。

美しい辺野古の海、いのちを守るたたかいの地より

◉『あけぼの』2015年5月号

名護市辺野古ではいま、新基地建設に反対して連日、陸でも海でも激しい抗議行動が行われている。デモやシュプレヒコール、集会などに加えて、陸ではキャンプ・シュワブのゲート前に座り込み、資材を積んだ作業車が基地内に入ろうとするのを実力で阻止しようとしている。海では海底ボーリング調査を行なっているスパッド台船を目ざし、作業を止めるためカヌーや船で突き進んでいく。

それらは従来の平和運動にしばしば見られるように、社会にPRすることを目的にし、形式的に終わってしまうものではない。本気で作業を止めようとの思いで、体を張ったたたかいが続けられている。たいていは沖縄県警機動隊や海上保安庁特別警備隊の暴力的弾圧によって強制排除されてしまうのだが、それでも屈することなく何度も作業車やスパッド台船に向かっている。

ぶつかり合いが激しくなればけが人も出る。海でも陸でも数名が救急車で病院に運ばれた。ゲート前では逮捕者も相次いでいる。短期間の取り調べで釈放されてはいるが、このような状況は私が体験してきた、この30年余の沖縄の大衆運動のなかで滅多になかった。3年前にＭＶ22オスプレイが普天間基地に強行配備されてから、沖縄の抗議行動は激しさを増した。沖縄県民がどれだけ反対してもそれを無視し、踏みにじって基地強化を進める日本政府への怒りが増幅している。

辺野古新基地建設問題の発端は、１９９５年９月4日に起こった3名の米兵によるレイプ事件である。今年は同事件から20年目となる。沖縄県内で湧き起こった反発と怒りに押されて、日米両政府は翌96年12月に沖縄に関する日米特別行動委員会（ＳＡＣＯ）の最終報告を発表した。さらに97年12月には海上基

地建設をめぐる名護市民投票が行われ、建設反対が多数を占めた。しかし、当時の比嘉鉄也市長により市民投票の結果は踏みにじられた。

以来、辺野古の新基地建設問題が名護市で大きな焦点となり、反対運動が続けられてきた。20年近くの長きにわたって運動を続けるのは並大抵のエネルギーではない。しかも辺野古新基地建設反対運動は、「オール沖縄」という形で全県的な規模にまで拡大し、かつては建設賛成の側にあった保守系の一部まで巻き込んですそ野を広げている。

大半の社会運動は時間の経過とともに尻すぼみとなっていく。日本政府もそれを期待していただろう。しかし、辺野古の運動は20年が経って質、量ともに勢いを増している。キャンプ・シュワブのゲート前の抗議行動も、日本復帰後の沖縄の反戦・反基地でかつてなかった激しさを持っている。

一方で、抗議行動の合間には集会が開かれ、歌やダンス、カチャーシーなどがくり広げられてのどかな時間が流れる。そうやって歌い、笑う余裕を意識して作り出しているから、昨年7月来の長い取り組みを続けられているのだろう。そういう時間帯に行動に参加した人は、なんだ全然激しくないじゃないか、と思うかもしれない。しかし、24時間張りつめてばかりでは、身も心ももたない。

私はいま海でカヌーを漕ぎ、海上での抗議行動に参加している。現在、海底ボーリング調査が行われている大浦湾は、深いところで水深60メートル以上ある。リーフ内と違って波も荒く、うねりの高い日は波の間に隣のカヌーが隠れて見えなくなるときもある。しかも海上保安庁と対峙しているので、常に緊張感を保っていないと事故につながる。

カヌーチームに参加したことはとてもよかった。自分でカヌーを漕いではじめて、辺野古の海、大浦湾の美しさ、豊かさ、沖縄に残されたその価値を肌で知ることができた。晴れた日には埋め立て予定地の辺野古崎周辺はコバルトブルーに輝く。ヤマトゥから来た海保の職員も、沖縄の海の透明度は素晴らしい、と口にする。だが、このままではこの貴重な海が埋め立てられてしまう。

沖縄戦から70年が経ったにもかかわらず、広大な米軍基地が沖縄を占拠し、新たな基地まで造られようとしている。このことの異常さをどれだけの日本人＝ヤマトゥンチューが認識しているか。圧倒的多数のヤマトゥンチューは、日米安保条約に伴う米軍基地の提供義務を沖縄に押し付け、「平和と安全」を享受してきた。

そして、日本は平和憲法のもとで70年間戦争をしてこなかった、自衛隊は人を殺さなかった、と口にする。そこには朝鮮やベトナム、アフガニスタン、イラクで米軍が行った戦争に、基地を提供することで自分たちも関わっており、加害責任を負っているという自覚がない。

いくら憲法9条の価値を訴えても、日米安保条約に反対しなければ、それはヤマトゥに住む自分たちの「平和と安全」を守り、沖縄や米軍の攻撃にさらされる人々への加害責任から目をそむけることにしかならない。

「命懸け」という言葉をめぐって

――海上抗議カヌーチームの現場から

●『思想運動』(小川町企画)2015年5月15日

カヌーチームの一員として海上抗議行動に参加するようになったのは、昨年の8月下旬のことだ。それから9カ月ほどが過ぎようとしている。現在は大浦湾の深場で海底ボーリング調査が行われており、それに対する抗議のためカヌーに乗っている。

この間、海上保安庁による弾圧を受けて、保安官と激しくやり合うことが何度もあった。カヌーを転覆させられて冬の海に落とされ、保安官にライフジャケットの襟首をつかまれて顔を沈められたこともあれば、ゴムボートに乱暴に引き揚げられ、抑え込もうとする保安官とつかみ合いになったこともあった。カヌーや抗議船のメンバーが何人も海保の暴力で負傷し、4月28日には抗議船の1隻が転覆させられる事件までおきた。

そういう出来事をテレビや新聞の報道、インターネットで見ていると、「命懸けでたたかっているカヌーチーム」という印象を持つ人がいるようだ。私自身も「命懸け」という言葉を使ったことがあるかもしれない。海保の暴力にさらされながらも必死で頑張っている様子を強調しているのだろうが、命懸けというのは違うなー、というのが実感だ。

海は一歩間違えば命を失う事故と隣り合わせであり、海保の暴力が危険なのも事実だ。一方で、カヌーチームはこの間ずっと安全性を最重視して活動してきた。転覆しても自力でカヌーに上がれる力がなければ抗議行動には参加できないし、新しいメンバーには経験豊かなメンバーがバディを組んでそばについている。カヌーチームのリーダーからは、バディや班を大切にし、リーダーや班長の指示に従ってチーム全体で統一した行動をとるように、ということがくり返し強調される。海の上で個々人が勝手な行動を取り始めたら、それこそ事故につながりかねない。時には強い口調で注意が飛ぶこともあるが、それも安全性を第一にするからだ。

海底ボーリング調査を行っているスパッド台船に向かって漕ぎ進み、抗議するときも原則は同じだ。フロートやオイルフェンスを越えて漕いでいけば、海保の弾圧にさらされる。怪我をする可能性もあれば、海に落とされて海水をのみ、きつい思いをする可能性もある。だからといってそれは、けっして「命懸け」の行為ではない。

私から言わせれば、たかが抗議行動で命など懸けていられるか、という思いがある。自分自身を守るためにも、まずはカヌーの技術向上に努めないといけないし、暑さや寒さ、海保の弾圧に抗していけるように体を鍛えないといけない。その上で海保の暴力には毅然として対応し、あらゆる手段で告発していく構えが必要だ。

こういうことをあえて書くのは、カヌーによる抗議行動が「命懸け」の危険なものであるかのような言説が広がり、過激で無謀なことをしているという印象が強調されると、安全のためにフロートやオイルフェンスを越えるな、という形でカヌーチームの行動を制限しようという動きが強まるからだ。

辺野古新基地建設反対を一致点にした「オール沖縄」の運動には、多様な人々が参加している。中にはカヌーチームや抗議船による海上抗議行動を、やりすぎだ、過激だ、と批判する人たちもいる。海の現場を自分の目で確かめたわけでもなく、メディアやインターネットの情報だけでそう判断している人がほとんどだが、そこにはいろいろな政治的思惑も感じ取れる。

10年前、辺野古の海では単管やぐらによじ登って抗議する人たちがいた。その努力により、海底ボーリング調査は阻止された。現在は海保が前面に出て弾圧しており、状況はずっと厳しい。カヌーや抗議船で頑張っても、スパッド台船までたどり着くのは容易ではない。それでもくり返しフロートを越えて行くことで、政府・防衛省は対応を迫られた。

県知事選挙や衆議院選挙の期間中、海底ボーリング調査が中断されたのも、カヌーや抗議船への海保の暴力が、県民の投票行動に影響することを政府が怖れたからだ。フロートを越えて果敢にたたかわれた海上抗議行動がなければ、当初の予定通り昨年の11月30日で調査は終わっていただろう。

辺野古基金の創設など、辺野古新基地建設に反対する運動は、全国的に広がりつつある。一方で、カヌーによる抗議行動は参加者が10艇以下の日もある。キャンプ・シュワブのゲート前行動も、実際に工事車両や海保の車両を止めようとしている早朝の時間帯は、参加者が少ない。

そういうなかで、本気で工事を止めようと思っている参加者に、過激だ、やりすぎだ、という批判が高まり、現場の取り組みは穏やかで大衆的なものにとどめ、あとは知事や政治家にまかせるべきだ、という動きが強まれば、それこそ日米両政府の思うつぼだろう。

世界各地の反戦・反基地闘争に比べれば、辺野古の闘いは穏やかすぎるくらいだ。

いまは「戦前何年」なのか

◉『神奈川大学評論』81号
2015年7月

昨年の夏から名護市辺野古の海、大浦湾で新基地建設に向けた海底ボーリング調査が行われている。日本政府・防衛省・沖縄防衛局は、埋め立ての範囲を大きく超えてフロートやオイルフェンスを張りめぐらし、抗議する市民のカヌーや船を排除するだけでなく、海上保安庁の保安官を駆り出して暴力的な弾圧を行っている。

私も昨年の8月からカヌーチームに加わり、海上での抗議行動に参加しているのだが、海保の保安官に何度もカヌーを転覆させられ、1月、2月の冷たい海に落とされた。海保に水面下に沈められて海水を飲まされたり、ゴムボートの上で暴力をふるわれて捻挫や骨折などの怪我を負ったり、ゴムボートによる長時間の拘束で体が冷え、救急搬送されたカヌーメンバーが何名も出ている。

現場は在沖海兵隊のキャンプ・シュワブのすぐそばの海域だ。陸地には米軍施設が並び、浜や海では水陸両用車の訓練や米兵の水泳訓練が行われる。山間部で行われている小銃や機関銃の射撃演習、廃弾

10年前の2005年に『沖縄「戦後」ゼロ年』という本を出した。その「あとがき」に次の一節を記した。

〈アジア・太平洋戦争で日本のアジア侵略の一翼を担い、最後は「国体護持」のために「捨て石」にされた沖縄は、その後「太平洋の要石」として、戦争と占領、植民地支配が継続する六十年を送ってきた。果たして沖縄に、戦争が終わった後としての「戦後」はあったのだろうか〉（188頁）

この思いは「戦後70年」といういまも変わらない。むしろ強くなってさえいる。

処理の音も海まで聞こえる。

そういう場所で連日、海底ボーリング調査と、それに対するカヌーや船による抗議、海保による弾圧が行われている。そのただなかに身を置いていると「戦後70年」という言葉が虚しく響く。

「戦後」といっても日本（ヤマトゥ）と沖縄（ウチナー）では異なった時間が流れてきた。1972年の日本復帰前の沖縄は、米軍統治下にあって「平和憲法」も「戦後民主主義」も「高度経済成長」もなかったのだ。そういう歴史の事実を皮膚感覚でつかめる人がいま、ヤマトゥにどれだけいるだろうか。

過去の歴史だけではない。いまの状況についてもそうだ。時おりヤマトゥから呼ばれて、辺野古やヘリパッド建設に反対している高江のことについて話す機会がある。写真や動画を見せながら現場の状況を話し、質問を受けて説明する。終了後は主催者との交流会がもたれる。

そうやって数時間を過ごしながら、はたして自分の語ることがどれだけ伝わっているか、ほとんど伝わっていないのではないか、という思いに駆られることが多い。自分の力量不足もあるが、ヤマトゥに来るたびに感じるのは、沖縄との生活環境の違いだ。

空港からホテルに向かい、街中で食事をし、講演会場に向かう。その過程で米軍車両や米軍機、米兵の姿を一度も見ない。それを当たり前の日常として生きている人たちに、辺野古や高江の状況がどこまで実感できるのか。

質疑や閉会後の交流会などで、驚きや衝撃を受けたと口にし、本土にいて知らなかったことが恥ずかしい、という感想を漏らす人もいる。沖縄に対し日本が何をしてきたか、何をし続けているかを真摯に考え、高江や辺野古に支援活動を行う人もいる。しかし、そういう人たちはヤマトゥ社会でごくわずかだ。

大多数のヤマトゥンチューは、沖縄に米軍基地を押し付けて平然とし、日本全体の安全保障のためにやむを得ない、と割り切ってすませている。それどころか、沖縄は米軍基地のおかげで経済的利益を受けている、という自らに都合のいい「誤解」にしがみついている者も多い。

米軍基地が経済的利益をもたらすなら、財政危機にあえぐ全国の自治体の中から、誘致の動きがありそうなものだが、そういうことはない。米軍が起こす事件や事故、いざとなれば真っ先にミサイルの標的となることの危険性を分かっているからだ。経済的利益云々は、沖縄に負担と犠牲を押し付けているという後ろめたさを消すためのものだ。

そこから沖縄への理解が生まれることはない。むしろ沖縄と日本の断絶は深まっていく。昨年の衆議院選挙で、全国では自民党と公明党の政権与党が圧勝したのに、沖縄ではまったく逆の結果となった。4選挙区すべてで自民党の候補者が落選し、辺野古新基地建設反対を掲げた共産党、社民党、生活の党、無所属の候補者が当選した。

落選した候補者は比例で救われ、立候補した全員が当選するという珍事まで起こったが、全国と比べたとき、同じひとつの国で行われた選挙か、と思うほどの違いが出た。その前に行われた沖縄県知事選挙では、辺野古新基地建設に反対する翁長雄志氏が、埋め立てを承認した仲井真弘多氏に約10万票の大差をつけて当選した。

これらの選挙結果が示す意味を、ヤマトゥに暮らす人々はどれだけまじめに考えているだろうか。1972年5月15日の日本復帰で、ひとつの流れになったかのように見えた沖縄と日本の「戦後」が、多くの重なりを持ちながらも完全に一致することはなく、再び分かれていこうとしている。そういう大きな分岐点にあるのではないか。

集団的自衛権を行使して自衛隊が、アメリカ軍を中心にオーストラリア軍とも連携して中国軍に対抗する。好戦的な安倍政権の軍事戦略が沖縄にもたらすのは、日本のために再び「捨て石」にされるという悪夢である。いまは「戦前何年」なのか。沖縄にとってこの問いは、けっして言葉遊びではない。

日米安保条約そのものを問い返していく必要がある

●『図書新聞』2015年8月8日
《「戦争法案」に反対する》

私はいま辺野古新基地建設に反対するため、辺野古の海、大浦湾でカヌーに乗って海底ボーリング調査への抗議活動を行っている。7月に入って沖縄は台風が連続して訪れ、調査が中断したままとなっている。波が荒れて海に出られない日も続いたが、安保関連法案が衆議院で強行採決された日は、腕がなまらないように海に出てカヌーの練習を行っていた。

パドルを手に辺野古ブルーと言われる海を漕ぎながら胸にこみあげるのは、国会前に行って抗議行動に参加したい、という思いだった。漕ぎ手が限られ、辺野古の現場を離れて東京に行くのは実際には難しいのだが、連日の国会の動きと抗議の様子をテレビや新聞、インターネットで見ながら、怒りともどかしさに駆られた。

集団的自衛権を行使するための安保関連法案と辺野古新基地建設はつながっている。安倍晋三首相にとって、中国に軍事的に対抗するためには、自衛隊を米軍と一体化させ、後方支援の域を超えて前線で戦える次元にまで、自衛隊の能力を引き上げなければならない。そのための法整備を進めると同時に、中国と対峙する軍事拠点として沖縄基地の強化がなされている。

辺野古新基地が建設されれば、自衛隊との共同使用が進むのは間違いない。すでにキャンプ・ハンセンでは米軍と自衛隊の共同訓練が回数を増し、キャンプ・シュワブでも自衛隊車両が出入りしている。加えて、与那国島を皮切りに宮古島、石垣島への陸上自衛隊の配備も進められようとしている。

米国が日本のために中国との交戦を望むことはあるまい。日米同盟の重要性を双方が強調したところで、日本政府の思惑通りに米国政府が動くとは限らない。米国が東アジアで空軍と海軍を中心として軍事戦略を立て、海兵隊の位置付けが低下すれば、在沖海兵隊の役割も低下する。中国のミサイルの標的になることを考え、オーストラリアに移駐させた方がいい、という意見も出ている。

それに対して、中国に「誤ったメッセージを送らないように」と海兵隊を沖縄に引き止めるため必死となっているのが日本政府だ。市街地にあり老朽化した普天間基地の替わりに、2本の滑走路と港湾、装弾場などの機能を備えた新基地を日本の予算で辺野古に造り、米軍に提供して差し上げようという。

加えて1800億円を超す「思いやり予算」があり、米軍の在日特権を保障する「日米地位協定」や密約がある。さらに米軍の「負担軽減」のために自衛隊が兵站(へいたん)のみならず戦闘の一部まで手助けしようというのだから、米国政府、米軍からすれば笑いが止まらないだろう。

日米安保条約で日本は、米軍に基地の提供を義務づけられている。しかし、沖縄に米軍基地を集中させ、自らは基地負担を免れてきたため、ヤマトゥに暮らす日本人の大多数は、同条約で恩恵を受けているのは米国・米軍であることを実感しきれていない。沖縄の米軍基地の実態を見れば、日本や「極東における平和及び安全」という枠を超えて、米軍は基地を利用してきたのだ。

日米安保条約によって、日本は米軍に守ってもらっている、という幻想をいい加減捨てるべきだ。米国はあくまで、自国の利益のために在沖・在日米軍基地を利用しているにすぎない。安保関連法案に反対するだけでなく、日米安保条約そのものを問い返していく必要がある。

それに対し、米軍は抑止力になっている、日米安保条約は必要だ、と言うなら、沖縄に米軍基地を集中させ、押し付けるのではなく、ヤマトゥに暮らす人々は自らも基地負担を担うべきだ。しかし、大半のヤマトゥンチューはそのことを無視してすませる。いざ隣国と戦争となれば、軍事基地が真っ先に狙われ、その周辺に住む住民も巻き添えになることが分かっているからだ。

70年前の沖縄戦で、軍隊は住民を守らない、ということを沖縄人は知った。敵である米軍だけでなく、自分たちを守ってくれるはずの日本軍も、スパイの疑いをかけて住民を虐殺し、食料を奪い、壕から追い出して砲弾の下に追いやった。これが地上戦の実態である。自衛隊が行く戦場で、そこに住む住民は同じ目に遭うのだ。それを許してはいけない。

文学者の戦争責任
――抵抗は次世代への義務

◉『琉球新報』2015年10月12日〈文化〉

9月19日夜から20日未明にかけて、キャンプ・シュワブ・ゲート前に設置されている新基地建設反対を訴えるテントを、右翼団体の街宣車に乗った20人ほどの男女が襲撃するという事件が発生した。

右翼グループは酒を飲み、テントを破壊したり、横断幕を切り裂いたりしただけでなく、止めようとした男性を殴ってけがを負わせている。男女5人が傷害と器物損壊の疑いで逮捕されているが、右翼団体の街宣車による嫌がらせはいまも続いている。

19日の午後5時ごろ、辺野古の海でカヌーを漕いで海上抗議行動に参加したあと、帰宅するため同ゲート前を通った。そのときすでに右翼団体の街宣車3台がゲート前を往復し、車から降りた男たちがテントにいた市民にビデオカメラを向けたり、暴言を吐いて挑発を行っていた。

そのあとテントから200メートルほど離れた歩道に街宣車を止め、そばに座ってたむろしているのを目にした。テントにいた人の話によれば、右翼グループはそこで酒を飲み、深夜になってテントに押しかけて暴力を振るったという。人が少ない時間を狙った悪質な犯罪行為である。

事件が起こる前、テントにいた市民たちは警察に対し、嫌がらせをやめさせるよう何度も訴えている。しかし、警察の対応は襲撃が起こるのを黙認するかのような鈍いものだった。

ゲート前で新基地建設反対の抗議活動を行っている市民に対しては、何人もけがが人が出る過剰な弾圧を加えているのに対して、沖縄県警・名護署の右翼グループへの対応は、実に甘いものだった。このような警察の対応は、右翼グループの襲撃の背後に政治的意図が働いていたのではないか、という疑いを持たせるものだ。

19日は未明に安保関連法案が参議院で可決、成立した。辺野古テント村への襲撃はその直後に発生した。安倍晋三政権は、安保関連法が成立すれば次は辺野古に力を注ぐ、ということが言われていた。右翼グループの襲撃は、安倍政権の意図をよく理解した上で、反対運動を暴力的につぶすために、タイミングを計って実行されたものと思える。

このような襲撃事件が起こると、報道に接した市民の中には、怖いと感じてゲート前のテントに行くことをためらう人も出てくるだろう。それこそが右翼グループの狙いである。警察権力を使って国が弾圧を加えるとともに、民間からは右翼団体が暴力と恐怖で反戦・平和運動をつぶしていく。それは１９３０年代にも行われたことだ。

そうやって戦争への道が掃き清められた。アジア・太平洋戦争に日本が敗北し、沖縄が日米の戦闘で壊滅的打撃を受けてから70年の節目の年に、日本が米軍の下働きとして海外で戦争に参加する法制度が整えられた。そして辺野古では新基地建設に向けて海底ボーリング調査が強行され、高江ではヘリパッド建設が進められている。

私たちはいまこそ歴史に学ばなければならない。右翼団体を使った反戦・平和運動つぶしを許してはならないし、暴力で心理的に委縮させようとする狙いに対しては、毅然として積極的にゲート前に行くことで、それを跳ね返していくことが大切である。

ネット右翼による嫌がらせも以前から活発化している。沖縄の反戦・平和運動は中国や北朝鮮の工作員が裏で操っている、という妄想に基づく低次元の誹謗中傷から、ありもしないことをでっちあげて不信あおりをやるものなど、辺野古新基地建設に反対している団体や個人への攻撃が、インターネット上でくり返されている。

翁長雄志知事や県内メディアもネット右翼の標的となっているが、それは彼らがその影響力を恐れている証拠でもある。

ネット右翼が垂れ流しているデマのひとつに、

ゲート前やカヌーで反対運動に参加している人たちは、金（日当）をもらってやっている、というのがある。それがデマにすぎないことは、自分で実際に参加してみれば分かることだ。

私自身、この数年高江や辺野古で新基地建設に反対する運動に参加してきたが、金銭をもらったことなど一度もない。むしろガソリン代や食費、ウェットスーツの購入など、自腹を切って負担になることが多い。原稿執筆や読書時間も大幅に削られ、実生活でプラスになることはほとんどない。

それでも行動せざるを得ないのは、新基地建設を許せば、生まれ育ったヤンバル・沖縄の将来は暗いものになり、いざ戦争となれば真っ先に攻撃を受けて、壊滅的打撃を受けるのが目に見えているからだ。ひとりのヤンバルンチュ、ウチナンチューとして、それに抵抗するのは次世代への義務である。

かつて日本の文学者の多くは、ペン部隊や文学報国会に参加し、積極的に国の戦争政策に加担した。時流に乗ったにしろ、流されたにしろ、そうやって生き残りを図り、若者たちを戦争へ駆り立てた。文学者の戦争責任の問題は、簡単に葬り去ってはいけないものだ。

一介の物書きができることなどたかが知れているが、少なくとも70年前と同じ愚だけは犯したくない、と思う。

監視から弾圧、戦争へのシステム

◉『部落解放』2015年11月号
《マイナンバー制度を問う》

2002年12月18日に沖縄県名護市で、住基ネットに反対する市民ネットワーク沖縄（反住基ネット沖縄）が第1回の学習会を開いた。その時に参加して以来、同会の会員として活動してきた。

県内の自治体との交渉や街頭での呼びかけ、ビラ配布などを通して、住基ネットに反対することを訴えてきた。住基カードの発行に関しては10年にわたり、県内自治体にアンケート用紙を送って発行枚数や使用状況などの調査を行い、集計記録を公表してきた。

住基ネットだけでなく、監視カメラや盗聴法、個人情報保護法、特定秘密保護法など、監視社会の強化につながる種々の動きに対しても反対運動を続けてきた。

同会は今年に入って名称を「監視社会ならん！市民ネット沖縄」に変更し、共通番号制度（マイナンバー制度）に反対する取り組みを進めている。現在は「マイナンバー法に反対する陳情書」を県内の全市町村議会に提出し、趣旨説明を連日行っている。

同会はまた、高江のヘリパッド建設や辺野古の新基地建設に反対する行動など、県内の反戦・反基地運動にも積極的に参加してきた。活動としてはこちらの方に時間がさかれているのは、米軍基地が集中する沖縄の特殊事情による。

そこにはマイナンバー法をはじめとした監視社会の強化が、基地問題と密接にかかわっているという認識がある。日本を戦争ができる国、米国の戦争に加担する国に変えていくための一手段としてマイナンバーが機能していく。そのことへの懸念がつのる。

国家が戦争を行うためには、国内の反対運動を圧殺しなければならない。市民が戦争や軍隊、徴兵を拒否することを許してはならないからだ。強権を行使してでも、個人や政党、労組、市民団体の活動を規制し、国家が進める戦争政策に従わせていく。

そこにおいては反戦・平和運動を担っている活動家はもとより、集会やデモに参加している市民や組織の動向および情報を把握することが必要となる。公安警察や自衛隊情報保全隊など、国家の治安＝弾圧機関にとって、情報収集の手段は多いほどいい。

マイナンバー制度は、かつて大きな問題となった国民総背番号制そのものであり、生涯を通してひとつの番号のもとに膨大な個人情報が集められていく。それを国家が治安弾圧のために活用すればどうなるか。そのことへの不安が、住基ネットや監視社会の強化に反対する活動に私が参加してきた一番の理由である。

パソコンやインターネットなど情報通信技術の発達によって膨大な個人情報の収集が可能な時代となっている。インターネットの検索履歴や各種カードを使った購買履歴など、個人の思想分析や行動分析に利用可能な情報が、使い手の意思を離れて商業利用される状況が加速している。

マイナンバーの利用が公的機関から民間に拡大すればするほど、それを管理する国家は個人情報を名寄せし、行動から内面まで詳細に把握できるようになる。街中に張り巡らされた監視カメラ網や携帯電話から発せられる位置情報などとつなげれば、個人の日々の動きを追い、監視することは容易だろう。そういう時代に私たちは生きている。

沖縄で監視社会に反対する取り組みを進めるとき、基地問題とならんで沖縄戦のことを常に意識してきた。国家による市民の監視強化が戦争につながる危険性を持っていることを、沖縄戦の歴史が教えるからだ。

一例をあげる。亡くなった叔母から聞いた話だ。

私の祖父は沖縄戦のとき日本兵から命を狙われ、逃げ回っている。叔母によれば、当時、県立第三中学校の学徒兵として日本軍と行動を共にしていた父を、祖父はてっきり戦死したものと思い、せめて遺骨を拾いたい、と友人のM氏に相談したという。

すでに沖縄島北部地域では、本格的な戦闘は終わっていて、日本兵は敗残兵として山中に潜んでいた。米軍は昼間、村に来て警戒にあたっていたが、M氏が米軍に事情を説明すると、祖父を米軍のジープに乗せて、三中学徒隊が戦っていた本部（もとぶ）町の八重岳に連れて行ってくれた。

実際には、父は生きのびて別の山（多野岳）に移動していたので、祖父は遺体を見つけられずに戻った。その後、祖父は日本兵からスパイの嫌疑をかけられ、命を狙われるようになった。

住民の中にスパイがいたわけさ、日本軍の。おじいが米軍のジープに乗っていったのを見ていて、それを山に隠れていた日本兵に教えたわけさ。

叔母はそのように話し、密告した住民への怒りを言葉ににじませた。日本軍は住民の中に相互監視・密告体制を作り出しており、米軍と接触のあった住民をスパイと決めつけ、住民虐殺を各地でくり返した。

そこには、かつて琉球国であった沖縄の歴史や言語、生活習慣の違い、移民県であったことなどへの日本軍の差別と偏見があっただろう。しかし、それがすべてではない。「本土決戦」が行われ、ヤマトゥでも地上戦が戦われていれば、友軍＝日本軍による住民虐殺は全国各地で起こったはずだ。

戦時体制下では防諜が最重要課題となる。住民の中に潜んだスパイの摘発は、特高警察の捜査・弾圧だけでなく、隣組制度など民間の相互監視によっても進められていた。国家や軍隊が市民に向ける不信の目は普遍的なものだ。沖縄戦で起こった住民虐殺は、上（政府）と下（民間）から作り出された監視社会の戦時下における必然的帰結である。

「監視社会ならん！　市民ネット沖縄」は、そのような沖縄戦の体験と教訓を踏まえ、戦争――軍隊（基地）――監視社会をひとつながりのものとしてとらえ活動してきた。

現在、戦争法案と辺野古新基地建設、マイナンバー制度が同時進行している。それはまさに戦争に向け、自衛隊と基地、監視社会を同時に強化しようとするものだ。マイナンバーが普及拡大していけばいずれ、国会前やキャンプ・シュワブのゲート前、辺野古の海・大浦湾などで活動している市民の情報把握=弾圧のために活用されるだろう。

マイナンバーはたんに税や社会保障のためにあるのではない。新自由主義の発想のもとに市民から税金を徹底して絞り上げ、社会保障の予算を抑制し、さらに経済界の要望に応えて企業の利用拡大をはかる。それだけでも市民生活の破壊につながるが、さらにそれ以上の恐ろしさを持っている。

安倍政権のもとで日本は大きく変わろうとしている。戦争法案、辺野古新基地建設、マイナンバー制度はいずれも、反対が多数もしくは市民の理解が進んでいないという現状にもかかわらず、政府が強引に推し進めているものだ。立憲主義の破壊が叫ばれ、国会前にもキャンプ・シュワブのゲート前にも若者をふくめ、多くの市民が長期にわたり集まり反対の声を上げている。

米軍とともに自衛隊が海外で戦闘に参加すれば、間違いなく死傷者が出る。かつて「非戦闘地域」という言葉の定義をめぐって問題となったが、その枠組みさえ取っ払い、いつ戦闘が開始されるかわからない地域にまで自衛隊の活動範囲を広げようとしている。そうやって自衛隊員に死傷者が出ればどうなるか。あるいは自衛隊が市民に発砲し、死傷者を出したらどうなるか。

いずれにしてもこの70年間、憲法9条のもとで起こらなかった事態が発生する。その時日本社会で何が起こるか。自衛隊員の中には、なぜ日本が攻められているわけでもないのに海外で戦わなければならないのか、という疑問を抱き辞める者も出てくるだろう。自衛隊員の減少に歯止めがかからなければ、徴兵制が検討されるのは必至だ。

住基ネットが問題となった頃から徴兵制との関係は指摘されていた。マイナンバー制度に焦点が移ったいま、それは飛躍しすぎた話ではなくなった。対象となる若者の健康状態から思想信条まで、国はマイナンバーを使って効率的に掌握できるようになる。先に書いたように反対運動の弾圧のためにも威力を発揮する。マイナンバーは徴兵制確立に格好のシステムとなる。

ひとりの物書きとして、こういう状況にどう対峙していくか。そのことが問われている。アジア・太平洋戦争において多くの詩人、小説家はペン部隊や日本文学報国会に加わり、積極的に戦争に協力していった。戦意高揚のために書かれた詩や小説に影響を受け、戦場におもむき死んでいった若者もいたはずで、その罪と責任は重い。

そういう愚劣なことをくり返してはならない。しかし、ネット右翼レベルの戦争観で安倍政権の代弁者となっている物書きは現にいるし、時代の空気を読んで要領よく立ち回る連中はいつの時代にもいる。それだけでなく、出版社や新聞社が国家権力に迎合していけば、書く場を失うことを恐れる書き手たちは、自ら進んで変質していくだろう。いやが応でも、個々の書き手の主体性が問われる。

しかし、詩人や小説家という生き物は、本来、自由を何より求め、権力による規制を何よりも憎むものだ。自由に書き、発表できる場を確保するために努力するのは当然のことであり、マイナンバーのような権力者の支配に便利な道具に対しては、真っ先に反対の声をあげなければおかしい。これを放置しておけばいずれ自らの首を絞めることになるのは、歴史を学び少し想像力を働かせれば分かることだ。

この1年余、新基地建設に反対して、辺野古の海・大浦湾でカヌーを漕ぎ、海上抗議行動に参加している。それに多くの時間を取られるが、米軍と自衛隊の基地強化が、マイナンバー制度や戦争法案と密接につながっていることを明らかにして、併せて反対していきたい。

東村高江区でヘリパッド建設に反対し路上で資材を積んだ工事車両を止める市民。全国から動員された機動隊が強制排除をくり返した（2016.8.1）

2016年

ヘリパッド建設を阻止するため、高江の森の中で抗議する市民（2016.9.28）

海上行動から見えること
――基地あるが故の貧しさ

◉『琉球新報』
2016年1月29日
〈季刊 目取真俊〉

一昨年の8月から辺野古の海・大浦湾でカヌーに乗り、新基地建設に反対する海上行動に参加して1年半近くになろうとしている。冬の海を経験するのも2度目となり、寒さが厳しいなか海の上で半日を過ごす日が続く。

海からはキャンプ・シュワブ内で行われている作業を見ることができる。アスベストの使用が問題となった兵舎の解体工事や作業ヤードの造成、割栗石を詰めた根固め袋材（布団かご）の作成など、カヌーを漕いで海底ボーリング調査に反対しながら、陸で進められている作業の観察・監視を続けてきた。

昨年の12月、瀬嵩側の辺野古弾薬庫下にある砂浜に、埋め立てに向けた仮設道路を建設する動きがあった。根固め袋材を砂浜に並べ、その上に鉄板やシートを敷いて、仮設道路を造っているのが海上から確認できた。

一帯は名護市の教育委員会が、文化財の試掘調査を予定している場所である。それが行われないうちに砂浜を改変しようとする沖縄防衛局に対し、カヌーチームや抗議船のメンバーは、工事をやめるよう抗議し、名護市教委に対しても早急に対処するよう求めた。

名護市教委は現場の立ち入り調査を求めたが、米軍と沖縄防衛局は離れた場所から視認させるだけだったという。しかも、道路の目的はフロートを設置するためだとか、根固め袋材は使用していないなど、嘘の説明を名護市教委に行っている。

大浦湾を眺めれば明らかなように、すでに大量のフロートやオイルフェンスが海上に設置され、海を分断している。それらはキャンプ・シュワブ内のビーチに並べられ、作業船で引き出されたものだ。いまさら新たな道路を必要とするものではない。根固め袋材にいたっては、砂浜に設置された写真があり、沖縄防衛局が砂で覆って隠したごまかしまで暴露された。

それにしてもだ。名護市教委に対し、こんな見え透いた嘘やごまかしを行う沖縄防衛局の不誠実さはどうだろうか。「本体工事着工」を打ち出しては見たものの、作業が大幅に遅れていることに焦りを募らせているのだろう。同時にそこには、名護市民や沖縄県民に事実を説明する必要などない、出し抜いて工事を進めればいい、という傲慢さが露わになっている。

それは沖縄防衛局の背後にいる日本政府の基本姿勢でもある。MV22オスプレイの沖縄配備に関して日本政府・防衛省がどれだけ嘘を重ねてきたか。そのことを名護市民・沖縄県民はけっして忘れない。

キャンプ・シュワブの敷地には沖縄戦の直後、米軍によって大浦崎収容所が造られ、今帰仁(なきじん)・本部(もとぶ)・伊江島の住民が収容されていた。マラリアや栄養失調などにより収容所内で亡くなった人も多い。その埋葬地となった場所が、今回、沖縄防衛局が仮設道路を造ろうとしている砂浜の近くにある。

現場にはまだ収骨されない遺骨が残っている可能性がある。沖縄戦から70年余が経ち、埋葬地の特定と遺骨収集作業は、国や県にとって喫緊の課題であるはずだ。それをすませないうちに新基地建設に向けた工事を進めるのは、自然環境の破壊だけでなく、沖縄戦の死者を冒涜することでもある。

昨年から県内紙では、子どもたちが直面している貧困の問題が取り上げられている。

給食費や授業料が払えず肩身の狭い思いをしたり、進学をあきらめるだけではない。貧困から家族崩壊の危機に陥り、食事すら与えられず、居場所のない子どもの苦しみが伝えられている。

辺野古の海・大浦湾に浮かぶフロートやオイルフェンスを眺めながら、どれだけの金がかかったのか、と思わずにはいられない。キャンプ・シュワブのゲートから毎日搬入される資材の費用や警察官、海保職員、防衛局員、米軍と民間の警備員、作業員の人件費など、市民の血税が日々費やされている。その金を教育・福祉予算に回せば、どれだけの貧困家庭、子どもたちが救われるか。

インターネットでは、沖縄は米軍基地があるから儲かっている、沖縄経済は基地に依存しているというデマが、ネット右翼を中心に垂れ流されている。だが、貧困率は全国で最悪であり、基地あるが故の貧しさが、沖縄の過去と現在を貫いている。それが実態だ。

私が子どもの頃、1960年代の日本＝ヤマトゥは高度経済成長を続けていた。一方で沖縄はそれから取り残され、日本復帰もドルショックの中で迎えた。それでもまだ社会全体に、これから発展する、という希望があっただろう。しかし、いまはどうか。

国と地方合わせて1千兆円を超える借金を抱え、右肩上がりの経済や終身雇用、年金制度が崩れ、将来に不安と絶望を抱える人がこれだけ増えても、日本政府は米軍の新基地建設のために湯水のように金を使う。沖縄県民の反対を押し切って。

こんな愚かな国をそのままにしておけば、ツケは我が身だけでなく次の世代にも回っていく。辺野古に新基地は必要ない。基地利権に群がる政治家や官僚、ゼネコン、地域ボスなどに、沖縄の将来を食い物にさせてはならない。

不屈の市民運動　国動く

――非暴力の抵抗、大きな力に

◉『沖縄タイムス』2016年3月21日《辺野古訴訟／「和解」を考える》

辺野古代執行訴訟は国と沖縄県の間で「和解」が成立した。和解案で示された工事中断に従い、大浦湾での海上保安庁の対応も一変している。

現在、海底ボーリング調査を行っていたクレーン付き台船やスパット台船は陸近くに移動し、作業をせずに停泊している。カヌーや抗議船でそばまで行っても、海上保安庁のゴムボートはマイクで注意するくらいで、これといった規制はしない。以前ならフロートを越えた時点で海上保安官がカヌーを拘束し、抗議船に乗り込んできていた。

この間、辺野古新基地建設に反対し、抗議行動を行う市民に、海保や県警・警視庁機動隊が弾圧をくり返してきた。力尽くで排除、拘束され、けがを負った市民は多い。暴力で威嚇し、心身にダメージを与えれば抗議に来なくなるだろう。そう言わんばかりのやり方だった。

連日、抗議行動に参加し、夜間も資材搬入や右翼の嫌がらせなどを警戒してテントで寝泊まりする。そうやって献身的に支えているメンバーには疲労が蓄積する。けがや疲労を癒し、休息をとれるという点でも、工事の中断は意義がある。

しかし、言うまでもなく、中断は一時的なものだ。国が和解を受け入れた理由がメディアでいくつか挙げられている。敗訴の回避や選挙対策、やり直し訴訟への自信、翁長県政の対抗手段防止など、どれもうなずける。

「和解」が成立した直後に安倍晋三首相は、「辺野古が唯一の解決策」という従来からの主張をくり返した。辺野古新基地建設ありき、という姿勢は何も変わっていない。「和解」もしょせん、裁判で負けるよりはダメージが少ない、という打算であり、沖縄県との協議でも歩み寄る姿勢は示さない、と意思表示したようなものだ。

辺野古に新しい基地は造らせない、普天間基地の県内移設＝たらい回しは許さない、という県民世論をはなから無視した発言で怒りを覚える。同時に、強硬姿勢を変えようとしない安倍首相を「和解」にまで追い込んでいった海上とゲート前での抗議行動の意義を確認しておきたい。

一昨年の7月にキャンプ・シュワブの陸上部で兵舎の解体工事が始まり、8月には海上でフロートの設置が行われた。当初、国は11月末までに海底ボーリング調査を終了し、解体工事を終えたあと作業ヤードの整備を進める、と打ち出していた。

その上で1日も早く埋め立てに着手し、後戻りができない状況を作り出すことで、県民にあきらめムードを作り出そうとした。だが、そのような国の目論見は頓挫した。

海底ボーリング調査は開始から1年7カ月がたつのに、いまだ終えることができない。大浦湾に停泊するクレーン付き台船やスパット台船の姿は、作業が大幅に遅れていることを象徴するものだ。

陸上においても、解体工事開始と同時にアスベスト問題が追及され、ゲート前の座り込み行動によって資材の搬入に四苦八苦する状況となった。

市民の粘り強い抵抗により、県警だけでは対応できなくなった。安倍政権は警視庁機動隊を沖縄に送り込み、お年寄りや女性にも弾圧を加えている（機動隊員の中には市民を運びながらわざと手足を捻じ曲げ、女性の体に触れて性的嫌がらせをやる悪質な者もいる）。

それでも抗議する市民は屈しなかった。炎天下の夏も、体の芯から冷える冬も、海保にカヌーを転覆させられて海に落とされても、硬いアスファルトに転ばされ、押さえ付けられても、あきらめることなく抗議を続けてきた。体を張って必死に阻止しようとする姿を見て、共感する人たちが全国から訪れ、新たに運動に加わっていった。

一昨年の夏、暑い日差しを遮るために張られたブルーシートは、いまでは大きなテント村となって、日々の行動の拠点となると同時に、全国から辺野古に集まる人たちの交流の場となっている。海上とゲート前における抗議行動のこのような持続と発展がなければどうなっていたか。

国の目論見通りに事が進められ、早々と埋め立て工事が行われていたら、県内の政治状況や裁判の動向も変わっていただろう。翁長知事や稲嶺進名護市長の行政権限を使った抵抗と、市民による海上、ゲート前での体を張った抵抗。そして、それを支える沖縄県民の世論と全国からの支援。それらが相まって安倍政権の強権的な手法を挫き、追いつめていったのである。

辺野古新基地建設問題は、行政や司法、議会の場だけでは決着がつきそうにない。市民の抵抗で工事はどんどん遅れていくだろう。その上で日本政府が建設を断念するのは、市民の抗議行動がキャンプ・シュワブから県内各地の米軍基地に広がり、嘉手納基地の機能にまで影響を与えて、米軍と米国政府が事の深刻さを認識したときではないか。

それはけっして不可能なことではない。非暴力の座り込みでも、米軍基地のゲート前に数百人単位で人が集まれば、大きな力を発揮する。機動隊が力尽くで排除しようとしても限界がある。私たちは自分たちの力に自信を持っていい。

狙い撃ちの標的となって（上）
――米軍が直接弾圧へ

◉『琉球新報』
2016年4月13日
〈季刊 目取真俊〉

2014年の8月14日に日本政府・沖縄防衛局は、辺野古の海を分断してフロートやブイの設置を始めた。その際、抗議する市民が乗ったカヌーやゴムボートを海上保安官が強制排除し、暴力的な弾圧により負傷した市民もいた。

辺野古漁港や隣の浜からその様子を見て、自分も海に出て抗議したいと思い、カヌーチームに参加を申し出た。それから1年8カ月になる。炎天下の夏も寒い冬の日もカヌーに乗って海上抗議行動に参加してきた。

沖縄県民がどれだけ反対しても意に介さず、力尽くで作業を強行する日本政府への怒りがあった。勤め人には平日の参加は難しいので、私のように時間の都合がつく者が率先してやらねば、という思いもあった。

しかし、何よりも強かったのは、辺野古に新基地ができれば、沖縄の将来、とりわけヤンバルのそれは悲惨なものになる、という危機感である。

普天間基地を辺野古に「移設」し、嘉手納より南の米軍基地を「返還」（実際は移設）すれば、沖縄の「負担軽減」になり、発展につながる。日本政府はそう言う。与党の自民党、公明党もそう主張する。

しかし、「移設」先の名護、ヤンバルからすれば、新たな基地の押し付けであり、米海兵隊の部隊や訓練が沖縄島北部に集中する「負担増加」でしかない。米軍による事件や事故が集中するのも目に見えている。

それだけではない。基地が「返還」されて再開発が行われる中南部と基地が集中する北部との間の経済格差はさらに拡大し、北部から中南部への人口流出が加速することも容易に推測できる。北部では過疎化と基地経済への依存が進み、沖縄島が南北に分断されることで、県民全体の基地問題への関心も低下するだろう。

それこそが日本政府の狙いだと言っていい。米軍専用施設の74％を沖縄に集中させることで、基地負担を免れているヤマトゥの大多数の人々は、基地問題を自らの問題として考えなくてもすまされている。それと同じ構造を沖縄内部で作り出し、ヤンバルに海兵隊基地を集中させることで、人口が多い中南部の人たちの関心の低下を狙っている。

しかし、日本政府のそういう姑息な思惑に乗せられるほど沖縄県民は愚かではない。１９９６年４月12日に日米特別行動委員会（ＳＡＣＯ）で普天間基地の「返還」が決まってから20年が経った。かつて「県内移設」を進めていた保守陣営や経済界からも辺野古新基地建設反対の声が上がっている。

そして、県民の大きな支持に支えられて、翁長雄志知事が国と対峙している。辺野古代執行訴訟は３月４日に国と沖縄県が和解し、海でも陸でも作業は中断している。一方で、安倍晋三首相は「辺野古が唯一の解決策」とくり返し、強硬な姿勢を変えていない。

３月31日の年度末をもって、キャンプ・シュワブの陸上部からは工事を行う重機類が撤退したのに、大浦湾には海底ボーリング調査を行ってきた２基のスパッド台船と３隻のクレーン付き台船が置かれたままだ。

国道からも見える位置にクレーン付き台船は置かれている。それはあたかも県民に対し、いつでも作業を再開できる、という国の意思を示しているかのようだ。本来なら、作業が中断している間、すべての台船とフロートを大浦湾から撤去すべきなのだ。

政府がその気になれば、撤去するのは数日でできる。昨年は５月に台風が来襲し、大浦湾にあったクレーン付き台船は、スパッド台船を載せて羽地内海に避難していた。今年も同じことが起こるだろう。そうであるなら、いま撤去して何の問題があるのか。

現在、辺野古崎（長崎）と長島の間は２重、３重にフロートが設置されている。そのためにカヌーや船は本来の航路を通ることができない。仕方なくカヌーは辺野古崎の岩場の浅瀬からフロートを越え、各台船や陸上の様子を監視してきた。

これまで何度も県民の目を欺いてきた沖縄防衛局のことだ。作業の中断は言われていても、実際に行われていないかを確認し、日々の変化を記録すると同時に、フロートや台船を早く撤去するよう、カヌーと船で抗議を続ける必要があった。

作業が中断して以降、海上保安庁のカヌーに対する姿勢は大きく変わった。作業中はフロートを越えるとすぐに拘束していたが、中断以降は遠巻きに眺めるだけで、規制をしなくなった。カヌーメンバーが陸上や台船に上がるなど、問題となる行動はとらないことを分かっているから、静観を続けてきたのだ。

新年度を迎えた4月1日も、同じように監視と抗議を行うために、辺野古崎の浅瀬からフロートを越えた。そのときにカヌーメンバーのひとりが、米軍の沖縄人警備員に腕をつかまれた。放すよう抗議しに行ったところ、私の方が警備員にふたりがかりで海から陸に引きずり上げられた。

警備員は私の本名を口にしていたので、人物を特定した上での狙い撃ちだ。現場の警備員は上からの方針や命令で動いている。海保が規制をしないなか、米軍が県民に直接弾圧を仕掛けてきた。

狙い撃ちの標的となって（下）

――監禁状態8時間　基地の治外法権露呈

●『琉球新報』2016年4月14日
〈季刊　目取真俊〉

米軍による沖縄県民への直接的な弾圧は、今回が初めてではない。キャンプ・シュワブのゲート前ではすでに数名が、沖縄防衛局が引いたオレンジのラインを越えたということで、米軍の警備員に基地内に引きずり込まれ、拘束されている。

しかし、これまでは1、2時間程度で米軍から名護署に身柄が引き渡されてきた。にもかかわらず今回、海上行動で初めて私が拘束されたのだが、8時間近くも基地内に置かれ、外部との連絡が取れない状態となった。濡れたウェットスーツを着替えることもできないまま、拳銃をホルスターに差した迷彩服の米兵と向かい合う形で、監禁状態にあった。

警察であれ、海上保安庁であれ、逮捕されて身柄を拘束された場合、市民には弁護士を呼んで自らの身を守る権利がある。法的な知識のない市民は弁護士からアドバイスを受けないと、取り調べの際に警察に誘導されて不利な発言をしかねない。それが冤罪につながることもあり、弁護人を依頼することは憲法37条で保障された重要な権利だ。

今回、辺野古崎付近の海域で警備員に拘束されたあと、米軍憲兵隊（MP）のパトカーに乗せられて事務所らしき建物に運ばれた。女性の通訳が出てきたので、すぐに弁護士を呼ぶように告げ、弁護士の氏名と電話番号を伝えた。通訳からは、弁護士と会えるのは名護署に移してからになる、との返事だった。

ゲート前で拘束されたこれまでの例からして、私も1時間程度で引き渡され、弁護士と接見できるものと思っていた。ところが、お昼時間を過ぎて午後になっても引き渡しは行われない。

その間、通訳に何度か状況を確認し、抗議した。外では心配して大騒ぎになっているはずだ。着替えもできないまま長時間基地内に拘束するのは人権侵害であり、社会問題になりますよ。少なくとも無事でいることは外に伝えてほしい。そう訴えた。

通訳も、遅すぎますよね、と困惑している様子だった。あとで弁護士に聞いたところでは、県選出の国会議員や弁護士が、外務省沖縄事務所、沖縄県警、名護署、海上保安庁、沖縄防衛局などに問い合わせても、分からない、ここには身柄が来ていない、などの返事で、私が基地内でどういう状況にあるか確認できなかったという。

これは異常であり、恐ろしいことではないか。米軍基地内に連れ込まれたら、弁護士や国会議員ですら、状況を確認できないのだ。仮に米国人が日本の警察に逮捕され、身柄を拘束されて、弁護士との接見を求めたらどうなるか。要求を無視されて接見できず、8時間も外との連絡が取れない状況に置かれることがあり得るのか。

もしそういうことが起こったら、米国政府は強く抗議し、人権侵害として国際問題になるのではないか。それに対し、日本国内であるにもかかわらず、どうして米軍の憲兵隊は弁護士との接見を拒否、無視できるのか。米軍の憲兵隊には、日本の憲法を超えた特別な権限が与えられているのか。

これは単に米軍から海保への身柄の引き渡しが遅れたという問題ではない。米軍基地内に連れ込まれ、憲兵隊に拘束された沖縄人・日本人は、弁護士との接見ができず、無権利状態に置かれて、自らを守ることができない、という深刻な問題が露呈したのである。まさに米軍基地は治外法権にあることを示している。

それをいいことに、米軍が警備員を使って直接的に県民弾圧に乗り出している。それが当たり前のようにまかり通るなら、沖縄は日本復帰前の1960年代に逆戻りしたようなものだ。

3月31日にワシントンで行われた日米首脳会談で、オバマ大統領が辺野古の新基地問題に言及し、国と県の和解による工事の遅れに懸念を示したという。ゲート前と海上で行われてきた抗議行動は、オバマ大統領が関心を向けざるを得ない状況を作り出している。

それだけに米軍には、県警や海保の警備が手ぬるい、という不満があるのかもしれない。警察や海保を差し置いて、軍の警備員を反対運動への弾圧の前面に立てている。しかし、それは逆効果でしかない。

この数年、沖縄の反基地運動は質が変わってきた。高江のヘリパッド建設反対の取り組みから基地ゲート前での行動が激しくなり、ＭＶ22オスプレイの強行配備をめぐっては、普天間基地の主要ゲートをすべて封鎖するまでに至った。その後も同基地の大山ゲートや野嵩ゲートでは、米兵に対する抗議行動が粘り強く続けられている。

その積み重ねの上にキャンプ・シュワブのゲート前の取り組みがある。工事車両を阻止するために市民が座り込み、沖縄県警や警視庁の機動隊に暴力的に排除されても、屈することなく行動を続けている。

市民の怒りは、いまや我が物顔でゲートを通過する米軍車両にも向けられている。沖縄戦から71年がたっても、沖縄を血であがなった戦利品であると米軍が考えているなら、それは大きな間違いだ。

米軍が県民への弾圧を強化するなら、辺野古新基地反対運動は、全基地撤去運動へと発展していくだろう。

弾圧続く東村高江
――島ぐるみで抵抗を

◉『琉球新報』2016年7月26日〈季刊 目取真俊〉

東村高江の着陸帯（オスプレイパッド）建設をめぐり、沖縄は異常な状況に置かれている。人口が百数十人のヤンバルの小さな集落に、数百人規模の警察・機動隊が全国から派遣され、高江はまるで戦時下にでも置かれたかのように市民活動の規制が行われている。

7月22日には、高江のN1ゲート前に設置してあった市民のテントや車両の強制撤去が行われた。県道70号線の道路沿いには警察車両が数珠つなぎとなり、N1ゲート前は数百人の機動隊員や私服刑事、沖縄防衛局員によって制圧された。

それに先立って数日前から警察は、福岡、愛知県警や警視庁機動隊を使って車両検問を行い、N1の抗議行動に参加しようとやって来た市民を追い返すことまでしていた。高江に通うようになって6年ほどになるが、交通量の少ない山間部で検問が行われるのは初めてだ。まさに市民運動に対する嫌がらせと参加者の特定を狙った弾圧に他ならない。

今回の高江の着陸帯工事強行は、7月10日に投開票された参議院選挙の翌日から始まった。選挙期間中から準備を進めていたということは、選挙でどのような結果が出ようと、日本政府は工事強行を決めていたということだ。実際、安倍政権の現職の閣僚が10万票以上の大差で敗れるという事態になっても、政府は沖縄の民意を一顧だにしていない。

むしろその姿勢は、思うままにならない沖縄へのいら立ちや憎しみを隠そうともせず、力でねじ伏せることで留飲を下げようとしているようにさえ見える。選挙では勝てないから、機動隊という暴力装置を使って沖縄を叩きのめし、歪んだ勝利感を味わいたいかのようだ。

そこにあるのは国のやることに地方は従うのが当

然であり、反対するなどもってのほか、という権力者然とした意識だ。さらに、日本全体のために沖縄が犠牲になるのは仕方がない、という骨の髄までしみ込んだ沖縄への差別意識がある。そうであるが故に、いま高江で起こっていることは高江区民だけの問題ではない。沖縄県民全体にかけられている政府の攻撃なのである。

それに対し沖縄県民は島ぐるみで反対する必要がある。なぜなら、このような日本政府の沖縄に対する傲慢な姿勢を許せば、日本全体の利益のために沖縄が犠牲になるのは当たり前、という構図が完全に定着し、その犠牲は沖縄県民全体におよぶからだ。被害を受けるのはヤンバルのわずかな住民であり、自分たちには関係ない、と考えるなら大きな間違いだ。

沖縄戦から71年余が過ぎ、占領の継続のように米軍が沖縄に居座っていること自体が本来おかしいのだ。米軍基地によって沖縄県民の財産権は侵害され、基本的人権や幸福追求権すらないがしろにされている。元海兵隊の米軍属に女性が殺害されても、沖縄の警察は米軍基地内の捜索さえまともにできない。

嘉手納基地内に勤めていたという米軍属の職場や立ち寄った場所の捜索は十分になされたのか。基地内のごみ集積所やフェンス沿いの茂みなどの捜索はなされたのか。米軍基地内で証拠隠滅をはかれば日本の警察は手も足も出せない。それが分かれば米兵や米軍属はこれからも同じ手法を使うだろう。

沖縄県民自身が自らに向けられた差別や不合理に鈍感となり、高江で起こっていることを他人事としか感じられなくなったら、おしまいである。ヤンバルを田舎呼ばわりし、都会に基地があるよりは人の少ないヤンバルにある方が犠牲は少ない。そう口にするウチナンチューもいる。日本と沖縄の差別構造を沖縄の内部で再生産しているウチナンチューは、自分もまた差別主義者であり、自分で自分の首を絞めていることに気づいていない。

それを喜んでいるのは日本政府であり、安倍政権を支持する日本人である。政府に逆らってもどうせ勝てない。だったら交渉して取れるものを取った方がいい。沖縄県民にそういうあきらめと無力感、負け犬根性を植え付ければあとは楽だ。適当に飴をしゃぶらせて容易に支配することができる。

いま、日本政府が高江をはじめとした沖縄に大量の機動隊員を送り込み、力の差を見せつけて反基地運動を弾圧しているのは、沖縄県民の中にまだ残っている抵抗する精神を叩き潰したいからだ。どんなに逆らっても国には勝てない。そう思わせて抗う気力さえ湧かないようにしようとしている。

だが、見方を変えれば日本政府は、それほどの数の機動隊員をヤマトゥから送り込まなければ勝てない、と沖縄の民衆運動の力を認め、恐れてもいるのだ。どれだけ叩いても屈することなく立ち上がり、粘り強く抵抗を続ける力を。

翁長知事や沖縄県議会は、高江の工事強行に示される日本政府の理不尽さ、基地押し付けに反対する民意を踏みにじる傲慢さに反対の意思を明確にすべきだ。MV22オスプレイが飛び回り、離着陸訓練を行うことで苦しめられている住民やヤンバルの森の破壊を、知らんふーなーしてはいけない。

島ぐるみで高江に行き、抗議しましょう。

どこにもいらない基地を沖縄に押し付けているこの現実

◉『詩人会議』2016年8月号

沖縄でまた米軍関係者による凶悪事件が発生した。元海兵隊員の軍属に20歳の女性が殺害され、森の中に死体が遺棄された。軍属の男は最初の頃の供述では、性暴力をふるったとも語っているが、6月3日現在は黙秘を続けている。

被害者の女性が生まれた1995年は、沖縄島北部で3人の米兵によるレイプ事件が起こった年だ。当時、沖縄では米軍犯罪への怒りと抗議行動が高まり、全県で8万5000人が集まった県民大会も開かれた。その後、沖縄で米軍基地撤去運動が激化し、安保体制が危機に陥りかねないと危惧した日米両政府は、普天間基地の返還を表明した。

しかし、それは「返還」とは名ばかりで、代替施設を県内に造るというものでしかなかった。その候補地に名護市辺野古が浮上し、以来、名護市民は賛成と反対の対立に巻き込まれる。1997年12月には名護市民投票が行われたが、家族や親戚、友人、知人との間で意見が分かれ、仲たがいすることさえあった。結果は海上基地反対の票が上回った。条件付き賛成という選択肢を入れ、賛成派に有利な状況であったにもかかわらず、名護市民は基地受け入れを拒否したのである。

しかし、当時の名護市長であった比嘉鉄也氏は、市民投票の結果を踏みにじり、海上基地受け入れを表明した。政府はすかさず名護市を含む沖縄島北部地域に振興策を打ち出した。金（アメ）をばらまいて基地押し付けという鞭をふるう。政府の悪辣なやり方に名護市民は振り回され、混乱が続いてきた。殺害された女性は、このような名護市で育ち、今年の1月に成人式を迎えている。

私もこの20年余、自分なりにこの問題にかかわり、反対運動を取り組んできた。その根底にあるのは、3人の米兵によって起こされた凶悪な事件をくり返してはならない、という思いだ。だが、私たちがやってきた運動は、米軍犯罪を防ぐほどの力を作り出しきれなかった。そのことが悔しくてならない。犯人や日米両政府に事件への責任があるのはもちろんだが、若い世代が犠牲になるのを防ぎきれなかった私たちにも責任はあるのだ。

それはウチナンチュー（沖縄人）だけではない。当然、ヤマトゥンチュー（日本人）にもある。いや、沖縄に米軍専用施設の74％を押し付けてきたヤマトゥンチューには、ウチナンチュー以上の重い責任があるはずだ。そのことを自覚しているヤマトゥンチューがどれだけいるか。

3月4日に国と沖縄県の間で辺野古埋め立てをめぐる代執行訴訟の和解が成立し、現在、埋め立てに関連する工事や調査は中断されている。私は同工事・調査が始まってから辺野古の海でカヌーを漕ぎ、海上での抗議行動に参加してきた。埋め立てに向けた海底ボーリング調査を阻止するためだが、作業中断を利用して5月中旬から6月初旬にかけて、東京、横浜、鳥取、埼玉で連続して講演を行った。

4週連続して週末を県外で過ごしたのだが、つくづくと感じるのは、米軍属の犯罪に対する報道量の差だ。沖縄では連日、新聞やテレビのトップニュースで報じられてきた。しかし、ヤマトゥのメディアは遺体が発見されて数日は報じたが、扱いは比較にならないほど小さく、記事の量は急速に減っていった。

6月3日には東京にいたので、新宿アルタ前で開かれた同事件に抗議する集会とデモに参加した。主催者発表で70人ほどの人が集まり、私も何度かマイクを手にして発言した。こうやって東京の地で抗議集会を開き、沖縄と連帯しよう、と呼び掛けて行動している人たちには感謝したい。

その一方で、同事件に対する関心の低さも目の当たりにした。沖縄で起こったこの事件を他人事ではなく、あなたの家族や恋人、友人が被害にあったら、と自分の問題として考えてほしい。そう訴えたのだが、新宿の繁華街を歩く人々にどれだけ届いたか。日々の忙しさと都会の喧騒にかき消され、この事件も遠い沖縄で起こったものとして忘れられていくのか。

目の前に米軍基地がなく、自分や家族が米軍犯罪に巻き込まれる危険がなければ、脅威を感じて真剣に考えることもない。大半の人はそうだろう。だからこそ日本政府は沖縄に米軍基地を集中させてきた。そうやって基地問題を「沖縄問題」として矮小化し、大半の日本人に日米安保体制の問題を考えることすらなくさせた。

沖縄にいらない基地は日本のどこにもいらない。ヤマトゥの平和運動家からそういうことが言われる。沖縄にいてその言葉を聞くと、きれいごとですませる欺瞞にうんざりさせられる。基地を全面否定しているように見えて、実際には現状維持を言っているに過ぎない。

そういう自覚すらないまま、沖縄との連帯が口にされる。どこにもいらない基地を沖縄に押し付けているこの現実をどう変えるのか。そのために何をするのか。日本人にはそれが問われている。

「戒厳令下」の高江

――暴力に次ぐ暴力／社会の戦時体制化先取り

◉『琉球新報』2016年8月15日〈季刊 目取真俊〉

7月22日、米軍北部訓練場の着陸帯建設に向けて、東村高江のN1地区のゲート前に置かれていた市民の車両とテントが強制撤去された。前日から高江に泊まり込み、一部始終を見たが、まさに機動隊による暴力につぐ暴力で、ゲート前に集まった市民は排除されていった。

沖縄県警に加えて、全国から動員された500人とも言われる機動隊員がN1ゲート前の県道を埋め尽くした。私はゲート前に置かれた車の屋根の上で排除に抵抗したのだが、一緒に車上にいた市民の中から、首を締められて気を失う人、あおむけに倒れたまま踏み付けられる人、鉄柵に圧迫されて肋骨を骨折する人など、機動隊員の暴力で何人もの負傷者が出た。

その様子は新聞、テレビの報道やインターネットに投稿された映像などをとおして多くの人が目にしているだろう。このままでは危険だと判断した現場リーダーから、撤収するという指示が出たので、私も腰に巻いて車につなげてあったロープをほどき下に降りた。

初めて反戦集会に参加した1979年4月以来、沖縄で行われてきた基地反対の集会やデモ、抗議行動に数えきれないほど参加してきた。この数年でも普天間基地やキャンプ・シュワブのゲート前など、機動隊が市民を強制排除する現場を体験してきた。しかし、7月22日のN1ゲート前のように大量の機動隊員がひしめいているのを目にしたのは初めてだった。

そこに露わになっていたのは、沖縄が選挙でどれだけ民意を示し、非暴力の民主的な手法で訴えても、それを無視して力でねじ伏せる、という安倍政権の意思だった。いや、こういう表現は生ぬるい。言うことを聞かないなら叩きのめせ、という抑制のきかない暴力が日本政府によって振るわれていたのだ。

22日以降、高江では戒厳令下のような状況が続いている。警察による弾圧態勢が敷かれ、県道には機動隊の大型バスが何台も並べられている。N1ゲートに砂利が搬入される際には、数百人の機動隊員が道路に並び、車両や通行人の規制を行う。憲法で保障された集会や表現の自由などおかまいなしだ。

工事車両を優先して県道70号線を長時間封鎖するため、通行量の少ない山間部にもかかわらず、止められた車が長蛇の列をなしている。8月10日には午前7時半という通勤時間帯に、高江の集落から県道70号線に通じる出入り口を警察車両が封鎖するという暴挙もなされた。

突然の生活道路の封鎖に住民から反発が出て、県警は半時間ほどで封鎖を解かざるを得なくなったが、着陸帯を建設するために住民生活を犠牲にすることが当たり前のように行われている。中南部の市街地から遠く、人目に触れにくいのをいいことに過剰警備が横行している。

全国から派遣されている機動隊員の中にも、内心は疑問を覚えている人がいるはずだ。那覇空港から高江に来るまでの間、どのルートを通っても沖縄以外では目にしないような米軍基地の風景を目にせざるを得ない。沖縄が過重な基地負担を担わされているのは一目瞭然であり、米海兵隊員が県道のすぐそばで訓練をしている様子を見れば、自分が暮らしている地域との違いに驚くだろう。

だが、そうやって迷いが生じれば士気に影響するため、機動隊内では「市民の安全確保」を名目に弾圧を合理化し、正当化する教育がなされているだろう。しかし、実際にやっているのは米軍基地建設のための手助けに過ぎない。そもそも危険だからと自分たちは嫌がる米軍基地を沖縄に押し付けておいて、「安全」を口にするのは恥ずかしい話だ。

現在、高江で行われている手法が成功すれば、安倍政権は辺野古でも同じ手法を使うだろう。辺野古だけではない、全国各地で市民運動を暴力で抑え込み、民主的な手法や地方自治を踏みにじることが当たり前になっていくだろう。国のやることに抗っても無駄だ、黙って従った方が身のためだ、そういう心情を市民の中に作り出し、無力感と沈黙の中に引きこもらせようとしている。

それこそ戦争前夜の精神風景である。そうやって物言えぬ社会となり、メディアも政治権力に屈服、迎合し、議会も翼賛化が進む。無力感や屈辱感を抱えた市民は、やがてそれを解消してくれる独裁者を倒錯的に期待するようになる。

高江にはいま全国から多くの人が訪れ、ＭＶ22オスプレイが使用する着陸帯を造らせない、という思いで機動隊と対峙し、抗議行動を続けている。特に若者の姿が多いのが特徴だ。そうやって現場で行動する人が増えない限り、基地強化がなされるだけでなく、この社会の戦時体制化が進んでいく。

何を大げさな、と思う人もいるだろう。しかし、高江で起こっていることは、これから沖縄全体、日本社会全体が迎えようとしている状況の先取りである。ぜひ自分の目で確かめてほしい。

力の強い者が弱い者を容赦なく痛めつけ、ねじ伏せる。その構造は相模原の障がい者殺人に通底する。やすやすと安倍政権の思い通りにさせてはならない。

米海兵隊に拘束されて

◉『三田文學』2016年夏季号

4月1日、名護市辺野古の米海兵隊基地キャンプ・シュワブの中に8時間近く拘束されるという経験をした。

その日はいつものようにカヌーに乗って辺野古の海に漕ぎ出し、辺野古新基地建設に反対する監視・抗議活動を行っていた。3月4日に国と沖縄県の間で、埋め立て承認取り消しをめぐる代執行訴訟の和解が成立し、以来海底ボーリング調査は中断していた。

2014年の8月から同調査に抗議するためカヌーに乗ってきたのだが、中断して以降も調査のために設置されたフロートやオイルフェンス、スパッド台船、クレーン付き台船はそのまま残っていた。その撤去を求めると同時に、隠れて作業をやっていないか監視する必要があった。

そのためにカヌーによる海上行動は継続していて、1日もそれまでと同じように辺野古崎の浅瀬からフロートを越えた。その際、一緒に行動していたメンバーのひとりが沖縄人警備員に腕をつかまれ、抗議しにいった私の方がふたりがかりで陸に引きずり上げられた。

拘束した警備員は私の本名を呼び、「いま陸に上がってますよね、刑特法違反です」と言った。自分たちで陸に引きずり上げておいて何を言うか、と思ったが、最初に腕をつかまれたメンバーは放されており、私を特定した上での狙い撃ちだな、と感じた。これまでキャンプ・シュワブのゲート前でも、常連メンバーが何人も拘束されていた。

その後、米軍の憲兵隊のパトカーがやってきて、迷彩色の軍服を着た若い憲兵隊員ふたりと女性の通訳が下りてきた。兵士たちは腰のホルスターに拳銃をさしており、私が身に着けていたライフジャケットやカメラ、腕時計などをはずして地面に並べるよう指示した。その上で壁に両手をつくよう言われ、後ろから身体検査された。映画やテレビで米国の警察官がやっているのを見たことがあると思うが、あれである。

検査が終わると兵士たちは無線で連絡を取り、私は後ろ手に手錠をかけられてパトカーに乗せられた。所持品は「かねひで」というスーパーの籠に入れられたが、米兵が買い物帰りに持ってきたのだろう。手錠をかけられるのは初めてだった。右手首の絞め方がきつくて痛いので、通訳に言うと緩めた。車内は座席の前後が鉄板で仕切られ、後部座席は膝が窮屈で身動きできない。鉄板の上は運転席が金網、助手席が透明なアクリル板で防御されていた。

それから国道329号線に面したゲートの方に移動したが、ふだんは見ることのできない基地の中を観察することにした。辺野古崎一帯は兵舎などの施設が解体され、陸上作業ヤードが造られる。作業の進行度合いが気になっていたが、瓦礫が散乱し、基礎のコンクリートもそのままで、路盤整備が思っていたより遅れているのが目についた。

キャンプ・シュワブでは年に1度、市民が入れるフェスティバルが5月に開かれる。その時に何度か入ったことがあるが、会場は海岸に近い娯楽施設がある場所に限られている。辺野古崎からゲートに伸びる道路は航空写真で確認していただけで初めて通った。

ゲート近くまで移動して駐車場に入り、下りると手錠を外された。駐車場で通訳に弁護士との接見を要求し、弁護士の氏名と連絡先を告げた。しかし、通訳は「そういうのは名護署に移ってからになります」と答えて取り合わなかった。

歩いて憲兵隊の事務所らしき建物に移動したが、2重ドアの玄関を入ると右手のガラス戸棚には優勝カップやトロフィーがたくさん飾ってあった。左手は受付カウンターのようになっていて、強化ガラスと思われるもので仕切られている。ガラスは開閉できないようになっており、鍵など小荷物の受け渡しはガラスの下に設けられた穴から行っていた。

ガラスには見えにくいようにスクリーンが貼られているようだったが、内部の様子は確認できた。部屋の奥に監視カメラのモニターがあり、各カメラの映像が分割されて映っていた。ガラス越しに座っている兵士の前にもモニターがあるらしく、それを見ながらこちらの様子を監視していた。

憲兵隊の上官らしい40歳くらいの兵士が出てきて、籠から所持品を出して玄関ロビーの床に並べ、写真を撮った。トランシーバーが気になるらしく、バッテリーを外そうといじくりまわしているので、内蔵型だから壊すなよ、と通訳に注意すると床に置いた。

再び壁に両手をついて身体検査され、玄関ホールの壁際に据えられた長椅子に座るよう指示された。壁にはオバマ大統領をはじめ米国政府高官や軍司令官の顔写真が20枚ほど貼られている。その前に座ると、若い憲兵隊員がひとり、2～3メートルほど離れた場所に向かい合って立った。

兵士たちは3名が15分から20分ほどで交替し、この建物内で拘束されていた8時間近くの間、大半はこの兵士たちと向かい合っていた。兵士のひとりは190センチほどある長身の白人で、ホルスターの拳銃とは別の拳銃をベルトの前にさしていた。見た目の印象では暴動鎮圧に使うゴム弾のような殺傷力の低い銃かと思ったが、この兵士は当初、この銃をずっと握って立っていた。

表情や仕草からかなり緊張しているようだった。こちらが紺のウェットスーツを着てサングラスをかけているので、テロリストに見えているのかもしれない、と思った。こういうまじめなタイプの兵士は過剰反応する危険があるので刺激しないように注意した。

海から上げられたまま濡れたウェットスーツを着替えることはできなかった。室内に入ると体が冷え、寒くなったので通訳に訴えると、小型の温風機を持ってきた。しかし、足元を温めるくらいで、体は温まらない。体温が低下すると判断力が鈍るので、立って体を動かし続けた。

通訳を呼んで何度も弁護士との接見を要求し、着替えの差し入れが必要であることも言った。しかし、通訳の対応は「名護署が引き取りにこない」とくり返すだけだった。途中から建物の奥の廊下に移されたが、防火用扉の前にイスがひとつ置かれただけの場所で、外部との連絡がつかない軟禁状態が続いた。

この間、外では海上行動のメンバーや弁護士、沖縄県選出の国会議員が、私がどうなっているかを確かめようと必死になっていた。だが、外務省、防衛省、沖縄県警、海上保安庁に確認しても「分からない」「こちらには来ていない」という返事が返ってくるだけだったという。米軍基地内に拘束されたら、国会議員、弁護士ですらどうなっているかつかめないのだ。そういう恐るべき状況にあるのが日本という国である。

私たち市民には、何らかの理由で警察や海上保安庁に拘束、逮捕された場合、弁護人を依頼する権利が憲法で保障されている。法律に疎い市民は弁護士のアドバイスを受けないと的確な対応ができない。けれども、米軍の憲兵隊に拘束されると、その権利を行使することができない。その問題が今回の件で浮き彫りになった。日米地位協定が日本国憲法よりも上位にあるのだ。なんという属国ぶりだろうか。

腰に拳銃をさした米兵とふたりきりで向かい合っているのは気持ちがいいものではない。ここがイラクやアフガニスタンなら、このまま消されて行方不明となってもおかしくないのだろうな、と思った。

午後5時前になり、憲兵隊の事務所が閉まることになってやっと、海上保安庁の保安官がやってきて、刑特法違反で緊急逮捕すると告げられた。どうしてこんなに時間がかかったのか、と訊くと「上の方でいろいろ揉めていたようですよ」という答えだった。

国と県の和解により海上での作業が行われなくなってから、臨時制限水域にカヌーで入っても、海保は拘束どころか注意すらしなくなった。それに苛立ったのか、米軍が自ら県民弾圧に乗り出したのだ。

この原稿を書いているいま、沖縄は元海兵隊員の米軍属による事件で騒然となっている。強姦殺人、死体遺棄の容疑がかけられているが、このような犯罪が起こるのを防ぐために基地に反対してきた。なんともやりきれない思いだ。

沖縄の米軍犯罪の根を問い糾す

◉『社会評論』（小川町企画）2016年夏季号

6月19日に那覇市の奥武山陸上競技場で〈元海兵隊員による残虐な蛮行を糾弾　被害者を追悼し、海兵隊の撤退を求める県民大会〉が開かれた。主催者発表で6万5000人が集まり、私もティダの会の一員として、ゲート前で頑張っている辺野古の皆さんとともに参加した。

2日前の17日には名護市で、殺害された女性の追悼集会が開かれた。女性の同級生など若者の姿も多く、ふたつの集会ともに家族からのメッセージが寄せられた。発言を聴きながら、あちこちで目頭を押さえている人がいて、沈痛な思いが会場に流れていた。

参加者の花が捧げられた遺影は、成人式に撮ったものなのだろうか。ドレスを着て微笑んでいる姿は幸せに満ちていた。女性の父親は私と同世代である。突然、一人娘を奪われた両親の気持ちを思えば、沈鬱な気持ちになる。

彼女が卒業した中学校の同窓生は毎年、成人式を迎えるにあたって名護の山（じんがむい）に光文字を灯している。今年は「支」という文字だった。彼女も友人たちとその文字を眺めただろう。

海上基地の建設をめぐって名護市民投票が行われた翌年の1998年には、市民の対立を和らげるように「和」の文字が灯された。女性が生まれ育った名護の20年は、辺野古新基地建設問題で振り回された歳月でもあった。

県民大会に寄せたメッセージで女性の父親は〈全基地撤去、辺野古新基地建設反対〉と記していた。名護に住んでいて、このメッセージを発するのは簡単なことではなかっただろう。

知人の女性が、この事件のあと不意に涙があふれてくる、と話していた。そういう人は少なくないと思う。県民大会から4日後の23日は、沖縄戦慰霊の日だった。沖縄戦の犠牲者と米軍属に殺された女性の死を重ね合わせた人も多かったはずだ。

〈沖縄戦から○○年〉あるいは〈復帰から○○年〉のあと〈変わらない沖縄基地〉という言葉が続く。使い古された一節がメディアでくり返される。変えなかったのは誰なのかを問うこともなく。

日本政府や右派メディアは、県民大会は自民党、公明党が参加していないから県民総意ではないとケチ付けし、事件そのものを忘却しようとする。ヤマトゥンチューの大多数も、その流れに乗っかってすませる。日本の安全保障のために沖縄に犠牲を強いる。その現実を変えたくないのだ。

この文章が読者に読まれる頃には、参議院選挙も終わっているだろう。執筆時のメディアの予測では、改憲派勢力が3分の2を上回る勢いという。実際、そのような結果が出ているかもしれない。沖縄と日本（ヤマトゥ）の間の状況の差は、さらに拡大することになる。それが埋まることはあるだろうか。

5月中旬から6月初旬にかけて、私は4週連続して週末ヤマトゥに行き、東京、横浜、鳥取、埼玉で講演を行った。辺野古代執行訴訟で国と沖縄県が和解し、埋め立てに向けた作業が中断している期間に、県外で話をしてひとりでもカヌーを漕ぐ人、ゲート前に座り込む人を増やしたい、という思いからだ。

私のような者の話を聴きに来るくらいだから、基地問題や反原発、環境問題などの市民運動、労働運動にかかわり、デモや集会にも参加している人が多いのだろう。それでも、講演のあとの質疑応答で参加者と言葉を交わし、不満と違和感が溜まっていった。4週続けてヤマトゥで話して容量を越したのか、最後の埼玉では質問に切れて怒りをぶつけてしまった。

何人かの質問を聴きながら私が苛立ちを抑えきれなかったのは、元海兵隊員の米軍属に殺害された女性に対する言及がないことだった。事件のことを大きく報道した沖縄の新聞を会場に掲示し、講演の冒頭では事件について語り、沖縄の米軍基地の状況も紹介した。私の話の下手さを差し引いても、事件に対する思いが少しは語られてもよさそうなものだ。しかし、出てきたのは自分の活動や思いを延々と語るもので、事件についての質問すらなかった。

講演会場ですらこうなのだから、ヤマトゥの「一般市民」の反応はいまさら嘆くのも愚かだ。もともと低かった関心も参議院選挙によってかき消されてしまった。しかし、殺された女性や家族の無念、悔しさ、苦しみ、怒りをこのまま忘れていいはずがない。

沖縄の全基地撤去、辺野古新基地建設を県民大会のスローガンに掲げたからには、それを実現するために具体的に計画を立て、行動しなければならない。どれだけ多くの人が集まろうと、その後に行動が続かなければ「ガス抜き」と批判されても仕方がない。日本政府はそういう沖縄県民の弱さを見透かしているのだ。

沖縄への支援という言葉があるが、沖縄に基地を押し付けてきたヤマトゥンチューが沖縄から米軍基地を撤去させるために努力するのは、当たり前の義務であり責務だろう。なぜ女性は元海兵隊の米軍属に殺されなければならなかったのか。沖縄に米軍基地を集中させ、自らは米軍犯罪の危険を回避してきた大多数のヤマトゥンチューがいたからだ。

破壊される森　北部訓練場

――市民が暴く杜撰工事

●『琉球新報』2016年10月20日〈季刊　目取真俊〉

東村と国頭村(くにがみ)で行われている北部訓練場のヘリパッド建設は、沖縄県警と東京・神奈川・千葉・愛知・大阪・福岡から派遣された機動隊の暴力的弾圧を頼りに、連日工事が強行されている。

ヘリパッド建設はN1・H・Gの3地区で行われている。N1地区ではふたつのヘリパッドが建設されている。10月12日現在、現場では樹木が伐採された後の切り株の除去がほとんど終了し、土砂流出防止柵や沈砂池を作った上で、盛り土やのり面の形成が進められている。建設中の4つのヘリパッドのうちでは、最初に着手されただけに工事の進み具合も早い。

H・G地区ではひとつずつ建設され、民間と自衛隊のヘリを使って重機を搬入してから工事が本格化した。H地区では伐採を終えて一部で切り株の除去が行われ、土砂流出防止柵や沈砂池を造っている最中である。それが終わると抜根作業や土地の造成が進められる。

G地区のヘリパッド建設現場は、工事に使用する道路が未整備のため最も遅れている。バックホーが1台しかなく、樹木の伐採は終えたが、倒した木の片付けができないまま野積みになっている状態だ。G地区はほとんど人の入らなかった奥深い場所で、ノグチゲラの営巣木も多数見つかっている。そういう貴重な森が切り拓かれ、無惨な状態となっている。

森の破壊はヘリパッド建設現場だけではない。N1表ゲートから各建設現場に資材を運ぶため、工事用道路が造られているが、そのための樹木の伐採もひどいものだ。N1地区からH地区へと通じる道路は、当初のモノレール設置という計画が変更され、幅4メートルの道路に変わり、木の根株を残したまま厚く砂利が敷かれている。

米軍基地の中だから県民の目は届かないし、マスメディアは取材できない。そう侮って沖縄防衛局は杜撰（ずさん）な工事を平然と進めている。しかし、勇気をもって抗議に訪れている市民の手で、その様子はインターネットを通じ広く伝わっている。現場の状況が動画や写真で簡単に伝えられるようになり、政府や沖縄防衛局が都合の悪い事実を隠そうとしても、でたらめな工事の実態が暴かれている。

警察の警備に関しても同じだ。建設作業員を警察車両でN1表ゲートまで運んだり、逆に建設業者のトラックの荷台に機動隊が乗って訓練場内を移動したこと、急な斜面をトラロープを使って市民を引き上げたことなど、市民が撮影した動画や写真が、警察の警備の実態を暴いてきた。

沖縄防衛局や警察が市民を現場から排除しようと躍起になるのは、抗議行動によって工事が遅れることはもとより、年内完成を公言する安倍首相の意を受けて、乱暴かつ杜撰な工事を進めている実態がつかまれ、世間に知られて問題化することを恐れているからでもある。

抗議行動が穏便で工事に支障が出ないものなら、警察は大した規制はしない。しかし、工事の進み具合に影響をおよぼすような本気の抗議行動に対しては、機動隊を前面に出し力尽くで抑え込みにかかる。

現在、N1やH、G地区のヘリパッド建設現場に、連日数十人の市民が訪れ、抗議行動を展開している。それに対し政府、警察は刑特法や威力業務妨害などを使って弾圧する機会を狙っている。

市民が公然と米軍基地内で抗議行動を行うのは、1970年代半ばの喜瀬武原（きせんばる）闘争以来かもしれない。米軍の実弾射撃演習に対し、着弾地に潜入して演習を阻止した同闘争は、沖縄の反戦・反基地運動の歴史で最も激しく強固にたたかわれたものだ。

だが、40年前といまでは政治・社会状況は大きく違っている。喜瀬武原闘争を中心になって担った労働組合や学生団体の力は低下し、職場・学園の管理強化が進んで平和運動に取り組むのも難しい状況だ。そういうなかで、現場で運動を支えているのは、軍事基地の強化や自然・社会環境の破壊を何とか止めたい、という志を持った個人だ。もちろんいまでも政党や労組、市民団体の力は大きなものがあるが、専従役員以外は現場に長期間張り付けないのが実情だ。

安倍政権が年内にヘリパッドを完成すると公言しているいま、残された時間は少ない。もたもたしていたら工事は終わってしまう。この問題に関し、翁長雄志知事は態度を曖昧にしたままだが、政府の揺さぶりに対応しきれないまま年末を迎えることになれば、信頼感や求心力の低下は免れない。

米軍基地に限らず、人から物を借りたら返すのは当たり前のことだ。新しい物を代わりにくれなければ返さない、というのはヤクザの言いがかりに等しい。「負担軽減」と言いながら老朽化、無用化した施設を返し、最新鋭の機能を持った施設を新しく造らせるという点で、辺野古新基地建設と高江・安波（あは）ヘリパッド建設は同じだ。

新滑走路が造られて強化が進む伊江島補助飛行場とあわせて、3基地はMV22オスプレイが訓練する拠点となり、沖縄島北部＝ヤンバルの地はその被害に苦しめられる。いま止めなければその被害は何十年にもおよぶ。泣き寝入りしてはならない。

高江「土人」発言を考える

――沖縄への無理解噴出

◉『沖縄タイムス』2016年11月1日〈文化〉

10月18日の午前9時45分頃、ヘリパッド建設が進められている東村のN1地区ゲート付近で抗議行動を行っている際に、大阪府警の機動隊員から「どこつかんどるんじゃ、こら、土人が」という言葉を投げ付けられた。

現場では10人ほどの市民が、砂利を搬入するダンプカーに対し、金網のフェンス越しに抗議の声を上げていた。この機動隊員はその市民に「ボケ」「クソ」という言葉を連発し、言葉遣いがひどいのでカメラを向けているところだった。本人も撮影されているのは承知の上で「土人が」と言い放った。

それだけではない。その後、別の場所で砂利を積んだダンプカーに抗議していて、3人の機動隊員に抑え込まれた。「土人が」と発言した機動隊員は、離れた場所からわざわざやってきて、私の頭を叩いて帽子を落とすと、脇腹を殴ってきた。

近くに新聞記者がいたので、写真を撮るように訴えた。機動隊員は記者から見えにくい位置に回り、抑え込んでいる仲間の後ろから、私の足を3回蹴った。ビデオ撮影されたときは、フェンスがあって手を出せなかったので、暴力をふるうチャンスと思ったのだろう。

その前には大阪府警の別の機動隊員が、ゲート前で抗議している市民に「黙れ、こら、シナ人」という暴言を吐いていた。この機動隊員もゲート前に並んだ時から態度が横柄で、自分の親や祖父母の世代の市民を見下し、排除の時も暴力的な言動が目立っていた。そのため、注意してカメラを向けている際に出た差別発言だった。

高江には現在、東京警視庁、千葉県警、神奈川県警、愛知県警、大阪府警、福岡県警から500名と言われる機動隊が派遣されている。沖縄県警の機動隊を含めて、沖縄島北部の限られた地域にこれだけの機動隊が集中し、長期にわたって市民弾圧に乗り出している。こういう事例が過去にあっただろうか。

7月22日にN1ゲートの車両が強制撤去され、ヘリパッド建設工事が本格的に始まって以来、高江の現場は戒厳令が敷かれたかのような異常事態が続いている。そのようななかで「土人」「シナ人」という差別発言が発せられた。それはヘリパッド建設を強行するため、抗議する市民を暴力で抑え込むことを正当化しようとするものだ。

南の島に住む、遅れた「土人」たちは、理性的に物事を判断することができない。だから政府がやる正しいことに反対しているのであり、こういう輩は力で抑え込んで当たり前だ。あるいは、反対する連中は中国（シナ）から金をもらってやっている工作員であり、暴力をふるって叩きのめしてもかまわない。そうやって自らの暴力を正当化している。

インターネット上には、この種の沖縄に対する差別意識丸出しの書き込みが氾濫している。まだ20代の若い機動隊員の口から「土人」「シナ人」という言葉が出てくるのは唐突なようだが、ネット右翼が拡散するデマから知識を得ているのだろう。きちんと琉球・沖縄の歴史を学ぶこともせず、理解しようともしていない。歴史的にある沖縄への差別と在沖米軍・自衛隊の強化、中国脅威論が結びつき、新たな差別意識が生み出されている。

これは機動隊員個人の資質の問題ではない。安倍晋三首相がヘリパッドの年内完成を公言し、それが現場に圧力をかけて、市民への弾圧の強化を促していることが前提にある。さらに、基地建設を推進しようとする者たちによって、中国脅威論とからめて沖縄県民への差別意識をあおる書き込みが、意図的に拡散されていることが背景にある。

警察官は市民が持たない権力を持っている。本来はヘイトスピーチを取り締まる立場にある彼らが、ネット右翼レベルの知識、認識しか持たず、沖縄県民に差別発言を行っているのは恐ろしいことだ。このことが徹底して批判され、是正されなければ、沖縄差別はさらに広がっていく。ヤマトゥに住むウチナンチューに実害がおよびかねない。そういう危機感を持つ。

かつて就職・進学で沖縄からヤマトゥにわたった若者たちが、沖縄に対する差別と偏見に悩み、苦しんだという話が数多くあった。1980年代後半から沖縄の音楽、芸能がもてはやされ、観光業が伸びていくのと合わせて「沖縄ブーム」が生まれた。沖縄への理解が進み、差別・偏見も改善されたように見えた。

しかし、「明るく、楽しく、優しい沖縄」イメージがもてはやされる一方で「基地の島・沖縄」という実態は負のイメージとして隠蔽され、米軍基地の負担は変わらないばかりか、自衛隊の強化が進められた。しょせん「沖縄ブーム」はヤマトゥに都合のいいものでしかなかった。

そういう2重構造は差別意識にも反映している。ウチナンチューがヤマトゥの望むように行動すれば評価されるが、意に反して自己主張すればはねつけられ、言うことを聞かなければ力尽くで抑え込まれる。高江や辺野古はそれが露骨に現れる場所だ。だから隠れていた差別意識も噴き出す。ヘリパッド建設強行自体が差別そのものなのだ。

「土人」「シナ人」発言
——沖縄差別が公然化

◉『琉球新報』2016年11月7日〈季刊 目取真俊〉

私の父は1930年（昭和5年）に大阪で生まれている。沖縄から出稼ぎに行った祖父母がそこで知り合い、結婚したからである。祖父母から聞いた話では、祖父は当事無産党の活動家で、労働争議などを指導していたが、同時に沖縄人差別に反対する運動もやっていたという。

祖父によれば、関西の紡績工場ではホコリが溜まった機械の掃除を沖縄人労働者にさせていて、そのために肺病を患う人が多かった。そういう沖縄人に対する差別待遇を止めさせ、劣悪な労働環境を改善させるために会社と交渉していたという。

祖母は当時の思い出として、ストライキを打つと工場が閉鎖され、労働者たちが塀にはしごをかけて乗り込んでいった様子や、祖父が政治活動にのめりこんでいたため収入がなく、海岸に流れ着いたゲタを修理してはいたり、畑に捨てられた野菜の切れ端をひろって食べたことなどを話していた。

あまりに腹が立ったので、家にあった社会主義関係の本を祖父が留守のあいだに捨てたこともあったという。大正末期から昭和初期の関西地区で、沖縄人たちがどのように生活していたか、その一端を祖父母は語っていた。まだ、沖縄人・琉球人に対する差別が色濃く残っていた時代のことだ。

差別と偏見に苦しんだ沖縄人が、沖縄の苗字や生活習慣、文化、芸能を捨て、ヤマトゥ社会に同化するためにあがいたこと。第2次大戦をはさみ、戦後もなお続いた差別・偏見に苦しみ、就職、進学した若者のなかには精神を病んだ人さえいたこと。そのことを私の世代は数多く聞いてきた。

祖父母が大阪に暮らしていた頃から80数年が経ち、表面的には沖縄に対する差別・偏見は減少したように見える。1980年代後半から「沖縄ブーム」が起こり、沖縄の文化や芸能がもてはやされ、観光客が増加するとともに、ヤマトゥからの「移住者」も増えていった。

しかし、ひと皮めくれば沖縄に対する差別意識はいまも厳然として残っている。高江・安波(あは)のヘリパッド建設現場で発せられた大阪府警の機動隊員による「土人」「シナ人」という発言は、その事実を露わにさせた。だが、そもそも、沖縄に米軍基地を集中させ、「負担軽減」を口実に新たな基地を建設すること自体が、沖縄差別そのものだ。

選挙でどれだけ民意を示そうと無視し、機動隊の暴力的弾圧で工事を強行する。ヘリパッド建設現場にいると、沖縄は憲法や民主主義の番外地に置かれていることを実感する。戒厳令下にあるかのような警備体制だけではない。当初の計画を場当たり的に変更し、樹木の伐採が大幅に増加しても林野庁は問題にすらしない。

砂利の過積載や不整備など違法な工事車両を警察は見て見ぬふり。それどころか、機動隊と業者が互いの車に乗って馴れあっている。一方で、抗議する市民は徹底して弾圧する。沖縄なら何でもあり、の状況全体が、差別構造の上に成り立っているのだ。「土人」「シナ人」という発言もその差別構造から発せられている。

したがってそれは、機動隊員と市民の個人関係の問題ではない。発言した機動隊員個人が処分されても、ヘリパッド建設を強行し続け、全国から派遣した機動隊の暴力的弾圧を発動させる構造がある限り、沖縄に対する差別は何一つ変わっていないのだ。

にもかかわらず、「土人」「シナ人」発言が大きく取り上げられてから、大阪府警の機動隊員の発言だけでなく、市民の側の発言もやり玉に挙げて問題をすり替え、相対化しようとする動きが見られる。

本来、ヘイトスピーチを取り締まるべき警察官が、公務中に差別発言をしていることがいかに危険であり、職務に反するものであるかをまるで認識していない。そうやって差別発言の問題を曖昧にし、結果として容認することを沖縄人みずからがやってしまえば、言葉にとどまらない次元で沖縄差別を増長させることになる。

沖縄人を差別しても大したことはない。軽い処分ですむし、インターネット上では差別を擁護する人も多い。沖縄のなかにも差別を容認する人はいる。そういう差別者の身勝手な論理が通用するようになれば、沖縄人が実害をこうむる危険性が増す。

安倍政権のもとで日本の政治状況が「戦前回帰」している。それに合わせて沖縄に対する差別意識もまた、いやな時代に「回帰」しつつあるのではないか。祖父母の話を思い出し、暗い予感がしてならない。

中国に対抗する軍事拠点として沖縄の米軍と自衛隊を強化しないといけないのに、それを妨害する沖縄人は中国（シナ）から金をもらっている工作員だ。そんな荒唐無稽なデマでも、それが拡散され、真に受ける者たちが増えれば、沖縄人に対する差別発言や差別行動が公然化していくだろう。

その時、自分は保守だから、政府・与党を支持しているから、沖縄差別を免れる、と考えているなら大きな間違いだ。オスプレイ配備に反対して銀座をデモした県民代表が、ネット右翼からどういう対応をされたか。あれは一過性の出来事ではなかったのだ。

埋め立てに向けた護岸工事に反対し、カヌーで護岸に漕ぎ進む。
海上保安庁のゴムボートが拘束しようと後を追う（2017.1.30）

2017 年

工事用仮設道路の建設に抗議し、四重に張られたフロートを越えて、クレーンの動きを止めるカヌーチーム（2017.9.27）

大浦湾の海上作業再開

――米軍に奉仕する海保／72年前と変わらぬ「捨て石」

◉『琉球新報』
2017年1月24日
〈季刊 目取真俊〉

年が明けて名護市辺野古の大浦湾では、新基地建設に向けた海上作業が始まっている。現在は中断期間中に陸揚げしていたフロートやオイルフェンスを海上に再設置する作業が中心となっている。今回、沖縄防衛局は海上で抗議行動を行っているカヌーや市民船の進入防止と称して、フロートに金属の棒やロープを取り付けた「新型フロート」で海を仕切ろうとしている。

これまで使用してきた大型の浮き球に鉄の枠をはめてボルトで固定し、それに1メートルほどの鉄棒をV字型に2本差し込んでいる。鉄棒にはロープを通す穴が3カ所あり、フロートに沿って片方3本ずつ、計6本のロープを張り巡らしている。

見ていて、よくこんなものを考え出すものだ、と呆れると同時に、鉄棒にあたったりロープに絡まったりすれば事故が起こりかねない危険なものを、あえて海に設置する沖縄防衛局の悪意と愚劣さに怒りを覚える。そこまでして沖縄県民に新たな米軍基地を押し付け、犠牲と負担を強要したいのか。

フロートの引き出し作業が行われているキャンプ・シュワブのビーチの隣は辺野古弾薬庫だ。そして、大浦湾の対岸には MV22オスプレイが墜落した安部（あぶ）の集落がある。報道によれば、給油訓練中にローターが破損し普天間基地に戻れないと判断したとのこと。もし辺野古弾薬庫に墜落していたらどうなっていたか。想像しただけで恐ろしい。

オスプレイについては構造上の欠陥が指摘され、墜落事故の危険が言われ続けてきた。それが現実のものとなった。普天間基地は市街地にあるから危険だ、と言われるが、人口の少ない北部地域・辺野古に「移設」したら安全になる、というものではない。

辺野古新基地は弾薬庫に隣接し、一歩間違えば大規模な爆発事故につながる危険があることを、オスプレイの墜落事故は明らかにした。

構造上の欠陥といえば、大浦湾に設置されている「新型フロート」も、早くも欠陥が明らかとなっている。フロートは絶えず波に揺られているので、鉄棒の穴を通したロープが金属部分とこすれ、設置して間もないのに10カ所以上でロープが傷み、切れてしまっている。大浦湾は波が荒く、鉄棒は前後左右に大きく揺れる。ロープがこすれて切れるのは分かりきったことだ。

切れたロープが漂流すれば、周辺を航行する船のスクリューに絡まる危険がある。本来、フロートは金属の棒を付けることを想定して作られてはいないはずだ。余計な物を取り付けたためにフロート全体の重量が増し、海が時化（しけ）た時にアンカーにかかる負荷も大きくなる。

これまでも台風時にフロートやオイルフェンスが切れ、海岸に流れ着いたことがあった。金属の棒やロープを付けたフロートが切れ、漂流したらその危険性はこれまで以上だ。船にぶつかって事故が起こりかねない。沖縄県は現状を調査して撤去を要請すべきだ。

こういう危険な欠陥フロートに対し、海の安全を守るという海上保安庁は本来、注意・指導すべきはずなのに設置作業を手助けしている。オスプレイの墜落事故では、米軍に捜査への協力を拒否され、目の前で証拠物を持ち去られたのに、市民ではなく米軍に奉仕しているのだから情けない。

報道によれば沖縄防衛局や海上保安庁は、抗議する市民がフロートのロープを切ったりすれば「器物損壊」で逮捕することを狙っているという。沖縄防衛局のことだ。自分たちでロープが切れやすいようにしておいて、市民が切った、とでっちあげることをやりかねない。

東村高江のヘリパッド建設に抗議していた平和運動センター議長の山城博治さんが、沖縄防衛局が設置した有刺鉄線を切ったということで逮捕され、長期勾留が続いている。微罪をでっちあげて逮捕・勾留するのは警備・公安警察がよく使う手だが、それにしても3カ月を超す勾留は異常である。

刑事特別法は米軍基地の存在が焦点化するためか、それだけでは発動させにくいらしく、「器物損壊」や「公務執行妨害」、「威力業務妨害」を使って逮捕する市民弾圧が高江ではくり返された。辺野古でも同じような手法で反対運動を潰そうと狙っているのだろう。

山城さんは大病を患い、健康面も懸念されている。保釈を認めず、家族との面会すら許可しないというのは、国が進める米軍基地建設に反対する者はこうなる、という見せしめであり、市民が高江や辺野古の運動に参加するのをためらわせるのが狙いだ。安倍政権のもとで戦前の特高警察を思わせる思想・政治弾圧が行われていることを許してはならない。

与那国島や石垣島、宮古島への自衛隊配備が進められ、琉球列島全体が中国に対抗する日米の軍事要塞と化そうとしている。日本「本土」防衛のために沖縄を「捨て石」にしようという発想は72年前と変わらない。国のやることに逆らっても……、と負け犬根性に襲われていたら、いずれ大事故が起こる。それが嫌なら自ら行動するしかない。

日本人はいつまで沖縄に犠牲を強要し続けるのか

——高江・辺野古の現場から

◉『自然と人間』2017年2月号

２０１６年は前半を辺野古新基地建設に反対する海上での行動、後半を高江のヘリパッド建設に反対する路上やゲート前、森の中での行動に費やした。年末からは辺野古の海で再びカヌーを漕ぎ、２０１7年は1月4日から海上抗議行動に連日参加している。

高江での抗議行動は、ふだんは午前7時集合だった。毎朝午前5時半には起床し、車で1時間近くかけて高江に行き、午後5時頃まで活動する。帰りは疲れて途中で車を止め、仮眠をとることも多かった。帰宅後はシャワーを浴びて洗濯、夕食、撮影した写真や動画の整理、ブログの更新に追われる。寝るのは午前1時頃だった。

睡眠不足の状態が続くが、いったん抗議・阻止行動の現場に出ると警察権力との対峙が続き、体や気を休める暇がない。警察が逮捕攻撃をかけ、運動を破壊しようと狙っているなかで、それへの警戒と現場での判断力、集中力を高めることが常に問われた。一瞬の判断ミスによって、自分だけでなく仲間が逮捕される危険があった。特に砂利を積んだダンプカーへの抗議や森の中での行動では緊張が続いた。

今回、高江のヘリパッド建設を強行するために日本政府は、東京、千葉、神奈川、愛知、大阪、福岡の6都道府県警から、５００人という大量の機動隊員を沖縄に派遣した。東村高江区は人口が１５０人ほどだ。沖縄県警も含め区民の数倍の警察官が、山間部の集落一帯にひしめき、戒厳令下のような状況が作り出された。工事車両を優先して警察が交通規制を行うため、交通量の少ない県道70号線でも車が数珠つなぎとなり、地域住民の生活にも影響をおよぼした。

警察・機動隊の大量動員の背景には、ヘリパッド本体だけでなく工事用道路を建設するためにも大量の砂利を搬入する必要があったことがある。沖縄島西海岸にある国場組の砂利採石場から東海岸の高江まで砂利を運ぶため、警察は大規模な警戒態勢を敷いた。過去のヘリパッド建設工事で、反対する市民が路上やゲート前で作業車両を止め、資材や作業員が現場に入るのを阻止してきた。その対策を最優先したのだ。

日本政府・沖縄防衛局にとって、工事現場に資材と作業員をいかに入れるかが大きな課題だったのだ。その手始めとして7月22日にN1地区へリパッド工事現場入り口のゲートを封鎖していた市民の車両を機動隊の暴力で強制撤去した。私はその時、ゲートを封鎖している車の上にいたのだが、目の前の県道を埋め尽くす機動隊の数は、沖縄でそれまで目にしたことがないものだった。

県道は前夜から泊まり込んだ市民が車で封鎖していた。それを1台ずつレッカー移動したあと、機動隊員が車上で抵抗する市民に襲いかかった。力尽くで引きずりおろされ、肋骨を折られた男性や、紐で首が絞まった女性など負傷者が相次いだ。私は最後まで車上にいてケガはなかったが、殴りかかってくる機動隊員のこぶしを何度かかわした。

そこには機動隊という暴力装置を使って、何としても工事を強行するという日本政府の凶悪な意思が露骨に現れていた。実際、機動隊による暴力むき出しの弾圧はその後も続いた。工事用の資材を搬入しようとするトラックに抗議し、N1表のゲート前や路上で市民が座り込む。それを機動隊が強制排除するのだが、少しでも抵抗しようものなら、殴る、蹴る、関節をひねるなどの暴力がふるわれた。

暴力は言葉にもおよんだ。大阪府警の機動隊員ふたりが「土人」「シナ人」と発言した件は、私が撮った動画によって全国的な問題となり、沖縄県警本部長や警察庁長官が謝罪する事態となった。しかし、松井一郎大阪府知事や鶴保庸介沖縄担当大臣がふたりの機動隊員を擁護し、日本政府も「差別とは断定できない」と問題を曖昧にしてごまかした。これは沖縄県民を「土人」呼ばわりしてもいい、と日本政府が公認したようなものだ。けっして許すことはできない。

ユーチューブに投稿した動画を見れば、「クソ」「ボケ」「土人が」という言葉を連発している機動隊員の言動が、ヘリパッド建設に反対している沖縄県民への憎悪と差別意識を露わにしているのが分かるはずだ。本来ならヘイトスピーチを取り締まるべき立場の警察官が、ビデオカメラの前で平然と差別発言を行うことの異常さ、恐ろしさを認識しないといけない。

この機動隊員は差別発言をしたあと、砂利を積んだトラックに抗議して別の機動隊員3人に抑え込まれていた私の所にやってきて、脇腹を殴り、足を蹴るなどの暴力もふるっている。市民が少しでも警察に手を出せば公務執行妨害で逮捕される。相手が抵抗できないことを知った上で、わざわざ離れた場所から殴りに来るような男だった。

これは最悪の事例だとしても、高江・安波(あは)のヘリパッドは警察・機動隊という暴力装置の存在なくしては建設できなかった。まさに沖縄に対する日本政府の暴力と差別によってヘリパッドは造られたのだ。

先に書いたように今回のヘリパッド建設工事において、重要な焦点は建設資材と作業員をどうやって現場に入れるか、あるいはそれを阻止するかだった。7月22日にメディアに映像を撮られてでも沖縄防衛局と警察が暴力を行使し、通称・N1表ゲートの封鎖を解除したのは、そこから資材や作業員を入れるためだった。

翌日からダンプカーによる砂利の搬入が始まり、前後を警察車両に警備された車列が国頭(くにがみ)村の採石場から低速で高江にやってきた。当初はダンプカー10台に対し、警察車両はパトカーや機動隊が乗った大型バス、ワゴン車、覆面パトカーなど20台ほどが警備していた。その物々しい体制は「大名行列」「護送船団」と揶揄されるほど異様なものだった。市民による路上での抗議・阻止行動を警察がいかに警戒していたかが分かる。

工事開始から10日間ほどの動きを見て、沖縄防衛局はN1表ゲートからの資材搬入を最優先しており、N1裏からの資材搬入はない、と私は判断した。N1裏にいたる農道は道幅が狭くダンプカーの車列は通れない。反対側から集落内を通る道路も狭くて起伏があり、物々しい車列に住民が反発するのは必至で通行は無理だった。

しかし、抗議行動のリーダーや土木の専門家たちは、N1裏からヘリパッド建設現場への道路を造る、そのために裏のテントを撤去する、という分析に固執していた。その分析のもとに裏のテントを守ることに運動の力点を置いており、活動拠点も表から裏のテントに移った。そこには7月22日の弾圧による動揺もあった。

N1の表ゲートからの砂利搬入阻止に力を注ぐべきだ、裏のテント撤去はない、拠点を表のテントに移すべきだ、という私の主張は通らなかった。週2回の大行動日には高江橋を車両で封鎖するなどの行動がとられたが、それ以外は20人ほどの有志を中心に、ダンプカーの車列の前を徐行運転したり、県道を車でふさぐなどの行動が続けられた。

結局、裏のテントはヘリパッドが完成された現在も撤去されていない。工事に要したすべての資材はN1表ゲートから搬入された。H・G地区で使用する重機の一部が民間ヘリと自衛隊ヘリで運ばれ、同地区の作業員は集落を通って揚水発電所のゲートから出入りしたが、砂利などの資材はすべてN1表ゲートから工事用道路を使って運ばれた。

抗議行動の前半にN1表ゲートから入る工事車両の阻止・抗議行動をなおざりにし、多くの市民がN1裏のテントを守ろうと集まっていたことに、私は連日苛立ちと怒りを覚えていた。日本政府や沖縄防衛局は笑って見ていただろう。現場のリーダーたちの状況分析と判断ミスが痛かったことをあえて記しておく。自分の分析・判断を自慢したいのではない。反省すべき点をきちんと記しておかないと次に生かされない。

県道を車で封鎖する行動で逮捕者が出て、砂利を積んだダンプカーの車列に対する阻止行動が難しくなってから、20人ほどの有志は森の中での行動に重点を移した。警察権力による弾圧が激しくなっているので詳しくは書けないが、現場のリーダーが切り拓いた道を受け継ぎ、刑事特別法をちらつかせた脅しに屈することなく、多くの市民が勇気をもって森の中に入り、ヘリパッド建設現場や工事用道路で阻止・抗議行動を行った。

さらに各工事現場の状況を写真や動画に撮り、大量の樹木が伐採され、ヤンバルの森が破壊されている実態を暴いていった。それを基に土木工事の専門家が工事の杜撰（ずさん）さを指摘し、告発していった。テレビや新聞などの報道機関が建設現場には入れない（入らない）なかで、市民が工事現場の状況をインターネットで広く伝えたのである。その努力がなければ、現場で発生している問題の多くが隠蔽されただろう。

運動の広がりに脅威を感じた日本政府の意を受けて警察は、現場のリーダーを不当逮捕し、長期間にわたって勾留を続けている。微罪をでっちあげて逮捕・勾留し、運動つぶしを図るのは公安・警備警察の常套手段だ。しかし、病身のリーダーに対する長期勾留は、たんに運動の現場から引き離すだけでなく、社会的生命や健康さえをも奪い去ろうという悪意に満ちている。高江と辺野古の闘いで不当勾留されている3人の早期解放を実現するために全国から声を上げたい。

昨年12月20日に最高裁は、仲井真前知事による辺野古の埋め立て承認に問題はなかったとする判断を下した。それを受けて沖縄県の翁長知事は、12月26日に埋め立て承認の取り消しを撤回した。辺野古新基地建設に向けた工事が約9カ月ぶりに再開され、年明けには大浦湾にオイルフェンスやフロートが再設置された。日本政府が県民の意思を無視して設定した「臨時制限水域」により海が分断されている。

沖縄といえども冬の海での抗議行動はきつい。それでも誰かがやらねばならない。高江の森から辺野古の海に行動の場を移し、いまは連日カヌーを漕いで抗議行動に参加しているが、日本人はいつまで沖縄に米軍基地の負担と犠牲を強要し続けるつもりか。恥を知るべきだ。

辺野古護岸着工
――知事は埋め立て撤回を

●『琉球新報』2017年4月19日〈季刊　目取真俊〉

昨年暮れ、辺野古の新基地建設工事が再開されてから、カヌーを漕いで海上での抗議行動に参加してきた。この間、大浦湾に再度フロートを張りめぐらす作業から始まり、280個余りにおよぶコンクリートブロックの投下や汚濁防止膜の設置などを間近に見ながら抗議を続けてきた。

海からはキャンプ・シュワブの陸上で行われている作業もよく見える。連日、ゲートから大型ダンプカーで搬入される栗石は、網袋に入れられて大量に山積みされている。4月に入ってからは映画館近くの作業ヤードで消波ブロックの製作が始まった。型枠が組み立てられ、ゲートから入ったミキサー車でコンクリートを流し込む作業が進められている。

辺野古弾薬庫下の砂浜では、根固め用袋材を重ねて鉄板を敷き、付替え道路が造られてきた。埋め立てに向けた護岸工事のため、海中に投入する岩石を運ぶ道路だ。日本政府は17日にも護岸工事に着手すると打ち出してきた。この文章が掲載される頃には、すでに海に石材が投入されているかもしれない。

昨年は東村高江のヘリパッド建設現場で、ヤンバルの森が破壊されていく様子を目にした。チェーンソーで木々が伐採され、バックホーで根っこが掘り返されて赤土がむき出しになり、砂利が敷き詰められていく様子を間近に見た。今年は辺野古の海、大浦湾が破壊されていくのを見なければならないのか。

沖縄防衛局のやり方を見ていると、短期間で工事を進めるために、自然環境の保全など端から無視して工事を進めている。高江ではもともと計画になかった工事用道路建設のため、本体のヘリパッド建設以上の木々が伐採された。ヤンバルの森が数キロにわたって分断され、砂利が敷き詰められて再生不可能となった。

大浦湾でも海底のサンゴや海草藻場、魚介類の生息の場を押し潰して大量のコンクリートブロックが投下されてきた。基地の中は県の立ち入り調査も米軍の許可を得なければならず、メディアも取材に入れない。だから県民の目には事実が触れない、とたかをくくり、やりたい放題をやってきた。しかし、森の中に入り、フロートを越えて現場に迫った市民の手で破壊の実態が暴かれてきた。

3月末には岩礁破砕許可の期限が切れたにもかかわらず、政府・沖縄防衛局は県の指示を無視して工事を強行し続けている。自らの都合に合わせて法解釈をねじ曲げ、違法状態の工事を機動隊や海上保安庁を使い力尽くで進めるのが、菅官房長官が口にする「法治国家」の実態である。

このような政府の強硬姿勢に対して、翁長知事は埋め立て承認の撤回を打ち出し、これ以上の海の破壊を許さない姿勢を明確に示すべきだ。現在の政治・司法の状況を見れば、撤回をしてもその先に多くの困難が待っているのは明らかである。だからと言って慎重になりすぎ、撤回のタイミングを逸し続けると、その効力も減少してしまう。

最近になって、法廷戦術の視点から県民投票を提起する動きがあるようだが、机上の議論としか思えない。埋め立て承認の取り消し・撤回は翁長知事の選挙公約であり、だからこそ沖縄の有権者は、公約を裏切った仲井真知事に10万票近い大差をつけて翁長氏を当選させたのだ。撤回に対する支持はそこですでに示されている。改めて県民を試すようなことはすべきでない。

おそらく、日本政府は県民投票が行われることを期待しているだろう。現在ゲート前に座り込んだり海上行動を行っている市民が、県民投票に向けた運動に力を注がざるを得なくなり、工事に対する抗議行動が縮小するのを心待ちにしているはずだ。その上で県内の保守系首長、議員、経済界を動かし、県民投票へのボイコット運動をやるのは目に見えている。

10月以降に県民投票を行わせ、それを失敗させれば、年明けの名護市長選挙に大きな影響を与えられる。その影響は11月の県知事選挙にも直結するだろう。

21年前の県民投票は連合沖縄が中心となったが、労働組合の力は低下している。政府の沖縄に対する姿勢もはるかに強権的だ。このような状況の変化も踏まえずに県民投票を行うなら、オール沖縄勢力は自滅の道を歩みかねない。

いま必要なのは、翁長知事がリーダーシップを発揮し、自らの公約である埋め立て承認の撤回を行って、県民の支持と信頼を再度固めることだ。そして、辺野古のゲート前に多くの県民が結集して、非暴力の座り込みで工事車両を止めることである。

国のやることには勝てない、という負け犬根性を沖縄県民は克服しないといけない。まわりを金網で囲った米軍基地の弱点はゲートであり、そこに毎日300人以上が座り込めば、工事を止めることは可能である。自分たちの力に自信を持とう。

昨年の4月に元海兵隊員の米軍属に殺された女性のことを心にとどめたい。いつまで沖縄は、基地による犠牲と差別に苦しめられないといけないのか。自ら汗を流してゲート前に座り込むこと。それが翁長知事に対する強力な支援ともなる。

K9護岸工事の着工が迫るなかで

●『思想運動』(小川町企画)
2017年4月15日・5月1日

昨年末、名護市の大浦湾では新基地建設に向けた工事が再開された。以来、5カ月近くがたち、埋め立てに向けた準備が着々と進められてきた。最初に臨時制限水域をかこむフロートの再設置が行われた。新たに金属の棒を取り付けてロープや網を張りめぐらし、カヌーや抗議船を排除する意図を露わにしている。

しかし、海に浮かぶフロートにそのような器具を付けるのは無理がある。大浦湾は波風が荒い。たちまち破損して作業員たちは連日、その修理に追われている。まさに愚行としか言いようがないが、機具の購入費や修理費、作業員の人件費など、浪費されるのは私たちの血税だ。

フロートの再設置が終わると、ポセイドン1号という4000トンクラスの大型探査船が姿を見せた。クレーン付き台船やスパッド台船も加え、大浦湾の各所で汚濁防止膜の設置や海底ボーリング調査を行ってきた。

昨年3月の工事中断前とは比較にならない規模で作業が進行している。汚濁防止膜のアンカーとしてコンクリートブロックが280個余も海中に投下され、海の破壊が進んでいる。

キャンプ・シュワブの陸上部でも、仮設道路に使用される根固め用袋材が山積みとなっている。消波ブロックの製作も始まっていて、生コンプラントの建設資材も搬入されている。ゲート前で生コン車が阻止されるのを想定し、基地内で製造しようとしているのだ。

すでに3月末で大浦湾の岩礁破砕許可期限は切れており、本来なら国はすぐに工事を中止して、沖縄県に許可を再申請しないといけない。しかし、名護漁協が漁業権を放棄したので再申請は必要ない、と国は主張。法律をねじ曲げて4月以降も海の工事を続けている。

そういうなか一部メディアが、4月17日にK9護岸工事着手、と報じた。K9護岸は埋め立て予定地の一番西側に建設され、海中に大量の捨て石が投下される。工事が新たな段階に入ったことを、国は大々的に宣伝しようとしている。もう埋め立てが始まった、後戻りはできない、という印象をあたえて、沖縄県民にあきらめムードを広げるのが狙いだ。

ただ、うるま市長選挙が23日に行われたこともあり、国は着工を1週間延期せざるを得なかった。キャンプ・ハンセンでの流弾事故や自民党の古屋圭司議員の「詐欺行為にも等しい沖縄特有のいつもの戦術」という差別発言も重なり、選挙前に強行することはできなかった。とは言っても、本文が読者に届く頃にはすでに工事が始まっているかもしれない。

K9護岸工事着工が迫るにつれ、翁長雄志知事に埋め立て承認の撤回を求める声がいちだんと高まった。政府が工事進行の大きな節目と打ち出し、実際、海に初めて石材が投じられる段階に来て、それを即座に止めるには、翁長知事が撤回を表明するしかない。

現在の政治、司法の状況を見れば、撤回しても国は代執行などの措置をとり、実際に工事が止まる期間は限られ、裁判も厳しいものになるかもしれない。それでも承認撤回は翁長知事の選挙公約であり、どこかでカードを切らなければならない。

そうであるなら、カードは最も効果がある形で生かさなければならない。埋め立てに向けた工事が始まるいまこそ、その時ではないか。裁判になったときのことを考えて慎重になりすぎると、機会を逸してしまい、知事は本気で止める気があるのか、と不信感が高まっていく。

知事のブレーンの中では、法廷戦術の視点から県民投票を行おうとする動きもある。だが、海上行動でもゲート前の座り込み行動でも、人手が足りず工事を止めきれていない。抗議する市民が県民投票の実現に走り回るようになれば、現場の抗議行動は大きく後退する。それこそ国の思うつぼだ。

工事を止めるには翁長知事の撤回だけでなく、市民がキャンプ・シュワブのゲート前に座り込んで、実力で阻止することも必要だ。３００人以上が結集すれば、機動隊も簡単には排除できない。いまこそ私たちひとりひとりの行動が問われている。

東京MXテレビによる「沖縄差別」番組問題について

◉『三田文學』2017年春季号〈やんばるの深き森と海より〉

今年の1月2日に東京のローカル地上波であるMXテレビの「ニュース女子」という番組で、沖縄県東村高江区で行われている米軍ヘリパッド建設反対の取り組みが取り上げられた。その内容が悪質なデマに満ち溢れ、沖縄への差別と悪意を煽る「ヘイト番組」であるとして、沖縄では大きな批判の声が上がっている。

私はインターネットの動画投稿サイトで同番組を見たのだが、その内容のひどさに怒りを抑えかねた。この数年、高江のヘリパッド建設現場に足しげく通い、反対運動の実態を知る者からすれば、よくもこれだけ平然と嘘を並べることができるものだ、と呆れるしかない内容だ。

一例を挙げれば、反対運動に参加している市民には1日2万円や5万円の日当が払われている、というデマが番組の中で語られていた。私は高江の抗議行動に数えきれないほど参加してきたが、日当をもらったことなど一度もなければ、ほかの人に払われているのを目にしたこともない。

日によって抗議行動の参加者数は変動したが、昨年の7月にヘリパッド建設工事が本格化してから年末まで、連日100人以上の参加者があり、多いときは300、400人という市民が集まった。参加者の顔ぶれは毎日違うので振り込みは無理だ。それらの人に現場で日当を払うとなれば、受け渡しの場所は大混雑する。そういう事実があるなら、県内外から初めて来る人も多いので、中に紛れ込んで証拠をとることは簡単なはずだ。

しかし、番組ではそのような証拠が示されることはない。番組では名前と金額が書かれた茶封筒を拾ったという人物の映像が流されたが、その封筒に日当が入っていた、という証明はまったくない。そもそも封筒を拾ったという男性は、沖縄では有名なネトウヨで、米軍の協力者として反対運動の妨害をくり返してきた人物だ。

まともな思考力のある人なら今時、2万円や5万円という高額のアルバイトがそう簡単にあるはずがない、と思うだろう。ブラック企業による労働者の酷使、強欲な搾取が問題となる時代であり、なおかつ沖縄県の賃金水準は全国でも最低レベルだ。座り込みに参加しただけでそれだけの金がもらえるなら、反対運動の現場にはバイト希望者が殺到するはずだ。そんな光景など見たこともない。

「ニュース女子」の番組では、「のりこえねっと」という団体が全国にカンパを呼びかけて高江に市民を派遣し、その際に旅費や宿泊費に役立つよう5万円を補助したことが、あたかも日当であるかのようにすり替えられていた。「のりこえねっと」の中心メンバーであり、番組で「黒幕」呼ばわりされた辛淑玉さんは、放送倫理・番組向上機構（BPO）の放送人権委員会に申し立てを行っている。

沖縄で軍事基地に反対する市民に日当が払われている、というデマは高江が初めてではない。辺野古の新基地建設や普天間基地へのMV22オスプレイ配備に対する抗議行動でも同じことが言われてきた。10年以上前から「プロ市民」という言葉が言われ出し、市民運動の担い手に誹謗中傷が加えられてきたのは、全国共通の問題である。特にインターネット上では、ネトウヨと呼ばれる人たちにより意図的に「日当」デマが拡散されてきた。

その主な狙いは、市民運動の担い手が本気でやっているのではなく、金で雇われて騒いでいるだけであり、したがって運動そのものも本物ではない、という不信感をつくり出すことにある。沖縄の基地問題に関していうなら、沖縄で基地反対を言っているのは金で雇われた一部の左翼や過激派であり、「一般市民」は反対していない、むしろ基地を容認している、という虚偽の認識を広めたいのだろう。

それがさらに進むと、沖縄の人たちは米軍基地があるから恩恵を受けている、基地関連の振興策があり、予算も優遇されている、基地で働いている人もいて、基地がないと経済的に困るはずだ、「本土」に住む人たちは沖縄に基地を押し付けていると後ろめたさを感じる必要はないし、何も気にする必要はない、という「本土」側に都合のいい論理に行きつく。

そうやって日本「本土」（ヤマトゥ）に住む日本人の大多数が自己合理化すれば、沖縄からどれだけ基地反対の声が上がっても、無関心であることが当たり前となるだろう。辺野古や高江の現場まで足を運ぶ日本人はごく少数だ。インターネットやMXテレビのような地上波で流されるデマをうのみにした方が、多くの日本人にとって都合がいいなら、デマが定着していきかねない。

現在、全国の米軍専用施設の7割以上が沖縄に集中している。自衛隊基地も加えれば、沖縄島から宮古島、石垣島、与那国島まで琉球列島全体が「基地の島」と化している。那覇空港に降り立てば目の前には自衛隊機が並んでいる。沖縄島を北上すれば、どのルートをたどっても米軍基地の金網が続いている。数字で示さなくても、素直に現実を見る目さえあれば、沖縄に軍事基地が集中していることは明らかなはずだ。

逆に沖縄からヤマトゥに行けば、基地がないことの「異様さ」が目につく。青森県の三沢基地や東京の横田基地、神奈川県の横須賀基地、厚木基地、山口県の岩国基地などヤマトゥにも米軍基地はある。しかし、そのような限られた地域を除けば、日本人の圧倒的多数は日常生活で米兵の姿を目にすることもなければ、ＭＶ22オスプレイが頭上を飛び、運転する車の前をハンビーが走っているという経験をすることもないだろう。

１９５１年9月、サンフランシスコ講和条約と同時に日米安保条約が調印された。講和条約が発効した１９５２年4月28日は、日本の独立と引き換えに沖縄が切り捨てられた日として、沖縄では「屈辱の日」と呼ばれてきた。以後、60年安保闘争や70年安保闘争の節目にも、沖縄は蚊帳の外に置かれてきた。

当時の沖縄は米軍統治下にあり、国会議員を送ることさえできなかったのだ。

日米安保条約の制定時やそれが問い返された節目の時に沖縄人は国政から除外されていた。にもかかわらず、日米安保条約に基づく米軍への基地提供義務の7割を沖縄人は押し付けられてきた。敗戦直後に米軍に占拠された場所に加え、1950年代には「銃剣とブルドーザー」によって新たな土地の強制収用＝強奪が行われ、さらに日本「本土」から海兵隊の移駐が進められた。

沖縄を日本から切り捨てた上で米軍基地の負担を集中させる。これが「戦後72年」続けられてきた日本の安全保障政策の実態である。憲法9条の平和主義は、日米安保体制と沖縄への基地集中という現実と表裏一体のものとして成り立っていた。日米安保を問題にしない9条中心の護憲運動など、私には欺瞞的なものにしか見えない。

このような歴史や現実を知る日本人は、以前なら多くが沖縄に対し疚（やま）しさや後ろめたさを感じていただろう。しかし、時代は変わっていく。戦争体験者や「日本復帰」前の沖縄を知る人はどんどん減っている。「観光の島」を消費する日本人（ヤマトゥンチュー）にとって、米軍基地も異国情緒を味わえる場所に変わっていく。さらに中国の脅威を煽り立て、日本の安全のために米軍は必要であり、沖縄への基地集中はやむを得ない、という認識が作り出される。

そこで最後の一押しとして、沖縄に対する疚しさや後ろめたさを払拭し、むしろ沖縄は基地があるゆえに恩恵に浴している、反対しているのは一部の「プロ市民」で、沖縄の「ふつうの市民」は基地容認だ、という認識が広められようとしている。それが完成すれば、沖縄からいくら「基地の過重負担」「新基地反対」という声が上がっても、日本人の大多数は無視してすますことができる。

だが、そのような日本人の姿はなんと情けなく、醜いものであることか。昨年末、沖縄の新聞社による沖縄版・流行語大賞は〈「土人」「シナ人」発言〉

だった。沖縄と日本の溝は深まるばかりだ。それが深刻な事態をもたらすことに、日本人（ヤマトゥンチュー）は危機感を持たないのだろうか。

砕石投入

――いま、現場で行動を／進む国の違法工事

◉『琉球新報』
2017年7月14日
〈季刊 目取真俊〉

去る4月25日に日本政府・沖縄防衛局は、砕石が入った網袋を5個、大浦湾に投入した。近くの海岸では日米の関係者が集まってセレモニーを行い、埋め立てに向けてK9護岸の工事が始まった、と大々的に宣伝した。

あれから2カ月半が過ぎた。7月10日現在、K9護岸工事は100メートルほど伸びたところで、捨て石の投下が止まっている。台風シーズンに入り、高波で護岸が崩れないように、まわりを砕石が入った網袋や消波ブロックで保護する作業が行われている。

6月下旬からは辺野古側の海岸で、仮設道路の工事も始められている。海岸に捨て石の投下が行われ、いまのところ30メートルほどの長さまで積み上げられている。ただ、ここでも台風対策が優先され、作業は滞りそうだ。

この間、カヌーを漕いで両建設現場の近くまで行き、工事の様子を見てきた。K9護岸の建設現場では、10トンダンプカーに積んできた砕石をモッコに下ろし、大型のクレーンで吊り下げて海に投下してきた。大きなものは100キロを超しそうな琉球石灰岩の落下音があたりに響き、石粉が舞い上がって海が白く濁る。そういう作業がくり返されてきた。

3月末で岩礁破砕許可は期限が切れている。にもかかわらず、日本政府は沖縄県の中止要請を無視して、違法な工事を強行している。名護漁協が漁業権を一部放棄したことをもって再申請の必要はないとしているが、自分たちの都合に合わせて法の解釈をねじ曲げるのが政府の常套手段となっている。

多くの人が指摘しているように政府の狙いは、すでに埋め立てに向けた工事が本格化しているのだから反対してもムダだ、というあきらめムードを県民

のなかに作り出すことにある。

どんなに頑張っても国には勝てない。そういう無力感を吐露する沖縄人は常に一定程度いる。日本・中国・米国という大国のはざまで生きてきた琉球・沖縄の歴史は、大国の利害に翻弄されてきた歴史でもある。力の強いものに逆らっては生きていけない、という事大主義は、沖縄人の抱える問題としてつとに指摘されてきた。

6月12日に亡くなった大田昌秀元知事をはじめ、沖縄人にとって事大主義の克服が重要な課題であることを指摘した人は少なくない。そのことがいま、改めて私たちに問われている。

機動隊や海上保安庁という国家の暴力装置を使い、市民を力尽くで排除する。あるいは、微罪で逮捕して長期間勾留する。そうやって沖縄人を萎縮させ、恐怖心や無力感を植え付け、反対運動の現場に来させないようにするのが、日本政府のもくろみである。

痛い目にあいたくなければおとなしく言うことを聞け。嫌なことでも我慢し、日本全体のために犠牲になることに誇りを覚えて、取れるものを取って満足しろ。日本政府の沖縄に対する振る舞いを見ていると、ヤクザの脅しのようだ。それに屈服してしまえば、沖縄人は卑屈に生きるしかないだろう。

自分をごまかし、長いものには巻かれて、辺野古や高江の現状から目をそらす。基地建設を推進しているのではない、仕方がないから容認しているのだ、とつぶやいてみても、日本政府はさらに無理難題を吹っかけてくる。辺野古に新しい基地が建設されても、米軍の要求する条件をのまなければ、普天間基地の返還は不可能だという。

いったい、沖縄人はどこまで馬鹿にされているのだろうか。ＳＡＣＯ（沖縄に関する日米特別行動委員会）の合意も反故にされ、嘉手納基地では米軍のやりたい放題だ。沖縄人には事大主義という負け犬根性が染みついており、大した反抗は起こらない。日本政府にも米軍にもそうやってなめられているから、いいようにあしらわれる。情けない限りだ。

辺野古の新基地建設は巨大な工事だ。全体の規模が大きいので、Ｋ９護岸工事が１００メートルほど進んだといっても、大したことはないかのように感じるかもしれない。しかし、近所の海岸に海面からの高さが４メートルほどの護岸が、沖に向かって１００メートル伸びている様子を想像してほしい。

これだけの構造物が造られたら、潮の流れが変化して周辺の環境に影響を与えずにはおかない。砂浜が消えたり、別の場所にできたりするのは、沖縄では各所で起こっていることだ。すでに大量の捨て石によって海底は破壊され、そこに棲んでいた生物は生き埋めにされた。

辺野古側の仮設道路が造られると、現在残っている砂浜は消えてしまう。埋め立てが始まる以前に、護岸工事や仮設道路の建設で、キャンプ・シュワブに残された自然の海岸は破壊されてしまうのだ。まだ工事は初期の段階なので、もっと本格化してから反対の行動に立ち上がろう、と考えているなら大きな間違いである。

辺野古や高江について論じる人は多い。だが、クーラーの効いた部屋で机上の議論をするだけでなく、炎天下の現場で行動しなければ、工事はどんどん進んでいく。ゲート前に多くの人が座り込めば、この違法な工事は止まるのだ。日本政府の脅しに負けてはならない。

沖縄の戦争体験

◉『三田文學』2017年夏季号〈やんばるの深き森と海より〉

1986年の10月から88年の3月まで那覇市内のアパートに住み警備員のアルバイトをやっていた。4畳半1間でトイレとシャワー室、炊事場は共用。1万5000円という家賃は当時でも格安だった。26歳から27歳の期間になるが、大学を卒業したあと本を読むことに集中したいと思い、選んだ仕事だった。

実際、業務が終われば定期的に巡回するだけで、翌朝まで読書にふけることができた。ただ、賃金の安い沖縄でも警備員のバイトは特にひどく、午後5時から翌朝の8時まで15時間拘束されて、日当が4300円だった。時給換算すれば最低賃金を下回っていたはずだが、それがまかり通っていた。当然、生活は厳しかった。

正規の警備員が休みを取るときの穴埋め要員だったので、担当箇所は毎日のように変わった。学校や体育館などの公共施設、工場、ゴルフ練習場、駐車場などいろいろあったが、中でもひどかったのが遊技場だった。

沖縄は米軍統治の影響でパチンコよりもスロットマシンが盛んなのだが、ヤマトゥ（日本）の大手系列店と地元の暴力団の間でトラブルがあり、嫌がらせで店にトラックが突っ込む事件が続いていた時期だった。何かあったらすぐに逃げる構えで狭い警備室にいた。夜になっても照明がないひどい作りで、懐中電灯の明かりで本を読みながら、警備員を人間扱いしていない経営者もろくな奴ではないな、と思ったものだ。

普段はひとりで警備をしているのだが、時々ふたりで担当する場所に配置された。定年退職してから警備員をしている人も多いので、ひと晩一緒に過ごしていると、体験談を聞かせてくれる人もいた。時間つぶしというだけでなく、若い人が熱心に耳を傾けているので、話す方も嬉しかったのだろう。仕事や戦争のことなど、そうやって聞いた話は物書きとして大切な財産となっている。

ある時、オーストラリアから鉄鉱石を運ぶ仕事をしていた、という元船乗りの男と一緒になった。60代で戦争中は中国大陸で従軍したという。船が港に着いたときはあちこちで女遊びをした、と自慢話をしたあと、中国での体験を話し始めた。

部隊が移動するとき何十キロと行軍したが、炎天下で喉が渇いてならない。やっと井戸や泉にたどり着いたら、毒が投げ込まれていて飲むことができない。渇きと疲れで行軍中に倒れる者が出てくると、口を開けて舌を引っ張り出し、自分の手に唾を吐いてこすりつけてやった。人間というのは不思議なもので、ほんの少しでも舌に水分を与えられると、よろよろと立ち上がって再び歩き出す。そうやっても立ち上がれない時は、もう駄目だと判断して置き去りにしていくしかなかった。男はそう語った。

言うまでもなく、毒は抗日ゲリラや住民が投げ込んだものだ。自分たちの国、街、村にやってきて略奪や強姦、暴行、放火を行う者たちに、怒りと憎しみがこみあげるのは当たり前の話だ。日本軍がどれだけ美辞麗句を並べようと、自分たちの故郷を踏みにじられた側からすれば侵略軍にすぎない。同じ立場なら私でも毒を投げ込んだだろう。

もちろん、男の話を聞いているときは反論などしない。舌を引っ張り出して唾をこすりつける、という生々しい描写に驚き、体験者でなければ思いつかないことだ、と感じ入っていた。そして、こうやって仲間を失っていく体験が、日本軍兵士の中にも抗日ゲリラや住民への怒りと憎悪を蓄積させていったのだろうと想像した。

昨年、本誌に「露」という短編小説を書く機会があった。その中で30年ほど前に聞いたこの話を使った。どこの会社だったかは忘れたが、宿直用の部屋で話している男の姿がぼんやり思い浮かんだ。生きていたらもう90代半ばになっているだろう。

警備員をする前は、沖縄島北部の運天港という港で半年間、仲仕(なかし)のアルバイトをしていた。仕事が終わったあと、桟橋や待機所で酒を飲むこともあった。その時の様子も「露」の中で描いている。

あの時一緒に働いていた皆さんの戦争体験は多様だった。満州で関東軍に所属し、敗戦後はソ連軍の捕虜となりシベリアの収容所に送られた人。近衛師団にいて宮城という苗字のせいで上官に殴られたことに怒り続けていた人。沖縄で現地召集され、小禄の戦線で捕虜となってハワイの収容所に送られた人。南洋群島のパラオ諸島で生まれ育ち、戦争を体験した人。

沖縄人の戦争体験といえば、沖縄島の地上戦、特に南部戦線の証言を目にすることが多いが、南洋群島や満州、ハワイなど多様な戦場体験、収容所体験があることを知った。加えて、沖縄人もまた中国戦線で戦い、侵略と加害の責任を負っていることに気づかされた。

この10年ほど、海外で亡くなった沖縄人の慰霊祭に参加する機会を何度か得た。もともと遺族会で行ってきたものが、会員の死去や高齢化により参加者が減少し、現地訪問が難しくなってきた。世話をする旅行社からすれば飛行機やホテルを確保するためにも参加者は多い方がいい。「戦後60年」はその大きな節目だったのだろう。広く参加を呼びかける企画を新聞で見つけ、末席に加わらせてもらった。

そうやって行った場所は、サイパン島、テニアン島、中国黒竜江省のチチハル、ハルビン、ベラウ共和国（パラオ諸島）のコロール島、ペリリュー島、アンガウル島、フィリピンのミンダナオ島・ダバオ市などだ。いずれも移民や開拓団として多くの沖縄人が住んでいた場所である。

玉砕の島として知られた場所も多いが、日本人（ヤマトゥンチュー）の戦死者の大半が兵隊であるのに対し、沖縄人（ウチナンチュー）の大半は民間人である。現地召集されて戦死した男たちだけでなく、女性や子ども、老人も犠牲になった。家族ぐるみで崖から身を投げたり、手榴弾やダイナマイトを使って集団自殺した例も多い。

南洋群島の島々には沖縄の塔が建っている。故郷から遠く離れた地に建てられた塔を見ていると、ああ、こんなところまで沖縄人は来て生活し、戦争に巻き込まれて死んでいったのだ……、と感慨を覚えずにいられない。

塔に花を手向け、遺族の皆さんが沖縄から持ってきた黒糖やサーターアンダギー、泡盛を供えて、黒い板御香（いたうこう）に火をつけて手を合わせる。サンシンを弾き、琉球民謡を歌って肉親の霊を慰める人もいれば、遺骨の代わりに小石やサンゴのかけらを拾う人もいる。

そういう様子を眺めながら、玉砕という美名のもとで全滅を強いられ、飢えや病気に苦しみ、艦砲射撃で吹き飛ばされ、火炎放射器に焼かれ、ろくな武器もないまま万歳突撃をして死んでいった人たちの無念を思うのだ。降伏や捕虜になることを許さず、勝ち目のない戦争を長引かせていたずらに戦死者を増やした者たち。昭和天皇をはじめ当時の陸海軍の指揮官、参謀たちのどれだけが自らの責任を厳しく問うたか。

いま、沖縄県名護市の辺野古では、米海兵隊基地キャンプ・シュワブのゲート前で座り込み活動が行われている。5月に入って埋め立てに向けた護岸工事が本格的に始まり、海への石材投下が行われている。その資材を積んだダンプカーや作業車両を止めようと、朝から市民が座り込んでいる。しかし、沖縄県警・機動隊が出てきて市民を強制排除し、数十台の車両が列をなしてゲートに入っていく。

座り込んでいる人の中には、70代、80代の戦争体験者もいる。杖を手にし、車いすに乗ったまま機動隊にかつがれ、運ばれていくお年寄りたち。その様子を迷彩柄の戦闘服を着た米兵が笑いながら眺めている。怒りを通り越して憎しみが込み上げてくる。しかし、その感情を抑え、非暴力と権力への不服従、けっしてあきらめないことを確認しながら、100日をとっくに超す座り込みが続けられている。

その粘り強い活動を根底で支えているのは、この島の人たちが身をもって知り、語り伝えてきた戦争体験である。カヌーに乗って海で抗議している私の根底にもそれがある。軍隊は住民を守らない。それが沖縄戦の教訓だ。

真夏の辺野古の海で

●『三田文學』2017年秋季号
〈やんばるの深き森と海より〉

沖縄の島々はまわりを海で囲まれているので、真夏でも昼間の気温が35度を超えることは少ない。今年は例年より暑さが厳しく、35度に達する日もあるが、数字だけを見るなら沖縄よりも他府県の方が最高気温は高い。それでも緯度が低い分、沖縄の日差し(紫外線)の強さは強烈だ。

昨年の夏は沖縄島北部の高江の森で、ヘリパッド建設に反対する行動に参加していた。今年の夏は名護市辺野古の海でカヌー(シーカヤック)に乗り、米海兵隊の新しい基地の建設に反対する日が続いている。

カヌーに乗っていると日差しを遮るものがないので、1日中、紫外線にさらされる。ほとんどの人は皮膚の露出を少なくし、女性は日焼け止めクリームを塗っている。サングラスも必需品だ。じかに海面の光を見続けていると目を傷めてしまう。

カヌーによる抗議行動は、ふだんは十数艇で行われている。午前8時前後に海に出て、午後4時頃に浜に引き揚げる。昼食時は休憩をとりながら浜に戻ることが多いが、カヌーの上や船で弁当を食べることもある。

午前、午後と3時間ずつ、1日に6時間カヌーに乗ると、月の半分乗っても90時間になる。年間では1080時間だ。多い人はそれ以上乗っているはずだが、年間1000時間カヌーに乗っている人は、競技者でもない限り、そう多くはないだろう。

それもレジャーではなく、基地建設に反対するためだ。普通に漕ぐだけでなく、フロートやオイルフェンスを越えたり、拘束しようとする海上保安庁のゴムボートから逃げ回ったりもする。浅瀬の岩場をすり抜けることもあれば、深い所は水深60メートルを超す大浦湾の荒波を漕ぐこともある。そういう活動を3年間もやっていると、カヌーの技術はかなり向上する。

だからといって慢心し、油断することはない。海の事故は生死にかかわる。安全を第一にして、バディや班、チームで常に助け合える体制を取っている。カヌーのそばには船が伴走して、何かあったときは救難できるようにしている。

時おり、カヌーの活動に対し、命懸けで闘っているかのように言う人がいる。海上保安庁の弾圧にさらされたり、フロートや作業船にしがみついたりして体を張って行動している様子から、そうとらえる人もいるのだろう。しかし、命懸け、という表現は適切ではない。

もし危険を冒して大きな事故を起こしてしまえば、それ以降の抗議行動はできなくなってしまう。また、「命懸け」という言葉に付きまとう悲壮感は、実際の行動ではマイナスでしかない。海で情緒的な行動をするのは危険なのだ。どれだけ思いがあっても、体力と技術、経験がそろわないとカヌーによる抗議行動はできない。

炎天下の海上では、同じ位置で待機しているだけでも、数時間になると体にこたえる。一番怖いのは熱中症で、こまめに水分を補給し、時おりは海に入って体を冷やしている。午後になると海水もぬるま湯状態だが、それでも太陽にさらされているよりはましだ。遠距離を漕ぐ体力だけでなく、暑さに長時間耐える体力も必要となる。

午後4時に海上行動を終えて、カヌーや用具を洗って片付け、自宅に戻るのは午後6時前だ。それからシャワーを浴びて洗濯をし、軽く筋力トレーニングをする。海で撮影した写真や動画を整理してブログを書くと、午前零時を回っていることが多い。インターネットでサイトを見て午前1時や2時に就寝。翌朝は6時頃に起きる。

カヌーの上では居眠りができないので、疲れた時には帰る途中で車を止め、仮眠をとることもある。こういう生活をしていると、本を読むこともままならず、原稿を書く時間もない。仕方がないのでカヌーを休んだり、気象条件が悪くて海に出られない時を利用して、書く時間を確保している。

　人間に与えられた時間は限られているのだから、抗議行動に参加するのをやめて、あるいは参加を大幅に減らして、小説を書くことに集中すべきだ、と考えながらできずにここまできている。おそらくこうやってじたばたしながら、どこかで体力が尽きて、くたばるのだろう。

　辺野古では現在、主にキャンプ・シュワブ東側の海岸で工事が行われている。現場は浅瀬で、海底にはジュゴンの餌となる海草が茂っている。２０１４年7月に工事が始まる前は、ジュゴンが餌をとったはみ痕が見られたのだが、工事が始まって作業船や抗議船、海上保安庁のゴムボートが走り回るようになってからは近づくこともなくなった。人間がジュゴンを追い出してしまったのだ。

　私が生まれ育った今帰仁（なきじん）村に古宇利島という離島がある。いまは橋でつながり観光客が多く訪れているが、そこにはジュゴンにまつわる伝説がある。

　今帰仁ではジュゴンのことをザンという。昔、古宇利島に男と女がいて裸で暮らしていた。ふたりは天から落ちてくるもちを食べて腹を満たしていたが、もちが落ちてこなくなったらどうしよう、と不安に駆られ、溜め込むようになった。

　そしたら本当に落ちてこなくなった。仕方なくふたりは自力で食料を確保するようになった。ある日、海岸に出たふたりは2匹のザンが交尾しているのを目にした。ふたりは男女の交わりを知り、子どもができて人間の社会ができていった。

　そういう昔話を今帰仁の子どもらは聞いて育った。だからジュゴンに対しては、辺野古の問題が起こる前から知っていたし、親しみを持っていた。

　かつては宮古・八重山を含めて沖縄全域に生息していたジュゴンも、沖縄防衛局の調査では3頭しか確認されていない。そのうちの1頭はこの2年間、姿が見えないという。残りの2頭は古宇利島周辺でも目撃されている。

　カヌーの下に透けて見える海草を眺めながら、つい3年前まで夜になるとジュゴンが訪れていたのだ、と思う。ジュゴンが浜に近づくのが夜間になったのは、人間の活動の影響である。かつては沖縄の各島で、昼間、海草を食べているジュゴンの姿があっただろう。その様子を目にしたから、古宇利島の伝説も生まれたはずだ。

辺野古新基地は、このような海草が茂る藻場を埋め立てて建設される。藻場はジュゴンや海亀などの餌場であるだけでなく、魚介類の生息地であり産卵場でもある。水深の深い大浦湾側は、海底の複雑な地形が生物の多様性を生み出し、沖縄で最も重要な海域と指摘する専門家は多い。そこを埋め立てて破壊し、耐用年数２００年という基地が造られようとしている。

新基地に配備されるのは米海兵隊が使用するＭＶ22オスプレイである。昨年12月13日、大浦湾から近い名護市安部（あぶ）の海岸に、普天間基地所属のオスプレイが墜落し、大破した。日本政府や大手メディアは「不時着水」という奇妙な言葉でごまかしたが、現場の状況を見れば墜落以外の何物でもなかった。私はカヌーに乗って墜落した機体のそばまで行き、米軍の回収作業を見た。

今年に入って８月５日にオーストラリアの海上で、普天間基地のオスプレイが訓練中に墜落し、３人が死亡している。普天間基地には24機のオスプレイが配備されている。そのうちの２機がわずか８カ月の間に墜落している。恐るべき事故率としか言いようがない。

そのオスプレイが短期間訓練するというだけで、ヤマトゥ（日本）では大騒ぎする。政府もそれには配慮する姿勢を見せる。しかし、沖縄では当たり前のように1年中、住民の生活地域上空を飛び回っている。そして、普天間基地の「移設」とごまかして新しい基地を辺野古に造り、沖縄への米軍基地の固定化、恒久化を進めようとしている。

中国や北朝鮮の脅威を言いながら、日本人の大半はみずからが生活する地域には米軍を拒否し、沖縄に押し付けて、上辺だけは申し訳ないような顔をしている。しかし、沖縄よ「日本本土」のために犠牲になってくれ、というのが本音だ。その現状を変える努力をしている人がどれだけいるか。

夏の光に辺野古の海の色は鮮やかさを増している。その海が日々破壊されていく様子を間近で見なければならないのがつらい。

沖縄を「捨て石」にする構造

◉『部落解放』(解放出版社) 2017年9月号〈水平線〉

6月12日、元沖縄県知事で琉球大学名誉教授だった大田昌秀氏が亡くなった。89歳の誕生日に家族が歌うハッピーバースデーの歌に送られて旅立ったという。

私が琉球大学に入学したのは1979年だが、当時、大田氏は社会学科の教授として、琉大でも最も名の知られた人だった。あの頃の琉大には、大田氏のように10代で沖縄戦を体験し、米国に留学して教員となった人たちが数多くいて、沖縄の各研究分野や言論界をリードしていた。

私自身は大田氏に教わることもなく、会う機会も数回しかなかった。ただ、そのたびに激励の言葉をかけてくれた。

一度、ある放送局の取材で大田氏と対談したことがある。場所は辺野古のイタリアン・レストランだった。取材が終わって帰り際に大田氏が、自分の同級生の中には沖縄戦を生き延びたが、ずっと精神を病んだままの人がいる、と話した。戦争で人生を破壊された学友への思いが、痛みとともに伝わり、その言葉と表情がいまも胸に残っている。

沖縄戦の中でも激しい戦闘で知られるシュガーローフの攻防戦では、精神に異常をきたした米兵が続出したことが伝えられている。大人の正規兵でもそうだったのだ。10代の少年兵やもっと幼い子どもたちが、沖縄戦のさなかでどれだけ心の傷を負ったか。終わることのない戦争に苦しみながら72年を生きてきた人たちが、いまもまだ沖縄に限らず全国にいる。

6月23日の沖縄戦慰霊の日も終わり、7月に入って沖縄は連日、猛暑が続いている。私は毎日のように辺野古に通い、カヌーに乗って海上で護岸工事に抗議したり、ゲート前の座り込み行動に参加している。海上では日差しを遮るものがない。沖縄の日差しの強さは強烈だが、それでもカヌーはまだ海水で体を冷やすことができる。

ゲート前で座り込む人は日差しに加え、排気ガスとアスファルトの輻射熱で大変だ。ただでさえ厳しい条件なのに、沖縄県警・機動隊による強制排除が1日に3回は行われる。怪我と疲れが体と心を痛める。

辺野古新基地建設に反対する抗議・阻止行動は4年目に入っている。海上基地建設の候補地として名護市辺野古が上がってからは20年になる。沖縄に基地を押し付けて平然としているヤマトゥンチュー（日本人）の差別と無関心が、沖縄の苦しみの根源にある。日本全体の利益のためには沖縄を犠牲にしてかまわない。沖縄を「捨て石」にする構造は、沖縄戦のときも現在も変わっていない。

そのことに怒り、告発し、克服しようと、学者として、政治家として努力を続けたのが大田氏であったろう。亡くなる直前まで大田氏は、辺野古の新基地建設について考えていたはずだ。冥福を祈り、辺野古新基地阻止に力を入れたい。

沖縄の現代史を体現した大田昌秀氏を悼む

●『自然と人間』2017年9月号

1979年4月に琉球大学に入学した時、教員の中で名前を知っている数少ないひとりが大田昌秀氏だった。当時、大田氏は琉大の法文学部社会学科の教授で、研究活動だけでなく新聞や雑誌にもよく執筆しており、田舎の高校生だった私でもその名前を知るくらいだった。

私は国文学が専攻だったので、大田氏の授業を受けることはなかったが、その頃の大田氏の主要著作だった『沖縄の民衆意識』は購入して読んだ。同じ学科の同級生が先に読んでいて、琉大の学生ならこの本は読んでおかなければ恥ずかしい、という雰囲気があった。

大田氏の世代は10代の後半に沖縄戦を体験し、学徒隊などで極限状況を生き抜いたあと、戦後は米国留学を経て沖縄の政治・経済・学術などの各分野で牽引者となった人が多い。大田氏も米国の公文書館を中心に沖縄に関する資料の発掘・収集に努め、沖縄戦やジャーナリズム、米国の沖縄統治について第一線で研究を進めてきた。

大田氏が収集した沖縄戦に関する米軍側の写真資料は、一般読者向けの写真集としても出版され、市民に広く読まれた。沖縄戦を体験した人でも、個々人は限られた局面しか知らない。大田氏が編集して解説を加えた写真集によって、沖縄戦の全体像をつかんだ人は多いはずだ。沖縄戦についての認識を深めたその影響力において、大田氏は大学の教員、研究者という以上の影響力と知名度を沖縄で持っていた。

だから1990年11月の沖縄県知事選挙に、革新共闘の候補者として大田氏に白羽の矢が立ったのは自然なことだった。当時、保守陣営は西銘順治氏が4選を目指していた。若い頃は沖縄社会大衆党の政治家であり、のちに自民党に移って田中派に属していた西銘氏は、屋良朝苗氏、平良幸市氏と2代続いた革新県政を倒し、1980年代に沖縄の政治潮流を保守主導に変えていた。西銘氏を倒せるのは大田氏しかいない。そういう期待の声に押されて大田氏は立候補し、当選を果たした。

大田氏は沖縄戦に学徒動員され、多くの学友を失っていた。自らの体験をもとに沖縄戦の研究を進め、その実態を広く市民に明らかにしてきた。学者としてのその実績が、政治家として今度は平和行政に生かされること。それは大田氏を推した人だけでなく、沖縄県民の多くが望んだことだ。大田氏が知事を務めた2期8年の間に、それは平和の礎(いしじ)と沖縄平和祈念資料館として結実した。

平和の礎は沖縄戦の犠牲となった沖縄人だけでなく、日本兵や米兵、朝鮮や台湾などアジア諸国の人々を含めた全戦死者を刻銘することが話題となった。

地上戦が行われた沖縄戦は、人命の犠牲だけでなく、戸籍をはじめとした行政文書、文化財、歴史資料などの消失ももたらした。沖縄戦の戦死者数はいまだ明らかになっておらず、刻銘に向けては県内全市町村で調査が進められた。それでも氏名がはっきりせず、生存者の証言をもとに「○○○○の長男」「○○○○の次女」などと記されたものもある。

また、住民虐殺をした日本兵と犠牲となった住民の氏名を同じように刻銘するのか。ヒトラーとアンネ・フランクの名前を同列に扱うようなものではないのか、という疑問や批判もあった。朝鮮半島から強制的に連れてこられた「慰安婦」や労働者を日本の軍人と同列に刻銘していいのか。そもそも彼らはどれだけいたかも調べられていない。そういう問題も提起された。

それらの問題が当時、十分に議論されたようには思えない。今後も忘れてはいけない問題として、常に問い返していく必要があるだろう。全戦死者を平等に扱った、ということが美談として語られるだけなら、個々の死者がどのように死んでいったか、という具体性、個別性が曖昧にされ、日本を守るために犠牲となった「英霊」として一律に扱われかねない。その危険性を心にとどめておく必要がある。

1998年11月、自民党・公明党が推す稲嶺恵一氏が、大田氏の3選を阻んで知事に当選した。その稲嶺知事の下で、沖縄平和祈念資料館の展示問題が発生した。銃剣を突き付けて住民を壕から追い出そうとする日本軍の人形が、銃をはずしたり向きを変えることで逆に守っているかのように操作された。資料の説明文も展示内容を審議する監修委員の了解がないまま、県により改ざんされようとした。

県民の猛反発を受け、展示内容は元に戻されたが、不完全なものだった。日本政府の全面支援を受けて当選した知事とはいえ、沖縄の行政のトップがそのような策動を行った事実は重い。「慰安婦」や南京大虐殺、沖縄戦における日本軍の住民虐殺・強制集団死など、日本軍に都合の悪い事実を隠蔽しようという「歴史修正主義」の動きに、沖縄の側からも同調する動きがあるのだ。

稲嶺県政の下ではほかにも、大田氏が当初、平和の礎、沖縄平和祈念資料館と並ぶ3本の柱として構想していた沖縄国際平和研究所の建設が取りやめとなった。平和の礎で沖縄戦の犠牲者を悼み、平和祈念資料館で沖縄戦について歴史を学ぶ。それと同時に、沖縄国際平和研究所で資料を収集して研究を進める。その3つを結び付けることで、沖縄を戦争と平和を考える拠点としていく。大田氏の構想は、戦争体験者であり学者でもあった自らの経験と実績に裏打ちされたものだった。

その構想が実現しなかったことは、大田氏にとって無念だったろう。県知事、参議院議員としての活動を終えたあと、大田氏は私設の沖縄国際平和研究所を設立し、資料の展示、紹介を行っていた。行政が動かないなら自ら動く。沖縄戦の研究だけでなく、基地問題を解決するためにも研究施設が必要だ、という大田氏の強い思いが表れていた。

1995年9月4日、沖縄島北部で3名の米兵によるレイプ事件が発生した。当時私は中部にあるコザ高校で教員をしていた。事件の衝撃は大きかった。10月21日に開かれた県民大会には、宮古・八重山の会場を含めて8万5０００人もの人が集まった。当日、会場にいて次から次にやってくる人の列に圧倒される思いだった。学生時代から数えきれないほど反戦・反基地の集会やデモに参加してきたが、集まってくる人の勢い、真剣さ、怒りと決意の固さは、それまでとは次元が違うものだった。

その会場で発言する大田氏の姿は、テレビの映像でもくり返し流されてきた。軍用地の契約をめぐる代理署名の拒否や国との裁判、米軍基地返還に向けたアクション・プログラムなど、知事として米軍基地の返還に向けた追求を大田氏は積極的に進めてきた。しかし、沖縄への米軍基地の負担集中という現実を変えようとしない日本政府の前に、大田氏の追求は挫折を強いられた。

大田氏の最大の失敗は、在沖米軍基地の整理縮小と日米地位協定の見直しの是非を問うた１９９６年9月8日の県民投票の直後に、その結果を踏みにじる形で米軍用地強制収用手続きの公告・縦覧を実施したことだった。

県民投票では県内有権者の59・53％が投票し、そのうち89・09％が整理縮小と見直しに賛成した。都道府県レベルでは全国でも初めての住民投票であり、取り組みの中心となった連合沖縄をはじめ、多くの県民がボランティアで準備から実施まで投票を支えた。

ところが、投票から2日後の10日に大田氏は当時の橋本龍太郎首相と会談し、沖縄政策協議会の新設や沖縄振興策に50億円の特別調整費をつけるなどの提案を受ける。そして、5日後の13日に県庁で記者会見を開き、それまで拒否していた米軍用地強制使用手続きの公告・縦覧を受け入れることを表明したのである。

反戦地主をはじめ県民の失望と反発は大きかった。県民投票の結果を自ら否定するような大田氏の行為に怒りの声が上がった。振興策（費）と引き換えに県民に基地受け入れを迫るという日本政府の「アメとムチ」の手法は、それから常態化し規模が拡大していく。大田氏はその悪しき前例を作ってしまった。

大田氏は当初、軍用地の強制使用手続きの代理署名をめぐる裁判で、最高裁の判断に有利な影響を与える材料として県民投票を考えていたのだろう。しかし、その意図を見抜いたように最高裁は、県民投票の前、8月28日に大田知事の上告を却下し、県の敗訴が確定した。以後、大田氏の中で県民投票の意義は低下してしまった。私にはそう見えた。

県民投票にあわせて高校生たちも独自の投票を行っていた。県内の全高校が自主的に取り組みを進め、コザ高校でも実施された。そのあと大田知事と高校生代表との間で面談が行われた。知事の公告縦覧受け入れを批判する高校生たちに、大田氏は感情的になって反論し、もっと勉強しなさい、と言っていたという。私の教え子も参加していたが、大田氏への反発を口にしていた。

県民投票以降、大田氏は支持者の不信感を払拭できないまま、「県内移設」を進めようとする政府に曖昧な対応を続けた。それにより大田氏はみずから3選への道を険しくしてしまった。橋本首相との関係を深める一方で、大田氏は自身を支える県民の思いをとらえきれていなかったように思える。その後の普天間基地問題の展開を考えるとき、この期間の大田氏の対応は残念だった。

あれからもう20年以上の時が経過した。辺野古の海と大浦湾ではこの4月以降、海底に石材や消波ブロックが投下され、護岸工事と仮設道路の工事が進められている。2014年の夏に辺野古新基地建設工事が始まってから、カヌーに乗って海上での抗議行動に参加してきたのだが、いよいよ埋め立てに向けた工事が始まり、海が破壊されていく様子を見なければいけない状況となっている。

この3年間の辺野古の状況を、大田氏も新聞やテレビの報道で毎日追っていたはずだ。沖縄県民がどれだけ反対しても、その民意を踏みにじって工事を強行する安倍政権に、怒りを募らせていただろう。

自分の知事時代を思い出し、悔しさをかみしめることもあったと思う。

大田氏の訃報に接して、学生時代からいままで目にしてきた大田氏の様々な姿が思い出された。その人生は沖縄の現代史そのものである。大田氏が残した著作に学び、沖縄戦についての認識を深め、辺野古新基地建設阻止の闘いに力を尽くしたい。

政治弾圧裁判に勝利し、山城博治さんを現場に復帰させよう！

◉『裁判闘争中間報告Ⅱ』2017年10月20日

2011年1月頃、東村高江のN1地区のヘリパッド建設に対する抗議行動に参加した。現場では土のうに入れた砂利をダンプカーで運んできて、作業員たちが両手に提げて森の中に運び込もうとしていた。

それを阻止するために、市民グループは県道沿いに横断幕や網を張ったり、枯れ木を積んで作業員が森に入れないようにしていた。さらに土のうを運ぶ作業員たちに路上で抗議して、工事を止めるために必死になっていた。

その阻止・抗議行動をリードしていたのが山城博治さんだった。以後、N4へリパッド建設工事や普天間基地へのMV22オスプレイ配備、辺野古新基地建設工事など、沖縄の基地強化に反対する各場面で、山城さんが精力的に現場で行動しているのを見てきた。

これらの現場を見てきた人なら、いま日本政府・沖縄防衛局が山城さんに弾圧をかけている理由は明白だろう。彼らが山城さんを恐れるのは、新たな基地建設を本気で阻止しようとしているからであり、工事が行われている現場でそれを実践してきたからだ。

工事を止めるためには多様な手法、取り組みが必要なのは事実だろう。しかし、これまでの運動はともすれば選挙での勝利を問題解決の目標点にし、現場での抗議行動はそのための手段として、形式的なものに終わってしまう傾向がありはしなかったか。

抗議集会を開いて議員や各団体のあいさつを聞き、抗議のシュプレヒコールをして終わる。デモ行進はしても、抗議の意思を示すだけで、現場で実力阻止行動をとるまでにはいたらない。そのことに物足りなさや苛立ちを覚えていた市民は多かったはずだ。

沖縄には喜瀬武原（きせんばる）闘争や恩納（おんな）村の都市型戦闘訓練施設反対闘争、本部（もとぶ）町のＰ３Ｃ基地阻止闘争など民衆が実力で演習や基地建設を止めてきた歴史がある。その伝統を高江や辺野古でよみがえらせ、現場に集まった市民を鼓舞して、自分たちの手で工事を止める、という意思を喚起したのが山城さんだった。

それは山城さんの明るい性格や喜怒哀楽を表に出して大衆を引き付けるリーダーとしての天分だけによるのではない。何よりも山城さんが、自治労や平和運動センターという大きな組織を動かす力も持っていることが、日本政府には脅威だったはずだ。

高江のヘリパッド建設は全国からかき集めた機動隊の暴力により強行されてしまった。しかし、はるかに大規模な辺野古の新基地建設工事はまだ初期の段階だ。山城さんを中心にゲート前で阻止行動が展開されれば頓挫しかねない。山城さんを現場から排除すること。日本政府にとってそれが大きな課題となり、山城さんを狙い撃ちして逮捕する機会をうかがってきたことは容易に推察できる。

実際、微罪逮捕を重ねて長期勾留するやり方は政治弾圧以外のなにものでもない。山城さん以外なら、ここまでの扱いは受けなかったはずだ。現場で重要な役割を果たしているリーダーを現場に来られなくするだけでも、政府は狙いを達している。私たちはこのような政府の狙いを許してはならないし、裁判に勝利して1日も早く山城さんを現場に復帰させないといけない。

同時にゲート前や海上での阻止・抗議行動の強化が問われている。連日、工事用ゲートから百数十台のトラックやトレーラー車が石材や工事用資材を搬入している。運ばれてきた石材は浜や海に投下され、仮設道路や護岸工事が進められている。仮設といっても石材が投下された時点でその場所は破壊され、そこにすんでいた生物は圧殺される。

海や沿岸部に造られた構造物は潮の流れを変え、周辺の砂浜や海底に影響を与えずにおかない。ウチナンチューなら工事のあと砂浜が消えて岩がむき出しになっている場所を見たことがあるだろう。

　現在、辺野古側の浅瀬から先に埋め立て工事を進めようと、複数個所で護岸工事に向けた仮設道路の建設が進められている。カヌーに乗って連日、その状況を間近で見ているが、海亀が産卵に訪れる自然の砂浜が破壊されている。埋め立てはまだ先だから大丈夫……、なのではない。仮設道路の建設だけでも、貴重な海岸線が失われてしまうのだ。

　今年に入って、ゲート前に集まる市民の数が減っている。水曜日の大行動日にも集まりが悪く、資材が搬入されるようになっている。以前のように多くの市民が路上に出て、トラックを止めることもなくなった。機動隊に何度もごぼう抜きされながらも、集まった市民が粘り強く座り込みを続けているが、このままじわじわと政府に押し切られてしまうのか、という危機感を持つ。

　来年の名護市長選挙、県知事選挙に向けて、政府・沖縄防衛局は辺野古の浅瀬側で、目に見える形で埋め立てに向けた護岸工事を進めようとしている。ゲート前の座り込み行動を再度盛り上げていかなければ、工事は着実に進んでいく。

　大浦湾側の工事の難しさに目を向け、いずれ行き詰まる、と希望的観測に精神的逃げ道を求めていたら、ゲート前に人が集まるはずもない。厳しい現実を直視し、いまの限界を突破しないといけない。

若者と政治

——新基地抗議、広い世代で

◉『琉球新報』2017年10月25日〈季刊　目取真俊〉

9月14日から17日にかけて、韓国の光州(クァンジュ)広域市で開かれた「世界人権都市フォーラム2017」に参加した。光州金大中コンベンションセンターで16日に開かれた「国家暴力と人権」というシンポジウムでは、辺野古の新基地建設問題について話した。韓国に行くのは初めてだったが、招いていただいた皆さんの手厚い対応を受け、有意義に過ごすことができた。

光州広域市に行くにあたっては当初、その地を安易に踏んでいいのか、という思いがあった。1980年5月、当時の全斗煥(チョンドゥファン)軍事独裁政権に対して、光州市で市民が民主化を求めて立ち上がった。一時は市を解放区にしたものの、最後は戒厳軍によって多くの市民が虐殺され、蜂起は鎮圧された。

私は大学2年生だったが、テレビや新聞の報道を通して、同世代の若者たちが必死に闘いながらも敗北し、戒厳軍の暴力にさらされ、針金やロープで縛られて連行されていく映像をいたたまれぬ思いで見た。その年の琉大祭は首里キャンパスで最後の催しだったが、学生自治会主催で光州蜂起の記録フィルムが上映されたのを覚えている。

シンポジウムに先立って、15日に光州蜂起で犠牲になった市民が葬られた旧墓地と国立5・18民主墓地を案内してもらった。一度はたずねたいと思っていた場所で、37年前のことを思い出しながら手を合わせた。そのあと、武装した市民が最後に立てこもった旧全羅南道(チョルラナムド)庁舎にも足を運んだ。

16日のシンポジウムでは、辺野古新基地建設問題のほかに韓国のろうそくデモと香港の雨傘革命とについての発表が行われた。いずれも大学生や高校生など若者が大きな役割を果たした運動だ。会場の参加者にも若者の姿が目立った。

沖縄に戻ってみれば、辺野古の海では砂浜を破壊して護岸工事に向けた仮設道路の建設が進められている。キャンプ・シュワブのゲート前では、資材を積んだ大型ダンプカーやトレーラー車が列をなして入っていく。そのたびに座り込んでいた市民が機動隊に力尽くで排除される。その多くは60代以上の人たちだ。

韓国や香港に比べれば、若者の参加は少ない。市民運動に限らず、若者の政治に対する不参加が言われたのはいまに始まったことではない。1970年代後半から「シラケ世代」「三無主義」「四無主義」ということが言われ、若者の政治に対する無関心が取り上げられていた。それは80年代のバブル経済の時代に頂点に達したかもしれない。

90年代後半から格差社会の進行とともに若者の貧困が問題となり、2011年には東日本大震災が発生した。福島第1原発で事故が起こり、デモや集会が頻繁に行われるようになった。さらに安保法制が成立し、否が応でも政治に関心を向けざるを得なくなるほど、いまの若者たちは厳しい状況に置かれている。

だからといって若者たちが辺野古の抗議行動の現場に足を運ぶのは容易ではないだろう。土・日の休みや夕方以降に行われる集会ならともかく、辺野古の抗議行動は平日の午前8時から午後5時の間に行われる。新基地建設工事に対する抗議なのだから、工事が行われている時間帯に行動しないといけない。

学校や会社と時間帯が重なるので、行きたくても行けない、という人も多いだろう。現場での行動は、どうしても60代以上の年金生活者や、バイトや自営業で時間のやりくりができる人が主にならざるを得ない。辺野古の参加者は日当が出ている、というデマを流す人たちもいるが、実際に参加してみれば分かることだ。皆どれだけ苦労しながら参加していることか。

60代、70代の参加者には、沖縄の基地を若い世代、子や孫たちの世代に残したくない。後の世代に対する責任として、なんとか自分たちの世代でこの問題に決着をつけたい、という思いの人もいるだろう。

22日に行われた衆議院選挙では、普天間基地がある2区や辺野古がある3区をはじめ、3選挙区で辺野古新基地建設に反対する候補者が当選した。沖縄県民の反対の意思の根強さが示された。

しかし、全国的には圧勝した安倍政権が、沖縄県民に対してどういう振る舞いをするかは容易に予想できる。10月中にもN5護岸やK1護岸の着工を打ち出し、名護市長選挙までに目に見える形で工事を進めようと、かさにかかって攻めてくるだろう。

それを止めるためには、ひとりでも多くの人がゲート前の座り込みや海上行動に参加し、抗議の意思を行動で示すことが重要となる。政治参加は選挙だけではない。韓国や香港とまではいかなくても、若者を含めた幅広い世代が、沖縄の将来を見据え、時間を作って抗議行動に参加してほしい。

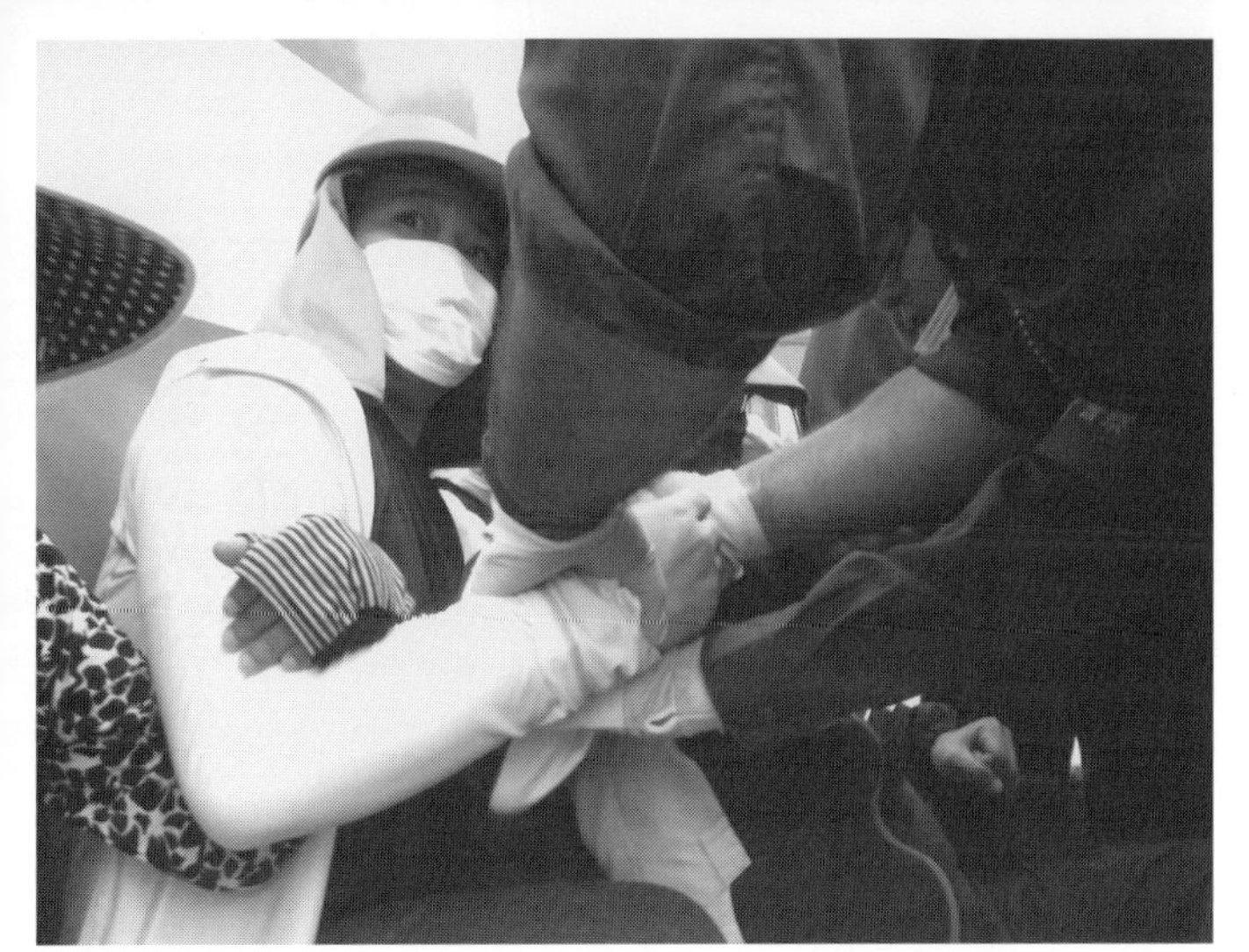

キャンプ・シュワブのゲート前に座り込む女性に、沖縄県警刑事の太い腕がつかみかかる（2018.6.13）

2018年

キャンプ・シュワブゲート前で、座り込みを強制排除する機動隊に対し、仲間にしがみついて守る市民（2017.7.3）

頻発する米軍機事故に高まる不安

●『三田文學』2018年春季号〈やんばるの深き森と海より〉

2013年の夏、沖縄県東村高江で進められていたヘリパッド建設に反対するため、米軍の北部訓練場メインゲートの前に立ち、工事車両の監視・阻止行動を行っていた。

北部訓練場では海兵隊の兵士が森の中で訓練をするだけでなく、MV22オスプレイや各種ヘリコプターも飛来する。ある日、嘉手納基地所属のHH60救難ヘリコプターが2機飛来し訓練を始めた。谷間に沿って2機が追っかけっこをするように高速で蛇行したり、上空に舞い上がったかと思うと反転したり、アクロバット飛行さながらの訓練をくりひろげた。敵の攻撃を避けながら侵入、救難する訓練なのか、と思いながら見ていた。

数日後、そのHH60ヘリがキャンプ・ハンセンで訓練中、宜野座村の山中に墜落した。テレビのニュース映像を見ながら、高江で目にした訓練の様子を思い出した。民間機なら安全性を最優先して飛行するはずだが、戦場を想定した軍用機は、危険を承知でぎりぎりの飛行を行う。操縦士の技量を向上させ、練度を維持させるために、そのような訓練を日常的に行うのは、軍隊として当然のことなのだろう。

しかし、広大な米本国ならともかく、狭い沖縄でこのような訓練を行えば、住民を巻き添えにした事故がいつ起こっても不思議ではない。実際、沖縄では過去に何度も米軍機の墜落や部品落下、パラシュート降下訓練などによる事故が発生してきた。中でも最も多くの犠牲者を出したのが、1959年6月30日に石川市（現うるま市）で発生した宮森小学校へのジェット戦闘機墜落事故だ。

給食時間の小学校の校舎にジェット戦闘機が激突した同事故では、児童11人を含む17人が死亡し、重軽傷者は210人に達した。児童のなかには全身の50％におよぶ火傷を負い、事故から17年も経って後遺症で亡くなった人もいる。

中屋幸吉遺稿集『名前よ立って歩け』（三一書房）に「姪の死」という一節がある。中屋が書いた小説「茂都子」からの引用だが、事故で小学生の姪を失った実体験に基づくものだ。以下は主人公が姪の遺体に直面する場面である。

〈一九五九年六月郷里の石川にZ機が墜落した。災難の場所は、市の小学校であった。このことが、彼を休学にまで、踏み込ます動機となったのだ。

自分の命が欲しいばっかりに、米軍飛行士は、故障したZ機を、空中に放したまま、落下傘で逃げ生きのびた。無人飛行機は、舵手を失って、空を乱舞した挙句、学園に、つっこんでいった〉（30頁）

〈カーテンをくぐると、焦げくさい臭気が、彼の前に、立ちはだかってきた。部屋いっぱい、死の空気が、充満していた。ひっそりとして、死の静寂が、あたりを包んでいた。その中で、彼は、死人と対面した。彼は、全身が、鳥肌立ってくるのを感じた。彼はあっと息を飲んだ。血が頭に殺到してきて、彼は、目まいに襲われた。

足がない、ない。足が消えてない。手は、手は、それもない。手首から先が、消え失せてる。男かな、否、女だ、あ、性器がない、なにもないのだ。あ、目、目の中は、焼けた砂が一杯つまっている。焼け崩れた鼻、そこも一杯の砂だ。臓腑は大丈夫だろうか。あ、ない、ない、臓腑がからっぽだ。噫嗚、

（和吉は呻いた。）

「これが、人間か。この人間には、人間らしい確証が、何一つない。ああ、これが人間だと、言えるだろうか」

こうも恐ろしい人間の形相を、彼は、死ぬまで、忘れることができまい、と思った〉（32頁）

１９６８年11月19日にはベトナムを爆撃するため嘉手納基地から出撃しようとしたＢ52爆撃機が、離陸に失敗して爆発炎上する事故が発生した。滑走路の延長線上には当時、核爆弾を貯蔵していた弾薬庫があった。もし、そこに墜落していたら……、という恐怖が沖縄中に広がり、Ｂ52撤去の運動が大きく広がった。

それ以降も、米軍機の墜落事故はくり返されている。２００４年８月13日には宜野湾市の沖縄国際大学に、隣接する普天間基地所属のＣＨ53Ｄ大型輸送ヘリコプターが墜落した。住民の死傷者が出なかったのは奇跡と言われたが、校舎に激突したヘリが黒煙を上げて炎上する様子は、基地と隣り合わせに生きることを強いられている沖縄県民が、いつ事故に巻き込まれて犠牲になるか分からない現実を浮き彫りにした。

最近になっても沖縄では、米軍機の墜落や不時着、部品落下などの事故が頻発している。２０１６年12月13日に名護市安部の海岸に普天間基地所属のＭＶ22オスプレイが墜落し大破した。２０１７年10月11日には東村高江で、普天間基地所属のＣＨ53Ｅヘリが不時着直後に炎上した。

さらに12月７日には宜野湾市の緑ヶ丘保育園の屋根に同ヘリの部品が落下。その６日後にも普天間第二小学校の運動場に同ヘリの部品が落下した。わずかの差で子どもたちに犠牲が出るところだった。

米軍ヘリの不時着も相次いでいる。今年に入って１月６日にうるま市・伊計島の砂浜に米海兵隊のＵＨ１Ｙヘリが不時着。２日後の８日には読谷村の廃棄物処分場に米海兵隊のＡＨ１攻撃ヘリが不時着。23日には渡名喜村のヘリポートに同型ヘリが不時着した。

さらに、２月９日には伊計島の海岸にＭＶ22オスプレイのエンジンカバーが漂着した。米軍は前日に部品落下事故を起こしていながら、日本側に報告していなかった。カバーが沖に流れて発見されていなければ、事故が隠蔽されていた可能性もある。

こうやって沖縄県内で発生した事故を並べてみれ

ば、その頻度の高さに驚くはずだ。このままではいずれ大惨事が発生する、という危機感が沖縄では広がっている。

昨年の暮れも押し迫った12月29日、宜野湾市役所前広場で「米軍基地被害から子どもを守り、安心・安全な教育環境を求める市民集会」が開かれた。保育園や小学校などの教育施設に米軍ヘリの部品落下が相次いだことに、強い危機感を抱いて約600人（集会実行委員会発表）の市民が参加した。

その中で、緑ヶ丘保育園の園長と保護者が涙ながらに、米軍機は保育園の上を飛ばないでほしい、と訴えている姿には胸が詰まった。安心して子どもたちを外で遊ばせることもできない。こういう異常な状況に対し、母親たちを中心に署名運動も取り組まれている。

それに対し、ネトウヨやその同調者によって嫌がらせが集中した。部品落下は左翼による自作自演である、というデマをインターネットで拡散し、保育園や小学校に電話をかけ、メールを送って誹謗中傷を加える。ただでさえ不安におびえ、苦しんでいる被害者に沈黙を強いようとする悪質な攻撃である。

「沖縄ヘイト」という言葉が生まれ、米軍基地に反対するのは北朝鮮や中国に利する行為であり、反日の売国奴である、という狂気のような言葉がまき散らかされている。沖縄に米軍基地を集中させたのは誰なのか。そういう基本的なことを問うこともなく、沖縄は金と引き換えに基地を受け入れた、基地のおかげで経済的に潤っている、と事実をねじ曲げて信じ込む。そして、自分たちの思い通りにならない沖縄県民に対しては悪罵を投げ付ける。この日本社会の歪みはどこまでひどくなるのか。

軍事事故は沖縄だけではない。2月5日に佐賀県の神埼市で自衛隊のAH64D戦闘ヘリが民家に墜落した。2月20日には青森県で米軍三沢基地所属のF16戦闘機がエンジン出火のため燃料タンクを小川原湖に落下させた。軍事基地がある所はどこも同じ危険にさらされている。

北朝鮮や中国の軍事的脅威が喧伝されるが、沖縄に住んでいる者にとって最大の軍事的脅威は米軍にほかならない。日本政府は市街地にある普天間基地を名護市辺野古に「移設」すれば、安全が得られるかのように言う。しかし、不具合を起こした軍用機は必ず陸上の滑走路にもどろうとして墜落や不時着事故を起こす。狭い沖縄の中で米軍基地をたらい回ししても、問題の解決にはならないのだ。

沖縄は日本政府の強権と圧力に屈しない

——名護市長選挙敗北の意味するもの

◉『自然と人間』2018年3月号

2月4日に行われた名護市長選挙は、安倍晋三政権が全面的に支援する新人の渡具知武豊氏が、オール沖縄が推す現職の稲嶺進氏に3500票近くの大差をつけて当選した。稲嶺氏はこれまで2期8年にわたり、市長の権限を駆使して辺野古の海にも陸にも新しい基地は造らせない、として日本政府と対峙してきた。地元名護市の民草を代表するものとして、稲嶺氏の存在は極めて大きかった。

稲嶺氏の落選によって辺野古新基地建設に反対するオール沖縄陣営は大きな打撃を受けた。しかし、落ち込んでいる暇はない。選挙の翌日もキャンプ・シュワブのゲート前では、資材搬入を阻止しようと座り込みが行われ、海上ではカヌーや船による抗議活動が取り組まれた。

選挙終了後の県内メディアの総括を読むと、安倍政権が稲嶺市長を倒すためにどれだけ力を注いだかが明らかにされている。菅義偉官房長官や二階俊博自民党幹事長が来沖し、渡具知氏への全面支援を約束したことに始まり、選挙期間中には100人におよぶ与党の国会議員が沖縄に入ったという。

彼らは選挙母体の業界を回り、組織票を固めていった。表に出て演説するのは小泉進次郎氏や小渕優子氏といった知名度の高い議員にまかせ、ステルス作戦と称して企業回り、業界回りを徹底し、票を固めていった。それにより、今回の市長選挙では期日前投票が全有権者の44％に達し、選挙当日の投票を上回る事態となった。

これまで名護市長選挙では自主投票をしてきた公明党も、今回は渡具知氏を推薦し、名護市内に初めて選挙事務所を構えた。公明党沖縄県本部は普天間基地の県内移設に反対の立場だ。それが「在沖海兵隊の国外・県外移設を求める」という公約で渡具知氏と一致した。在沖海兵隊が県外・国外に出て行くなら、新しい基地を造る必要などない。矛盾しているのは明白だが、そういうまやかしで立場を変えた。

創価学会員の中には、沖縄戦の体験や戦後の基地被害の歴史から、新基地に反対の人もいる。その対策のために公明党・創価学会は幹部を名護市に送り込み、徹底した組織固めを行った。

今回の名護市長選挙では、日本維新の会も渡具知氏の推薦に回った。昨年の衆議院選挙で最後に当選したのが同会の下地幹郎氏だった。下地氏は那覇市を含む沖縄1区で立候補していたが、オール沖縄が推す共産党の赤嶺政賢氏と日本政府が支援する自民党の国場幸之助氏にはおよぶはずがなく、比例での復活当選をあてにしていた。

全国的に日本維新の会が苦戦するなかで、下地氏のテコ入れのため陰で動いたのが日本政府だった。選挙期間中、自民党沖縄県連の西銘順志郎元参議院議員が、下地氏の故郷である宮古島での総決起大会に参加し、下地氏を応援した。

そこには翌年の県知事選挙をにらんだ思惑があったはずだ。下地氏が落選すれば、県知事選挙に立候補することが予想される。落ちることは分かっていても大きな選挙に立候補することで、有権者から忘れられないようにするのが下地氏の手法だ。そうなれば、現職の翁長知事に自公勢力が対抗馬を立てても三つ巴になって保守票の一部が下地氏に流れる。翁長知事を打倒するためには、一騎打ちの構図にする必要があり、下地氏を当選させる必要があったのである。

西銘順志郎氏の動きは、日本政府、自民党中央の指示を受けてのものだったと思われる。それによって1区の自民党票がある程度下地氏に流れた。国場氏は選挙で落選したが、比例で復活当選し、さらに4区では西銘恒三郎氏がオール沖縄の推す仲里利信氏を破った。まさに政府の狙い通りになったのである。

仲里氏を落選させたことは、衆議院4選挙区を独占していたオール沖縄の一角を崩したという以上の意味があった。仲里氏は元県議会議長で、翁長知事とともに自民党県連からオール沖縄に移り、存在感を示していた。その落選は翁長知事に大きな打撃となった。

自民党県連にとって翁長知事と仲里氏は裏切り者であり、支持基盤を競い合う存在でもある。翁長知事を支えていた那覇市議会の与党会派・新風会を解散に追い込んだのに続き、仲里氏を落選させたことは、政府と自民党県連にとって大きな勝利だった。翁長知事を支えるオール沖縄の保守層を切り崩すとともに、日本維新の会を自公勢力に引き込んだ。

沖縄においても政治の保守化は確実に進んでいる。社会党・共産党・沖縄社会大衆党の3党で革新共闘を組み、県知事選挙や各首長選挙で勝利した時代は、もはや過去の話だ。革新のホープと言われた糸数慶子氏、伊波洋一氏が続けて県知事選挙で敗北し、革新共闘では自公勢力に歯が立たない、という状況が明らかとなったのは2010年だ。

そこで新たに作り出された枠組みが、革新共闘と自民党や経済界の一部が、辺野古新基地建設反対、MV22オスプレイの配備反対を一致点に共闘を組む、オール沖縄という方式だった。日米安保条約や自衛隊、浦添軍港、高江へリパッド建設、泡瀬干潟など対立する問題は棚上げにした上で、それぞれが腹八分、腹六分で妥協していく。その時に翁長知事が打ち出したのが、イデオロギーではなく沖縄のアイデンティティーを大切にするということだった。沖縄ナショナリズムによる結びつきで日本政府に対抗しようというものだ。

翁長知事をはじめとした沖縄の保守政治家や経済界の一部が、そのような方向に変わった背景には、2000年代になって米軍基地返還後の再開発の成功例が目に見えてきたことがある。北谷(ちゃたん)町のハンビータウンや那覇市の新都心など、米軍基地を返還させて再開発した方が、雇用や税収も増え、経済発展につながることがはっきりした。翁長知事が強調するように、「基地は沖縄経済発展の最大の阻害要因」という状況にまで、沖縄の経済構造が変化してきた。

その中心となっているのが観光業だ。沖縄経済は基地・公共工事・観光業に依存する3K経済と言われてきたが、基地と公共工事の比重が低下する一方で、観光業が大きく成長してきた。韓国や台湾、中国など近隣諸国からの観光客も急増し、名護市でも外国人観光客の姿が当たり前に見られる。

その観光業にとって大きな教訓となっているのが、2001年9月11日に米国で発生した同時多発攻撃だ。沖縄の米軍基地は厳戒態勢に入り、修学旅行をはじめとした沖縄旅行のキャンセルが相ついだ。それを契機に観光業者のなかで、観光は平和産業であり、米軍基地とは相いれない、という認識が生み出された。

2000年代に入って以降の沖縄経済の変化を受け、基地に依存するのではなく、観光を中心に自立した沖縄経済を作り、東アジアを視野に入れて発展させていく、という志向を持った経済人が生まれ、翁長知事を支えている。かつて東アジアの貿易拠点だった琉球国をイメージしつつ、沖縄を東アジアの流通拠点にしていく、という大きな視野の下で、辺野古新基地建設に反対し、平和な環境づくりを目指す動きが作り出されている。

名護市においても8年前に稲嶺進氏が初当選した時には、基地に依存した財政構造からの転換が打ち出された。当時、日本政府は基地受け入れとリンクした振興策を打ち出していた。島田懇談会事業や10年間で1千億円の北部振興策など、国からの高率補助で各種施設（箱物）を造り続けると、一部の業者は儲かっても、維持管理費用が後年度負担となる。

このままでは市の財政が深刻な事態となる。市民の中でそのような認識が生まれ、米軍再編交付金を受け取らず、健全な名護市の財政を作り出さねばならない、と訴える稲嶺氏を当選させたのだった。

今回の渡具知氏の当選は、歴史の歯車が逆回りしたようだ。辺野古新基地建設に対する態度は曖昧にしながら、米軍再編交付金は受け取るという。政府もすでに支給に向けて動いているが、当然、渡具知新市長が建設に協力することを前提としている。

名護市民の中には、護岸工事が進んでいるいまに至っては、どうせ基地は造られるのだから、再編交付金を受け取った方がいい、という考えが再び広がっている。

そこにあるのはあきらめであり、無力感だ。新たな基地負担を望む者はない。しかし、国に抗っても勝ち目はない。だったら取れるものを取った方がいい。名護市民のその考えは自然に発生したものではない。これまで何度も基地反対の意思を選挙で示し、米軍による事件や事故が起こるたびに県民集会を開き、抗議を続けてきた。それでも日本政府は沖縄の民意を無視してすませる。そして、機動隊や海保を使って暴力的に工事を進める。そうやって名護市民・沖縄県民にあきらめと無力感を植え付けてきた。

そのような日本政府・安倍政権に対して、ヤマトゥでどれだけの批判がなされているか。人口6万1000人ほどの小さな市の首長選挙に、ヤマトゥから国会議員が100人も乗り込んできて介入する。この異常さ、安倍政権の横暴を許しているのは誰なのか。

名護市長選挙や辺野古新基地問題について語り、ネットに書き込む日本人は大勢いる。しかし、日本政府の重圧に苦しめられ、基地の犠牲を押し付けられる名護市民に思いをはせる日本人＝ヤマトゥンチューはどれだけいるか。

名護市に暮らす者は、辺野古新基地建設問題から逃げることができない。選挙で負けても阻止・抗議行動は続く。それは単に軍事基地の建設問題にとどまらない。沖縄の政治・経済の自立と東アジアの平和的環境をいかにつくり、沖縄を発展させていくか、という大きな視野に基づく運動である。沖縄の今後50年、100年の展望がかかる運動なのだ。日本政府の強権と圧力に屈するわけにはいかない。

辺野古の海では現在、リーフ内の浅瀬で護岸工事が進められている。この夏には本格的な埋め立てが始まったと政府は打ち出すだろう。だが、工事は大規模であり、ゲート前に数百人単位で市民が集まれば止められる。ひとりでも多くの人が辺野古に来て、海とゲート前でともに阻止・抗議行動を担ってほしい。

韓国・済州島「4・3事件」シンポジウムに参加して

◉『三田文學』2018年夏季号 〈やんばるの深き森と海より〉

4月26日から30日にかけて、韓国の済州（チェジュ）島を訪ねた。1948年4月におこった「4・3事件」から今年は70年の節目となっていて、4月3日には「済州4・3平和公園」で文在寅（ムンジェイン）大統領が出席し追悼式が催された。ほかにも関連する企画が連続して行われており、そのひとつとして「東アジアの文学的抗争と連帯」と題したシンポジウムが開催された。そこに発言者のひとりとして招かれたのだ。

　他に招待されたのは、ベトナムの小説家で『戦争の悲しみ』（井川一久訳、めるくまーる社）で知られるバオ・ニン氏。台湾の詩人で「2・28事件」の真相究明に尽力してきた李敏勇氏。ほかに韓国・済州島出身の小説家で『順伊おばさん』（金石範訳、新幹社）、『地上に匙ひとつ』（中村福治訳、平凡社）など「4・3事件」を韓国で初めて作品にした玄基榮（ヒョンギヨン）氏が基調講演を行った。

　顔ぶれを見れば分かるように、「4・3事件」を沖縄戦と米軍基地、ベトナム戦争、台湾の「2・28事件」などと関連させ、東アジア全体を視野に入れてとらえ返そうという企画である。シンポジウムは4月27日に行われ、私は沖縄の歴史や文学について述べたあと、写真や動画で辺野古の新基地建設反対運動について報告した。3名の発言のあとは、韓国の研究者を交えての全体討論も行われた。

　27日は板門店で韓国の文在寅大統領と北朝鮮の金正恩（キムジョンウン）朝鮮労働党委員長が会談を行った日である。韓国では朝からテレビでその様子が中継されていた。シンポジウムに参加した韓国の人たちの興奮や感動に接したことは貴重な体験だった。日本のメディアは北朝鮮に対する反発や懐疑が先に立ち、南北会談についてもその意義や重要性を十分に伝えていないように思える。韓国の人たちの反応をじかに見て、沖縄にいたらとらえきれない形で南北会談を注目できた。

シンポジウムに参加していた韓国の人たちの何人かが、北朝鮮と米国の首脳会談で朝鮮戦争の終戦が表明されるのではないか、と期待していた。戦争の危険が去り、分断から交流へ進むことで、離れ離れになっていた家族や親族、友人が再会できる。その切実な願いが1日も早くかなってほしいと思った。

翌28日には済州島在住の研究者に「4・3事件」関連の場所を案内していただいた。「済州4・3平和公園」、「北村ノブン・スンイ4・3慰霊の聖地」、日本軍の洞窟陣地などを見てまわり、夕方からは韓国の作家協会の交流会に参加させてもらった。

4月28日は沖縄にとって歴史的な日である。1952年4月28日にサンフランシスコ講和条約が発効し、日本は独立を果たしたが、沖縄や小笠原諸島、奄美諸島は切り離され、米国の統治下に置かれ続けた。そのために沖縄ではこの日を「屈辱の日」と呼んで、私が子どもの頃（1960年代）には「日本復帰」を求める行進が行われていた。

1972年5月15日に沖縄の施政権が日本に返還されて以降も、4・28といえば反戦・反安保・反基地を象徴する日として、沖縄では集会やデモが行われていた。私が琉球大学に入ったのは1979年だが、入学して2週間ほどたったある日、首里のキャンパスからアパートに帰る途中、与儀公園を通ると集会をやっていた。ああ、今日は4・28か……、と思いながら眺めていると、大学の先輩に声をかけられた。そのまま初めて集会とデモに参加したのだが、それをきっかけに沖縄の基地問題について考えるようになった。

この日はまた、2年前に名護市出身の20歳の女性が、元海兵隊員の米軍属に殺害された日でもある。うるま市に住んでいた女性はウォーキング中に米軍属の男に襲われ、ナイフで刺し殺された。米軍属は女性を車で恩納（おんな）村の森に運んで遺棄した。遺体が発見されたのは5月19日になってからだった。

女性の父親は私と同年齢である。30代後半になってきた一人娘で、成人式に出席するため帰宅した時に会ったのが、最後の別れになったという。おそらくは名護の街のどこかですれ違ったこともあるだろう……、そう考えながら両親の気持ちを想像すると痛ましくてならない。

「４・３事件」では2万５０００～３万人の済州島民が「アカ」のレッテルを張られ、軍隊や警察、西北青年団によって虐殺されたという。慰霊のために供えられた花を目にして、20歳の女性が遺棄された恩納村の森の前にも、今日は多くの人が訪れて花を手向けているだろうと思った。

韓国で「４・３事件」に関する記念館や虐殺の現場を見てまわりながら、沖縄にとっての４・28についても考えた。第2次大戦後の「冷戦」という言葉を東アジアで使えるのは日本くらいで、韓国、台湾、ベトナムにおいては熱戦が続いていた。共産主義の拡大を阻止しようとする米国は、韓国や台湾の反共軍事独裁政権を支援し、ベトナム戦争を戦った。その米軍にとって沖縄は重要拠点であり、４・28の前も後も基地強化が進められた。

小中学生の頃、那覇に向かうバスの車窓から嘉手納基地を見ると、ベトナムに爆弾をばらまき「黒い殺し屋」と呼ばれたＢ52戦略爆撃機の尾翼が、ノコギリの刃のように並んでいた。米軍の事件・事故の被害に苦しめられてきた沖縄は、朝鮮戦争やベトナム戦争では加害の立場にあったのだ。

被害と加害の二重性の問題は、沖縄の近・現代史を通して問われている。１８７９年に琉球国は、武力による威嚇をもって日本に侵略・併合され、沖縄県が設置された。琉球人は、天皇を中心とした皇国日本への同化を強いられた。そして、自らは日本人（ヤマトゥンチュー）による差別を受けながら、朝鮮人、台湾人に対しては差別する側に回り、日本のアジア侵略の一翼を担っていく。

済州島のシンポジウムでは、そのような沖縄（人）の加害と被害の二重性についても話した。それは私が小説を書いたり、反戦・反基地運動を行うときに常に考えていることだ。米軍による事件・事故の被害は沖縄で絶えることがない。一方で、沖縄で訓練し、鍛え上げられた米兵たちが、アフガニスタンやイラクで破壊と殺戮をくり返してきた。

辺野古新基地建設に反対する行動を行うときも、沖縄人がこれ以上、基地の犠牲と負担を強いられることへの拒否と同時に、米国が世界各地で起こす戦争に間接的にでも加担したくない、という思いがある。殺される側からすれば、戦争の大義など何の意味もない。

軍隊は住民を守らない。沖縄戦の教訓として言われることだ。それは米軍からも日本軍からも命を狙われ、奪われてきた沖縄人が血で購って得た教訓である。戦場で戦った兵士以外の市民の戦争体験が、日本（ヤマトゥ）では空襲を主としたものであるのに対し、地上戦を体験した沖縄人のそれは、友軍の住民虐殺や食料強奪、壕追い出し、集団死の強制など軍隊の実相を見せつける。

それだけ過酷な体験をし、戦争と軍隊にどこよりも強い否定感を抱いただろう沖縄人に、日本人の大多数は日米安保条約に基づく米軍基地の負担を押し付けて恥じることがない。国土面積の０・６％にすぎない沖縄に、在日米軍専用施設の70％が集中している。日本政府は「沖縄の負担軽減」を口にするが、実際にやっているのは「県内移設」に名を借りた新たな基地の建設である。

韓国・済州島から帰って辺野古の海に出れば、空梅雨の日差しに青く澄んだ海面から、ウミガメが顔を出して呼吸するのをよく見かける。5月以降、産卵に訪れているウミガメもいると思うが、昨年上陸した砂浜に今年は近づくことができない。埋め立てに向けた仮設道路が砂浜に沿って造られている。それだけではない。沖に向かって海を囲い込む形で護岸まで建設されている。

1年前と様変わりした様子にウミガメも混乱しているだろう。日本復帰後の乱開発によって、沖縄島に残された自然の砂浜はわずかだ。それを破壊して新基地建設が進められている。数千億円もの予算を浪費して。何と愚かなことか。

天皇皇后の来沖
――慰霊の裏、軍事化進む

◉『琉球新報』
2018年4月25日
〈季刊　目取真俊〉

3月27日から30日にかけて、明仁天皇と美智子皇后が来沖した。天皇としては最後の来沖となるということで、メディアの報道は1975年に皇太子として初来沖した頃と、現在の沖縄県民の天皇に対する意識の変化に焦点を当てた記事が目立った。

沖縄への慰霊の旅を重ねることで、当初は反発が強かった県民の皇室への感情もやわらいでいった、という基本線に沿い、それを例証する声がいくつか紹介されていた。

確かに、皇太子時代に「ひめゆりの塔」の前で火炎瓶が投げ付けられた43年前と現在とでは、県民の皇室に対する感情も変化があるだろう。1975年といえば沖縄戦から30年であり、まだ33回忌も終わっていない。「天皇メッセージ」の存在が明らかになるのは4年後だが、昭和天皇の戦争責任の問題は、戦争体験者や遺族にとって重い意味を持っていたはずだ。

そうであるからこそ明仁天皇も皇太子時代から、来沖のたびに摩文仁の沖縄戦没者墓苑を訪れ、慰霊を表し続けたのだろう。1989年に裕仁天皇が死去し、沖縄戦の体験者も少なくなっていくなかで、「慰霊の旅」や「沖縄への思い」を前面に出した明仁天皇の度重なる来沖が、県民の反発を鎮静化する効果をあげたのは事実だ。

しかし、それによって昭和天皇の戦争責任問題が深められたわけでもなければ、天皇制が持つ問題が解決されたわけでもない。サイパン島やペリリュー島まで足を運んだ明仁天皇も、韓国を訪れることはできていない。近代日本のアジア侵略と植民地支配、戦争による加害の問題の中心にある天皇制に対し、被害を受けた側はその深い傷を忘れることはない。

沖縄にとっても忘れてすまされるものではない。

1879年に武力による威嚇のもと琉球国が滅ぼされ、日本国に併合された。それは日本の帝国主義的なアジア侵略の先駆けであったが、そういう被害の側面と同時に沖縄は、日本への同化が進むとともにアジア侵略の一翼を担った加害の側面も持つ。被害と加害の二重性を持つ独自の位置から、沖縄と天皇制、アジア諸国との関係を問い返す作業が常に必要だ。

天皇制と沖縄との関わりを明治の琉球併合までさかのぼり、沖縄戦と皇民化教育、近衛上奏文と「遅すぎた聖断」、天皇メッセージ、憲法の天皇条項と9条、沖縄への米軍基地集中化の関係、そして現在の先島地域における自衛隊配備の問題まで視野に入れて、多角的に検証するのがメディアの役割ではないか。

明仁天皇が来沖した3月27日は、「琉球処分」が行われた日だった。琉球新報社編『沖縄コンパクト事典』の「琉球処分」の項には次のように記されている。

〈…前略…（一八）七九年三月、処分官、松田道之が随員・警官・兵あわせて約六〇〇人を従えて来琉、武力的威圧のもとで、三月二七日に首里城で廃藩置県を布達、首里城明け渡しを命じ、ここに事実上琉球王国は亡び、〈沖縄県〉となる。…後略…〉（2003年版、438頁）

また、与那国島に訪問した28日は、陸上自衛隊沿岸監視隊が発足して2年の記念日だった。同日は慶良間諸島の渡嘉敷諸島で強制集団死が起こった日でもあり、このような日程の組み方はただの偶然ではあり得ない。

明仁・美智子夫妻が初めて先島地域（石垣島と宮古島）を訪れたのは、2004年の1月、国立劇場おきなわの開場記念公演の際だった。その3カ月後、辺野古では海底ボーリング調査の工事が始まり、陸上と海上で激しい抗議行動が取り組まれた。

この頃から自衛隊の南西方面重視や島嶼（とうしょ）防衛の強化が言われ出す。2004年12月に閣議決定された「新防衛計画大綱」では、初めて国名を挙げて中国脅威が打ち出される。同時に中期防衛力整備計画では那覇の陸上自衛隊第1混成団の旅団への格上げが明記され、F4戦闘機のF15への更新も示された。

2005年1月には防衛庁（当時）が島嶼防衛について検討する部内協議で「南西諸島有事」の際に陸自5万5000人を動員する対処方針をまとめていたことが明らかとなる。尖閣諸島をめぐる中国との対立を警戒したものだ。

同年8月には沖縄戦における「集団自決」の軍命をめぐり、大江・岩波沖縄戦裁判も起こっている。沖縄における自衛隊の配備強化を進める地ならしとして、沖縄戦をめぐる歴史認識の問題が浮上してくるのである。

明仁・美智子夫妻が最初に先島地域を訪れた2004年から今年の与那国島訪問にいたる14年間とは、辺野古新基地建設が強行されると同時に、先島地域への自衛隊配備が着々と実現されていった時期でもあった。沖縄戦の犠牲者に対する慰霊の裏で、中国に対抗するため沖縄のさらなる軍事要塞化が進められていたのだ。

それは沖縄がいまでも、日本＝ヤマトゥの利益のために戦争の前面に立たされ、いざとなれば切り捨てられる「捨て石」の位置に置かれていることを意味する。天皇が何度も来たから自分たちも一人前の「日本人」として扱われていると考えるなら愚かなことだ。

辺野古のたたかいは、極めて重要な局面に

◉『思想運動』(小川町企画)2018年8月1・15日

7月19日に辺野古崎の南東側海域を囲うK4護岸とN3護岸がつながった。さらに8月2日には希少サンゴの「移植」が済んだとして、K4護岸の一部に残されていた開口部も閉じられた。これにより辺野古側リーフ内の埋め立て予定地の大半がK1・K2・K3・K4・N3・N5の6つの護岸で囲い込まれた。護岸で仕切られた内部の海は潮の流れが遮断される。夏の日差しを受けて海水温は上昇し、水分の蒸発や雨水の流入で水質も変化するだろう。内部の海草藻場や魚介類はいつまで生きていられるか。日本政府・沖縄防衛局は8月17日に埋め立て土砂を投入すると打ち出している。しかし、その前に多くの生物が閉ざされた海で殺されてしまう。2014年の8月から辺野古の海・大浦湾でカヌーを漕ぎ、新基地建設に反対してきた。カヌーや抗議船で海上行動を行ってきたメンバーの多くは、護岸で海が閉めきられる前に、翁長雄志知事が埋め立て承認の撤回をすることを求めてきた。だが、その訴えはかなわなかった。翁長知事は7月27日に撤回に向けた作業に着手することを表明したが、あまりに遅すぎた。

マスメディアは8月17日までの土砂投入までに、翁長知事の撤回が間に合うかを焦点にしている。しかし、辺野古の海に生きる生物のことを考えれば、海が護岸で仕切られることが大きな節目だった。4年間にわたり辺野古の海で闘ってきながら、それを阻止できなかったことに痛苦の思いがある。

カヌーは海の作業現場に直接迫ることができる。海上保安庁の弾圧があったとしても、それをはね返すだけの人が集まれば、海底ボーリング調査、コンクリートブロックの投下をはじめ、仮設道路や護岸建設などの工事を止めることができたはずだ。ここまで工事の進展を許してしまった自分たちの力不足

を反省しなければならない。

それはゲート前の座り込み行動についてもいえる。翁長知事が承認撤回に向けて着手すると表明しても、連日、大量の工事車両が資材を搬入し、海でも陸でも工事は進められている。それを阻止しよう、少しでも遅らせようと、ゲート前に座り込む市民は絶えることがない。けれども、その数が１００人を超すことはなかなかなく、少ないときは20人ほどの時もある。

国頭（くにがみ）村の採石場や本部（もとぶ）町の石材・土砂積み込み港など、抗議行動の場所が広がったこととの影響もある。それでも、２０１４年夏から２０１５年にかけての市民の集まりと行動の激しさに比べれば、運動が弱まっていることは否めない。

平日の朝7時半頃から午後5時頃まで、連日行動することは肉体的・精神的にも経済的にも負担が大きい。現場の行動を無償で支えている市民の苦労は並大抵のものではない。自分の生活を犠牲にして、長期間闘い続けることは難しい。多くの人が交代しながら参加し、裏方の仕事を担っていかなければ、運動を持続させることはできない。

翁長知事が埋め立て承認を撤回しても、国はその効力を最小限にとどめ、工事を再開するために卑劣な手法を駆使してくる。そして、翁長知事や沖縄県民がどれだけ抵抗しようとも、国には勝てない、ということを思い知らせ、沖縄人の心をへし折ろうと攻撃を仕掛けてくる。そうやってあきらめムードを広げることで、9月の名護市議会議員選挙や、11月の沖縄県知事選挙で、政府のいいなりになる議員と知事を作り出そうとしている。

辺野古の闘いがいま、極めて重要な局面を迎えていることは言うまでもない。それに対してヤマトゥに住む人たちはどう対応するのか。まずは日々強行されている工事をどう止めるか、遅らせるかが問われている。海やゲート前、採石場や積出港などの現場での取り組みをもっと強化しなければ、工事はどんどん進んでいく。

インターネット上では翁長知事を激しく批判し、

陰謀論を展開している者までいる。そういう人がどれだけ辺野古に来ているか。必要なのは評論家ではなく、主体的に行動する人だ。

国強硬　知事追いつめる

——闘った姿、県民は忘れない

◉『沖縄タイムス』
2018年8月15日
《沖縄の行方／翁長知事急逝》

翁長雄志知事の訃報に接し、その早すぎる死が残念でならない。おそらく意識が残る最後の時まで、「埋め立て承認の撤回」を自らの言葉で口にしたかったたであろう。その無念さを思う。同時に、闘病とリハビリ生活を支えてきた家族の皆さんの悲しみを思う。

翁長知事にとって最大の政治課題は、辺野古新基地建設阻止であった。そのために日本政府・安倍晋三政権と正面から対峙し、その強権的な振る舞いに苦難を強いられた。翁長知事が工事の問題点を指摘し、中断するように行政指導をくり返しても、政府は無視して工事を続けた。

機動隊や海上保安官を前面に出し、ゲート前や海上で抗議する市民を暴力的に排除する。沖縄戦を体験したお年寄りが機動隊に手足をつかまれ、排除される姿に、翁長知事も怒りを覚えただろう。

安倍首相の政治手法は幼稚で劣悪だ。自らに従順な「オトモダチ」はあからさまに優遇し、抵抗する者には徹底して圧力を加える。面談に応じず、反対意見は無視し、予算を削減して嫌がらせを行う。沖縄には憲法も民主主義も適用されないかのような態度を続けてきた。その攻撃を正面から受けてきたのが翁長知事だった。

政府・自民党にとって翁長知事は「裏切り者」であり、それだけに激しい攻撃が加えられた。翁長知事を支える「オール沖縄」の保守・中間層に対する切り崩しは熾烈を極めた。那覇市議会の新風会の解体や安慶田光男副知事の辞任、仲里利信衆議院議員の落選に加えて、支援企業の「オール沖縄」脱退もあった。

翁長知事の直接の死因は病である。しかし、そこに至るまでの心労の深さを思えば、翁長知事をここまで追いつめていったのは、安倍政権の強硬姿勢である。知事選や国政選挙で示された沖縄の民意と、地方自治を尊重する姿勢が安倍首相にあったら、翁長知事もここまで追いつめられはしなかった。

全国には47人の都道府県知事がいるが、沖縄県知事が置かれている状態は、他府県の知事とは違う。在日米軍基地の7割が沖縄に集中しているが故に、その対策に膨大な時間を割かれる。基地問題がなければ経済振興や教育、福祉などの取り組みに集中できるのに、基地に振り回されて無駄なエネルギーを使わないといけない。

それは市民にとっても同じだ。基地問題がなければ、ゲート前に座り込んだり、海でカヌーを漕いで抗議する必要などない。反対運動で費やす時間を自分がやりたいこと、生産的なことに使えるのだ。しかし、基地絡みの事件や事故が相次ぐため、嫌でも行動しないといけない。それにより肉体的にも精神的にも疲れ果て、命を縮めることにもなる。

翁長知事はよく「基地は沖縄経済発展の最大の阻害要因」と口にしていた。沖縄経済が基地に依存していたのは過去の話であり、返還させて跡地利用を進めた方が、税収や雇用など多方面で利益が向上する。新都心をはじめ、それは現実として示されている。

また、沖縄の主要産業に成長した観光業は平和産業であり、軍事的緊張が高まれば観光客は来なくなる。２００1年9月11日に米国で発生した同時多発攻撃の際、修学旅行を中心にキャンセルが相次ぎ、観光業界は大きな打撃を受けた。同事件は、基地あるが故に沖縄が抱える危うさを示した。

辺野古新基地建設や宮古島、石垣島、与那国島への自衛隊配備は、中国との軍事的緊張を高める。ひとたび軍事紛争が起これば、沖縄の観光業、経済界は壊滅的な打撃を受ける。米軍基地が地域に利益をもたらすなら、全国各地で誘致運動が起こるだろう。だが、ヤマトゥにそのような動きはない。基地が禍（わざわい）の元なのを知っているのだ。

沖縄の若い世代が基地問題に煩わされることなく、

自分のやりたいことに専念できる社会をつくるためには、辺野古新基地建設を許してはならない。翁長知事はそのような思いで、辺野古新基地問題に心血を注いできただろう。一方で、その目はもっと先を見ていたはずだ。

これから東アジアの政治・経済構造がどのように変わり、沖縄はどのような形でそれに対応するのか。空手や芸能、文化など沖縄が持つソフトパワーを生かし、観光や物流などの優位性をどう発展させるか。さまざまな構想を考えていたはずだ。

翁長知事にとって辺野古新基地建設に反対する取り組みは、沖縄の将来構想を実現するために、避けて通れない通過点だったと思う。後の世代がこれ以上基地問題で苦しめられないように、自分がここで踏ん張らないといけない。そういう思いで病身に鞭打ち、埋め立て承認撤回の準備を進めていたはずだ。

知事としての任期の後半は厳しい状況だったし、オール沖縄の抱える問題や個々の政策の検証も必要だ。もっと早く承認撤回すべきだった、と私は思う。

それでも、沖縄に基地負担を集中させ続けようとする日本政府と対峙し、ぬちかじり（命の限り）闘っていた姿をウチナンチューは忘れない。

日本政府はこれ以上、沖縄県民を苦しめるな。辺野古新基地建設をいますぐ断念せよ。

基地集中という沖縄差別と翁長知事の死

◉『三田文學』2018年秋季号〈やんばるの深き森と海より〉

小学生の頃、飛行機の絵を描くと胴体や翼に星のマークを描いていた。私が生まれ育った今帰仁村は、沖縄島では珍しく米軍基地がない。それでも空では米軍機が日に何度も飛んでいて、それには星のマークがついている。当時は日本復帰前で観光客も少なく、民間機を目にする機会はほとんどなかった。子ども心に飛行機は星のマークがついているものと思っていた。

1972年5月15日に沖縄の施政権が返還された。3年後の75年に隣の本部町で、国際海洋博覧会が開かれた。ある日、空を見上げると青や白で彩色されたヘリが飛んでいた。おそらく海洋博関連の取材で飛んでいたのだろう。それを見た時、ああ、こんな色のヘリもあるのか、と妙な感じがした。物心ついた時から濃い緑の米軍ヘリばかり見ていて、それ以外の色のヘリを見たことがなかったのだ。

ベトナム戦争が終わったあと、米軍の戦場がアフガニスタンやイラクなど中東に変わると、米軍車両や兵士の戦闘服も砂漠に合わせた迷彩色に変わった。沖縄上空を飛ぶヘリの色も灰色になった。だが、機体の色は変わっても、我が物顔で訓練をしている様子は変わらない。日本復帰から46年が経ち、沖縄社会の変容は激しいが、米軍基地をめぐる状況は呆れるほど変わっていない。

日米安保条約に基づき日本は米国に基地の提供義務を負っている。しかし、その義務を沖縄に集中させるよう記されているわけではない。にもかかわらず、在日米軍専用施設の70%が沖縄に集中している。その理由は明白だ。日本人の圧倒的多数が、米軍基地を迷惑施設ととらえ、自分たちの住む地域には置きたくない、と考えて沖縄に押し付けているのだ。

たまに沖縄から海兵隊やオスプレイが他府県に

行って訓練すると、その地域では大騒ぎになる。沖縄では年がら年中オスプレイが飛び回り、墜落事故も引き起こした。保育園や小学校に米軍ヘリの部品が落下する事故も起こっている。沖縄の日常がヤマトゥでは非日常であり、平安な生活を脅かす異常時となる。自分たちの住む地域が沖縄みたいになったら困る。それが本音だろう。

ヤマトゥにも岩国基地や三沢基地があり、首都圏にも横田基地、厚木基地、横須賀基地などがある。だが、同じ基地でも飛行場や港湾施設が中心で、爆音被害はあるだろうが、民家の近くで実弾演習をやることはないはずだ。市街地上空を米軍のヘリやオスプレイが低空で飛び回り、小銃を手にした米兵が乗ったトラックが公道を当たり前のように走ってい る。そういう光景を沖縄以外で目にするだろうか。

普天間基地の「移設」を名目に名護市辺野古に新しい基地が造られようとしている。なぜ沖縄では「移設」ではなく、新基地建設というのか。普天間基地は滑走路や駐機場があるだけだが、辺野古沿岸に造られる基地は、V字型2本の滑走路に加えて港湾機能も持ち、兵士やオスプレイを積み込む強襲揚陸艦が接岸できる。隣接して辺野古弾薬庫もあり、滑走路脇には装弾場が整備される。

普天間基地にはない新たな機能がいくつも付け加わるので、沖縄ではメディアも「移設」ではなく、新基地建設と報道するようになった。新基地の耐用年数は200年と言われる。老朽化した基地はいずれ撤去の可能性がある。しかし、新しく造られた基地を米軍が手放すはずがない。日本政府は「沖縄の負担軽減」というが、実際には米軍基地の負担が沖縄に固定化されるのだ。

中国や北朝鮮の脅威を理由に、日米安保条約が必要というのなら、米軍基地の負担も全国で等しく分かち合うべきだ。米海兵隊の基地が必要というなら、沖縄の中でたらい回しするのではなく、他府県への「移設」も検討すべきだ。沖縄でそのような主張をしているのは、革新政党やその支持者だけではない。保守の中でもそのような意見を持つ人は少なくない。

8月8日に亡くなった翁長雄志知事もそのひとりだった。もともと自民党沖縄県連の幹事長であり、沖縄保守政治家の中心だった翁長氏が、辺野古新基地建設反対に変わったのは、日米安保条約を肯定しつつも、沖縄が背負わされている負担が大きすぎる、「県内移設」では問題の解決にならない、と認識したからだ。

沖縄にはいま、年間約1000万人の観光客が訪れる。特にこの数年、外国人観光客の増加が著しい。沖縄島北部でも台湾や中国、韓国からの観光客でにぎわい、急激な変化に戸惑うほどだ。生前、翁長氏は「基地は沖縄経済発展の阻害要因」という言葉をくり返していた。ヤマトゥの人々が抱いている「沖縄の人は基地で食べているんでしょう」という誤った認識を正すために、そう強調していた。

沖縄は中国や台湾、東南アジア諸国と地理的に近いだけでなく、琉球国時代からの歴史的つながりも深い。琉球王朝の居城だった首里城を訪ねれば、日本各地にある城との違いは一目瞭然だ。テレビで日本の時代劇を見るより、韓国の歴史ドラマを見た方が、琉球王朝もこうだったか、と近しい感じを受ける。朝鮮王朝も琉球王朝も明・清国と冊封体制を結び、共通の政治・文化圏にあったのだから当たり前のことだ。

一方で、1609年の薩摩による琉球侵略以来、琉球の日本化も進んでいった。1879年、日本政府は琉球国を武力で威嚇し滅ぼした。最後の国王・尚泰は東京に連れ去られ、政治、経済、文化、言語、生活習慣などあらゆる面で日本への同化が強制された。琉球・沖縄人は他府県人より劣った2等国民という扱いを受け、差別と偏見にさらされるなかで、自分たちの文化・芸能・言語への劣等感を植え付けられた。

私の本名は島袋というが、島や島崎、島田などヤマトゥ風の苗字に変えた人たちもいる。ヤマトゥに渡って暮らした沖縄人のなかには、差別と偏見から逃れるために苗字を変え、自分が沖縄出身であることを隠した人もいた。サンシンを弾くと沖縄出身とばれるので、押し入れに隠れて弾いた。子どもたちが嫌がるので弾けなかった。そういう話は珍しくない。

　１９８０年代にワールドミュージック・ブームがあり、その流れで沖縄の音楽が注目を浴びた。喜納昌吉やりんけんバンドがヤマトゥのメディアで取り上げられ、芸能界やスポーツ界で活躍する沖縄人が増えていった。そのおかげで具志堅や渡嘉敷、安室、新垣、仲間といった沖縄独特の苗字も知られるようになった。島袋という苗字も「ＳＰＥＥＤ」のメンバーや甲子園の優勝投手を通して知られるようになった。

　唐の世（トゥーぬゆー）からヤマトゥの世（ぬゆー）、ヤマトゥの世（ぬゆー）から
　アメリカ世（ゆー）、珍しく（ひるまさ）変わたるこの沖縄（くぬウチナー）

という歌がある。いまは亡き嘉手苅林昌が歌って沖縄でヒットした「時代の流れ」だ。沖縄の歴史は、中国、日本、アメリカという大国の狭間にあって、被支配と従属の苦しみに喘ぎ、翻弄されてきた歴史である。そういう過酷な環境のもとで、沖縄人は抵抗を重ねて自らの利益を守り、独自の文化や芸能を作り出してきた。それはいまでも続いている。

　沖縄県知事が置かれている位置は、ほかの46都道府県知事とは大きく違う。基地問題をめぐって政府と正面から対峙しなければならない。辺野古新基地建設反対を公約に掲げて当選した翁長知事に対し、日本政府・安倍政権は沖縄の民意を無視して、建設工事を強行し続けてきた。機動隊や海上保安官といった国家の暴力装置を前面に出し、キャンプ・シュワブのゲート前や海上で抗議する市民を弾圧した。

　沖縄県の埋め立て承認取り消しや工事の中止要請にも対抗措置をとって工事を強行し続けた。翁長氏が67歳という年齢で急逝したことに衝撃を受けた沖縄県民のなかには、安倍政権に殺された、と口にする人もいる。

　安倍首相や菅義偉官房長官が口にする「辺野古が唯一の解決策」という言葉は、米軍基地を押し付けるのは「沖縄が唯一の解決策」と言っているのに等しい。沖縄差別を公然と続ける日本政府とそれを支える大多数の日本人。その姿の醜さよ。

県知事選　玉城氏当選

――「勝利の方程式」通用せず

◉『琉球新報』
2018年10月16日
〈季刊　目取真俊〉

9月30日に行われた県知事選挙は、辺野古新基地建設を阻止する、という故翁長雄志前知事の遺志を継いだ玉城デニー氏が、佐喜真淳氏に8万票の大差をつけて当選した。本選挙で示された民意は明白である。日本政府は沖縄県の埋め立て承認撤回を受け入れ、辺野古新基地建設を断念すべきだ。

今回の選挙でもそうだったが、辺野古新基地建設や自衛隊配備に関して反対の立場を打ち出すと、候補者に対しインターネット上で激しい攻撃が加えられるようになっている。そのような動きが県内の首長選挙で顕著に見られるようになったのは、2010年の石垣市長選挙からではないかと思う。

同選挙ではひとりの候補者に対し、あたかも事件を起こしたかのような情報が、インターネットを使って執拗に流された。それが当落にどれだけ影響したかは定かでないが、情報を流した主な人たちは、選挙結果を自らの情報戦の成果として自画自賛していた。

その成果に自信を得たのだろう。石垣市長選挙に続き、宜野湾市長選挙、名護市長選挙、沖縄県知事選挙など、米軍基地問題が焦点となる首長選挙において、日本政府の方針に反対する候補者に対し、インターネットを使ったネガティブ・キャンペーンが激しさを増していく。

その内容の多くは、特定の候補者が犯罪や不正行為に手を染めたかのように記して信用失墜を狙うものだ。中国や北朝鮮と裏でつながっている、といった陰謀史観によるものも多い。実際にそのような事実はなく、デマにすぎなくても、攻撃された側は放っておくことができない。その対処に労力を割かれるだけでなく、いくら打ち消してもデマは次々と現れ、拡散されていく。

このような状況が当たり前になり、有権者の投票行動にも影響を与えるようになれば、公正な選挙は望めない。政策論議よりも候補者の不信煽りが前面に出ることで、選挙自体に嫌気がさす市民も増えるだろう。それを克服するためには、選挙に関わる当事者間のやり取りにとどまらず、第三者的立場から検証し、事実を明らかにする動きが必要となる。

新聞やテレビといった報道機関が、その役割を果たすことはいまの時代に重要なことだ。検証するには、流されている情報の裏付けをとる取材が必要である。内容によっては官公庁や企業、政治家などにも当たらなければいけない。報道機関が持つ組織力と経験、実績がなければ、短期間では取材すら難しい場合がある。

今回の県知事選挙で、『琉球新報』は「ファクトチェック」という記事を掲載し、インターネット上で流れている情報の検証を行っていた。扱われたのは、県知事選挙の世論調査や一括交付金、安室奈美恵さんの支援、携帯料金の値下げなどについてだ。有権者にとって関心の高い問題であり、事実を知りたいと思っていた読者は多かっただろう。

最近の若者は新聞を読まない、と言われるが、記事の内容は同紙の電子版だけでなく、読者によってもインターネット上で紹介され、拡散されていった。事実を知って、だれに投票するかの判断材料にした人もいるはずだ。ここで大切なのは、事実が伝えられることで、デマに対する有権者の否定感が強まり、デマを流す側が選挙では不利になる、という状況がつくられることだ。

それは選挙の公約や争点、公開討論に関しても言える。実際にはできないことをできるかのように公約に掲げたり、辺野古新基地建設問題には触れずに争点ぼかしを行ったりする。あるいは公開討論から逃げ回って、有権者の前で議論をたたかわせない。自民党・公明党が名護市長選挙で「勝利の方程式」と呼んだやり方は、選挙を形骸化させるものだった。

それが今回の県知事選挙では通用せず、マイナスにしかならなかった。自民党・公明党はそのことを反省し、選挙をあるべき姿に戻すべきだ。

8月31日に沖縄県が埋め立て承認の撤回を行ったことにより、現在、辺野古の海では工事が止まっている。K1護岸からN3護岸にいたる海域が囲われたが、ギリギリのところで土砂投入にまでは至らなかった。もし、土砂投入がなされていたら、県知事選挙にも影響を与えただろう。

それを許さなかったのは、病身に鞭打って承認撤回に踏み切ることを表明した故翁長知事の努力もあるが、何よりもこの4年余の間、キャンプ・シュワブのゲート前や辺野古の海・大浦湾、国頭（くにがみ）村の採石場や本部港（もとぶこう）の塩川区など、各所で工事を止めるために頑張ってきた市民の努力の成果である。

機動隊や海保に何度となく強制排除されても、屈することなく座り込み、フロートを越え、体を張って抗議行動を続けてきた。それが工事を遅らせ、4年が経ってもまだ土砂を投入させない状況をつくってきた。

これから先、工事の再開を許さず、辺野古新基地建設を日米両政府に断念させるためには、新知事を支えて多くの県民が行動することが大切だ。玉城知事ひとりに重い負担を背負わせてはならない。沖縄の民衆の底力は、歴史と現実を動かすことができるのだ。

名護市安和の琉球セメント桟橋で、埋め立て用土砂を積み込むガット船に抗議するカヌーチーム。冬の海でガット船からは水を浴びせかけられた（2019.1.16）

2019年

強制排除する海上保安庁に対し、カヌーにしがみついて抗議を続けた（2019.1.16）

ヤマトゥから海を渡ってきた者たち

●『三田文學』2019年冬季号〈やんばるの深き森と海より〉

沖縄島北部の今帰仁村に運天港という港がある。天然の良港として古くから知られ、琉球国の歴史書『球陽』によれば、源為朝が伊豆大島に流された時、舟遊びをしていて暴風にあった。皆がうろたえるなか、為朝は〈運命天に在り、余、何ぞ憂へんや〉と悠然としていた。数日後に流れ着いたのが運天港で、運天の地名は為朝の言葉に由来しているという。

琉球の人々は為朝の武勇を見て、彼を尊敬し慕った。為朝は大里按司の妹と一男をもうけ、その子はのちに舜天王となった。いわゆる「為朝伝説」で史実には反するが、今帰仁村に生まれ育った者には子どもの頃からなじみ深い話だ。運天港の歴史の古さが分かる。

1609年に薩摩軍が琉球国に侵攻した際も、沖縄島を攻撃した第1陣はこの港に上陸している。1853年に米国の黒船が浦賀にやってきたが、ペリーの船団はその前に琉球国に来ていて、沖縄島各地を回り、地理や自然などを調査しており、運天港も調べている。

三島由紀夫の小説『潮騒』の終わり近くに、運天港が出てきて、高校時代に読んで驚いたことがあった。同作品で三島は〈運天は沖縄島の北端にあって、戦時中米軍が最初に上陸した地点である〉（『潮騒』新潮文庫、132頁）と書いているが、これは事実誤認である。主人公が嵐の中、運天港で英雄的行為をやるのは、「為朝伝説」や「貴種流離譚」を意識したものだろう。

運天港は現在、集落前の古い港と貨物船や伊平屋島、伊是名島のフェリーが出入りする新港がある。私の父は新港の港湾事務所で働いていたので、1986年に半年ほど、港で仲士のアルバイトをしたことがある。ある日、倉庫の前で袋詰めの肥料や飼料を積み替える作業をしていると、港の一角に集まっている男ばかりのグループが見えた。一緒に作業をしていた年配者が、戦時中、運天港に置かれていた海軍部隊の生き残りだと教えてくれた。敗戦から40年が過ぎた頃で、当時はまだ生き残った日本兵たちが沖縄で慰霊祭を行っていた。

沖縄戦については、沖縄島中南部の戦闘はよく知られているが、北部での戦闘はあまり知られていない。最近は陸軍中野学校との関連で「護郷隊」が注目されだしたが、運天港にいた海軍部隊については関心が低い。

運天港には第27魚雷艇隊（指令・白石信治大尉）と特殊潜航艇の甲標的隊（指揮官・鶴田傳大尉）が配置されていた。沖縄戦が始まると、両部隊は米軍の艦船に攻撃を仕掛けるが、運天港が米軍機に爆撃され、壊滅的な打撃を受ける。そのため、4月6日には陸上戦闘に移行し、陸軍第44旅団第2歩兵隊（国頭（くにがみ）支隊）の指揮下に入る。

同支隊は本部（もとぶ）半島の八重岳を拠点にしていたが、米軍の圧倒的火力に対抗できるはずもなく、4月16日には多野岳への撤退を開始する。以後、日本軍は米軍の掃討戦に追われながら、北部の山中に潜伏する。運天港や羽地内海を臨む嵐山一帯には、白石大尉が率いる海軍部隊がいた。

沖縄戦当時44歳で名護町の兵事主任をしていた岸本金光氏は、白石大尉について次の証言を残している。

〈私は、昭和二十年五月家族と一緒に喜知留川の避難小屋にいた時、突然運天港に駐屯待機している海軍特攻魚雷隊長・白石大尉以下将校五、六名が、喜知留川で洗濯している私の従姉・岸本カナに、厚養館と岸本旅館の避難小屋に案内してくれと来た。ご飯もとっていないので、何でも良いから食わしてくれといったので、準備してあった夕食を、すっかり彼等にくれた。おまけに泡盛も飲ませると、皆よろこんで満足そうであった。

丁度そこに遊びに来ていた名護校の宮里国本先

生と私等家族がいる前で、白石大尉が話すには、昨日照屋忠英校長を八重岳に行く道路で殺したという。国本先生、私の妻と三人で、あんな立派な校長先生で、国頭郡教職員会長の要職にあり、住民から尊敬されており、しかもご子息長男・二男は現在出征中である。どんなことがあって殺したのかと尋ねたら、スパイの疑いで、充分な証拠も得ているといった。次は、今帰仁の長田成徳郵便局長と名護町屋部国民学校長・上原源栄を殺す番になっていると話していた。

日本の兵隊たちは、沖縄人にスパイの汚名をかぶせ、無垢な住民が数多く虐殺されている。私が知っている今帰仁村の兵事主任・謝花喜睦が、ある日の夕方部落常会中、白石大尉に呼び出されて連行され、近くの畑で虐殺されたと聞いた。〉（名護市発行『語りつぐ戦争　市民の戦時・戦後体験記録第1集』92頁）

証言中に出てくる謝花喜睦氏の虐殺事件は、子どもの頃、家族から何度も聞かされた話だ。同氏が殺されたあと、私の祖父に「お前も狙われている」という連絡が来て、急いで山に逃げたということだった。

1967年に今帰仁小学校に入学したとき、1年生は2クラスしかなく、隣のクラスの担任が謝花先生という女性教師だった。大人になってから、その方が謝花喜睦氏の妹であることを知った。

私の母は戦時中、屋我地島に住んでいた。羽地内海をはさんで嵐山は目の前にある。夜になると日本兵が家にやってきて、夕食のイモを盗っていったという。7歳だった弟が「いったーやうりかどぅけー（お前たちはこれを食べておけ）」と言ってイモの端を日本兵に投げた、という。幼い子どもだからそんなこともできたのだろう。

母たちの食料を奪ったのは、嵐山にいた白石部隊の可能性が高い。敗残兵となった日本軍は、米軍が村を警備している昼間は山中に潜み、夜になると集落に降りて食料強奪をくり返した。さらに、米軍との接触が多い村の中心人物たちにスパイの疑いをかけ、処刑を行った。

白石部隊が住民虐殺を行った背景には、沖縄人に対する根深い不信と偏見があった。1944年10月10日に米軍は、沖縄全域にわたって日本軍の拠点を空襲する。運天港も米軍機の攻撃を受け、陸上施設はもとより甲標的や魚雷艇も大損害を受けた。秘密基地として偽装していたが米軍の攻撃は的確だった。そのため、米軍の諜報活動への警戒が高まり、住民をスパイ視する傾向も強まった。

移民県である沖縄は、ハワイやカリフォルニアなど米国にも多くの移民を送り出していた。村には移民帰りで英語を話せる住民もおり、日本軍は特に注意を向けていた。1879年に明治政府が琉球国を滅ぼして以来、教育をはじめあらゆる面で日本への同化が進められたが、独自の歴史、言語、文化、民俗を持つ沖縄人への偏見、差別、不信感は、日本軍の中に根強くあった。

米軍が運天港を的確に爆撃できたのは、沖縄全域を空撮して大量の写真資料、地図を作製し、地形や部隊の配備、装備などを分析したことに加え、米国に移民している沖縄人から聞き取り調査を行い、ペリーの調査にまでさかのぼって文献資料を渉猟し、沖縄に関する研究と分析を深めていたからだった。

そのことを知らない（考えない）日本軍は、自分たちの非力さ、欠点、失敗を棚に上げ、爆撃による被害は沖縄人がスパイをしたからだと思い込むことによって、彼我の戦力と能力の差から目をそらした。米軍が上陸して以降も、沖縄人が日本軍の拠点や居場所を米軍に教えていると思い込み、避難している途中にたまたま日本軍のそばを通りかかった住民を、敵の攻撃を誘導するスパイと決めつけて虐殺することがあった。

照屋忠英校長は耳が遠かったという。先に逃げた家族を追って本部から今帰仁に向かっているとき、白石部隊の兵士に捕まって尋問され、受け答えがうまくできなかったため、スパイと疑われたのではないかと言われている。

白石部隊はその後、9月3日に米軍に投降し、収容所に入っている。米軍に軍刀を差し出す白石大尉の写真は、インターネット上でも見ることができる。33年前に運天港で見た元海軍兵の中に白石元大尉はいたのだろうか。彼をはじめ、沖縄で住民虐殺を実行した日本兵たちは、謝罪することもなく、良き夫、父として「戦後」を生きたのだろうか。

あなたはどうするのか？

◉『思想運動』（小川町企画）2019年1月1日

２０１８年12月14日、午前11時ちょうどに、辺野古岬近くの②－１区に埋め立て土砂が投入された。Ｎ３－Ｋ４－Ｎ５の３つの護岸で閉ざされた海域に、赤土交じりの岩ずりがダンプカーで運ばれ、Ｎ３護岸の上に設置された鉄板に下ろされると、ブルドーザーで海岸に押し出されていった。

以後、少ない日でも10トンダンプカー２００台以上、多い日には４００台以上の土砂が、連日同区に投入されている。いまでは投入された土砂を使って護岸から道が造られ、ダンプカーは海岸まで下りて埋め立て面積を広げている。護岸内の海は赤土で濁り、死の海と化しつつある。護岸が造られたあとも生き延びていただろう海洋生物は日々、土砂で生き埋めにされている。

１９７２年5月15日に沖縄の施政権が返還されて以降、沖縄島各地の海岸線が破壊され、埋め立てられていくのを目にしてきた。県外から沖縄に訪れる多くの人は、名護市内を走る国道58号線の下が、かつて砂浜だったことを知らないだろう。

小学生の頃、よくその砂浜で従兄たちとキャッチボールをし、釣りをして遊んだ。ピットゥ（イルカ）狩りが行われ、海が真っ赤に染まることもあったが、それも遠い過去の話になってしまった。

砂浜が残っていたら、名護の街は観光地としてにぎわっていたかも知れない、と悔やむ声もある。だが、後悔しても遅い。破壊され、失われた自然は戻らないのだ。隣の本部町の美ら海水族館を訪ねる観光客の多くは、58号線を通って名護市を素通りしてしまう。

大浦湾をはさんで辺野古崎の対岸に、カヌチャベイホテルが見える。沖縄でも有数の高級リゾート施設だ。その景色を眺めながら、キャンプ・シュワブがなければ辺野古崎一帯はカヌチャ以上の高級リゾート地となり、辺野古区民の生活もまったく変わったものとなっていただろうに、と思う。

観光開発にも問題はある。ホテルに囲い込まれた砂浜に住民は立ち入ることができない。地域雇用といっても職種は限られ、安価な労働力として利用される。施設建設によって海岸の自然は破壊され、ゴミや水の問題も発生する。ただ、それでも軍事基地を建設するよりはましだ。

現在、大浦湾では毎朝、3隻のガット船が土砂を積んで入ってくると、空のランプウェイ台船に載せ替えている。その間、K9護岸ではもう1隻のランプウェイ台船が接岸し、土砂を陸揚げしている。ダンプカーで辺野古崎付近まで運ばれた土砂は、②－1区に投入される。

並行して名護市安和区の琉球セメント桟橋では、別の3隻のガット船に土砂の積み込みが行われる。つまり、計6隻のガット船（土砂運搬船）と2隻のランプウェイ台船を使い、土砂の積み込み、載せ替え、陸揚げを行い、ダンプカーで②－1区に運んで投入する埋め立てのサイクルができているのだ。

それに対し、抗議行動は大浦湾の海上、キャンプ・シュワブのゲート前、安和区の琉球セメント桟橋前の3カ所で行われている。東村高江ではヘリパッドにつながる道路の整備が行われているので、それへの抗議もしないといけない。4カ所に分散することで、抗議する住民の負担は増大している。それが沖縄防衛局の狙いであろうが、どの現場もおろそかにすることはできない。

こういう状況で必要なのはとにかく人手だ。私はカヌーによる海上行動を中心に参加しているが、海上でもゲート前でも、もっと多くの人が集まれば工事を止められるのに、といつも思う。

特にカヌーによる行動は、土砂の積み込みや陸揚げに直接影響を与えることができる。K9護岸にランプウェイ台船の接岸を遅らせれば、その分、土砂の投入量は減るのだ。琉球セメントの桟橋でも、3隻を2隻にできれば、ダンプカーを百数十台止めたに等しい。

抗議の現場に出るには時間と金を費やし、機動隊や海保の弾圧に身をさらすことになる。しかし、現場で行動する人が増えなければ、工事を止めるどころか、遅らせることすらできない。

あなたはどうするのか?

豊かな海　汚濁広がる
――辺野古土砂投入1カ月、現場で阻止行動を

◉『琉球新報』2019年1月17日〈季刊　目取真俊〉

昨年の12月14日、辺野古新基地建設で初めて②―1工区に埋め立て土砂が投入されてから1カ月余が経った。この間、同工区周辺や土砂が陸揚げされているK9護岸、土砂が積み込まれる名護市安和区の琉球セメントなどの現場にカヌーで行き、近くから作業の様子を見てきた。

現在、海に投入されている「岩ズリ」なるものは、近くで見ると大量の赤土が混じっているのが一目瞭然だ。空中撮影された映像を見ても、海が赤茶色に染まり、汚濁が広がっている。

1月13日付本誌社説によれば、〈防衛局は2013年に県に提出した承認申請の文書で、埋め立て用土砂は岩石以外の砕石や砂などの細粒分を含む割合を「概ね10%前後」と記していた。県に対しても「海上投入による濁りを少なくするため、細粒分の含有率を2~13%とする」と説明していた。

ところが防衛局は17年に業者に発注した際、細粒分の割合を「40%以下」と指定している。申請文書より4倍も割合を拡大していた〉という。

自分が家を建てるときに、建設業者が資材の質をごまかして粗悪なものを使っていたら、腹を立てない人はいないだろう。埋め立ての承認を得る際には、さも良質の土砂を使うかのように装い、実際には4倍も質の悪い土砂を使っている。沖縄防衛局がやっていることは、沖縄県を欺き、県民を愚弄する悪質な詐欺行為である。

いまはまだ埋め立ての初期段階だが、さらに土砂投入が進められ、台風シーズンを迎えたらどうなるか。埋め立て区域を囲む護岸は、当初予定の半分の高さしかない。台風の高波が護岸の内部に流れ込み、赤土を含んだ汚濁水が外部に溢れ出すことも考えられる。

場当たり的に工法や資材の質を変えるなら、環境アセスメントは意味をなさない。琉球セメントの桟橋を使用する際にも、沖縄防衛局は工事完了届を提出しないで土砂積み込みを開始する違法行為を犯した。県の赤土等流出防止条例違反も指摘されている。沖縄防衛局のでたらめさは、高江のヘリパッド建設でも再三目にしてきたが、無能な集団が権力を握ると、自然だけでなく法や論理、倫理まで破壊する。

２０１４年８月からカヌーに乗って辺野古の海、大浦湾で抗議行動を行ってきた。埋め立て土砂が投入されている海域でも、数えきれないほどカヌーを漕いだ。陸地は基地施設が並んでいたが、辺野古崎周辺の海岸にはアダンの茂みが残り、辺野古漁港から岬まで砂浜が伸びていた。

この砂浜では２０１７年の夏にウミガメの産卵が５カ所で確認されていた。海底にはジュゴンのエサとなり、稚魚の成育場ともなる海草・藻場が広がっていた。スヌイ（モズク）が自生していて、手ですくって食べることもできた。カヌーに驚いて魚の群れが海面を跳ね、カヌーに飛び込んできたこともある。そういう豊かな海が日々、土砂で埋め立てられ、破壊されているのである。

１年前までカヌーを漕ぐことができた海域も、いまでは護岸で囲われて近づくことすらできない。たかだか４年半この海に出ていた私でさえつらいのだから、子どもの頃からこの海に親しんできた地元の人たちのつらさ、やりきれなさは比較にならないだろう。

県内メディアではホワイトハウスへの請願署名の記事が並んでいる。辺野古新基地建設問題が世界に知られていくのは大切なことだ。国内政治が「安倍一強」と言われるなかで、新基地建設を止めるには国際世論の高まりが必要不可欠だ。そのことを認識しつつも一方で、沖縄県民自身は日々進む海の破壊を止めるために何をしているのだろうか、と思わざるを得ない。

現在、辺野古の海に投入されている土砂は、名護市安和区の琉球セメントの桟橋で船に積み込まれている。現場では土砂を積んだダンプカーに対して、連日抗議行動が取り組まれている。行動に参加している人たちは、辺野古の海の破壊を止め、これ以上の基地負担強化を許さないために、忙しい時間を割いて足を運んでいる。

仕事を持っている人は、平日の昼間に行動に参加することは難しい。私にしても行動に参加していることで時間を取られ、収入が減って生活費を切り詰めざるを得ない状況だ。それでもまだ、勤め人よりは時間のやりくりができるので、抗議行動に参加している。

そこまでやらざるを得ないのは、辺野古新基地ができて沖縄島北部＝ヤンバルに海兵隊基地が集中すれば、ヤンバルの将来が悲惨なものになるのが目に見えているからだ。ただ、その悲惨さはヤンバルだけにとどまらない。基地がもたらす被害は沖縄全体におよぶ。

普天間か辺野古かという二者択一は、日本政府が作り出した罠（わな）だ。沖縄県民を罠にはめ、辺野古を進めなければ普天間が固定化するかのように思い込ませるのが、日本政府の狙いである。沖縄の内部で対立を生み出させ、基地の押し付け合いをさせた上で笑っているのは誰か。安倍首相や菅官房長官である。彼らの狙い通りにさせないために、辺野古や安和の現場で行動することが大事だ。

ジュゴンの死――希少種の保護に逆行

◉『琉球新報』2019年4月11日〈季刊 目取真俊〉

3月18日に今帰仁(なきじん)村運天漁港の沖でジュゴンの死骸が発見された。沖縄防衛局が個体Bと名付けていたジュゴンだという。個体AとCは行方不明になって久しく、これで生存が明確に確認できるジュゴンは沖縄近海にいなくなった。

辺野古新基地建設が計画された当初から懸念されていたことが現実となった。ジュゴン保護のために有効な手を打たず、それどころか工事を強行することでジュゴンを追い出し、死に追いやった日本政府・沖縄防衛局の責任は大きい。

もし、辺野古の海、大浦湾で新基地建設が行われず、静かな環境が保たれていたら、ジュゴンはいまでも同海域を棲み処にして、海草を食べ生き続けていたはずだ。しかし、いまの辺野古の海、大浦湾の状況は、ジュゴンだけでなくその他の生き物も圧殺し、海の破壊が行われている。

辺野古側の浅瀬はすでにK1からN3にいたる護岸で囲われ、埋め立てが進められている。その海域はほんの2年前までカヌーで行き来することができた。海底には海草・藻場が広がり、時期になればスヌイ（モズク）を手ですくって食べることもできた。かつてはジュゴンも海草を食べに訪れたであろうその場所が、赤土混じりの土砂で埋め立てられ、失われつつある。

カヌーや船で移動していると、K4護岸の近くでウミガメの姿をよく見かける。護岸の外側に残っている海草・藻場で餌をとっているのだろう。しかし、2年前までウミガメが産卵に訪れていた砂浜は、護岸に隔てられてもはや近づくことはできない。キャンプ・シュワブの辺野古側に残された砂浜は、米軍が水陸両用車の訓練を行う範囲だけになってしまった。

ジュゴンの死が報じられてしばらくして、運天漁港を訪ねた。漁港の海側の護岸を歩くと、目の前に古宇利島が見え、遠浅の海が広がっている。漁港ができる前、この場所にはクンジャー浜という小さな砂浜があった。26年前の夏、そのクンジャー浜で初めてウミガメの子が海に向かうところを見た。夜、砂浜に降りて波打ち際で海蛍が光るのを眺めていると、黒い小さな生き物が砂浜を這ってくる。月明かりに浮かんだのはウミガメの子だった。

グンバイヒルガオの茂みから出てくるので行ってみると、細い糸状のつる草が茂っていて、それに絡まって何匹ものカメがもがいていた。1匹ずつ助け出して砂浜におろすと一心に波打ち際に走り、波に押し戻されたりしながら、やがて引き波に乗って滑るように海に吸い込まれていった。護岸の近くに子ガメが這い出した穴が残っていて、こういうところにウミガメが上がってくるのか、と驚いた。

それから、夜の砂浜ではウミガメに注意するようになったのだが、今帰仁の浜では何度もウミガメの産卵や孵化の場面を見てきた。そして、子どもの頃に祖母から聞いた話を思い出した。羽アリが飛び始める季節になると浜にウミガメが上がってくる。お腹の下に棒を入れてひっくり返すと、ウミガメは自力で起き上がることができない。捕まえたウミガメの肉は皮膚病の薬になる、という話だ。

それは100年以上も前、祖母が子どもの頃に見聞きした体験であったろう。その頃は人々が食するほどにウミガメが浜に上がり、海にはジュゴンも泳いでいただろう。沖縄の人々にとって生活の場に生き、言い伝えや民話にもなってきた生き物が、いま絶滅の危機にさらされている。それを防ぐために力を注がなければならないのに、日本政府・沖縄防衛局は、まったく逆のことをやっている。

辺野古のゲート前の座り込みに参加した時、マイクを手にしたひとりがこういうことを話していた。

ジュゴンが死んだのは自分たちにも責任がある。毎日1000人の人を集めて座り込み、工事を止めきれていたら、ジュゴンがあんなふうに死ぬことはなかったのに……。

私たちはいま、辺野古で強行されている新基地建設工事を止めるために何をやっているだろうか。県民投票で反対に○をつけ、インターネットの署名をやって、それで終わってはいないか。仕事や日々の生活で忙しいのはそうだが、あえて時間を作って辺野古まで足を運び、工事を止めるための努力をやっているだろうか。

辺野古の新基地建設は、沖縄の自然を破壊し、県民の生活を脅かすだけではない。それは莫大な予算の浪費でもある。県の試算では2兆数千億円もかかるという予算を、子どもの貧困対策のために使えば、どれだけの家庭が救われるか。

少子高齢化社会を迎えているいま、教育や子育て支援、医療、福祉、環境保護などに優先して予算を回すべきだ。どうして米軍基地建設のために、私たちの血税を使わなければいけないのか。

辺野古新基地建設は一部のゼネコンや軍需産業、それと結びついた政治家の利権の巣窟となっている。辺野古の海・大浦湾でカヌーを漕いでいると、いかに無駄な予算が工事で使われているか分かる。

政治家は子どもの貧困対策を言うなら、まず辺野古新基地建設をやめて、その予算を子どものために回すよう努力すべきだ。

日本人はいつまで沖縄に米軍基地を押し付けていくのか

◉『三田文學』2019年春季号
〈やんばるの深き森と海より〉

沖縄で発行されている『琉球新報』紙の1995年9月8日付夕刊に「暴行容疑で米兵3人の身柄拘束/県警」という見出しの記事が載っている。短いので全文引用する。

〈県警などは八日までに、婦女暴行の疑いで米兵三人の逮捕状を取った。三人の身柄は米軍捜査機関(NCIS)が確保している。

事件は四日夜、本島北部地区で発生、米兵三人が買い物帰りの小学生を車に連れ込み、近くのビーチで小学生に暴行を加えた疑い。事件後、県警などは緊急配備を敷いて、現場から車で逃走していた三人組の行方を追っていた。県警などは犯行に使用されたレンタカーなどから三人組を割り出し、調べを進めていた。県警は米軍に対して、身柄の引き渡しを求めている〉

当時、この事件は沖縄だけでなく、日本やアメリカでも衝撃を与えた。すでに23年以上も前のことだが、この記事を読んだ時の、大変なことが起こった、という思いは、いまもはっきりと思い出せる。

9日付『沖縄タイムス』紙朝刊には、犯行の様子が次のように記されている。

〈調べでは三人は四日午後八時すぎ、住宅街で女性を待ち伏せ。たまたま通りかかった買い物帰りの女子小学生を車で海岸近くの農道に連れ去り、粘着テープで体の自由を奪うなどして乱暴した疑い〉

米兵たちはレンタカーを借り、粘着テープを用意して計画的に女性を狙っていたのだ。

沖縄ではこの事件に対する抗議の動きがすぐには起こらなかった。事件に対する怒りがなかったのではない。むしろかつてないほどの怒りを沖縄人の多くは抱いていた。しかし、狭い島の中に被害者もその家族も住んでいる。被害者のプライバシーを考えて、どのように抗議すればいいのか、判断しかねていた人が多かったと思う。

それでも、女性団体を中心に抗議の声が上がり始めると、怒りは見る間に広がり、噴出していった。その年の10月21日には、全県で8万5000人（主催者発表）が参加する県民大会が開かれた。1972年の施政権返還以降、沖縄では最大規模の集会となった。

その動きに日米両政府は強い危機感を抱いた。沖縄人の怒りが日米安保体制を揺るがし、在沖米軍基地の円滑な運用に支障をきたすことになりかねない。それを回避するために懐柔策として打ち出されたのが、普天間基地の「返還」だった。

市街地の中心にある普天間基地は、「世界一危険な基地」と言われ、宜野湾市の交通体系を分断し、発展を妨げていた。その基地が返還されるという発表を沖縄人が歓迎したのは当然だ。しかし、その内実は代替施設を沖縄県内に造ることが条件となっていて、返還ではなく県内「移設」であり、基地のたらい回しにすぎなかった。沖縄人の喜びは失望に変わっていく。

普天間基地の「移設」先として名護市辺野古が浮上し、建設される基地の形態が明らかになると、単なる「移設」ではなく、新たな基地の建設であるとの批判が高まる。2本のV字型滑走路に加えて、普天間基地にはない港湾施設や装弾場が造られる。沖縄では普天間代替施設ではなく、辺野古新基地と呼ばれるようになった。

その新基地は辺野古弾薬庫と隣接している。MV22オスプレイや入港した強襲揚陸艦に弾薬を積み込むことが短時間でできる。普天間基地に比べて、陸海空の一体化した運用が可能となる。同じく隣接するキャンプ・シュワブには射撃場があり、海岸部では水陸両用車の訓練が日常的に行われている。

新基地の北には北部訓練場があり、ヤンバルの森がジャングルトレーニングセンターとして利用され、ゲリラ戦の訓練が行われている。沖縄島を横断して西に向かえば、伊江島補助飛行場がある。強襲揚陸艦を模した滑走路では着艦訓練が行われ、パラシュート降下訓練も行われている。

在沖海兵隊の基地を沖縄島北部に集約し、老朽化した施設を最新鋭のものに変え、人口の少ない地域でより自由に訓練や作戦活動を行う。それが日米両政府の狙いである。3人の米兵によるレイプ事件を利用し、基地の「整理縮小」や沖縄県民の「基地負担の軽減」というきれいごとを言いながら、日本政府がやっているのは在沖米軍基地の固定化であり、沖縄への新たな基地負担の強要なのである。

この文章を書いているいま、沖縄では辺野古新基地建設をめぐる県民投票が行われている。連日、辺野古の海やゲート前で工事に反対する行動に取り組み、それに加えて県民投票の運動にも取り組んでいる。休む間もろくにない日々のなか、この文章を書いている。読者がこの文章を読む頃には、県民投票の結果が出ているだろうが、日本人の大多数はどれだけの関心を向けるだろうか。

日本人の大多数にとって、沖縄の基地問題は他人事だ。沖縄人がどれほど米軍基地の過重負担を訴えようと、真剣に耳を傾けることはない。その理由は分かりやすい。この問題に正面から向き合えば、自分たちの虫の良さ、欺瞞、沖縄差別を自覚しなければならない。その不快感、疚（やま）しさから逃げる一番便利な方法は、無関心を装うことだ。

日本の防衛のためには日米安保条約が必要だ。そう主張する日本人は多い。しかし、同条約に記されている基地の提供義務を自分が負うのは嫌がる。米軍による事件事故に巻き込まれるのはごめんだし、爆音などの環境悪化で日常生活が脅かされるのも嫌だ。米軍基地は必要だが、自分が住んでいる所からは、できるだけ遠くにあってほしい。

だから沖縄にあるのが望ましい。沖縄の人には気の毒だが、日本全体の安全のために我慢してほしい。それが日本人の大多数の本音である。自分たちは日米安保体制の負担は負わずに利益だけを享受したいというわけだ。

日本にも米軍基地はある。その近くに住み被害を受けている人の中には、沖縄の痛みをわがこととして受け止めている人もいるだろう。沖縄に基地を押し付けていることを直視し、辺野古の新基地建設に反対するため、沖縄に移り住んで抗議行動に参加している日本人もいる。だが、その数は少数だ。

一方で毎日何万人という日本人が沖縄観光にやってくる。米軍基地にしても、後ろめたさや疚しさを覚えない人たちには観光の対象となる。観光客だけではない。反対運動を含めて米軍基地は表現の素材として利用価値が高い。基地とその周辺の風俗、物語性に富んだ沖縄戦後史、日本にはない絵になる風景を求めて、写真家、映像作家、小説家、ノンフィクション作家、劇作家、評論家、研究者その他が日本からやってくる。

彼らにとって沖縄は素材の宝庫なのだろう。沖縄を扱った作品が作られ、人のいい沖縄人は、沖縄の現状を伝えてくれてありがとう、と感謝し、それらの作品が日本人の良心に訴えて、沖縄への理解が深まり、基地問題が改善されることを期待する。

たとえ期待通りにはいかなくても、わざわざ沖縄までやってきて取材してくれる人たちに、親切にしないではいられない沖縄人もいる。NHKの朝ドラに出てくるようなやさしい沖縄人たち。だが、仕事が終われば彼らは次の素材を探して別の場所に移る。それだけのことだ。政府に真っ向から対峙して沖縄の基地問題を訴え、長期にわたって沖縄人と一緒に行動する人はめったにいない。

23年前の事件の被害者やその家族は、いまの沖縄、日本の現状をどう見ているだろうか。いつも思うのはそのことだ。辺野古新基地をめぐっていまさら県民投票を行う。被害者のことを思えば、申し訳ない気持ちになる。10・21県民大会で、二度と同じような犠牲者を生み出してはならない、と誓いながら、それを実現できないまま新たな基地まで造られようとしている。事件の現場から近い沖縄島北部の東海岸に。それを許しているのは沖縄人の弱さであり、自分たちの非力さに怒りがこみあげる。だからといって、この現実から逃げるわけにはいかない。倒れるまであがき続けるしかない。

このエッセーも今回が最後だ。『三田文學』には場違いな文章だったかもしれない。書く機会を与えていただいたことに感謝したい。

利益目的のお祭り騒ぎ
——騒動の裏で新基地建設強行

◉『沖縄タイムス』
2019年5月1日
《代替わりを問う　天皇制と沖縄》

新元号の発表がエープリルフールの4月1日で新天皇の即位がメーデーの5月1日。まるで冗談のような日程の組み方だが、その間に統一地方選挙があったことを見れば、ああそういうことか、と納得がいく。

安倍晋三首相からすれば、天皇の代替わりに関連する一連の行事を利用し、政権への支持率を上げて選挙を優位に戦うことが、何より大事だったのだろう。

ただ、そのもくろみは塚田一郎元副国交相の「忖度」発言や桜田義孝前五輪担当相の「復興以上に議員が大事」発言などによって、思い通りには果たせなかった。沖縄では衆議院3区の補欠選挙で、辺野古「移設」容認を打ち出した候補者が敗北する結果となった。

しかし、天皇（制）を利用して人気取りを図る安倍政権の党利党略、私利私欲は選挙にとどまらない。

4月1日、「令和」という文字を掲げて記者会見した菅義偉官房長官の姿は、30年前に「平成」を発表した小渕恵三元官房長官のそれに重なった。

新元号発表の写真や映像はくり返し取り上げられ、歴史に残る。菅官房長官もそれを意識して悦に入っただろうが、いまや「令和おじさん」と呼ばれて、ポスト安倍の首相候補にまで躍り出た。

安倍首相本人も、わざわざ背後のカーテンを赤色に変えて記者会見を行い、自らを前面に押し出した。そこにも、歴史に名をとどめたい、自らの政権を強化したい、という欲望が露出していた。

安倍政権による天皇（制）の政治利用を支えているのが、テレビ、新聞、週刊誌などの報道姿勢だ。天皇夫妻の日々の動向を報じ、平成を振り返ると称して、似たような企画の番組、特集をくり返している。何のことはない、マスコミもまた天皇（制）を利用して、視聴率や部数を上げようと躍起になっているのだ。

新旧の元号を使ってひと儲けしようという者も多い。政治家、マスコミから商売人まで、表向きは天皇夫妻や皇室を持ち上げながら、その裏では自分たちの利益を上げるために、お祭り騒ぎを演出しているだけではないか。

新天皇即位を5月1日に入れ、10連休にしたのも経済効果を優先したからであり、安倍首相はそれで国民受けを狙ったのだろう。

だが、天皇家からすれば、かつての労働運動を支えた社会主義は不倶戴天の敵だし、皇居前広場で起こった「血のメーデー事件」という歴史もある。そういう日に即位をぶつけるとは、安倍首相の悪意すら感じる。

当の新天皇・皇后には厳しい日々が待っている。特に皇后となる雅子さんは、美智子前皇后と比較されることで、大きなプレッシャーを受けるはずだ。皇太子妃の時代から精神的に不安定で公務を長期間休んでいた彼女が、皇后としての公務を同じようにこなせるか。もしこなせなかった場合、マスコミからどれだけたたかれるだろうか。

新天皇夫妻だけではない。秋篠宮家もプレッシャーを受けている。特に長女の真子さんは、恋人の小室圭さんが母親の金銭トラブルをめぐって週刊誌やテレビのワイドショーでさんざんたたかれ、傷つけられてきた。最近は姉を気遣った妹の佳子さんまで、週刊誌で攻撃されているありさまだ。

若いふたりが好き合っているなら、快く祝ってやればいいものを。足を引っ張って売り上げを伸ばそうとしているマスコミの醜悪さよ。その背景には、皇族の数が減少していることによる女性宮家創設の問題が絡んでいる。

しかし、いくら皇室典範を改定して皇族を増やしても、この時代に天皇制を維持していくこと自体が、多くの無理を抱えているのだ。

天皇家に生まれたということで自由に生きる権利

やプライバシーを奪い、いくらかの特権と引き換えに憲法で保障された基本的人権を奪う。こんな不自然かつ愚劣な制度をいつまで続けるつもりなのだ。

沖縄からすれば天皇は、明治政府によって琉球国が滅ぼされ、併合されたことによって無理やり関係づけられたものだ。ヤマトゥ（日本）にとって沖縄は近代に入って手に入れた新たな領土であり、沖縄戦や敗戦後の扱いに示されるように、いざとなれば切り捨てる「トカゲのしっぽ」にすぎない。

退位した明仁・美智子夫妻は沖縄に何度も足を運んだが、昭和天皇の戦争責任や「天皇メッセージ」に触れることはなかった。「慰霊の旅」という演出でむしろ、沖縄を切り捨てた昭和天皇の問題を曖昧にしてきた。

一方で、沖縄に進出した自衛隊が勢力を広げ、先島地域にまで拡大していくことを支えてきた。明仁・美智子夫妻の天皇・皇后としての最後の沖縄訪問は、「琉球処分」の3月27日と与那国島の自衛隊発足記念日の28日に合わせて設定され、ふたりの役割を象徴していた。

「令和」を最後の元号とし、天皇制という遺制は1日も早く終わらせた方がいい。その前に天皇・皇后をはじめとした皇族の公務を大幅に減らし、名誉総裁などと祭り上げて権威を利用するのをやめるべきだ。

天皇の代替わり騒動の裏で、辺野古では沖縄の民意を踏みにじり、新基地建設が強行されている。「天皇メッセージ」はいまも生きている。

琉球セメント安和桟橋で、埋め立て用土砂の積み込みにカヌーで抗議する市民を拘束するために、海上保安官が海に飛び込む（2020.2.4）

◉増補

インタビュー／対談

本部港塩川地区で、埋め立て用土砂を運ぶダンプトラックに牛歩で抗議する市民（2020.2.12）

沖縄戦　記憶紡ぐ文学

◉『琉球新報』2013年6月17・18日

作家目取真俊氏（52）の主要作品を網羅した短編小説選集全3巻の刊行が始まっている。執筆活動30年の歩みをまとめ、沖縄文学をリードする書き手として再評価の機会となりそうだ。戦後世代の作家として沖縄戦の記憶の継承というテーマに挑み続けてきた。沖縄戦から68年の慰霊の日を前に行ったインタビューを2回にわたり紹介する。（聞き手　与那嶺松一郎）

一番の追体験が小説
——証言読み想像、文字に再現

——短編選集が発刊の運びとなった経緯は。

目取真　影書房の松本昌次社長から声がかかって、自分としても琉球新報短編小説賞をとったのが30年前なのでいい区切りだと思った。

やっぱり若いころの作品はいま見れば未熟ではあっても、その時にしか書けなかったものがある。ひとつの区切りとして3巻にまとめはするけど、30年やってたったこれだけしか書いていないのかと逆に反省する。本当はもっと書いてなければいけなかったし、いろんなことをやり過ぎて書くのに集中できなかった自分自身のふがいなさが先に立つ。

——沖縄の政治・社会状況を厳しく風刺する作風という印象が強い一方で、修辞や幻想性など文学的な魅力への評価が高い。

目取真　「魚群記」には、パイン工場で働く台湾の女工が出てくるが、沖縄が復帰して日本が中国と国交回復すると、その後彼女たちは来なくなった。戦後の中国、台湾との関係の中で生まれてきた問題。

僕らが小学生のころに目にしていた風景というのは、ひとつの時代の政治と絡んだものだった。意識的に政治の問題を取り上げて書かなくても、背景にそれがあるのが沖縄だなと感じる。

僕らが学生だった80年代はガルシア・マルケスとか中南米の文学が評価されて、マジックリアリズムが日本ではやりだした時代だった。僕もその影響を受けたし、ただそれがヤマトゥと違うところがあるとすれば、沖縄の自然だ。

僕自身がヤンバルで生まれて、子どものころに自然の中で魚を捕ったり森歩きしたり、そんなのがあとから生きてくる。幻想的な世界を描くにしても、細かいところにリアリティーがないと幻想は成り立たない。水の感覚や草木の緑の輝き、魚の色、これは子どものころの感覚です。でもパイン工場があった今帰仁村仲宗根の風景もいまは変わっている。

30年前までは川の両岸がまだ護岸で固められてなくて、草木が茂り、手付かずの状態の川があった。読み返しながら感じるのは30年間の沖縄の変化。こんな世界はもう自分の記憶と作品の中にしかないいんだなあと考える。

■戦争と文学

――沖縄戦が一貫してテーマになっている。

目取真　大学1年のころに書いた最初の小説があって、これは沖縄戦がテーマだった。戦争体験を追体験するための手段として一番有効なのが小説だと思った。
渦中にいた人たちがどういう状態だったのかを再現しようと思ったら想像力が必要になる。ガマの中に潜んで敵におびえている主人公がいたとしたら、自分自身がその心情を想像しないと書けない。いまのこの時期に山の中で隠れていたわけだから、雨が降った時の蒸し暑さとか、着物がぬれても着替えることも風呂に入ることもできないし、子どもが泣いても食べ物が与えられないとか、そういった場面を描けば自分自身もまたそうした心情になっていく。集中すれば蒸し暑さやいらいらする感覚、頭がかゆいといったことまで想像がめぐっていく。それは自分にとって正解だったと思う。

沖縄戦のことを小説で書いているのも、自分がどうやってそれを追体験していくかが一つのテーマとしてある。

戦跡巡りでガマに入るのも大切だけど、それだけでは沖縄戦を追体験することはできない。一番大切なのは証言集を読むこと。そのほうが戦争の悲惨さや怖さがはるかにわかる。元日本兵で沖縄戦を体験した人の話だが、本島南部のガマに追いつめられ、大きな岩をひとつ挟んで隣に動けない兵隊がいたという。暗闇にうずくまっているこの兵隊が、手りゅう弾を爆発させて自決した。ものすごい大きな音にしばらく耳がおかしくなった。そしたらその後に「バカ野郎、死ぬんだったら外で死ねっ」と怒鳴り声が起こった。ガマの中で死ぬと、死体が腐って悪臭が立ちこめて大変だった。その人も眠っていたら隣からウジ虫が顔にはってきて、あとはもう払い落とす気力もなくしてはってくるままにしていたそうだ。

どんなにガマの暗闇が暗くても人間の腐った臭いはもうしない。68年前はここに人間が死んでいて、悪臭が立ちこめていた。臭いだけは小説でも映画でも絶対に再現できない。でもかえってこれを想像できるのが文字。やはりその時の心情や置かれている状態を再現しようと思ったら体験を読むことが大切になる。自分が書く時にも一番大事なのが証言であり、それを少し変えて小説が生まれる。だから自分が書いているものには基になる戦争体験がある。一番多いのはやはり肉親の体験だ。

■戦争のトラウマ

——肉親の体験とは。

目取真　「平和通りと名付けられた街を歩いて」では、ウタというおばあさんの戦争体験として、赤ん坊が死ぬ時にまぶたを広げて自分の顔を見せてあげたエピソードがある。あれは自分の祖母の体験そのものだ。腎臓病の子を山の中あちこち連れ回っているものだから体が持たず、戦争の直後に亡くなった。眠っていた子が外のほうを見ようとするものだから、この子は明かりを探しているんだ、最後に母親の顔を見たいんだと思って、腫れた目を指で開いてあげて自分の顔を見せたという。そんな話を僕は子どものころから祖母に聞いていた。戦後になってウタが嫁いだ先で、夜中になると家からおばあさんが逃げ出し、探すと畑にうずくまって「兵隊(びーたい)ぬ来(す)んど」とおびえていたというのを聞いたことが基になっている。

僕は1960年生まれで、まだ周りに戦争体験者がたくさんいた。特別に聞き取り調査なんかしなくても普段の生活の中で話が聞けた。そうした話が記憶の中に残っていて、小説を生んでいく核になってきた。

＊

戦争体験に二重性
――独自性つくる努力を

――大阪市長の「慰安婦」発言を契機に、日本の歴史認識が国際的にも問題となった。戦後68年、戦争体験の継承が改めて問われているのでは。

目取真　彼らがどこまで本気で言っているのか、あるいはわざとうそを言っているかわからないけど、その人たちの後を追いかけるインターネットの言論も含めて、体験者の証言を読んでいない。朝鮮の女性だけでなくて、本当は男もたくさん証言している。中国帰還者連絡会の『三光』なんかは僕らが学生時代のベストセラーで、いかに中国でひどいことをしたか当事者が語っている。

学生時代に自分の父親から聞いた話だが、運天港で働いてた父が港湾作業を終えて皆で酒を飲んでいた時のこと。このころは戦争体験者が40代、50代で、中国で娘を強姦したとか、しかもその父親に自分の娘を強姦しろと命じたということを酒の場で同じ沖縄の人が自慢話として話している。家に帰って父がこんな話があったと話すのを僕は聞いていた。こうした証言を読めば、日本人はとてもじゃないけどアジアに顔向けできないことをやってきた。それは沖縄の人たちもやっているわけです。こんなことがだんだんと忘れられている。

戦争体験者が身近にいなくなり体験を語る人がいないのだとすれば、本を読めばいいんだけど、本もあまり読まなくてネットの言論を読んでいる。ネットで検索したら上位にくるのは右派的な言論しかない。そうしてアジアとの断絶が拡大していく。

橋下発言というのは、日本のガラパゴス化した内輪の言論の中で彼は調子に乗って発言したわけだけど、それが世界で全く通用しないものだと露呈した。しかしこれは橋下市長の問題だけでなく、あそこまでひどくなくても、日本人の多くが世界やアジアに通用しないような歴史観を持ってしまっているのかもしれない。

韓国や中国が力を付けて影響力を持ってくると、歴史の問題がますます前面に出てくる。これから日本人はいかに自分たちが不勉強だったか、歴史を正しく認識していなかったかを突き付けられる。その時に沖縄だって本当はもっと反省しなければいけない。なぜなら沖縄人も中国戦線に行って同じことをしていたわけだから。

沖縄人はヤマトゥンチューと違ってアジアに受け入れられると考えていたら甘いと思う。ちょうどそのはざまにいて、被害と加害の二重性を持っているのが沖縄の特色だ。これは沖縄の文学のテーマでもある。だから橋下発言を批判するのは簡単だけど、では自分たちはどうだったかも考えていくととても根が深い問題だ。

■沖縄文学とは

――復帰後の日本化が進む中で、沖縄文学の独自の系譜は今後も保てるか。

目取真　80年代に村上春樹がはやって、沖縄の書き手にも村上の文体をまねて書く者が出てきた。僕はこれをまねたら絶対だめになるというのがあった。沖縄は、あるいは沖縄文学は、ヤマトゥとは違う独自性があって成り立つ。それは言語であり自然であり歴史であり、それを意識的に取り入れて独自性をつくっていく努力をしなければいけない。

言葉でいうと僕はおじいやおばあとの三世代同居で、高校卒業まで日常生活はずっとウチナーグチだった。言葉の葛藤というのが近代の沖縄文学のテーマだったけど、いまから育ってくる若手は母語としてウチナーグチを持っていないわけだから、それは消えつつあるし、あるいは消滅する言語としての体験みたいなレベルにまで来ているかもしれない。でもウチナーグチを話せない悩みというような形でだって、言語の葛藤は書こうと思えばできる。だれかがそれをテーマとして設定して、自分の中で追求して作品に結実できて初めて意味がある。

世界が西洋的な価値観で均質化していく中、どうやってそこにくさびを打ち込み、地域の独自性や個人の持っている個性をつくり出していくかという普遍的なテーマでもある。

■これからのこと

――この数年、東村高江のヘリパッド建設に反対する現場からブログで連日発信している。一方で作家としての作品発表は停滞する。

目取真　高江も人がいれば行かなくていいんだけど、一生懸命やっている人を見放してというわけにいかない。ただ、どこかの時点で選択しないと、このままでは書けない状態が延々続く。作品をまとめられないのは自分の集中力のなさ。沖縄の歴史を書こうとすると調べることが必要で、そこができていない。戦後70年までに沖縄戦の体験者の聞き取りを優先的にやらないといけない。それと4・28の問題が出てきたように、戦後の歴史もきちんと勉強しないといけない。

馳星周の『弥勒世』を読んだけど、こんなのを面白半分に書かせてしまって、全軍労の話なんかも沖縄の人がきちんと書かないとだめだとつくづく思った。ヤマトゥの人にとって沖縄は素材の宝庫だが、こっちにいる人間は絶対に素材ではない。50年代や復帰前の状況について資料を読み込んで書けるようにしないといけない。

気になるのはこれから後の世代のこと。ぽつぽつ賞をとる人はいるんだけど、本にするところまで継続する人がいない。新しい書き手が出てこないことにはどんどん衰退して、ヤマトゥの人間ばかりが沖縄を素材として小説に書き、映画にしてとなっていく。それこそ植民地状況じゃないけど自分たちの文化を譲り渡すというか、つくり出しきれなくなる。

これはいま、沖縄の社会全体、文化全体が弱くなっているのかなというのもある。安定志向で、学校でも読書運動とかやるが受験学力を付けるための手段みたいで、文学を通して奥深い表現に触れようというところに届いていない。

言葉によってしか表現できないものがある。小説というのは決して終わったジャンルじゃない。若い人たちが文学の力をもっと知って書いてほしい。

対立の海で

◉『朝日新聞』2015年3月13日

沖縄にある米軍普天間飛行場の移設先とされる、名護市辺野古の沿岸部で12日、海底ボーリング調査が再開された。海上作業を阻もうと、立ち入り禁止区域にカヌーで入る抗議を続けてきた反対派の中に芥川賞作家の目取真俊さんがいる。どんな思いで抗議を続けるのか。サンゴ礁の海で深まる対立の先行きをどう見るか。現地で聞いた。

朝9時。米軍のキャンプ・シュワブを望む名護市の浜に、ウェットスーツ姿の男女14人が集まってきた。リーダーが声をかける。「安全に気をつけて今日も頑張りましょう」。カヌーを大浦湾にこぎ出すと、待ち構えていた防衛省沖縄防衛局の船が大音量で警告を発した。「速やかに退去してください」

浮き具で囲まれた立ち入り禁止区域に入ると、日米地位協定の実施に伴う刑事特別法で処罰される可能性がある。それでも調査再開に向けた作業を阻もうと、浮き具を乗り越えて進む移設反対派。排除しようとする海上保安庁。2月下旬の金曜日、また衝突が始まった。

■「移設反対」の声／ヤマトゥに届かず

——今日は暖かく、海も穏やかですね。

目取真　晴れた日はまだいいんです。でも冬の海に投げ出されたら、どんなに大変かわかりますか。一気に体温が奪われます。波も荒い。それでも毎朝、19歳の学生から70代の年金生活者まで、十数人が集まります。カヌーで作業現場を目指す抗議活動を昨夏から続けているのは、何としても調査を止めたい、作業を遅らせたいという思いからです。残念ながら、海保に邪魔されて作業現場にはほとんど近づけませんが。

――どういう経緯から抗議を始めたのですか。

目取真　怒りとか義務感とかひとつの言葉で説明できるものではありません。これまで生きてきた総体が、この行動にまっすぐつながっています。

私は北部のヤンバルの生まれです。豊かな森に恵まれ、美しい自然のなかで育ちました。その山野を米軍が重火器で破壊する演習を目撃した。沖縄戦の体験者にも話を聞いた。一つひとつの現場を我が身で確かめながら、戦争や軍隊について考え、生きてきた人間です。

――97年に芥川賞を受賞した「水滴」も沖縄戦がテーマでした。

目取真　水滴に込めたのは、意識下に閉じ込めたはずの戦争の記憶です。戦後を平凡に生きてきた一人の男の足が突然膨れ、指先から水滴が漏れ出す。戦場で見殺しにした同級生が、この水を吸いに現れる。あまりにもつらすぎて抑え込んだ記憶も、心の奥底のどこかで生き続け、生き方に影響を及ぼすという物語です。

――戦争について考え続けた人がいま、国の対応に抱く思いは。

目取真　怒りなんか通り越して、もう憎しみに近いと思っていますよ。私たち名護市民は去年、1月の市長選から衆院選まで5回も選挙をしました。全部、辺野古への移設反対派が勝っている。知事選で「断固阻止」を掲げた翁長雄志氏を圧勝させたのが、沖縄の民意なんです。

しかも、いまの島ぐるみの運動は空軍の嘉手納基地まで地元に返せとか言っているわけじゃない。せめて辺野古に新しい基地をつくることだけはやめて、と言っているのです。だけど私たちの声はヤマトゥ（本土）に届かない。残された手段は、もう工事を直接止めるための行動しかない。他人任せではなく、自分がやるしかないんです。

■政治の劣化が進む

——本土と沖縄の距離は、ますます広がっているように感じます。

目取真　ヤマトゥで村山内閣が成立した90年代半ば、社会党も日米安保容認に転じて平和勢力が総崩れになっていったころ、沖縄では逆に米軍基地への反対運動が盛り上がっていきました。95年に起きた米兵による少女暴行事件で、戦後50年が過ぎても、基地を抱える沖縄の状況がまったく変わらない現実を改めて自覚したのです。

基地を経済の阻害要因とみる経済人が増えたのは、2001年の米9・11テロで沖縄への観光客が激減してからです。観光は平和産業であって、米軍基地とは相いれない、と業界が口にし始めた。

——ただ政府は事実上の見返りとして沖縄振興策も実施したのでは？

目取真　政府の見返りをあてにして、振興策というアメにたかった人が一部にいたのは確かです。ただ、そうやって国にハコモノを次々に建ててもらっても生活はよくならない。むしろ膨大な維持管理費に財政が困るばかりで、将来は大変なことになる、と人々は気付いたのです。

自民党にも、昔はもっと歴史を肌で知る政治家がいました。戦争で沖縄に犠牲を押しつけた、という意識を心のどこかに持っていた。それがいまでは、歴史認識も配慮もない。基地を押しつけて当たり前という、ものすごく高圧的な姿勢が中央に見えます。沖縄の保守の人さえそう話す。これじゃあ付いていけない、と思う人が出て当然でしょう。政治が劣化しています。

ヤマトゥ離れの意識が、この2～3年で急速に広がっています。もっと自治権を高めていかないと二進(にっち)も三進(さっち)もいかない、という自立に向けた大きなうねりが、いま沖縄で起きている。辺野古の海の抗議活動は、この地殻変動のひとつの表れなんです。

■戦後70年の沖縄／「護憲」欺瞞はないか

――沖縄にとって戦後70年とは。

目取真　ヤマトゥにいたら、戦争から70年のブランクがあるような感じがするでしょう。でも沖縄の感覚は全然違う。市街地をオスプレイが飛び、迷彩服を着て小銃を手にした部隊が県道を歩いている。戦争の臭いが、ずっと漂っているのです。日本の戦後史はひとつではなかったのです。

憲法9条だけを掲げる平和運動にも、欺瞞を感じています。敗戦後、再び侵略国家にならない保証として非武装をうたう9条が生まれました。ただし、共産圏の拡大に対抗する必要から日米の安保体制が築かれ、沖縄に巨大な米軍基地が確保されたのです。9条の擁護と日米安保の見直しが同時に進まなければ、結局は沖縄に基地負担を押しつけて知らん顔をすることになる。

――米軍のキャンプ・シュワブ前の座り込みも見ましたが、若者の姿が少ないですね。

目取真　では聞きますが、ヤマトゥはどうですか。東京で若い人が集会に大勢参加しますか。沖縄だけが、香港や台湾のように若者が燃えるはずがない。日本では国民の圧倒的多数が政治に無関心になった。大変なことが起きていても、すべて他人任せの国になってしまったのです。

本当に考えないといけないのは、この無関心です。ニヒリズムなのか、あきらめか、無力感か。

――対立は今後どうなりますか。

目取真　安倍晋三首相が沖縄県民の代表である翁長知事に会うことすら拒んでいるのは、権力による形を変えた暴力です。暴力が横行する事態を避けるため築いてきた民主主義というルールを、いま政権が自らの手で壊している。そして、憎悪と怒りを沖縄じゅうにばらまいています。

抗議活動に参加するような人々は非暴力で一致しています。それが運動を広げ、支える原理ですから。怖いのは、そうした場に参加もせず、鬱屈した感情を内に抱え込んだ孤独なオオカミの暴発です。

——翁長知事は工事を止めることができるでしょうか。

目取真　中央から地方への権限の移譲は進んでいません。限られたなかで、やれることをやるしかない。

——あまり期待していない、と？

目取真　去年の知事選で翁長さんを応援し、路地裏まで歩いてビラをまいたのも、すぐに工事を止めてくれると思っていたからではありません。当選しても厳しいのはわかっていた。それでもやらなければ事態がもっと悪くなるから応援したわけです。期待とか希望とか、そんな生ぬるい世界じゃないんですよ。私たちはここまで追い込まれているんですよ。

——国は、この夏にも辺野古の埋め立てに着手する構えです。

目取真　沖縄戦の「慰霊の日」である6月23日には、歴代首相が追悼式に参列しています。戦後70年の今年、安倍首相は沖縄戦の犠牲者とその遺族にどんな言葉を捧げるのでしょうか。米軍の新基地計画を粛々と進めます、と報告するのでしょうか。

辺野古では、すでに20年近く建設を阻止してきました。埋め立て工事を少しでも遅らせ、状況の変化を生みだし、活路を見いだしていく。どこまでも粘り強く、したたかに。これが小さな沖縄の闘いかたです。

工事が始まったとしても、仮に基地が完成したとしても、それで私たちの闘いが終わりだとは思いません。絶望したときが終わりです。

沖縄県民の怒りはやがて日本全体に向かい離反意識が強まっていく

◉『日刊ゲンダイ』2015年3月28日

――沖縄の辺野古移設反対の民意は明確なのに、それを無視して政権が〝悪いのは沖縄だ〟と言わんばかりですね。

目取真　沖縄防衛局は昨年9月以来、約半年ぶりに海底ボーリング調査を再開しています。この間、沖縄県知事選挙と衆議院選挙がありました。いずれも辺野古新基地建設反対を公約に掲げた候補者たちの圧勝でした。

県知事選挙では翁長氏が仲井真氏に10万票近い大差をつけ、衆議院選挙では県内全選挙区で自民党候補は落選しました。生活の党、社民党、共産党、無所属の候補が選挙区で当選するというのは、ヤマトゥ（日本本土）では考えられないことだと思います。

日本政府・防衛省の調査再開は、この沖縄の民意を踏みにじるものです。調査を中止して計画自体を再検討すべきであり、警察や海上保安庁の暴力を使って調査を強行するのは許されません。

――目取真さんご自身、行動する作家として抗議活動に参加していますが、辺野古の現場では、どのようなことが行われているのでしょうか。

目取真　昨年7月からキャンプ・シュワブのゲート前（陸）と海の両方で抗議行動に参加してきました。陸のほうでは県警機動隊を使った弾圧がエスカレートしています。

昨年7月の最初のころは抗議行動の参加者も数十人単位で、民間警備員も数人しかいませんでした。抗議行動が大きくなるにつれて、ゲートの警戒や弾圧体制も強化され、機動隊による市民の強制排除も頻繁に行われるようになりました。女性やお年寄りが機動隊に押し倒されてけがをしたり、基地のガードマンが現場のリーダーを拘束する事態も起こっています。暴力的弾圧により力で県民の運動を抑え込むという政府の意思がはっきりと見えます。

――それは海上でも？

目取真　海上保安庁の保安官たちが、拘束のためにカヌーを転覆させたり、海に落ちたカヌーメンバーの顔を海に沈めて海水を飲ませる嫌がらせを行っています。抗議船にも乗り込んできて、船長や乗員はけがを負わされています。肉体的・精神的ダメージを与えて海に出られなくしようという意図が見えます。メディアが報じると一時的にやみますが、しばらくすると暴力を繰り返す。

辺野古に来ている海上保安庁のメンバーは、人命救助を目的に来ているのではありません。海上での犯罪に対処する「海の公安警察」であり、テロ対策や外国の密輸・密漁船と同じ感覚で市民のカヌー、抗議船に対処すれば、けが人が出るのは当たり前です。

――安倍政権はなぜ民意を無視し事業を急ぐのでしょうか。

目取真　既成事実をつくって埋め立ての本体工事に入れば、沖縄県民にあきらめムードが広がり、抗議行動も停滞、縮小するという判断を政府は持っているのでしょう。

――最初から沖縄の民意なんて聞く気がない？

目取真　ここで見なければいけないのは、現場の機動隊や海保に強硬な弾圧を指示している安倍首相、菅官房長官の沖縄県民に対する姿勢だと思います。沖縄県民がどれだけ反対しても無視し、力で抑え込もうという安倍政権の意思が現場での機動隊・海保の暴力として表れています。人間には自尊心もあれば誇りもあります。暴力で抗議行動を抑えつけても、心まで抑圧することはできません。暴力は人の心に怒りと憎しみを呼び起こします。

翁長知事と対話することさえせず、暴力を使って「粛々」と作業を進める安倍政権のやり方は最悪の手法です。それは沖縄県民に政府への敵愾心と怒り、反ヤマトゥ感情を増幅させるだけです。

――菅義偉官房長官は「日本は法治国家だ。法令に基づいて粛々と進めていくのは当然」と言い放っている。一方、安倍政権は翁長知事といまだに面会すらしません。

目取真　安倍首相や菅官房長官は、辺野古新基地建設が県民の大多数から拒否されているのを知っている。自らに正当性がないのを自覚しているから、翁長知事と面会せず、法令という形式面を強調するのでしょう。しかし、機動隊や海保の暴力を使って工事を強引に進めれば、沖縄県民の心情はどんどん悪化し、政府だけでなく日本全体への反発、離反意識が強まるでしょう。

――安倍政権は改憲にも突き進んでいます。目取真さんは「憲法と日米安保条約はセット」と唱えていますね。

目取真　憲法学者の古関彰一氏の著作から学んだことですが、日本国憲法1～8条の天皇条項と憲法9条、沖縄の軍事基地集中は三位一体のものとして成り立ったということです。

第2次大戦後、米国は日本の占領統治を円滑に進めるために天皇制の維持を必要とした。しかし、それは日本に侵略されたアジア諸国に不安と反発を引き起こす。そのために憲法9条で日本を非武装化し、再び侵略国家とならない担保をつくった。同時に共産圏の拡大を狙うソ連に対抗するために沖縄に巨大な米軍基地を造ったという構図です。

日本の戦後は、憲法9条と日米安保条約の間に横たわる矛盾を沖縄に米軍基地を集中させることで大多数の国民の目からそらし、国民の側もまた見ないふりをして米軍基地提供に伴う負担を回避してきたのではないでしょうか。

――沖縄地元紙の報道と異なり、在京メディアはほとんど問題を報じません。

目取真　メディアが政府の代弁者となれば、それはジャーナリズムとしての死だと思います。政府の方針に何でも反対しろという短絡的な考えではありません。政府の方針を検証し、誤りや不当性があればきちんと批判していくことです。辺野古新基地建設を進める日本政府の沖縄に対するいまの姿勢に疑問を抱かないとすれば、それは政府の立ち位置に同一化してジャーナリストとしての批判精神を失っているとしか思えません。また、そもそも関心がないなら、ジャーナリストとしての感度が鈍っているか、沖縄に基地を押しつけておいてかまわない、という差別意識があるからでしょう。

東京に住む人たちは自分たちが日本の中心にいて、あらゆる情報が集まってくるので、もっとも多くの知識に恵まれ、広い視野で見ること、考えることができている、とうぬぼれているのかもしれません。しかし、沖縄のことは、どれだけ見えているでしょうか。

——メディアにも差別意識がある？

目取真　日本と沖縄の間の断絶はこの10年でも拡大する一方です。沖縄の中では、もはや日本を見限ったほうがいい、日本は沖縄を利用することしか考えず、基地問題をどれだけ訴えても関心を持たない日本人に期待してもしょうがない、という意識が広がっていると思います。私はもうヤマトゥのメディアが報道しないことを嘆くこと自体バカバカしいと感じています。

——今後について、どうみていますか？

目取真　辺野古や高江に来て抗議行動に参加する人たちは、インターネットで情報を得たり、ドキュメンタリー映画の自主上映で現状を知った人たちがほとんどです。現場の状況をツイキャスする人も多く、日々の活動を知らせるツイッター、ブログ、フェイスブックがいくつもあります。

大手メディアの情報発信力は巨大ですが、実際に行動する人たちは自力で情報を得る力を持っています。日本人全体が無関心でも、沖縄県民が本気で実力行動を起こせば、基地撤去は実現可能です。

数千人単位で嘉手納基地の主要ゲートを封鎖し、基地機能を1週間停止させれば、日本政府が何をしようと、米政府は在沖米軍を撤退させるでしょう。

行動して訴えろ

——くり返される深刻な事件を終わらせるには全基地撤去しかない

◉『図書新聞』2016年6月18日

在日米軍基地が集中する沖縄でまた、元海兵隊員の米軍属による女性殺害事件が起きた。戦争と基地が引き起こす暴力の連鎖はとどまるところを知らない。それでも日本政府は、これまで沖縄の民意を無視し続け、辺野古への新基地建設を強行してきた。

連日カヌーで海上から抗議行動を続け、去る4月に米軍の警備員に拘束された作家の目取真俊氏に、辺野古での行動と表現をめぐって話をうかがった。（5月19日、横浜市西区神奈川大学みなとみらいエクステンションセンターにて。聞き手・米田綱路〔本紙編集〕）

■「蟷螂（とうろう）の斧」が与えた影響

——目取真さんはこの間、東村高江の米軍ヘリパッド建設反対運動、名護市辺野古での新基地建設反対運動に加わりながら、ブログ「海鳴りの島から」で状況を報告し続けてこられました。ちょうど15年前、9・11事件直後に名護市でお話をうかがったとき、「沖縄のこの現実を少しでも伝えていく。黙っていれば踏みつぶされるんだから、たとえ蟷螂の斧でも振るわないといけない」（本紙2560号インタビュー）と言われたことを思い起こします。

目取真　2014年8月、辺野古で新基地建設に向けた海底ボーリング調査が始まりました。目の前の作業を止めないことには、工事がどんどん進んでしまう。だからそれ以降、カヌーに乗って海上阻止行動を続けてきました。言葉だけで止まるわけはないですから。

2014年に沖縄県では名護市長選挙、名護市議会議員選挙、沖縄県知事選挙、衆議院議員選挙と大きな選挙が4回あり、すべて新基地建設反対派が勝利しました。県知事選挙は約10万票の大差がつきましたが、それは翁長雄志知事の勝利であると同時に、辺野古の海の埋め立て承認をした仲井真弘多前知事に対する、県民の明確な拒否の意志でした。その後の衆議院議員選挙も、沖縄の4つの小選挙区すべてで政権与党の自公が推す候補者が負けました。勝った候補者は共産党、社民党、生活の党、無所属の議員です。こうした政党が勝てる小選挙区が全国にどれだけあるか。もう同じ選挙をしているとは思えないぐらいの差が、沖縄とヤマトゥの間にはある。

　しかし、それだけの明確な民意を示しても、日本政府は平然と踏みにじる。議会制民主主義は沖縄には当てはまらない、と国が示しているようなもので、法の下の平等などないわけです。

　この現実を変えるために、できる限りのことをしないといけない。カヌーを漕いで反対したからといって、すぐに止められるわけではありません。10年前はボーリング調査の櫓（やぐら）に上って阻止できましたが、いまは海上保安庁が出てきて、フロートを越えるとすぐに拘束するから、ボーリング調査をしている台船まで簡単には行けない。

　だから海上で行動することに意味がないかというと、そうではない。この1年9カ月の間、辺野古の海・大浦湾では、抗議のカヌーや船が臨時制限水域に入れないようにとフロートが張られた。はじめは小さな玉でしたが、カヌーがフロートを越えていくので、それを防ぐために大きな玉になり、さらに3重、4重に張るようになった。フロートの量が増えると、それを撤去する作業量も増えます。

　台風が来ると、波が荒れる前に潜水士が潜って、フロートをアンカーから外します。それからフロートを作業船で曳航して陸まで運び、バックホーとクレーン車を使って高波が寄せない場所に片づける。その作業を1週間前から始めないといけない。台風が去った後も、波が収まらないと作業ができない。台風の前後2週間はフロートがなくなり、ボーリング調査はできません。台風が3回、4回と来たら、

1カ月、2カ月と調査が止まるわけです。

選挙の前にも長期間、作業が中断しました。カヌーに対する海保の暴力的な弾圧がひどく、怪我人が続出した。それがメディアで報じられて、有権者の投票行動に影響を与えることを恐れたからです。海保の弾圧は安倍政権の沖縄に対する強権的姿勢を象徴している。それを見れば、沖縄県民は反発するから、選挙の前にも調査を中断せざるを得なかった。

カヌーや抗議船が辺野古の海に出なければ、フロートを設置する必要もないし、海保が過剰警備をする必要もなかった。蟷螂の斧でも振るい続けると、決して無力ではない。台風による中断も選挙による中断も、フロートを越えて積極的に行動したからこそ起こった。その積み重ねが海底ボーリング調査に遅れをもたらし、国と沖縄県の裁判の和解によって、沖縄防衛局は最後の調査地点を1カ所残したまま、大浦湾から台船を撤去せざるを得なかったのです。

キャンプ・シュワブのゲート前での抗議行動も、沖縄県警と警視庁の機動隊に排除されて、早い時には十数分、長くても3、40分しか粘ることができない。しかし、作業車が出入りするたびに、機動隊が出てきて排除をくり返し、時間がとられるわけです。さらに大行動で座り込み参加者が増えると、まる1日作業車の出入りが止まるようになった。排除の際に機動隊が暴力をふるい、怪我人が出ればテレビや新聞で報道され、県民の反発を呼ぶわけです。

陸でも海でも簡単に作業が進まなかったのは、こうした体を張った抗議・阻止行動があったからです。シュプレヒコールだけでは工事は止まらない。もしこれらの行動がなければ、スムーズに作業が進んで、おそらくいまごろは埋め立て工事が始まっていたでしょう。

日本政府の大きな目標は、1日も早く海に土砂を投入することでした。埋め立てが始まってしまえば、もう後戻りできないから、沖縄県民はあきらめるだろうと考えていた。だから早くそういう状況に持ち込みたかったが、できなかった。いまは一時的な中断ですが、工事断念に追い込むためにも、埋め立てに着手させなかった意義は大きいのです。

――「海鳴りの島から」では、抗議行動を弾圧する海上保安官の顔を大写しにされていました。抗議船を沈没させ、カヌーを転覆させる「海猿」と呼ばれる彼らの姿が強烈です。

目取真　彼らは海上保安官、つまり海の公安警察ですから、人命救助ではなく治安維持のために警備している。私はそんな彼らの勤務時間中の姿を撮影しているだけで、プライベートな部分を暴く意図はありません。海保の弾圧は激しく、意図的にこちらのカヌーに飛び乗って転覆させていた。海水を呑ませて痛めつけてやろうという保安官もいて、けが人が続出した。人命救助や安全確保ではなく、むしろ危険にさらしていた。その実態を暴露するため写真や動画を撮り、インターネットを活用した。カヌーメンバーがカメラを持ったのは、自らの身を守るためであり、ブログの発信はこちらができるささやかな抵抗でした。

■米軍による拘束から見えてきたもの

――目取真さんは4月1日、辺野古の海上で米軍の警備員に拘束され、基地内に約8時間監禁されました。5月12日には、その違法性を訴えて、国に対し損害賠償請求訴訟を起こされています。

目取真　米軍に拘束されている間、弁護士と接見できなかった。それはみずからを守る権利が奪われているということです。憲法で保障されている、弁護人を依頼する権利は、法的知識のない市民が自分の身を守るためのものです。取り調べの際、ちょっとした一言でみずからを窮地に追い込んだり、冤罪になったりします。弁護士と打ち合わせをして注意点を確認し、アドバイスを受ける必要がある。しかし、米軍基地内ではそれができない。

当日は海で捕まりましたから、ウェットスーツを着ていて、濡れた状態でした。4月上旬でも室内に入ると寒い。けれども、着替えをしようにも、接見して差し入れをしてもらわないといけない。しかし、基地の中に連れ込まれているから、外ではまったく状況がつかめない。こちらも体調は大丈夫だから心配しなくていい、と伝えることすらできない。着替えもできないままでした。

弁護士や県選出の国会議員の皆さんが、外務省や防衛省、海上保安庁、沖縄県警などに当たって確認しても、どこも所在がわからない、状況がつかめないと答えています。ですが、警察や海保がわからないというのはおかしい。私に対して刑事特別法違反だと言っているのだから、一生懸命探さないといけない。これでは米軍基地の中で行方不明になったのと同じことです。

こんな異常なことが起きているのに、日本という国では何の問題にもならない。日米地位協定では、米軍が拘束した場合、速やかに日本の司法警察に引き渡さなければならない。弁護士との接見はそれからとなりますが、これ自体おかしいと私は思います。本来は基地の中であれ、米軍の憲兵隊に拘束されている段階であれ、すぐに弁護士が接見できるようにするべきです。日米地位協定が憲法より優先されている。日本国内にあるにもかかわらず、米軍基地内は治外法権にある。そのことを改めるべきです。

私は持病もなく、体も丈夫な方だから、8時間拘束されても風邪をひかず大丈夫でした。もし持病があったり、薬を飲む必要がある人が拘束されていたらどうなっていたか。弁護士と接見できないまま8時間も基地内に閉じ込められると、身体に深刻な影響を与えかねない状態を強いられる。

治外法権とはこんなことが起こるということです。それは沖縄だけの問題でも、私個人の問題でもない。日本と米国の71年間のあり方が問われている。そこまで米軍の「在日特権」を優遇し、憲法以上の存在として扱わなければ、日米安保体制は維持できないのか、ということです。

それが当たり前だと思ったら、おしまいです。だから裁判を起こしたわけです。

――基地内で拘束されている間は、どのような様子でしたか。

目取真 通訳の女性は、弁護士と接見できるのは名護署に移されてからだと言った。けれども、なかなか移さないで、結局8時間近く長引いた。

辺野古岬の浅瀬で拘束されたあと、憲兵隊の事務所らしい建物に連れていかれ、最初の2時間ほどは玄関ロビーのソファに座らされた。その後、建物の奥のほうに移動させられ、廊下の隅に置かれた椅子に座るよう指示された。迷彩服を着て腰に拳銃を差した米兵とふたりで、ずっと向かい合っている状態でした。座っていると身体が冷えるので、拘束された8時間のうち、実際に座っているのは2時間もないぐらい。あとは立ったまま、身体を動かして運動していました。

私を交代で監視した若い米兵3名は、それぞれ個性がありました。黒人の米兵は気楽に鼻歌を歌ってこちらを見ている。身長が1メートル90センチもあるような別の米兵は、腰に差している拳銃とは別に、ベルトの前にも拳銃を差していた。見た目の印象では、殺傷能力は低いが衝撃を与えて打ち倒すようなゴム弾のようなものかと思いました。彼はずっとその拳銃に手をかけて、緊張して立っていた。

彼の眼には、サングラスをしてウェットスーツを着ている私が、テロリストに見えたのかもしれない。こういう真面目な性格の人を刺激すると、反射的に何かをするかもしれない。そう考えて注意していました。2、3時間して彼も、大したことはない、と思ったらしく掲示物を見たりして、緊張を解いていた。

基地の中で拘束されたといっても日本だから、8時間後には海保に引き渡されて、弁護士と接見もできた。しかし、これがアフガニスタンやイラクだったら、このまま闇から闇に葬られてもわからないだろうと、基地の中で思いました。銃に手をかけた米兵も、沖縄で発砲する可能性は少ない。しかしアフガニスタンやイラクであれば、抵抗したから発砲したと言えば、それで通ってしまうでしょう。

そういう状況の中でも抵抗し、ものを書いて訴え、命を失うジャーナリストが世界各地にいる。一方、こちらは日本でぬくぬくと暮らしている。米軍に捕まっても拷問されたわけではない。そんな日本で抵抗もしないジャーナリズムや物書きとは何なのかが問われる。自己規制して、弾圧を食らう前に尻尾を巻いて逃げてどうするのか。抵抗して意味があるのかと悩む暇があったら、行動して訴えたほうがまし。実際にやってみれば大したことはないのに、躊躇し、びくびくしている。それでは何もできないですよ。

カヌーでの抗議行動が始まった時、フロートを越えるか越えないか、一人ひとりが問われました。臨時制限区域に入ったら、刑事特別法違反で逮捕される可能性もあると、政府は脅しをかけてくる。その目印としてフロートを張りめぐらしているわけです。それを越えたら、海保は拘束する。

でもこの間、フロートを越えても逮捕はしなかった。カヌーメンバーだけでなく、船に乗っている人も越えている。メディア関係者も含めて、何百人という人がフロートの中に入っているが、だれも逮捕されていない。

みんなが勇気を持って越えることで、逮捕できない状況を作ってきたわけです。特に辺野古代執行訴訟で国と沖縄県が和解し、翁長知事の埋め立て承認取り消しが効力を取り戻してからは、海保は拘束どころか注意もしなくなった。作業を中断しているから、手出しをする理由がなくなったわけです。

そのことに米軍は苛立ち、沖縄人の警備員を使って私を逮捕したのかもしれません。日米首脳会談でオバマ大統領が安倍首相に、中断による工事の遅れに懸念を示しました。米大統領がこんな小さな島の工事のことを口にするぐらい、影響を与えているということです。沖縄の米軍にも苛立ちがあったはずです。

米軍基地のゲート前では、作業車だけでなく米軍車両に対しても抗議を強めています。作業車を止めているだけではらちが明かないので、米軍に対しても抗議し、当事者意識を持たせないといけないからです。

米国にとっていちばん痛いのは、嘉手納基地が封鎖されることです。もし嘉手納基地が1週間使用不能になれば、米軍は撤退しますよ。いざ戦争という時に、使えない基地など持っていてもしようがないわけですから。

いままで朝も昼も夜も好き勝手にできたから、米軍は沖縄にいた。そういう環境を、日本政府が整えてきたわけですね。それを突き崩さなければ、米軍は快適な場所にいつまでもいます。このままでは沖縄の基地は維持できない、と米軍に認識させることです。抗議行動がその段階までいけるかどうかです。

国会で訴えても、沖縄選出の議員は10人ちょっとです。選挙で新基地反対の候補者がどんなに当選しても無視される。日本国民の世論に訴えても無関心。だから、沖縄県民はみずから闘うしかない。

この15年の大きな変化は、高江のヘリパッド建設反対運動や、オスプレイ配備反対運動をとおして、実力で阻止しなければ基地問題は解決できないと、沖縄人が反戦運動の中で性根を据えてきた、ということではないでしょうか。

１９７０年代半ば、金武町の県道１０４号越え実弾演習に抗議した喜瀬武原闘争では、山中に入って実力で演習を阻止した。その後も、恩納村の都市型戦闘訓練施設阻止闘争など、成果を生み出した闘いは実力で阻止しています。フロートを越えないで海の上でプラカードを掲げ、口で反対を言っているだけでは、いまのような状況を生み出せていない。怪我人も出ているし、痛い目にも遭っていますが、ここまでやってなければ、いまの結果は生み出せていないでしょう。

■沖縄の運動が創り出してきたスタイル

——「海鳴りの島から」では、日々の闘いの行動と報告の中に、目取真さんの作品世界に通じる言葉や表現を読む思いがします。

目取真　ファシズムやスターリニズムがそうですが、全体の中に個を埋没させて操作するような運動は、情緒的な形で運動を作り上げていく。そうして批判的な意識を弱めさせ、上から下へ方針を貫徹する。そんな運動をしてしまったら、弱くてもろい。

　辺野古や高江の運動が長く続いているのは、いろんな要素があるからです。そこには政党、労組、いろんな党派の関係者も来るでしょう。同時に平凡な生活を送ってきた市民も来る。その多様性を維持し、生かしていかないと、参加する敷居が高くなってしまう。一方で、あまりにも柔軟な形でやってしまうと、運動としての効果がなくなってしまいます。

　海上行動でも、海保に弾圧されて怪我人が出ると、フロートを越えるような激しい抗議行動はやめて、もっと穏やかな運動スタイルにしたほうがいいのではないか、という意見が出てくる。けれども、海上はゲート前みたいにまわりで見ている市民がいるわけでもないし、1日中シュプレヒコールばかりしていても、らちが明きません。そんな中で、みんなで議論し、模索しながら行動してきました。

　ゲート前でも、いかに多くの人を集め、同時に身体を張ってでも車を止める、それをどう両立させていくかを、みんな苦労して模索してきた。その背景にはここ数年、高江から普天間、辺野古に至る流れの中で、本気で阻止しよう、という姿勢が強く出てきたことがある。沖縄の運動が必死に創り出してきたスタイルだと思います。


――昨年に刊行された『戦争小説短篇名作選』（講談社文芸文庫）所収の「伝令兵」や、『眼の奥の森』（影書房、2009年）には、1995年の米兵の暴行事件、占領下での暴力、沖縄戦が重層的に織り込まれています。そうした歴史意識が、運動の基盤ともなっているのでしょうか。

目取真　私の場合は沖縄戦が大きな意味を持っています。私は1960年、沖縄戦から15年たって生まれています。子どものころはまだ道端に機関銃の残骸があったり、鉄兜を柄杓代わりに使ったりする日常生活があった。両親、祖父母から戦争体験もけっこう聞きました。沖縄戦は大きな比重を持って自分の中にあるし、それとの関連で基地問題も考えてきました。

ベトナム戦争も子どものころの記憶としてありますす。米軍がベトナムで何をしてきたかという視点を持てば、目の前で行われている米軍の訓練が、沖縄県民に犠牲を強いるだけではなくて、彼らが出撃していくイラクやアフガニスタンで人を殺戮するためのものであることを考える。沖縄県民も間接的に加害の立場にあるわけです。そうであるなら、本当は新しい基地建設に反対するだけではなく、日々行われている演習も阻止しなければダメです。いまの運動は力不足で、そこまでできていないのです。

基地を移設するという議論も、沖縄と日本という対立構造の中で見れば、沖縄に犠牲を押しつけ、差別している基地を県外に持っていけ、という話になりますけれども、外部に視点を置いて、実際に殺されている人の側からすれば、沖縄であろうが日本であろうが、米軍が訓練をしている点で同じです。彼らからすれば移設など論外でしょう。ですから、基地をどのようになくしていくかが問われてくる。移設論にこだわりすぎ、米軍に攻撃される側の視点が失われてしまったら、政府にうまく利用され、全国に基地を分散するという名のもとに、拡大強化されていく可能性が大きい。

15年前と比べると、沖縄はむしろ悪い方向に進んでいます。自衛隊が与那国島や八重山、宮古で配備、強化されつつあるし、日本国内も安保法制が成立し、自衛隊が米軍と一緒に海外で銃を手に殺戮する可能性が出てきた。そうなったら、殺された側の人々の反撃が日本国内でも起こるかもしれない。その矛先は米軍が集中する沖縄にも向く。

日本政府はこれまで、ヤマトゥに住む日本人に基地や軍事、戦争の問題を我が身の問題として考えさせないように仕向けてきた。沖縄に米軍基地を集中させ、大多数の日本人の目の前から遠ざけた。みんな日々の生活に追われているから、目の前になければば基地の問題など考えなくてすませる。

本来、基地問題は「沖縄問題」ではなく「日本問題」「ヤマトゥ問題」なんです。沖縄に米軍基地を押しつけて、憲法9条と日米安保条約を共存させて生きてきた日本人こそ、先頭に立って基地問題を闘わないといけない。辺野古や高江に支援に行く、と考えるなら大きな間違いで、もともと自分たちがやるべきことをやっているだけです。日本人がそれをしないから、沖縄人はいつまでも基地に縛られ、人生の貴重な時間を費やして反基地運動に取り組まなければならない。

沖縄ではいま、うるま市で20歳の女性が行方不明になり、元海兵隊の米軍属の供述で遺体が発見され、強姦、殺人、死体遺棄の容疑で取り調べを受けています。今年の3月には、観光客が米兵にレイプされる事件も起きています。

なぜこうした事件が起こるのかといえば、米軍基地があるからです。沖縄に2万数千人の米兵がいて、毎日戦闘訓練をし、人を殺せる精神状態を作っている。沖縄は基地で経済的に潤っていると言う人がいますが、基地を引きとらないのは金の問題ではなく、事件や事故が怖いからです。基地が金のなる木なら、全国には財政難の自治体がたくさんあるのだから、自分のところに誘致して補助金をもらえばいい。でも、どこも基地を引きとるとは言わないでしょう。ちゃんとわかっているんです。そのうえで沖縄は基地で潤っているとデマを信じる。沖縄に基地を押しつけているという疚しさを解消するためです。

１９９５年に3人の米兵による強姦事件が起きた後、みんなが努力して事件をなくそうと言ってきた。けれども今回の事件で、いままでやってきたことは何だったのか、となる。再発防止、綱紀粛正、沖縄の負担軽減だといくらくり返しても、何の意味もない。こういう深刻な事件が、沖縄では敗戦から71年間くり返されている。それを終わらせるには全基地撤去しかない。

いまは沖縄の状況を外部から来た人間が撮ったり表現することが多いですが、ウチナーンチュー自身が掘り下げ、表現しないといけない。沖縄人は表現される素材ではなく、自ら表現する主体にならないと。それは反戦運動、反基地運動でも同じです。日本人との連帯も必要ですが、自分たちがもっと力をつけ、行動し、表現していかないと、自立だの独立だのと言ったところで夢物語でしかない。殺された女性の死を悼み、怒りを口にするなら沖縄人は相応の行動をしないといけない。

「土人」発言の真相

◉『東京新聞』2016年11月24日

米軍のヘリパッド建設工事をめぐり、反対闘争が繰り広げられている沖縄県東村高江で起きた「土人」発言から1カ月余。鶴保庸介沖縄北方相の「差別とは断定できない」との見解について、政府は訂正や謝罪を不要とする答弁書を閣議決定した。公務中の機動隊員による差別発言。それを見過ごす政府。その土壌に何があるのか。暴言を浴びせられた当事者である沖縄在住の作家、目取真俊さん（56）に聞いた。（編集委員・佐藤直子）

「次期米大統領のドナルド・トランプ氏による人種差別発言があれこれ批判されていますが、彼が大統領になるからといって、なにも驚くことはない。日本はもう10年以上も前から〝トランプ現象〟を先取りしていた。『シナ人』という言葉を公然と使ったのは（元東京都知事の）石原慎太郎氏です」

目取真さんは開口一番、そう語り始めた。

「『戦時中、慰安婦は必要だった』と語った前大阪市長の橋下徹氏もそう。東京、大阪という大都市で、市民は過激で差別的な発言をする首長を選んできた」

むしろ、この時期に高江で工事に反対する市民に対して、「土人」とともに「シナ人」という言葉が浴びせられたことに、目取真さんは注目する。

「高江のヘリパッドも辺野古の新基地も、中国への軍事対抗を想定している。経済大国になった中国に、日本は軍事的にも単独では対抗できない。対抗するなら米国に付いていくしかなく、その最前線が沖縄。基地建設に抵抗するのは、中国を利する者だというわけです。実際、中国の工作員が資金を流して抵抗運動を組織しているというデマがネットで拡散される。こんな言説を権力側にいる機動隊員が内面化しているからあんな差別発言が出る」

『シナ人』という中国に対する脅威と絡まった言葉が出たことが、新しい現象が生まれたことを端的に示している」

約５００人の機動隊員が7月22日から工事に抗議する市民を排除している。ゲート付近で警備を担う大阪府警は他県の隊員に比べても乱暴だという。「土人」発言以外でも、親や祖父母世代の市民に「ボケ」「クソ」と罵声を浴びせる。殴る、蹴る。「彼らに乱暴を強いる構造があることを見逃してはならない」と目取真さんは強調する。

それは何か――。「安倍政権の意思ですよ。何が何でも年内にヘリパッドを完成させ、オバマ政権の間に引き渡すという。その圧力があるから、機動隊の弾圧も激しくなる。抵抗者をテロリストとみて痛めつける」

目取真さんは「これくらい言ってもいいと、社会全体で差別に対する感覚が緩み、昔なら言えなかったことが平気で言えるようになった」と話す。

「発言者が反省できればいいが、松井一郎大阪府知事みたいに擁護する声も出る。抗議する市民たちの言葉遣いも荒いといって『どっちもどっち』と相対化し、問題を曖昧にしたり。本来なら率先して、差別を改めるべき立場の公務員が差別する側に回れば、差別の土壌は広がる」

目取真さんが懸念するのは、ヤマトゥ（本土）に住む沖縄人が、再び以前のような差別、偏見にさらされて苦しむことが増えるのではないかということだ。

「過剰反応だと言われるのかもしれないが、沖縄人に対して都合のいい沖縄人像を押しつけ、その枠にはまっている間は歓迎し、新基地建設を拒否すれば弾圧に出るのだから」

生活保護受給者。ひとり親家庭。高齢者。障害者。昨今の社会はより弱者や少数者に対し、鬱憤晴らしをしているかのようだ。その根は沖縄差別と共通する。横たわるのは没落する中間層の不安や怒り、危機意識だと目取真さんはみる。

「没落する中間層の問題は山口定というファシズム研究者によって、30年も前から指摘されてきた。日本では中曽根、米国ではレーガン、英国ではサッチャー政権誕生のころで、新自由主義が始まった。バブルが崩壊し、本来なら政府や自民党に向かうはずの怒りが、弱者や少数者に向かう連鎖を起こしている。それは世界共通。日本の安保・基地政策の場合、矛盾の矛先は沖縄に向かっている」

「対米追随の安保政策こそ変えるべきなのに、トランプ氏が『日本が安全保障を米国に依存するなら、もっと金を出せ。でないと駐留米軍を撤退する』と本気で言い出すことに、リベラルといわれる人々にも恐怖心がある。撤退になれば、自主防衛論から『自衛隊強化、核武装』ということになりかねない。ならば、差し当たり基地を担わされている沖縄は現状維持でいい、沖縄は仕方がないと」

沖縄は戦後一貫して、日本の安保政策のしわ寄せを受けてきた。目取真さんは「米軍基地だけではなく、この20年間、自衛隊基地も強化されてきた」と指摘し、そうした矛盾を背景にして「土人」発言も起きているのだと指弾する。

「(普天間基地の移設先とされる)辺野古も、高江も、既存施設の代替として認めるから、問題解決が困難になる。日本政府が米国政府に求めるべきは無条件の全面返還。それが最も国際的に支持を得られ、問題解決への近道になる」

「ヘリパッド建設も辺野古の新基地建設も、本来は沖縄の問題ではなく、ヤマトゥの問題。オスプレイを離着陸させせようがさせまいが、軍事施設のために貴重な高江の森を切り開くこと自体が許されない。沖縄県民だけで阻止できればいいが、沖縄の人口は日本全体の百分の一。抗議行動には沖縄の百倍のヤマトゥンチュー(本土の人)が来なくてはならないはずだ」

ふたつのヘリパッドが造られた2年前に続き、目取真さんは日々、高江の森に入って工事現場を監視している。なりふり構わない政府は、計画通りに年内に4つのヘリパッドの完成を目指し、来月20日にはヘリパッド建設地以外の森の返還式典が予定されている。

「だが、それは沖縄差別の上に成り立つ式典。それを日本人は知るべきだ。こんなものを造らせたのは日本人全体の責任です」

目取真さんは抗議の記録をブログ「海鳴りの島から」で発信し続けている。ヘリパッドが造られたから負けなのではない。県民が無条件に受け入れたのではなく、これだけの抵抗をしても政府があらゆる手段を使って強引に造ったと、後の世代に残すために。

「黙って泣き寝入りしてはいけない。屈服してあきらめたらおしまい。許さない、絶対に認めないと、力ずくでもはね返す。抵抗を形で示すことが、差別をなくすことになる」

琉球人遺骨問題

——地域が納得できる返還を

◉『琉球新報』2017年12月7日

人類学者らによって昭和初期、今帰仁村運天の百按司墓から持ち出された琉球人の遺骨が京都大学、台湾大学に保管されている。台湾大は返還の意向を示しているものの、京都大は返還するかどうか明らかにしていない。今帰仁村出身の作家、目取真俊さんにこの問題をどう考えるか聞いた。（宮城隆尋）

■天皇陵と対極

——人類学者によって持ち去られた遺骨についてどう考えるか。

目取真　遺骨と標本、資料の境界をどう引くのか。考古学で発掘された港川人などの骨と百按司墓の骨は同列には扱えないだろう。直接の子孫や墓の所有者がはっきりしなくても、現在では民族的な権利や差別、尊厳などの問題として扱われるようになってきた。

20世紀後半から西洋中心主義や人類学という学問の見直しが進んだ。植民地主義への反省という観点からも、返還の流れは自然なことだ。本来あるべき場所に戻し、最終的には土に返していくことが望ましい。調査が終わった骨をいつまでも標本として持っておくのは時代に合わない。

遺骨を保管している大学の学者が、植民地主義や政治的な問題が絡んでくることに対応できず、返還要求に対し沈黙してやり過ごそうとするなら、それは正しいあり方ではない。

人類学、歴史学には日本人の優秀性をアジアの他の民族と比較して確立していくという側面がかつてあった。そこでは琉球を含め、日本以外のアジア諸地域は低く見られた。墓を暴いて学術的な価値があると評価しつつ、資料として骨を勝手に持って行った。それが可能だったのは、アジア諸地域を一段低く見ていたことの表れだ。その地域に敬意を持っていたなら、違った対応をしただろう。

返還要求を無視しているのは、いまも低く見ているということだ。

その対極にあるのが天皇の陵墓だ。日本の歴史、古代史を解明するのなら、ほとんど盗掘されてはいるものの、天皇陵の発掘が大きな意味を持つ。発掘を主張した研究者もいたが（国は）一貫してさせなかった。決して手を触れさせない天皇陵の対極に、自分たちの欲望のままに発掘でき、骨を持ち去って管理し、返還を拒むことができる沖縄の墓がある。このふたつはセットで考えるべきだ。

沖縄、アイヌ、朝鮮、アジアの国々は一段低く扱っていいという思い上がりが、日本の学者たちにはあったと思う。明らかに誤りで、研究者には是正していく義務がある。スウェーデン映画『サーミの血』（アマンダ・シェネール監督）に人類学が少数民族への差別を生み出す様子が描かれている。頭蓋骨の大きさや形、体格などが民族の優劣を示す指標として、科学の名のもとに打ち出されていった。その最悪の結果がナチスによるユダヤ人やロマの虐殺となった。かつて二等国民と呼ばれた沖縄人にとっても他人事ではない。

■ドイツに学ぶ

——返還要求があれば返還すべきか。

目取真　返還要求がなくても自主的に返すべきだ。研究者たちが西洋中心主義を内在化し、無自覚だった点が時代の変化と共に問題化され、誤りを反省、検証するようになってきた。沖縄側がアイヌ民族のように強く追及しなければ『それでいい』ということにはならない。世界的に同じ問題（旧植民地への旧宗主国からの遺骨返還）がある。遺骨に限らず文化財など好き勝手に略奪してきたものを、返還する流れは止められるものではない。

——ドイツからアイヌ遺骨が戻ってきた。ドイツから返還の申し出があり、日本政府が対応したようだ。

目取真　ドイツはナチスの侵略やユダヤ人、ロマの虐殺への反省から、少数民族にも敏感に対応しているのだろう。そこには学問の領域を含めた自己反省がある。日本も西洋から学問を吸収し同じ過ちを犯した。ドイツの姿勢から学ぶべき。

——国連の先住民族権利宣言で遺骨返還の権利は明記されているが、日本の対応が硬直化している。

目取真　日本を先進国と考えるのは一面的だ。経済的に豊かなだけで、人権や女性の政治進出、報道の自由、マイノリティーへの対応など多くの面で日本は後進国だ。世界の少数民族がやっと声を上げられる時代になってきた。ほとんどの少数民族は貧困の中で、抑圧に対して声を上げられなかった。旧宗主国はそれに誠実に対応することが求められているが、日本は逆行している。歴史修正主義やヘイトスピーチが跋扈する状況だ。欧州なら数十年前に克服しているような問題を、いまだに克服しきれていない。

■研究者の姿勢

——研究者が中心になり、返還を要求している。

目取真　独立論や先住民族の権利、沖縄のアイデンティティーなどに関わって議論しているが、研究者の議論が今帰仁村の人々からすると頭の上で議論されているような印象ではないか。大切なのは遺骨を返還される地域の人たちがよく話し合い、納得できる形にすること。戻ってきても箱詰めにされて県立博物館の一室へ、ということでは不十分。沖縄の古い墓には、最後は土に返す場所がある。個人的には土に返した方がいいと思うが、県と今帰仁村、地域の人たちが丁寧に話し合って決めるべきこと。学者たちが特権的な立場で何もかも決められる時代ではない。研究対象とされた側はかつて発言できなかったが、いまは自らの歴史や文化を尊重する権利を主張できる。この問題を契機に、地域の人たちが足元の歴史を学び直すことが重要。

この問題は過去の問題でもなければ、人類学に限られた問題でもない。骨壺狙いの墓荒らしが横行したこともあった。骨董品収集や学術研究に名を借りた地域からの資料持ち出しは、いまでもくり返されているのではないか。沖縄の多様な領域を研究対象としている学者たちの姿勢は、どれだけ変わったのか。研究者が変わらないと、協力する人などいなくなるだろう。

行動すること、書くことの磁力

対談　目取真俊×仲里効

◉『越境広場』４号
２０１７年12月

——仲里効（なかざと・いさお）
１９４７年、南大東島生まれ。映像批評家。雑誌『ＥＤＧＥ』編集長を務めた。著書に『悲しき亜言語帯』『フォトネシア』『眼は巡礼する』など。

仲里　今日は忙しいなか、時間を割いていただきありがとうございます。今号は目取真俊特集を企画させてもらいました。目取真さんの作品の韓国語訳や英語訳をなさった方を含め、沖縄内外の書き手が多様な視点から作品を論じていくことになっています。このインタビューはそういった意味で特集の内容とこだまし合えるような内容になればいいなあ、と思っています。目取真さんの特集と言えば、１９９７年の『ＥＤＧＥ』第５号で一度組ませてもらいましたし、別の号でもインタビューをさせてもらったといういきさつがあります。関わった雑誌で２度も目取真さんの特集とインタビューをさせてもらうことになにやら因縁めいたものを感じたりします。

まず、導入として前号の特集「沖縄・抵抗の〈原場〉——高江・辺野古へ／から」の巻頭で目取真さんの写真を使わせてもらい、グラビアページを作りました。その写真についてお話を伺うところから始めていきたいと思います。その写真を見てまず感じたことは、たまに沖縄に来て絵になるそれらしき場面を撮って報道していく、そういった報道の在り方とは明らかに違う眼の存在です。目取真さんと言えば、文学作品やエッセイや評論など、〝活字の人〟のイメージが圧倒的ですし、作品に接近していくにも間違いなく活字を媒体にしていくことでしょうから、このグラビアページを見た方は、意表を衝かれたというか、意外に思ったのではないでしょうか。しかし、これは決して意外でも何でもなく、時間とエネルギーを割いて高江の現場に通い、阻止闘争を担い森を知り尽くしている眼だからこそ初めて可能になった写真だと見ました。写真そのものの持つ力はもちろんですが、私などはそこに〈動体視力〉のようなものを読み取ってしまいます。高江の森の声、森の目、そして森に加えられた暴力への鋭敏な感受力ですね、つまりこれらの写真から伝わってくるのは、加えられた国家暴力の質が、エコサイドでありバイオサイドであり同時に、森と結びついた文化の破壊であるということです。

例えば1頁に配された「H地区ヘリパッドで、枯らすために刻まれた切り株」のキャプションが添えられた写真を見てみます。剝（む）き出しになった切り株の根っこには無惨にもムカデ状の傷が刻みこまれていて、その向こうにはマスク姿の4名の機動隊員がやや仰角から収めている。この1枚が喚起するのは、森の痛みと森の声を聴き取り、着床させる眼力のようなものです。

目取真さんは行動し、映像で記録し、「海鳴りの

建設が強行されたH地区ヘリパッドのそばで、枯らすために切り刻まれた切り株。ヤンバルの森の木々が大量に伐採され、貴重な動植物が米軍基地建設のために殺された（2016.12.23）

島から」というブログで発信しているわけですが、こうした行動者であり、記録者であり、かつ発信者であることは目取真さんの中ではどのように位置づけられているのでしょうか。

■隠そうとする目と方法としての記録

目取真　N4とN1のヘリパッド工事が同時に行われていた2011年の終わりごろからですかね、高江に頻繁に通うようになったのは。現場の状況を記録しようと思ったので最初はメモをとってたんですよ、小さな手帳を持っていって。でも、とてもじゃないけどそういう状況じゃない。現場は機動隊・県警・名護署、作業員、沖縄防衛局員などが目まぐるしく動き回っているわけです。そのなかでいちいちペンをとって書いている余裕なんかない。汗もかけば、濡れもするし、持ち物もぐちゃぐちゃになる。これじゃーだめだなと思って小さなデジカメを買ってきた。ほんとに安いやつですよ。それで撮り始めて。カメラには時間も記録されますから「あ、これ、非常に便利だな」と思ったわけです。だから、最初はメモ帳代わりなんです。

現場では常に、いつ何があったか、ということを記録しておかないといけない。機動隊が暴力をふるった瞬間を撮ってないと告発する手段がないわけです。作業の進行状況を記録する必要もある。それに写真を撮っておくと、後から見て気づくことも多いんです。その瞬間は、いろんなことに追われて気づかないけれども、画像を見たら「こんなことしたんだなぁ」とか「作業員はこんな動きをしてるんだな」って気づくのがたくさんあって、それで写真を撮り始めた。また、ブログもやり始めたものですから、それに載せるようになったわけです。記録と同時に全国のみなさんに伝える役割もできるようになって……。映像の力は強いですからね。それに文章を組み合わせれば伝達する力が上がるということで、積極的に写真を活用するようになったんです。

それが写真の撮り初めです。自分の立場だと良いカメラは持っていけないわけですよ。機動隊とぶつかってアスファルトにカメラが落ちて彼らに壊されますので。そういうことの繰り返しですよ。だから安物のカメラでしか撮れないから、こんな画像しか撮れないわけです。プロのカメラマンみたいな良いカメラを持っていけば、もっときれいな画質で撮れるんですけれどね。そこはもったいないんですけどね。でも、自分は抗議行動をするために来てるんで、写真を撮るのはその補助手段だから仕方ないことです。

2014年の夏に、高江の次に辺野古に行って、カヌーの抗議行動に参加するようになった。海上保安庁の暴力は初期のころ、凄まじかったわけです。暴力の現場を撮っているのと撮っていないのでは大きな差です。最近のデジカメは動画も撮れますから、海保が暴力をふるっている現場を動画で撮っていれば、動かぬ証拠になるわけです。カヌーに乗っているメンバーは自分の身を守るために、仲間を守るためにカメラを持とうとなった。誰かが海保に捕まって殴られたり首を絞められたりしてる時、本人には撮れませんから、そばにいる人がその場面を撮って抑制する、撮られると海保もまずいと思ってですね、手出しがやりにくくなるわけです。海保が暴力をふるっている写真はマスコミに提供したり、インターネットで流して告発していった。そのおかげで、いまは海保の対応が変わってるんですよね。彼らの暴力を抑制する力があった。ですので、私の写真は現場の必要に応じて撮っているものです。取材して発表しようというのは抜きに、現場が撮ることを必要としたわけです、活動する上で。デジカメが普及し、性能が向上して画質が良くなり、1日に何百枚も撮れる時代になっていることがありがたかった。

昨年の高江のことに関しては、SNSが発達して現場の状況がリアルにネットで発信できるようになったわけです。メディアが入ってこない場所では、活動をやってる人たち自身が現場から発信するしかなかったわけですよ。何名かの人が動画を発信して全国に伝えて大きな役割を果たしたし、撮った写真をマスコミに提供して、それが報道されて現場の状況が広く伝わっていった。大手メディアが撮らない現場の状況を、現場で抗議している人たちが撮ってネットを活用して発信し、大きな役割を果たしました。マスコミにも個人的には入りたいという記者がいても、米軍の提供施設内に入って後でどういう問題になるかを考えると、会社の方針としては尻込みするわけです。これが防衛局の狙いでもあったわけです。

米軍や沖縄防衛局からすれば、現場を見せないことが好都合なわけです。これを崩して現場の状況を公開するためには、現場からの発信が必要だったわけです。ただそれは大きなリスクを背負うわけです。刑特法違反を適用される恐れがあるわけですからね。実際、逮捕者も出ているわけだから。個人が特定されるなかで映像を出すことはですね、そういうリスクを背負うということなんですよ。だからみんな一人ひとりがそれなりの覚悟をしながら、情報を発信していったわけです。それによって沖縄防衛局がどれだけでたらめな工事をしているか、膨大な樹木が伐採され、森が破壊されている実態、ずさんな工事の状況が知られていった。もし、森の中で抗議して発信する人たちがいなければ、ヘリパッド建設現場の状況は知られることもなかったわけです。現場に迫って抗議した意義に加えて、その場の状況を伝えていった意義はとても大きいと思います。

高江でも辺野古でも、ゲート前に座り込んでいる市民が毎日ごぼう抜きされてですね、機動隊とぶつかる。絵になる場面なんていくらでもあるわけですよ。だから1日2日来ても、そういう場面が撮れます。良い機材を持って、プロの技術があれば劇的な絵が撮れる。でも自分たちがやってるのは別のことですからね。自分のブログなんかは、高江や辺野古で何があったかを伝えると同時に、記録して残したい気持ちもある。あと何十年か経って、いまの子どもたちの世代が大きくなったときに「あのころの大人たちは何もしなかったんじゃないよ」と。これだけの闘いをして、森や海でこんなことをしていた人たちがいたんだよ、ということを伝えていかねばならない。その役割もこの写真が果たすだろうということで撮ってます。

仲里　高江や辺野古の現場で何が起こっているのか、日常的に行使される暴力の質というか、細部をカメラに残していくこと、自ら発信していくこと、そのことがまた自分たちの身を守ることにつながっていく、記録することが力に変わっていくということですね。

もうすこしグラビアの写真に即して感想を述べてみますと、2頁目に配された「伐採された木々がH地区の谷間を埋めた」1枚を見てみます。谷間には伐採され、なぎ倒された木々の山と阻止闘争の市民たちがいて、そのむこうの土手には放物線を描くように機動隊や防衛施設局の職員だと思われる人たちが見下ろしている。高江の森に加えられている権力の構造というか暴力の地政図のようなものを見事に写し出している。ハッとさせられ、感じ入ったのは、ツルランの花〔本書カバー裏の写真参照〕と作業車両のキャタピラーから救い出されたイボイモリ〔本書扉

H地区のヘリパッド建設に抗議し、木が切り倒された谷間で座り込む市民（2016.9.28）

の写真参照〕の写真です。機動隊や防衛局職員などと衝突する現場の動の場面からまなざしを返すように、高江の森にひっそりと咲くツルランの白い花と、森に住む小さな命であるイボイモリ、あえてこの写真を選ばれたことの意味を考えざるを得ないと思ったりしました。写真は語っている、まさに〈眼の奥の高江〉を知りつくした〝動体視力〟とたじろがず凝視する眼から生まれた写真たちですよね。

目取真　いま、写真が多くのことを語るとおっしゃってましたが、実際には語ってないことがはるかに多いわけです。例えばこのH地区の谷間の伐採された所で、下から人々が抗議をしている写真は、前後の流れのなかで見ると、もっと深く理解できるわけです。谷間の上の平坦な場所はすでに伐採されていて、ここは最後に残った場所だったわけです。谷間だから伐採が難しいわけです。木は斜めに生えてますから、伐ったら谷間の底に倒れますので、その下に入って座り込むと木が伐れない。それで最後の抵抗ということで谷間に座り込んで木の伐採を阻止していたら、機動隊が降りてくるわけですよ。これが平坦地だと簡単に排除できますが、谷底ですから上に引き上げるのが大変なわけです。それでも体にロープを結びつけて強引に引き上げて、それが大きな問題になって新聞で批判されたりした。そうやって引き上げられる直前、写真を撮るために東京から来たという若者がいたので、「この森を撮りなさい。もうあと1時間後には、この森は消えて、すべて伐採されてこの谷間の緑も無くなるから、その最後の姿を撮りなさい」と言ったら、彼は泣きながら写真を撮っていました。こんな話がたくさんあるわけですよね。

座り込んでいた人がひとりずつ引き上げられてですね、機動隊に囲まれて身動きできない状態になりましたけども、どんどん伐採が進んでいく。目の前でチェーンソーがうなりをあげて、木が切り倒されていく音は、やっぱりたまらないですよ。こういうところで語ればひとつの事実を確認するだけですけども、現場というのはチェーンソーの音とか、木がメキメキ倒れる音、木の枝が折れる音、こういうものが聞こえてくる。相当な精神的ストレスですよ。これを何時間も毎日聞くことになるわけですから。

このH地区の谷間、緑の茂った森が伐採されて木が運び上げられて、そのあとショベルカーで削られて赤土がむき出しになっていく。そこに砂利が降ろされて固められ、ヘリパッドが完成するところまでずっと見てる。この写真はその変化の過程の一場面に過ぎないんです。この谷間を同じ角度で撮った写真を時系列でつなげると、谷間がどれだけ変化したかがよくわかるんです。

このツルランはですね、もう何年も前、N4の抗議行動の時に見つけていたわけです。玉城長正さんという、ヤンバルの山を歩いていらっしゃる方がいてですね、その方の話を聞いて学びながら自分も歩くわけです。それは基地の抗議行動とは関係なくですね、植物が好きだから。自分の父親は盆栽が好きで、昔は森に行って木を採ってました。木を運ぶ時にふたりで担がないと持てないので、子どものころよく山に連れていかれた。私が小学生のころだから、日本復帰前の話です。そういう経験があるから植物は好きだし、ひとりで高江の森を歩いて植物観察をやっていた。ランの花も森の中で見ると、街中で見る花とは違う。採っちゃいけないから森の中で眺めて写真に撮る。希少種というのはどこにでも咲いてないから希少種なわけで、それを見つけるためにハブに注意しながら、下手すれば迷ってしまうから、そこも注意しながら、かなり歩いたわけですよ。そのなかでこの花を見つけて写真に撮って、まあ自己満足の世界ですけれども、あとで眺めたりする。そういう経験が森の中での抗議行動でも役に立ったわけです。

このイボイモリはG地区でショベルカーのキャタピラーの隙間に泥まみれで挟まっていて、気づいて助け出さなければ押し潰されて死ぬ状態だった。たまたま見つけて逃しましたけれども、このイボイモリが棲んでいた環境はもう完全に消えてしまった。G地区というのはN4、N1、Hに比べても森の深いところで、人がふだん入ることのない場所だった。

ハブもたくさんいて機動隊が見つけて殺していた。

こんな場所で長年生きてきて、ヘリパッド建設がなければ写真に撮られることもなかったはず。これはたまたま救い出されましたけれども、それ以外の多くの生き物が轢き潰されて死んでいったわけです。森の中で踏みにじられた命の象徴みたいなもんですよ、この姿は。

自分たちが何を殺したか。これと同じ仲間を数知れず殺したわけですよ。1本1本の木、1本1本の草、そこに棲むバクテリアを含めてですよ。いまそこは真っ平な土地になって、芝生が敷かれてオスプレイが飛び交っている。まだほんの1年ぐらい前の話ですけども、ヤンバルの奥深い森が大きく変貌してしまったわけですよね。

仲里　一木一草、バクテリアまで、というのはまったく真実を衝いていますね。ツルランの花とイボイモリの写真を入れた意味がわかるような気がします。

ここで話題を変えますが、目取真さんは2005年に『沖縄「戦後」ゼロ年』（NHK出版）という本を出されました。根源的な場へと誘い入れてくれる内容でしたが、タイトルの〈「戦後」ゼロ年〉にも大いに考えさせられました。沖縄の戦後は括弧にくくってしか語れないこと、そして戦争や占領が終わってないという意味でゼロ年だということ。歴史認識として把握されているということですが、沖縄戦を原点にした沖縄の円環する時間を言い当てているようにも思えます。『沖縄「戦後」ゼロ年』から今年で12年になります。その〈「戦後」ゼロ年〉という認識を、いま、どう思っているのでしょうか。

■「戦後」ゼロ年とチビチリガマ損壊事件

目取真　このときの問題意識は、「戦後」といっても、日本・ヤマトゥと沖縄の「戦後」は違うということです。沖縄にとって戦争が終わった「戦後」はあったのかという問い返しです。敗戦後の占領の形態から始まって、27年間の米軍統治、基地の集中が変わらない状況とか、自分が見てきた実感として沖縄の中で戦争がいろんな形で継続しているという意識があったわけです。

自分が学生時代に書いた最初の小説も父親の戦争体験とか、祖母から聞いた話を基にして書いてますけれども、人々の心の中では戦争の記憶が生き続けている。「水滴」は1995年の3人の米兵によるレイプ事件が起こった時期に書いてますけど、戦後50年というのは、戦争のときに物心がついて戦争の記憶を持っている世代、当時10歳だった子どもたちが60歳になって定年退職する年です。戦争体験を語れるだけの記憶を持った人たちが職場から消えていく。教員であれば、授業の中で自分の戦争体験を語れる人たちがほとんどいなくなるという節目だったわけです。

また、50年たって年をとって思い出される戦争体験もあるわけです。長いこと抑圧されていて、日々の生活、仕事の忙しさのなかで埋もれさせていた記憶が、仕事を辞めて時間ができたら蘇ってくる、そんなこともあるだろうと考えながら「水滴」を書くんですけれども。

戦争の記憶は心の奥底に封印されていただけで、ずっと生き続けていて、老いを迎えるとそれがよみがえってきて、トラウマとなってその人に影響を与えるという……。数年前から戦争トラウマの問題を蟻塚亮二さんなどもおっしゃってますが、日本の戦後文学は一貫して戦争が人々の心に残した傷を扱ってきているわけです。第一次戦後派から始まって、戦争体験が核になって戦後文学というのもあった。

しかしそこでも沖縄の体験とヤマトゥの体験というのは違ってるはずなわけですよ。沖縄の場合には兵隊だけでなく大半の住民が地上戦を体験して、戦争体験の度合いもずっと濃密だし、この皆さんが老いを迎えるなかでトラウマとして記憶がよみがえってくる。2005年、戦後60年を迎えたとき、「戦後」という言葉の意味をヤマトゥとは違った角度で見ようということで、「沖縄〈戦後〉ゼロ年」という表現を使ったわけです。

いま、「戦後」という言葉は消えているに等しく、すでに「戦前」じゃないかと言われている。日本の大きな政治の流れに沖縄も巻き込まれている。ただ、それでも沖縄とヤマトゥの違いというのは大きいと思いますよ。その違いに沖縄の人はこだわらないといけない。

　辺野古の問題にしても、違った「戦後」の出発点がいまだに解決されないまま、ここまで矛盾を深めながら来ている。日本の政治の現状が「戦前」の始まりだとして、実際に戦争に巻き込まれる可能性は沖縄のほうが大きいわけです。戦争に至る以前の地域紛争の段階で、沖縄経済は壊滅的な打撃を受けて、観光も吹っ飛びますから。米軍と自衛隊の基地が集中する沖縄は、過去も現在も戦争と密接な関係があるわけです。

仲里　〈「戦後」ゼロ年〉というよりも「戦後」という言葉は消えているのに等しい、「戦前」の始まりだという指摘は重いですね。ですが、もうしばらく〈ゼロ年〉という歴史認識のアクチュアリティにこだわってみたい気がします。話はすこし飛躍することになるかもしれませんが、つい最近チビチリガマの損壊事件がありました。この事件の報に接したとき、私もそうでしたがおそらく多くの人が即座に想起したのは、１９８７年の海邦国体の時に知花昌一さんが読谷（よみたん）村のソフトボール会場で日の丸を引きずり下ろして焼いたことに対する右翼の報復行為だったのではないでしょうか。今回も右翼がやった、と。しかしそうではなかった。

　嘉手納署と県警によれば、中部に住む16歳と18歳の無職の少年と、17歳の型枠解体工と19歳の高校生で、しかも心霊スポットとして肝試しでやったことになっている。ひとりの高校生を除けば、年齢と無職や型枠工とかの職業を考えると中卒であることが想像できますよね。警察の報道によれば、という留保をつけてのことですが、チビチリガマのことを知らなかったことを含め少年たちの行為には、沖縄の〝いまの影〟のようなものが見て取れますし、簡単には見過ごすわけにはいかないのではないかと思いました。沖縄の現在の深層の荒れというか無意識の痛みというか、そうしたことを感じさせる事件ではないでしょうか。

それと時を同じくするように、ＮＨＫが極秘資料を発掘して作った『沖縄と核』という特番を見ることになりました。この映像も沖縄の「戦後」を考え直すためにも重要な問題を提起しているような気がします。チビチリガマへの少年たちの損壊行為と、スクープ映像『沖縄と核』を目取真さんはどう考えますか。

目取真　チビチリガマの件は、新聞とかテレビの報道しか見てないですから、よくわからないことがたくさんあるんです。ほんとに彼らが政治的な関わりもなくてやったのか、あるいはそこを話していないだけなのか。報道に接している範囲では明確にはわからないですから、そこら辺ははっきり言えない面が多いんです。後から、本当はこういう背景があったという可能性もありますから。

仮定の話として、政治的なこととは無関係で彼らだけの判断でやったとしても、あそこまで壊す必要があったのかという疑問はあるわけです。肝試しだったら、何か目印を置くとかそれだけで済ませそうなのに、なんであそこまで壊したのか。壊すことによって何をしたかったのか。

自分なんかも短期でしたけれども、中学校で教えたこともあれば、実業高校で教えたこともあります。ウーマクワラバー〔やんちゃな子：編註〕というのは、そんな不思議な子どもたちじゃないですよ。暴走族やってる子どもたちも外から見たら怖く見えますけれど、教師と生徒という立場で話してみると、人懐っこくて、寂しがり屋で、話をしたら明るく話すような子どもたちなんですよ。ただ、そんな子どもたちが集団になったら、チューバーフーナーして〔強がって：編註〕こんなことをするのも理解できるんですよ。ああ、やるかもしれんな、という形で。

だから子どもたちがチビチリガマのことをよくわからないで単純に肝試しでやったんだったら、大人がちゃんと教えて、「あんたなんかがやったのはこんな意味があるんだよ」って理解させればいいんじゃないかと思う。もちろん、壊された遺族の立場からすれば大変な心の傷を負ったわけですけど、子どもたちの非を責めて追及するよりは、戦跡についてて教えきれなかった大人たちが自分たちのことを反省したほうがいいと思います。

例えば、摩文仁の戦跡を見ても、まだ遺骨が残っている場所がゴミ捨て場になって悲惨な状況になっている。ガマにもゴミが大量に捨てられている。大人たちがゴミを捨ててるわけですよ。戦跡だけでなく、入っちゃいけないウタキ（御嶽）を土地改良とか、土地開発とかという名目でずっと破壊してきたんです。１９８０年代から安里英子さんなんか告発してきましたけれども、こんな形で聖域を破壊してきたのは誰ですか？　ということです。戦跡にしても御嶽にしても、自分たちで壊してきたわけです。ガマフヤーの具志堅隆松さんみたいに遺骨収集を一生懸命やってる人もいますけど、大方の人は無関心で、戦争遺跡が消えていくことに深い考えを持っていない。

そういったことを考えれば、子どもたちのことをとやかく言う前に、自分たちこそが沖縄のそういったものを破壊してきたという自覚を沖縄の大人は持たないといけない。チビチリガマの問題にしても、自分も何回か行きましたけれども、最初のころは中に入れたけど、だんだん入れなくなった。遺族の気持ちを考えれば、入らないでマナーを守るべきだということはわかる。一方で、木がうっそうと茂って、周りから隔離された空間になっていて、これをどういった形で地域に伝えていくのかということを考えていくときに、それがうまくいっていなかったのかとも思いました。

■戦争体験の「風化」と変わる時代の波

目取真　戦争遺跡を保存する際に遺族の感情に配慮しつつ、同時にこれをどう公開して、歴史的事実をどう広めていくのかということをもっと地域で議論して、戦争遺跡のあり方を考えていく。その取り組みが弱かった面がこういった事件を起こしてしまったのか、ということも感じます。これはいま沖縄全体で取り組まないといけない課題だと思います。地域の若者や子どもたちが現場に足を運んで、ここはこういう場所だということを理解できる取り組みを地道にやっていかなければならない。しかし、いまの沖縄の教育現場は、それどころじゃないわけです。

学力向上対策に追われて、平和教育が通りいっぺんの形になって、県内の子どもたちが平和祈念資料館とかひめゆり資料館に行ってないわけです。また沖縄の貧困の問題、家庭教育の問題も絡んでくる。大人から優しく接してもらえなくて、自分たちで集団を組んでその中でしか生きていけない子どもたちもいるわけだから、そこら辺の問題も見ないといけない。平和教育以前の問題があるわけです。

仲里　いま言われた沖縄の現在が抱えるいくつもの矛盾が、期せずしてというか、来るべきとしてというか、あの事件によって考えさせられたということですよね。関係者といわれる人たちのコメントは「戦争を語り継ぐことの限界」とか「平和教育をもっと強化しなければいけない」ということでしたが、それだけでは少年たちを囲んでいる闇というか、生き難さのようなものを見誤ることになりはしないか。例えばそこには沖縄が抱える構造的な貧困の問題がないとは言えない。沖縄は全国でも絶対的な貧困率は際立っているし、非正規雇用の高さとか、沖縄戦の傷や占領と基地と絡み合った沖縄社会の歪みに、最も敏感にさらされているのがちょうどあの世代であるはずです。戦争体験の風化とか戦争体験を語り継ぐことの難しさがあるにしても、抱えた問題は重層的ですよね。

私などはこの事件の報道に接して、目取真さんの「風音」や「ブラジルおじいの酒」の内在としての〈過去は死なない〉ということと照らし合わせて考えてみたい欲望に駆られました。〝肝試し〟ということで言えば、「風音」の少年たちがマヨネーズの空瓶に入れたテラピアを風葬場の泣御頭（なきうんかみ）の横に置くことをめぐって賭けをしたことも似たようなことですよね。しかし「風音」の少年たちとチビチリガマ荒しの少年たちが違うと思えるのは、死者への畏れとか戦争の傷に思いを寄せる日常的な契機があるかどうか、ということではないでしょうか。このことは〈「戦後」ゼロ年〉という認識の根幹にもかかわっているはずです。〈「戦後」ゼロ年〉は、死者への畏れや〈過去は死なない〉ということを日常のなかに住まわせているということですよね。戦争を語り継ぐことの困難さや限界点にあるということは事実ですし、チビチリガマを荒らした少年たちの行為に対して言われた「戦争体験の風化」という見方についてどう考えますか。

目取真　自分たちの世代は両親、祖父母、親戚や近所のおじさんおばさん含めて周りに戦争体験者がたくさんいたわけです。その人たちの肉声を聞いて、特に親しい関係の中で切実に感じる伝わり方があったわけです。でも、それがいまほとんど消えつつあるわけですよね。肉親から戦争体験を聞いたことのない子どもたちが多数なわけですよ。

彼らに学校で1時間授業時間をとって聞かせたとしても、自分たちが寝物語におばーから聞いた話とはやっぱり違うわけです。だから体験というのは伝えられるものがある一方で、伝えられないものがある。そういう限界がありますから、戦争体験の風化は押しとどめようがないと思います。

小説を書いていても、自分たちは大岡昇平とか武田泰淳のようには絶対書けないですよ。その断絶というのは、どんなにあがいても埋めようがない。自分たちができることは、証言集を読むとか、戦争戦跡を訪ねるとか、生き残った皆さんの話を聞くとか、映像を見るとか、そういう形で追体験の努力を重ねるしかない。

我々自身がすでに学習の中でしか身に付けられない沖縄戦体験を生きてきた世代なわけです。それがさらに進んでいるわけです。だから戦争体験の継承は難しいことで、風化が進んでいるからいまの政治状況だって生まれている。１９６０年代といまの大きな違いというのは戦争体験者の多くが消えてしまったことの差でもあるわけです。60年周期、70年周期で歴史が繰り返すというのは戦争体験者が消えていくことと軌を一にしていて、そういった時代を迎えているんだなと思います。それはあきらめではなく時代状況の認識としてあります。

沖縄ですらこういった状況になっている。ネトウヨとか歴史修正主義者が力を広げてますが、1995年くらいから藤岡信勝が自由主義史観研究会を立ち上げ、小林よしのりが「ゴーマニズム宣言」で「戦争論」とかやってました。その後に大江健三郎と岩波書店が訴えられた沖縄戦裁判があり、「集団自決」の軍命、強制をめぐる教科書検定問題が起こった。そういった流れと同時にインターネットが普及してそこから情報を得るようになってきて、いびつな歴史認識が拡散する構造になっている。「ポストトゥルース」という言葉すら流行るような。

膨大な量の沖縄戦に関する証言集が地域から出ていますけれど、それをこまめに読む時間もない。琉球新報・沖縄タイムスが熱心に沖縄戦体験者の証言を載せていますよね。それは沖縄の記者としての使命感だと思うんですけれども、どれだけ若い世代に読まれているか。インターネットで記事を読んでる人たちはあの連載を読んでいないのではないか。教育現場もですね、学力向上のことに追われているなかで、新聞の教材化に取り組んでいる教師は少ないと思います。自分が教員をやってる時は、新聞切り抜きを使って教材を作ってなるべく読ませるようにしていましたけれども、自主教材づくりにはかなりの労力が必要なんです。教科書以外にプラスアルファでやるわけですから。それをやる時間的な余裕も心の余裕も無いのがいまの教員の状況ではないか。

地域の歴史や社会、自然を学ぶ機会をどれだけ作れるか、地道にそれをどれだけやっていくか、難儀して。それをやっていけば問題意識や関心を持って自主的に取り組むまでに至る生徒だって出てくると思いますけれどもね。

■〈核〉と〈戦争〉と沖縄の現実

仲里　『沖縄と核』はご覧になりましたか？

目取真　途中から見たもんだから全部見てないんで

すよね。その後もいくつか記事を読んでおおざっぱな内容は知りましたけれども。だから、この番組については特にどうこう言えないです。

仲里　核にしても毒ガスにしても沖縄では「復帰」前から貯蔵が噂されていましたし、毒ガスの場合は実際に事故が起こって大きな問題になって、撤去運動も行われました。核のことで言えば、いまでもひょっとしたら嘉手納や辺野古の弾薬庫にはあるのではないかという疑念は完全に払拭されたわけではないんですよね。

『沖縄と核』では極秘資料や当時の沖縄の核部隊で任務に就いていた兵士の証言を拾い上げ、沖縄が1300発の核を保有したアメリカの核戦略基地であったことを突きつめていました。那覇基地での核を搭載したミサイルの誤発射事故や62年のキューバ危機の時沖縄から中国を射程に入れたミサイルが発射される寸前だったことや、元ミサイル部隊の兵士が沖縄は消えてなくなると回想していたこととか、「事前協議」の対象に沖縄は入らないとした密約など、極秘文書や兵士たちの生の証言を聴かされると、いまさらのように基地沖縄の不条理さを突きつけられます。この『沖縄と核』を見て真っ先に思い浮かべたのは、目取真さんのカッコに括った沖縄の「戦後」と〈ゼロ年〉という歴史認識、そして川満信一さんがかつて沖縄戦の原体験や沖縄の基地の戦略的な重要性ゆえにすでに標的になっていることから「生きながらにして死亡者台帳に登録されている」と言った言葉でした。〈「戦後」ゼロ年〉と〈生きながらにしての死者の位相〉、このふたつは私にとっては依然として現在なんです。

目取真　この番組に関してはきちんと見てないからどうこう言えないです。ただ、その番組とは別に核の問題に関して言いますと、私の学生時代、1980年代の前半に反核運動が世界的に広がった。その時代はまだソ連が存在していて、米・ソ間の熱核戦争の危機が言われた。核戦争が起こって生物が死滅していく状況とか、生き残った人々の苦難を扱った映画が作られて、それがリアリティーを持った時代だった。ソ連の崩壊によって大陸間弾道弾が飛び交う大規模な核戦争の危機が薄らいだように見えた１９９０年代を経て、２０００年代ともなると、もう核戦争は起きないだろうという感覚が広がっていった。

だから振り返ってみると50年代、60年代、70年代のほうが核戦争についてはリアリティーを感じていたんです。僕が子どものころの記憶でも放射能雨とか、コバルト60とか、「雨が降ったら禿げるから家の中に入りなさい」と言われていた時代なわけです。キューバ危機とかが子どもの漫画にも出てくる状況だった。そういったのを思い出すと、かつての沖縄はそれだけ核戦争の危険にさらされていたんだと思います。

じゃあいまは危機じゃないかといえばそうじゃない。北朝鮮にしても核兵器云々と言う以前にノドンが実戦配備されていて、トランプ政権が軍事攻撃をしかければ嘉手納基地に飛んでくるかもしれない。中国のミサイルだって沖縄に照準を定めているはずです。何かあれば沖縄の基地が狙われる現実は何も変わらないわけです。米軍の核兵器で街一つが吹っ飛ぶような事故は無いかもしれないけれども、いつ街中にオスプレイが墜落してくるかもしれないし、米兵の事件に巻き込まれるかもしれない。核は破壊力が大きいから耳目を集めるけれど、実際には通常兵器のほうが多くの人々を殺してきたわけです。辺野古とか高江に行っているのも、核兵器というより通常戦争で殺される人たちのことを考えながら行っているわけです。そっちのほうが僕はリアリティーを感じるんです。

仲里　いまの話を聞いて納得しました。極限のイメージとしての核と沖縄が置かれている現実の問題は絶えず往還させながら考えなければいけない、ということですね。

目取真　ちょっといいですか。「核」は反対しやすいんですよ。１９８０年代の世界的な反核運動以降、あちこちの市町村、自治体が反核、非核宣言をした。なぜかというと核兵器が使いにくい兵器で、これに反対したからといって損することはないわけです。じゃあ核兵器に反対する人たちが、なぜ嘉手納基地に反対しないのか。核戦争には反対するのに、どうしてオスプレイには反対しないのか。こういったことを見てきたら、反核宣言なんていうのは、自分たちにデメリットが生じるような反戦運動を回避するための、誰でも出来るような反対行動に見えたわけです。非核都市宣言はしても、反米軍基地宣言をする市町村はどれだけ出てきたかっていう話ですよ。核に反対する、あるいはもっと抽象的な戦争というものに反対する、こんなのは比較的やりやすい。だけどもっと身近な、辺野古とか高江の我が身に迫っていることに関心を持たないと。

核の問題を云々するんだったら、あなた方今年に入って何回、辺野古のゲート前で座り込みしましたかっていう話ですよ。仲里さんやここにいる皆さんは今年何回座り込みに参加しました？　辺野古や高江についてあれこれ論じる人は多いけれど、実際にどれだけ現地の抗議行動に参加してるんでしょうかね。いま、水曜日もゲートから資材を積んだトラックが入るようになった。前は水曜日に３００名、４００名ぐらい集まって阻止していた。これを土曜日にも広げようということで、土曜日も集まって阻止するようになった。しかし、昨年末に工事が再開されて以降、ゲート前の座り込み参加者が減っていって、いまでは水曜日も１００名集まらないときがあって、工事車両が入るようになっている。平日は座り込む人が30名くらいしかいない時もある。だから1日に１５０、１６０台とトラックが石材を運んで来て、海に落としているわけです。1日に３００名座り込む人がいたら、沖縄県警の機動隊だけで排除できないですよ。10日で３０００名、１００日で3万名ですけど、逆に言うと、３０００名の人が10日に1回交代で座り込めば阻止できるんですよ。３万名だったら一人ひとりが１００日に1回来れば阻止できるんです。

翁長さんを支援するための集会に4万何千人集まった。この皆さんが１００日に1回、３カ月に１

回来れば阻止できるんですよ。だけど実際には30人しか来ないわけです。これはいったい何なのか。これが現場の状況なんです。ウチナンチューはその程度のことしかしてないわけです。核戦争がどうのこうの言う以前に、そんなに核戦争が怖いんだったら、なぜ辺野古に来ないんですかということなんです。

目の前の現実はこういった状況なんですよ。僕は海で工事が進んでいるのを見ています。大浦湾にはＫ９護岸ができて、そこを海から資材搬入するために栈橋として利用しようとしている。Ｋ１とＮ５の護岸建設にむけて仮設道路の工事が行われてますけど、ほとんど完成しているんです。工事全体から見れば進行は確かに遅れていますけれども、それでも目に見える形で工事は進んでいる。にもかかわらずカヌーに乗っている抗議しているウチナンチューが何名いるか、カヌーは1日十数艇しか出ませんけれども、ウチナンチューの参加者は少ないですよ。辺野古の工事はゲート前でも海でも、止めようと思えば止められるんですよ。３００名の人が集まれば止められるんです。どうしてその努力をしないのか。いろんな議論をするのはいいんですけれども。

■「基地引き取り―県外移設」論と現場の落差

仲里　ここで「基地引き取り―県外移設論」について考えてみたいと思います。「引き取り論」が出てきたのは１９９０年代の後半あたりからですが、目立つたかたちで表に出てきたのはここ２、３年ですよね。特に高橋哲哉さんが2年前に集英社新書で『沖縄の米軍基地――「県外移設」を考える』を出したあたりから話題にされるようになる。琉球新報紙上では論争になり、私もそれを批判する、一方の論争の当事者になってしまいました。

目取真さんは「基地引き取り―県外移設論」について、２０１５年の『神奈川大学評論』でのインタビュー、去年の『ＡＥＲＡ』での高橋哲哉さんとの対談、つい最近辺見庸さんとの対談をまとめた『沖縄と国家』（角川新書）でも幾つか問題点を挙げながら批判的に言及されています。そのなかでもとりわけ腑に落ちたのは『神奈川大学評論』のインタビューでの、移設論や引き取り論が出てくるのは戦争体験の風化や戦争に対する絶対的な否定感のなさ、という趣旨の発言でした。安保の負担平等を前提にした「基地引き取り―県外移設論」にどうしても妥協できないのは、沖縄の「戦後」の原点としての沖縄戦と戦後なき戦後とともに歩んできた私たち世代が、70年前後に沖縄の日米共同管理体制と〈安保・ベトナム戦争〉に反対する運動のなかでそれこそもみくちゃにされた痛覚からです。その途上で傷つき死んでいった友人や知人は少なくありませんでした。し、「日本復帰運動」の同一化幻想が国家の力学に絡め取られていった、いわば「敗北の構造」を骨身にこたえるように潜ってきた経験からです。現在の文脈で言えば「平等」を国民主義に還元していく欲望であり、暴力を装置化した基地と軍隊のグローバルな軍事文化への深刻さのなさをやはり指摘せざるを得ません。いま、辺野古の運動の現場でも「基地引き取り」を唱える人がいるようですが、改めて基地を「引き取れ―引き取る」という主張や「県外移設論」についてどう考えているのでしょうか。

目取真　まあそちらとですね、基地引き取り論をやっている皆さんとの間で琉球新報の紙面上で論争みたいのがありましたけれども、(沖縄)タイムスなんかでも高橋さんが本を出した直後に何名かの方が書いたりしているわけですよ。『AERA』の対談で高橋さんとお会いしましたけれども、それから一年経っているわけですけど、引き取り論をめぐって議論している知識人の皆さんは、現場のこととは関係なく机上の議論をしているようにしか見えない。

引き取り論の議論の対象になっているのは主に普天間基地が当面の焦点だと思いますが、4月25日に砕石が海に投下されて、政府は大々的に埋め立て工事に着手したと打ち出した。それ自体はセレモニーに過ぎなくても、それ以降、着々と護岸工事や仮設道路の工事が進んでいる。全体の規模が大きいからいま進められている工事は小さく見えるけれど、瀬嵩側のK9護岸は海面から4メートル、海面下に4

メートル、つまり8メートルの石の壁が浜から海に100メートル続いている。しかも台形ですから、上はトラックがすれ違うだけの幅があり、三角形に広がっている下は十数メートルの幅があるわけですよ。そんな幅で海底がすでに破壊され、そこに棲んでいた生物は死滅したわけです。その先には移植対象のサンゴがあるということで、いまのところ工事は止まっている。しかし、これが300メートルまで伸びてそれで終わりではない。A護岸とつながって埋め立て区域を囲んでいく。辺野古側の浅瀬でもN5（中仕切り）護岸やK1護岸が建設されようとしている。辺野古の浅いリーフ内でジュゴンの餌場、海草が茂っているところです。そこを護岸で囲ってしまえば、土砂の運び込みが始まるわけです。刻々と事態は進行している。この瞬間にも海底が破壊されている。まずやらなければいけないのは、この破壊を止めることなわけです。

そういう時に基地の引き取り論をしている皆さんは、何年かけて基地引き取りを実現するというんでしょうか。仮に10年後にどこかの自治体が引き取りを打ちだしたとしても、もう辺野古の新基地はできてますよ。完成してないにしても大規模に埋め立てが行われてます。そもそも、どこまで真剣に引き取りを実現するための努力をしているのか。集会を開いて100名集める、200名集める。あるいは辺野古の現場から、誰それを連れて行って集会で発言させる。こんなの簡単ですよ、僕からすれば。ビラまきするのも簡単ですよ。

ほんとに引き取りをやろうと思ったら、どこかの自治体が議会で沖縄の普天間基地を引き取る決議を上げて、市長がそれを受け入れて地域の有力者、経済界、市民団体、いろんなところを説得して、地域の中でそれもいいでしょうと合意ができて初めて可能になるわけです。高橋哲哉さんをはじめ引き取り運動をしている皆さんは、どこかの自治体に働きかけてそこまでやるだけの気持ちを持っているのか。もしそれをやろうと思えば、保守系の政治家や基地受け入れを主張する軍事推進論者、安保肯定論者、基地で金儲けをもくろむゼネコン、地域ボスなどと手を組まないといけない。手を組んだ上で、地域で反対する皆さんと敵対関係に入ってでも説得しないといけない。佐賀県で自衛隊にオスプレイを配備しようとしたら漁民が反対する。オスプレイが落ちたら危ないだけではない。海がいろんな物質で汚染され風評被害でノリ養殖業者は壊滅的打撃を受ける。そういった漁民のみなさんに、あなた方我慢して受け入れてください、沖縄の漁民が被害を受けたら困るから被害を分かち合いましょうと、高橋さんが漁民の皆さんを説得しますか、ということですよ。お前は東大の教授で恵まれた生活をして、自分は痛くも痒くもないからそう言えるんだ、と漁民の皆さんに怒鳴りつけられますよ。実際に起こるのはそういったことなわけです。そこまでやる覚悟がありますかということですよ。とてもじゃないけどあるとは思えない。

ヤマトゥで基地引き取りを言っている皆さんは、沖縄からの声に自分たちは誠実に対応しているという満足を得て、良心の呵責は解消されるかもしれません。でもそれをやっているからといって沖縄に応答していることにもならなければ、基地問題を解決するための一歩の前進にもならないんです。

不思議でしょうがないのは、ヤマトゥンチューは辺野古に来るな、地元に帰って基地引き取り運動をやれと言うウチナンチューです。ヤマトゥンチューにとってこんな楽なことはないですよ。自腹を切って辺野古や高江に来て機動隊に殴られて座り込みをするのはきついですよ。辺野古にも高江にも行かないで、地元で基地引き取り運動をやるだけなら金も使わなくてすむ。機動隊に殴られなくてもすむ。ごぼう抜きされて痛い目に合わなくても済む。年に何回か集会を開いて駅前でビラまきする。これだけで済まされるんだったら、ヤマトゥンチューにとってほんとに有り難いと思いますよ。そうでなくして、辺野古に新基地が造られようとしているのは、基地を沖縄に押し付けてきたお前らヤマトゥンチューの責任だ。当然ヤマトンッチューが先頭に立って座り込みをすべきだ。自腹を切って沖縄に来て座り込め。そう言われた方がはるかに困る。だからこの皆さんは一見ヤマトゥンチューに厳しいことを言っているかのように見えますが、実際はヤマトゥンチューに楽をさせてるわけです。それくらいのことも気づかないのか。あるいは辺野古の座り込み参加者を減らして、抗議行動を潰したいのか。

辺野古のゲート前の座り込みは現在、平和運動センター、ヘリ基地反対協、平和市民連絡会、統一連などの団体が日々交代で現場の指揮をとってやっているわけです。だけどその前に、朝の7時くらいに来て座り込みの準備をしたり、横断幕を張ったりする人がいないといけない。みんなが帰ったあとに片付けをする人がいないといけない。そういうスタッフはヤマトゥンチューが多いですよ。カヌーもそうです。この皆さんが引き取り論者が言うように辺野古から引き揚げて、地元に帰って引き取り運動やったら、辺野古の運動は大きなダメージを受けますよ。そんな状況をあなた方は知っているんですか、という話です。

現場の状況を何も知らない人たちが、地元の新聞やその他のメディアで好き勝手なことを言っている。海に出ているメンバーは、毎日難儀して朝の8時過ぎから午後4時くらいまで6時間、7時間とカヌーを漕いでいるわけです。海保とかアルソックとかは1時間、2時間交代でクーラーの効いた部屋で休憩して、また出てくるけれども、こっちは交代要員なんていない。60代、70代の人たちが延々と直射日光に照らされて、日陰も無いなかで熱中症に注意しながらやっている。この現実と、引き取り論をやっている皆さんの現実との落差に唖然とします。

高橋さんなんて、いま言ったようなことを考えたことがあるんですかね。皮肉じゃなくて真面目に言ってるんですよ。あなた自腹を切って沖縄に来て、トイレの送迎とか、朝の7時から横断幕を張ってとかやってみたらいいですよ。去年『AERA』の対談で会った時にそう言いました。機動隊は彼が哲学者ということはわからないから同じように扱います。

彼らが握っただけで腕にはアザができます。そんな体験を1週間くらいやってみればいいんです。

いまの辺野古の状況だとこのままではやられるなと思ってます。この危機感をこの人たちは感じないのか、ということです。内輪で議論すると盛り上がって高橋さんは頭が良いからいろんなアイディアを出すかもしれないけれど、それはもう別次元の話ですよ。現場の状況とは。

仲里　これは論争の当事者である私も含めてですが、徹底したリアリズムにさらされている現場の目からすれば〝口舌の輩〟の机上の空論に思えるのは当然なことだと思っていますし、きびしい問いかけは避けて通るわけにはいきません。けれども、「基地引き取り─県外移設」に対して、ダメなものはダメだと態度を明らかにすることは、けっして実践と無縁ではない、というのが私の持論なんです。口舌の輩の〝口舌〟だって血を流す、観念だって血を流すというのが、私ら世代の憂鬱なるラディカリズムが生んだ、けっして少なくない死者たちから学び取ったせめてもの倫理だと思っています。論争も時代に対するひとつの責任の取り方だと思っていますよ。問題は〝口舌〟がいかに現場のリアリズムと拮抗できるのか、そのことがたとえ迂回になるとはいえ、現場のリアルが動いていくことに与(くみ)することができるのかどうかにかかっているのではないでしょうか。古臭い喩えになるかもしれませんが、かつてボリビアの森の中から「二つ、三つ……数多くのベトナムを」とゲバラが発した檄にならえば、いくつもの〈高江〉や〈辺野古〉をそれぞれの現場に創り出していけるか、ということですね。いわば、〝陣地戦〟の組み方ですね。ちょっと弁解じみてはいますが……。

ところで、沖縄の内部から、基地を引き取れ、持ち帰れ、という主張が出てくるというのはどのような背景があるのでしょうか。

目取真　これは自然な感情ですよ。これだけ基地が目の前にあって、ヤマトゥの大半の地域は米軍基地がない。沖縄だけに押し付けられている差別だと。あまりにも偏っている、だからもっと分散配備しろというのは素朴な心情としてあるのが普通だと思います。でもそこからもう一歩広げて考えてですね、それが実現可能かどうか、あるいは沖縄とヤマトゥの関係でだけじゃなく基地で訓練した米兵に殺される人たちはイラク、アフガニスタンなどの人たちだから、その立場になってみたら、単純に場所を移せばいいってもんじゃないと思うわけです。

実際に殺される側、被害を受ける側、国際的な視野からとらえ返す、軍需産業が利益を得るだけで一般民衆は苦しむだけじゃないかとか、階級的視点とかいろいろ学びながら、自分たちが言ってることが正しいのかということを思考しないといけない。基地はいらないからヤマトゥに持っていけ、という素朴な心情の延長線上で基地の引き取り運動を全国に広げましょうというのは哲学者の役割でしょうか。それは沖縄に犠牲を強いているという後ろめたさや罪悪感を慰撫することにはなっても、いま辺野古で進められている工事を止める力にはならない。むしろ日本政府は引き取り論が広がっていくのを喜んでいると思いますよ。

■アジアからの視点、被害と加害の二重性

仲里　「引き取り論」や「県外移設論」に欠けていると思われる、しかもとても重要だと思われることのひとつは、沖縄がアジアとの関係でたどってきた歴史、あるいはアジアと向き合おうとするとき直面させられる被害と加害の二重性にかかわる問題だと思うんですよね。目取真さんも折に触れて言われているように、沖縄は日本との関係では被害者であるが、アジアとの関係では加害者でもある。そのアジアへの視点とアジアからの視点で「引き取り論─県外移設論」を見た場合、どのように見えてきますか。

目取真　僕が学生時代はインターナショナリズムというのがまだ言われていたわけです。階級的な視点から民族や宗教の違いを超えて労働者階級の普遍的な立場から戦争を推進する勢力に対して闘おうという。その過程でおのずから国際的な連帯意識が芽生えてくる。沖縄の基地は単独であるわけではなく韓

国の米軍基地とも結びついている。だから日韓の労働者の連帯をどう作っていくか。ベトナム人民と連帯して闘おうと言われていた。そういった視点が消えてしまって、ウチナーとヤマトゥの二極構造の中で問題を考えて、基地から出撃した米軍に殺されていく人たちが視野に入っていない。そこまで退化している。ウチナンチューの言い方で不愉快なのは、ベトナム戦争のころには米兵が沖縄にたくさんお金を落とした、カウンター下のバケツにドルを踏んづけるくらい儲かっていたという話です。戦場で死んで行く米兵のことをどう思っているのか、米兵によって殺されるベトナムの人たちのことをどう思っているのか、戦争で儲かっていることに疚しさを感じないのか。自分たちは沖縄戦で哀れしたのに同じように哀れしているベトナム人のことをどうして考えきれないのか。この思い出話の精神構造にうんざりしてきたわけです。

同じことがいまもある。キャンプ・シュワブで鍛えられた兵隊がほかの地で市民を虐殺する。目の前でいつも歩いている米兵たちですよ。彼らがどこで誰に銃口を向けるのかを考えたら、基地をどっかに持っていくという議論自体がおかしいことに気づく。県内移設、県外移設、国外移設だって本当はおかしい。自分たちが殺される庶民、民衆の側にあるなら、戦争で儲けている軍需産業、資本、政治権力を握っている連中と対抗すべきであってですね、どこの地域に住んでいるかに対抗軸を置くこと自体がおかしいわけです。本来は一緒に闘うべき相手を攻撃対象とみなし、敵とみなすことには何のメリットもない。そういった方向で議論を進めていかないと辺野古のゲート前の運動は成り立たないわけです。

仲里　基地と軍隊は構造として〈敵〉をねつ造しますよね。例えばベトナム戦争当時の太平洋軍司令官が、「沖縄の基地が存在しなければアメリカはベトナム戦争を遂行できなかった」という発言からもわかるように、出撃、後方支援、補給、訓練、諜報、慰安など総合的な機能を備えた沖縄基地はベトナムに対してはいわば圧倒的に加害の側であったわけですよね。「基地引き取り論」や「移設論」がそうしたアジアへの視点とアジアからの視点、そして何よりも暴力装置としての基地と軍隊に対する認識がないとは言えないにしても、その主張や論の要になっているとは言い難いところがある。

これまで小説にしても映画にしても主にアメリカの視点を通してベトナム戦争が語られてきたところがあります。ベトナムの人たちがどう見ていたのかということではなかなか伝わってこなかった。しかし1980年代の後半から90年代にかけてベトナムでは、〝抗米戦争〟と呼ばれるあの戦争を体験した世代が語りはじめるようになってきた。沖縄でも又吉栄喜さんの『ジョージが射殺した猪』や吉田スエ子さんの『嘉間良心中』など、アメリカ兵の内向する狂気や脱走などを通して基地と軍隊の不条理性を内側から描きはじめるようになりましたよね。

1991年にベトナムの小説家バオ・ニンが『戦争の悲しみ』を刊行します。この小説は実際の戦闘体験をもとに、酷烈を極めた戦争の実態や心身に癒しがたい傷を負った男女の内面が描かれています。このなかで、「戦時の記憶の中で、最も悲惨、哀切、かつ鋭角的な厳しさを帯びている」と述懐する、カンボジア国境地帯のジャングルのなかを敗走する主人公キエンたちの偵察小隊と負傷兵や病人の集団を案内するホアというベトナム北部出身の女性ガイドの死を描いた場面です。その女性ガイドはすぐ近くに迫った軍用犬を先頭にした黒人兵中心のパトロール隊の目を逸らせるため自ら犠牲になる。主人公が目撃したのは「踏み荒らされた荒地の草の上に、米兵たちが真っ黒い塊のようにみっしりと集まっている恐ろしい光景」だった。ホアは10人以上いた米兵に輪姦され殺害される。この〝輪姦〟こそ軍隊の暴力の本質だと思わせるところがあり、またこの場面は、私にとっては沖縄と基地を外部の眼にさらすときの原点にもなっています。

ベトナムの女性ガイドを集団で暴行し殺害したパトロール隊は沖縄から派遣されている。南ベトナムにおける陸上パトロール隊は、当時、沖縄に本拠を置く陸軍アジア特殊活動司令部傘下の特殊部隊と海兵隊の特殊部隊とで構成され、同じく沖縄に本拠を置く第7心理作戦部隊と連携して動いたと言われています。主な訓練場は沖縄にあり、その特殊部隊の軍用犬もすべて沖縄のアジア軍用犬訓練センターで訓練されたそうです。この作品では沖縄やグアムから出撃してきたB52についても触れられている。〝抗米戦争〟を闘うベトナム人の目から見れば、沖縄の基地とそこから派遣された軍隊は殺戮に深くかかわってきたということですね。

以前に、目取真さんのエッセイでバオ・ニンの『戦争の悲しみ』について触れていたのを読んだ覚えがありますが、ベトナム戦争にとって沖縄とは何だったのかということや加害と被害の二重性について改めて思うことを聞かせてください。

目取真　『戦争の悲しみ』はかなり前に読んで感動しました。でも自分が反省しないといけないのは、まだベトナムに行ったことがないわけです。ベトナムの人民解放戦線が戦ったところ、トンネルとか博物館とかですね。また、ベトナムではないですがカンボジアのポル・ポトの大虐殺の跡を含めてですね、現地に行って、見て、学びたいという気持ちはあるんですけれども、いまだに行っていない。

日本の翻訳状況の中でベトナム文学はどれだけ翻訳されて紹介されているか。韓国、台湾あるいはその他のアジアの国々の文学がどれだけ沖縄、日本に紹介されているかというと欧米に比べてはるかに弱い。あまりにもアメリカの映画・文学に偏ってしまっている。そうなってしまうのは我々の関心が低いからでもあるわけです。ベトナムと沖縄との関わりをどれだけ検証して、向こうの研究者とか戦争体験者と交流してきたかというと、弱かったんじゃないかと思います。経済的な面からの関わりは増えたかもしれないけれども、ベトナム戦争の反省という視点から言いますと石川文洋さんみたいな方もいらっしゃいますが、もっと取り組まなければいけないと思いますよ。

これは韓国もそうだし台湾もそうだと思います。沖縄人も徴兵制が敷かれて以降、日本のアジア侵略の一翼を担ってきたわけですから。南京大虐殺を含めて日中戦争でも多くの沖縄人が中国戦線に出征して、彼らが退役して沖縄に戻り在郷軍人として友軍と協力しながら「集団自決」を引き起こした面もある。加害と被害の二重性っていうのはベトナム戦争だけではなく、それ以前のアジア侵略の問題を含めて自分たちで問いつめないといけない。しかし、それが自分自身もできていないし沖縄全体でも十分にはできていない。沖縄タイムスが元基地従業員の証言を集めた本がありますけれど、当時の彼らは爆弾を積んだり磨いたりすることにベトナムの人たちを殺してると罪悪感にかられた人もいると思います。じゃあその戦争責任をいまでも問うて沖縄全体で問題を考えているかというと、それは弱いと思う。ベトナム戦争において沖縄が果たした役割、ウチナンチューの責任をもっと検討しなければいけないと思います。

それはいまにつながるわけですよ。高江の森で抗議行動していたら目の前で迷彩服をつけた米兵が訓練している。じゃあ彼らはどこに行くのか、沖縄とは別の場所で戦闘を行って、誰かを標的にしている。そうすると我々がそこで訓練させていること自体に責任があるわけですよ。だから高江や辺野古のゲート前でも作業員の車を止めるだけではなくて米軍車両にも抗議をしてきた。

基地のゲート前で座り込むことが有効なのは、米軍の思うような訓練ができなければ、そこから軍隊が撤退するきっかけになるわけです。彼らは沖縄を自由に使いたい。使えるから沖縄にいるわけです。彼らが沖縄では自由に訓練ができない状況になれば、沖縄に駐留する意味も失われるわけです。例えば辺野古弾薬庫のゲート前で座り込みをして、弾薬を積みに来た車両を阻止して弾薬を運び出させなければ訓練ができない。その報告は米軍の上層部に行くわけだから、沖縄の住民感情が変化したなと認識する。ちゃんとした訓練ができないんだったら、高い予算を使って外国に軍隊を駐留する意味があるのかという議論にもなるわけです。

それが米軍に侵略される側の国々にとってはメリットになる。こういうことをやるためには、ベトナム戦争の反省だとか沖縄に基地があることが誰に不幸もたらすのか、そういった思考、議論が必要なわけですよね。いま必要なのはそれだと思いますよ。

■「露」のテーマと加担の構造

仲里　バオ・ニンの『戦争の悲しみ』と目取真さんの作品を相互に参入させて読むことによって、戦争の内実や沖縄とアジアの差異を孕みながらもつながっている関係がより鮮明に見えてくるのではないかと思っています。

先ほど、近代に入って沖縄も徴兵制が敷かれ、アジア地域への侵略戦争に加担していったことを同時に考えなければいけないということを話されました。去年目取真さんは『三田文学』に「露」という短編を発表しています（のちに短篇集『魂魄の道』（2023年刊）に収録）。この作品に注目したのは、目取真さんが時間とエネルギーを注ぎ込んでの高江のヘリパッド建設阻止闘争の只中で発表されたということと、これまでの沖縄戦の傷や記憶を掘り進むことを主題的な線にしながらも、アジア太平洋地域に兵士として、また移民として渡った人たちの戦争体験が視野に収められていることです。例えば戦前サイパンに移民で行ってそこで家族を亡くし戦後沖縄に帰還した人とかシベリアでの抑留体験を持ちアカと揶揄されたり疎まれたりした人、この短編の基調を染めている、戦場で水がないことをめぐって引き起こされる人間行為の不条理に焦点を当てた、中国戦線での行軍の途中倒れた兵士の舌をこじ開け唾を擦りつけたことや、水が飲めない苛立ちから引き起こした暴行や略奪行為、そしてガマのなかで死んだ鉄血勤皇隊の少年兵を裸にして、その裸体から落ちてくる露を舐めて生き延びたこと、そのことが拒みようもなく現在に影を落としていることが注目されている。「露」はこれまでの沖縄戦からアジア太平洋での戦争体験まで伸びていく予感を十分感じさせる短編になっているように思えますが。

目取真　基本は自分の聞いた話を基に書いているわけです。港湾作業をしたりガードマンをやったりするなかで。自分が若いころは従軍体験のある人たちがまだ60代、70代で話が聞けた。沖縄から日中戦争に行ってる人はたくさんいるわけです。この皆さんの証言がどれだけ記録されてきたのか。沖縄戦の体験集だけではなく、沖縄から日中戦争に参加した、あるいはアジアの各地で戦闘に参加した皆さんの証言集が沖縄県史として本当は一冊必要だったわけです。これがきちんとできなかったことは、沖縄戦、アジア太平洋戦争を考える上で大きな欠落だと思います。

１９３０年代になって満州事変や上海事変とかが始まり、１９３７年に南京大虐殺が起こります。沖縄の人たちもそういう戦地に行っている。１９８０年代に個人史ブームが起こって、自費出版された本が古本屋で安く売られています。その中にはたいてい従軍体験が載っているわけです。だいたい男が書いてますからね。ウチナンチューが書いたものの中にも、例えば上海事変に参加して、揚子江に大量の遺体が流れているのを見たとかですね、こんなことが書かれているのもある。虐殺に関わったウチナンチューもいたでしょう。熊本の第六師団も南京攻略戦に参加していたわけですから。その人たちの証言がきちんと残っていたら、沖縄の人たちがアジア各地で何をしたかがわかったはずなんだけど、これはいまからでも埋もれている史実を掘り起こさないといけないと思います。それをやっていくことで、侵略戦争に加担したウチナンチューの責任を問うことになるわけです。

それを掘り起こすことによって沖縄戦のいろんなことが見えてくるはずなんです。座間味島の強制集団死にしても、中心になった人の中には梅澤元隊長の証言によれば、久留米師団で日中戦争を戦った経験があり島に戻って在郷軍人になった人がいた。この人が「集団自決」で大きな役割を果たした。日中戦争に参加してきた人は当時30代、40代の働き盛りで地域のリーダーなわけです。その人たちは初年兵教育で叩き込まれた軍人精神を持っていて、戦場で中国人を切り殺した人もいたと思います。強制集団死の要因のひとつと言われる米軍への恐怖心は、日本の軍隊だけが住民に吹き込んだのではなくて、在郷軍人となった地域の人たちも自分の戦争体験から、捕まったらひどい目にあうと思い込み、死への道を選んでしまったのではないか。そういう視点からの検証も必要だと思います。

強制集団死の問題を考える場合、そこに至る過程をいくつかの段階で考える必要がある。沖縄では琉球処分以降、同化政策が進められて日本の教育が叩き込まれていく、徴兵制も敷かれて、教育勅語とか軍人勅諭とか教え込まれて皇民化されていく前史があった。日中戦争が勃発したら今度は東條英機が戦陣訓を出して、その中で「生きて虜囚の辱めを受けず」という一節が兵士だけでなく一般市民にまで大きな影響を与える。太平洋戦争が始まると米英の反転攻勢に追いつめられ1943年5月にアッツ島の守備軍が玉砕する。以後、「海ゆかば」という荘重な曲を流しながらラジオでは部隊の全滅を玉砕という言葉で美化していく。国のため、天皇のために死ぬことを名誉とする意識が広められていく。そして1944年10月から航空機を使った特攻作戦が敢行される。そうやって戦局が悪化して煮詰まっていって沖縄戦に至る。その過程で、国のため、天皇のために死ぬことを名誉とするという意識が、国民全体に広められていった。

沖縄の人たちが十・十空襲を受けた直後、戦争が身近に迫っているのを実感したなかで特攻作戦が始まっている。明治以降の同化政策、皇民化教育で培われてきたものを下地にして、太平洋戦争が迫るなかで出された戦陣訓、そして、玉砕と特攻が前面化する過程を経て1945年3月末の座間味島、慶留間島、渡嘉敷島に至るわけです。「集団自決」は当時は玉砕と言われていて、慶良間諸島はマルレという特攻艇の基地がおかれ、まさに特攻と玉砕の島として位置づけられていたわけです。しかも、そこでは玉砕は部隊だけでなく住民にまで拡大されていた。そこでは外部から来た軍人だけではなく、内部にいた軍隊体験者、在郷軍人たちも大きな役割を果たしていた。そういう近代以降の沖縄の歴史と日中戦争以降の戦局の悪化と戦陣訓、玉砕と特攻という国民全体が死に向かって煮詰まっていく過程、日本軍による命令、強制と島の内部からそれに呼応していく在郷軍人や村のリーダーたち、その構造をきちんと見ないと強制集団死の構造は見えてこないと思います。

仲里　沖縄戦の問題は、日中戦争からアジア太平洋戦争との関連を見なければいけないということですね。ちょっと煩わしくなるかもしれませんが、話の中でも触れられた南京大虐殺に加わった派遣部隊についで考えてみたいと思います。

南京派遣軍として第10軍と上海派遣軍から成る陸軍の中支那方面軍が組織され、第10軍の傘下には、第6師団や第114師団などがあって、第6師団の下には歩兵第11旅団と第36旅団が所属し、その歩兵第36旅団長が後に中将として沖縄守備軍・第32軍の司令官になる牛島満少将でした。また皇族の朝香宮鳩彦王がトップに座る上海派遣軍の作戦課長だったのが武闘派で知られる長勇（ちょういさむ）で、沖縄守備軍では参謀長になります。牛島満が師団長だった歩兵第36旅団を傘下におく第6師団は熊本を本拠にして、九州南部や沖縄出身者が配属されたと言われます。

こうしてみると、〈南京〉と〈沖縄〉はけっして無縁ではなかったことがわかります。沖縄戦は沖縄という地域での3カ月の戦闘で完結するのではなく、1931年の満州事変から始まった15年戦争との連続性に視点を据えることによって、日本軍の沖縄住民観や残虐行為、沖縄内部から呼応していったことなど、その本質が見えてくるということですよね。もう少し視野を広げると琉球処分を起点にした日本の植民地主義と侵略の帰結が沖縄戦だった、ととらえてみることもできるように思えます。目取真さんの「露」を読むこととは、そうした沖縄戦に流れ込んでいるアジアの民衆の〈傷〉をたじろがず見ることになるはずです。

目取真　この小説はもっと長い作品として総合的に書きたいんですけれども時間が無いから短編として書いたわけです。第6師団について調べようと思って熊本の県立図書館にも行ったんですけど、思うように時間を取ることができなくて資料を集めきれない。熊本城の一画に第6師団の門柱が残っていますけれども、そういうのを見たくらいで熊本の戦跡も歩ききれていない。自分の力不足ですけれども。

■「深部痛覚」とアジアとの「共通性」

仲里　目取真作品を読む経験とは、戦争や占領の傷を通して沖縄とアジアとのかかわりを強く意識させられることでもあるんですよ。そういった意味でも目取真さんの作品がアジアで翻訳され読まれていることに注目しないわけにはいかない。この特集でも韓国語翻訳者の方に書いてもらうことになっていますが、韓国では『風音』『水滴』『魂込め』『眼の奥の森』『魚群記』など、ほぼ全作品が翻訳されていることになります。『虹の鳥』の翻訳も計画されているようです〔2019年に刊行〕。このことをご自身はどう理解していますか。

目取真　韓国は日本文学の翻訳が盛んな地域だと思いますが、沖縄文学に対して最近関心が高まって自分とか又吉栄喜さんとか崎山多美さんの作品が翻訳、紹介されていますけれども、実際にどれだけ読まれてどういう反応があるかということはわからないです。徐々に読まれていけばいいなと思うんですけれども。

ヤマトゥの人たちよりも韓国の人たちのほうが米軍基地問題を含め戦争の問題をリアルに受け止める土壌があるんじゃないかと前から思っているんですよ。日本に併合された沖縄が持っている特殊性、沖縄戦、基地問題、そういった側面はアジア諸国との共通性がある。台湾にしても韓国にしても独裁政権が続いて、民主化が進んだのは80年代以降です。

この前、光州に行ったんです。僕が学生時代、1

980年5月28日、まだ大学2年でした。あの時に光州事件というのがあって強い衝撃を受けた。自分と同世代の学生が殺されていく映像を見て。いままで行きたいけれども行きづらい場所だった。今回行けて良かったんですけれども、もっと早く行くべきだったなと思いました。沖縄よりずっと厳しい状況であったわけですけど、沖縄の歴史や現状を踏まえて理解できることもあると思うんですよね。

最近韓国の済州島の皆さんが沖縄に来て、辺野古の抗議行動に参加して交流が生まれています。韓国の中における済州島の位置が沖縄と共通していると も言われるわけです。韓国の小説もたくさん翻訳されているわけだからどんどん読んでいかなければいけないと思います。

沖縄の文学が広い地域で読まれることによってヤマトゥの読者とは違った解釈とか、受け止め方がされるかどうか興味深く思います。もし違いがあれば、その違いとは何なのかということですね。

仲里　ヤマトゥの読者とは違う解釈や受け止め方という指摘ははずせませんよね。『沖縄と国家』で、辺見庸さんが目取真さんの作品を読んで感じるのは、目取真さんが沖縄問題を観念や論理の問題としてではなく「人間身体」の問題として考えている、と。ヤマトゥの人間が逆立ちしても書けない「深部痛覚」とも言っています。非常に鋭い指摘だと思います。ただここでの「人間身体」といい、「深部痛覚」といい、身体一般や痛覚一般というわけではむろんなく、なぜ韓国で目取真さんの全作品が翻訳され、読まれているのかを考えざるをえない。つまり、韓国を含む東アジアの眼というか、歴史経験というか、どうしても意識させられるということなんです。私はそれを〈植民地的身体性〉もしくは梁石日が「抑圧され捨象された身体」とか「内部と外部の二重性」と言っていた〈アジア的身体〉だととらえ直してみたいと思っています。そしてその植民地的―アジア的な〈身体〉こそ、目取真さんの作品に通底している「深部痛覚」と重なるものではないか、また目取真さんが書くこと、行動することの根っこにかかわっているのではないか、と勝手に思ったりしていますが。

目取真　これは推測ですけれども、最初に韓国のみなさんが沖縄文学に関心を持ったのは、又吉栄喜さんの『ギンネム屋敷』とか、あるいは僕の『群蝶の木』とか、沖縄文学の中に出てくる朝鮮の人たち、慰安婦とかそういったところから関心を持ち始めたんじゃないかと思うんです。自分の本で最初に翻訳されたのは『水滴』だと思いますけれども、あの作品を見てもあまりピンとこなかったと思います。『群蝶の木』とか、『魚群記』とかを読んだ方が、沖縄は日本文学とはまた、ちょっと違うんだなと感じたのではないか。

翻訳は大変な作業ですから、初期の作品から『虹の鳥』まで翻訳されて、新たな読者に読まれる機会を作ってもらえたのは有難いことです。

仲里　まだまだ聞いてみたいことは山ほどありますが、あまり欲張ってもいけませんので、この辺で終わりたいと思います。貴重な話をありがとうございました。

２０１７年10月5日
名護市なんぐすく「Ｓｕｂａｃｏ」にて。

初版あとがき

本書には２００６年から２０１９年にかけて、新聞や雑誌などに発表した評論が収められている。表記の誤りや表現のおかしなところを一部直したが、それ以外の加筆修正は行っていない。

文章の多くは、高江のヘリパッド建設と辺野古新基地建設に反対する行動を取り組む日々のなかで書かれた。沖縄の森と海が新たな軍事基地建設のために破壊されていく。その様子を間近で見つめ、工事を止めるために体を張り、ひとりでも多くの人が現場に来てほしい、という切実な思いで文章をつづってきた。

収められたなかには、大江・岩波沖縄戦裁判や教科書検定問題など沖縄戦に関する文章も多い。先島地域への自衛隊配備の地ならしとして、「軍隊は住民を守らない」という沖縄戦の教訓を切り崩すために、沖縄戦の歴史認識を変えようという動きが活発化してきた。それに対抗していくことが重要な課題としてあり、それはいまも続いている。

今年の1月15日に、影書房の創業者である松本昌次氏が亡くなった。松本氏にはほんとうにお世話になった。遠く離れた沖縄に住む私に声をかけてくれ、小説を本にしてくれたばかりか、激励の手紙もくり返しいただいた。東京や埼玉などで講演をした際には、会場に足を運んでもくれた。

この評論集をもっと早くまとめて、手に取ってほしかったのだが、それがかなわなかったのが残念でならない。いま頃は戦後文学の担い手たちと心行くまで論じ合っているだろうと想像しながら冥福を祈っている。

松本氏の志を継いで影書房を支えている松浦弘幸氏と吉田康子氏に労をとっていただき、この評論集を出すことができた。深く感謝したい。

２０１９年9月24日

目取真 俊

増補新版へのあとがき

今回の増補版には、2013年から2017年にかけて行ったインタビューと対談が新たに収められている。

日本には「行動する作家」という恥ずかしい言葉がある。日本以外のアジア諸国では、80年代まで軍事独裁政権が続き、逮捕、拷問、長期間の獄中闘争で執筆の機会を奪われた書き手がざらにいる。銃を手にして戦場に出た書き手もいれば、志半ばで殺害された書き手もいる。

米国に尾を振る忠犬であることで「戦後民主主義」を享受した日本で生活している物書きの「行動」など、過酷な状況を生きざるを得なかった人たちからすれば生温いものでしかないだろう。それでも、沖縄・日本の各地で、長期間にわたり反戦・反基地闘争を現場でたたかってきた人たちの努力と苦労が、並大抵のものではないことも事実だ。

メディアで大きく取り上げられることもなければ、自らの行動を大きく発信することもない。地道だが、それなくして現場での行動を持続できない役割を担っている人たちの姿を、学生時代から沖縄の地で数多く見てきた。その姿に励まされ、私なりに蟷螂の斧をふるい続けることができた。

日本政府は「台湾有事」を強調して市民の不安を煽り、沖縄の軍事要塞化を加速している。沖縄の戦場化が皮膚感覚で語られるようになった現実を黙って見ている訳にはいかない。辺野古新基地建設は大浦湾側で石材の投下が始まり、新たな段階に入った。現場での行動に多くの人が参加してほしい。

インタビューと対談の収録に応じていただいた新聞各社と仲里効氏に感謝いたします。そして、今回もお世話をいただいた影書房の松浦弘幸氏、吉田康子氏に感謝いたします。

2024年4月5日

目取真 俊

著者について

目取真 俊（めどるま しゅん）

1960年、沖縄県今帰仁村生まれ。

琉球大学法文学部卒。

1983年「魚群記」で第11回琉球新報短編小説賞受賞。1986年「平和通りと名付けられた街を歩いて」で第12回新沖縄文学賞受賞。1997年「水滴」で第117回芥川賞受賞。2000年「魂込め」で第4回木山捷平文学賞、第26回川端康成文学賞受賞。2022年に第7回イ・ホチョル統一路文学賞（韓国）受賞。

著書：［小説］『魂魄の道』、『目取真俊短篇小説選集』全3巻〔第1巻『魚群記』、第2巻『赤い椰子の葉』、第3巻『面影と連れて』〕、『眼の奥の森』、『虹の鳥』、『平和通りと名付けられた街を歩いて』（以上、影書房）、『風音』（リトルモア）、『群蝶の木』、『魂込め』（以上、朝日新聞社）、『水滴』（文藝春秋）ほか。

［評論集］『沖縄「戦後」ゼロ年』（日本放送出版協会）、『沖縄／地を読む 時を見る』、『沖縄／草の声・根の意志』（以上、世織書房）ほか。

［共著］『沖縄と国家』（角川新書、辺見庸との共著）ほか。

ブログ：「海鳴りの島から」：http://blog.goo.ne.jp/awamori777

ヤンバルの深き森と海より《増補新版》
二〇二四年四月三〇日　増補新版　第一刷
（二〇二〇年一月三〇日　初版　第一刷）
著者　目取真 俊
装丁　桂川 潤
発行所　株式会社　影書房
〒170-0003　東京都豊島区駒込一―三―一五
電話　〇三（六九〇二）二六四五
FAX　〇三（六九〇二）二六四六
Eメール　kageshobo@ac.auone-net.jp
URL　http://www.kageshobo.com
〒振替　〇〇一七〇―四―八五〇七八
印刷／製本　モリモト印刷
©2024 Medoruma Shun
落丁・乱丁本はおとりかえします。
定価　3、000円+税

ISBN978-4-87714-500-2

目取真 俊 著

魂魄（こんぱく）の道

住民の4人に1人が犠牲となった沖縄戦。鉄の暴風、差別、間諜（スパイ）、虐殺、眼裏に焼き付いた記憶。戦争を生きのびた人びとの、狂わされてしまった人生——沖縄戦の記憶をめぐる5つの物語。 **四六判 188頁 1800円**

目取真 俊 著

虹の鳥

基地の島に連なる憎しみと暴力。それはいつか奴らに向かうだろう。その姿を目にできれば全てが変わるという幻の虹の鳥を求め、夜の森へ疾走する二人。鋭い鳥の声が今、オキナワの闇を引き裂く—— **四六判 220頁 1800円**

目取真 俊 著

眼の奥の森

米軍に占領された沖縄の小さな島で事件は起こった。少年は独り復讐に立ち上がる——。悲しみ・憎悪・羞恥・罪悪感。戦争で刻まれた記憶が60年の時を超えせめぎあい、響きあう。感動の連作長篇。 **四六判 221頁 1800円**

目取真俊短篇小説選集 全3巻

単行本未収録作品12篇を含む中・短篇から掌篇までをほぼ網羅する全33篇を発表年順に集成。

1 魚群記／収録作品：「魚群記」「マーの見た空」「雛」「風音」「平和通りと名付けられた街を歩いて」「蜘蛛」「発芽」「一月七日」

2 赤い椰子の葉／収録作品:「沈む〈間〉」「ガラス」「繭」「人形」「馬」「盆帰り」「赤い椰子の葉」「オキナワン・ブック・レヴュー」「水滴」「軍鶏（タウチー）」「魂込め（まぶいぐみ）」「ブラジルおじいの酒」「剝離」

3 面影と連れて（うむかじとぅちりてぃ）／収録作品：「内海」「面影と連れて」「海の匂い白い花」「黒い蛇」「コザ／『街物語』より（花・公園・猫・希望）」「帰郷」「署名」「群蝶の木」「伝令兵」「ホタル火」「最後の神歌」「浜千鳥」

平敷兼七写真集

山羊の肺

沖縄 一九六八-二〇〇五年【復刻版】

沖縄の島々の風俗や人びとの〝日常〟を撮り続け、08年伊奈信男賞受賞、翌年逝去した写真家・平敷兼七の集大成的作品集。 **B5判変形 196頁 4200円**